初婚

THE BEGINNING OF MARRIAGE

—插图版—

吴克敬 著

陕西新华出版传媒集团
太白文艺出版社

图书在版编目（CIP）数据

初婚：插图版／吴克敬著．—西安：太白文艺出版社，2018.8

ISBN 978-7-5513-1486-2

Ⅰ.①初… Ⅱ.①吴… Ⅲ.①长篇小说—中国—当代
Ⅳ.①I247.5

中国版本图书馆CIP数据核字（2018）第156166号

初婚（插图版）
CHU HUN

作　　者　吴克敬
插　　画　孙玉笙
责任编辑　马凤霞
封面设计　张洪海
版式设计　张亚娜
出版发行　陕西新华出版传媒集团
　　　　　太白文艺出版社（西安北大街147号　710003）
　　　　　太白文艺出版社发行：029—87277748
经　　销　新华书店
印　　刷　西安市建明工贸有限责任公司
开　　本　710mm×1000mm　1/16
字　　数　370千字
印　　张　23.25
版　　次　2018年8月第1版
　　　　　2018年8月第1次印刷
书　　号　ISBN 978-7-5513-1486-2
定　　价　46.00元

第一章

谁的娃娃谁抱上。娘亲豆菊芳说这话时眉头皱了一下。任喜过听见了，也看见了，她眼皮子一软，就又滚落一串泪蛋儿。任喜过知道，娘亲豆菊芳说过这句话后，还会继续说的，娘亲豆菊芳把这些话说了好几遍了。娘亲豆菊芳说：你是娘身上掉下的一块肉，娘把你抱着，抱大了，抱不动了。娘抱不动你就得寻个人来抱你。我给你说，你还不能怨娘，你要听娘话哩。在娘把你抱在怀里时，你是娘的女儿，娘把你当女儿待哩，乖了是娘的女儿，疯了还是娘的女儿。可你这一出门，就由人家抱了，抱在人家怀里就成了人家的媳妇了，人家就把你当媳妇待哩。娘说不好，给你寻下抱你的人，好抱了是一辈子，不好抱了还是一辈子，就看我娃的命了。

娘亲豆菊芳给任喜过寻下的抱她的人是谁呢？是谷寡婆村的谷梦梦。

谷梦梦年前顶着漫天的大雪，来麦禾营村给任喜过下“日子”。那天的雪可真大呀！谷梦梦来到任喜过家里，他几乎就是一个雪人了。任喜过的娘亲豆菊芳欢喜谷梦梦下日子，她颠颠地迎住谷梦梦，让谷梦梦站屋门口，反身进到屋里，拿起一把扫炕的笤帚，出来给谷梦梦拂扫满身的落雪。把新衣新帽的谷梦梦从雪中拂扫出来，这才从谷梦梦的手里接过日子。“丈母娘爱女婿，前院后院拉母鸡。”沿着渭河边的村子，都是这么说丈母娘的。女婿娃来了，丈母娘拉住母鸡做什么？从鸡屁股里掏蛋给女婿吃呀。这可有点巴结女婿娃的味道了，但你叫丈母娘怎么办呢？疼爱着的女子就要交给女婿娃抱了，丈母娘巴结女婿娃，也是为女子好哩。接了日子的豆菊芳，尽一个丈母娘的本分，留谷梦梦在家吃了一顿饭，把谷梦梦喜滋滋打发走后，就给任喜过说了这一通话。此后的日子，娘亲豆菊芳逮住任喜过，不论手里是忙是闲，都要把她说过的这通话，带着十分的歉意，还带着十分的警告，给任喜过说一遍。初听，任喜过不仅不哭，甚至还要嘻嘻地笑。

任喜过笑着说：给自己找理由吧？娘哎，你是不想抱我了，把我往门外推哩。

娘亲豆菊芳知道任喜过是给她撒娇的，说：那我给家里栽个桩，把你拴在娘家好了。

可是日子近了。这是谷梦梦下的日子，谷梦梦是娘亲豆菊芳给任喜过选定的女婿娃。谷梦梦没敢自己做主，他给任喜过下的日子，也是两家老人商定下的。这个日子可不一般，是换帖换来任喜过的生辰八字，封上礼钱，交由算命先生查阅万年历，按照天干地支掐算出来的日子。这样的日子是要称好日子的。算命先生把好日子写在红帖子上，谷梦梦捧在手里，去绛帐镇买了水晶饼、蓼花糖、天鹅蛋等五色礼品，谨慎小心地把日子下给了任喜过。这就把他和任喜过结婚前要走的程序全都走完了。他俩就等着这个好日子，放花炮、拜天地、入洞房了。

好日子就定在正月初六。在初五的晚上，任喜过天不明就要离开娘家了，也就是说，任喜过就要真的离开娘亲的怀抱，扑进谷梦梦的怀抱里了。这时候，任喜过再听娘亲豆菊芳说那些话，便乐不起来了，一串眼泪下来，像冲决了一条大河，喷涌而出的是更大的悲流。

娘亲豆菊芳伸手去拍任喜过满是泪水的脸蛋，只是轻轻的一下，就把任喜过拍软了，软得像一堆柔柔的棉花，倒在娘亲豆菊芳的怀抱里了。

瓦数很小的电灯泡，亮亮地照着任喜过娘儿俩，也照着屋子里为任喜过准备的嫁妆。1985 年的中国，乡镇政府已经取代了人民公社，村组组织也取代了生产大队和生产小队，包产到户，大锅饭让位给了小锅。任喜过娘儿俩知道，这是离她们很远很远的一个叫小岗村的村民，暗夜里集合起来，在一页粗糙的白纸上自发按上红手印，冒险率先实行的一个农业生产新模式。政府肯定了小岗村的做法，推广开来，极大地提高了农民群众的生产积极性。别人家怎么样任喜过娘儿俩不敢说，她们家是大变样了，不然，怎么能给任喜过准备那样亮眼的嫁妆呀！洗衣机是海鸥双桶的，收录机是燕舞双喇叭的，自行车是凤凰双梁的……一件一件，都是任喜过的娘亲豆菊芳卖了家里的余粮和圈里的肥猪，挑了又挑拣了又拣给女儿任喜过买回来的。任喜过的娘亲豆菊芳还做得一手好豆腐，周围的人都叫她“豆腐西施”。她做豆腐又赚了一笔钱，所以尽着她的一切可能给任喜过陪嫁好，她不能让宝贝女儿任喜过输在初婚的日子上。

灯光照射下的陪嫁，还有娘亲为任喜过一针一线缝制出来的八床被子，一水儿的绸子绣花面子，或桃红，或玫红，整齐地叠在一起，像是一堵晃人眼睛的花墙。为这花墙奠基的，是两只描金的箱子。关中西府的规矩，娶媳妇嫁女，别的陪嫁都是附加，唯有描金箱子，是必不可少的。任喜过的娘亲听人说了，塬上吴木匠的描金箱子好，一是用料讲究，二是画工精美，口口相颂，价钱自然也扳得硬实。豆菊芳的眼眨都没眨，从渭河边的麦禾营村走出来，往返四十里，上塬给任喜过背回来两只描金箱子。任喜过忘不了，娘亲豆菊芳把两只描金箱子背回麦禾营村的时候，村里人的眼睛都直了。大家看见任喜过的娘亲，都像不认识似的，交头接耳，是非成了一片。

脱帽富农婆子……她可是精神起来了！

脊背上一只描金箱子，胸口上一只描金箱子，用软布带子绑了，一前一后搭在娘亲的肩上。任喜过也敏锐地看见了，她像村里谈论着是非的人们一样，先看见了描金箱子，然后才看见娘亲。当时的情景是，漆得通红闪亮的两只描金箱子打村口一步步挪着过来时，大家以为描金箱子长了眼睛腿自己往前走着来的。应该说，那两只描金箱子是太打眼了，怎么看，怎么好，红堂堂的箱脸儿，四面勾描了棋、琴、书、画那种古雅又新颖的金色镶边。镶边的中间，浓墨重彩地又都画了金光闪闪的斗方画儿：一个是《西厢记》里崔莺莺普救寺会张生的故事；一个是梁山伯与祝英台十八里相送的故事。这样的故事，可都是“四旧”呀，被打倒多少年了，如此亮晃晃出现在人们眼前，狐疑和惊讶是难免的。

麦禾营的人狐疑着、惊讶着，直到描金箱子走到他们跟前，他们看见不是描金箱子长了眼睛腿自己走，而是任喜过的娘亲背着走来时，他们中的一些人才低下了头。任喜过没有，她在一阵狐疑和惊讶后，跳着跑着迎着娘亲而去，从娘亲的肩上卸下描金箱子，娘亲一边，她一边，抬着描金箱子走了。

把描金箱子抬回家，任喜过给娘亲端了一碗水，半嗔半娇地说：娘咋不给我说？

娘亲豆菊芳喝了一口水，说：怕把我娃吓着了！

任喜过说：娘不怕，我还有啥怕的？

娘亲豆菊芳说：是啊，脱帽富农婆子怎么了，啊？脱帽富农婆子没啥怕的了！

任喜过找来一块抹布，爱惜地擦拭描金箱子上的浮尘。潮湿的抹布在箱脸上走过，使箱脸上的图画更清晰、更显眼。任喜过看着那金灿灿的人物故事，心里喜着，却还问她娘亲。

任喜过问：这都是什么呀？

豆菊芳说：我有意挑的，一个是《西厢记》里的崔莺莺和张生，一个是化蝶成仙的梁山伯和祝英台。你不知道，当年娘嫁到麦禾营的时候，你舅姥爷给我陪嫁的就是这样两只描金箱子哩。

任喜过见过娘亲的那两只描金箱子，破“四旧”时，别人还没上家里来，娘亲就自己把那两只描金箱子砸了。任喜过模糊记得，娘亲在砸描金箱子时，像她现在用抹布擦拭娘亲给她陪嫁的描金箱子一样，端了一盆清水，拧干抹布，把她陪嫁来的描金箱子很仔细地擦拭了一遍。把描金箱子擦拭得纤尘不染，最后还用她的热脸蛋，把描金箱子上的人物故事挨个儿贴了贴，嘴里念念叨叨的，然后抡起一柄斧头，朝着她心爱的描金箱子就是一通乱砍乱砸，直把描金箱子砍砸得成了一堆劈柴，把自己砍砸得披头散发，像个疯癫了的婆子一样，痴呆呆垂首站在描金箱子花花绿绿的碎片前，悄没声息地流着泪。她给任喜过买回那样的一对描金箱子，她是追寻自己曾经碎了的梦吗？任喜过不知道，但任喜过说了。

任喜过说：这是“四旧”哩！

娘亲豆菊芳笑了，说：我还是脱帽富农婆子哩！

娘亲豆菊芳这样说，放在早年，不把她娘儿俩吓个半死才怪。现在说，娘亲是笑着的，任喜过忍不住也笑了。

所以能笑也敢笑，娘儿俩是听了广播匣子里天天讲，要大家勤劳致富，下村来的公家人也说，要大家勤劳致富。娘亲花钱受累，特意给任喜过陪嫁这对勾画了“四旧”的描金箱子，正是她们娘儿俩勤劳致富的物件哩！

娘亲豆菊芳给任喜过没少念叨，他们家之所以被划为富农成分，她之所以被戴了富农帽子，最根本的原因就是他们家的传统，一代一代的人都太勤劳了，都太节俭了。

软在娘亲怀抱里的任喜过，在她出嫁的这个晚上，真想一直地赖下去，可是娘亲推她了，哪怕她哭得泪人儿一样，娘亲也毫不留情地把她推了起来。娘亲说了：哭两声就行了，别把自己的眼睛哭出血来，天明进了女婿家的门，让人见了，还以为你娘我虐待你了。娘亲豆菊芳的话，冷冰冰的，在任喜过的记忆里还是头一回。她不解地从娘亲怀里硬挺起来，抹着眼泪不哭了。任喜过突然想，身为一个女子，娘家妈的娇宠原来是靠不住的，日后的路，好走难走，看来都得靠自己走了。

昏昏沉沉，任喜过是怎样睡过去的，她不知道，但任喜过听见娘亲豆菊芳养在后院里的鸡喔喔喔高叫起来的声音，她睁开了眼睛。

睁开眼睛的任喜过没有从被窝里爬出来，她伸手一摸，摸到一堆绵乎乎的衣服，她知道这是娘亲为她准备的嫁衣。她从被窝里爬出来就要脱下为女子时的旧衣服，换穿上这堆扎了花、绣了朵的嫁衣……这么想着，任喜过抓了一把嫁衣，那红红的绸袄儿，那红红的绸裤子，可都是娘亲的女红绣活。这一点，娘亲豆菊芳让任喜过佩服得五体投地，她相信，在有了专门的裁缝、专门的缝纫机后，除了她的娘亲，是没有人做得出这么精细的手工活了。正心怀感激地想着亲爱的娘亲，任喜过独自居住的厢房门咯吱一声响，娘亲端着一盆热气腾腾的洗浴水进来了。

娘亲呼唤着任喜过，让她起来洗浴。

娘亲说：谷梦梦下话过来，说他们谷寡婆村今日三门娶亲，哪门抢了先，哪门得风气。

是个什么风气呢？任喜过不知道，也没问晓事的娘亲。但她知道，渭河从甘肃的鸟鼠山发源，曲曲拐拐跌出宝鸡峡，进入关中西府后，西府人的风俗就是这样。为了抢得那个风气，娶亲的人家常常半夜就起程了。这让任喜过想来，就有了十分的笑意。

任喜过想笑：土匪抢亲吗，半夜三更的？

任喜过知道她不能笑了，她在娘亲豆菊芳的呼唤声里钻出被窝，又在娘亲的帮助下，洗了一遍身子，换上了新嫁衣。坐在炕边上，才刚喘过一口气来，就听见她家的大门被娶亲的谷梦梦拍响了。

娘亲豆菊芳小跑着到了大门口，她是要立即打开大门的，却听见门外人声喧哗，其中就有娘亲豆菊芳熟悉的麦禾营村乡亲，挡着敲门的谷梦梦，向谷梦梦讨要彩门钱……哦，搭彩门，关中西府的风俗哩。嫁女的人家，在村里活得有没有人气，就看嫁女这天的彩门了。人气高的人家，不用请，村里一户不落地都要来，来人摘下绕在脖子上的围脖，解下顶在头上的头巾，往嫁女人家门上能搭的地方搭。不知是否有意，西府人家，穷得脱了裤子卖，但在建屋院时，即便是少盖一间房子，也要腾出砖瓦木头，为自家修筑一座门楼。门楼上吊角挂斗，挑檐重檩，多是搭彩的地方。红红黄黄、蓝蓝绿绿，五彩缤纷的围脖、头巾，一条一条，重重摞摞，搭在任喜过家的门楼上，让任喜过的娘亲透过门缝看来，心慌得差点晕倒。

脱帽富农婆子！

任喜过的娘亲豆菊芳抬手捂住自己的胸口——她在这一刻，真正感到她和麦禾营村的乡亲是一样的了。在此之前，任喜过的娘亲不敢奢望大家会在她嫁女的时候来到她家门楼前给她家搭彩门的。捂着怦怦狂跳的心，任喜过的娘亲没有立即打开大门，她要让村里来搭彩的乡亲与来娶亲的谷梦梦，尽情嬉闹那么一会儿。

这一时刻，哪怕是唱戏、耍社火的场子，也没有任喜过娘家门外乡亲的喧闹，这让任喜过和她的娘亲豆菊芳很开心。

第二章

两只描金箱子，分别扎绑在两辆自行车的后架子上，箱盖上各自又摞着四床被子。再是洗衣机、收录机以及别的陪嫁物品，一字儿排开，全都扎绑在了自行车的后架子上。这是谷梦梦迎娶任喜过的队伍，长长的一溜自行车，花花绿绿地扯开来，几乎是头不见尾、尾不顾头了。红绸袄、红绸裤子的任喜过，在娘家几位亲眷的簇拥下，从她出进了二十年的娘家门里走出来，走到谷梦梦把持着方向的自行车前，屁股轻轻地抬了一下，就稳稳当当地坐在了后架子上。任喜过的这个动作是熟练的，像平时练过了一样。谷梦梦就也十分配合地一脚踩着自行车的脚踏板，在麦禾营村的街道上向前滑了几步，然后抬起另一只脚，从自行车前梁上跨过去，坐在自行车的座上，双脚踩着自行车的脚踏板，骑行在自行车阵的最前头，引领着长长的自行车队，蜿蜿蜒蜒、曲曲拐拐地出了麦禾营村，向着暗夜里的谷寡婆村疾驰而去……这个特殊的自行车娶亲队列，走出麦禾营村已经很远了，可是他们还能听得见身后麦禾营村任喜过娘家嫁女燃放爆竹的声音。

任喜过只觉身边风声呼啸，她想，谷梦梦该给她说说话的，却没有，她就只能自己乱想了。

任喜过首先想，谷梦梦给她下话，说他们谷寡婆村今日三门娶亲，谷梦梦组织了自行车队来娶她，那么那两门呢？他们也是组织自行车队去娶亲的吗？任喜过不敢保证，想了想就把这件事丢到了脑后。任喜过在她出嫁的日子告诫自己不要多想，她知道想什么都是白想，在这一天，新娘子就是一只猴子，一只化了妆的猴子。她没有自己的主张，没有自己的自由，谁想要就能要，要得过了也不要紧。任喜过不要自己多想，然而又不能够，特别是娘家人在麦禾营村为她燃放的送嫁炮仗，一会儿响一声，一会儿响一声，她就禁不住又想，谷寡婆村一日三门娶亲，还不知要燃放多少炮仗哩！

谷寡婆村没有让任喜过失望，在她的自行车娶亲队伍进村的时候，那两门的娶亲队伍也刚进了村子。

当然，这不是商量好的，也不是谁等谁，完全是巧合。

有了开头一个巧合，就有接下来的第二个巧合——三门娶亲人家的娶亲炮仗，噼里啪啦噼里啪啦差不多又在同一时间燃放起来。这一家的二踢脚咚的一声蹿到高天上，啪的一声炸响，那一家的二踢脚又咚的一声蹿到高天上，接着啪的一声炸响……千字头、万字头的鞭炮，在各家大门外扯开来，一齐爆响着。不知是受了鞭炮齐鸣的影响，还是各家燃放二踢脚的炮手无意中同一时间点燃了二踢脚的药捻子，使得三家的二踢脚又同一时间咚的一声蹿上高天，再同一时间啪的一声炸响。谷寡婆村在这一天，可是太热闹、太红火了。鞭炮和二踢脚炸得天上地下满是纸屑，红是红，绿是绿，搅和在一起，先在天上飘飞着，飞着飞着就落到地上。人从上面走过，炮仗的纸屑还会飞扬起来，沾在人的衣裳和鞋面上，个别的还飞扬着钻进人的头发里……原来不很规则的谷寡婆村，土墙上、砖墙上、碾盘上、碌碡上、牲口桩子上、官井沿儿上以及大大小小的石头、高高低低的树木柴垛上，都有人早早地贴上一方手片大的红彩纸。这也是西府的老规矩，人称遮丑红，和新娘头上顶的红盖头是同一个道理呢！

谷寡婆村的万事万物，按着老理儿，都贴上了遮丑红，但是娶来的三个新娘子，却没人顶红盖头。这该是破“四旧”的功劳了。有些被破了的“四旧”，在改革开放的春风里，悄悄地恢复着，譬如任喜过的娘亲豆菊芳给任喜过陪嫁过来的描金箱子，譬如谷寡婆村给村里万事万物贴上的遮丑红，全都不走样地恢复了，可是新嫁娘头顶的盖头布，却彻底地被“破”掉了，没有哪个新娘再顶了。

因为没顶红盖头，任喜过淡淡地抬眼一看，就知道谷寡婆村另两门娶亲人家，一家在自己家的隔壁，一家远一些，在村子拐弯的西口上。

村子拐弯的西口上那一家，情况是怎样的呢？任喜过还不知道，但和她家隔壁的这一家，谷梦梦没有说，是任喜过的娘亲豆菊芳问出来的。心细的娘亲晓得“远亲不如近邻”的道理，她给任喜过寻找抱她的那家人，问了他们家的情况后，很自然地就把近邻的情况也问了。娘亲问来的情况是，谷梦梦家的近邻是他们谷寡婆村的老支书谷大房家。

谷大房的名声不坏。同在渭河边上，麦禾营村与谷寡婆村隔着小十里，任喜过的娘亲豆菊芳也早耳闻过谷大房了，知道他在人民公社化时当过谷寡婆村的支书，现在仍是谷寡婆村的支书。

村支书不是啥大不了的官，但在一个村子里，就是人见人畏的“皇上”了。

任喜过不知道娘亲豆菊芳为啥没有弹嫌这样一家近邻。到她无法选择地进了谷梦梦家的大门，拜了天地，入了洞房，不用眼见，仅凭耳闻，就已感觉到隔壁两邻都办喜事，但热闹的程度是大不一样的。她家这边，不论是拜天地还是宴客人，全都静悄悄按部就班地进行，没有喧哗，没有戏耍，每个人都赔着小心，生怕弄出大的响动，搅扰了隔壁谷支书家的喜事似的。可隔壁则不同，一台带着大喇叭的收录机，从头到尾地响着，哇啦哇啦，调一个频道唱流行歌，再调一个频道吼秦腔，交织在一起，没边没沿，无休无止……还有猜拳行令的喊叫，喷吐着肉的香气、菜的香气、酒的香气，翻越过两邻不是很高的界墙，直往任喜过的耳朵里钻。其间还发生了一件叫人哭笑不得的事。谷梦梦的几个老亲戚，多年没走动，这一日，来吃谷梦梦的喜酒，结果进错了门，坐了隔壁谷支书家的席。酒斟上了，菜端上了，却突然发现进错了门，赶紧退出来，再进谷梦梦家的门，脸上臊臊的，像染了红一样，埋怨谷梦梦：咋过的喜事呀？弄得这么冷清！

正月里，天短夜长。

热闹也罢，冷清也罢，支应过去也就算了。但却没有，热闹的谷支书家更热闹了，相比之下，冷清的谷梦梦家里也就更显冷清了！

村支书谷大房的黑棉袄上套了件藏蓝色的中山装，站在自家的雕花门楼前，满脸的喜气和春风，鞭子赶一般，把他脸上的皱纹全都赶到眼角旁堆叠起来，似乎更加突显了他的喜悦。有人从他家门里走出来，他送上一根香烟，问候一声：喝好了？有人向他家门里进，他递上一根香烟，叮嘱一声：放开喝，甭怕醉。眼看着天黑下来，谷大房举手向雕花门楼内招了招手，就有执事的人推上电闸，把吊在院子棚梁上的灯泡点亮了。因为灯泡瓦数大，点亮后把雕花门楼内的院子和雕花门楼外的街道，全都照得亮晃晃的，仿佛白昼一般。人潮一波一波地来，一波一波地去，谷大房的中山装口袋，就像取之不竭的聚宝盆，来来去去的客人，能抽烟的他敬烟，不能抽烟的他敬糖。

谷大房把烟敬上去了，就热乎乎地说：吸着，吸着。

谷大房把糖敬上去了，就热乎乎地说：拿上，拿上。

客人吸了谷大房的烟，拿了谷大房的糖，给他回几句敬奉的话就成了必然。

有人说了：老支书给娃办事，把人几天劳累扎了。看哩，你的眼睛都熬红了。

有人说了：这回给二娃把媳妇一娶，老支书的心事就全了咧，你就净等着享福了。

有人说了：今日这事，办得全村头一份。还是老支书的威望大，脸上有光哩！

大家用话敬奉着谷大房，他没有不应的道理，因此他一遍一遍地应承，先说：全靠乡党帮忙哩，我连个啥啥的力都没出，能劳累个啥？快进屋去，进去耍吧！我站门口，是代表我全家欢迎乡亲们来哩。再说大炮一响，把儿交给婆娘！咱人老了，要知道老哩，以后就不操娃娃的心咧。后又说：啊呀啊呀，今日把乡党慢待了，改日有机会给乡党把情补上。

言语来，言语去，谷大房的院子里挤满了人。

大家依着风俗，是来耍房的。新郎谷天明在掀来挤去的人群里，像他爹谷大房一样，给大家发着烟。新娘上官乐跟在谷天明的身后，拿着一匣火柴，给嘴上叼了烟的人点烟。因为幸福，因为羞涩，上官乐的脸红扑扑的，洋溢着甜蜜的微笑，一双大大的宝石般晶莹而灵泛的眼睛，闪烁着熠熠的灿烂的光。她是在学校文艺特长小组里担任主角的高中毕业生，没有农村女娃未曾见过世面的扭捏和惶恐，她落落大方，举手投足是那样得体自然。上官乐似乎有种先天的体悟，在这样的场合，羞涩一点是应该的，但一定不能太怯场，越是手足无措，越会惹起耍房人的情绪。他们恶作剧的路数，自然就会像井喷一样，让人应接不暇，洋相百出。学过一点政治、略通一点辩证法的高中生上官乐，知道无论在什么情况下，无论做什么事，掌握主动权是关键。自由恋爱，甚至不顾大哥的激烈反对，私订终身，把自己嫁给谷天明，她知道他是厚道的，厚道得还有点古板，还有点死心眼。正因为如此，上官乐看见谷天明就乐，就爱得不能释手。跟在谷天明身后给大家点烟的上官乐，早把古板、拘束的谷天明看透了，凭他在耍房的人群里乱钻，还不惹得耍房的人把他俩撕碎吃了。手、手、手……到处都是手，有些伸来的手已经闪电似的摸了上官乐最为敏感的地方：乳房、屁股……上官乐左闪右躲，可她又能躲得了几只伸来的手？上官乐心想，躲不是个办法，她要主动出击了。她出击的办法是往谷天明的前头跨了一步，从他的手里接过西府乡间最为吃香的地产金丝猴烟，取出两支，噙在自己的嘴上，划着火柴吸燃，再从自己的嘴上取下来，顺手塞进旁边人的嘴上。

上官乐吸燃两根烟，吸燃了就递出去，也不知她吸空了几只金丝猴烟盒，一口一口吸着，直把自己吸得晕晕的，这才把乱哄哄耍房的人群安顿下来。

上官乐有了喘口气的机会，可她还没把气喘匀，却听人群里两个半大小子野腔野调地吼唱起来：

扳转肩膀亲上个嘴，
肚肠里结的疙瘩化成了水；
冰糖砂糖尝了个遍，
要数妹子儿唾沫星星甜。

上官乐扭头找着吼唱的小伙。她找到了，笑盈盈忽闪着的两只大眼睛，放胆瞅着那两个半大小子，不但没有退缩，反而发起更加强烈的“攻击”。

上官乐说：哎哟哟，现在都是啥时代了嘛，还唱那老得没牙的调调儿。听我说，要唱你就唱个八十年代的流行歌。

耍房的人静了片刻，受到“攻击”的两个半大小子，羞臊得低下了头。

上官乐痛打落水狗，接着还说：怕人笑话了？嘿，多大点事儿呀，把头抬起来。

见惯了新娘子的扭捏，见惯了新娘子的羞怯，纯朴善良的庄稼人面对上官乐的大方和率性，显得既惊喜又新奇。大家静了片刻后，一哇声就又嚎吵起来了。

大家没敢直接嚎吵上官乐，而是先嚎吵被上官乐“攻击”得低下头的两个半大小子：咋了？像两只斗败了阵仗的小公鸡一样，让开路，旁边就是鸡窝，你俩钻鸡窝里去吧。

被上官乐“攻击”得已经很沮丧的两个半大小子，是不能再被大家奚落了。他俩不甘认输，相互使着眼色，要反击了。

两个小伙齐声大喊：对着哩，我俩唱得不好，新娘子给咱唱一个。

高中生上官乐可能会怯别的什么，唱歌她是一点都不怯的。大家才一起哄，她就挺了挺脖颈，扭了扭腰肢，甩了甩脑后乌黑蓬松的马尾辫，张嘴就说：唱就唱一个。咱脑子里没记下别的，流行歌一串一串的，难不住咱。

上官乐说话特有气势，几句话说罢，这就极有韵味地唱了起来：

风吹着杨柳嘛唰啦啦啦……

小河里水流得儿哗啦啦啦……

上官乐一曲《回娘家》唱得圆润而甜美，就像原唱朱明瑛来到了谷寡婆村给大家唱一样，当下把嬉闹的耍房人镇得没了脾气。院子里鸦雀无声，只有上官乐的歌声在飞旋、在回荡。她的歌声是多么轻盈、多么清脆呀，浸透了她一个新娘子满心的幸福和甜蜜。随着她跳跃欢畅的歌声，静下来的耍房人，眼睛却像扑了水，湿漉漉的，仿佛看见广袤的田野上绿绿的麦苗、黄黄的油菜花以及清清的渭河水。这些春天才有的色彩扑面而来。

歌声停了。

歌声停了好一会儿，耍房的人才从他们暖融融、阳光明媚的春日幻境里走出来。叫好声、呼哨声以及"再来一个"的呼喊声，爆响在村支书谷大房的农家院子里。招呼了一天客人，谷大房累了，从雕花门楼外面回家来了。他绕开耍房的人群，回到上房他和老伴居住的屋子里，舒服惬意地吃着烟，不时地透过窗子玻璃，向喧闹的院子瞥一眼。

儿媳妇上官乐的大方，在他看来就是一股要命的人来疯，他担心他的二儿子谷天明可能把握不住他自由恋爱的新娘子。

谷大房为二儿子谷天明担心着，却并不反感院子里的喧闹。在谷寡婆村，谷大房担任支部书记的时间够长了，长得他自己都有些疲了。疲就疲吧，不过他还是想继续担任下去的。院子里耍房的人群，耍笑的是他二儿子和儿媳妇，反映的却是他的威望以及村里的民意。谷大房需要院子里耍房的效果，而且也很享受院子里耍房的效果。

唱小调的两个半大小子，激出了新娘子上官乐的歌声，自己又得意了起来。两个半大小子眨着眼睛，相视会心地一笑，就又花样翻新地提出一个要房新方案。

两个半大小子说：歌儿唱到这里就算了，我们认输。下来，咱们猜谜语怎么样？

书面语“猜谜语”，在关中西府是叫“猜估经”的。两个半大小子唱歌输了一局，不相信初来乍到的新娘子上官乐猜谜语还能再赢。

上官乐是咄咄逼人的，她白玉一般洁净好看的牙齿，咬了一下嘴唇，很干脆地说：猜么。

两个半大小子诡秘地张开了口，可还没有发出声音，却被上官乐招手制止了。

上官乐说：咱可要放文明哩。

两个半大小子咳嗽了一声，说：那是当然的，不过你也不要往歪处猜。

上官乐大气地说：你们说。

两个半大小子摇头晃脑地说起来了：光不溜秋没毛，插进里边不饶；要得饶了，等天明了。

上官乐不知想到哪里去了，两个半大小子的“估经”才说了个头儿，她俊俏的脸盘儿就先腾地红起来，仿佛熟透的西红柿。俩小伙把“估经”拆成一个一个字，从嘴里吐出来，弹射到上官乐的脸蛋上，把她的脸蛋敲打得都快流出血来了。

上官乐两手捂住了脸，咯咯笑着嚷嚷：胡说的啥嘛！咱规定了要文明哩。

出“估经”的两个半大小子没有笑，倒绷着脸，做出受了天大委屈的样子，说：这咋不文明哩？高中生的心眼儿就是稠，谁让你往瞎处猜哩嘛！其实明白得很，不就是个门闩儿。谁家门闩儿不是天黑了插上、天明了抽开？

轰的一声，明晃晃的院子里就是一阵哄堂大笑。

两个半大小子得了胜，顿时神气活现，新点子跟着又出来了：新娘子，这回你输了，给咱老实回答问题，你和天明是咋对上相的？谁先瞄上谁了？谁先撵着谁了？说出来让咱腿泥子也广见广见。

这个问题的提出，把窘迫中的上官乐解救了出来。她没有回避神气着的两个半大小子，只用她兴奋的充满了柔情的目光看了看恭呆呆的谷天明，就自豪而干脆地回答问题了。

上官乐说：是我瞄上天明的。我给他说，咱俩可要好哩，一辈子都好。

上官乐说话还要谷天明来证实，谷天明却只笑不搭言，惹得上官乐在他腰眼上捅了两指头。

隔窗看着院子里的谷大房，心里一惊，他想：这媳妇儿太胆大了，说话咋那么口畅啊！啥话从她嘴里都敢说出来。院子里耍房的人，有一些跟谷大房是一样的，守旧的他们，觉得上官乐的开朗大胆太“那个”了，有些不习惯、不适应。但是，这毕竟是在发骚造怪的耍房过程中，他们都有种“新媳妇三天没大小”的意识，因此上官乐也使大家有一种从未经见的新奇与新鲜。听了上官乐的回答，他们一齐掩着有胡子或是没有胡子的嘴巴，扭过头去，“嘿嘿”地偷笑起来。大家似乎一下子对这个大胆泼辣的新娘子产生了异样的好感，觉得不在新娘子面前表现一下自己，就对不起新娘子，也对不起自己。于是他们鼓足了勇气和力量，以上官乐为中心，拼命地向前挤着、扛着，把抢了风头的两个半大小子迅速挤出了人圈。

玩耍的点子一个接着一个，使正月还很寒冷的夜晚，因为支书谷大房家耍房的缘故，被搅和得热气腾腾，仿佛艳阳高照的夏天。

第三章

仅仅一墙之隔的九先生谷正芳家，与动地喧天的村支书谷大房家比起来，此时就显得太冷清了。

整洁的院子和几间老旧的房子里，像村支书谷大房的家一样，也高悬着大瓦数的电灯泡，也一只不落地都点亮了，照得不是很大的院子灿亮辉煌，如同白昼。待承乡党们前来要房的水果糖、花生豆、葵花子、金丝猴香烟和工字牌雪茄，一样不少地堆在上房和谷梦梦新房里的大方桌上。此外，九先生谷正芳还生了蜂窝煤炉子，开大了煤炉风门，把火烧得旺旺的，架上铁皮茶罐儿，咕嘟嘟咕嘟嘟地一直熬着。从弥漫在房间里的茶叶味儿判断，九先生谷正芳把茶叶熬得汁子都能吊线了。然而让九先生谷正芳失望的是，没有人登门来要房，偶尔跑来几个碎娃娃，探头探脑地看上一番，看不出什么热闹，就又噔噔噔噔地跑出去了。

正是碎娃娃的一出一进，更加显得院子里寂静落寞。

当然还有隔壁的喧闹，那边越是闹腾得声势大，这边就越发空寂与无奈。

这哪里像是迎娶新娘子的“喜日”呀！

谷梦梦到九先生谷正芳的上房转了一圈，看他爹九先生的脸比锅底还要黑，知道老爹九先生的心里比他更不好过，就把咕嘟嘟响着的铁皮茶罐子提起来，给他爹九先生倒了一茶盅，往老人家的手边推了推。要说，西府农村盛行的罐罐茶，熬了太长时间，熬得确实不错了，黑乎乎热气蒸腾，配上两三颗花生豆，是能喝得人冒汗的。可是九先生谷正芳看了一眼二儿子谷梦梦，不仅没有接茶盅，还难过得背过儿子，偷洒了两滴浑浊的泪水。

儿子谷梦梦没问老爹九先生，但九先生谷正芳心里知道，新婚之夜没人来要房，儿子心里难受，想问他原因，但碍着他是老爹，儿子只是张不开口罢了。

能是个什么道理呢？其实谷梦梦知道，九先生谷正芳自己更清楚。他是脱帽右派，是谷寡婆村长期批斗的对象，一有风吹草动，九先生谷正芳就被支书谷大房提溜出来，指派两个基干民兵身背长枪押着他，让他低头弯腰站着。支书谷大房历数他几宗“旧罪”，然后就很威严地坐在土台子一角，号召村里的积极分子轮番上台，批判他的反动思想。

戴帽右派九先生都有哪些反动思想呢？一次次的批判，大家其实是很模糊的，只知道他是谷寡婆村最早读书的人，把自己读到了北京的一所大学，解放后回到了岐阳县，做了县城中学的老师。娶了妻——妻子也是个识文断字的人，生了子——大儿子谷劳劳、二儿子谷梦梦又是一对能读书的娃。仅此而已，似无其他明显的右派言行。1965 年，组织上考虑九先生谷正芳的实际情况，开始给他整理材料，报请给他摘除帽子让他再登县城中学的讲台，培养无产阶级革命接班人。然而“文化大革命”像狂风暴雨，席卷了全中国，别说组织上整理材料给九先生谷正芳摘帽子，甚至干脆把他从县城中学学生灶管理员岗位上免下来，狠狠地批斗了几个回合，注销了他的县城户口，把他和他的儿子们一把推回到老家谷寡婆村，做起了职业右派分子。

这是个只能老老实实劳动、不敢半点乱说乱动的职业，仿佛泰山一样压着九先生，让他抬不起头来。可谁又能料得到，老实改造的九先生谷正芳，没能管住他的嘴巴，他说了一句话，说的是极其反动的一句话。

九先生说：社会主义？嘿嘿，我看就是个社火主义！

说这话时，正是“文化大革命”进行到如火如荼的时候。九先生谷正芳在谷寡婆村劳动改造，经常会在渭河边上收收种种，没日没夜。一次歇在渭河河堤上，发现渭河里漂着一个人。他下到河里，把漂着的人捞上来，扳着那个人的脸看，发现是一个和他经常站在一起被批斗的人。九先生谷正芳那个伤心，仰头看着天，呆呆地看了一阵，只见满天的白云，艳阳高照。他低下头来，把已淹死的同伴揽在怀里，给他絮絮叨叨地说话了。

九先生谷正芳说了许多话，说着说着不知怎么就说了“社会主义不就是个‘社火主义’”那样一句话。

九先生谷正芳说的是开导话，他说：咱们就是个“运动员”，运动来了，不耍咱们耍谁？人家要耍让他耍去好了，咱又不是没被人耍过，一次一次地耍，还不都是像耍社火一样，耍一阵子就过去了，你见谁把社火能耍一辈子？

人家要耍咱，咱就跟上他耍，也不只是娱乐了人家，咱跟上耍不也娱乐了咱自己吗……对一个死人，九先生谷正芳不住嘴地说，把他说得还流了泪，呜呜呜呜像头老牛一样，吸引了几个与他一起在渭河边劳动的谷寡婆村人。他们吃惊九先生谷正芳的举动，更吃惊九先生谷正芳说的话，把他抓了个现行，在渭河河堤上现场开了他的批斗会。

多么难堪的场面，九先生谷正芳都乐观地扛过来了，可在他脱了右派帽子给儿子娶回媳妇的晚上，似乎有点扛不住了。儿子谷梦梦给他倒茶，他没接，脸上臊得能滴血。他瞅了一眼儿子，站起来，听着隔壁谷大房家的喧闹，低头从他家大门走出去了。

谷梦梦不知老爹九先生出门去做什么，他目送着老爹的背影，觉得他今晚比他戴着右派帽子时还要委顿。要知道，脱帽后的九先生谷正芳，落实了政策，有机会重新安排工作，只是他自己觉得年龄大了，没有要求安排工作。他赋闲在家，组织上给了他一笔不小的政策落实补助，尔后月月都有退休金寄给他。他不差钱了，而且他的精神世界因此也起了变化，腰挺直了，头仰高了，他觉得他能昂昂气壮地活人了，但今天却……委顿不堪的老爹九先生走出去后，谷梦梦辛酸地背过身，回到自己的新房里，没敢看他亲爱的新娘子任喜过，把自己仰面摆在喜烛高照的炕面上。

仰面摆在炕面上的谷梦梦，一声不吭，两只雾蒙蒙的眼睛，迷茫地盯着新糊了一层花纸的顶棚。在西府农村刚刚流行起来的西服，他穿着本来就不甚合体，让他不惜不爱地一番折腾，就显得更加凌乱不整。搁在炕沿的那一双大脚，蹬着双也刚在西府农村流行起来的方头皮鞋。因为一天的忙碌，鞋上的泥土没有及时打理，便显得土头土脑，顿失原来该有的光亮。他把一只粗糙的大手，垫在被他挖抓得头发乱糟糟的脑袋下边，腾出另一只手，捏了根接了一截的金丝猴香烟，咬在铁青的嘴唇上，长长地抽了一口。烟头上的火苗便懂事地往下矮了一截，他没防顾，火苗过处，形成长长的一截烟灰，掉下来，落在他的脸上、西服上。他身子动也不动，只是用手慢慢腾腾一拨拉，就又狠狠地抽起他的烟来。

新婚的任喜过，呆呆地坐在写字台前面的靠背椅子上。对面的三开门大立柜上，中间的一扇是面刻了凤凰暗花的穿衣镜，镜子里面的任喜过，是高挑顺溜的，圆乎乎、红润润的脸盘上，凝滞着不知所措、痛苦而惘然的神情。

任喜过初入洞房时的心情不是这样的。她眼见新房的布置和摆设是富丽堂皇的，远比她过门之前想象的要好得多，大小立柜、写字台、软沙发、茶儿，一水儿橙黄色漆面，一式儿大上海新流行款。小立柜上搁着她陪嫁来的燕舞台式收录机，收录机上蒙了一块大红色的金丝绒布；写字台上摆了几本书，书的旁边又摆了一盆鲜艳美丽的红花。虽然这花是绢做的假花，可也让任喜过初看时是那么的惊喜和神往……惊喜是因为陌生，神往是因为神秘。任喜过沉浸在这巨大的幸福里，挨过了慌慌乱乱的初婚头一天，进入了初婚的头一夜。她准备好了，准备着谷寡婆村的乡亲蜂拥到她的洞房里来，开开心心耍她的房。

任喜过愿意和来耍房的乡亲们分享她新房的富丽堂皇，甚或豪华。

可是没有人来！谷梦梦为她准备的新房，就是再富丽堂皇，再豪华，也在眼前的清冷和孤寂中，变得黯然失色。

任喜过悄悄地扭头过去，看了一眼女婿谷梦梦。他依然是那一副姿势，依然是那一副神态，一口口吃（吃：方言，抽）着烟，再一口口吐出来，浓重呛人的烟团，把谷梦梦几乎都要埋起来了。

这到底是怎么回事呢？任喜过觉得她的心像泡在了醋罐里，酸酸的想要流泪。初婚之夜被人耍房，任喜过在做姑娘时就很熟悉了，她曾经好多次远远地站在人背后，悄悄地看大家怎么耍房——他们对新娘子耍闹得可是够疯呢，什么恶作剧的套路都敢用，看得任喜过脸红心跳，但她却看得津津有味。任喜过要做新娘了，就在昨天晚上，絮絮叨叨的娘亲豆菊芳给她说了许多话，其中还说了耍房的事儿。

娘亲豆菊芳一再强调，新娘子要明事理，要耐得住耍，耍得过头一点也不要紧，可不敢给人摞脸子，让人担不起。娘亲豆菊芳还说，乡亲们来耍房，是乡亲们看你好，耍闹得越欢，时间越长，越是你娃的福气，你就在谷寡婆村把人活出来了……任喜过懂得娘亲豆菊芳的心思，她毫不怀疑娘亲的絮叨，她也相信自己嫁到谷梦梦家里，在初婚的晚上，经得起村里乡亲的耍房，把乡亲们都待承好。那有什么呢？姑娘家变身为新娘子，都有这一回，把羞脸收起来，让乡亲们尽兴地快乐地耍，不就是敬酒、点烟、剥糖纸么？不就是听人说什么“隔山取火”“雀儿含钱”“翻山爬沟”的酸话么？这没有啥嘛，咱经受得起，不会拂了乡亲们的美意……任喜过把啥啥都思量过了，啥啥都准备好了，可任喜过哪里想得到，自己的洞房花烛夜，竟会是这样一种场面。这到底是怎么一回事呢？难道说我任喜过今日刚一过门就把谷寡婆村的乡亲们得罪尽了吗？

任喜过摇头了，她不认为这是自己的错，但她已经敏感地知道，今后她在谷寡婆村的日子不会好过了。

任喜过摇头的同时，轻轻地招呼了一声仰躺在炕面上的谷梦梦：喂……

整整一天，任喜过头一回给谷梦梦递话。她想问问谷梦梦：咋不见人来耍房哩？她希望谷梦梦能给她一个解释。但是，谷梦梦的头向她转了转，向她投来一束阴郁愤怒、委屈不安的目光后，又迅速地别转过去，不知是叹气还是恼着什么，从喉咙深处重重地发出一声：哼！

谷梦梦没说话，挂在墙上的三五牌大钟，赶着点响了起来，叮当、叮当……一直敲了十下子。在任喜过的耳朵里，厚重的钟声响过后，就又是隔壁的笑声和吼喊声以及唱歌声尖锐地传过来，是那么的响亮，是那么的欢畅：

一片乌云来，一阵风儿刮，
眼看着山中就要把雨下……

那是隔壁新娘子的歌声吗？任喜过肯定着自己的判断，很能忍耐的她，再也忍耐不住了，两行泪扑簌簌地滴落下来，洒在她簇新的嫁衣前襟上。

任喜过参加劳动早，身材高挑却又不失力气，干起活来有使不完的劲。然而她又是胆小怕事的，在娘家时，不论去学校还是下地劳动，她都只知埋头学习或干活，从不多言多语，从不招惹是非。稍稍碰上惹人着气的事儿，哪怕小得提不起来，她都会躲开来，躲得远远的，害怕把自己搅进去。原因很简单，她是富农家的女儿。有了这个身份，她只有躲着事儿，才是对自己最大的保护。

娘亲豆菊芳现在脱帽了，脱帽了又怎么样？已经养成的性格，任喜过暂时还回不过神来。娘亲给她找婆家，和她商量时说过：咱还找个脱帽的人家，猪黑不笑老鸹黑，咱们谁不欺侮谁。

是的，相同的家庭遭遇，婆家人的确不会欺侮自己，可邻里旁人呢？任喜过的头伏在包了皮革的椅子背上，咬着嘴唇抽抽搭搭地不敢哭出声来。

灯光璀璨的院子，又恢复了可怕的寂静。而隔壁院子的欢声笑语，似乎比之前更响亮更热烈地传过来……一声一语，一笑一喧，都异常强烈地刺激着任喜过的心。

在大门外转了一圈的九先生谷正芳，低头又回到门里，回到他住的上房，把在蜂窝煤炉上熬得咕嘟嘟响着的铁皮茶罐儿提起来，给自己倒了一碗，也不管茶汁烫不烫，端起来就往嘴里倒，结果把他烫得吐出茶汁，并咝咝地吸着冷气。

任喜过赶在这个时候推开了老爹九先生虚掩的房门。她给老人端了一杯晾凉了的罐罐茶，递到老人的手上，让他漱口解疼。老人听话地喝了，漱着口看任喜过，而任喜过也忽闪着亮晶晶的眼睛来看他。

老爹九先生羞愧地说：对不起。

这是什么话呢？任喜过撵到老爹九先生的面前，不是听老人检讨的。任喜过想听老人给她说个理由，老人没说，却给她道了一声歉。这让任喜过不由自主地低下头，两手无措地揪扯着她新嫁衣的下襟，啥话都没说，绕过老爹九先生，把铺在炕上的被子打了个圆圆的被筒，摆上枕头。

任喜过轻声细语地说：爹您睡吧。熬累了这些日子，您该睡个好觉了。

多么懂事的儿媳妇呀！九先生谷正芳核桃壳一样粗糙的脸难看地抽动了几下，黄蜡蜡的脸色写满了痛苦而歉疚的表情。老人向炕边退着，他退得是那么小心，像是怕他退得不好而跌倒在脚地似的。他慢慢地退到炕边，脱了鞋，上了炕，钻进被窝里，又给他懂事的儿媳妇做了检讨。

九先生谷正芳说：真的对不起哩！

九先生谷正芳向儿媳妇任喜过检讨的声音未落，院门口响起一阵杂沓的脚步声。那声音像是乡下人高兴时敲响的锣和鼓，对坐上炕的九先生不啻一个很大的鼓舞——他知道有人来要房了。等待，多么煎熬的等待呀！刚才他撕下自己的老脸不要，出门去，在隔壁支书谷大房家的大门口，掏烟敬奉着在那里出进要房的人，他让自己的脸堆满了笑，他相信自己的笑是媚态的、讨好的，当然还有乞求和希望，乞求大家到他家里来要房，希望大家到他家里来喧闹……大家没驳九先生的面子，他敬奉的金丝猴香烟大家都接了，可都又像不懂他的用意似的，接了他香烟后，没进他家门，还是进了支书谷大房的家门。好了，有人来了，来要房了，九先生谷正芳把他委顿的腰身忽然拉挺起来，刚才还黯淡的脸色也腾起一抹红光。

九先生谷正芳给任喜过说：去吧，好好待承来人。

任喜过冲着老爹九先生笑了笑，她从老爹九先生的上房里退出来，准备回她的洞房里去接受来人要房。在她忐忑着心走在院子里时，已听到洞房里吵嚷成一片，吆五喝六，像是麻雀窝里戳了一扁担。是哩，是她的新女婿谷梦梦热情地招呼来人哩。

谷梦梦喊着说：抽烟抽烟。

谷梦梦喊着说：吃糖吃糖。

任喜过的脚步是急的，她急急地走到洞房门口，抬手撩起绣着鸳鸯戏水的大花门帘一看，人没走进去，心先凉了一大截。她恭呆呆地站在洞房门口，看着新女婿谷梦梦和五六个小伙子或坐或蹴地拥了一炕，他们抽着谷梦梦敬奉的金丝猴香烟，吃着大白兔奶糖，呼喊着，吼叫着，拿出一副扑克牌，在打一种叫“斗地主”的牌式。这种牌式是带着“彩”的，输赢的“彩头”由参与的人协商拟定，高了一二十元，低了三五角钱。任喜过看见，在她洞房里赌博的几位，玩的不大不小，输了的一盘给赢家五元钱。他们一进任喜过的洞房就赌上了，赌得那个热烈，新娘子任喜过撩起门帘站在洞房门口都没引起他们的注意。这该是赌徒的特点了，他们聚精会神地关注着手里的纸牌，是一把好牌，就会兴高采烈地高举起来，重重地摔下去，摔得啪啪响。洞房炕上的大红绸绣花被子，盖着赌博者的脚，中间放着同样的大红绸绣花枕头，纸牌就摔在绣枕上，而每个人眼前的被面上则散乱地放着两块、五块、十块钱的票子。

赌博……他们要房就要房么，怎么就赌博上了呢?

任喜过吃惊地看着坐在她洞房炕上赌得兴致勃勃的几个人，最后把她热烫烫惊异的目光停在新女婿谷梦梦的脸上。谷梦梦应该感觉得到新娘子戳他脸皮的目光的，可是他没有理识，谷梦梦跟着几个赌徒，尚欠熟练地揭牌出牌……因为欠熟练，站在洞房门口的任喜过发现，输的总是谷梦梦。他把口袋里的钱都输光了，再输，就把衣服上的口袋翻开来找，一个口袋翻开了，另一个口袋也翻开了。谷梦梦翻开了衣服上所有的口袋，没有找到一分可用的赌资，他摇了摇头，解开手腕上的表链，把他新婚才戴的手表撸下来，押在了赌资堆里。

谷梦梦粗声粗气地说：就是这块手表了。

赌博着的几个小伙子，把谷梦梦押进赌资堆里的手表拣出来，挨个儿仔细看过，似乎并不看重这块谷梦梦新婚才戴的手表。在赌徒的心里，除了钱，别的东西似乎都很轻薄。但他们哪里知道，这块手表可是新娘子任喜过买来送给谷梦梦的新婚信物，这块手表的价值，可不是多少钱能够顶替得了的。金钱不能顶替的手表，传到一个矮胖的小伙手里了，他红红的烂了一圈的眼睛，难得抛开纸牌，看向了呆站在洞房门口的新娘子任喜过。这让他有种发现九天仙女般的惊喜，两只眼珠子盯在任喜过的脸上，一动都不动，喷射而出的目光像是毒蛇的芯子，是贪馋的，是淫邪的。他龇着牙向任喜过一笑，猛地把谷梦梦要押进赌资堆里的手表抛给谷梦梦，高喉咙大嗓门地说开了。

矮胖小伙说：不要你的烂㞞手表。

听见矮胖小伙拒绝，倚着洞房门框站着的任喜过松了一口气，她可不想把她送给谷梦梦的新婚信物做赌资输了去。可是矮胖小伙接下来的提议，比把新婚信物做了赌资还要叫人难堪和痛心。

矮胖小伙说：干脆，把新娘子押上好了。谷梦梦再输，就把他新娘子的头一夜给赢家睡了去！

吵成一团的新房顿时静了下来，就像一颗威力很大的炸弹炸过之后，一切生命都消失了一般。赌博着的几个小伙子，转过眼来，一齐盯在新娘子任喜过的脸上……谷梦梦的脸涨红了，他把扑克牌啪的一声扣下来，嘴唇哆嗦着，一双愤怒的眼睛盯住矮胖小伙的烂眼睛。谷梦梦想要那双烂眼睛胆怯下来的，但却没达到目的，那双红红的烂眼睛所表现出来的，是蛮横的、无所顾忌的，同时还包含着一股放浪不羁的淫邪意味。

哇的一声，任喜过终于放声哭了出来。

一个晚上的痛苦，在这一刻再也压制不住了……九先生谷正芳听到了任喜过的哭声，想要从上房屋里走出来，但他的屁股却像焊在了炕面上，挪都挪不动了。老人家没了办法，他伸出手，在空中没着没落地乱摸着，这就摸到了挂在炕墙上的那把二胡。九先生谷正芳把二胡摸到手，取下来，靠在他的腿弯上，调了两声弦，这便不知所措、毫没根由地拉了起来。

九先生拉的是喜庆的二胡曲子《百鸟朝凤》，可在儿子媳妇新婚的晚上，从二胡的弦索上流出来，却是那么幽怨和哀伤。

第四章

叮当！一声清清亮亮的响动，把惠杏爱从睡梦中惊醒了。

从昏昏沉沉的睡梦中睁开眼睛，惠杏爱的第一感觉就是，自己的脖子被谁紧紧地搂着。这是谁呀？惠杏爱恍惚一惊，猛地记起，自己昨天结婚了。意识到这一点，一种从未体验过的羞涩和心慌，使她浑身一颤，她想起初婚的丈夫谷门坎——一定是他了，是他搂着自己的脖子哩。然而她却觉得搂她的手柔柔的、细细的，偏过头去看。正是她这一看，让她差点笑出声来。

搂着她脖子的是小弟弟门栓。

惠杏爱长长地出了一口气。她释然了，感到可笑，接着又有一种深深的爱恋和感激，像是泛滥的潮水涌上来。

昨天清晨，迎亲的队伍把惠杏爱热热闹闹地接进这个小小的庄稼院里，新郎官谷门坎的小弟弟门栓就几乎成了她的尾巴，形影不离地跟在她的左右。小家伙是可爱的，穿着却也是寒碜的：小棉袄穿了一冬，袖口都绽出了棉絮，因为是惠杏爱的喜日，家里给门栓套了一件半新的褂子；精光光一双赤脚，蹬着一双黑乎乎的新棉鞋……这些都不能成为门栓缠惠杏爱的障碍。他那冻出紫色疤块的小脸上，满是灿烂的衷心的欢笑。小家伙对她毫不生分，见她就把她叫了“大姐”，简直成了她果敢勇猛的“保护神”。谁知道他那小小的心里是怎么想的，反正，只要有谁胆敢要笑他新进门的“大姐”，门栓就会毫不示弱地反唇相讥。惹急了小家伙，他甚至要挥动他小小的生铁疙瘩般的拳头，和人干架哩。门栓的这些举动，时常把来贺喜的人惹得哈哈大笑，都把他叫成了惠杏爱的“二女婿”。他自己对这叫法也不反对，甚而得意这一叫法。昨晚上闹洞房，一直闹到半夜，他也不去睡，就那么随在“大姐”惠杏爱的身边，顽强地坚守着。毕了，任谁哄他去睡他都不去，固执地要和他的“大姐”睡在一搭。这不是嘛，快天明了，他还双手箍着“大姐”的脖子呼噜呼噜睡得香着哩！

轻轻地挪开门栓的小胳膊，惠杏爱拉亮了电灯。

昨晚上睡得太迟了，哄着门栓睡觉，惠杏爱自己也睡着了，自然连新婚的衣服都没脱。噢，对了，和女婿谷门坎自然连一句私房话也没顾上说。此刻，谷门坎已不在炕上，他是啥时起来的呢？惠杏爱心里想着，倒有了几分歉疚和怅然。

叮当。又是一声清亮的响。

这一回，惠杏爱听清楚了，是铁皮桶在井沿上的磕碰声。惠杏爱想得出来，这一定是谷门坎在绞水了。她往窗子上一望，贴着各色各样剪纸的窗户纸上，才微微透出一丝亮光，但她没敢迟疑，翻身起来，急急忙忙地下了炕。惠杏爱知道，做了门坎的媳妇，跟在娘家做姑娘时不一样了。做姑娘时，只要屋里没有当紧的活做，起迟了起早了，都没有啥，谁家姑娘在爹娘面前不撒一点娇哩！可是呢，为人媳妇，睡懒觉那可是万万不能的。惠杏爱在娘屋里早就看到了，几个嫂子都是摸黑下的炕，摸黑安排好一天里的家务。

媳妇家的清早，可都是又杂乱又烦琐的零碎活。

从炕上下来，惠杏爱给门栓盖严了被子，这才走出新房门。

咕噜噜……咕噜噜……井台在西墙根，惠杏爱五大三粗的新女婿谷门坎，绞了一桶水，扑扑淹淹地提着，脚步咚咚咚咚地走了过来。又大又沉的铁皮水桶，提在他的手上，轻得简直像是一根灯草。今天的新郎官，把他昨天穿着的一身新衣全都换了，又穿上他平时的旧棉袄和旧棉裤。可能是掉了颗扣子的原因吧，那件旧棉袄的下襟敞开着，随着他身体的摆动，有节奏地呼扇着。他感觉到了站在新房门口拢着头发的惠杏爱，愣了一下，然后又羞涩而腼腆地笑了。

怎么像个姑娘一样？惠杏爱看着谷门坎从新房门口走过去。

谷门坎说话了，他说话的声音是细气的、关切的：天还早着哩，你起来弄啥呀？清早没多少事。

惠杏爱没接谷门坎的话，但她暖心暖肺地笑了。过门来才只一天，忙忙乱乱的，由明到黑，他们俩像一对化了妆的猴子，被人耍着，连多说一句话的机会都没有。清早起来，惠杏爱还歉疚着，却听到自家女婿谷门坎几句温情体贴的话，她一下子感觉到新家的可爱和温暖。这是在娘家时从没体验过的。人啊，就是这么怪！猛然间，惠杏爱有了种说不清、道不明的踏实，这该是她的新女婿谷门坎给予她的。谷门坎的体魄强壮而又悍实，同时又那么勤劳仔细，她是要向女婿谷门坎学习的，两人齐了心奔日子，以后日子一定错不了。

新媳妇惠杏爱对她未来的生活充满了希望和欢欣。

惠杏爱迈着细碎而轻盈的脚步，跟着女婿谷门坎，走进了低矮而简陋的灶房。

灶房里黑着，没有点灯。风箱在黑暗中呼嗒呼嗒地响着，红红的火焰扑出灶门口来，照亮了黑乎乎窄狭的脚地。坐在灶火门口烧火的是谷门坎的大兄弟谷门墩。二十出头的小伙子，憨憨实实的，明明知道他的新嫂子惠杏爱进来了，却又埋着头，不敢抬眼看他的新嫂子，好像他把新嫂子看了，就是对新嫂子的伤害一样。他死死地低着头，正儿八经地烧着火，这倒使惠杏爱感到特别地滑稽和可笑。

惠杏爱大方地挤进灶火门口，她要替换谷门墩来烧火。

惠杏爱说：我烧。

柴草燃烧的火光，映在谷门墩带着些憨傻气的脸膛上。发现新嫂子挤着他来烧火，他躲了躲，却没给新嫂子让位子。

惠杏爱又说：起来，我烧。

可能是惠杏爱的声音高了些，谷门墩不敢坚持了，他咧开憨乎乎的大嘴，朝新嫂子羞涩地笑了一下，拍掉膝盖和双腿上的灰草，站起来走了出去。

谷门坎一抬胳膊，把他提来的一大桶水倒进了黑老鸹锅里。惠杏爱抬眼往锅里瞧了瞧，足足有两大桶水。天还没明，烧这么些水弄啥？早上洗脸用得了这些水么？她是想问的，却没有问，只是把火烧得更旺了些。

谷门坎走过来，摆手让惠杏爱住了火，把两个大蒸馍埋进灶台里的灰火里。

风箱声有节奏地响着，火苗又从灶门口扑出来，金红色的一团，鲜亮而耀眼，扑扑闪闪，似乎舔在了惠杏爱的脸膛上和胸脯上，给她整个可爱的身体镀上了一层金光。

锅里的水经不住火的烧灼，开始发出嗞嗞嗞嗞的响动。

谷门坎圪蹴在锅台边的黑影里，他是不吸烟的，两只空闲的手有一下没一下地折着柴枝，两截、三截……直到此刻，他才有了机会，能够大胆地盯着自己的新媳妇看。昨天，他不是没空，一直都和自己的新娘惠杏爱在一起，啥时候不是机会呢？但他顾忌着要闹他俩的人，没敢认真看他娶回门里的新娘子。现在他能够看了，能够不眨眼地看了，他甚至可以伸出手来，搂一搂抱一抱他的新娘子，但他还是忍住了。他是太能忍了，昨天就忍着，直到要闹他俩的人都走了，就还想着家里有兄弟，有父母，他不能不顾及兄弟父母的眼睛，他就一直忍着。便是此刻，他还得忍着，像昨天一样，他只能把他盯视惠杏爱的眼光，幻化成他的两条胳膊两只手，去抚摸他的新娘惠杏爱，去搂抱他的新娘惠杏爱。这样的抚摸，这样的搂抱，让谷门坎有种幸福的感觉，每看一眼，这种感觉都要满满当当地从心底里升起来。

噢，新娘子的脸膛在火光中是多么生动而可爱啊！

那张脸，是鸭蛋形的，长长的黑得发亮的刘海儿，恰到好处地垂在眼睫毛上，遮住了细细弯弯的眉毛，使她那双温顺而柔情的大眼睛，显得深沉幽渺，仿佛两潭深深的秋水，看不到底儿。她的脸色有点显黑，是那种被庄稼人称为“黑牡丹”的俊女子。厚厚的嘴唇，微微地合着，嘴角有点上翘，流泻出她心底的欢欣和喜悦。她没往谷门坎这边看，一双眼睛聚焦在灶门里的火上，跳跳蹿蹿，腾腾跃跃……她明亮洁净的眸子里，便也如那火，跳蹿腾跃着两团晶晶莹莹的红火苗儿。她的一只手轻巧地往灶门里送着柴草，一只手臂拉着风箱，一送一拉，那么自如自然，似乎全不费力，十分生动好看。

谷门坎静静地瞧着，心在嗵嗵嗵地跳动着。这些年上演的新电影他都看了，人家电影上的夫妻，那么热烈地抱住了亲哩，看得他羡慕而眼红，想自己娶了新娘子，也要放心大胆地亲热哩。可是轮到他自己了，他的新娘子就在他的跟前，他哪里又敢放心大胆地亲呀。谷门坎不无爱怜地想，娶个媳妇不容易，而且娶来的又是一个这么漂亮这么柔情的高中毕业生。美丽宜人的惠杏爱啊，在谷门坎的眼睛里，干脆就是玻璃做的，干脆就是水晶做的，可爱而让人心疼，动她一下，都怕把她弄碎了。

凝望着火光里的惠杏爱，谷门坎轻轻地叫了一声：杏爱。

惠杏爱闻声微微地侧过脸来，她应声：哎。

两双冒火的眼光碰了一下，谷门坎说：今儿个……我就得出门去。

谷门坎说得吞吞吐吐——昨天才结的婚，今日就要出门，不能陪在惠杏爱身边，让谷门坎感到特别难为情。他扪心自问，自己是想陪在惠杏爱身边的。都是青年人，把这样的事放在谁头上，怕都是一样的呢。

惠杏爱也吃惊了，她小声地问：噢，啥事这么急呀？

谷门坎的两只手继续折着柴枝，边折边说：我出车去林由的北马坊拉煤……没办法，我跟人家窑客老李签了合同，他窑炉上的煤我包了，人家窑上要是断了火，损失由我赔哩。

惠杏爱的吃惊变成了担心，她说：几天？

谷门坎说：起早出门，摸黑回来。

惠杏爱担着的心放下来了。她没多说话，刚刚嫁到这个新的家庭，新的院落，新的村子，这里的一切对她来说都是陌生的，她还需要时间习惯。便是圪蹴在她对面的谷门坎，对她来说也是陌生的。但是昨天，她俩拜了天地，由那阵儿开始，陌生的谷门坎命中注定算是她的人了。她多么希望在初婚的日子里，她亲近的人哪儿都不要去，就陪在自己身边。他是她的依靠，她要依靠着他熟悉这里应该熟悉的一切。可他身上背着合同，该死的合同逼着他，让他初婚的日子不能陪在她身边，而要冒着严寒，驾驶着小四轮拖拉机，走上渭北高原，然后再翻沟爬梁，到遥远的林由山里拉煤。惠杏爱能说个啥哩？她是无话可说了。

谷门坎看出了惠杏爱的心思，又说：没办法，真的没有办法哩。

惠杏爱不想谷门坎再这么说，她轻轻地回答：你去，你放心地去。

谷门坎的脸上绽出了笑容。他往惠杏爱身边挪了挪，沉思一下，说：昨晚上，就想给你说哩，可后来……没顾上。

惠杏爱低头扯着风箱，听谷门坎说话。

那可都是心里话呀，谷门坎憋在肚子里，他是实在憋不住了：你过门来，很快会看出，咱是个穷屋。爹病了多年了，都是咱妈撑着这个家，拉扯我们兄弟姊妹往前走。吃呀，穿呀，念书呀，订媳妇、娶媳妇呀……她就好比一碗碗油，硬让我们把她给熬干了。这些年，老人家不容易哩，淌的眼泪怕有一河滩，受的熬煎就更没法说了。我一辈子都报答不了老人家的恩情。

惠杏爱抬起了头，看了一眼女婿谷门坎，只见他的眼角里闪着泪光，忙又低了头，说：我过门来，是给你添手哩，以后咱合着伙孝敬老人。

谷门坎感激地看着他的新娘子惠杏爱，说：就是这话。我在屋里是老大，你跟了我也就是老大。两个兄弟，还有妹妹门环，都要你往后多费心思哩。

惠杏爱说：多费心思就多费么，攒着还能攒成条河？

谷门坎说：只是咱屋太穷，你进咱屋，把你实实地亏欠委屈了。

惠杏爱说：进了一家门，就是一家人，谁又亏欠谁？

结为夫妻的惠杏爱和谷门坎的对话，没有甜言蜜语，没有你恩他爱，说的都是实实在在的家常话。惠杏爱尽管也想从谷门坎的嘴里听到一些柔情的话，最终没有听到，却也一点不觉得遗憾，甚至有点赞赏谷门坎的实在。日子是实在的，惠杏爱可不想活在虚虚套套的话中。惠杏爱发现，把家里的实情和盘端给她的谷门坎，说话时的眼睛是热情的，更是诚实的。热情和诚实，让初婚的惠杏爱有种无以言表的踏实。她想，这一辈子，她遇了个实诚人，好人喀！和这样的男人过日子，穷就不算个啥了。两人一条心，黄土变成金……忽地，惠杏爱有许多话直往嘴边涌，可她抿了抿嘴唇，忍住了。

往后的日子长着哩，还愁没有说话的时候？高中毕业生惠杏爱几乎要笑话自己了。

烧在锅里的水开了，水蒸气冲着了锅盖，嗒嗒嗒嗒地响起来。

逮住机会，把心里话说给惠杏爱的谷门坎，心里甭提多轻快了。他掀开锅盖，把开水一瓢瓢舀进大铁桶里，去给小四轮加水了。冬天，没有一锅开水，小四轮就发动不起来。谷门坎天天如此，烧水发动了小四轮，怀里揣上两个烤得黑乎乎的大蒸馍，这就把他一天的活路安排好了。这时的天，离明还有一阵子哩。跟在谷门坎的身后，惠杏爱也提了一桶开水来。

这时她才看清楚谷门坎裹在身上的旧衣服油一坨泥一坨的，胳膊肘上磨出了一个不小的洞眼，透出一团团的棉花疙瘩。旧棉袄小了点，几乎要被他粗壮的腰身撑开来。他拧开小四轮的水箱盖，先把一桶开水灌进去又放出来，然后再加另一桶开水。加满水了，这就使劲摇起发动机拐把，每摇一下，发动机哼啊一声响，他的身子跟着往上一提，这就露出他旧棉袄下精光光的腰背来。

惠杏爱从车座下捞出一把棉纱，来帮谷门坎擦车了。对这种十二马力的“秦川牌”小四轮拖拉机，惠杏爱一点都不陌生，她的娘家就有一台，而且比谷门坎的这一台要新得多。

惠杏爱擦着车说：这车，你买下几年了？

谷门坎摇车摇得直喘气，说：才几个月。

惠杏爱说：哟，那咋这么旧呢？

谷门坎说：买的就是旧货么。就这，还搬了村支书谷大房，有他的面子，在信用社贷了两千块钱，东拼西凑地才买下来。旧是旧，我把机子拆下来大修了一场，使唤起来还不错。再者说，配套齐全得很，双铧犁，旋耕机、播种机、拖斗儿，样样都不缺。地里活忙了咱顾地里，地里活闲了咱跑运输，我还就指望这四个轮子欢欢实实地转着给咱还借的债、贷的款，指望它把日子往前头奔哩。

谷门坎说着，一手扶着小四轮的机头，一手猛摇了两圈发动机拐把，把小四轮发动着了，突突突突的震响，惊动了谷寡婆村里的鸡们喔喔喔喔此起彼伏地大叫起来。

谷门坎招呼他的大弟谷门墩坐上拖斗，他手把方向盘，脚踩油门就要走了。惠杏爱在一边说：等一下，我给做点热的吃了再走。

谷门墩上了小四轮拖斗，一手拿着一个刚才埋在灶门洞灰里的大蒸馍，给惠杏爱摇着说：有了，有了。

这是什么啊？惠杏爱还想拦下小四轮给他们兄弟做口热的，谷门坎说：时间来不及了，北马坊矿上发煤有时间哩，错过了时间，就不是一天一个来回，而要等到第二天才能回来哩。

谷门坎说着，把他棉帽的棉耳放下来，在下巴底下扎紧，脚踏离合器，手挂前进挡，把小四轮从自家敞开着的大门稳稳地开了出去。

惠杏爱追着小四轮，大声地问谷门坎：你没有棉大衣吗？

天太冷了，又是这么早出车，不穿棉大衣还不把人冻硬了！可是，惠杏爱刚一喊出口，心里就后悔上了。这还用得着问吗？他那又薄又窄小的旧棉袄底下，连件衬衣都没有哩！惠杏爱由不得自己，她的心头忽然涌上一股酸酸的感觉来。

初婚的新媳妇，连手都还没摸过呢，就这么关心自己，谷门坎心里暖洋洋的。他向追来的惠杏爱招了一下手，笑着大声说：甭急，苦干上一年，就啥啥都有了。

小四轮开在谷寡婆村的街道上，突突的声音变得更加响亮起来，还有嘹亮的鸡叫声，让寂静寒冷的村子活起来了。

眼看着越走越远的小四轮，站在大门口的惠杏爱，空落落地想流泪……她慢慢地折回家来，关门时，发现东边隔墙人家的房脊上空，透出一抹亮亮的银白色，天就要亮了。惠杏爱刚刚往前走了两步，猛地想起新媳妇早上要做的“功课”，便匆匆忙忙往婆婆和公公住着的上房走去。惠杏爱向被窝里的婆婆和公公问了安，就弯了腰去端放了一夜的尿盆子，可她的手还没碰到尿盆沿子，尿盆就被早她半步下炕的妹子门环抢着端走了。

惠杏爱说：让我端么。

这是一个媳妇家应尽的义务和责任，在娘家时，惠杏爱看见父母屋子里的尿盆子从来都是嫂子在老人睡下后提进来，天不明时端出去。她现在成了谷家的媳妇，她可不想刚一过门就留下话把子。

炕上的婆婆说话了：他嫂子，让你妹门环端去，咱屋不讲究那些。

惠杏爱端不上尿盆，急忙又回到院子里拿起扫帚扫院子。这个时候，她才有了心思，有了机会，认认真真，仔仔细细，打量自己将要度过一生的农家院落。

院子是窄长的，三间偏厦房，三间上房，除了刚进门处有一块小四轮尚能回旋开的空地外，往进走，院子的那个窄狭，仿佛能把人的头夹扁。土木结构的厦房，年头已久，房顶黑黝黝的，生着许多干缩了的瓦松。因为要办喜事，厦房的檐墙用白灰水刷了，却依然不能掩饰房屋的陈旧和破败。上房的窗前有一株杏树，也许是院子里日光缺乏，使它猛劲地往高处长去，光光的枝条几乎要伸过房顶了。在上房旁边，有一条小小的甬道，通往后院猪圈，可是，却没听见猪的哼唧声，大概没有养猪。整个院落是简陋的、寒碜的，显出一种令人压抑的单调，要不是办婚事窗户上糊了窗纸，窗纸上贴了窗花，略略地呈现出些许亮色，院子里便就没有多少引人眼目的色彩了。

惠杏爱断定，新女婿谷门坎说的是真话，在这样一个贫困苦寒的家里，惠杏爱感到自己肩膀上负担的沉重，因此，心也渐渐地向下沉着。

又是妹子谷门环赶到惠杏爱的身边来抢她的扫帚了。妹子谷门环手劲可真大呀，抢得又很认真坚决，惠杏爱犟了几个回合，说她该扫院子的。上房炕上的婆婆却又说了：让你妹子扫吧，她扫惯了。惠杏爱能咋办呢？手一松就又让妹子谷门环抢去了扫帚，一下一下地清扫着冷寂的院落。

距离早饭的时间还早着哩，惠杏爱在院子里站了站，再也找不到自己要做的事，就只好讪讪地回到她的新房里去。

与简陋寒碜的院子比起来，惠杏爱觉得新房的布置和摆设还能说得过去，彩色花纸把房屋从顶棚到墙面糊得严严实实，使人感到艳丽而温馨，似乎把这房子翻上几个滚，也不会破坏新房里的气氛。

房子里满满当当，油漆得明光锃亮的大衣柜、高低柜以及一对喜鹊闹梅的描金箱子，是娘家陪嫁来的。除此之外，写字台、靠背椅、老辈人用的卧式银柜，则是谷门坎家准备的。谷门坎给惠杏爱说过：你是高中生哩，写字台、靠背椅我给你准备着。惠杏爱满意谷门坎的话，但是刚才，她首次去婆婆的上房，看了那似乎被火烧过一般的空旷和萧索，就明白她新房里的富足，可是集中了全家人的力量的。

惠杏爱呆愣愣地站在新房的脚地，心中一阵激动：谷门坎一家人，把我这个刚过门的媳妇抬得是多么高啊！紧接着，惠杏爱又是一阵酸楚，她隐隐地觉得，自己让这个本来就贫困的家庭雪上加霜，更贫困了。

谷门栓醒来了，睁着一双黑丢丢的眼睛，悄声地叫着：大姐！

随着他一声甜甜的叫，谷门栓精着身子从被窝里跳出来。惠杏爱听见了，也看见了，她失慌地走到炕边，硬把小家伙又塞进被窝里，接着还把小家伙的衣服也往被窝里塞。塞了一半，却被小家伙伸出的手，又箍住了脖子。

小家伙说了：大姐好漂亮哩！

惠杏爱摘着小家伙的手，说：瞎说烂舌头。

小家伙不松手，说：我没瞎说，我爱大姐。

惠杏爱被小家伙的话惹笑了。多么好的一家人啊，她的心像被什么锋利的东西刺过了一样，有一种隐隐的痛，传到她每一根神经的末梢。她觉得痛不是痛了，痛在她的心里变成了涌动的幸福。

第五章

她又来了。

从女婿谷梦梦的嘴里，任喜过已经知道这个三番五次来她家的女人叫云小兰，更知道云小兰就是隔壁支书家的大儿媳。他们家多热闹呀！支书给二儿子娶媳妇，谷寡婆村的人一户不落地派了代表，随了份子，到他们家吃酒耍闹。嫁作人妻，热闹了要拜天地，冷清了也要拜天地，任喜过不可避免地也要拜天地的。相对于隔壁支书家，任喜过就是在很少的亲戚门人的簇拥下，冷冷清清地拜天地的。也就在她拜天地的时候，云小兰撇下自家的热闹，从人伙里钻出来，到隔壁谷梦梦家里来看任喜过拜天地了。

新人新人拜拜，
亲亲嘴儿耍耍怪。
猴娃吹喇叭，
蜜蜂采花花。

也不顾拜天地的仪式进行到哪里，云小兰一进谷梦梦家的院子，就大声地说了这几句怪话。任喜过听到了，觉得那几句怪话没有什么错，大不了引人一笑。可是正拜天地的谷梦梦，脸色却为之一变，原先湿润的眼睛，突然像有火在烧，手脚还照着司仪的口令做着动作，或鞠躬，或叩首，一点都不变样，但他燃烧的目光，盯视着云小兰，像要把她火烧了似的。任喜过心想，如果不是她和谷梦梦正拜天地，谷梦梦肯定会扑过去把云小兰撵出他们家的。

谷梦梦恶狠狠的目光，并未被云小兰所接收，她我行我素地走进拜天地的现场，把她嘴里的怪话，朝着拜天地的谷梦梦和任喜过又怪声怪气地喊叫了一遍。

大哥谷劳劳在院子里招呼着亲戚故交，手脚不停嘴不停，抽烟的他给散烟，不抽烟的他给散糖，忙得正不亦乐乎，而听了云小兰怪声怪气的喊叫，他笑了，是那种别人不易觉察出来的温暖的微笑。谷劳劳心里是忧戚的，却又是开心的。谷劳劳放弃了他正招呼着的亲朋，绕过他们，走到云小兰的跟前，用他那双忧郁的眼睛把云小兰看了一眼，就让云小兰安静下来了。云小兰在谷劳劳的目光引领下，从围观谷梦梦和任喜过拜天地的人伙里退出来，跟着谷劳劳，透着几分羞涩，又透着几分胆怯，乖乖地走到搭着席棚的酒席桌旁，坐在了一个长条凳上……云小兰坐浅了，把长条凳的一边压得都翘了起来，慌得谷劳劳抢前一步，把长条凳翘起来的一头稳稳地压下来。如果没有谷劳劳这有效的一压，压翘长条凳的云小兰，会在稠人广众面前跌个大坐蹲儿的。受惊了的云小兰，脸白了一下，接着安稳下来。她的脸又红了，让人看去，仿佛一个情窦初开的姑娘似的。

谷劳劳安慰云小兰，说：你老实坐在这里，一会儿咱们吃席。

谷劳劳安慰云小兰时，把他手里的喜糖往云小兰的手里塞了几颗。云小兰看了看塞到她手里的糖果，突然想起什么似的，把糖果往待客的桌子上一放，腾出手来，在她身上的衣服口袋里一阵乱翻。她是要翻出些钱票子或是什么值点钱的东西，没翻出来，就歉意地朝着谷劳劳苦笑了一下。

云小兰说：你兄弟大喜，我该随些份子哩。

谷劳劳说：不妨，不妨。

云小兰却坚决从她坐的长条凳上站起来，向院子里的礼桌走去。礼桌上放着一个大红封面的礼册，守着礼册的是个年老的戴着个圆形石头眼镜的人，他不知道云小兰到礼桌前来做什么，惊慌地收起礼册抱在怀里，看着云小兰。显然，这个戴圆形石头眼镜的人，让云小兰不知所措了，她回了一下头，看着跟她走来的谷劳劳。谷劳劳善解人意地朝云小兰浅浅地一笑，走到她的面前，从看守礼册的老者怀里取来礼册，摊放在礼桌上，面对云小兰，又是暖暖地一笑。

云小兰感激谷劳劳，就还了他一个同样暖暖的笑容。

云小兰从她的衣服口袋里掏出两枚手指肚大小的石子儿，一黑一白，油油的，光光的，煞是醒目。她把这两枚石子儿放在礼桌上，捉起写礼账的那支羊毫毛笔，蘸上墨汁，拿过礼册，在上面写下这样几行字：

为谷梦梦、任喜过新婚志禧！暂押石子儿两枚，每枚作价拾元，以后以贰拾元现金赎回。

云小兰　即日

这个时候的任喜过，还不认识她的大哥谷劳劳，更不认识随礼来的云小兰，但她从长相上看得出来，为她的喜日子忙得团团转的这个人，应该是媒人口中的她家大哥了。嘿，谷劳劳、谷梦梦兄弟俩，生得也是太像了！认真拜着天地的任喜过，眼睛一瞥一瞥的，把院子里发生的事都看清楚了，大哥谷劳劳和云小兰的一举一动，很自然地，也都收进了她的眼帘。

虽然任喜过还不知道大哥谷劳劳和云小兰的过去，但她仅凭他俩在喜日院子里的举动，就在心里断定，他俩是有故事的。

大哥谷劳劳忙了一天。天扑黑时，一家人把白天待客剩下来的饭菜热了一桌子，吃了后，大哥就告辞走了。大哥谷劳劳在渭河南岸有一圈猪要照顾，都是张口货，白天请人帮忙照看了一阵子，晚上大哥不好意思再请人，而且他也不放心，就踏着薄薄的一层夜幕回去了。

就在大哥谷劳劳走后不久，云小兰又到家里来了。怪声怪气地那几句喊叫，仿佛云小兰到谷梦梦家的预告似的，声音又高又亮，当然还滑稽可笑。她这个时候来，该是赶着点耍房来的，所以，透过贴满喜庆剪纸的窗玻璃，任喜过看见云小兰时，她浑身为之一震，抬起手来，慌忙在脸上搓了几把。

新娘子坐轿头一回，被"耍房"自然也是头一回，任喜过精神上必须有所准备。

任喜过没在炕上死守，她搓着脸下到炕脚地，走到新房门口，揭开那扇绣花烦琐的门帘，走到院子来，迎接头一个来她门上耍房的人。但是，任喜过还是慢了两步，新女婿谷梦梦抢在她的前头，把云小兰堵住了。

像白天一样，谷梦梦眼睛瞪得圆圆的，一脸气愤和不屑，两手张着，像赶一只不长眼睛的鸭子似的，嘴里喊着：去去去……去去去……

云小兰侧身看向任喜过，说：新娘子好看啊！不羞不羞咱不羞。

谷梦梦张开的手臂，差不多挡在了云小兰的脸上，他嘴里喊叫的还是那样的话：去去去……去去去……

云小兰瞪了谷梦梦一眼，假意不懂他的干涉，仍喜眉笑眼地说：护媳妇了？哈哈哈……你先不忙护，人走了，吹灭灯有你护的时候哩。

一个过来人说的话，合情合理，谷梦梦却听得很不顺耳，他更加大了声地喊叫：滚！

这是句伤人的话呀！放在谁的身上都会受不了，可是云小兰并不觉得，她躲开谷梦梦，朝着迎她走来的任喜过说：你叫我滚，新娘子可是不叫我滚哩。

任喜过觉得谷梦梦的话说过头了，她朝云小兰羞怯地笑了笑，还想劝谷梦梦，谷梦梦却更粗鲁嫌弃地往出赶云小兰了。

谷梦梦不无恶毒地低吼起来：神经病！

正是这一声恼恨的低吼，把云小兰镇住了，她的脸色瞬间一变，刚才嘻嘻哈哈的表情一扫而去，两只圆睁的眼睛，现出一种让人心伤的惶恐和悲凉。看看逼在面前的谷梦梦，又看看站在新房门口朝她投来忧伤目光的任喜过，慢慢地拧转身子，向她来时的大门一步一步走去……云小兰走得趔趔趄趄，一步踩向左边，一步踩向右边，嘴里含糊不清地絮叨：神经病……神经病……我不是神经病……

忧伤着的任喜过，听着云小兰的絮叨就更忧伤了，她从新房门口的房沿台上跨下来，撵着云小兰的背影追了去。她想追撵上云小兰，替粗野无礼的谷梦梦道声歉。可是她往前追撵了两步，就被谷梦梦伸手抓住了手腕，拽着她不让她撵。

任喜过拿眼来瞪谷梦梦了。她瞪着谷梦梦，既是对他的询问，更是对他的指责。

谷梦梦看得见任喜过瞪眼，他说：她就是个神经病。

踉踉跄跄走着的云小兰，都快走到高挂着大红灯笼的大门口了，本来她会絮叨着走出去的，却又听到谷梦梦说她神经病的话。她站住了，站在大红灯笼映照下的大门口，回过头来，朝着谷梦梦回了一嘴。

大红灯笼把云小兰映照得通体亮红，她鼻翼翕动着回嘴说：神经病……别人可以说，你不可以说。

任喜过甩脱了谷梦梦的钳制，向云小兰追撵过去……任喜过追撵着，却没追撵得上。原因是，云小兰回了嘴后，转过身去，人像一股风似的，走得没了影子。可是，任喜过却还听见云小兰回嘴的声音在她耳边鸣响。

云小兰说：别人可以说我神经病，你不可以说。

难熬的初婚之夜，任喜过熬过去了。天明即起，她依循着一个农村新娘子该做的课程，去上房向公公谷正芳问了安，给公公谷正芳倒了尿盆，拿了扫帚，把院子扫干净后，又去门口，扫家门前的尘土和杂物。任喜过扫得很细致，一扫帚一扫帚地扫，她扫着的时候，新女婿谷梦梦脸净头光地出门来，不知是不敢看任喜过，还是羞于看任喜过，背着脸、僵硬着腰身，向村街的西头晃了去。任喜过介意昨晚无人上门正经耍房，但不介意谷梦梦的僵硬，遇上那样的事，任喜过的心里不舒服，谷梦梦心里自然也不好受。

任喜过心胸宽和地想着事儿，把院门前扫干净了。她收起扫帚，往还贴着喜联的大门里走，前脚刚进门，就见云小兰站在大门里，朝她喜滋滋地笑着。

这个不受谷梦梦待见的云小兰呀！她如此不计前嫌，如此锲而不舍、再三再四地往她家里来，任喜过不能不多想。但她初婚，她多想又能想出什么呢？除了昨天大哥谷劳劳对待云小兰的那点耐心和周到，任喜过是什么也不知道也想不出来的。不过任喜过为自己确立了一个态度，她不能像谷梦梦一样对待云小兰，她要对云小兰好，好的态度，好的口气，好的颜面。任喜过想，这该是她一个初嫁到谷寡婆村的新媳妇应有的姿态，不管是对云小兰，还是其他人。

耍房夜的尴尬遭际，让任喜过一整夜前思后想，坚定地树立起她在谷寡婆村的活人理念。

任喜过对笑着的云小兰也很欢喜地笑着。她把掂在手里的扫帚往大门背后一靠，腾出手来，笑笑地往云小兰身旁走近了些，拉住她的手，准备了两句话想要开口说时，云小兰却抢在她的前头开口了。

云小兰说：我给你说实话哩，媳妇不好当。

任喜过看见云小兰刚一开口，脸上的笑颜便一扫而去。她听着云小兰的话，承认她说得没错，媳妇是不好当，可是不好当也得当啊！姑娘家的命运，谁还能像棵树一样栽在娘家不成？迟早要嫁作人妻的，这就看一个姑娘的造化了。眼前的云小兰给她说这话，让任喜过对她就只有同情了。任喜过没应云小兰的话，不点头，也不摇头，她等着云小兰开口再说。

果然，云小兰又开口了：他们说我神经病……天知道谁才是神经病呢。

云小兰的话跳跃性太强，不过任喜过听得明白。正像云小兰自己说的，她的确不像神经病，不仅不像，甚至比所谓的正常人更正常。就说她的穿戴吧，虽然算不上新，却是合身合体的，又非常洁净整齐。紫红色的格子呢上衣，蓝莹莹的阴丹士林裤子，可都是流行的花色和样式哩。头发梳得一丝不乱，黑黑亮亮的两条短辫子，很是顺随地垂在耳畔，像两把扎得非常规整的毛刷子。她的年龄有三十五六了吧，这样的穿着和打扮，可是太符合她的形象了。任喜过不禁想，关中西府夸赞女人的几个词汇，用在云小兰的身上，是再恰当不过了。

漂亮、美丽等书面赞美女人的词，在关中西府的民间用语中是没有的。

女人，长到十六七岁时，要夸她好，就说这女娃生得“乖爽”。长到二十岁出头嫁人为妻时，要夸她好，就说这媳妇生得“干淑”。长到三十出头一直到老，要夸她好，就说这女人生得“齐整”。任喜过成长的麦禾营村，是几千年前周王朝的祖庙所在地，那里出土过窖藏的青铜器，大的是鼎，小的是爵，不大不小的是觥，此外还有簋、盘什么的。任喜过闹不懂那些铜锈斑斑的东西，却懂得这一带的村落很好地保留着孔圣人克己复礼所尊崇的一些传统习俗。分阶段夸赞女人的词，想来该是传统哩。任喜过耳濡目染，把那样的话听得多了，虽然还不能深知其中的含义，但从字面意思来解，她是有所认识的：所谓“乖爽”，实指姑娘家学会了许多手艺，乖巧爽利，惹人喜爱；所谓“干淑”，实指嫁为人妻，家务繁累，还不失干净练达、贤淑大方的仪容；所谓“齐整”，实指女人儿大了、女嫁了，她也修炼得城府满怀，心宽了，势老了，不仅可以齐家，更可以规整力量，向着一个更高的目标做事了。

面对着被人称为“神经病”的云小兰，任喜过倏忽想起了这么多。她以为云小兰在她生活的每一个阶段是堪称“乖爽”“干淑”“齐整”的。

任喜过回避着云小兰的话题，她说：那个话咱不说了好吗？

这是个善良的回避，云小兰焉能不知，她又一次对任喜过笑了。

任喜过拉着云小兰的手，把她往自己的新房拉。她一边拉着，一边说：我还不知道我该叫你啥哩。

云小兰说：嫂子，我是你的嫂子哩。

任喜过就把云小兰叫嫂子了。说一句话叫一声嫂子，把云小兰叫得云开雾散，心花怒放。她在任喜过的新房里，转着圈儿欣赏新房的家具：大衣柜、高低柜、写字台、靠背椅……如果不是柜门上都装了锁，云小兰真会拉开柜门看了。她仔细地看着，认真地赞着，突然，面对大衣柜上的穿衣镜——是镜子里的她吧，把她倒是吓了一跳，伸了手去摸，摸了几下，这才发现穿衣镜里的人就是她，她便笑得更开心了。

云小兰开心得像个女娃，对着穿衣镜，做了几个娇羞的动作，然后慢慢地转过身来，眼睛里满是跳跃着的火光。

云小兰说：你说，我能像你一样再做一次新娘吗?

任喜过没有想到云小兰会说这样一句话，但她没有吃惊，如云小兰一样娇羞一笑，说：如果你想，就一定能。

云小兰是真的高兴了，手足无措地在身上摸着，她没有摸出别的东西，像她昨天在婚礼的礼桌前一样，摸出几枚石子儿，摸出来往任喜过的炕席上一放，再在身上摸，又摸出几枚石子儿……这是云小兰从渭河滩捡回来的石子儿，有黑有白，大的大过大拇哥，小的不过小指哥。她捡回来是作为玩具玩的，关中西府的农村，女孩儿起小就玩抓子儿。宽宽展展的渭河滩，有取之不尽的黑白石子儿，女孩挑着圆的光的石子儿，捡回来抓着玩。这种玩法是简单的，更是原始的。女孩把石子儿抓在手心里，抛在空中，用她们的手背来接，接在手背上的石子儿多者为赢。而这只是头一茬的赢，接下来，又把手背上的石子儿撒在地上，手里留下一枚母子儿，把母子儿翻手抛向空中，迅速地去抓撒在地上的石子儿，然后翻手再接空中坠落的母子……反反复复，谁最早抓完撒在地上的石子儿谁就获得大赢。赢者的奖品，没有别的，还是女孩儿玩的石子儿。

任喜过是会玩石子儿的，任喜过看着云小兰摸出来放在炕席上的石子儿，就对她说：玩石子儿吗，咱们?

云小兰高兴地说：咱们玩两把。

她俩兴高采烈地玩着石子儿，有输有赢，却都不怎么当回事儿，好像她们早就认识，是非常要好的玩伴……她俩玩得真是开心啊！突然，云小兰说话了。

云小兰说：谷寡婆村原来的老规矩，新娘子进门第二天，是要到祠堂里拜谷寡婆的，后来不拜了。我是想拜的，却没拜得成。

任喜过没头没脑地喊了一声：拜谷寡婆？

第六章

云小兰给任喜过说了要拜谷寡婆，但真正通知她的是谷冬梅。

谷寡婆村原来的铁姑娘队队长、村支部书记、绛帐人民公社党委书记，后来的县粮食局局长谷冬梅，心不甘、情不愿地退休了。退休的她，先在岐阳县城闲住了些日子，那里有县政府给她分配的一套住宅，虽然不是很大，七八十平方米的样子，却也有三间房子一个小厅，住起来也是很不错的。在县城混不到局长以上的位子，这样的住宅想都不要去想。粮食局局长谷冬梅有这个条件，但她住在里边，却一点都不觉得舒心。其中似乎还不只退休一个因素那么简单。

在县上，同是科级干部，男性六十岁退休，女性五十五岁退休。身为女性的谷冬梅，再怎么心不甘、再怎么情不愿，卡在这个政策线上，她能怎么办呢？组织部长跟她谈话，问她还有什么意见，她很干脆地回答，没有啥意见。县委陈再生书记也跟她谈话了，问她有什么意见，她仍很干脆地回答，没有啥意见。陈书记就很感激地和她聊了几句，说退休了，不在岗位了，但不等于党的意志也退休了，有机会还要发挥余热，为党的事业贡献力量。陈书记这么聊天，是太正常不过了，虽然空洞无物，没有多少意义，但谷冬梅听着还算顺耳。聊了几句，有人在陈再生书记的门口转圈子，谷冬梅隔窗看见了，不好意思再占用陈书记的时间，就站起来，告辞要走，陈书记送她，话赶话地又聊了两句。

陈书记说：谁让你是女同志呢！我向上级汇报，就要考察你，让你到政协去哩，没想到你的年龄到了。

陈再生书记的这句话灌进谷冬梅的耳朵里，让她的眼睛湿了。此后她住在单元楼里住得不舒服，很大程度上是陈书记的那句话闹的。

当然还有一些因素让她也很闹心。譬如她的独苗儿子谷铁柱，就让她难以省心，该念书的时候，他不好好念书。亏得她泼辣敢干，从谷寡婆村的支书被破格提拔成绛帐人民公社的书记。在谷冬梅的履历中，这是她最为骄傲的一步，特殊时期的特殊政策，两腿泥巴的村支书，拔出泥脚来，当上了国家干部，吃上了商品粮。她庆幸着，不知道是哪一辈修来的福分。她是幸运的，靠着苦干实干，脱产当了干部，不仅使她吃上了商品粮，她不争气的儿子谷铁柱随了她的户口，也吃上了商品粮。可是那个孽障，不以此为荣，好好学习改变自己，反而变本加厉，更加厌恶学习，拿起书就瞌睡。初中读了，高中读了，真正落进肚子里的墨水却没几滴，把个在人前说话像打炮似的谷冬梅气得能疯了。混混搭搭，年龄到了可以工作的时候了，谷冬梅觍着一张脸，东求西求，给谷铁柱求了个国营毛巾厂的工作，指望他从此收心，在毛巾厂好好工作，谈个恋爱成个家，她也就算完成一个娘亲的责任了。谁能想到，他在毛巾厂两天打鱼，三天晒网，根本不把事当事，整日里游手好闲，在社会上结交了一批闲人，吃香喝辣，仗义得真是可以，每次都是他解囊埋单，把自己的工资花完了，还伸手过来向她讨。谷冬梅数说谷铁柱，逮着机会就要说，把她自己常常说得一把鼻涕一把泪。前些日子，她又说谷铁柱了，说了几句，她的儿子谷铁柱还嘴了。

谷铁柱说：省省吧！鼻涕擀不成面，眼泪煮不了饭。

谷冬梅悔极生悲，鼻涕眼泪流得更多了。她痛彻心扉地说：当初就不该生下你！

谷铁柱说：算你说了一句实话。

谷冬梅的脸气白了，颤摇的手指直直戳到谷铁柱的脸上。她还想数说谷铁柱的，人家却把她的手指拨拉下来，换了副嬉皮笑脸的模样儿，给谷冬梅继续说了。

谷铁柱说：省点力气吧，虎上虎山，狗爬狗坡，我的路我自己走。

谷冬梅被谷铁柱这么一说，本来是该大伤心的，可她却把鼻涕眼泪抬手擦去，懒得再和儿子谷铁柱说话。这一刻，她想起谷寡婆村人说的一句俗话：“生娃不管娃，娃跑了不撵娃。”她可就是这样一个娘亲呢！在谷寡婆村里时，她把集体劳动看得非常重，参加了工作，当上了国家干部，又把工作看得非常重，这就抽不出时间管儿子了。儿子现在成了这副德行，谷冬梅只有恨自己了，自己种下的苦果自己吃。

眼不见，心不烦。谷冬梅想要逃避，她选择的逃避办法，就是放弃县城的退休生活，孤身一人回到谷寡婆村来。

就在谷冬梅回到谷寡婆村的那一日，她的宝贝儿子谷铁柱也辞去毛巾厂的公职，下海经商去了。

这就是谷铁柱说的“虎上虎山，狗爬狗坡”吗？谷冬梅没法想。她回到村子最初的日子，还像她退休在县城一样，终日无所事事，坐在她家的院子里，一杯热茶、一张报纸地打发着日子。但她心里又想着儿子谷铁柱。

谷冬梅想儿子想得心烦，关门闭户在家里，想要找一些清静，但她扛不住来人拉家常、扯闲传。这是谷寡婆村的好处了，不像在县城，一个退休的粮食局长，就如一张褪色的彩纸，苍白得没人理睬了，有点过节的，还会乘机冷嘲热讽，恨不得把“褪色的彩纸”撕巴撕巴，拿去擦了屁股。谷寡婆村则不然，谷冬梅还像一个奇迹，还像一个传说，被村里人尊重着，敬佩着，大家你走了他来，他来了你走……本来也是，谷冬梅是谷寡婆村走出去的最高级别干部嘛。

谷冬梅是不抽烟的，却也要买了金丝猴香烟供大家抽。

谷冬梅喝茶很淡，开水一冲就行了。谷寡婆村的人喜欢喝酽茶，她就买了铁皮的茶叶罐子，生了煤球炉子，熬了酽茶供大家喝。

谷冬梅的院子，是关中农村典型的那种四合头大院子。院墙高耸着，墙头上细心地施了瓦；墙根是从渭河滩刨回来的大石头，灌了灰浆砌起来的，坚固而美观。河滩雨水丰、渍水浅，有了水泥石块的基础，就不担心水了。院门开在一溜四间门房的右侧，门板是老榆木质地，又宽又厚，尺寸均衡地上了四道铁板箍，每道铁板箍上，铆了五颗拳头大的泡儿钉。匠人把门板漆成乌黑的颜色，又把铁板箍和泡儿钉漆成金黄的颜色，使这院门在谷寡婆村鲜亮着惹眼着，让人看了，有种推不倒、撬不开的稳重。院门是加盖了门楼的，在门两侧竖起两根水泥柱子，托起门顶上一块预制的水泥遮檐，层层叠叠地镶了花不棱登的几色瓷片儿，大有一种凌空飞翔的气势。进了院子，两丈开外还有一道二门。二门是艺术的，只是在不很高的砖石雕花院墙上留出一个圆拱门，别致而雅观，平添了四合院的一道景致。大门和二门之间的小院，空荡荡的，安置了一张方形的石桌，石桌的周边，是几个等距离的石凳。

如果天气晴好，是个暖洋洋的日子，来人从大门进来，石桌石凳就是大家的安坐处了。坐在石桌旁，来人只需喊叫一声谷局长或者是谷书记，抑或是谷支书什么的，就能喊叫来谷冬梅。大大方方抽她撂在石桌上的香烟，大大方方喝她熬得扯线的酽茶……当然，心如果够闲，放眼周边的院墙，就会发现沿着院墙，四边对称地栽着修剪整齐的冬青，一簇两簇的竹子和紫荆、牡丹等木本花卉。倘若遇到春暖的时节，谷冬梅在谷寡婆村的院子里，就是一派花团锦簇、溢香流彩的大美景象。二门之内，东西两排，不多不少，各是三间房。上房相对讲究一些，人字梁大房，全都青砖到顶。安装在青砖墙上的门和窗，也不取农村旧时的式样，改用城市流行的模样，高窗大玻璃，是新颖的，是明亮的。院子中间留出的小天井，地面也铺的三合土，锤得平整坚硬，清幽幽泛着水一般的光。

这太不像农家小院了，倒像是机关单位的院子。

不错，谷冬梅要的就是这个效果。虽说她原本就是个农家女人，可是机缘巧合，让她一路高升，当了县粮食局局长，使她在机关院子出出进进、吆吆喝喝了许多年。现在她不能在机关院子待了，还不能给她自己在老家整出一处与机关院子无大差别的院子吗？在粮食局局长的岗位上，没少听人说“有权不用，过期作废”的话。开始听，还是刺耳的，听得多了，又听出别样的感觉，以为这话说得没错，特别是她面对退休这个残酷的事实时，就更觉得那句话就是针对她说的。这个时候，她想起了谷寡婆村，想起了安埋在谷寡婆村官坟里的谷狗剩，她开车回家来了。

突击，这是谷冬梅的个性，像她当年在谷寡婆村任铁姑娘队队长一样，突击修筑渭河大堤，突击平整土地……做了国家干部，抓工作还是喜好搞突击。在县上任粮食局局长，公购粮收购才是个可以发挥她突击才干的好工作。夏天麦收了，秋天玉米收了，她亲自带队，到打麦场上去，从碌碡下收麦子，从玉米架上收玉米……给自己突击翻盖一院房，还不是易如反掌的简单事儿？她管辖下的粮站，也没用她张嘴，平常日子总想跟她套近乎的人，开着拉粮食的汽车，汽车上装得满满的，不是木料，就是砖石；为粮食系统修建粮仓、晒场的施工队，闻风而动，肩上扛着锛子、锯子和刨子等木器制作工具，手里提着瓦刀、水平仪和吊锤等泥瓦工工具，浩浩荡荡地来到谷寡婆村。十天半月的时间，谷冬梅心里想着的新型农家四合头院子，在鞭炮的噼啪声中便突击落成了。

谷冬梅害怕落人话把子，拉来木料的人她给付木料钱，拉来砖石的人她给付砖石钱，至于施工的一帮匠人，她更不能不付钱。不过，谁的心里都明白，谷冬梅付的钱和帮忙人收的钱，都是个意思和象征。

其实，谷寡婆村的乡里乡亲也有帮忙的心思，一拨一拨地往谷冬梅突击造屋的现场来。大家插不上手，遗憾着，又羡慕着。现在谷冬梅退休回了村，说什么都要上门去说说话的。

现任谷寡婆村的村支书兼村长的谷大房，是谷冬梅一手培养提拔起来的。他让自己的屁股都长了眼睛，谷冬梅什么时候回村来，他都看得见，都是头一个跑到她跟前去的人。

谷大房就是谷冬梅养在村里的一条宠物狗。

谷寡婆村的人是这么说谷大房的。大家这么说谷大房，谷大房自己不觉得刺耳，大家说得也很流畅，背后说得，当面也说得，从不避讳。谷大房到了谷冬梅跟前，谷冬梅冲谷大房点一点下巴，就算是打招呼了。谷大房则不能，他是一定要堆起满脸的笑先给谷冬梅请安的，不请安他不会开口说话的。

谷大房最近一次往谷冬梅跟前靠，是在大年初一的那天清早，他穿过谷寡婆村纷飞的炮屑，到村子东头的谷冬梅家来了。

要说，谷大房比谷冬梅还长两岁，可是谷冬梅的丈夫谷狗剩的年龄大，而且不是一般的大，比谷大房大了有十来岁。关中西府的人说“涝池大了鳖就大”，谷大房识得这个理，他就恭敬地叫谷冬梅嫂子了。不过，谷大房叫的时候，在“嫂子”的称呼前面，还要加上谷冬梅的职务的。谷冬梅原在村里任支书，谷大房就叫她支书嫂；谷冬梅当了绛帐公社党委书记，谷大房就叫她书记嫂；退休前谷冬梅是县上的粮食局局长，谷大房就叫她局长嫂。

从谷冬梅翻修一新的四合院大门进来，谷大房就热辣辣地叫了起来：局长嫂!

谷冬梅大年早上起来得早，她早有预见地在火炉上熬着罐罐茶。她听见了谷大房的叫声，应着他，让他到上房来，给他说：茶熬酽了，熬得都吊线线了。

谷大房十分欢喜地去了上房，说：还是局长嫂子关心我。

谷冬梅养成一个习惯，不喜欢与人耍贫嘴，她对近乎巴结她的谷大房说：

退下来了，不是局长了，你这样叫让人身上起疙瘩。

谷大房不管谷冬梅身上起不起疙瘩，依然按着他的习惯叫，说：局长嫂，我今晨给您拜年是一回事，还有别的事要跟您讨主意哩。

谷大房坚持叫谷冬梅局长嫂，谷冬梅奈何不了他，也就由他了。她抬起眼睛，看着拜年来的谷大房。

谷大房是敏感的，他没抬眼，仅凭脸皮子上的感觉，就知道了谷冬梅瞥来的目光。他反客为主，拿眼去看煤炉子上熬着的罐罐茶。他看得出来，罐罐茶熬出功夫来了，就把熬煮好的罐罐茶端到一边，取了分茶的几只白瓷茶盅，往茶盅里分着茶。茶黑盅子白，色彩分明，吊着黑线的茶汤倾注进白瓷盅里，激起一股一股钻人鼻腔的香气。谷大房斟茶的时候，谷冬梅便从一个高低柜里取来炒花生、炒瓜子以及柿饼核桃枣儿等几样干果，摆放在宽宽的木炕沿上。这也是关中西府的一种习惯，天热的时候，就在院子的石桌石凳上接待来客；大冬天的，院子里不方便，挪到屋子里，就在主人起居的热炕头了。

在外工作了许多年，谷冬梅的这个老习惯没有改。她摆上干果后，就很自然地脱了鞋，自己先上了炕，回头招呼谷大房。谷大房是要客气的，说你局长嫂子上炕是对的，我是啥呀？我敢上吗？

谷冬梅没有勉强谷大房，她拍了拍炕边，就让谷大房坐在了炕沿上。

谷大房听话地挪步到炕边上，扭捏着，浅浅地坐上去。他的那个坐姿，不仔细看，还以为他站着靠在炕边上哩。

谷冬梅喝不惯酽茶，她让谷大房喝，自己则端起她带回家的一个罐头瓶做的茶杯，喝她冲泡出来的淡茶。

谷大房表情舒服地喝了一盅酽茶，跟谷冬梅说：我给二娃天明看下日子了，让二娃天明和媳妇圆房。他们圆了房，我把愁帽也就摘下来了。

谷冬梅说：是初六吗？

谷大房惊讶地看向谷冬梅，不知她是怎么知道的。谷冬梅则淡淡地一笑，说：放心给二娃办去，到时我来随份子。

谷大房想问谷冬梅从哪儿获得的消息，但他没敢问，便没话找话地说：我侄儿谷铁柱呢？他可是也要来的，不然我打的酒就要剩下了。

这是个哪壶不开提哪壶的话题。谷大房刚一开口，谷冬梅的脸就又阴下来了。

一月三个“六”，胜过看历头。西府的农村，人人相信，逢“六”都是好日子。这一天，谷寡婆村的谷大房给二娃谷天明娶媳妇，九先生谷正芳给二娃谷梦梦娶媳妇，贾桂仙给她大儿子谷门坎娶媳妇，可都是谷门坎的娘亲贾桂仙提早给谷冬梅说了的。

不论是贾桂仙，还是谷大房，来给谷冬梅下话，都是想让她在初六的喜日里能到家里去吃喜酒，那是面子哩，天大的面子呀！说什么都要给谷冬梅下个话的，这一点，谷冬梅心里是清楚的。她答应了贾桂仙，就还得答应谷大房，他们看得起她是她的面子，她就不能给了一家面子而撇下另一家。但是，还有九先生谷正芳家呢，谷冬梅不是孙悟空，可以拔下自己的头发，吹口气变几个自己，到几家有喜的人家去吃酒。阴沉着脸儿的谷冬梅，为谷大房刚才说的话生着暗气，但她知道有气也是不好发作的。多年的干部生涯，谷冬梅已能很好地把握自己了。她应付着谷大房，心里想着的却是九先生谷正芳。

谷冬梅想，谷正芳也该登门向她下话的。

但是没有。

九先生谷正芳没来谷冬梅的门上给她下话，让谷冬梅不免落寞和猜忌，不知九先生是怎么了。是还记着过去的事情吗？谷冬梅以为一定是的。

村支书谷大房把他的事给谷冬梅说过后，还想赖在谷冬梅的家里，喝着她的酽茶，吃着她的干果，再说说别的事情。没承想，刚又喝了一盅热烫烫又苦又香的酽茶，谷冬梅的房子里，呼啦啦又来了几拨人。谷大房自己不想走，谷冬梅都要撵他走了。

谷冬梅说：大房，二娃结婚是大事，蜇到眼前了，你去准备吧。

谷大房没了辙，他告辞了谷冬梅，回家筹谋二娃谷天明的结婚大事去了。过年，谷冬梅的儿子谷铁柱传话回来，说他的生意忙，就不回来了。可是谷冬梅的院子并不缺少人气，宽敞新颖的院子，整日里人流不断，和来人说话，谷冬梅说得不多，却也把她说得牙床疼。来得最殷勤的两个人，一个是贾桂仙，一个就是谷大房。他俩的身份，较其他人终究要特殊一些。谷大房不说大家也知道，贾桂仙可是谷冬梅组建铁姑娘队时的骨干力量哩。她们到了一起，说起话来，相对也要深一些。特别是贾桂仙，仗着同是女人，婆婆妈妈的，把谷寡婆村见得人、见不得人的事，只要她知道的，就都给谷冬梅说了。家长里短，是是非非，谷冬梅听着，不能说多么毛骨悚然，却也还是有点惊心动魄哩。

谷三忙修筑渭河大堤时因工丧命，留下三个儿子两个女子，老伴靠在集体的身背上，把儿女抓养大了。集体散开了，她的儿女有考学到城里后来在城里工作的，有结婚嫁人的，可就是没人愿和孤老婆子一起过。唉，大过年的，孤老婆子的灶台里起不了火，自己拉着个枣棍挨门乞讨去了！

传言往耳朵里钻，谷冬梅听着，几乎不忍再听，却又不能拒绝传话的贾桂仙和谷大房。于是，她就还听说村里谁谁的媳妇，仗着几分姿色，先在村子里发骚，后来就去了绛帐火车站，在那里发骚哩！这样的丑事，该是多么丢人啊，可她们还理直气壮，带动别人家的媳妇，不以为耻，互通声气，赶在天擦黑时，在自己脸上胡涂乱抹一通，结伴儿去绛帐，在那里租房子拉客“卖肉”……唉唉唉，把咱谷寡婆村的脸算是丢尽了。

脏话像是磨得锋利的刀子，无情地割着谷冬梅的神经。她想要呐喊，想要咆哮，可她不知道向谁呐喊，给谁咆哮。可以说，过年的几天时间，把谷冬梅回村来的一点好心情，差不多败坏尽了。

初六的日子，谷冬梅早上喝喜酒去了贾桂仙家里，中午喝喜酒，转移到了谷大房的家里。一日两场喜酒，也是谷冬梅心情转好的原因，喝得她一个下午都睡在自己家的热炕上。到她口干舌燥地醒来，端着她用罐头瓶改做的茶水杯，哗啦哗啦灌了几口，就又想起九先生谷正芳来了。

谷正芳不来咱门上下话，咱可以到他门上去祝贺呀。

当了多年的领导干部，谷冬梅自觉她已养成了大胸怀。她心里想着，从热炕上下来，用热毛巾擦了两把脸，便摸黑去了九先生谷正芳的家。

谷冬梅来得可太是时候了。几个耍房的小伙子，不好好耍房，在谷梦梦和任喜过的洞房里赌博，赌急了眼，还要赌新娘子任喜过的初夜！这是过分的，太过分了！嚎吵哭泣得正不可开交时，谷冬梅从这个十分冷清的大门走进来，她没有回避，听到洞房里的嚎吵和哭泣，便径直走了进去，把几个赌博瞎闹的小伙子，指着鼻子好一顿臭骂。小伙子们一个个被她骂得红头涨脸，像是落汤的小鸡崽，慌不择路地逃跑了去。

九先生谷正芳拉着二胡，他拉过《百鸟朝凤》，现在拉的是秦腔过门。

他停了下来，他听得出高腔臭骂的声音，知道那是退休回家的谷冬梅。他心里想着，该从上房的热炕上下来，去迎一迎谷冬梅的，腿却像僵了一样，不听心的使唤，镇定坚决地一动不动。

门帘在谷冬梅的手上翻了过去，她人没进九先生的上房，问候道歉的声音已传了进去。

谷冬梅说：九哥没睡吧？

九先生谷正芳应声而答：没有睡。

谷冬梅说：我就猜么，今晚上你不会睡得早，但我还是来迟了。我是不请自来的呢！

僵硬的腿脚，经不起谷冬梅两句温热的话，突然就血脉通畅，活络了起来。九先生伸腿想要赶在谷冬梅进门前下炕的，却还是被谷冬梅抢了先，快步走到炕边，把九先生谷正芳的腿脚又挡回到热炕上。曾经，九先生谷正芳是遣送回村的戴帽右派，谷冬梅是村里的铁姑娘队队长、党支部书记。谷冬梅组织开九先生的批判会，九先生低头耷脑接受批判，像家常便饭一样。这个晚上，谷冬梅寻到九先生谷正芳的门上来了，就像人常说的，“有理不打上门客”，谷冬梅是实实在在的上门客呢，谷正芳能不热情起来吗？再者说了，儿子谷梦梦和儿媳妇任喜过，在他们的洞房花烛夜，受了冷清还是次要的，严重的是，红眼儿“骚怪”他们在新房里赌博，让一对新人尴尬着，无奈着，不是谷冬梅突然上门，化解了一场令人难堪的事端，谷正芳还不知道怎么了结呢。谷冬梅来了，帮他解了眼前的难，他还能怎么样呢？谷正芳只能笑脸相对了。

两位过去心里疙疙瘩瘩的人，有着许多不快的人，在这个特殊的晚上，能够坐在一起说话了。

话题是从几个小伙子要房来赌新娘任喜过的初夜说起的。说着，谷冬梅还把她听到的一些事向九先生谷正芳做了核实。谷冬梅以为，九先生长期在谷寡婆村里住着，对那样的事知道得要确切一些。谷冬梅相信九先生谷正芳，他是肚子里装了墨水的人，几句掏心窝的话一说，九先生谷正芳会把和她结下的怨全都抛到脑后的。谷冬梅判断得不错，正是她的几句话，把谷正芳冻凝在胸腔里的冰块化成了水。他自责起来了，责备自己心眼小，一头扎在旧账里，就看不见前头的风景，还读了那么多的书，为人师表哩，其实不如谷冬梅一半儿好。起早，你读书不多，识字不多，我是不怎么看得起你的。你带人开我的批斗会，你喊的声再大，我都只当刮黑风哩，从没在心里服气过。你今儿晚上来，说的都只是些家常话，拉的都只是些家常事，我倒服气你了。我服气你的心胸大，遇事想得开……认真地责备了自己几句，又由衷地感佩了谷冬梅几句，九先生谷正芳突然话题一转，说了一句使谷冬梅醍醐灌顶的话。

九先生谷正芳说：几次夜里做梦，你知道我梦见谁了？

谷冬梅哪里知道九先生谷正芳做梦梦见谁了。她是糊涂的。

九先生谷正芳不能让谷冬梅糊涂，他说：我不要你猜，我要给你说，我梦见咱的老祖宗谷寡婆了！

谷冬梅把她的眼睛睁大了，九先生谷正芳梦里的情景，和她最近几个晚上在梦里梦见的何其一致！老祖宗谷寡婆也到谷冬梅的梦里来了。谷寡婆在谷冬梅的梦里，薄得像一片画布一样，非常模糊，衣袂飘飘，身边有祥云翻腾，有霞彩飞渡……谷冬梅不识老祖宗谷寡婆，但她梦醒以后，回想梦中的那个模糊身影，坚定地认为，那就是谷寡婆村的老祖宗谷寡婆。

谷冬梅问九先生谷正芳：你梦里的老祖宗谷寡婆可还清晰？

九先生谷正芳给谷冬梅说了他梦里的情景，他说的情景，让谷冬梅深以为奇，竟然又是一模一样。

老祖宗谷寡婆何以要托梦于他们呢？

谷冬梅一时没想明白，九先生谷正芳似乎早就深思熟虑过，他给谷冬梅建议说：咱们村不能不敬老祖宗！

谷冬梅响应着说：对着哩，咱们必须要敬老祖宗。

九先生谷正芳说：咱要把老祖宗请回来，让老祖宗荫庇着咱们。

谷冬梅进一步响应着说：对着哩，让老祖宗荫庇着咱们。

两个过去对立，甚至是敌对的人，前嫌尽弃，在敬奉老祖宗谷寡婆的事情上，话说到了一起，心想到了一起。话一投机，九先生谷正芳就有些忘乎所以，给谷冬梅交代了一件事。

九先生谷正芳说：老祖宗的画像在我这里呢！

谷冬梅听了不仅吃惊，更多的是一种敬佩，她说：那可是太好了！

新娘子任喜过就在公公谷正芳和谷冬梅聊到这里时迈进了上房门。新婚之夜，不管她遇到什么尴尬，遭遇了什么不愉快，夜深了，她上炕休息前，是一定要来上房公公的炕前头问公公一声安的。娘亲豆菊芳对她有过特别的交代：你公公谷正芳是个文化人，文化人的讲究大，咱没人家文化水平高，可咱也是大户人家文明人哩。冲着这一点，咱做事要奉礼在先。知礼奉礼，咱才能混出自己的人哩。

娘亲豆菊芳的嘱咐言犹在耳，任喜过奉礼进了公公谷正芳的上房，她伸手到公公的被窝里摸了摸，给公公谷正芳细声细气地说：炕有点凉了。

任喜过言毕，就把公公炕上的炕眼门拔开，低头弯腰向炕眼里塞了几把碎柴火，起来又到火炉边，提起熬煮茶叶的铁皮罐罐，往罐子里添了些水，又往炉子里添了些煤。任喜过做过这些，就要给公公说了。

任喜过是要说：天不早了，您老不敢再熬了。可是她的话还没说出来，公公谷正芳倒先说话了。

九先生谷正芳对儿媳任喜过介绍说：你还不认识你冬梅婶哩。我给你说，她可是咱谷寡婆村的大能人呀！在县上当着粮食局局长，退休回来了，大家可都敬着她呢！

谷冬梅把九先生谷正芳介绍她的话打断了，说：你叫任喜过对吧？咱村今天娶了你们三个新娘子，隔壁天明的新娘子叫上官乐，隔着几户人家的门坎家新娘子叫惠杏爱。好了，你们有“喜”有“爱”有“乐”，这是你们的福气哩。

九先生谷正芳听谷冬梅这么说，差点要给鼓掌了。他两手往一起一合，使劲地摇了摇，说：听你冬梅婶子说得多好。

谷冬梅不让九先生夸她，她说：九哥你甭打岔，听我说。咱要敬奉老祖宗谷寡婆，就从“喜”“爱”“乐”她们起头，拜咱老祖宗谷寡婆。

第七章

怎么说呢，谷寡婆村的名字，不知道根由的人，会觉得这名字古怪，但要知道了，却是要生出许多敬畏之情的。

从九先生谷正芳家出来，谷冬梅在街巷里走着。有从谷大房和贾桂仙家要房出来的人，不断从她的身边走过。他们嬉笑着，迎面碰上她，都要停下来给她打招呼的，他们一律称她局长嫂或者局长婶。夜里天冷，大家称呼了谷冬梅，再没话说，就都听着谷冬梅哼哈哼哈的回应声，起步又走了。是夜，一弯新月挂在天际，这就给了银河极大的机会，横流在高高的天宇，冷清着，却也灿亮着。谷冬梅走到自家门口，站在那棵大皂角树下，抬头看着这棵古老的大树，顺便看见了繁星闪闪的银河。银河一边的牵牛星和银河另一边的织女星，可是她眼里最亮最亮的两颗星哩！

谷冬梅久久地遥看着银河两边的牵牛星和织女星，把她的眼睛都看酸了，恍恍惚惚地只见牵牛星和织女星脱离了银河，一点点地跌落下来，便挂在她仰头看着的皂角树上……传说这棵皂角树是谷寡婆当年手植的。对于这个传说，别人信不信谷冬梅不想去管，她只知道自己此时此刻是相信的。她还知道，从此以后她会一直地相信着，相信这棵古老的皂角树肯定是谷寡婆亲手植的。这棵老皂角树没动窝地生长在这里，它的后面，可就是原来的谷寡婆祠啊！

曾经香火不断、建筑古朴的谷寡婆祠，在谷冬梅担任村支部书记时，带头拆掉了。

破“四旧”，树新风，谷冬梅带头拆除谷寡婆祠时，她犹豫过，村里人更是不情不愿，有人甚至给她发话，说她拆了谷寡婆祠，她就不得好死。但是形势逼人，她没有办法，就带头上房，溜瓦拆椽，生生地把谷寡婆祠拆成了平地。为了表示自己的决心，她还向当时的绛帐人民公社请示，把老祖宗谷寡婆的祠堂，开辟成了她的宅基地。

站在皂角树下，仰望苍穹的谷冬梅，忏悔着自己曾经的举动。她希望在繁乱的星空中，能够找见属于谷寡婆的那一颗星，她要向老祖宗忏悔请罪，把属于老祖宗谷寡婆的祠堂，完完整整地恢复起来，交还给亲爱的老祖宗谷寡婆。谷冬梅把自己的肠子都悔青了。人总得有自己的根啊！根扎在自己的家，而家的根扎在哪儿呢？家的根不就扎在本姓本族的祠堂里吗？

可是，咱却把自家本姓本族的祠堂给拆了！罪过啊罪过！为了拆除谷寡婆祠，谷冬梅当年还拉出九先生谷正芳，在皂角树下开了个批判会。

一事当前，舆论先行。谷冬梅死搬硬套了当时非常流行的那种行事方式，做什么事，都要大张旗鼓地召开一个批判会。村上的地富反坏右不多，就九先生谷正芳一个，他便很自然地成了批判的对象，批判修正主义是他，批判资本主义是他，批林（彪）批孔（子）是他，批判右倾翻案风是他，农业学大寨批判小脚女人思想还是他。破“四旧”拆除老祖宗谷寡婆祠要批判的能是谁呢？跑不了九先生谷正芳，就又把他拉出来批判了。不过那天批判九先生谷正芳的火力不够猛，甚或十分疲软。时为村支书的谷冬梅，在高音喇叭上一喊“右派分子谷正芳”，缩在会场一角的谷正芳立即自觉地戴上黑牌子，爬上皂角树下的官碾子，低着头接受大家的批判了。

批判九先生谷正芳，不知村里人怎么想的。他自己不愿意多想，表现得倒是十分乐观，常常给人说，村上没啥乐子找，隔些日子批判他，就当他耍社火给大家看哩。

多么反动的思想啊！放在别的地方，不斗他个半死不活才怪，但是为了拆除谷寡婆祠而批斗谷正芳就不一样了，村里人打不起精神。

皂角树下的官碾子，可就是九先生谷正芳耍社火的舞台呢！他太熟悉这舞台了，小的时候，还光着屁股时，他就在官碾子上耍了。不只是九先生谷正芳，谷寡婆村的人，都把这里当成他们耍闹的舞台。他们敬奉着古老的皂角树，也热爱着皂角树下的官碾子。他们无人不知老皂角树的来历，一代一代传说是谷寡婆手植的。这么算来，该有六七百年的历史了。皂角树长到如今，粗得两人都无法合抱，扭曲的树身已经大空，四个人坐在树洞里打扑克，周围还能再站四个人观战。皂角树斜斜地生出三根树股，在高空遮出一片宽大的场地。官碾子就如一头老牛，长年累月地卧在树底下，早晚都有来推碾子的人，碾盐末，碾辣面，反反复复地变换着色彩。碾过盐末时，官碾子白生生的；碾过辣面子，就又红刺刺的了……日久年深，官碾子的碾台凹下去了一些，下雨天还会收一圈圆如月亮的渍水哩。传说，官碾子也如老皂角树一样，是老祖宗谷寡婆置办下的。谷寡婆村没有足够大的会议室，皂角树撑起的一片树荫，就成了村里开会、派活和娱乐的地方。皂角树下的官碾子，就成了村里人娱乐的舞台。

谷冬梅组织村里人开罢九先生谷正芳的批判会，隔了一夜，即带人来拆谷寡婆祠。正拆着，意外地发现，敬奉在祠堂里的老祖宗挂画不翼而飞，同时还有一大套铜质供器，包括香炉、香筒、干鲜果盘等，也没了踪影。唉唉唉，打破了谷冬梅的头，她都无法想象，盗去了谷寡婆挂画和供器的会是九先生谷正芳。

今日晚上，九先生谷正芳向她捐出老祖宗谷寡婆的挂画和供器，他可是帮她赎罪哩！

啊啊啊……今夜，谷冬梅的心窍像挨了一棒槌，她一下子明白过来，她当年带人拆除谷寡婆祠是造下罪了！她想，在她带头拆除谷寡婆祠时，如果不是谷正芳来那绝妙的一手，老祖宗谷寡婆的挂画和供器会怎样呢？谷冬梅不敢想，再想她是会胆战心惊、浑身出冷汗的。

谷冬梅把她仰望星河的目光收回来。她不知道自己怎么就笑了，笑使自己浑身轻松。这样的轻松，是她工作许多年官至县粮食局局长都没有的。这可太好了，明晨起来，她要献出自己新翻修的房院，让老祖宗谷寡婆归其位，安其民。

主意既定，谷冬梅便一夜没有睡着。天还没亮，她就早早起来，召集来谷大房、贾桂仙等人，自然少不了九先生谷正芳。大家在皂角树下，商量着修复谷寡婆祠的事。

工期太紧了，就只一个白天，因为到了晚上，就要由谷冬梅主持，给新娶进谷寡婆村的三位新娘子举行拜祖活动了。

破墙立窗子，搬砖起台子……谷冬梅在谷寡婆村做支部书记的功夫一点都没废，她指派起人来，有条有序，纹丝不乱。加上原来就乐于受她指挥的谷大房、贾桂仙以及积极支持重修谷寡婆祠的九先生谷正芳，他们和村里闻讯而来的村民们，都像当年一样接受谷冬梅指挥，在她的吆喝和指手画脚下，没有用到一天时间，就把谷冬梅捐出来的门房，很好地改造成老祖宗谷寡婆祠堂了。

原来的五间门房最右侧的一间，是谷冬梅进出里院的头门，暂时保留着没有动。余下几间临街的一面，初建时为了安全，都只留了小小的几个亮窗，现在拆了中间的一堵墙，装上了两扇大门，并把两边墙上的小亮窗换成了一水儿的玻璃大窗，这就使屋内的光线充足了许多。下午，谷寡婆祠改建工程刚有个眉目，九先生谷正芳便回了一趟家，然后双手捧着明黄色的一个锦囊，面色庄重地从他家里走了出来。在他的身后，还跟着他的大儿子谷劳劳和二儿子谷梦梦，两兄弟抬着一只柳条箱子。明黄色的锦囊和柳条箱子被九先生谷正芳收藏的日子太久了，突然出现在谷寡婆村人的面前，还是让大家一时有些震惊。是的，明黄色的锦囊已失色了，一点都不鲜亮，甚至有点发乌，但大家知道，锦囊里装着谷寡婆的挂画，看着锦囊时，倒觉十分神圣和鲜亮。还有柳条箱子，也是一点都不鲜亮，甚至黑黜黜地现出朽腐的样子来，却因为柳条箱子里装着敬奉谷寡婆的供器，大家看了，亦觉出柳条箱子的神圣和鲜亮。

一街两行的人，夹道看着九先生谷正芳和他的儿子们。大家没有鼓掌，也没有欢呼，全都肃穆着一张脸，不错眼地注视着九先生谷正芳和他的儿子们，以及他们抬着的明黄色的锦囊和柳条箱子。他们中眼软的人，盯着他们父子手捧肩抬的谷寡婆挂画锦囊和柳条箱子，忍不住都已眼泪汪汪的了。谷冬梅就站在皂角树下，在她的身旁，站着谷大房、贾桂仙他们，他们等在这里，是接九先生谷正芳的。

大家在心里计算着，谷冬梅带头拆毁谷寡婆祠，到如今都有二十多个年头了。二十多年来，谷寡婆村再没有过祭拜老祖宗谷寡婆的活动，大家在没有老祖宗的日子里，灰暗失意地生活着。今天，把老祖宗请出来，请谷寡婆重新升位，怎能草草行事，又怎能草率为之？举行一个仪式是必须的。好在是血肉相连的谷寡婆，好在是慈爱仁厚的谷寡婆，她永远活在谷寡婆村她的子孙们的心头上。大家都还懂得敬奉她老人家的仪规，所以公推了谷冬梅，让她作为主祭人，主持老祖宗的升位活动。

九先生谷正芳和他的儿子如果走直线，用不了多长时间就能把老祖宗谷寡婆的挂画和供器送到皂角树下，但是九先生谷正芳率领着他的儿子们，走了一条曲线，背过皂角树，向村子的另一端绕着走了去。这是九先生谷正芳与谷冬梅他们商量好的程序，恭奉谷寡婆的挂画和供器，把村里的人家都走遍，到一户人家，这家人就要在院门前设供祭奠，并且要点燃火堆、施放炮仗庆贺，然后跟在九先生和他儿子们的身后，一路护送谷寡婆的挂画和供器。因此，别说谷寡婆村初六娶了三门新娘子是热闹的，初七迎老祖宗谷寡婆上位，就更热闹了。相较之下，初六的热闹，只是一种简单的嬉闹而已。初七的热闹就不同了，是一种隆重的热闹还要加上许多的庄严。大家的脸上全都洋溢着发自内心的喜悦，但却没人胆敢胡乱喧哗和胡乱跑动。九先生谷正芳和他儿子谷劳劳、谷梦梦一家一户地游走着，没有哪家敢于怠慢应有的仪规，此起彼伏的火堆和炮仗声，照亮了，也响彻了谷寡婆村每条街。先是一户人家手捧蒸馍或碗子跟在九先生谷正芳他们一家人的身后走，渐渐地两户三户、四户五户……九先生谷正芳和他儿子身后跟随的人越来越多，多到扯成一条长队。最后到达皂角树下的谷寡婆祠门口时，蜿蜿蜒蜒有三五百人。谷寡婆村今日走得动的人来了，走不动的人，家里人把他拉在架子车上也来了。

皂角树下，除了准备迎接谷寡婆挂画和供器的谷冬梅、谷大房和贾桂仙他们，还有村上懂些音律节拍的人，背着锣鼓，列队站在皂角树下，全神贯注地看着九先生谷正芳他们的队伍鱼贯走到了皂角树下。他们没有人指挥，却都自觉地拿锣槌的举起了锣槌，拿鼓槌的举起了鼓槌，只等主持人谷冬梅发话了。

因为激动，还因为一种赎罪后的快乐，谷冬梅涨红了脸，呐喊一声：起乐！

举着锣槌和鼓槌的人就都在她的呐喊声里舞动起来了。喧天的鼓声，铿锵的锣声，惊天动地，一时间把谷寡婆村淹没在其中了。

一曲未罢，只听谷冬梅又大声地呐喊了。

谷冬梅呐喊：乐止。

齐茬茬地，锣鼓的声音立马哑了。

迎主上位、祭饭……祭拜老祖宗谷寡婆的仪式，依照传统的仪规，丝丝入扣、庄严肃穆地进行着。主礼人谷冬梅高声呐喊“迎主”，谷大房和贾桂仙从她身侧跨步向前，迎着九先生谷正芳，恭恭敬敬地从他手里迎过谷寡婆的挂画，转过身来，在谷冬梅的引导下，走进刚改修好的谷寡婆祠，展开老粗布作衬的谷寡婆挂画，挂在祠堂正当间的墙壁上。挂画的下面，是谷冬梅家的一张三斗条桌，权且当作祭拜的案子。谷劳劳和谷梦梦跟进来，把抬着的柳条箱子打开来，取出香炉、香筒、烛台和供盘，端正对称地放在桌面上。下来该是祭饭了。主持人谷冬梅一声喝令，最先走进祠堂祭饭的是九先生谷正芳，跟在九先生身后的是谷大房、贾桂仙。这个祭饭顺序，是谷冬梅拍的板，她认为九先生谷正芳的功劳大，应是头一个祭饭的人，下来是村支书谷大房、村妇女主任贾桂仙，再往后，就由村里人自觉排队了。祭饭是不需要每人都祭的，每家出一个代表就行，把他们在自家灶房准备好的蒸馍和碗子，供献在老祖宗谷寡婆的挂画前。他们供献了自家的蒸馍和碗子后，还要稽首鞠躬，给老祖宗谷寡婆看香、吊表、祭酒……一家挨着一家，都是家里说话占地方的人。他们完成祭礼后，自觉退出祠堂，但都没有立即走开，还恭立在皂角树下，看着鱼贯而入祠堂的人不断地献饭行礼。高悬着谷寡婆挂像的案桌周边，不大一会儿工夫，就都是村里人供献的蒸馍和碗子了。

主礼的谷冬梅，一遍遍地高喊：上饭、看香、吊表、祭酒……喊到后来，她的嗓子都哑了。

敬奉老祖宗的礼规进行到了最后一项，声音嘶哑了的谷冬梅，请出了九先生谷正芳，当着众人的面，表彰了九先生保护老祖宗谷寡婆挂画和供器的义举。说他在特殊的历史环境下，不顾个人的荣辱，冒险抢救谷寡婆的挂画和供器，他是老祖宗最忠心、最仁厚的后人，大家要感谢他、感激他。为此，她还提议，村里的这次祭祖经文，就由九先生来祭读。

谷寡婆村最有学问的人，可不就是九先生谷正芳嘛！

早先祭祖，谷寡婆村的人为了弘扬老祖宗的弘恩大德，肇启后辈的福祉大运，推选的诵读祭文的人，多是有学问的人。昨天夜里，谷冬梅上门和九先生谷正芳确定下复修谷寡婆祠后，九先生就想过诵读祭文的事，这是村里祭祖最为关键的一环，绝对不能有一丝一毫的闪失。谷冬梅告辞后，九先生谷正芳几乎一夜无眠，他人在被窝里安安静静地躺着，心却油煎一样思谋着，调词遣句，反复推敲，还真腹创了一段拜祖祭文。谷冬梅主礼点了他的将，他也不推辞，往祠堂门口的台阶上一站，清了清嗓子，便高声地诵读起来了。

九先生的嗓音是浑厚的，稍稍地还带着些沧桑感，他只诵读了一个开头，说："我谷寡婆村爷叔子侄，婶娘姑嫂，莫不感念祖宗恩泽。二十年未能祭祖，实非后辈儿孙不孝，而是时事变化使然。"他这一说，先把自己的鼻子说酸了，站在皂角树下的谷寡婆村人，受了他的影响，很多人也都饮泣起来。心眼仁厚的人，甚至不能自已，双膝一软，跪在了地上。九先生谷正芳控制着自己的情绪，不想心酸流泪，却就是管不住自己的眼泪，哗哗地流了一脸。此时此刻，他蓦然想起，曾经的他总是作为批判的对象，站在皂角树下，接受村里人的批判和斗争。今天，他还站在皂角树下，代表村里人向他们敬爱的老祖宗诵读祭文。这是多么大的变化啊！凛冽的寒风吹在九先生谷正芳落泪的脸上，他不觉得冷，却还觉得暖，他颤抖的声音，热辣辣地诵读着腹撰的祭文。

福兮祸所伏，祸兮福所倚。福少祸必至，祸多福自无。福自苦寒来，芬香云求福。福自乐中来，知乐才是福。福由礼中来，遵礼才得福。福由义中来，仁义方得福。福从俭中来，勤俭自得福。福由耻中来，知耻可得福。福从悌中来，仁爱定得福。福从忠中来，忠国当得福。福从信中来，诚信即是福。

诵读祭文一毕，九先生谷正芳浑身一轻，好像拜祖的祭文就是一服良药，把他凝固了的经脉全都打通了。不仅九先生谷正芳有此感觉，谷冬梅、谷大房和贾桂仙们都有此感觉。这会儿，他们都伫立在寒风里，却都感到脸上热辣辣的，似有微汗沁出。这就是老祖宗的庇佑，这就是谷寡婆的温暖。

列队站在皂角树下的锣鼓手们，不失时机地又敲打了起来。

二十余年后才再兴祭祖活动，虽说这次祭祖活动来得太突然、太仓促，但锣鼓队的演奏一点都不仓促。参加演奏的村里汉子达二十多人，他们人手一件乐器，分为打击乐和吹奏乐两类，计有阵仗鼓、坐堂鼓、月鼓、战鼓、大小铙钹、铰子、大锣、报锣、云锣、马锣以及笛子、笙管、海笛、琵琶等。这是谷寡婆村的一大特色，世代相延，为的就是祭拜祖宗谷寡婆。二十多年没有祭拜祖宗谷寡婆，但锣鼓队却没散掉，配合上头的这运动那运动，为壮声势扩大影响，锣鼓队都要集中起来鼓乐一番。说来真是巧合，春节前，支书谷大房接到县上通知，今年元宵节，为庆祝县上联产承包等农村体制改革的顺利推行，要组织大型的闹元宵活动。要社火、扭秧歌，红红火火闹几天，所有的红火，都要谷寡婆村的锣鼓队来配合。在过去，是要给锣鼓队的汉子加工分的，即便那样，大家还不是很乐意。也是因土地到了户，村民们在地里挖刨得勤快，地里的粮食丰收了，大家的肚子填饱了，这一次，谷大房只是张了张嘴，也没工分派，村里喜好锣鼓音律的汉子们，便争先恐后地报了名。谷寡婆村里的习惯，能进锣鼓队的汉子，是要被人高看一眼的，因此，他们只让村上出资添了几件乐器，至于锣鼓队成员的古装行头，则由锣鼓手们自筹资金自己弄了。

这次祭拜老祖宗谷寡婆，锣鼓队队员就都穿上了他们自筹资金弄来的古装，一水儿杏黄色仿绸布料，腰上束带，头顶冠冕，很鲜亮也很精神，敲打着的曲调有尺调、商调、中吕、南吕和仙吕等。锣鼓手中的谷子乐，是谷寡婆村锣鼓传人中的佼佼者，他推陈出新，还发掘整理出前人敲打过的汉乐府和唐之教坊乐曲，如《粉蝶儿》《灯影环》《石榴花》《包玉头》等。他们从年前练到年后，准备元宵节去大闹县城的社火，没想到提前用在了祭拜老祖宗谷寡婆的活动中。这使他们感动着，又兴奋着，无一人不用心，无一人不用力。在他们的头顶，有黄龙伞、米色幡、帅字旗猎猎飘舞，在他们手上，有锣槌、鼓槌和吹奏乐器急急弹拉，这样的场面是整齐有序的，更是蔚为壮观的。

为首的谷子乐，身材魁伟，形象庄严，一条红色宽布带绾着阵鼓的两侧铜环，斜挎在他的肩背上。他舞动着鼓槌，指挥着锣鼓队，其娴熟练达的表演，确有汉之雄风，唐之博雅。一招一式，起、承、转、合，或奔放，或细密，或豪迈，或哀婉……把锣鼓手们在乐曲演奏中的地位与作用，指挥调和得恰到好处，淋漓尽致，魅力毕现。乐曲演奏到高潮时，只见谷子乐卸下肩背上的阵鼓，由另外两位锣鼓手抬着，他则解放出来，周游在锣鼓阵中，敲打阵鼓几声，旋即又敲打坐鼓、战鼓、月鼓几声……此时，他是手之舞之，足之蹈之，好不恣肆放浪，无拘无束。但闻一阵子鼓点紧，一阵子鼓点慢，一阵子又戛然而止，不声不响。其他的锣鼓手，一组组排列着，整齐划一，于谷子乐周游旋转的击打声里，他们的配合，使乐声有分有合，有高有低，有急有缓。大家一会儿正襟兀立，一会儿又左摇右摆，前仰后合。汉语中所谓的“鼓动”，所谓的“鼓励”，所谓的“鼓舞”，都在谷寡婆村的锣鼓演奏中得到了活灵活现的表达。祭拜老祖宗谷寡婆的仪式结束了，然而因为锣鼓队的持续演奏，前来祭拜供献的村里人，就还团团聚拢在皂角树下，一边兴奋地观看锣鼓队的表演，一边耐心地等待着，等待着昨日嫁入谷寡婆村的三个新娘子，于华灯初上的时刻来拜祖。

第八章

皂角树下的锣鼓声，从头一声敲起，就一声不落地灌进新娘子上官乐、任喜过和惠杏爱的耳朵里了。

新娘子上官乐、任喜过和惠杏爱知道，那是村里人祭拜祖宗哩。这么热闹的场面，她们可是太想参加了，但是她们已被告知，刚从外姓旁人家嫁入谷寡婆村，还没有祭拜过谷寡婆，怕她老人家生疏，就还不能让她们参加白天的祭拜。不过，到了晚上，可是要给她们组织专场祭祖活动的。

新娘子见公婆，从娘家嫁到一个新的家庭来，谁不走这一个程序呢？这不新鲜，新鲜的是，嫁到谷寡婆村来，还要祭拜一个遥远的婆婆，就不是其他村庄的新娘子能有的殊荣了。

谷寡婆村可是太特别了。

谷寡婆村的特别就在于他们敬奉的老祖宗是位寡居女人。

难以理解吗？不，知道了谷寡婆村的建村历史，就没有什么难以理解的了。

在谷寡婆村人的口里，一代一代又一代地传说着，很久很久以前，有一个谷姓的女人，也不知她从哪儿来，要到哪儿去。她逆着渭河而上，千里迢迢，单身逃荒到这里。她走不动了，在白花花的渭河滩上，走一步，歇两步，突然，她一下跌在沙滩上，豆大的汗珠从她的前额上往出渗。她咬着牙，艰难地忍着。但她是忍不住了，仰天大叫一声，就看见她的裙裾下，流出一摊血水，血水中有个婴儿，哇哇哭着落草在沙滩上……正是这个小生命的降临，让女人在茫茫荒野里落了脚，开始了谷寡婆村的创建。后人为了纪念她，称她为谷寡婆。传说，谷寡婆一路走来时，随身带了个不是很大的枕头，那枕头没有什么出奇的地方，粗布质地，粗针大线的做工。但这可不是一个普通的枕头，一说枕头里装着的是她从家里带出来的金银细软，一说枕头里装着的是她从家里带出来的五谷籽种。此两种传说，大家都是相信的，在谷寡婆村相得益彰地流传着。谷寡婆落脚在了渭河滩，她撕开枕头，拣出金银细软，留着日常用度，拣出五谷籽种，漫撒在渭河滩地里，使其生根发芽，收获着养家糊口的粮食。

此说是实是虚，虽无文字查考，但约定俗成的仪规，不走样子地传说着。

如白天时的祭拜老祖宗一样，嫁入谷寡婆村的新娘子祭拜谷寡婆，也是中断二十多年后的头一次，所以没有人敢不遵从。当然，参拜的人不同，秉持的仪规就不同，就如新娘子祭拜老祖宗谷寡婆，便排斥村里的男人，而主要由女人们来做了。

这如同谷寡婆村的妇人节，可是由着村里有头有脸的妇人大显身手呢！

谷寡婆村如今最受崇敬的妇人是谁呢？这样问似乎多余，怎么说都离不开退休回家的谷冬梅，此外就是贾桂仙了。

喝罢晚汤（晚汤：方言，晚饭），新娘子上官乐、任喜过和惠杏爱，在家人的催逼下，被动而无奈地走出家门，向着皂角树下的谷寡婆祠缓缓走来了。她们走得都很小心，步子不敢走快了，也不敢走慢了；头不敢抬高了，也不敢压低了。新娘子初嫁到谷寡婆村，事事时时都要考虑村里人的眼睛和村里人的嘴巴。新娘子嘛，谁不想从一开始就给村里留下个好印象？而且三个新娘子，她们之间也还有着比试呢！

上官乐和惠杏爱是怎么比试的，又从哪件事上来比，任喜过不知道，但任喜过明白，她是从初六清早她们三个新娘子嫁进谷寡婆村的婚车队伍和穿衣打扮就开始比试了。

当然了，谷梦梦迎娶任喜过的是一列长长的自行车队伍。

当时的关中西府，乡下人娶媳妇，莫不是这样的娶法。谷梦梦到麦禾营村迎娶任喜过，有他老子九先生谷正芳和大哥谷劳劳操办，借遍了谷寡婆村以及村子周边能借的人家，是借了几辆自行车的。看着那借来的自行车，谷梦梦没说什么，但他把眉头拧起来了，脸上没有了一点迎娶新娘子的喜气。他不说话，他爹九先生和他大哥谷劳劳从他的脸上看出来了，就在一起商量。谷劳劳的意见很坚决，他给九先生说：咱们家晦气了那么多年，咱现在还能晦气吗？咱不能呢，咱要借势亮堂一次！

谷劳劳说话虽未咬牙切齿，却也有咬钢啃铁的劲头。他给九先生说了那堆话后，还加强了语气说：咱还有啥势借呢？就是二弟梦梦的婚礼了！这一次咱要红红火火、风风光光给二弟梦梦结个婚。

九先生谷正芳听懂了谷劳劳的话，他低了一下头，再抬起来时，他像谷劳劳一样硬气，说：就是这话，借着梦梦的婚礼，咱们是要红火风光一下了。

决心既下，九先生谷正芳回想他的右派帽子摘了后，他当年相好的几个同事以及他关心的学生都到谷寡婆村来看过他。他们如今混得有模有样，都很不错，向九先生说了许多关切的话，走的时候，又都郑重地给他说，让他有事不要忘了他们，就给他们说。九先生谷正芳一直没有啥可给他们说的，二娃谷梦梦结婚成家，他是有必要给他们说的。他不要他们出钱，也不要他们出力，只要他们帮他二娃结婚借些好的自行车，就是给了他体面，给了他气势。

九先生谷正芳写了个条子，交给谷劳劳去办。他的那些故交和学生，还真是讲义气、讲情面，相互合计了一下，于是清一色的天津凤凰自行车，擦抹得油光锃亮，弄回到谷寡婆村，再浩浩荡荡地骑了去麦禾营村，娶回了新娘子任喜过。一路上，自行车链条滚动的铮铮声，清脆又悦耳，像是鸣响的小鼓点儿，真个儿是喜人啊。

可是，这样一队独特的娶亲队伍，迎娶了新娘子任喜过回到谷寡婆村时，别说新娘子任喜过的心情如何，九先生谷正芳和儿子谷劳劳、谷梦梦的心情便像霜杀了似的，很不好受了。他们前头刚进村子，支书谷大房给儿子谷天明迎娶新娘的车队跟着也进了村。他们看见，村支书谷大房给儿子娶亲借的是一辆帆布篷的北京吉普车和两辆洗刷得干干净净的东风大卡车。吉普车里坐着新女婿谷天明和新娘子上官乐，陪嫁的箱箱柜柜和来客都棉衣棉帽地坐在绿莹莹的东风大卡车上。谷梦梦看到人家那个阵势，两条腿先一软，差点把载着新娘子任喜过的自行车侧倒在街道上。谷寡婆村的街道算不上宽，有谷梦梦迎娶任喜过的自行车队在前面骑行，谷天明迎娶新娘子上官乐的汽车队就没法越过他们往前走。司机是性急的，也知道乡村娶亲抢门的习俗，一次次按着喇叭，想要超越过去。可是谷梦梦没有急，他们自行车队不紧不慢地在前头骑行着，不给汽车让行。

这又何必呢！

被谷梦梦驮在凤凰牌自行车后座上的新娘子任喜过，一点都不眼红人家的汽车队。她不是个爱攀比的人，自己的福自己享，自己的罪自己受，任喜过是很想得开的。因此，她坐在谷梦梦骑行的自行车后座上，是想提醒他的，但怕犯了还没进门就指教男人的忌讳，便默默地没有出声。

此时大度的任喜过，没过一会儿，心里就也酸溜溜地装满叫人牙软的醋水了。

迎娶任喜过的自行车队伍到了自家门口停下了，可是跟在他们后边迎娶上官乐的汽车队也停下了。帆布篷子的吉普车，有红绸绾着的大花装饰着，显得既喜庆又热烈。车门开处，走下了谷天明的新娘子上官乐。她穿着的不是任喜过身上传统的红绸袄、红绸裤，而是一袭单薄的雪白色婚纱。这可是哈口气就能结成冰的大冷天呢！上官乐心热，也不能不惧冷呀！

婚纱是低领，露出新娘子上官乐一截白白的颈窝，有一条金灿灿的黄金项链悬着个心形的坠子，恰到好处地摇晃在颈窝那截白上。新郎官谷天明先新娘子上官乐一步下了吉普车，再伸手过去，扶着上官乐下了车，然后又把自己的一条胳膊交给上官乐，由上官乐甜蜜地挽着，向他们家门口走去。村上瞧热闹的人，这时都震惊了，震惊之余，自然还有大饱了一次眼福的感慨。

任喜过震惊了没有？感慨了没有？

任喜过想，她和看见这一情景的谷寡婆村人一样，也震惊了，也感慨了。

那一刻，一步可以踏进自家大门的任喜过迟疑了一下，她回了一次头。正是这一回头，她还闻到冷冷的空气里飘来一股别样的清香。这是谷天明的新娘子上官乐身上的清香哩，她把自己修饰打扮得太漂亮、太不一样了。乡村人家的新娘子，原来也可以很洋气，很城市，很像电影里的明星和飞机上的空姐，甚至可以说太特务了！在任喜过的意识里，她所看过的电影电视里，漂亮的女子可都是女特务呢！上官乐挽着新郎官谷天明的胳膊，目不斜视地往她家门前走。她走得那么专注，好像前面有块磁石在吸引，挺着白杨树一般的腰身，风摆杨柳，笑靥如花。人比人，活不成，和同时嫁到谷寡婆村的新娘子上官乐只那么一眼的比较，任喜过就知道，自己是土气的，也是农村的，而且还欠缺一点漂亮：面皮不白，眼睛不大，嘴唇还略略翻翘。这使任喜过不能不受刺激了，当时就听到她的耳朵里有什么东西炸了一下，接着，身体的一些部位还隐隐有些疼。

如果不是云小兰去任喜过的门上叫她，任喜过可能就不参加是夜拜老祖宗谷寡婆的活动了。她有点怕见其他新娘子，当然主要是隔了一墙的上官乐。云小兰告诉了她祭祖的消息，而且动员她去，并表示了她未能祭祖的遗憾。再者还有她的公公谷正芳，是他老人家保护了老祖宗谷寡婆的挂画和供器，这也给了任喜过理由，她是必须要和村里新娶来的新娘子上官乐、惠杏爱一起拜老祖宗谷寡婆了。

惠杏爱过门的声势怎么样呢？不像上官乐和她隔了一堵墙，任喜过看见了，听见了，也感受到了。惠杏爱过门来的声势，任喜过只是听说的。新郎官谷梦梦没有给她说，公公谷正芳也没给她说，是三番五次上门来、对任喜过表现得很亲热的云小兰告诉任喜过的。

云小兰跟任喜过说：知道吗，惠杏爱是坐小四轮拖拉机过门来的。你们三个新娘子，一个坐自行车，一个坐吉普车，一个坐小四轮拖拉机。嘿嘿，谷寡婆村的人还不知道怎么说你们呢！

爱怎么说说去，任喜过没有那么大的手，她捂不住村里人的嘴。再者说了，谁能活在别人的话里头？你一嘴唾沫，他一嘴唾沫，最后还不把人淹死了？任喜过只想活自己的人，一步一个脚印，踏踏实实地活，活出自己的模样来。

白天的祭祖拜先人活动，谷冬梅挑了头，晚上的新娘子拜谷寡婆老祖宗，谷冬梅让出位子，交由贾桂仙来主持了。

贾桂仙可不是糊涂人，谷冬梅给她让位，她哪里就会直接接过来，做样子推一推是必须的。

在仓促改建的谷寡婆祠里，谷冬梅给贾桂仙交代了任务，贾桂仙摇手拒绝着，说：有你在，我可不敢。

谷冬梅听出了贾桂仙假推辞，便说：算了吧，谷寡婆村又不是我一个人的。

主持新媳妇祭拜老祖宗谷寡婆的事就这样定下来了。这一夜，贾桂仙的身份就很特别了，她既是祭祖拜宗的主持人，又是新娘子惠杏爱的婆婆，所以她在来祠堂时，还刻意把自己收拾了一下。一身的粗布黑衣，剪裁是很合体的，上身前她又浆洗了一遍，用枣木的棒槌，仔细捶了，捶出了一条条棱角分明的折线。她没有独自一人来，而是带了惠杏爱一起来的。她走在所有人的最前边，头一个进了谷寡婆祠。任喜过来晚了一步，因此，当她跨过谷寡婆祠高得离谱的门槛，头一眼就看见了随在贾桂仙身边的惠杏爱。

这是不需要介绍的，任喜过跨过谷寡婆祠的门槛，接过惠杏爱向她投来的目光，她就知道，这是一个和她身份一样的新娘子哩。

任喜过还了惠杏爱一眼，像惠杏爱投向她的目光一样，是友善的，是关爱的。这让任喜过非常受用，初嫁到谷寡婆村，任喜过不仅需要家里人的友善和关爱，还需要村里人，最好是和她一起嫁来谷寡婆村的新娘子的友善和关爱。

没说一句话，两位还很陌生的新娘子，就有了一种心灵相通的融洽。

因为二十多年的中断，村里再举办新娘子祭祖拜先人的活动，大家岂能不来凑热闹？喝罢晚汤，尽管家里还有怎么忙都忙不完的家务，人们还是忍心放下来，急急地往皂角树下的谷寡婆祠拥来了。是的呀，这是谷寡婆村的妇人节，男人憋不住来了，就自觉地聚集在谷寡婆祠外的皂角树下，他们有的蹲在石碾子上吃纸烟，有的站在石碾子旁扯闲嘴。婆娘女子们，在以往的日子里，哪里敢不顾男人们的面子？总要把好的位置让给他们，由着他们在人前疯。今晚不需要了，婆娘女子可以撂下没有收拾利落的锅灶，拧着她们的碎脚，扭颤着她们的细腰，齐齐簇簇地走，花枝招展地走，叽叽喳喳地行，闹闹嚷嚷地行，行走到谷寡婆祠前了，瞥一眼散在皂角树下和石碾子上吃烟和扯闲嘴的男人，心是不慌的，脸是不烧的，大大方方地就进到祠堂里来了。碎娃娃们最是不受约束和限制的，村里的热闹和红火，他们是最不可或缺的积极参与者。在人缝里，他们钻进钻出，蹦着跳着，踩了谁的脚，绊了谁的腿，惊叫一声，拍打一把，他们依然故我，搅和在越聚越稠、越来越热闹的人群里。

突然，祠堂的门口起了一阵骚动，传递着，又骚动着进了祠堂里边。大家回头看，这就看到村支书兼村长谷大房和老婆白栓娥陪着他们二娃谷天明的新娘子上官乐来了。

初嫁谷寡婆村的上官乐，昨天穿了一身洋气的白纱裙，就把任喜过比得心酸难过，今晚祭拜老祖宗谷寡婆，她又是一袭红花的旗袍，款款地走来，让任喜过又一次在心里叫起苦来。任喜过发现同为新娘子的惠杏爱看上官乐的神情，和她似乎是一样的，心里大概也不好受。同为谷寡婆村初婚的新娘子，任喜过和惠杏爱的穿着，自然都是不差的。“能欠自己一辈子，不欠自己这会儿”，说的就是姑娘家穿上嫁衣初婚这会儿。娘家人、婆家人，再怎么困难，再怎么不易，都要拼了命地往出拿钱，给初婚的新人添箱的。添什么呢？添漂亮好看的衣裳呀！任喜过和惠杏爱的新嫁衣，花色上稍有不同，但样式和质地，就没什么不同了，都是很中式的绸袄儿，外套一件格子呢的罩衫，腿上的棉裤也自然地罩了一条黑灯芯绒的套裤，显得非常传统，也非常规矩，是关中西府那个时候新娘子们常见的穿着。上官乐穿了一袭旗袍，这可是太各色了，祭祖拜先人的人群此时不生一点骚动才怪了呢！

向谷寡婆祠门口走来的上官乐，仿佛一束电光，或者是一把利刃，把聚得像是一堵厚墙的人群割开了一道缝隙。她从容大方地从这道缝隙走进来，走到悬挂着谷寡婆画像的案桌前。她走过来，没有人指拨任喜过和惠杏爱，但早到的她们，却都自觉地一让，让出一个缺口来，使上官乐款款地站在了她俩的中间。

啧啧啧啧的惊叹声，在祠堂里的人群中此起彼伏。

不用问，大家是在惊叹上官乐的穿着，红色织锦面料的旗袍，制作可是太讲究了，不肥不瘦，恰到好处地裹紧了上官乐的身子，使她身子该凸的地方凸起来，该收的地方收起来。从细白的颈项处起头，有一条金色的绲边，自她胸前的开襟上划过，像是一颗流星，燃烧在一片热烈的红光里，只是一个瞬间，亮一下，便又归于无处不在的红色光晕里了。顺着金色的绲边，是一组一组的菊花盘扣，形成一条优美的弧线，匀称地铺陈开来，绽放着，犹如星星一般灿亮。还有不很对称的小金花，鲜活在上官乐的红色织锦旗袍上，随着她的一举一动，便都有款有型地张扬着，像是四处飞溅着的金属荆棘，直扎人的眼睛和心窝。

贾桂仙可是不想失去控制权的，谷冬梅原在谷寡婆村当支书的时候，她就是村里的妇女主任。谷寡婆村里人说过：尊罢谷冬梅，再尊贾桂仙，次序甭颠倒，啥事都能成。这个婆娘，可不是个可以小视的人物。生产队没散伙时，见天黑了有会开，学习呀，讨论呀，贾桂仙伶牙俐齿，说起来，能从会前说到散会。谷冬梅让她主持初嫁到谷寡婆村的新娘子拜祖活动，可是选对人了。现在的她，脸是瘦削干巴的，已经刻满了横七竖八的皱纹，眉毛淡得几乎看不见，可她那小而圆的眼睛，依然不失曾经的神色。她端端正正地站在供桌的旁边，神情严肃而认真。她寻找着另一双眼睛，她寻找到了，就在她的身边，是退休回家的谷冬梅。她和那双比她更加严肃认真的眼睛对视了片刻，就又扫视起祠堂里的人群来。她扫视大家的目光，是分层次的，首先向祠堂的大门口看了看，似乎是和什么肉眼看不见的神灵对了一下光，然后，慢慢地收回来，再从拥挤在祠堂里的妇女们和娃娃们的脸上扫过。她的目光扫过处，嘈杂喧嚷的人群，就噤了声，祭拜祖宗的场面安静下来。

贾桂仙清了一下嗓子，她唱礼了：看香！

三个新娘子就在贾桂仙悠长而响亮的唱喝声里，一齐走上前来，把来时准备好的老香伸到供桌上燃烧着的蜡烛上，点着了，又一齐插在供桌上的大香炉里。

淡淡的香的烟气升起来，袅袅冉冉，在供桌的上空缭绕着，盘桓着。透过缥缈的烟气，三个新娘子好奇地抬起头来，观瞻着挂在供桌上方的谷寡婆画像。传说中的谷寡婆活了一百零八岁，而画像上的她，却是花彩盛年的丰美。虽是粗布麻衣，但依然遮盖不住她端庄美艳的容颜。她的乌黑的浓发高高地绾起来，中间用一绺淡红色的头巾扎住，头巾的角儿垂下来，遮在她的耳际。她的脸膛丰腴而鲜活，长长的几乎插入鬓角的眉毛，黑油油的，为她平添了许多精气神。她的眼角向下垂着，是人们所喜爱的丹凤眼，这使她既呈现出一种肃穆的表情，又隐含着些许淡淡的凄苦之意。在她的膝下，端正地跪着一个刚刚长成的男子。

这个男子，大约就是谷寡婆在这里生的儿子了。

不知为什么，上官乐居中看着老祖宗的画像，感觉倒有点唐宋仕女画的韵味。画已经陈旧发黄，但却越看越像。上官乐就有点想笑：描画自己的老祖宗，要画出她老人家的艰辛和苦难才对呀。

白天的时候，在谷大房和谷冬梅他们紧张有序地改建谷寡婆祠时，新女婿谷天明不断地往家里跑，他向上官乐叮咛了又叮咛，晚上她们初嫁到谷寡婆村的新娘子，都是要祭祖拜先人的。谷天明告诉了上官乐老祖宗谷寡婆的传说，还说了公公谷大房和谷冬梅拆毁祠堂的事。二十多年了，一个政治运动跟着一个政治运动，还真多亏了那位老右派九先生，没有他，现在想要敬奉老祖宗，又到哪里去找老祖宗的影儿呢？

谷天明的感慨也是上官乐的感慨。

感慨过了，上官乐却有疑惑要问谷天明。她说：咱爹既然这么深爱咱的老祖宗，他那时为啥要带头拆了祠堂呢?

谷天明说：也不能说咱爹带的头，还有谷冬梅哩。他们那个时候，思想单纯得很，上面说咋弄就咋弄，自己是不能胡思乱想的。

上官乐又有了新的感慨，说：老右派九先生倒是很有远见。

谷天明说：人家是村里最有文化的人，老大学生哩!

上官乐说：那我看还不如把九先生的像挂在祠堂里。

谷天明举着拳头吓唬上官乐，说：你再胡说!

上官乐说：我胡说了么?

胡说不胡说，现在的上官乐站在老祖宗谷寡婆的挂画前，虽然恭恭敬敬地按照主持祭拜的贾桂仙的口令，把香插进了香炉里，可是，在她的心里却丝毫都不能虔诚恭敬起来。她觉得滑稽可笑，但她硬忍着，不让她的那种心理表露出来。她知道一旦表露出来，她就把谷寡婆村的人得罪了，以后就没她的好日子过了。她劝着自己，要把这种原始可笑的祭祖拜先人活动，当作对农村社会以及中国传统文化的一种体验来看待。

贾桂仙在新娘子们上罢香后，又开始了祭拜老祖宗的第二项仪规。

贾桂仙高声地呼喊着：吊表。

这一回，新娘子们不能直愣愣地站着了，她们得跪下去，跪在老祖宗的画像前吊表。对这个举动，新娘子们似乎都不习惯。这怪不得她们，在她们成长的年月，她们连自己的父母都没跪过，所以都没有跪的自觉。她们迟疑着，你看我，我看你。执礼的贾桂仙声音不是很大，但却十分威严地提示她们了，让她们跪下。她们还能怎么样呢？面对挂在墙上的老祖宗，她们膝盖一软，老老实实地跪下了。跪在地上，把带来的黄表纸投在面前的一个大铜炉里点燃了。红红的火焰燃起来，呼呼烧了很长一段时间。过了火的纸灰，又轻又薄，还变了颜色，像是白色的幽灵，随着气流的鼓动飞起来，旋转着向四周散开去，落在供桌上献祭的供品以及周围的妇女和娃娃们的身上、头上。

三个新娘子的身上、头上也落下了纸灰。不偏不倚，有一片纸灰，还落在了任喜过的手心里。纸灰灭了，彻底地灭了，但落在任喜过的手心里，她仍然觉得出火火地烫手。

现实生活距离自己的想象，怎么总是那么遥远啊！

高挑而又不善言辞的新娘子任喜过，不幸生在一个富农家庭里。她是想凭着自己的刻苦学习来改变命运的。应该说，她的学习成绩是很好的，小学毕业念初中，念了初中升高中。可她的学习成绩好又能怎么样？教育政策挡着她，她没能进入高中去学习，早早地回家来了。不过，她没有放弃自己的学业，在娘家屋里，能帮娘亲干的活，她不惜力气尽量帮着做。做活的空隙，但凡有点时间，她就趴在桌子上演算几何代数，那神秘的演算公式，与她像是通着灵，甚或是前世就有约，只要她去触及它们，它们就会乖乖地来，来了惹她开心。然而，她并不以此为荣，还常常为自己这么不知高下而羞愧。她知道所有的努力都等于零，她是没有未来的，她只有如她的娘亲一样，面朝黄土背朝天，与天斗与地斗了。到了某一天，她是要嫁人的，成为一个庄稼院里的媳妇。对于这一点，她既不难受，也不悲观。天底下的庄稼人一茬子哩，人家能成，自己就不能吗？她希望的，只是嫁去的婆家，是一户老实厚道的人家。穷也罢，富也罢，她自己有的是力气，没上高中，自信有高中生的学识，不怕把日子过不到人头里去。别人给她提说谷梦梦，他们见面了。她是满意谷梦梦的，两人很能说得来，这便定下了他俩的婚姻。准备嫁妆的日子，任喜过感觉她所憧憬的新生活就要来到了，她满怀着创造未来的信心嫁到了谷寡婆村。

唉唉！初婚的头一天……初婚的头一夜……唉唉！

清早起来，她知道了要去祠堂祭拜祖先的事，却一直不想言语。她只想钻到一个没人的地方去大哭一场。云小兰来了，被谷梦梦辱骂为“神经病”的云小兰，和任喜过玩抓子儿的游戏，是云小兰劝说着她，她才抛头露面地来祭祖拜先人了。

支书家的大儿媳云小兰，为任喜过想得可是真周到。她和任喜过玩了一会儿抓子儿，要走时，从她后背的衣襟下，变戏法似的取出一个枕头，给了任喜过，告诉她说：你祭祖拜先人时用得着。

纸灰碎在了任喜过的手心里，她向供桌上方悬挂的谷寡婆画像叩下头去。她不知该向这位历经磨难的老祖宗祷告些什么，祈求些什么。她的心里茫然一片，似乎有种麻木的感觉，在她的四肢漫延。

贾桂仙节奏很好地唱起第三项仪规：献供。

新娘子给谷寡婆的供物是特殊的，既不是酒肉，也不是白面蒸馍，不是庄稼人稀罕的任何吃喝，而是一个不大的用粗针大线缝制的枕头，就像谷寡婆挂画中她怀里抱着的那个枕头一样。每个嫁到谷寡婆村来的新娘子，都要向这位远古的老祖宗供献一个枕头。这个枕头的四角绣着云子，里边装上五谷杂粮，四角里塞上四种干果，有核桃，有红枣，有柿饼，还有杏干或是桃干。为什么要给老祖宗供献枕头？没有人说得出道理来，一代传一代，风俗就是这个样子，大家就都自觉遵守了。

惠杏爱恭敬而虔诚地献上婆婆贾桂仙给她准备的枕头。她知道，从昨天开始，她再不是什么清高的高中生了，而是一个庄稼院里平平常常的媳妇。那么，就应按照一个农家媳妇的样子，开始她在谷寡婆村的生活。

梦想中，惠杏爱多么希望自己能够走进大学的校门，成为一个胸佩大学校徽的大学生啊！在学校的时候，她的语文成绩太差了，没有什么出彩的地方，可是她的数理化成绩不错，在班上是挑梢子的。她幻想自己将来能成为一个女科学家，甚至是居里夫人那样为后人敬仰的大科学家。可是，接连大考两年，她都没能上录取分数线。面对这样的失败，她伤心得不能说了，只能用沉痛的哭泣结束自己梦想的读书生涯。她扛起了锄头，跟着父母下了地。夏天的麦子，秋天的水稻，就在她的锄头尖上成长。时间不是很长，她就喜欢上了这种生活，无拘无束、无羁无绊，田野之大，什么样的委屈和忧伤，都会被无声无息地吸纳掉。嗬嗬，惠杏爱站在无边无际的庄稼地里，嘲笑过自己，本来就是一副“土”命，自己不知足，还用哪门子功！惠杏爱早晚守在庄稼地里，她不想早结婚，可是媒人一遍又一遍地寻上门来，诉说着谷门坎家里的困难和苦楚，直言男人家里急着要人哩！十五岁的惠杏爱，就由媒人说合与谷门坎订了婚。从那以后，她的上学费用以及吃穿，都是谷门坎家供给的。头一年考大学失败，她要复读，谷门坎家啥话没说，又供了她一年，现在还有拖的理由吗？媒人来给惠杏爱的父母说结婚的事，父母觉得她在田地里是个好劳力，还想留她两年。她站出来给媒人说，让谷门坎家看日子，看下日子了她过去。惠杏爱这么说，她自己都很吃惊，可当时，什么国家号召晚婚，什么青年人要从长远看，统统都是耳边风。她毕业回到家里，父母的白眼仁她看厌了，还有他们的专横和自私自利、几位哥嫂的斤斤计较，惠杏爱可真是心灰意冷。她有种无法忍受的压抑感，她想过了，结婚倒不失为一种逃避。于是，惠杏爱自作主张，不想早结婚却又早早地把自己嫁到谷寡婆村来了。

婆婆贾桂仙主持祭祖拜先人的活动——她可是妇女伙里的能人哩！

惠杏爱把自己嫁过来了，时间虽短得仅有一天一晚上，她也体会到，婆婆贾桂仙虽然能行，但却并不刁蛮，对她还是很信赖的。尤其是她的女婿谷门坎，忠厚又勤劳。他说得对，他是家里老大，她有一千种理由，一万种责任，帮助婆婆贾桂仙和谷门坎挑起家庭重担来！

给老祖宗谷寡婆磕着头，惠杏爱在心里思量着：谷寡婆一个女人家创造了一个村子，我前有婆婆贾桂仙和女婿谷门坎，后还有弟弟谷门墩、谷门栓和妹妹谷门环，怎么就不能创建一个幸福美满的家庭呢！

新娘子们都把枕头供献在了谷寡婆的挂画前，主持祭祖拜先人的贾桂仙又要唱礼了。这是最后一个仪规，三叩头后，祭拜老祖宗的仪规就都结束了。

贾桂仙高声唱着礼：一叩头。

她这“一叩头”还没喊完，却见祠堂门口又一阵骚动。是云小兰哩，她穿戴得齐齐整整的，打扮得也鲜鲜亮亮的，非常莽撞地闯进来，嘻嘻地乐着，说：我也是新人呀，老新人哩。我要补上祭祖拜先人这一课。

云小兰说着跪在三个新娘子的旁边，有模有样地给谷寡婆磕起头来。

理学家風

第九章

上官乐是个闲不住的人。

初婚，在村支书谷大房的家里，一家人把她像客人似的看待着，什么活儿都不让她伸手，哪怕是油瓶子倒了，她也无须着慌。不用慌忙的上官乐，便只有守在她的新房里，守上一天可以，守上两天也过得去，守到第三天，闲不住的上官乐就觉得她的新房犹如一间没上大锁的监舍，让她有那么点犯晕。不过，也只是那么一点点犯晕，因为她是非常满意她的新房的。冷寂的监舍怎么能和她的新房比呢？谷天明有个特点，在高中一起读书时是那样，毕业了，和上官乐确立了恋爱关系还是那样，在他做任何事时，都要征求上官乐的意见，只有取得了她的同意，他才会下了势去做。谷天明要收拾新房了，这样的大事，焉有不征求上官乐想法的道理？因此，上官乐的新房就几乎完全是她的创意了。她要谷天明给新房刷上淡绿色的涂料，谷天明便不折不扣地刷了淡绿色的涂料。这个色调是文雅、素静的，看着清爽。上官乐可不喜欢西府农村请来的裱糊匠，不喜欢用彩色纸裱糊得花花绿绿的那种新房，嫌那俗气，只有没有文化的人，才喜花里胡哨的样式哩。谷天明高中毕业，上官乐与他同学，也是高中毕业，他们可是农村中有文化的人呀，文化人就该有文化人的高雅！在新房里无所事事的上官乐，把她指导涂刷的新房又欣赏了一遍后，喊来了女婿谷天明，叫他把她陪嫁来的一箱子书搬了来往书架子上摆。

上官乐说：三天了，没人要房了，咱把书摆出来，新房里就齐整了，要不老觉得缺了一大豁子。

谷天明是殷勤的，他听话地搬来一箱书，揭开箱盖，取出一摞就往书架子上放。

谷天明摆放着书说：老婆说得好，新房里没有书还真是不行。

谷天明夸着上官乐，却没有想到被上官乐戗了回来。她说：俗了不是！“老婆”太难听了。

上官乐戗着谷天明，就还发现他往书架上摆书，既不分开本，也不分种类，便又嚷嚷他把眼睛长哪儿去了。上官乐要亲自动手了，谷天明却把她按坐在新房里的沙发上，让她安然坐着，拿嘴指拨就行了。上官乐果然就鸭子晒粪——拿嘴拨了。谷天明拿起一本书，她说放上边，他就往上边摆；谷天明拿起一本书，她说放下边，他就往下边放；谷天明拿起一本书，她说放前边，他就往前边摆；谷天明拿起一本书，她说放后边，他就往后边放……上上下下，前前后后，折腾了好一阵，才算把一箱子书在书架上摆放停当。有了一架子书，上官乐左瞧右看，这便瞧得她一脸的喜气，那是比她结婚那天还要让她开心的喜气呢！书脊上李白、杜甫、李清照、艾青、郭小川、舒婷，还有雪莱、拜伦、普希金等等古今中外诗人的名字，一个一个在上官乐的眼前过，让她心里有种说不出的舒服与喜悦。她觉得，新房里有了这一架子书，虽不敢说是满室生辉，但在关中农村，就该是独特的了。

富贵于我如浮云，只有精神的富有才是真正值得骄傲的哩。

满心欢喜地浏览着书架上的书，上官乐却像发现了重大的疏漏，她惊诧地冲着谷天明嚷起来：哎呀，你把你的那些小说呢？快，快搬出来，都放到一块儿，那才气派哩！

谷天明站在新房的脚地，用手在头发里梳着，显出一种难为情来：嗯……从学校回来后，我把那些书都搁到楼上去了。我有一阵子，就没看书的心思，也没看书的时间。

上官乐像不认识谷天明似的站了起来，凑到他的面前，把他狐疑地看了好一阵，说：哎哟，真没想到，这才半年的光景，你看你都变成啥了！意志消沉，论调庸俗，我的个你呀！

谷天明经不住上官乐的眼睛看，脸都红了，红到了脖根上，嘴里嘟囔着想说什么没有说出来。

上官乐嘲笑着谷天明，把自己也嘲笑得扑哧笑出了声，她举起拳头，在谷天明的胸膛上抚摸似的捶了两下，督促他说：去去去，快去把书从楼上搬下来。你莫要忘了，这些书上圈圈点点的，有着咱俩许多记忆呢！

还能怎么办呢？谷天明满面愧色地去了楼上，在灰尘和蛛网的封锁中，翻腾被他束之高阁的小说了。

读书学文是上官乐的最大爱好，诗词、散文、小说，她逮住了就不释手。她和谷天明的情缘，还是由阅读文学书籍开始的呢。

他俩在学校同级不同班。偌大的县城中学，上官乐可是个知名人物哩，不管老师、学生，一说起她来都知道。一来呢，因为她是有名的“校园诗人”，在学校的墙报上，每一期都有她的诗作，新诗或古体诗，短的或长的，见样儿都能来；要是学校举行个文艺晚会或者什么别的集会，往往也少不了她的诗歌朗诵。二来呢，她生得漂亮，也敢穿衣裳，一阵儿新潮，一阵儿传统，穿什么都好看，就是学校统一配置的学生服，既无特点，又无个性，她穿了也好看。背过她，有同学不无妒忌地议论：上官乐披个麻袋片可能也是好看的呢！见过上官乐的人，赞赏她也罢，厌恶她也罢，但在心里都得承认，她是县城中学独一无二的校花。高挑的身材，白白净净的面皮，不胖不瘦。特别是她那双流光溢彩的眼睛，黑宝石般镶嵌在她的眼眉下，是那么生动灵活，热情洋溢，仿佛是上官乐另外两只嘴巴，眨巴眨巴也会吟诵出美妙的诗歌来。三来呢，她是现任县委宣传部部长的亲妹妹。仅此一点，上官乐就足以让一些人对她刮目相看了。

现在的中学校园，从学生到老师，无不信奉这样一个逻辑：学会数理化，走遍天下都不怕。所以，同学们中热爱理科的比比皆是，而专心于文科的人就少得多。上官乐喜欢文学，热衷于新诗创作，一心向往的是能当个出类拔萃的女诗人。舒婷就是她最为迷恋的诗歌王后，她的一首《致橡树》，上官乐读得如醉如痴，读了几遍就全记了下来，在一些公开或不公开的场合，大家鼓励她朗诵诗歌时，她会挺身而出，用她甜美的声音朗诵舒婷的《致橡树》。

> 我如果爱你——
> 绝不像攀援的凌霄花，
> 借你的高枝炫耀自己；
> 我如果爱你——
> 绝不学痴情的鸟儿，

为绿荫重复单调的歌曲；
也不止像泉源，
常年送来清凉的慰藉；
也不止像险峰，
增加你的高度，衬托你的威仪。
甚至日光，
甚至春雨。
不，这些都还不够！
我必须是你近旁的一株木棉，
作为树的形象和你站在一起。
根，紧握在地下，
叶，相触在云里。
……

县城中学偏重数理化的风气，影响不了上官乐，她坚定了做女诗人的理想。就是数理化考试不及格，她依然不在意，醉心于她自己的诗歌创作。由于她的执着，学校里也有几个唯她马首是瞻的同学，热爱着文学创作，有意无意地要靠近她，向她大献殷勤。她觉得他们是浅薄的、平庸的，不会有什么出息的。所以，孤芳自赏的上官乐，感觉在喧闹的县城中学校园里，她是寂寞与孤独的。不过，这倒有一个好处，没有人打搅她。她常一个人钻进图书馆里读书，有了感觉就写诗，写了诗就往外投稿，全国有名的《人民文学》《诗刊》这样的大刊她都敢寄。因为舒婷的诗就是在那样的大刊上变成铅字的，她要她的诗歌也能在大刊上露脸儿。但是结果很不理想，她的诗寄出去的多，退回来的也多。后来她改变思路，向一些地方上的小报小刊也寄了诗稿。情况不错，她寄去的诗稿，有一些被刊登了出来，这让她在县城中学的校园里就更知名了。可是，上官乐并不看重这些地方报刊，她仍然向往在全国性的大杂志上一炮打响。

上官乐喜欢诗歌，读的诗歌自然就多，而与诗歌互为兄弟的文学形式小说，她倒是不大爱看。正当其时，本县文化馆的文学创作干部吴小愚创作了一部起名《渭河五女》的中篇小说，发表在京城的《当代》杂志上。北京电影制片厂邀请作者赴京改编剧本，陕西人民广播电台和中央人民广播电台录制了广播剧，一天三次地连播，作品和作者一下子在全国叫响了。自己身边的事呢！上官乐的好奇心促使她去图书馆借阅1985年的第三期《当代》。借到手阅读的时候，她发现有人早她一步借阅了，借阅者在天头地脚还写了不少批语。上官乐爱书又惜书，最见不得人在书上胡涂乱画或者是撕扯折损。她生发出满肚子的怨气，阅读着《渭河五女》，还阅读着天头地脚上的批语。可是，阅读完了，她满肚子的怨气都化成了水，一点都不觉得那些在天头地脚上钢笔书写的批语有什么不妥，简直可说是太有见地了，给后来的阅读者提供了一种难得的指导。脂砚斋批《红楼梦》，听说是最早的版本，就是在原版的《红楼梦》上一笔一画写出来的。上官乐笑了，她打心底佩服起这个批阅《渭河五女》的同学了。她佩服他的卓越才华，更佩服他批注作品的口气，是自信的，是凛然的，她把他不由分说地视为了知音和知己。

上官乐觉得，批注《渭河五女》的同学可不是那种孤陋浅薄装腔作势的人。

几经周折，上官乐终于探听出来，在《渭河五女》的天头地脚写了那么多批语的同学就是同一年级的谷天明。上官乐在一班，谷天明在六班。探知了谷天明情况的那天上午，一班的上官乐上的是她最爱的语文课，可她人在一班教室里，心却跑到同年级不同班的谷天明学习的教室里去了。熬到下课铃响，上官乐屁股上像是装了弹簧，随着铃声响起，她即刻弹跳起来，冲到六班的教室门口，大声地喊着谷天明的名字，说她有话要给谷天明说。在男女同学相处上，上官乐是大方的，绝不像一般女生那样保守和迂腐，她也绝不扭扭捏捏。上官乐来喊谷天明，手里就拿着那本刊有本县作家吴小愚《渭河五女》的《当代》杂志。在此之前，上官乐不认识谷天明，但谷天明是认识上官乐的，只是他内敛自卑，不敢主动去结识上官乐。这下好了，上官乐自己拿着刊有《渭河五女》的《当代》杂志来找他，他就有了和她相识的机会了。谷天明的心忐忑着走向了上官乐，并与她从此频繁而亲密地来往，谈学习，谈创作，还谈未来，谈爱情……怦怦跳动着的两颗年轻的心，就这么悄悄地，而且是有滋有味地融合了。

在县城中学，他们的交往让相当一部分同学嚼着舌根子，却又眼红羡慕着。

现任县委宣传部部长的上官乐的哥哥，是最后知道上官乐和谷天明关系的人。他知道得太迟了，直到一对相亲相爱热爱着文学的人儿双双高考落榜，他才赶到学校，质问了学校的领导和老师，还把谷天明找了去，劈头盖脸地训了一顿。当哥哥的这一训，不但没有解决问题，还使问题进一步升级。他的妹妹上官乐，本来还打算复习再考的，但却坚决地放弃了，给做哥哥的撂下一句不容更改的话。

上官乐说：我和谷天明好定了！给我准备一下，春节时我就嫁给他，做他的新娘。

父母过世早，兄妹俩生活在一起，作为兄长的县委宣传部部长就是上官乐的父亲。他过去是，现在反对上官乐和谷天明好，他就不是了。做妹妹的上官乐让兄长非常失败，她则胜利了。

胜利了的上官乐，还为此创作了一首《美好的上午》：

一样的晴朗天空
一样的明亮阳光
淡绿色的纱质窗帘照常拉开
它在两边一如既往轻微抖动
今天上午仿佛昨天上午
今天上午似明天上午
为什么偏偏今天上午这么好啊
身体的每个毛孔都想放声歌唱

是谁在今天上午
拿走了我的晦暗和浑浊
拿走了我的枯枝和败叶
落花谢了一朵又开了两朵
流水挟着新雨又流了回来

胜利者上官乐，指拨着女婿谷天明把她的诗歌集和他的小说终于摆到一面书架上了。但是，当着县委宣传部部长的哥哥没来参加她的婚礼。在这一点上，上官乐再怎么乐观，心里终究有那么一点不对味儿。不过，她正沉浸在初婚的幸福和激动中，那点不对味儿又算什么呢？在心里像气泡儿一样，冒一冒就都暂时塌下去了。

上官乐拍打着谷天明在楼上搬书落在身上的灰尘，问：真的？这半年多，你把书放在楼上，就没读过？

谷天明思思量量、吭吭哧哧地说：嗯……读了，读的不多。咱们在学校时，读书是第一重要的；现在嘛，回到了农村，参加农业劳动是第一重要的，读书就排到第二重要了。

上官乐不同意谷天明的观点，她打断他的话说：错！在学校，在农村，在任何地方，读书都是第一重要的，这不能改变，永远都不能改变。

谷天明惹得上官乐不高兴了，而他知道上官乐不高兴的结果——自己吃不了得兜着走，所以就哄着她，说：你误会我了。我说在农村读书不是第一重要的，是说我们应该好好地深入生活，领悟生活，多读生活这本大书，然后……

上官乐的眉头一皱，扑到了谷天明的怀里，用她的嘴堵住了他的嘴，甜甜地吻了一阵儿，非常欢喜地说：你这个想法太好了，生活是创作的唯一源泉哩。

谷天明的脸被上官乐吻红了。

上官乐没意识到别的，她兴奋地说：这半年，你的创作情况怎么样？又写了几篇小说？往出寄了没有？反正，我这半年写的诗不少，时间宽裕了，不再被数理化打扰，不必准备应付考试，农村的见闻又多，总是写不完。

谷天明听得紧张，说：有发表的没？

上官乐毫不在乎地说：没，有的退回来了，夹个纸绺绺，有的连退都没有退，更不用说夹纸绺绺了。我不怕，我要坚持哩，坚持就是胜利，我就不信编辑老爷看不懂我的诗。

谷天明长出了一口气，劝解她说：创作是一辈子的事，急不得。我现在写不出来没有投稿，不等于我今后就不写不投稿了。我要在渭河滩上的谷寡婆村扎下根来，把生活的基础打得坚坚实实，多思考，多总结，不然，生编乱造一个故事，那还不容易吗？但那又有什么价值呢？乐乐，我的好乐乐，你以为哩？

上官乐点点头，她觉得亲爱的谷天明说得对着哩。猛地，她想起一件事来，牵了谷天明的手说：走，你领我到村里转转去。

谷天明有点不好意思，说：转什么？

上官乐说：谷寡婆村以后就是我的生活基地了，我要在这里生活一辈子，我应该尽快地认识它，熟悉它。

谷天明迟疑起来了，说：咱在村里结婚才几天，两人牵了手在村里逛荡，到处都是人，到处都是眼睛和嘴，还不叫人笑死咱？

上官乐听她深爱的谷天明这么说，不仅没有收敛，还更起劲了，说：笑话啥？咱俩本就是自由恋爱的，和农村里的包办婚姻不一样嘛。再说，我在屋子里钻不住，钻久了心里慌。

正在谷天明想要推脱上官乐又不知怎么推脱，想要牵了上官乐的手到街上逛荡又怕人笑话时，他妈白栓娥在院子里喊叫起谷天明来了。

娘亲白栓娥叫着：天明，你把你妈要累失塌吗？啊！前天借的盆呀碗呀，还有桌子凳子，妈都擦洗干净了，你抽身给人家还了去。

谷天明答应着，说：来了。

娘亲还叮咛他：还盆盆碗碗碟碟时，记得给人家捎上一碗菜；还桌子凳子盘子时，记得给人家捎上两个肉馍。

谷天明又应着他妈：知道了。

这是个不太言语的娘亲哩，家里大凡小事，她都只默默地去做，有人搭手了搭一把，没人搭手她就一个人做。给二娃娶媳妇，事情太多，头绪太杂，把个言语不多的人累得真是晕头转向，她不到万不得已时，是不会喊叫别人帮她忙的。譬如昨日，上官乐早起也想着她是一个为人妻的人了，寻着婆婆想要帮她忙，婆婆却挡住了她的手，让她在新房里歇着去。新娘子头三天，是可以不动烟火汤水的。她不要上官乐帮忙，家里还有公公谷大房和一个嫂子云小兰。这两个人，公公是村支书兼村长，不动家里活计；嫂子云小兰，说是神经不大正常，不爱沾手家里的活计。不言不语的婆婆一个人忙，的确是够累的。婆婆喊谷天明帮忙给人还东西，上官乐还能牵了他的手去街上逛荡吗？

不能了。谷天明丢开上官乐的手，扭头给她做了个没办法的表情，便急急奔到院子，按照他妈的吩咐给人还东西去了。

新房里又只剩下一个上官乐了。她孤单地待在屋子里，没着没落，到书架子前，把她过去爱读的诗集抽出一本翻翻，就又插进书架子里，再抽出一本翻，翻不了几页，就又插回书架子上……她实在感到有些气闷心慌，心静不下来。正在这时，她想起昨夜祭祖拜先人的事，好笑着，乐着，想要写诗，却想听听和她一起祭祖拜先人的另外两个新娘子的感受——这可以丰富她的诗情哩。这么想着，上官乐就情不自禁地踱出新房，向大门外走去，去找那两个新娘子了。

任喜过在上官乐家隔壁，这是她俩在祭祖拜先人时聊过的话题。上官乐从她家里走出来，头往隔壁偏了偏，发现任喜过家大门上的对联写得非常好，不仅书写得墨深，书法的效果也很强，是那种什么体来着？颜筋？柳骨？上官乐说不清楚，在心里揣摩着，只觉古意盎然，一笔一画，表露得特别明显，不像她家门上的喜联，是潦草的，是寡味的。热爱诗歌创作的上官乐由不得自己，在那副韵味悠长的喜联前站了下来，多看了两眼。

试问夜如何？牛女双星渡河汉；
欲知春几许？凤凰比翼下秦台。

谁拟的喜联呢？是九先生谷正芳了吧。任喜过的这个公公可是有趣，为儿子儿媳大婚拟的喜联，竟然用了好几个典故。譬如上联，就活用了北宋苏轼《洞仙歌》中的词句："起来携素手，庭户无声，时见疏星渡河汉。试问夜如何？夜已三更，金波淡、玉绳低转。"譬如下联，所谓"秦台"，应该假借了秦楼。春秋时，秦穆公把她的女儿嫁给了善吹箫而作凤鸣之声的萧史，为他们营建了凤楼。婚后二人每天在楼上吹箫，招致凤凰来集。后来，那对幸福的人儿随凤凰成仙而去。

如此喜联，可是太绝妙了，既切事体，又切情怀，让上官乐读了真是为任喜过高兴哩！

任喜过遇到了一个好公公。

从大门外进到任喜过的家里，上官乐想她能够碰见九先生谷正芳的。碰了面，她还要请教这位老先生一些诗词上的秘诀的。昨晚祭祖拜先人，上官乐就知道了九先生的一些事，今日把他在大门上拟的喜联一读，就更觉得这位落难了许多年的老先生可是不简单哩。他能拟出那么绝妙的喜联，就也一定作得一手好诗，向他求教，说不定能提高自己的水平哩。但是，上官乐没有碰见九先生谷正芳，也没有见着任喜过的女婿谷梦梦。院子里静悄悄的，不知他们爷儿俩去了哪里。待客剩下的肉菜，一时处理不了，就晒在院子里的一张大席上，有只芦花鸡站在晒席上，肆无忌惮地用脚刨着，刨得到处都是。上官乐皱了一下眉头，张开两条胳膊，吆喝着把鸡赶跑了。

心情不是很好的任喜过，在上官乐走进她家门里的时候，正无所事事地躺在炕上，用厚墩墩的红绸被子捂着她的身子睡大觉。但她是睡不着的，初婚来遇到的事情，乱麻似的堆在脑子里，她理不出头绪来，窝在被子里乱乱地想着，这就听见了推门声和噔噔噔噔的脚步声。任喜过在被子里没有动，她以为是女婿谷梦梦回来了。听到上官乐的吆鸡声，她才把头从被窝里探出来，隔窗看见院子里的上官乐。她是多么出格呀！在谷寡婆村的新娘子里，她把一切风头都出了，她把一切风光都占了……任喜过在心里羡慕着上官乐。她提醒自己，要从炕上下来，可她紧揭被子慢穿鞋，上官乐却已抬手把挂在新房门上绣着鸳鸯戏水的花门帘儿挑起来了。

上官乐扑哧笑了，说：好福气哟，大白天养精神呢！

任喜过黑乌乌的头发在枕头上滚得乱蓬蓬的，她听得懂上官乐“养精神”的话，抬手捋着她的头发，没有应声，脸却先红了。

上官乐就很得意，往炕边跨了两步，紧挨着任喜过，扳过她红了的脸，说：把人折腾乏了吧？

任喜过溜下了炕，掩饰地说：我头疼，真格的，我不哄你。

上官乐咯咯笑着，一屁股坐在沙发上，扭头看着任喜过的新房，嘴里却说：好好的咋就头疼了？我给你说，吃饱了要知道撂碗哩，可不敢弄过头了，受罪的是自己。

任喜过想不到同为新娘子的上官乐，嘴咋是那么敞，啥话都说得出来。任喜过鼓了鼓勇气，和上官乐狡辩着：才不是呢！

狡辩的无力，竟还带出了任喜过的一声轻叹。上官乐警惕起来，循着那声轻微的叹气，她注意到，任喜过的眼圈红红的，甚少新娘子该有的幸福光彩。

上官乐把她掩饰不住的快乐收敛了起来，不无诧异地问：咋了？

这是个难以回答的问题呢，任喜过抿着嘴没说话。她赶紧端来盛着花生、瓜子和水果糖的小碟儿，放在沙发前的茶几上，往上官乐的面前推了推，让着上官乐说：咱吃瓜子。你看你都来了一会儿了，咱光顾了说话，把咱吃杂碎的事倒忘了。

任喜过让着上官乐，自己也挨着她坐在沙发上。不过，她坐得小心翼翼，好像这簇新的洞房，她倒不是主人了似的。

上官乐来看任喜过的兴趣，因为任喜过的举止和情绪，顿然消失。初次碰面，她想她问得多了，就把任喜过捧给她的茶啜了几口，又捏起几个瓜子，在嘴里嗑着，说：我还要到西头的新娘子家里看看的。咱们一块儿来的谷寡婆村，都认识一下好。

上官乐的猴性子，这时全都表露出来了。她说着话，屁股就先从沙发上抬起来，说：你在，我走呀。

兴许是受了上官乐的感染，情绪恹恹的任喜过跟着上官乐也从沙发上抬起屁股，说：要去一块儿去么，我跟你一搭走。

上官乐睁大了眼睛，说：你不是头疼吗？

任喜过不好意思地低了低头，说：这阵儿不疼了。

上官乐在任喜过的脸上盯了一阵儿，突然笑了，说：好么，那咱走。

临出新房门，上官乐却又拽住了任喜过，有些迷惑不解地问：咋咧？

任喜过说：不咋。

上官乐说：还说不咋！都是新人哩么，你看你的一头乱发，像个鸡窝似的，出去走到街上，你不怕人笑话你和凶鬼一样吗？快去把你的头发梳一下，梳齐整了。

任喜过被上官乐这么直戳戳地说，一点都不觉得难为情，倒觉得这个快人快语的新娘子很合她的脾气，就打趣地说：我这么走出去，不正好是你的一个衬托吗？你看你结婚那天，还有祭祖拜先人那晚，是多么让人眼红呀！

上官乐听出任喜过对她的艳羡，这可是她想要的效果哩。她催任喜过去梳头，自己先从新房出来，撩起绣花门帘，不想又看到贴在新房门上的喜联。

上官乐想，这该又是任喜过公公谷正芳的手笔呢。

喜联曰：

今日咏桃夭四句，

他年诵麟趾三章。

如果不是热爱文学，如果不是对诗词特别敏感，就不能对这副喜联做深刻理解。上官乐就不同了，她热爱文学，尤其对诗词十分敏感，所以她只瞭一眼，就知道这是一副取自《诗经》的喜联。譬如上联所谓的“桃夭”，便是《诗经·周南》中的一首诗，共三章，每章四句，是描述古代人婚嫁的诗歌。全诗为：“桃之夭夭，灼灼其华。之子于归，宜其室家。桃之夭夭，有蕡其实。之子于归，宜其家室。桃之夭夭，其叶蓁蓁。之子于归，宜其家人。”比兴的手法，在诗歌中运用得真是太妙了，极尽可能地渲染了春初时节举行婚礼的热闹和欢畅的气氛。艳美的桃花隐喻了新娘子的姿容，一句赶一句，一声赶一声，祝愿新婚的人儿婚姻美满，家庭幸福。再譬如下联所谓“麟趾”，实指《诗经·周南》中的《麟之趾》一诗。这首诗不吝辞藻，着力颂扬“公子信厚”，并祈愿新婚夫妇恩恩爱爱，儿孙满堂。全诗亦为三章，一曰“麟之趾，振振公子，于嗟麟兮”；二曰“麟之定，振振公姓，于嗟麟兮”；三曰“麟之角，振振公族，于嗟麟兮”。如此联句，巧借《诗经》中的两首诗来拟写，没有点真功夫是不能的。切题切意自不待言，言语之雍容古雅，实在叫上官乐感佩不已。

被上官乐取笑了两句，任喜过的情绪倒还好转不少，说说笑笑地梳了几下头，就从新房里出来了。

上官乐受任喜过新房喜联的吸引，想要证实她的猜想，问：你这喜联可是你家公公谷正芳写的？

任喜过顺嘴应了一声：嗯，听说是老人家的手笔。

上官乐说：你遇着了一个有学问的好公公。

任喜过不知上官乐的葫芦里卖的什么药，怕又遭她数落，没敢再接话，就在前头领着路，和上官乐出了她家的门。

第十章

谷寡婆村的街巷并不长，显然还没有经过严格的规划，曲曲拐拐，歪歪扭扭，填塞着一家一户的院落。头门伸前缩后，参差不齐，使人一眼看不到尽头。路面上拖拉机碾出的辙以及行人在泥雨天踩出的脚窝，没有人去平整，里面的冰雪污水冻得一疙瘩一疙瘩的。有牲口的人家，把他们饲养的牛呀、驴呀、骡马呀从槽头上牵出来，拴在门前的牲口桩上，任由那不懂人事的牲口乱屙乱尿。家家户户的门前头，有冬闲时拉回的大土堆，今日垫圈，明日盖屎。在大土堆旁又堆一个大粪堆。这些土堆和粪堆，都从各自的一边向本就狭窄的街道入侵着，你从这边侵入半步，他从那边再侵入一步，全都竞赛似的向街心占，使得过来过去的架子车和小四轮拖拉机，都像在跳着动作难度很大的舞，前扭腰，后摆臀，跳起来旋转，落地上打滚，非武林中人，没法在这样的村街上驾驶机动车辆。怀了身孕的老母猪、活蹦乱跳的猪娃子，一头刚拱进这个土堆，才抬起头，就又不歇气地拱进那个粪堆，满街巷游荡。恰巧碰上一摊娃娃屎尿，便兴奋地摇头摆尾巴：是刚拉的，便“吧唧吧唧”大口地吞咽；拉得时间长了，冻成了冰橛橛，也是决不放弃，大嘴吻在屎堆上，吻热了，软和了，还是要吞咽下去的……街巷里的鸡又岂能落后？一群一群地飞撵了来，豪气地尖叫抢食。

上官乐看得几乎连眼睛都不愿睁了。刚才在任喜过家欣赏到两副绝妙喜联的好心情，在街巷上走了没几步，已败坏得荡然无存。

她跟在任喜过的背后，头不敢抬，盯着脚下，小心地在牲口的屁股后边转，在猪呀鸡呀的缝隙里过，生怕踩在牛屎猪尿上。

忍无可忍，上官乐埋怨了：这村子也太脏了。

任喜过猜想上官乐的娘家在塬上，就说：你家在塬上吧？

上官乐说：在塬上，在塬上更上头呢！

任喜过的娘家就在塬下的渭河边上，塬底靠河的村子都是这样，她是习以为常了，就给上官乐解释：塬底下的活路忙，地皮湿，加上人口稠，是比不上你塬顶上干净么。

上官乐不同意任喜过的解释，说：这是个习惯问题。真应该来一次卫生革命，改掉这要命的习惯。

任喜过佩服上官乐的敢想敢说，便向她投去赞赏的一瞥，心里怎么想，就给上官乐怎么说。她说：你要搞卫生革命？对对的，真该来次卫生革命呢。可谁知道革命革到后来会是一个什么结果？对此，任喜过比上官乐清醒。她这么说着，还拿眼睛去看上官乐的脸色。她没看出上官乐有啥态度，就又加重语气说了一句话。

任喜过说：你想想看，是咱把谷寡婆村搞得卫生了，还是谷寡婆村把咱革命的人搞脏了？

满腔的埋怨，使上官乐的肚子气鼓鼓的。任喜过看着上官乐，知道自己的话让愤怨的上官乐对她钦佩上了，她的心里就很受用。任喜过这么想上官乐，应该说是只想对了一部分。她没看明白，上官乐这时想到了自己在县委宣传部当部长的哥。哥哥是“一头沉”的干部，他一个人在县上工作，家还安在农村。哥哥到过许多地方，县域内的城镇农村，他说他走遍了，一个地方的精神面貌如何，不需要打听，只消在那个地方走一走，转一转，便一切都知晓了。上官乐是这么想着心事的。她这么想着，又还在心里埋怨起谷天明的老爹——她的公公谷大房了。他老人家是怎么弄的？在谷寡婆村担任着村支部书记，还兼着村长，他就不能把村子的面貌改变一下吗？几十年的老干部了，是没有想到呢，还是缺少那样的责任心？

虽然不能称翻江倒海，但上官乐的心里还是非常激烈地思谋着，决心要和她的公公谷大房就村容村貌的问题说一说了。

路不好走是一码事，还有不少麻烦事冲着上官乐和任喜过来了。毕竟，她俩是新嫁来的媳妇，刚过门就在街上悠闲地走，穿得新鲜亮堂，走得又扭腰摆臀，自然就特别惹人眼目。大人娃娃像得到什么号令似的，纷纷跑出门来，站了一街两行，来看上官乐和任喜过的热闹。“三天没大小”，不断地有人拦住她俩，让她俩烧烟，让她俩行礼，让她俩叫爷叫婆……一伙儿碎娃，更是鼻涕眼屎地跟在她俩的屁股后边，一哇声地喊叫着：

高跟鞋，走街道，
低处歪，高处跛，
小心拧了新娃（新娘子）的腰。

任喜过的脸涨得通红。此刻，她真后悔冒冒失失跟着上官乐跑到街上来。她想退回去，前前后后地侦察一番，知道退回去的困难更大。实诚的任喜过就只有规规矩矩的，人家让叫爷她就叫爷，人家让叫婆她就叫婆，此外还要烧烟、鞠躬……她给闹腾的村里人烧着烟，鞠着躬，又突然想起初婚的头一夜，大家没来她家里耍房——现在该不是补课了？打心里说，任喜过倒是需要乡党给她补上这一课的。心里有了这想法，她对围上来要她叫爷叫婆、烧烟鞠躬的人就多了几分热情，多了几分耐心。上官乐与任喜过不一样，她想的是，倒霉的新娘呀！谁兴下这么多的麻烦事？她想不通，便不去多想，只是灵活地应付迎面而来的耍闹，和拥来的人们磨蹭着。趁着实诚的任喜过给人烧烟鞠躬的当儿，她嘻嘻哈哈地笑着，躲闪着，就从人们的围堵中滑过去了。可是，她却顾得了头，顾不得脚，脚下的警惕稍一放松，就把穿着的一双棕红色的新皮鞋踩在了热气腾腾的一堆牛屎上，气得她都要跳起来了。她稍迟疑了一下，眉头蹙了蹙，就飞起一脚，把她穿着糊了热牛屎的棕红色皮鞋，朝着刚刚拉下热牛屎还悠闲自得的大犍牛尻蛋子狠狠地踢了上去。她踢了一脚似不解气，换了一只脚，又狠狠地往上踢。啊呀呀！这可怎么得了，大犍牛是活的，有血有肉的，被棕红色皮鞋钉了铁掌的高跟踹在尻蛋子上，它感到了疼，它沉闷而雄壮地吼了一声，同时跳腾起来，把拴着缰绳的大牛坠石也带了起来，胡跳乱窜，几乎要撞翻嬉闹的人群。幸亏有人手快，赶紧拽住大犍牛的鼻环，拼命地控制住了几乎就要发疯的大犍牛，才没有出大的乱子。不过，这下倒好，围上来的村里人，一哇声都惊得四散跑开，给任喜过和上官乐留出很大的空当，让她们趁乱跑出人群，一溜烟地往街西口上惠杏爱家的方向跑了去。

跑得太急，任喜过便有些气喘，但她从心里感到了些许甜味。她真怕，在街巷里走，蜂拥而来的村里人只是撵着戏耍上官乐，把她冷冷清清地抛在一边，那才让人难堪、难受呢！

还好，谷寡婆村人并没有冷落任喜过，大家把她和上官乐一样待着哩。这么想着，任喜过幸福地笑了。

上官乐不知道任喜过为什么笑，就问：吃了喜娃他妈的奶咧？你笑，你笑。

任喜过没有收敛她的笑，说：我服气你了！你看你，那两脚，差一点点惹下麻烦哩。

上官乐就也笑了，笑着低下头来，看她穿在脚上的棕红色高跟皮鞋。因为猛烈地踢踹大犍牛的尻子，倒把她踩在皮鞋上的热牛屎踢踹掉了不少，仅剩下鞋帮上的一点点。为了棕红色皮鞋的容颜，上官乐停了下来，在冻得干硬的街巷上，咣咣咣咣跺着脚。

任喜过劝着上官乐，说：要干净回家了再去干净，在这街巷上，就甭想干净。

之所以这么劝说着上官乐，任喜过担心四散开的村里人再次围拢上来，可就没有刚才那么好脱身了，说不定挨了高跟鞋铁掌踢踹的大犍牛主家，还要找上官乐的麻烦，要她去给牛尻子挨踢的地方去按摩哩。上官乐却不吃劝，还跺着脚埋怨谷寡婆村的街巷。

上官乐说：等着好了，我一定要叫谷寡婆村街巷没有牛屎猪粪便。

任喜过劝不住上官乐，就牵了她的手，往街西口艰难地走去。她们走着，拐过一个小弯，街巷直了些，任喜过和上官乐稍一抬头，就远远看见和她们一起祭祖拜先人的惠杏爱此刻就站在她家头门口，朝着脏脏乱乱的村口，焦急地眺望着。

新娘子任喜过和上官乐有所不知，半上午的时间，惠杏爱已经是第三次出了头门，站在院门外焦急地眺望了。

惠杏爱的心嗵嗵嗵嗵地跳着，像是谷寡婆村的锣鼓队在皂角树下为了祭拜老祖宗而做的那一场激情敲打一般，越跳越激烈，越跳越心慌。她无法安心，总是不由自主地要从家里走出来，在门口站一会儿，往通向村外的土路远望，望上一阵儿，又失望地走回来。可是，她在家里只能停留那么一会会儿，就又由不得自己地走出来。

妹子谷门环看见新嫂子魂不守舍，三番五次地往门口跑，就很认真地对她说：嫂子哎，你是到门上瞧望我哥哩吧？其实，你不用往出跑也能成，咱在院子听见了拖拉机的突突声，就知道我哥回来了。

诚恳而勤快的妹子谷门环，没有任何要笑新嫂子的意思。新嫂子初婚来家几天，谷门环就打心眼里喜欢上了惠杏爱，觉得这位上过高中的新嫂子是那么惹人亲近。可是，听到妹子谷门环那么一说，惠杏爱的脸还是红了。那是一种烛照人灵魂的红潮哩，从惠杏爱的脖根上，迅速地晕染了她的整个脸庞，使她本就显黑的脸色，突然变成了一枚熟透了大红枣儿。

惠杏爱甚至不敢看妹子谷门环一眼，吭吭哧哧地说：……不是的，真的，我是……

想要哄住妹子谷门环，但却无法哄住自己的心。我是……我是什么呢？惠杏爱的心里最清楚，她不是等新女婿谷门坎回来，又是什么让她一趟一趟失魂落魄、面红耳赤地往头门外跑呢？

到底是什么，惠杏爱给妹子谷门环是说不出口了。

妹子谷门环不戳破新嫂子惠杏爱心里的秘密，但她陪着新嫂子，寸步不离。新嫂子手里有活，扫院子、做饭烧火……正做着，一会儿就成了谷门环手上的活。还有碎兄弟谷门栓，更是小尾巴一样，从初婚的头一夜起，就要搂着新嫂子的脖子睡觉，还要搂着新嫂子的脖子要她给他讲故事。惠杏爱的故事真是不少，她讲了《卖火柴的小女孩》，再讲《白雪公主和七个小矮人》，又讲《马兰花》《小蝌蚪找妈妈》……讲了一个又一个。惠杏爱越讲，小家伙越要缠着她让她讲。惠杏爱给碎兄弟谷门栓不厌其烦地讲着故事……清早起来，她的心突然狂跳起来，还有她的右眼，跟着她的心跳也很没出息地闪跳了起来。

左眼跳财，右眼跳祸。谷门坎怎么样呢？他在拉煤的路上可好？

嫁到谷寡婆村，惠杏爱成为谷门坎的新娘子，满打满算才到第三日。初婚第二天清晨，谷门坎驾驶着小四轮拖拉机一上路，她的心就像拴在了谷门坎的身上了。那么冷的天，他连一件棉大衣也没有，出车都一天一夜了，他在路上怎么熬呀？惠杏爱真是后悔，昨天清晨连口热汤也没给他烧，就让他揣着两个蒸馍走了。一天一夜，再加一个上午，他在哪里吃饭呢？有口热汤喝吗？可不敢只啃干馍不喝热汤，那会坏了自己的身体的。原来你怎么样，我惠杏爱管不着，现在我要管了，我不能让你冻坏了身体。惠杏爱前想想，后想想，不知道产煤的北马坊在啥地方，又有多远。走时，他说早上走晚上就回来了，可怎么耽误了这么长时间呢？

今日清晨起来，惠杏爱的耳畔老有小四轮拖拉机突突突突的响声。正是这时隐时现的拖拉机声，使她一趟又一趟地往头门外跑的。别说妹子谷门环要那样问她，就是她自己，也在心里嘲笑自己了：唉，真没出息，才刚刚过门来，怎么就那么想念女婿呢？也不过就是连衣服都没脱地在炕上滚了一夜，清晨起来说了几句话嘛！

一遍一遍地思量着，惠杏爱最后才想清楚，她是有许多话要给女婿谷门坎说呢。

仅仅三天时间，惠杏爱在这个新的家里，已经有了许多感受，初步有了一些想法，她要告诉女婿谷门坎：咱家是个多么好的家庭啊！的确，咱们家是贫困的，然而又是温暖的。一个外人走进来，睁眼就能看到咱家的贫困，但是很快，也就能感受到每一个家庭成员所表露出来的那种绵长而令人心烫的温暖。

昨天清晨，送女婿谷门坎出车后，该做早饭了，惠杏爱就往灶房里去。这不需要理由，对于她来说，进了谷寡婆村，成了谷门坎的新娘子，她的身份就变了，再不是过去的高中生了，也不是娘家门上的大姑娘了，她无法更改地为人妇了。当媳妇的责任就是不能偷懒耍滑，不能贪恋热被窝，就要操心一家人三顿的吃喝，一家门里门外的活路。正是冬闲时节，门外的活路还没开，还不需要她用心，但门里的活是不断头的，进了家门，她得自觉地来担当了。而且，在新的家庭里，她绝对不可拿着一个新人的架子，那是既对不住人也对不住己的。在她的心头，始终如一地压着一块沉重的大石头，那就是，她欠下这一家人的东西太多了，正是因为她，这一家人才穷成了这个样子的！她到这个家里来了，就只能用自己的辛勤劳动偿还欠债，就只能用自己的真情真意操持这个家……她刚要去问一问婆婆贾桂仙早饭吃啥，妹子谷门环已经在灶房里响动开了。

惠杏爱往灶房里进，妹子谷门环看见了，急忙堵在门口，两手撑着门框，高低不让她进。

情急了的谷门环说：好嫂子哩，你歇着去，歇着去。

谷门环说：一点点早饭，动不了多少火，我一会会就烧好了。

惠杏爱把手抚在妹子谷门环的头上说：嫂子进门了，就该嫂子来做饭。

谷门环说：谁定的规矩？我不管，我过去一直做饭，以后还是我做饭。

谷门环说：咱妈也说了，咱家不同别人家，咱家不要使唤媳妇的排场。

惠杏爱心头不由得一热，掰着谷门环的手，几乎是央求着说：我的好妹子呀！那咱以后一块儿做饭，人手多了，也快一些。

谷门环不能再拒绝了，只好让开灶房门，让新嫂子惠杏爱进来在灶房里和自己一块儿动手了。早饭是简单的，前天大办婚宴剩下的肉菜、剩下的蒸馍和面条还都没有吃完，搭配着热了热，就是一顿饭了。姑嫂俩在一搭儿，边热着饭边说话，言来语去，惠杏爱才知道，年仅十六岁的妹子谷门环，竟然已经围着这锅台转了五六年了。开始在锅边转的时候，妹子谷门环的个头儿小，够不着锅，够不着案，就在锅前和案前用土坯砌了两个高台子，妹子就站在土台子上切菜炒菜、擀面下面……这有什么办法呢？她爹早不瘫痪，晚不瘫痪，偏就在生产队散伙的那一年瘫了。他接受生产队的指派，跟着公社拖拉机站的“东方红”深翻队里的土地。他连夜转，把自己熬乏了，竟然在拖拉机牵引的钢铁犁架上睡着了。拖拉机耕地到了地头上，转弯时把他摔下了，犁铧的大铁轮碾过他的脊背，当时就把他的脊骨碾断了。去医院治疗，回家来静养，过去了五六年，腰以下总是没有知觉，不疼不痒，就一直躺在炕上，嘴里常说的一句话是：“老天咋不把我收了去？收了去还能给娃省两个。”老爹炕上一瘫，家里的大活就都压在老妈贾桂仙的身上了。她这个谷寡婆村的老妇女主任，从来就是个不认输的主，她心疼瘫痪的丈夫谷敬勤，又关爱她的一窝儿女，还想把日子过到人前去。她劝女儿谷门环退了学，接了她在家的活，锅上案上忙着。那时候，谷门环才上小学四年级，还完全是个娃娃呀！她爹一瘫，懂事而能干的她，噙着眼泪听了她妈的话，啥话都没有说，就把她爱读的课本往屋里头的墙旮旯里一塞，代替了她妈操持起艰难的家务来了。做饭，洗衣服，喂猪，侍候炕上的老爹，照顾不谙世事的小弟弟，她什么时候闲空过呢？望着大妹子谷门环瘦削的身子，惠杏爱的心里有说不出的酸楚。自己上中学了，上了初中上高中，后来高考落榜又复读了一年，复读的花费里，不也有妹子谷门环劳碌的汗水吗？

饭菜是简单的，妹子谷门环在惠杏爱的协助下，很快就做好了。姑嫂俩把杂烩似的饭菜盛到碗里，搁在一个木质的条盘上，端到上房爹妈的炕边，拿起筷子，一双一双架在碗口上，再递到爹妈的手上。惠杏爱退出上房，回到灶房里去，给自己舀了一碗饭，坐在风箱前的大草墩上。关中西府的习俗，几千年来，媳妇家吃饭的地方就在锅台边，端着碗有一口没一口，支棱起耳朵，聆听上房吃饭的声音，时刻准备着，有人放下碗，就迅速赶去，接过碗端进灶房添了饭再端进去。这样的规矩，没人教惠杏爱也是知道的：在娘家，两个嫂子谁不是这样呢？

可是，妹子谷门环和小弟弟谷门栓一搭儿来灶房请惠杏爱了，说是爹妈说了，让她到上房里去和大家一块儿吃哩。说是爹妈让他们来叫她哩，说她如果不去，爹和妈都会伤心的。

惠杏爱开始是推脱的，推脱了一会儿，还是推脱不过去。而且，小弟谷门栓叫着她大姐，拉着她的手，把她硬拉着进到上房里去了。后边，妹子谷门环给她端来了她的碗。

上房里静悄悄的，惠杏爱端进上房的饭碗和菜碟儿整齐地摆在炕头上。她先前在碗上架了筷子，把饭碗递到公公谷敬勤和婆婆贾桂仙的手里，可她退回到灶房后，公公谷敬勤和婆婆贾桂仙又都把饭碗放下来，等着惠杏爱一起来吃饭。婆婆贾桂仙这时端坐在炕上，旁边是拥在被子里坐在炕上的公公谷敬勤。两位老人都拿眼热切地看着她，她的心头不由得一热，忙把拽着她手的小弟谷门栓抱起来，放在了热炕上。

惠杏爱热乎乎地说：爹，妈，吃饭吧，别放凉了。

婆婆贾桂仙没有端碗，公公谷敬勤也没有端碗。惠杏爱还要像她刚把饭碗端进来时一样，把筷子架在碗口上往婆婆和公公手里递，盘腿坐在炕头上的婆婆贾桂仙发话了。

婆婆贾桂仙轻轻地拍拍身边的炕席，说：他嫂子，你上来，坐到妈身旁来。

惠杏爱吃了一惊。在她的人生经验里，婆婆和媳妇从来都是一对解不开的冤家，婆婆很难把媳妇儿当女儿待，媳妇儿呢，又很难把婆婆当成娘亲待。心和心隔着那么一层肚皮，却像隔着万水千山，想不到一块儿，说不到一块儿。就像自己的娘家妈和两个嫂子总是生分着，没有一天不打肚皮仗，把她们打得无不筋疲力尽，遍体鳞伤。她的婆婆贾桂仙是个例外。在嫁进这个家之前，惠杏爱总结娘家屋里的情况和她平时听到的情况，对她进了谷门坎的家门如何处理婆媳关系，是怀着许多忌惮的。嫁来短短三天不到，惠杏爱发现婆婆贾桂仙是个明白人，当了多年的村妇女主任，把她历练得很有心智，在公众心目中很有威信。这从昨晚主持她们新娘子祭祖拜先人的活动上可以看得很清楚，婆婆贾桂仙不紧不慢，有板有眼，主持得非常成功非常好。回到家里来，她又不端婆婆的架子，时时处处，塌下心把她当女儿待呢。惠杏爱这么想着，就把她感激的目光在婆婆的脸上多停留了一会儿。她看见盘腿坐在炕上的婆婆，因为操劳，因为辛苦，干瘦得如核桃皮似的老脸上，满是慈祥。她笑着，横七竖八的刀刻般的皱纹舒展开来，像灌注了蜂糖一样甜蜜。

迟疑着的惠杏爱感激得都快流泪了。婆婆贾桂仙善解人意地又拍了拍她身边的席子，说：好他嫂子哩，你上来么。

惠杏爱却还想着一个过门媳妇的职责——吃饭时要操心公公婆婆和兄弟姊妹的碗筷，就没顺从婆婆贾桂仙心意，说：我就立在脚地吃，让门环和门栓都上去，他们小，炕上暖和。

婆婆贾桂仙依然温暖地笑着说：好他嫂子哩，我说了，咱这小门小户人家，没那么多讲究。你上炕来，坐在妈的身旁来，妈有话给你说。

惠杏爱还是犹豫着不肯上炕。刚刚进门来，不几天的时间，婆婆贾桂仙把“咱屋那些规矩”之类的话说了几遍了。我的个好婆婆哩……惠杏爱在心里感叹着。碎兄弟谷门栓爬上了炕，拉了她的手往上拉，身后呢，妹子谷门环又帮着往炕上推。惠杏爱拗不过了，她这才上炕坐到婆婆身边去。

惠杏爱奇怪了，她奇怪自己一坐到婆婆身边，浑身就发热，汗也似乎要流出来了。她先轻轻端起公公面前的饭碗，双手捧给公公，让他接住，腾出手来，又轻轻地再次端起婆婆面前的饭碗，双手捧到婆婆的面前，让婆婆接住。

因为感激，惠杏爱给公公婆婆端碗的手微微抖动着，她说：看饭凉了，爹，妈，您二老快吃。

公公谷敬勤和婆婆贾桂仙都把饭碗接到手了，竹筷也捉到了手里，却都还不张嘴。公公因为长期卧床，脸色是蜡黄的，病恹恹泛着一种特殊的潮红。公公谷敬勤偏头看着相依为命一起生活了大半辈子的贾桂仙，嘴唇颤抖着，想要说话，却一言都说不出来。本来嘛，家里的话都是婆婆贾桂仙来说的。贾桂仙接过了谷敬勤的眼光，然后在惠杏爱的脸上扫过，面对把惠杏爱拉上炕后跳下脚地的谷门栓说话了。

婆婆贾桂仙的声音变凝重了，她叫：门栓。

活泼而极富心眼的谷门栓欢笑着应答了一声。

婆婆的眼神又落在谷门环的身上了，她叫：门环。

谷门环看着娘亲贾桂仙，也欢快地答应了一声。

我给你们说哩。婆婆贾桂仙这么开始讲话了，这么说话像极了一个长期做村妇女主任工作者的腔调。她说：你哥他们经常跑车在外，你嫂子才进门，啥啥都还不熟，你们要放勤快，要多帮助你嫂子做活，要多帮助你嫂子操心。你嫂子是上了高中的人，她虽说比你们大，可也大不到哪里去，在我的眼里，她也是个娃娃，可你们要敬她呢。长嫂比母，你们敬你嫂子，就是敬你妈我哩。要听你嫂子的指拨。咱们家里，不是我说话难听，你们老爹是盏大风里的灯，说不准哪一阵风吹来，就会把你们老爹这盏灯给吹灭了。我呢，看上去风风火火能颠能跑，颠颠跑跑许多年，也是快要颠跑不动了，顾得了家里，顾不得家外，顾得了家外，又顾不了家里。现如今，你嫂子来了，在咱屋里就是咱一门人，就是替你们理事哩。她的话就和我的话一样，你们都要小心听呢。噢，今儿个，我就把话撂在这里，你们记下了没？

谷门环和谷门栓齐声应答着：妈，我们记下了。

贾桂仙强调了一句，说：记下了好，记牢。

谷敬勤病态的脸上，难得地露出一丝笑容，他不说一句话，但他显然同意贾桂仙说的那一河滩话。他浅浅地笑着，一下一下地点着头。

贾桂仙说得似乎还不尽兴，又扭回头来，放下饭碗，双手捉住惠杏爱的一条胳膊，把她拉得跟自己坐得更近一些，然后认真而诚恳地说：杏爱，你兄弟门栓儿、你妹子门环儿，他们要有啥犯错不妥处，你就要管教哩。你是替妈我管教哩，该打该骂你看着办。你识字，你保准比妈会管教，会把咱屋里的事都管教好。

婆婆贾桂仙的话，丁是丁，卯是卯，全都砸在了惠杏爱的心里。有种热乎乎却又带着些酸酸涩涩味道的情愫，在她的胸膛里涌动，使她感到喉头发紧，眼睛发酸。她赶紧低下头去，硬忍住不让眼泪流出来。她无论如何都没想到，婆婆贾桂仙在她刚刚踏进这个家时，就对她如此信赖，这几乎是要把这个家里的几个弟妹一齐托给她了呀！自己的娘家，一而再再而三地索要彩礼，给这个家庭带来了多么大的困难啊！惠杏爱是带着还债的念头嫁过来的，她知道今后在这屋里，在公公婆婆和弟妹们面前是不好做人的。可是，她的婆婆贾桂仙却不记过去，这么看得起自己！她啵啵血涌的心，被深深地感动了。她感到了被亲人信任的幸福和喜悦，同时，也有了种从未体验过的负重感。今后，她要为这个家庭负起责任来，献出自己的全部智慧和力气。

二十一岁的惠杏爱，就在这个早饭时刻，深刻地感觉到，不管幸福与否，不管富裕与否，也不管苦难、伤痛与否，今生今世，她都将不会推卸对这个家庭的责任了。

惠杏爱端起了饭碗，眼泪落在了饭汤里，和着饭，一起咽了下去。

人真是个怪东西，从昨天的那顿早饭开始，惠杏爱考虑问题再也离不开这个可爱的家庭了。她首先想到，要把自己新房里的家具搬一些出来，送到公公婆婆的上房里去。她看明白了，新房里的老式银柜、箱子和椅子，此前应该是公公婆婆上房里的物件，为了她新房里充实，才腾空搬过来的。惠杏爱想：我怎么能图了自己的排场而让老人的房子里空空荡荡呢？一个问题考虑出了结果，她又要考虑下一个问题。她考虑到该给家里喂上猪的，喂上羊的，喂上兔子的，自然还要喂上一群鸡的……这些能来财的门路，一样都不能缺。她要使这个贫困的家庭发生变化，就要脚踏实地，从这些看得见、摸得着的笨办法开始。惠杏爱把这些想了又想，憋在肚子里愣没往出说，她要等女婿谷门坎出车回来，回来了告诉他，和他商量了之后再告诉公公婆婆。

盼望着谷门坎赶快回家，惠杏爱就又想起他出车时的寒冷。一件棉衣，怎么能抵抗得住清晨刺骨的寒风呢？

惠杏爱稍一思量，便毫不犹豫地脱下自己套在棉袄下边的毛衣，扯出一个线头，就一圈一圈地拆开了。

像条尾巴似的谷门栓惊叫了起来：大姐，你咋把新新的衣服往开扯呢？

惠杏爱只是甜蜜地笑着，没有搭理谷门栓。可是，正在院子里铁丝上晒衣服的妹子谷门环听见了，就跑进惠杏爱的新房里，忙忙地问：嫂子哎，这是你刚穿上身的新毛衣呢，穿了才几天，你咋拆了呀？

惠杏爱踌躇了好一阵，才说：你没见你哥清早出车，光身子穿一件老棉袄，那可是太冷了。

吃惊地看着新嫂子惠杏爱的谷门环听懂了她的心思，就要阻挡嫂子了。

说：你可不能想着我哥把你又冻了。

惠杏爱的大红毛衣，确实是她的新嫁衣哩。在这件漂亮的毛衣上身之前，她也没穿过很像样的好毛衣，所以，她是非常爱惜这件毛衣的。她决心拆了给女婿谷门坎再织，心里也有一阵不忍，可当她拆开一条线头，便就没有了障碍，迅速地就拆掉了一条袖筒。妹子谷门环想要阻挡她，看来是阻挡不住了。惠杏爱不歇手地拆，拆得还留着体温的大红毛衣像个受了惊的小动物，在她的手里翻转跳跃。看得心惊肉跳的妹子谷门环伸手去夺，她夺到手了，拆着的线头还在惠杏爱的手里，并没能阻止得了她继续拆。

坚持拆着毛衣的惠杏爱说：拆了给你哥织成背心，他穿上能抗一点风寒。

谷门环夺过毛衣却不能阻止她拆毛衣，就还扑上去，抱住了惠杏爱的胳膊，央求着她说：你再甭拆了，我的嫂子。好好的，还是你穿合适。我那儿有一斤毛线，给我哥织上就是了。

惠杏爱抬起头来，看着激动的妹子谷门环，略一思量就明白了。妹子谷门环说她有一斤毛线，那就一定是她婆婆家送来的，是要她出嫁时织了穿的。唉唉……惠杏爱在心里感叹着：一个多么好的妹子啊！她宁可舍了自己的喜爱，也不能损失了妹子的喜爱。她想着摇摇头，推开妹子谷门环抱她胳膊的手，劝说妹子谷门环了。

惠杏爱说：你那一斤毛线，是婆婆家送来的吧？

妹子谷门环不摇头，也不点头。

惠杏爱就笑了，说：你好生留下吧，以后你有用的。我这件已拆开了，拆开就用我的织。

妹子谷门环犟不过新嫂子惠杏爱，就很无奈地看着她把毛衣拆完，化了洗衣粉水，泡着洗过，挂在院子里撵着太阳光晒。做了这件事，惠杏爱才觉出心跳心慌，忍耐不住，要一遍又一遍地跑到头门口去，眺望出门未归的女婿谷门坎。他回来了，别的不说，惠杏爱是要量他的体格哩，量过了好给他织毛背心。

唉，也不知自己的毛衣拆的线够不够给他织一件毛背心。早一天织好，他清早出车就少挨一天冻。

惠杏爱不断地出了头门眺望女婿谷门坎，没有眺见他，却意外地眺见了来找她的村里另外两个新娘子。

不同村却同一天出嫁的姐妹，同一天来到谷寡婆村的新娘子，这使她们有着一种自然的亲切感。况且，才过门第三天，她没怎么想她俩，她俩倒是心长，结伴跑到西头来看自己了。这更使心地纯朴善良的惠杏爱感激而快乐。她暂时压下眺望女婿谷门坎的焦急心情，来招呼上官乐和任喜过了。

三个女人一台戏，那么上官乐、任喜过、惠杏爱她们三个新娘子就是一出未经排演却表演得默契投缘的新戏了。她们一碰面，就笑着闹着嚷着了。惠杏爱把她俩让进自己的新房，取出瓜子、糖果，倒茶水招待她俩，安静的小院，立即像麻雀窝里戳了一扁担，叽叽喳喳热闹起来了。

第十一章

还能说什么话题呢？自然是三个新娘子的新女婿们了。

上官乐、任喜过和惠杏爱首先大声地品评对方的女婿，说着她们各自婚姻的根根梢梢。惠杏爱的婚姻平淡无奇，自小由两家老人定下的，就像农村很多庄稼院里一样，几乎没有什么可以说道的。任喜过的婚姻由于历史原因，两家过去都是受排挤和压制的人家，有人中间说合，也觉门当户对，便成了一门亲事。上官乐和惠杏爱听了都说好：过去的戴帽分子可都是一方能人呢，没本事、没才华想戴帽子还没人给你戴哩。现在好了，帽子一脱，把本事和才华往出一使，就又是一方能人了。任喜过你就等着吧，你有好日子过了。两人这么说，任喜过心里酸酸的，却也觉得很是安慰，就啥话也没往出说。最让任喜过和惠杏爱称赞羡慕的是上官乐的婚姻。小两口是高中同学，自由恋爱，她公公谷大房是村里的支书，一村的村长呀！还有她的亲哥哥，在县委宣传部当部长，这是多大的面子啊！简直是一脚踏进了福窝里，没啥好挑剔的了。上官乐被任喜过和惠杏爱说得几乎合不拢嘴，就只有甜蜜地笑着了。她笑着不小心说她热爱诗歌创作，她女婿谷梦梦热爱小说创作。话题就此说开，更把任喜过和惠杏爱艳羡得不得了，夸他俩是志同道合、天造地设的一对儿：造物主太偏心眼了，把好事都往你的头上堆哩。话说到这里起了个高潮，闹闹哄哄的，竟然引来了惠杏爱的妹子谷门环、碎兄弟谷门栓。他俩的到来，势必影响新娘子们说话的兴趣，上官乐和任喜过静悄悄地喝了两口水，嗑了几颗瓜子，互相你瞥我一眼，我回你一眼，分明还有话说。惠杏爱可是不笨，她把妹子谷门环和碎兄弟谷门栓指派了出去，让他俩一个去看后院喂的猪是不是饿了，要饿了就喂一顿；另一个到头门口去，去看他哥出车回来没有，回来了就给她传话。谷门环和谷门栓不知有诈，按照嫂子惠杏爱的指派，都乖乖地去了。这又惹得上官乐和任喜过说惠杏爱了，说她可是本事不小，一来就把家当上了。惠杏爱嗔怪她们歹人不识好人心：指派走两个电灯泡儿，咱们好说话呀。于是三个新娘子都笑，笑着说着，笑声低了，语声也低了，好像是几只蚊子在叫，因为，她们扯谈着相互探询起初婚晚上的神秘情景来了。惠杏爱在自己的新房里，她有这个主动权，给任喜过使了一个眼色，两人心领神会，各自捉了上官乐的一条胳膊，拧着扭着让她坦白交代。上官乐就不是个扭捏的人，没有她俩拧扭拷问，她可能也耐不住要说哩。因此，只被她俩拧扭了一会会儿，她就红着脸交代了，坦白她的新女婿谷梦梦就是一头秦岭山里跑出来的豹子，晚上把她能吞到嘴里吃了去。有衣服罩着哩，看不见，不能看，她的身上青一块紫一块，都是谷梦梦的嘴巴吸吮啃咬出来的。不过有点儿奇怪，过去的身上，有点青伤红伤，就把人疼得受不得，他个豹子吸吮啃咬的青肿疙瘩，咋就不疼呢？上官乐开诚布公地坦白了自己，就还要惠杏爱和任喜过交代。任喜过交代了，却只交代了一句话，说：只要是狼都一样，还有不吃人的？惠杏爱不愿说，便搪塞着给上官乐和任喜过续水抓瓜子。她俩坦白了，又岂能容忍惠杏爱蒙混过关，就像起初惠杏爱使眼色给任喜过一样，两人就也一左一右，扭住了惠杏爱的胳膊，拧着扭着要她交代。实在扛不过，惠杏爱说了，说她还是一个她，女婿谷门坎就没工夫来碰她，是他的碎兄弟谷门栓，像条小蛇一样，两个晚上箍着她的脖子睡觉哩。

哎呀呀！我的个神神呀，怎么能是这样呢？

上官乐和任喜过惊叹着，她们就很自然地把话题转到昨晚上的祭祖拜先人的话题上去了。一结婚，先祭祖，别的地方有吗？没有听说过。所以说，这风俗该是出奇的，可是偏偏祭拜的老祖宗又是一位孤苦伶仃的寡居老婆婆，这就更叫人称奇了，是奇而又奇的事哩。

因为任喜过的公公谷正芳在关键时刻偷偷藏了老祖宗谷寡婆的挂画，关键时刻又献出来，仓促建起毁了几十年的谷寡婆祠，上官乐就问任喜过了。

上官乐说：你家老爷子倒是个有文化的人，给你们拟写的喜联，那可是妙得盖了帽儿！人说先睹为快，你说说，他献出偷藏的谷寡婆挂画前，你倒是先见着了没有？

任喜过说：我倒是想先见着，可是老爷子没给我机会。

上官乐说：那咱们仨是同一时间看到的。

任喜过说：可不是嘛。咱们仨祭祖拜先人，起初我心慌得不知如何是好，听着杏爱婆婆的喝令，叫上香就上香，叫吊表就吊表，叫磕头就磕头，一直不敢抬眼看咱的老祖宗谷寡婆。直到后来，祭拜仪式结束了，我才抬头看了挂在墙上的谷寡婆——老祖宗她还缠了碎脚呢！三寸金莲，哦哦，那么碎的一双脚！你们说，老祖宗她是从哪儿来的？怎么就走到咱这里来了？而且，她膝下的那个娃娃是怎么有的？他有爹吗？他爹是谁呀？

惠杏爱截住了任喜过的舌头，说：哎呀呀，我说喜过，你脑子里咋那么多问题。听我说，咱们可不敢乱猜自己的老祖宗哩。她从哪里来，膝下的娃娃是怎么有的都不要紧，要紧的是老祖宗千辛万苦到咱这里落脚，开辟了谷寡婆村。村里人敬重她，咱跟上敬重就对了，咱可不敢瞎猜疑。

挨了惠杏爱一顿戗，任喜过一点都不觉得委屈，反而觉得她这人好，有良心，就觍着脸冲惠杏爱满心喜悦地笑着说：你说得对。

上官乐有太强烈的表现欲，任何时候，任何地方，她都要抢在人先，成为谈话做事的中心。任喜过和惠杏爱说着话，没把她扯进来，她要自己往上冲了。果然，她一开口就非同凡响。

上官乐说：依我看呀，你俩说得都不对。

她的这一否定，让任喜过和惠杏爱都有些发愣。上官乐用她惯常的目光把发愣着的两人各扫一眼，觉得两人太认真、太较真，就朝她俩扑哧一笑：我说你们别那么认真好不好！也许，根本就没有老祖宗谷寡婆这个人。我们都是读了书的现代知识分子，你们难道不知道？咱们中华民族民间传说中的人物，被证实的有几个？人头蛇身子，马首人样子，神神鬼鬼一大堆，不都是杜撰传说下来的？谁敢保证咱们的老祖宗谷寡婆不是虚构传说出来的人物？

上官乐语出惊人。要说刚才，惠杏爱和任喜过被上官乐的开篇话弄得发愣，现在她说了这一堆话，她俩就只有心惊肉跳了。对自己民族的历史，对自己的老祖宗，咋敢这么怀疑，这么说呢？

惠杏爱惊慌得都要去捂上官乐的嘴了，她说：不是的，不是的，哪有给自己杜撰老祖宗的呢？肯定没有。

任喜过附和着惠杏爱，说：你太胆大了！小心惹了老祖宗，让你没有好果子吃。

上官乐一通惊世骇俗的论说，像是把她说累了，此刻，嗑着瓜子休息。

应该说，她嗑瓜子的水平可是高哩：手捏着一颗瓜子，轻轻送进红唇之间，也没见她牙齿怎么动，瓜子已裂成两瓣，却不碎开，但瓜子仁儿已经滑进她的嘴里，在牙齿上有滋有味地嚼着了。

空空的瓜子壳，上官乐是不随手扔的，她一颗连着一颗，摆在面前的茶几上，一行一行又一行，有长有短，仿佛她写的自由体诗。上官乐是不服气惠杏爱和任喜过两人对她的否定的，她在想怎么反击她俩，战胜她俩。一起嫁到谷寡婆村来的三个新娘子，上官乐哪能头一次扯闲就败在另两个新娘子手里呢?

用瓜子壳在茶几上写着诗行的上官乐，用眼角儿斜睨着惠杏爱和任喜过，说：就算不是杜撰的传说的，老祖宗谷寡婆也是个矛盾的人哩。一方面，老人家忍辱负重，贞烈勤劳，创造了咱这一方天地，是位可亲可敬的标准的中国妇女形象。可是另一方面呢，她又是个不遵守道德礼教的叛逆的人，说难听一点，就是个缠了碎脚却还红杏出墙的女人。不然，咋会一个人跑到荒寂的渭河滩上来独自生娃娃?这说明什么?说明老人家有了私情而私奔了。你俩说，事实是不是这样?

惠杏爱又一次截住上官乐的话，说：再甭胡说了！我劝你，谷寡婆可不是你能胡评论的，她是咱们的老祖宗啊！咱们都在老人家挂画前祭拜了她，你还这么胡评乱论，小心外人听见了要教训你这胡言乱语的媳妇呢!

任喜过帮着惠杏爱的腔，说：对对对，杏爱说得对。

这就是上官乐的胜利了，她要的就是惠杏爱和任喜过急赤白脸的样子。于是，她毫不在乎地咯咯笑着，又一次妙语惊人，说：其实，我佩服的正是老祖宗谷寡婆的这一点哩。她敢从封建社会的家里跑出来，敢有自己的私生子，敢在荒寂的渭河滩上创建自己的家园，不正证明她为自己的幸福追求过，奋斗过?而且还是毫不妥协的，不惜背井离乡。在这一点上，她也算是妇女追求自由平等、追求解放的先驱呢!

惠杏爱和任喜过紧张的神情缓和下来了。

上官乐瞧着她俩，不无揶揄地又说：怎么样，这么说你俩以为如何?

惠杏爱沉默了一会儿，说：我有我对谷寡婆的理解。我佩服的是她身上传统女性的坚韧不拔。不论顺境还是逆境，都不丧失自己对后辈儿孙伟大的母爱。你思量呀，她孤身一人，苦守渭河荒滩，创造了一个村子，有了这么多后代。我们还能怎样呢？只能无怨无悔、无条件地以她为楷模，学习她，像她一样建设发展谷寡婆村。

上官乐扭头问任喜过：听见了吗？你说呢？

任喜过像是凝神思索着啥，眼睛是湿润的。她听上官乐问她，便答非所问地说：你瓜子嗑得太有水平了。

惠杏爱大概不满意任喜过对上官乐的回答，还想再说什么时，却突然听到头门外的街巷一片混乱，有汽车的鸣笛声，有纷乱的脚步声，有惊慌裂魂的喊叫声，汇成一股骇人的声浪，向自己的家门口来了。

三个新娘子一齐收住了话头，惊慌地站起来，透过窗口看见一个满脸糊着血的人跑进了院子，哀痛欲绝地喊叫：我哥没命了！

脸上糊血的人是惠杏爱的二弟谷门墩，他报告的消息，不仅使惠杏爱站起来的身子一摇，又软软地瘫在沙发上，还使陪着惠杏爱说话的上官乐、任喜过以及上房炕上的惠杏爱的公公谷敬勤和婆婆贾桂仙都像被抽了筋一样，软在原地，一动不能动。

晴空的一声霹雳呀！

新婚的谷门坎在去北马坊煤矿拉煤的途中，翻车身亡了！

运送谷门坎尸体回谷寡婆村的汽车，是邻县公路管理部门临时挡下来的。谷门坎的大弟谷门墩引的路，汽车在他家头门口停下来，还没有停稳，谷门墩就血头血脸地跳下车，冲进家门大喊大叫。随车来的交管部门人员和拥来的谷寡婆村人，合伙从汽车上搬着尸体。他们把谷门坎的尸体搬下来，放在了贴着新婚喜联的家门口，并不着急着往门里抬。同来的交管人员，他们穿着制服，戴着大檐帽，在人群里打问村上的支书和村长。这是他们的经验，遇到这样的恶性交通事故，找当事人所在地的头头儿，让他们出面协助，事情总要好办一些。村支书兼村长谷大房，当时不在人伙里，交管部门的人问了，大家就七嘴八舌地给他们又说又指路，他们就顺着大家指的方向找去了。没走几步，迎面碰上了谷冬梅，她庄严的气势和肃穆的神情，让交管部门的人把她误认为村里的头头了。

交管部门的人在公路上执法检查时是多么威风霸道呀！遇到这种人命关天的事，他们的态度大变化，既和蔼又谦逊。

他们问谷冬梅：您是……村支书……村长？

谷冬梅是大方的，说：支书、村长很重要吗，啊？说吧，怎么回事？

被谷冬梅戗了一头的交管人员，却没有恼的意思，相反却都像遇着了知音似的给谷冬梅说了事情的来龙去脉。他们说，谷门坎是昨天下午出事的，不知怎么的，拉着煤的小四轮拖拉机翻下了深山公路，四轮朝天地躺在几十丈深的干沟里。刚过年，路上人少，直到昨天日头落山，有个叫陈增强的小伙子，开着台小四轮拖拉机路过，才发现翻了的拖拉机。可是，谷门坎被压在拖拉机下，他弟弟一脸血地扒拉煤块，哭着喊着要把他哥拉出来。陈增强是个好小伙，他放下自己的事情，下到沟底，想要帮助谷门墩救他哥。谷门墩心眼实，他哥翻车到沟里了，谁来救都像是害了他哥、把他哥撞到沟里了一样，他要和帮他救他哥哥的人干架。你看谷门墩的身坯子，多么强壮魁梧啊，陈增强即使高高大大，也抵不过他一撞。陈增强帮他救他哥，反被他一头顶得伤了两根肋骨。小伙子不错，他没有因为谷门墩的瞎闹撒手不管，跑了几十公里的山路，通知了我们公路管理站。我们赶了去，不开窍的谷门墩还拉开架势，拿头要顶我们呢！给谷冬梅交代情况的交管人员说到这里，还自嘲地嘿嘿乐了两声。接下来又说，昨天晚上，叫陈增强的小伙忍着肋骨疼，还在半山腰的西北风里守了整整一夜，直到今天早上把人搬上沟，弄清了事情，挡住了一辆过路汽车，这才把谷门坎拉回来了。公路交通管理站的同志公事公办地给谷冬梅交代了这一切，又把谷门坎身上的红本儿拖拉机驾驶证和一个没吃完的烤过了的冷蒸馍，递到谷冬梅的手里，就告辞了，准备搭乘那辆运送谷门坎回家的汽车离开。

谷冬梅礼貌地送着公路交通管理站的同志，招呼他们说：咋这么急呢？不喝一口热汤吗？

交管站的同志到这时才猛地想起，从汽车驾驶舱里探出头来说：汤不喝了。有一张票你看看，我们不能让人家非亲非故的汽车司机做公益吧。

谷冬梅接过票一看，上面开着四十八元的运输费。她二话没说，翻着自己的衣兜，找出几张十元的纸币，交给探出脑袋的交管同志。

交管同志认真地数着钱，说：谷门墩……唉，谷门坎的这个兄弟呀，脑子是不是不好使？

谷冬梅听不得交管同志这句话，就向他们招了招手，说了声“谢谢”，要打发他们走。

谷大房在家里喝着罐罐茶，听到消息也赶来了。他一来就往运送谷门坎尸体的汽车跟前撵，因此，谷冬梅的举动以及她和交管同志的对话，他都看清楚了，也听清楚了。在这样的时刻，谷大房是不能不尽他的职责的，他挨在谷冬梅的身边，也来感谢交管同志了。他还拉住交管同志数钱的手，硬要把他们从车上拉下来，拉到他家里去，给他们生火做饭。

谷大房给交管同志介绍说：我是村支书，我是村长。

交管同志愣了愣，把谷大房和谷冬梅各瞄了一眼，有点解嘲地说：你是村支书、村长，那她是……她肯定是管支书和村长的人了。

谷大房拉着交管同志的手，稍一松劲就落了下来。他还想再说什么，本就发动着的汽车猛轰了一脚油门，向前开走了。

汽车开走了好一阵子，几乎要看不见了，谷大房还想着交管同志说的话，心里怪怪的，脸上挂不住，便低了头，躲着谷冬梅，像是问自己，又像问谷冬梅，难为情地说：门坎回来了，他的小四轮拖拉机呢？我该问一问交管同志，谷门坎的小四轮拖拉机在哪里。对于这个苦难深重的家庭，那台小四轮拖拉机可是最值钱的家当。

唉唉唉！虽说是贾桂仙的大娃殁了，搁在谷寡婆村，就是村里出了人命！谷冬梅不是鸡肠小肚的人，她不在乎交警同志说了啥，也不在乎谷大房抢风头，她为当年的好搭档贾桂仙难受着。她没有什么计较的，她想的是，眼下首要的是先解决好谷门坎的死亡善后问题。这可是打破谁的头都没法预料的棘手事哩！前天才办了喜事的人家，过了一天，到了第三天，竟又是场恶丧！而恶丧的死者竟就是初婚的新女婿谷门坎！

老天爷呀，你不睁开眼看看，你这弄的到底是啥事嘛！

谷冬梅为贾桂仙难受得不知怎么办才好。这个突如其来的灾难，降落到她的头上，可是太残忍了！作为死难者的娘亲贾桂仙，噩耗传到她耳朵里时，她正坐在上房炕上陪着她瘫痪的丈夫谷敬勤说话。两位老人对新娶进门来的惠杏爱可是太喜欢了，觉得这个高中毕业生媳妇，真是没得挑。他俩说的话，没一句不是夸他们的儿子谷门坎命好，前世烧了高香，今世娶回家这么一个有知识、明道理的媳妇，要旺三代人哩！咱家以后可要善待咱们的好媳妇惠杏爱……正口里像含了糖块儿一样甜蜜蜜说着话，跟着他哥谷门坎一起上北马坊拉煤的二娃谷门墩血头血脸地跑回家，在院中一连声喊叫他哥殁了，当下把瘫痪在炕上的谷敬勤唬吓得坐起了身子，把坐在炕上的贾桂仙又唬吓得瘫倒在炕上，喊了声“命苦的我娃呀”，就咬紧了牙哭。她哭得太惨烈了，破命似的号了一声后，就像被一根绳子勒住了脖子，只剩下从齿缝中和嘴角呼噜呼噜地喘气吐白沫了。与此同时，她的胳膊手颤抖着，腿和脚也颤抖着，脸色先还白着，一点点转红，很快地又转成了青色。谷门环和谷门栓被惠杏爱当时指派着喂猪眺望他哥，听了他们二哥的哭喊，当下亦大哭起来，疯了似的，都向头门外扑了去。被交管同志嘲笑的谷门墩，哭喊着冲进家门，脚不斜、眼不歪地直扑爹娘住着的上房。他不知娘亲贾桂仙已被噩耗打击得心脏犯病，还抓住娘亲的身子，又是摇又是晃，嘴里依然没命地喊叫不停。

谷门墩哭喊着：我哥殁了！我哥殁了！

发现问题的是谷敬勤。久病成良医，说的可能就是他这种情况。丧子之痛突然袭来，让瘫痪在炕的他，震惊哀痛的同时，想着能用他的命替下大娃谷门坎的命！可他只是念头才起，还来不及痛哭流涕，眼睛偏了偏，去寻他的老伴儿贾桂仙。这是长期生活在一起养成的习惯，事情摊到头上，谷敬勤自己常常拿不了主意，也不会拿主意，都是孩儿他娘贾桂仙出头。她要是乐了大家乐，她要是哀了大家哀，谷敬勤必须看清楚老伴儿的神色，才能自己跟上走。正是他哀痛中偏头向老伴贾桂仙寻求主意时，才发现二娃谷门墩摇晃着的他妈贾桂仙也出问题了。

这可不是小问题呢！是在大娃殁了后，叠加着又要出一条人命的大问题！

谷敬勤是真急了，他坐着挪不动，就把炕上的一个枕头拿起来，砸到二娃谷门墩的头上，吼骂他：你哥没命了，你还想把你妈摇死吗？

犯着傻的谷门墩被老爹谷敬勤吼骂得不摇不晃他妈贾桂仙了，他恭呆呆地站在脚地，半张着嘴，像一根失去生命的粗木头，一动不动——这就更加显出了他的傻模样。

谷门环和碎兄弟谷门栓，扑出头门，见到了大哥谷门坎血淋淋的惨状，没敢多看，背过脸就又跑进头门，边跑边哭，一头撞进父母的上房来，就又看见瘫倒在炕上叫不灵醒的娘亲贾桂仙以及惊慌失措的老爹谷敬勤，就都站在二哥谷门墩的身边，想哭不敢哭，想喊不敢喊。

谷门环轻声叫着：娘，娘。

谷门栓轻声叫着：娘，娘。

可是巴心巴肉爱着他们，为他们没黑没夜、里里外外操劳的娘亲贾桂仙却没能答应他们一声。

第十二章

惠杏爱不知道自己是怎么跑出头门的，当她一眼看见正从汽车上搬下来的谷门坎的尸体时，她的所有感觉都空了，眼前像扯开了一块铺天盖地的白布，拦挡住了她的视觉和听觉，同时又阻挡住了她的呼吸。她感觉整个世界突然什么都不存在了！跟着她一齐跑出来的上官乐和任喜过，立即伸出手来，一人抓住她的一条胳膊，搀扶着她，随着她踉踉跄跄、跌跌绊绊地往谷门坎的血身子跟前扑。

上官乐和任喜过如惠杏爱一样，也是哀伤的、悲痛的，她们只怕惠杏爱伤心过度，昏倒在地上。

上官乐惊慌地叫着：杏爱！

任喜过惊慌地叫着：杏爱！

惠杏爱在上官乐和任喜过的呼唤声里恢复了神志，她猛地甩开她俩搀扶着的手臂，疯了一般扑向前去。当她猛扑到血淋淋的谷门坎身边时，她的腿软了，扑通一声，跪在了那里。

她没有哭喊，没有眼泪，她就那么瞅着谷门坎。她的眼睛直勾勾瞅着，慢慢地抬起了双手，向前努力地伸着，伸着……似乎要去拥抱谷门坎，但却没有，只把她伸出去的双手，僵在谷门坎的身体上空。她的嘴猛地张一下，又猛地闭起来。她的眼睛圆圆地睁着，然而眼珠却一动都不动，显得呆滞而又茫然，更有许多无助和悲伤。这个变故太突然了，好像猛地一道电光一下子就把一对新婚夫妻分开到了两个世界。她觉得这很不真实，就像在梦里似的，她变得痴痴呆呆了。

这是真的吗？啊？是真的吗？

前天，谷门坎把他的小四轮拖拉机装扮得比一顶传统的花轿还要花彩亮堂。他驾驶着小四轮拖拉机，轰轰隆隆地来到惠杏爱的娘家，扶着惠杏爱坐上了他特殊装扮的小四轮拖拉机，颠颠簸簸地，喜气洋洋地，把惠杏爱接到谷寡婆村，接进了这个农家小院，和他这个订婚多年然而仍然陌生的叫谷门坎的小伙子拜了天地。初婚的头一天晚上，那是洞房花烛夜哩，多么美妙，多么令人向往的时刻啊！惠杏爱和谷门坎在一盘热炕上囫囵睡了一夜，他们可是连手都没有来得及拉一拉呢！昨天清早，在他出车前，她才认真地看了他，记住了他的脸庞，记住了他粗粗壮壮结结实实宽厚的身躯。他们只说了那么短短的几句话啊，她觉得她已经把自己的一切都交给他了。她已经在思谋着、编织着他们的未来，憧憬着他们未来的幸福，他怎么就突然翻车死了呢？

这不能够！不能……不能够呀！

这不会的！不会……不会的呀！

然而，眼前就是他！啊啊啊……他的血淋淋的尸体啊！

全村的男女老少，此刻几乎都拥到村西头这个苦难的庄稼院门前了。庄户人家，啥时候见过这么悲惨的事情啊！一些老人和妇女都哭出了声：老天爷做事太绝了啊！怎么能让一个刚结婚的年轻人就这么走了呢？中年的庄稼汉子们，一张张遭遇风吹日晒的黑红脸膛，肃穆而悲切。他们都是家里的主心骨，此刻，他们或许都在思量着一个事情：谷门坎遭此横祸，丢下一家老小病残，这日子以后可怎么过呀？谷门坎是长子，从咿呀学语长到今天，成了年轻力壮的小伙子，堪称庄稼院子的一根擎天柱子呢！倒了这根擎天柱，他们那个庄稼院子谁来支撑呀？

冬尽春初的阳光本来就十分的淡，因为谷门坎遭遇横祸，谷寡婆村的人在这一天像谷门坎的家里人一样，都感到了一种彻骨的冷。许多人袖着手，默默地立在谷门坎的尸体周遭，因为哀伤，还因为茫然，默立上一会儿，还要扭头向冬季里未能封冻的渭河瞭望一眼。流水是无情的，在渭河岸边，还能看见薄薄的积雪，有风吹来，带着积雪的寒冷，掠过谷寡婆祠前的老皂角树，吹得光秃秃的树枝抽风似的抖动着，发出尖细的像飞镖一样的呼啸。沉重的、悲痛的空气，顷刻笼罩了整个谷寡婆村。

惠杏爱欲哭无泪，她慢慢地拉起谷门坎黑脏的手臂。她的心，此刻轻得像是一片雪白的羽毛。她只发觉，谷门坎的脸怎么那么脏呢？应该把他的身子搬回家去，给他擦尽脸上的脏污。她艰难地撑起身子，把胳膊伸到谷门坎的身下。她伸得太费劲了，几乎是咬破了嘴唇，才从谷门坎的身下伸进了胳膊——她要把谷门坎抱进家里去。

惠杏爱说：门坎，回，咱回家里去。

惠杏爱说：回家我就给你洗头洗脸。我把你洗净了，给你换上新衣服……你说你，把咱拜天地的新衣服只穿了一天！你脱下新衣服做啥呀，啊？你该穿着新衣服呢。

嘴里呢喃着，惠杏爱使着劲要抱起她新婚的女婿谷门坎，可她却怎么都抱不动那僵硬而沉重的身躯，一次又一次，她都失败了。但她并不灰心，仍然紧紧地咬着牙关，一次又一次地挣扎着。

站在惠杏爱身边的上官乐，依然像她嫁来谷寡婆村时身穿白色婚纱、祭祖拜先人时身穿旗袍那么出挑，那么引人注目。当然，这时的出挑和引人注目与那两次是不同的，那两次，她只是表现在自己的衣着上，带着些爱出风头的刻意，这一次，她是真心真意真性情，要为悲苦的惠杏爱两肋插刀。惠杏爱要把死难的女婿谷门坎抱回家去。周围拥了多少人啊，里三层，外三层，惠杏爱抱不动谷门坎，拥来的人群却都眼睁睁地看着，没有一人上前帮助。上官乐看不下去了，她一抹脸上的泪水，抬起头向四围拥过来的人大喊了。

上官乐喊：大爷、大叔、大哥……大家搭把手，把人帮着抬回家去吧！

悲切的人群中，呈现出一种可怕的沉默。人们似乎没有听到上官乐的呐喊，没有人应声，更没人动手。上官乐喊过了，就还用眼睛向人群扫，她的眼光扫到哪边，哪边的人群不是向前跨进，而是惊惧地向后退去。突然发生的悲惨事件，仿佛使拥围而来的谷寡婆村人，一齐变得痴呆了。

上官乐又一次为惠杏爱哀求大家了：大爷！大叔！大哥呀……大家搭把手吧，搭手把人给帮着抬回家去吧！

还是没人动弹，没人应声。不过，仔细看，可以看见拥围来的人群里，那些上了些年纪、嘴上生出硬扎扎胡须的人，在暗暗地传递着眼色。

哭成泪人儿的任喜过突然明白过来了。她是在渭河滩长大的，她大概懂得一些家乡的风俗。她趴在上官乐的耳朵上，哽咽着小声提醒上官乐。

任喜过提醒说：甭喊了，上官乐，渭河滩上的风俗，殁在家门外边的人就不能往屋里抬了。

依然挣扎着想要抱起谷门坎的惠杏爱，也听见了任喜过的提醒，她不由得恍然一怔，身上鼓起的那一股劲倏忽消失了。她也是渭河川道里长大的姑娘，家乡的风俗她是知道的。她抬起头来，睁圆了眼睛，直勾勾地瞅着阳光稀薄而显得阴冷昏暗的天空，身子慢慢地委顿下来，屁股坐在了自己的脚后跟上。到了这时，她的眼泪才夺眶而出，像决了堤的河水，翻滚着倾泻下来，在她那泥塑一样的脸上肆意地冲刷着。

刹那间，上官乐仿佛万箭穿心！

这个初为新娘子的女子啊！上官乐的心肠是软的，心肠是热的，她还是一个最为感情用事的人。一切她所不能理解、不能容忍的事情，就仿佛清清亮亮的眼睛里揉进了沙子一般，让她装聋卖哑，让她视而不见，让她缩头缩脑，让她一声不吭，那是万万办不到的。天下能有那种事吗？死了人，居然连家门都不让进，难道说就把死人摆在头门外面吗？甚至，还要抬到村外的荒郊野地里去吗？上官乐无论如何都想不通，无论如何都不能接受这样的陈规陋习。

不能啊……上官乐霍地站起身来，双眼一眨不眨，几乎要喷射出火苗儿来，面对着沉默的拥围来的谷寡婆村人，她大声而愤怒地质问了。

上官乐说：为啥就不能把谷门坎抬回家里去？

上官乐质问的声音是凄厉的，她说：他的家，他为啥就不能回去？为啥？这到底是为啥？我是塬上人，我不懂渭河滩上的风俗，可我不能看着把人摆在家门口！好了，没人搭手我搭手。

上官乐嘴里质问着，就真的给惠杏爱搭手去了。

谷天明赶在这时从人群后边挤进来了。这个手不能搭呀！他迅速地把上官乐的手捉住了。谷天明把上官乐的手捉得很紧，他欣幸自己来得正是时候。本来，他按照他妈白栓娥的吩咐，在给邻居家归还借用的桌凳和碗碟，猛地听说村西头的谷门坎出了事，他当即大吃一惊。可他却没有及时赶过来，这就是他的性格了，他不是个爱往人群里钻着凑热闹的人，而且，又是这种意外横祸，他就更没有心绪来看了。都是他妈白栓娥，急急慌慌地催他来，跟他说：你媳妇刚才往西头去了，是和隔壁谷梦梦的新媳妇任喜过一块儿去的。新娘子不在自己家里守，乱跑个啥呀？若是碰上横死那样的祸端，对她们新人又有什么好的？快去，你快快去，去把你媳妇叫回来。谷天明倒不像他妈白栓娥那么封建，忌讳新娘子碰见恶事，但还是放下手里要还的桌凳和碗碟，慢慢腾腾地向村西走来了。自由恋爱、自由结婚的谷天明，虽然不忌讳新人面对祸端，却也对初婚来到他家的上官乐产生了一些不满。这是他爹谷大房和他妈白栓娥提醒他的，俩老人说他们算是给他打预防针，可不敢太过放手自己的媳妇。初婚就要给火色看，不能让她没有做女人的规矩；不能刚进门一点约束都没有，由着她想做什么做什么，想说什么说什么。特别是，绝对不能无事到街巷里乱转，这家门出，那家门进，你们小两口不嫌丢人现眼，我们做老人的会脸红发烧的。知道没有啊？咱可不能娶媳妇没娶成娶回了个爷，骑在你娃的脖子上屙屎撒尿，那可就有你娃受的咧！谷天明还没来得及把老人们的预防针完全打给上官乐，她就迫不及待地犯上事了。慢腾腾一肚子心事的谷天明，刚刚走到谷门坎的家门口，还在人群外面兜着圈子，就先听到了上官乐大声豪气的质问声，这让他大吃了一惊。

哎呀呀！村里的事，可有你一个初婚来的新娘子说的啥嘛！谷天明心里叫着苦就硬着头皮往人群里挤了。

谷天明挤进人群，没敢往血淋淋的谷门坎身上看一眼，便心惊肉跳地捉了上官乐的手，轻轻地一拽，小声说：回，咱妈叫你回家哩！

有股压抑不住的义愤，正在上官乐的胸膛里奔涌，使她根本无暇考虑别的什么了。什么新娘子呀，什么初来乍到呀，什么被人戳脊梁骨指骂呀，等等等等，都去见鬼吧，上官乐才不要去思量呢。她只觉得眼下的事，太不人道、太不近人情了，令人气愤，让人看不过眼！她要说哩，她不说出来，肚子里的气愤要把她憋炸了的。于是，她头也没回，只是把谷天明抓她的手一拨拉，又照着她的思路说上了。

上官乐说：甭拉我，等我把这里的事弄清楚了。

谷天明说：咱爹他们都来了。

上官乐说：来了好，让咱爹他们来说这个理。

隐忍着的谷天明，万万没有想到新媳妇上官乐竟会当着全村人的面给自己来这一下。他虽说是学生出身，接受了一些新知识、新观念，可他毕竟生在农村，长在农村，打小被灌输了许多农村的观念和意识。背过人，上官乐可以对他颐指气使，怎么敲打他，踩踏他，他都可以忍受，可这是在稠人广众面前，他觉得这太过分了，是不可容忍的，简直是把他作为丈夫的颜面撕下来，血糊刺拉地扔在地上拿脚踢呢。是可忍，孰不可忍！脸色一时就涨得像猪肝一样的谷天明，在众目睽睽之下，去拽上官乐的那条胳膊伸出去不是，收回来也不是，气恼地结结巴巴地数说上官乐了。

谷天明说：你……你这是弄啥哩嘛，啊？村里的事，自有村……村里人管哩么，哪轮得上你一个新……新媳妇来说话？

上官乐扭过头，盯着谷天明，似乎忘记了他是刚刚和自己拜了天地的丈夫，冷冷地一笑，说：怎么，新媳妇就没说话的地方了，啊？你把我当成啥了？是旧社会的小媳妇吗？当成缠着小脚，顶着头帕，只能做饭生娃、不能发言的傻瓜蛋吗？

谷天明万万想不到上官乐会这么泼辣蛮横。他想再说上官乐几句的，却试了试，怎么都张不开口。

上官乐是不管不顾的，她照着自己的腔调继续说着：你说得好听，很好听，村里的事自有村里人管哩。谁呀？人呢？管事的人到哪儿去了？为什么不承头管呢？难道说当了村里的干部，就只知道领补助不管事吗？既然不见来人管，为什么我就不能出来说话？天底下有这号理吗？告诉你谷天明，你到旁边悄着去，少来给我指手画脚。你该知道的，地不平自有人铲，事不平自有人管，走到天涯尽头都是这个理。

瞪着一双圆鼓鼓的眼睛，上官乐因为激动和愤怒，瓜子形俊俏的脸儿涨得通红，像是点燃的红灯笼；弯弯的黑黑的眉毛扬起来，几乎要飞到脑门上去；两片红润的薄薄的嘴唇迅速地翕动着，话说得又快又急又响，简直就如练武场上连射的机枪子弹。可爱激愤的上官乐，一只手叉在腰间，挺着胸膛，愤愤地倾泻着她的不平。连珠炮似的说完了，连她自己也没想到，在这样的场合，她会一下子说了这么多，更不会想到她的这些话都刺伤了什么人。仅仅是新婚的女婿谷天明吗？她不是把她的公公谷大房也拉进去数说了么？

寂静，围成一圈的人群呈现出可怕的寂静。

谷天明惊得眼睛睁大了，鼻子歪了，嘴巴斜了，他感到难堪，更有一种羞辱。他双手颤抖着，不知道该说什么，该做什么。是继续叫上官乐回去呢，还是自己扭身走掉？

闪开！闪开！

人群外响起了低沉而威严的说话声。听到那声音，拥挤的老汉、婆娘和女子，倏忽让开了一条通道，他们纷纷循声拧过头去，他们知道是什么人来了！

啊啊！就看新娘子上官乐今日弄下的事怎么收场吧！

威严的说话人，正是村支书兼村长的谷大房，他迈着稳健的步子走来了。

身材高大而结实的谷大房，肩背上依然披着他新挂的那件宁夏九道弯的羊羔皮袄，皮袄的两襟向外敞开着，翻出白生生的弯弯曲曲的雪绒绒的长毛来。他走来的脚步坚实而有力，既不匆忙，也不拖沓，一副沉沉稳稳的架势。别说是谷门坎一个人的横死，就是天要塌下来，他也顶得起来。他的脸膛上，除了有对谷门坎突然亡故的悲伤之外，别的什么都隐得很深，一时半刻还看不出来，好像他儿子谷天明新娶的媳妇上官乐刚才那一通大不敬的话还没传进他的耳朵似的。不过，在谷寡婆村生活了许多年的人，细心一点的，从谷大房阴郁的脸色上还是看出了一些端倪，料定他把他家新媳妇近乎挑战他的话，一字不落地听下了。

这样的猜测是有道理的，不然，谷大房那浓重的向下垂着的眉梢不会微微抖动。他的那双锐利的、深沉的眼睛里，有种难以掩盖的东西，正不动声色地四散着，令人感到可怕而心悸。

突然，一切都来得那么突然。

谷门坎的死那么突然，退休干部谷冬梅自掏腰包支应运送尸体的交管同志那么突然，儿媳妇上官乐站在人群中指斥村干部那么突然……一个连着一个的突然，又都突然地横亘在村支书兼村长的谷大房面前，他不多想是不可能了。这是对他的挑战吗？对，公然的、肆无忌惮的挑战呢！在谷寡婆村，谷冬梅发展培养了他，他感激着她，可那都是过去了。她退休回来，只要她不触动他，他会敬着她，像敬奉在祠堂里的谷寡婆一样敬着她，但这是有一个前提的，前提是她不要多事，绝对不要！资历深、威信高是谷冬梅在谷寡婆村里的优势，但她应该知道，她已是明日黄花，谷大房是谷寡婆村当下的村支书兼村长……他气恼着谷冬梅，心里想：你退休还有钱拿，钱多得烧手了，拿你自己的钱支应运送谷门坎尸体回村的交管同志和汽车司机？你尽管支应去好了，你不心疼你的钱，我又替你心疼的啥呢？好了，你逞你的能，我一时不能在众人面前打你的脸，我忍着，咱们以后走着瞧。谷大房气恨着谷冬梅，暂时还不敢和她翻脸，但是初嫁到家门里的上官乐，你凭什么撂大话，也来挑战你公公我的权威？你是我的儿媳妇哩，你都不把自己放在秤上称一称，你有几斤几两？

谷大房在心里发着恨：哼！碎崽娃子上官乐，你也太不知天高地厚了吧！

从大家让开的过道走进人群中心，谷大房瞥了一眼血身子的谷门坎。本来，他还想把谷门坎初婚的新娘子惠杏爱也看一眼的，但他的儿媳妇上官乐和九先生谷正芳的儿媳妇任喜过都和惠杏爱在一起，他就抬高了自己的眼光，从她们三人的头顶扫了过去。一只手拽着呼呼抖着的九道弯羊皮袄，另一只手抬起来，老练而极有气势地向下一压，眼光向着眼前的庄稼人徐缓而威严地扫过。待一切抽泣、唏嘘和窃窃私语都消失了后，他咳嗽了一声，才高声地发话了。这是谷大房在村里长期任村支书积累下来的能耐，说起话来头头是道，滴水不漏。曾经的县级三干会，作为村支书和村长的谷大房参加了，别的人把头仰得像鹅一样，听一阵领导的报告，低头在笔记本上唰唰记几笔。谷大房不识字，记不了笔记，就低了头听，听的时候还和左右听会的干部交头接耳几句。可你放心，回到村里传达的时候，一句都不会走样，原原本本地记在脑子里，再掏给大家伙。他等围成一圈的人安静下来后，又停顿了片刻，这才大声说开了。

谷大房说：刚才，谷冬梅拿她的钱把送门坎回来的汽车打发走了。谷冬梅有钱么，她掏那点钱没啥。即便这样，也是要感激人家哩！作为支书和村长，这是我的责任呢！我来迟了，没有尽到责任，这是我的不对，我检讨。

谷大房啥时候这么说过话？这是新鲜的，但也有他的深意呢。他之所以用这样的话作开场白，很明显，他是说给谷冬梅听的。敲山震虎，他有必要说这一段开场白。下来，他就要向拥围过来的谷寡婆村的群众说了，当然还有他高低不分、贵贱不明的儿媳妇上官乐。

谷大房说了：本来，门坎的事怎么办，村上干部应该讨论研究一下的，可这是磨盘压手的事，我没时间讨论研究。我是支书、村长，上级把我放在这两个位置上，我就把事拿了。我的意见是：第一，谷门坎的尸首应该停放在哪里，传统的习俗有没有道理，不是今天讨论的。破“四旧”破了许多年，咱们老祖宗的祠堂也被破了，咱们现在不是又建起来了吗？什么是“四旧”？我算是糊涂了，说不亮清了。我的意见呢，谷门坎的尸首不能进家门就不进吧，让他到谷寡婆祠里报到去！咱们谷寡婆村没有杂木楔子，都姓谷，姓谷的谁不去给谷寡婆报到，谁就不是孝子贤孙。谷门坎是在咱谷姓人家眼皮下长大的，大家有眼看得见，他是孝子，更是贤孙。第二，门坎家的难场，咱们大家都知道。本来就不宽裕，才又娶了媳妇，经济上的困难是一定的。现在，虽说地分了，一家过一家的日子哩，可咱都是谷姓人家啊！咱谷姓的老传统不能丢，我是村里说话的人，要我说，咱们也都拿出点谷姓人家的感情来，一家有事全村忙。

谷大房一口气把话说完，看着拥围在一起的庄稼人，又强调了一句：大家有啥意见没，啊？有了就说。

静静的，没有人吭声。

谷大房又说：没意见？没意见了就好。我就像过去一样派活了。他喊叫着：克明，你叫你三爷、七哥，还有栓栓，都扛上家伙到官墓地里去打墓。有有，你给咱带上几个屋里人，这几天在门坎家操持一下，要磨面了就磨面，要蒸馍了就蒸馍。四伯，你外头人熟，出去给咱寻棺子，尽量少花钱，但棺子的质量要保证，不能只是个薄皮皮，能成不？他喊叫着九先生：九先生呢？给九先生传话，揭两张白纸，给门坎写两副丧联。好了，都散了去吧，谁出工我知道，给你记着哩，今后我在义工中扣。

谷大房指派着村里人，没人不听，没人不从。就在他身边站着的二娃媳妇上官乐，差点能戳进他的眼睛，他却视而不见，只管安排事情。上官乐很想公公谷大房也给她安排个事情，却没有，她就愣愣地听着公公谷大房对村里人高声大气地安排，自己的脸便毫无理由地红了。

上官乐觉得，她有点佩服这个说话霸蛮、行事霸道的公公了。

好，知道脸红就好。谷大房说话时，虽然没正眼瞧咋咋呼呼的儿媳妇，但他仅凭眼角的余光，已把初婚仅几日的儿媳妇上官乐看了个明白。待他把该说的话都说了，把该安排的活路都安排了，才扭回头来，声音不大，却一字一句像铁钉铁铆一样，砸向了上官乐。

当然，谷大房向上官乐铁钉铁铆地砸话时，艺术地拐了个弯，冲着他的儿子谷天明说：没事了，你们都给我回去。

听到谷大房指派的人，没有人还嘴，全都自己履行自己的职责去了。拥围的人群，没有受到实际指派的人，就都准备搬抬谷门坎的尸体去谷寡婆祠。有人应着谷大房的话，说他去找九先生，给谷门坎写白头联。

上官乐还好意思在这里逞能吗？她不能了，她拿眼睛去找叫她回家的女婿谷天明，却发现他没有再拽她，甚至给她招呼都没打，就先一个人挤出人群走了。小心眼儿！上官乐在心里说，抬手在悲苦着的惠杏爱肩上轻轻拍了两下，就也朝着谷天明走的方向撵了过去。

支应走了交管同志的谷冬梅，听着谷大房的一通说道，她不露声色地笑了。她承认谷大房的安排是妥当的，但又觉得太简单了，就是不和她商量、不和村里的干部商量，也该到谷门坎的头门里去，与他家的两位老人商量一下。

谷冬梅这么想着，她已抬脚往谷门坎的家里进了。

恰在这时，从谷门坎爹娘住着的上房里传来谷门坎的弟妹们撕心裂肺的号哭声。他们在哭娘亲贾桂仙。

长一声哭喊的是谷门墩：妈呀——我的妈！

短一声哭喊的是谷门环：妈！妈！妈！妈呀！

不长不短稚嫩的声音哭喊的是谷门栓：妈妈！妈妈！

谷冬梅的脚步加快了，可她走得再快，也叫不醒贾桂仙了。贾桂仙的儿女们叫不醒他们亲爱的娘亲贾桂仙，谷冬梅又能如何呢？她前脚刚踏进贾桂仙和她丈夫谷敬勤居住的上房门，就失魂落魄地大喊起来。

谷冬梅喊叫着：桂仙！桂仙！

听到头门里的哭叫和呐喊，拥围在谷门坎尸体旁的谷寡婆村人，又都心慌肉颤地往头门里拥。

第十三章

轰隆隆……轰隆隆……一列火车自东而来，向西而去；轰隆隆……轰隆隆……一列火车自西而来，向东而去。

陇海铁路线上的绛帐火车站不是很大，也不是很小，过不了多长时间，就有一列满载着煤炭或者木材的货运列车呼啸而过，夹杂其间的，还有绿皮的客运列车，吭吭哧哧地驶来，或者停，或者不停，又吭吭哧哧地驶了去。就在火车站北边的塬坡上，坐落着惠杏爱读书的绛帐中学。这一天，惠杏爱像同级毕业的学生一样，从家里骑着自行车到学校看榜来了。

农村的学生，说是休暑假，其实与不休暑假一个样，他们没有集体组织的夏令营，也没有自发组织的社会活动，他们有的是老师布置下的永远都做不完的假期作业和家里永远都做不完的杂活。惠杏爱的爹娘喂了三头壳郎猪，瘦嘎嘎的，正扯条子，各有一副怎么吃都吃不饱的下水。惠杏爱晚上做暑假作业，白天给三头壳郎猪拔猪草，天天拔，她的两只手都被鲜嫩的草汁染成绿色的了。

惠杏爱偷藏着绿色的双手，到学校贴着高考红榜的大照壁前，站在熙熙攘攘的同学后边，在红榜上瞄。她只淡淡地瞄了一眼，就发现自己落榜了。

只差了一分啊！

唉唉唉，眼泪在眼眶里打着旋儿，惠杏爱轻轻地跺了一下脚，转身就从学校大门走出来。走不多远，就到了双轨并列的火车道边，恭呆呆地数着过往的火车。复习再考，复习再考，火车飞驰的铿铿声，在惠杏爱耳腔里全都转换成了这四个字。但她想着她的爹娘，自私自利的爹娘啊，他们能同意她复习再考吗？

专注地数着火车的惠杏爱，没有留意，有台小四轮拖拉机悄然地停在火车道一边，从驾驶座上悄然走下了油渍麻花的谷门坎。

谷门坎走近了惠杏爱，说：咋把手都染成绿的了？

惠杏爱扭过头来，她看见了媒人给她说下的女婿谷门坎。她没接话，脸却先自红了。

谷门坎说：得是数火车呢？

媒人给他俩牵线时，他们虽只匆忙地见了一面，惠杏爱还是把谷门坎深深地记下了。当时，谷门坎送了惠杏爱一个硬皮笔记本和一支铱金钢笔，说她在学校用得着。惠杏爱还了谷门坎一双手套和一方手帕。为什么还他这两样礼情，惠杏爱是不晓底里的，家里给她这么准备，她照样做就行了。不过她觉得非常好笑，因为她打心底里并没有想着以后真的能成为谷门坎的人，她还在读书，还要读到城里去，成为一个城里人。谷门坎能成为城里人吗？拗不过爹娘和媒人，惠杏爱与谷门坎相亲，她是当作演戏来做的。谷门坎从火车道边撵到她跟前，说她数火车，这不是奚落她吗？

惠杏爱几乎要愤怒了，说：我想卧轨死了呢！

谷门坎被吓住了，猛地跳到惠杏爱的对面，张开两条胳膊，挡住了惠杏爱的去路。正在这时，又有一列火车开来了，风驰电掣般向前而去，卷起的风浪，把谷门坎的衣裳吹得卷起来了，露出他黝黑的皮肤和鼓凸的胸肌。惠杏爱不知为什么，这时候低头抿齿，竟浅浅地笑了起来。

看着惠杏爱笑，谷门坎的心放松了下来。他说：到学校看榜去了？

惠杏爱点了点头。

谷门坎说：不理想，是吧？

惠杏爱又点了点头。

谷门坎就像他自己参加高考失败了一样，眉头皱了起来，很是坚定地说：你听我说，箭箭射进老虎屁股里，山里就没野虫了。别灰心，还有明年哩，又不是今年高考明年就不高考了。复习，你复习明年再考么。

在谷门坎慷慨的鼓励声中，惠杏爱抬起头来，头一次大胆地来看谷门坎了。她发现这个因为家庭困难早早放弃读书的青年，是那么理解她。她可以敞开心扉和他说话了。

惠杏爱说：我是想复习再考的，不知我爹我妈给不给我机会。

谷门坎说：这你放心，有我哩，我支持你复习再考。

惠杏爱想着他那困难的家，说：你拿什么支持我？

谷门坎手指停在不远处的小四轮拖拉机，说：看见了吗？那是我刚刚买下的，我没办法，小四轮拖拉机有办法。

有办法的小四轮拖拉机，支持着惠杏爱复习了一年。对她而言，虽然还没成功，但对谷门坎困难的家庭，却是起到了非常大的作用。一家人依靠谷门坎驾驶小四轮的收入，日子眼看着有了起色，并把她顺顺当当地娶进了家门。惠杏爱是眼见着谷门坎起早贪黑驾驶着小四轮拖拉机让他们家向着小康挺进的，可是，他自己却被他满怀希望的小四轮拖拉机无情地夺去了性命。

头门里门墩、门环、门栓几个弟弟妹子的哀号，惠杏爱听见了。他们凄惨的哀号，一声一声，像是横空飞窜的利箭，尖锐地刺痛着惠杏爱的神经。她不知他们在院子里哀号什么，面对横死的女婿谷门坎，几乎来不及理清思路，就又随着纷纷拥进她家的村里人，也慌脚慌手地跑进来了。

惠杏爱跑得趺趺绊绊，趺绊着一头闯进了公公婆婆居住的上房，扑到炕边上来。看到原先病卧着的公公谷敬勤坐着，而总是为了照顾公公坐着的婆婆贾桂仙却横躺着，惠杏爱就知道又出大事了！她双手一伸，拨开门墩、门环、门栓，摇晃着身子，匍匐在婆婆贾桂仙的身前，眼望着婆婆贾桂仙变得紫青的脸，呜咽着说话了。

惠杏爱说：妈呀，我被门坎吓着了！

惠杏爱说：我的妈哩，你可不敢再吓杏爱了！

惠杏爱说：杏爱胆子小啊！

谷门墩、谷门环、谷门栓兄弟姊妹摇不醒、喊不醒的娘亲贾桂仙，在惠杏爱轻轻的呜咽声里睁开了眼睛，甚至，她还用手掀开盖在她身上的棉被，拥住惠杏爱，含糊不清地给惠杏爱说话了。

贾桂仙说：妈……妈不吓……不吓杏爱。

惠杏爱任凭婆婆贾桂仙拥着她，她惊讶婆婆的力气，那双细如麻秆的胳膊，这阵儿竟然像有千钧之力，死命地钳在她的腰身上，微微地颤抖着。惠杏爱没有挣扎。

惠杏爱应着婆婆贾桂仙：妈——

婆婆贾桂仙紧贴着惠杏爱身子的头努力地向上抬着，一张脸完全仰了起来。啊！啊！那是一张什么样的脸呀！惠杏爱想，她今生今世是不会忘记了！

婆婆的脸是消瘦的，仿佛是枯木雕刻出来的一样，满脸都是皱纹，密集而深刻，像是一条条纵横交错的沟渠，盛满人世间的辛酸和悲苦。她和昨天夜里主持她们新娘子祭祖拜先人时太不一样了。那时，婆婆贾桂仙是谷寡婆村几十年的妇女主任，她刚强果毅，她干练智慧，主事有板有眼，纹丝不乱。现在的她，仅过去了一天一夜都不到，却突然变得这么衰朽，让人惊慌。满头的灰发，突然变白了，像霜，像雪，蓬乱着，颤晃着，根根如针，直扎人的心肺。她深陷在皱纹里的眼睛，一下子睁得那么大，那么圆，黑黄的眼珠子，几乎要从她红肿的眼眶里挣脱出来。那眼神，是那么痛苦，那么悲伤，充满切切的哀求与祈愿，又充满深深的留恋和希冀，同时，还有一种从深涧中无法解脱的挣扎和绝望。

婆婆贾桂仙张大了口喘气，说：杏……杏……杏爱哎！

那微弱的、胆怯的、就像从地缝中硬挤出来的呼喊，如同一把锋利的尖刀猝然间从惠杏爱的心头划过，使她柔弱的心，有了一阵无法言说的战栗。

婆婆贾桂仙说：妈离不了你哩，杏爱。

惠杏爱应着婆婆：妈——

婆婆贾桂仙说：你千万不敢走哩，杏爱。

惠杏爱应着婆婆：妈——

婆婆贾桂仙说：啊！妈咋这么没福哩？我看出来了，你是个好女子哩！妈想靠你多过些日子，可妈和你缘太浅，妈就要走……走了……你实在有啥解不开的疙瘩，你放心，有你冬梅婶婶呢，她……她……

惠杏爱不断地点头应着婆婆贾桂仙，却突然听不见婆婆唔唔哝哝的呢喃了。

惠杏爱叫着妈，她大声地叫着妈，但是任她怎么叫，都唤不回婆婆贾桂仙的一句话了。她看见婆婆的眼泪又一次涌出来。大颗的泪珠，像在染缸里染过了，是浑黄的，是浊红的，像断了线的珠玉，在老人家皱纹满面的脸上簌簌地滚落着。

惠杏爱的眼泪也涌出来了。

婆婆贾桂仙揽在惠杏爱腰际的手松了，缓缓地滑落下来，紧紧地闭上了眼睛，再多么不情愿，再多么不甘心，终究跟着她的大娃谷门坎一块儿去了。

刚刚号哭了一鼻子的谷门墩、谷门环、谷门栓都拥在惠杏爱的身后，眼里如惠杏爱一样，噙满了泪水。他们现在都不哭喊妈妈了，而是对着惠杏爱的背影，悲悲切切地呼叫着她。

傻憨憨的谷门墩扯着哭腔叫：嫂子！

一脸无助的谷门环也扯着哭腔叫：嫂子！

还有谷门栓，依然按着他的叫法叫：大姐！

惠杏爱自己没意识到，小弟谷门栓从惠杏爱走进上房后，就一步也没离开过她。他没有哭，而是那么惊慌地、胆怯地跟着她。很多时候，都是伸了手牵着她的后衣襟，生怕她会一下子消失了。他那圆乎乎润泽的小脸上，一双黑溜溜的圆眼睛，不停地惊恐地转动，仿佛是一头被恶魔追赶而受惊吓的小鹿，跟在惠杏爱的身边，依傍着她的力量，接受她的庇护。

谷门栓虽然不出声，眼泪却一滴都不少，在他哥谷门坎的身边哭他的哥哥，在他妈贾桂仙的身边哭他妈妈……他无声地哭哥哥，哭妈妈，嘴里叫着的却都是惠杏爱。

谷门栓一声一声地叫着：姐，姐，姐……

这一声一声的呼叫，是依赖，更是信任。先是女婿谷门坎死，再是婆婆贾桂仙亡，这个苦难的家庭，在这个苦难的时刻，不依赖、信任惠杏爱还能依赖、信任谁呢？当然，炕上还有瘫坐的公公谷敬勤，他是可以依赖和信任的吗？一个不能颠又不能走的老人，或许在精神上能起一些作用，其他的，就只有惠杏爱承担了。

惠杏爱把婆婆贾桂仙从她腰际滑下来的手臂，挨着婆婆的身子捋顺了，放正了，然后她抬起头来，双手下垂，把随在她身边的泪人儿似的小弟谷门栓揽进怀里。她觉得自己该说话了，但她不晓得自己该说什么，能说什么。恰在这时，跟着大家进到上房来的谷冬梅，抬手按在了惠杏爱的肩膀上。

谷冬梅说：天塌不了。

谷冬梅说：就是塌了，咱们一起扛，就一定扛得过去。

惠杏爱感觉到肩上谷冬梅手掌的力量，也感觉到了她说话的力量。初婚来到谷寡婆村，惠杏爱虽然还不能完全了解村里的情况，但对这位退休回村的县粮食局原局长谷冬梅，还是有所了解的。因为谷冬梅带头重修谷寡婆祠，因为她组织新娘子拜祖祭先人，惠杏爱的婆婆贾桂仙就给她多说了一些谷冬梅的事。她知道这位谷寡婆村把官做得最大的女人，像他们的祖先谷寡婆一样，也是非常传奇的。

1961 年春天，背河汉子谷狗剩在渭河边守着，他的身后，是他用渭河边的柳条搭起的一个窝棚。因为临着河，沙土里水分足，插在土里的柳枝，全都活过来了，生出郁郁葱葱的芽叶，不仔细看，还以为那窝棚是一簇丛生的沙柳堆。离柳枝窝棚不远处的沙梁上，还有几棵迎风乱舞的大柳树，柳树下起伏着几座大坟包，那是他们家的祖坟，他的爷爷和父亲都长眠在那几棵大柳树的树荫下。在谷狗剩的记忆里，他的爷爷是渭河上的背河汉子，到了父亲那辈，还是渭河边上的背河汉子。爷爷和父亲都去世了，轮到他，也在渭河边上做了背河汉子。父亲去世时间不长，还不到一年的时间。当时，父亲看上去好好的，不像有病在身的样子，父亲把谷狗剩从村里叫到渭河边来，和他一起搭了那个柳枝窝棚。躺在窝棚里，父亲给他交代，让他也来背河。父亲给谷狗剩说：渭河边上不能没了背河汉子。父亲这么给他说，怕他听不懂，就还给他解释：水能养人，也能害命。咱靠着渭河吃渭河，也要靠着渭河……最后的话，父亲还没说完，就毙命在他背了一辈子河的渭河边。为了父亲那句没有说完的话，谷狗剩想了许多个日子，直到那天孤坐在柳枝窝棚前，无精打采地望着眼前的渭河水，这就望见了一个红衣女子从渭河的对面涉水走了过来。

水能养人……谷狗剩的年龄不小了，三十六七岁的人，看上去有五十岁。不是父亲临终交代他，他是不会在渭河边背河的。这个职业没能使他的爷爷过上好日子，没能使他的父亲过上好日子，轮到他了，又能背出什么前程呢?

谷狗剩是不抱任何希望的，因为他到现在还是一个光棍汉。人常说，一个人吃饱，全家不饿，所指的就是他们这些光棍汉。在那个特殊年代，越是光棍汉越吃不饱饭。父亲的遗言把谷狗剩拉扯到渭河边接班背河，别的不说，把填饱谷狗剩肚子的问题倒是暂时地解决了。

没有果腹的粮食，谷狗剩可以在河边的死水洼里捉青蛙来吃，运气好时，还能摸到一两条小鱼或是一两只老鳖，谷狗剩就能煮了大快朵颐。

这天夜里，丝线缕缕地落了一夜春雨，天明后，谷狗剩抬头可以清晰地看见一线黛色的南山。他下到渭河的浅水里，一会儿工夫，就摸到了两只三四两重的鳖，还摸了两条三四两重的鱼。他撅了一根芦草，拴住鳖腿，吊着鱼嘴，提溜着回到了柳枝窝棚，架起锅，生上火，来烹煮鱼鳖做早餐了。

也许是谷狗剩心有所想，架火煮鱼鳖时，忍不住还哼唱起秦腔《柜中缘》里的一折：

许翠莲来好羞惭，
悔不该门外做针线。
那相公进门有人见，
难免过后说闲言。
说奴长来道奴短，
谁人与我辩屈冤。
这才是手不逗红红自染，
蚕作茧儿自己拴。
无奈何我把相公怨，
你遇的事儿本可怜。
你不向东走来不西窜，
偏偏来到我家园。
我本是女孩儿人家心肠软，
怎忍把你往外撇
……

旺旺的火在锅底烧着，鱼和鳖在沸腾的水里滚着，柳条窝棚充溢着鱼鳖烂熟的香气。谷狗剩哼唱着秦腔，不无满足地吸着鼻子，把锅底的旺火退了退。他到窝棚边上来，一边等着鱼鳖汤锅凉下来，一边无所事事地张望一夜春雨后河水稍涨了一些的河面。红衣女子就在这个时候挽起裤腿，试探着下到了渭河里，往河的这边走过来了。

红衣女子低估了渭河的神秘莫测，不是背河的汉子，很难涉水横渡。

浑浊的河水里，你不知道哪里有漩涡，更不知道哪里有巨石，你不知深浅、不知流急地走在河水里，一脚踏不实，就有被河水冲走的危险。涉水横渡的红衣女子是谁呢？她是渭河边上长大的吗？她晓得渭河的神秘莫测吗？谷狗剩看着漫漫河水里的那一点红，几乎忘了他烹煮在锅里香气四溢的鱼鳖，眼睛眨也不眨。

背河汉子谷狗剩，虽然没有背河的爷爷和父亲有经验，可也继承了家族的传统，积累了许多这方面的常识。红衣女子下到渭河里，涉水没走几步，他就看出这不是个习水的人，踉踉跄跄的，没有一步能走稳。谷狗剩在心里惊呼起来了。

谷狗剩在心里刚惊呼一声，便见渡河的红衣女子扑趴在河水里了。

还好，红衣女子扑趴下去的地方，水还是浅的，她在水里扑腾了两下，挣扎了两下，又站了起来。她的衣裳湿了，头发也湿了，可她还不退回河边去，站起来又向渭河这边走来了。她怎么就不呼叫谷狗剩背她呢？冬春交接时节的渭河水，虽然行不了船，但可以凫水过河，可那必须是识水性的人。不识水性的人，都是要背河汉子来背的。谷狗剩接了父亲的班，在渭河边背河，什么样的过河人他都见识过了，却没有见过红衣女子这样的过河人！她是不要命了吗？谷狗剩看着在河水里挣扎的红衣女子，心没来由地抽紧了。他不等红衣女子呼唤他了，他想这是他的职责呢，背河汉子神圣的职责啊！他不能看着那孤单的女人，在春汛初起的渭河水里独自挣扎，弄不好，再往河心接近，脚下一趺绊，她会再次倒进河水里。那时就迟了，她不能再爬起来，她只会顺水而去，沉沉浮浮，丢了性命。谷狗剩撒开脚丫子，边从他的柳枝窝棚前往渭河水里扑边解着他的衣服扣子，解开一件，脱下来往河滩上扔一件，到他双脚踩进渭河水里时，他把身上的衣服脱得只剩了一条短裤。赤裸上身的谷狗剩，向着红衣女子奋勇地涉水而去了。

渭河水被谷狗剩踩得又碎又散，飞溅起来，弄湿了他裸露的肌肤和脸面，他顾不得去擦，更加奋勇地向红衣女子飞扑。渭河水好像无数顽皮的野兽，黏着红衣女子直往她的身上爬，起先只爬到她的膝弯上，一会儿就爬到她的大腿根，呼啦啦又爬到她的腰眼上了……谷狗剩喊叫着她，不让她动，说他背她过河，可她像没长耳朵一样，还在往河心的急流中跋涉……湍急的渭河水，已经爬到红衣女子的肩胛窝下了，奋勇接近她的谷狗剩，只要再向前抢一步，就能抓住红衣女子，可是，他向前伸着的手，只在红衣女子的眼前晃了一下，还没能抓住她的手，红衣女子就被河水冲得转了个身，再次倒在河水里，被河水冲卷着向下游而去。

谷狗剩没有迟疑，也顺着水流迅速地向红衣女子游了过去。

红衣女子得救了。

谷狗剩把水淋淋的红衣女子从渭河滩上抱进了他的柳枝窝棚，放在他的床铺上，双手使劲地挤压着她的胃部，把她喝进肚子里的渭河水一口一口地挤压出来。吐尽了喝进肚子里的渭河水，红衣女子睁开了眼睛。她没有去看救了她的谷狗剩，而是翕动着鼻翼，说了她醒来后的头一句话。

红衣女子说：香哩！真是个香！

谷狗剩就把香香的鱼鳖汤舀了一碗，捧到红衣女子的嘴边，让她香香地喝了。

红衣女子香香地喝了一碗鱼鳖汤，似乎并不满足，手指着热气腾腾的鱼鳖汤锅，眼望着热气腾腾的鱼鳖汤锅。谷狗剩二话没说，接过她喝得见底的汤碗，让红衣女子又连喝了两碗。在红衣女子似乎仍未喝饱还要继续再喝的时候，谷狗剩拒绝了。

谷狗剩说：不是我舍不得，是你饿极了，饿极了的人可不敢一次吃得太多，吃太多是会要人命的。

红衣女子笑了，笑出了一脸薄薄的红云。

谷狗剩见红衣女子的衣服都湿得滴着水，粘在她的身上，把她凹凸有致的身形一览无余地表露了出来。红衣女子羞红了脸，是因为谷狗剩说她吃多了；这时谷狗剩的脸烧起来了，他知道自己羞红了脸，全因为红衣女子湿衣包裹的身形……谷狗剩不敢多看红衣女子，从他柳枝窝棚里的一口柳条箱笼里拣出一身他的干衣裳，丢在柳枝窝棚里出去了。

站在柳枝窝棚外的谷狗剩说：你甭弹嫌，把你的湿衣裳换下来，晒干了再穿。

红衣女子没应声，但谷狗剩听得清楚，她在柳枝窝棚里窸窸窣窣地换着衣裳。

渭河的对岸，恰在这时走来两个急于渡河的女人，一个是邻村的，谷狗剩认得人叫不出名字，一个不是别人，正是谷寡婆村里的贾桂仙。她们在河对岸一喊叫，谷狗剩便放下柳枝窝棚里的红衣女子，涉水去了河对岸，背她们过河了。

谷狗剩在两个女人的相让下，先把邻村那个女人背过河，再去河对岸背贾桂仙。贾桂仙那个时候嫁入谷寡婆村没一年，身上穿的也是新嫁娘才穿的红衣裳。谷狗剩专心于他的背河职责，没有注意他的柳枝窝棚那儿正在发生着变化。贾桂仙的眼睛尖，她看见了，只等谷狗剩背过了邻村女人再过河背她时，她指着谷狗剩的柳枝窝棚问他了。

贾桂仙说：狗剩哥哎，你看你窝棚那儿！

谷狗剩顺着贾桂仙的话回头去看，他看见柳枝窝棚前的红衣女子换上了他的寡颜失色的青布裤褂，把她湿了的红衣裳往柳枝窝棚上晾晒着。谷狗剩看得眼热，他没说啥，脸像他看见红衣女子湿衣裳包裹下的身形时一样，又一次腾地红了起来。

贾桂仙说：狗剩哥脸红了！

谷狗剩说：谁脸红了？啊，我脸不红。

贾桂仙依着辈分是不该开谷狗剩玩笑的，而且，她本来也没开谷狗剩的玩笑。贾桂仙的娘家与谷寡婆村隔了一条渭河，她回门熬娘家，再从娘家回婆家，都要在渭河上打来回。夏天水丰的时节，是谷狗剩划着船接送她；冬春枯水时节，就干脆由谷狗剩背着她来回了。人都说，背河的汉子骚，姑娘媳妇上了身，他背到河心里是会要笑她们的，轻者抠她们脚心挠她们腰，惹她们发笑扭摆，再更紧地搂抱背河汉子，占姑娘媳妇的小便宜；严重者，背河汉子要抠姑娘媳妇不敢说、不能说的地方呢！贾桂仙伏在谷狗剩的脊背上，来回地在渭河上不知过来过去了多少回，谷狗剩规规矩矩的，从来没有骚扰过贾桂仙。贾桂仙感激着谷狗剩，知道他三十大几的汉子，还没成家立业，就还为他着急哩。

贾桂仙说：狗剩哥娶了嫂子？

贾桂仙说：狗剩哥娶嫂子该给人家说的呀！

贾桂仙说：嫂子她好看吧？

快人快语的贾桂仙等不得谷狗剩还嘴，一连串欢欣鼓舞的话，把谷狗剩说得差点背过了气。他的脸色持续地红着，一直红到了脖子根。

谷狗剩心虚心慌地说：快不敢胡说。我一个光棍儿，怕人胡说哩。

贾桂仙却还不依不饶，说：我胡说了吗？

贾桂仙说：我长着眼睛哩。

贾桂仙说：眼睛能骗我？

谷狗剩背对着贾桂仙，把身姿往下压了压，那是他让贾桂仙上他身子背河的姿态呢。他怕贾桂仙一声接一声地说，不知道还会说出什么话，就瓮声瓮气地半是气恼、半是欢愉地说贾桂仙了。

谷狗剩说：话就多得很！我只问你，你是过河呀还是不过了？

贾桂仙咯咯咯咯地乐了起来，双膝往谷狗剩的脊背上一跪，让谷狗剩揽住她的腿，她的手又一边一只搭在谷狗剩的肩上，让他轻轻巧巧地把她背过了河。

过了河的贾桂仙却没急着回村里去，她到谷狗剩的柳枝窝棚边来，牵了晾晒衣裳的女子的手，把她拉到一旁固沙护堤的一片柳荫里去，和她掏着心窝子说话了。贾桂仙问了女子的籍贯，还问了女子的年龄和婚姻。鱼鳖汤使女子缓过劲了，但还是虚弱。半晌，她没有正面回答贾桂仙，只说她肚子饿，想要给自己找个饭碗，让她不再挨饿就行了。贾桂仙听得懂女子的回话，她乐了，问女子刚才可是喝了鱼鳖汤。女子点头说她喝了三大碗，不是谷狗剩挡，她会把他烹煮的一锅鱼鳖汤都喝了去。贾桂仙就更乐了，就问女子：鱼鳖可新鲜？女子说：新鲜，好喝。贾桂仙就很畅快地说了：那不就是你要找的饭碗吗？

女子的眼睛睁大了，说：他没有女人？

贾桂仙说：没有。

女子说：怎么没有呢？

贾桂仙说：缘分没到，你来了，缘分就到了。

两个年龄相仿的女人，在春天嫩绿的柳荫里，说得可真是投机。女子遇见了贾桂仙，像遇到了前世的姐妹，她扑到她的怀里，抱着她，无声地啜泣。贾桂仙拍着她窄小的背脊，给她说了：咱们女人呀，谁不嫁人呢？在哪儿嫁不一样？闹饥荒的日子，把人逼的，离乡背井到处找饭碗，这不丢人。听我说，我们谷寡婆村的老祖宗，她就是个女人哩！老人家当年沿着渭河走，没人知道她从哪里来，要到哪儿去。她走到咱这儿，走不动了，跪在渭河滩上，生了一个孩子，一代一代，种麦子种玉米似的，在咱这儿留下了种子，有了咱们这个谷寡婆村。你说老祖宗在渭河滩上干啥呢？不也是给自己找饭碗吗？这两年，四川的女人、甘肃的女人，有不少寻到渭河滩上来给自己寻饭碗哩。算你缘分巧合，遇上了谷狗剩。他是渭河里的一只船，船有河水养着，渭河的水不断流，就饿不着他；他饿不着了，你也就饿不着，你就有饭碗了。女子听着贾桂仙说话，把她听得脸红耳烧，她悄悄地来问贾桂仙了。

女子问：刚才你说啥来？咱们村的老祖宗……是谷寡婆？

贾桂仙说：和谷狗剩成了亲，你还要去祭拜她老人家哩。

女子就很高兴了，说：我也姓谷，我叫谷冬梅。

没有惊动谷寡婆村太多的人，遇事好拿主意也能拿主意的贾桂仙，与谷冬梅走出柳荫，回到谷狗剩的柳枝窝棚前。也不和谷狗剩商量，就让谷冬梅把她晾晒干了的红衣裳再换上，指拨着他俩先给沙岗上谷狗剩的爷爷和父亲的坟堆磕头，接着又指拨着他俩给奔流不息的渭河磕头，最后还指拨着他俩相对而拜，并大声而严肃地告诉他俩：饥荒的日子，就不要那些客套了，你俩患难相遇，是天大的缘分，希望你们相亲相爱，白头到老。

谷狗剩可能是欢喜得过了头，他用手猛拧自己的大腿，一边拧一边说：我是做梦吗，啊？我是做梦吗？

贾桂仙在一旁欢喜地说：你们把天地都拜了！

谷狗剩便高腔大调地喊：我成家了！我成家了！

谷狗剩大喊着扑向不远处的渭河，在河水里像是一条戏水冲浪的鱼儿，把一河水折腾得散散碎碎……他在河水里折腾乏了，就躺在河水上，像是躺在一张又长又宽的棉花床上，睁眼仰望着白云悠悠的蓝天，他感到这个饥饿的日子，天空却是那样明净空阔，太阳也是那样明媚温暖。

在河水里折腾了好一阵儿，谷狗剩爬上岸来，这时候，给他主持了田野婚礼的贾桂仙已经不见了踪影。他回到柳枝窝棚前，发现和他拜了天地的谷冬梅也没闲着，她在一河滩的柳树林里，捡拾落在地上的枯柳枝。她捡得可真快呀！谷狗剩的眼睛在柳树林里捕捉到她时，她已捡拾了一大捆，背着向柳枝窝棚走来了。

贾桂仙说到做到，第二日黄昏时分，她把她压箱底的一件红衫子和一件阴丹士林的蓝裤子包在一个包袱里，拿到谷狗剩的柳枝窝棚来，让谷冬梅换了，又交给她一个装着五谷杂粮和五色干果的枕头，带着她去了谷寡婆祠。贾桂仙按着祭祖拜先人的老规矩，一丝不苟地教谷冬梅拜了谷寡婆。

就是这个祭拜老祖宗谷寡婆的傍晚，贾桂仙发现谷冬梅的身子有些笨，就悄悄地问了她，问她可有身孕。谷冬梅没有点头，没有说话，但也没有否认。果然，六个月后的一个晚上，谷狗剩跑到村里来，把贾桂仙叫到渭河边他的柳枝窝棚里，为谷冬梅接生了一个男婴。

贾桂仙给谷狗剩说：生到谁的炕上就是谁的娃！狗剩哥哎，你听到了没？

谷狗剩三十五六岁了，没费力气白得一个小子，他能说啥呢？他脸上看似平平静静，心里却高兴着哩。

谷狗剩应着贾桂仙说：我听见了。

谷冬梅和贾桂仙的友谊就这样深深地结了下来。在谷寡婆村，她俩成了一对风吹不开、雨淋不散的好姐妹。贾桂仙比谷冬梅大两岁，谷冬梅当着人面就叫她姐姐，贾桂仙当着人面叫她妹妹。突然，好姐妹中的姐姐倒头去了，谷冬梅不比贾桂仙的儿女好受多少。关键时候，她是必须为这个困苦的家庭担些责任了。

惠杏爱从婆婆贾桂仙的嘴里已经详详细细地知道了她们之间的关系。因此，在她心慌意乱、毫无主意的时候，谷冬梅搭在她肩上的手，让她一下子想起了婆婆给她说过的话。她身子一转，顺势抱紧了谷冬梅，俨然抱住了一根擎天的柱子。

惠杏爱扯着哭声说：杏爱无能，全凭冬梅婶您了……

惠杏爱的话还有半句没说出来，却意外地听见院子里盛装柴油的大铁桶，被人凶巴巴地扳倒了，再被人用脚一蹬，轰轰隆隆地往头门外滚去。

第十四章

滚动柴油桶的人是谷中秋，大家都叫他“骚怪”，叫得时间一长，他的大名倒没人叫了。他矮矮胖胖的样子，三十开外的年纪，生铁疙瘩似的脑袋上长长的头发披散着，一绺又一绺，像是没能擀开的毡片儿，撇着的嘴角里，夹着一支带把儿的纸烟。一进惠杏爱的家，把他八字形的黑眉毛一拧，红红的烂眼眶的眼睛根本不向帮这个家操持丧事的众人看一眼，自个儿在院子里贼一样角角落落地搜寻着。他没看见让他稀罕的东西，只有立在墙角装柴油的大铁桶，让他还有那么一点兴趣。他便冷冷地笑着，走到半人高的绿皮柴油桶跟前，也不管里边有没有柴油，扳倒了只管往门外滚。

巨大的响声，使悲伤的人们吃惊而意外。

有人喊着问：骚怪，你这是弄啥呢？

土地分到户后，绰号“骚怪”的谷中秋，没心思耕种，草草地撒了一把种子就到绛帐镇上跑小生意去了。过两天，有人说他从广州倒腾来时髦的衣裳卖哩；再过两天，有人说他去口外倒回来牛羊卖哩……总之，他把自己的承包地荒着，撒进地里的种子长出苗子，苗子的间隙又长出了杂草，杂草和苗子就相互比赛着长，长得都分不清杂草和苗子了。谷门坎惨遭横祸，他听来绛帐镇赶集的人一说，当下就骑了他新买的一辆旧摩托车，突突突突开着回到谷寡婆村来，连他家的门都没进，端直到谷门坎的家里来，来滚谷门坎家为小四轮拖拉机准备的柴油桶了。他手扳脚蹬，把还有点柴油的柴油桶滚着。听到有人喊他，他一只脚踏住了滚动的柴油桶，扭回身来，寻找喝问他的人。

因为柴油桶里还留有柴油，因为柴油桶的盖子螺丝没上紧，停在“骚怪”脚下的柴油桶便汩汩地往出漏着油。在上房里悲痛着的谷门墩，听到柴油桶的滚动声，抢先一步跑出来，看到柴油桶不停地漏油，便慌忙上去拧柴油桶的盖子。傲慢的“骚怪”没把谷门墩当回事，他低头把谷门墩扫了一眼，就又抬起头来，依然在人群里寻找喝问他的人。

“骚怪”找不到喝问他的人，就红着眼睛在院子里的人群脸上急速地一转，把噙在嘴角的烟把儿吐在脚地，嘿嘿地笑了一下，说话了。

“骚怪”说：谁的钱都没有多余的，是吧？

“骚怪”说：就是有多余的钱，谁也不想打了水漂，是吧？

“骚怪”说：明人不做暗事。我把话挑明了说，年前时，门坎三一回、五一回地寻到我的门上来，说他急着使唤钱，娶媳妇用哩。人生喜事，莫过于金榜题名时、洞房花烛夜，我能不借给门坎吗？我给借了，借了三十块钱。事到如今，他倒是洞房花烛夜了，可我这钱向谁要去呀？没啥好办法，我这人忙，没时间好熬，要我看，干脆就是这个柴油桶了，顶我借给他的钱我还吃亏了呢！

“骚怪”说的话不是野兽，也没有长牙齿，却像野兽长了牙齿，把人咬着了，使满院子的人都吸了一口冷气，一齐愣住了。噤了声的村里人，心里都有一本账，他们中给谷门坎借过钱、借过粮的人不少，十块、二十块、三十块、五六十块，粮食一斗、两斗……现在，伸手借钱借粮食的谷门坎殁了，他的老娘贾桂仙也殁了，他们也在想咋办呢。还有，谷门坎为买这台小四轮拖拉机，是他和他老娘贾桂仙一起求的村支书谷大房，让他以谷寡婆村村委会的名义担保，在信用社贷了款的呢！“骚怪”说的话难听，可也是实情呀。唉唉，这可如何是好？他们家谁来担责还钱还粮呢？靠他们瘫痪在炕上的老爹谷敬勤吗？靠谷门坎的弟弟谷门墩、谷门栓和妹子谷门环吗？靠过门来不几天的新媳妇惠杏爱吗？他们谁是能够靠得住的人呢？过着庄稼人的日子，谁的家里都没有金山银山，都不宽裕，借出去的钱粮是时刻挂在他们心头上的。“骚怪”猛地跳出来，挑起了这个事头，现场的人立马就都想起自己的债权来。不过，他们也只是心里想了想，却没人说出自己的事，更没有伸手伸眼地转着去找顶欠账的物件。毕竟，人心都是肉长的，一个“谷”字掰不成两瓣儿，他们现时张不开那个口，伸不了那个手。只有“骚怪”这号没人味的东西，才会下手做那伤天害理的邪事哩！

轰隆隆……轰隆隆……柴油桶又在院子里滚动起来了。

不迟不早，谷梦梦赶在这时候，慢腾腾地出现在门口。

“骚怪”已经觉出了他的孤立，他想多拉几个人为他助阵，看见了谷梦梦，他便立马喊叫起来：梦梦，你也是来讨债的吧？

院子里的情况，谷梦梦并不知道，听“骚怪”这一喊叫，他有些蒙地问道：讨债？

“骚怪”说：对呀，讨债。你不是说谷门坎向你老子借了钱的吗？快往进走，看他家里有能顶账的，你就拿吧，迟了怕就赶不上了。

院门外、院门里站的都是人，谷梦梦以为来的人都像“骚怪”一样，是来找顶债的物件的。因此，他糊糊涂涂地问了一句：门坎家里还有啥好顶债的？

“骚怪”便进一步撺掇他，说：梦梦甭问了，先下手为强，就看你看上啥了。

跟在惠杏爱左右一直劝惠杏爱节哀的任喜过，在上房猛地听见有人喊叫谷梦梦，而且谷梦梦答应着喊叫他的人，任喜过不由得浑身一颤，急忙挤出上房来，只把谷梦梦和喊叫他的那人瞥了一眼，就把“骚怪”认出来了。滚动着柴油桶并喊叫着谷梦梦找物件顶债的“骚怪”，不正是前天晚上在她的洞房之夜与几个人要钱要赢她初夜权的那个烂眼吗？一股无名之火直往任喜过的头上冲，把她恼恨得牙齿咯咯地响着。她不顾一切地冲上去，拦在女婿谷梦梦和“骚怪”中间，咬着牙怒斥起“骚怪”来了。

任喜过把高耸的胸脯往起挺了挺，说：我知道你是“骚怪”。你知道大家为啥叫你“骚怪”？

谷梦梦不想任喜过得罪“骚怪”，张口要挡她：喜过。

任喜过回头瞪了一眼谷梦梦，转回来又把发狠的眼睛看着“骚怪”，说：你说呀，怎么不说呢？

“骚怪”哪里经过一个进村几天的新娘子这么数落，想要还嘴，甚至想要骂，却怎么也张不了口，把他憋得脸色发青，像是一个上了色的紫茄子。

村支书谷大房就在这个时候走进了院子，跟在他身后进来的是九先生谷正芳，九先生是听人传话，书写了一副丧联拿着来的。进到谷门坎家的院子，九先生把丧联交给还呆愣在任喜过背后的谷梦梦，给他说：都是谷姓人家，遇事了能帮一把是一把，不想帮了，也不要再生事。

九先生谷正芳说的是他儿子谷梦梦，针对的却是“骚怪”的耳朵。末了才给儿子谷梦梦说：化点面黏，把门口的喜联换下来。

谷梦梦有种从是非中解脱出来的轻松，他遵照老爹的吩咐，化面黏去换贴大门口的大红喜联去了。

大红喜联撕下来，白亮的丧联贴上去，这一喜一哀的变换，让谷寡婆村拥到谷门坎家里来的人仿佛做了一场梦似的，不约而同地阴下了脸。眼睛软些的人，特别是在场的婆娘女子，都不由自主地流起泪来。

任喜过自然也流泪了。她不流泪则已，这一流泪便把自己流得手冰脚凉，越流泪越多，怎么都止不住。

走进院子的谷大房，直直地走到“骚怪”的面前，把他直直地盯了好一阵儿。

谷大房说：你还知道脸红？好，知道脸红了就好，把柴油桶从哪里滚来的，再滚到哪儿去，立起来。

众人的目光，这时也都集中在了“骚怪”的身上。平日横着走路、邪着谋事的“骚怪”，原来也怕犯了众怒，他不再往门外滚柴油桶了，自然也不再蛊惑他人乱找物件顶债了。不过，他也没有听进谷大房的申斥，抛开踩在他脚下的柴油桶，斜着个肩膀，悻悻地向谷门坎家的大门外走去了。

目送“骚怪”走开的人群里，发出了一阵嘲笑的嘘声。“骚怪”听见了，但他却毫不在意。

“骚怪”不无丧气地说：借钱还钱，再借不难。我来讨我的债，倒讨得我没理了！

打发儿子谷梦梦去化面黏换贴丧联的九先生谷正芳，一直站在谷大房的旁边，他对谷大房撵走“骚怪”的做法是赞成的。都在一个谷姓的村子里生活着，是必须打击邪气而树立正气的。

九先生谷正芳由衷地说：人无仁爱之心，猪狗都不如。

九先生谷正芳说着话，从他的口袋里掏出了五张十元的人民币，往谷大房的手里一塞，说这是他上的礼，也可以说是他自愿捐助的：敬勤兄弟瘫在炕上，一猛子遇着儿子婆娘下世，他怕都要悲愁死了呢。多的我拿不出来，这一点钱是组织落实政策给我的，我匀出几个，给他应个急。九先生谷正芳嘴上说的，也正是他心里想的。有人找到家里来给他传话，说是谷门坎遭了横祸，想让他给撰写一副丧联。他心里悲哀着，在心里推敲着丧联的句子，差不多有了个比较成熟的腹稿，并且裁了纸，磨下墨，捉起笔就要写出来时，又有人跑到他的家里，说是谷门坎的娘亲贾桂仙跟着她的大娃也去了。噩耗连连，传到九先生谷正芳的耳朵里，让他的心激烈地震颤着，捉着蘸饱了墨汁的毛笔，僵住不动了。天爷爷啊！他们家这可怎么得了！九先生谷正芳在心里惊呼起来。他推翻了为谷门坎刚刚推敲好的那副丧联，又在心里为这对丧生的母子推敲着丧联了。一边认真地推敲将撰写的丧联，一边又想着他们家的难场，知道他们家出了这样的大事，正是用钱的时候。原来，谷门坎为娶媳妇，就从九先生谷正芳的手里借了五十块钱，可这又算什么呢？乡里乡亲的，口袋里只要有，借来借去掀日子，这是再平常不过的事情呢。九先生谷正芳想：不知他们家还张口不张？如果张口，他还是要借给他们的。所以，九先生谷正芳撰写好了丧联，卷了往谷门坎家去的时候，他把组织落实政策给他的钱，又取出五十元，准备着，到他们张口时就拿出来——咱可不能站在干岸上，看河里水涨水落。九先生谷正芳还真是准备对了，一进门，就听见“骚怪”胡叫乱喊的，而且又还缠着他的儿子谷梦梦。谷梦梦懵懵懂懂差点像“骚怪”一样做那不仁不义的猪狗事。九先生谷正芳肚子里的火气腾腾往上升，但他毕竟是有了阅历的文化人，他把自己的火气压着，巧妙地支走儿子谷梦梦，再看谷大房收拾“骚怪”谷中秋。这使他满肚子的火气消了许多，这才有了捐钱的义举。

因为九先生谷正芳的义举，被“骚怪”搅扰得极不正常的气氛有了根本的扭转。

谷大房手里拿着九先生谷正芳捐的五十块钱，一张一张从左手数到右手，一张一张又从右手数到左手。当了多年的村支书兼村长，谷大房心里从来没有像今天这样复杂过。他自信是个经得起事情的人，谷寡婆村过去不是没死过人，死了人自然都要他出面来安置，他想不出来有哪一次他安置得不好。可是今天，先有谷冬梅自掏腰包打发运送谷门坎回村的交管同志和汽车司机，接着又有谷正芳带头捐款，这让他这个村支书兼村长的人，心里很不是味道。他不知道，一位退休回村的县粮食局原局长，一位脱帽的右派分子，这么勇于出头，究竟是想做什么，仅仅只是表达他们的一点良知和正义吗？谷大房想不明白，但凭直觉，在谷寡婆村，许多事情都要改变了，他再一手遮天，可能将使自己大受难堪。

村支书兼村长的谷大房，在谷寡婆村从来都是稳坐钓鱼台的，他不怯“骚怪”谷中秋那样的货色，要想收拾他们，还不是一巴掌拍下去就让他们变脸失色、狼狈逃窜？但是面对谷冬梅和谷正芳这样的情况，他还敢一巴掌拍下来吗？

借给谷大房十个胆，他都是不敢的。

谷大房调整着自己的心态，左手右手地，哗啦哗啦把九先生谷正芳的义捐数了几遍，举起来在空中摇了两摇，说：大家看见了吗？患难见真情，九先生给咱们带了个好头，我没多的，但我也是要捐的。

这是谷大房深思熟虑后说的一句话。他说着从九道弯的羊皮袄里层摸索了一阵，摸索出了五块钱，并到谷正芳义捐的五十块钱里，又一次举起手来，在空中摇着。

乡村的事就是这样，瞎事、好事就怕没有带头的，有人带了头，瞎子也会跟上扑。譬如刚才，“骚怪”谷中秋的那一场折腾，就把大家的心折腾得怪怪的，包括谷梦梦，是有几个人想要学他以物顶债，在谷门坎家翻找物件的。“骚怪”谷中秋被谷大房撵跑了，九先生谷正芳带头捐了款，谷大房积极地一跟，拥在院子里和院子外的人，有许多也在自己的口袋里摸索起来，摸出十块的捐十块，摸出五块的捐五块，还有摸出两块一块的，就捐出一块两块。正应了“众人拾柴火焰高”那句俗话，到谷大房喊来村里的会计把零零碎碎的一堆钱清点出来，竟然有六百二十七块钱。

谷大房把捐款给大家报了个数，让会计拿着进了上房门，他跟在后面给谷敬勤交代，说都是乡亲们的一片心意，让他务必收起来。

咽了气的贾桂仙还在炕上躺着，谷敬勤六神无主地坐在她的尸首旁，看着会计送到他面前的一堆钱，红红绿绿的，他接也不是，不接也不是。都是因为太悲伤，都是因为太感动，终于忍耐不住，大张着嘴，像头老牛一样号哭起来。

谷敬勤哭着把他的手摇得像拨浪鼓，说：多谢……谢乡党哩！

谷大房劝着他，说：不谢，都是本家谷姓人。

谷敬勤哭着说：支书啊……我是没主意了，家里人，他嫂子刚……刚进门，其他几个都小，全凭你给拿主意了！我不要……不要钱，你看着把大娃和娃他妈两个埋进土……土里，就把啥……啥啥事都安下了。

谷大房想要应下来的，他也有责任应下来，但他在等一个人说话。这个人就是谷冬梅，而且她就在上房的炕边上坐着。她和贾桂仙好，谷大房知道，谷寡婆村的人都知道。她不说话，谷大房不会轻易应下来的。在这一刻，谷大房想，他刚才在头门口指派人打墓、指派人寻棺材板都有些造次了，莽撞了。

好像是谷冬梅猜透了谷大房的心思，她从自己的身上也掏出了五十块钱，加在会计拿着的一堆钱里，给谷大房说话了。

谷冬梅说：事出突然，敬勤家怕是啥都没有准备。我写了个条子，你让人到绛帐火车站去，找木材公司的李经理，我和他有些交情，让他给门坎和他妈批两副棺材板，拉回来，给门坎和他妈先把棺材打起来。

谷大房听着，脸上浮出些许不易觉察的得意：别说你是退休的县粮食局局长，别说还有个脱帽右派谷正芳，真到拿主意安置事情时，还是要咱谷大房承头哩。他很沉稳又很果敢地把安置谷门坎和他妈贾桂仙的丧事承担下来了。

谷大房对会计说：大家捐的钱你就先管上，咱们省着花，节约着用，恐怕还差着一点呢。你也不要担心，先从村里大账上支，支多支少记下来，事后咱们再斟酌。

抖擞了精神的谷大房，给会计发下话后，就把谷寡婆村里的人排了个队，谁去请木匠做棺材，谁又去扯孝布报丧，谁又去请乐人支帐篷……他差不多都理出头绪排好了队，才从上房出来，到院子里又给院子里的人安排事了。谷敬勤听着，号哭的声音弱了下来。

安排罢事情，谷大房再回上房来，问谷敬勤还有啥要他安排的。

谷敬勤的哭声是弱下来了，但还一抽一抽地哭着，不知道怎么给谷大房说。是感激他？是要求他？谷敬勤说不出话来。

谷大房就说了：人死不能复生，你哭两声就对咧。这几天事情多，我有事还要找你讨主意哩。

谷大房心里明白得很，知道他说的只是一句客套话。他说出来并没想取得谷敬勤的回答。他想到院子里去再做些别的安排，可他的话却神奇地牵动了谷敬勤的另一根神经，他把老伴贾桂仙头底下的那只红漆枕匣掏出来，捆在怀里，小心地抚摩着，像是抚摩老伴渐渐冰冷的尸体。别人有所不知，这只红漆枕匣可是贾桂仙的陪嫁物哩。她嫁进谷寡婆村的时候，怀里就抱着这个红漆枕匣。那时的红漆枕匣可是真新鲜啊，抱在新嫁娘贾桂仙的怀里，像是一块燃烧着的红火蛋儿，映红了一街两行迎娶贾桂仙的谷寡婆村人的眼睛。不是特别健忘的人，肯定还都记得红漆枕匣上描金绘彩地画了一对恩恩爱爱的鸳鸯。这只画了鸳鸯的红漆枕匣，端端正正地摆放在贾桂仙和谷敬勤的炕头上，让他俩同床共枕几十年。到如今，耳鬓厮磨，把他俩厮磨得花白了头发，也把红漆枕匣厮磨得少了许多颜色，竟使描金绘彩的鸳鸯几乎看不清模样了。

谷敬勤小心地摩挲着红漆枕匣叫住了谷大房。

谷敬勤说：支书哎，你先甭忙走，听我说句话。

谷大房把他抬起的脚又踏在上房的脚地上。

谷敬勤说：你和她冬梅婶都在，你们听我说，我不是能拿事的人，从来都不是。我原来是个浑全人时都拿不了事，如今瘫痪在炕上，就更拿不住事了。娃他妈这两天给我一再说，说她看不错的，他嫂子惠杏爱别看刚进门，准是个会把家的人。依我说，有啥事，你们和他嫂子惠杏爱商量就成了。

谷大房和谷冬梅的眼睛睁大了。

两个谷寡婆村里最具势力的人，不约而同地看了一眼谷敬勤，转过眼来，又都不约而同地去看惠杏爱，他们看见惠杏爱的眼睛同样睁得很大。

谷敬勤够不着把红漆枕匣交给惠杏爱，就顺手交到坐在炕沿上的谷冬梅手上，让她转交给惠杏爱。谷冬梅把红漆枕匣接到手，却没有立即给惠杏爱，她想着于她有恩的贾桂仙，想着这只红漆枕匣，知道这对于贾桂仙的重要。

贾桂仙曾经给谷冬梅说过她的这只红漆枕匣，当时还给她说过一句话。

贾桂仙说的那句话是：人生人，吓死人！

贾桂仙给谷冬梅说她的红漆枕匣和这句话时，正是谷冬梅生下她的儿子那天。贾桂仙说：咱们女人不就是守着个枕匣活人吗？此外就是给人间育苗子呢。这是老先人留下的理儿呢，你说是吗？谷冬梅不能否认贾桂仙的话，她不糊涂，当时她就听出来了，贾桂仙给她说的话，一半是说给她听的，一半是说给谷狗剩听的……谷冬梅抱着贾桂仙的红漆枕匣，一时之间，想得可是太多了。她当时正呼爹叫娘地生她儿子谷铁柱，把贾桂仙吓住了。贾桂仙是谷狗剩请到渭河边上他的柳枝窝棚来给谷冬梅接生的。嫁给谷狗剩的谷冬梅，早早地给谷狗剩生下一个小子。谷狗剩自己不知是该高兴还是该生气，跑回柳枝窝棚，看到谷冬梅浑身血水，在柳枝窝棚的床上绝望地号叫着，翻滚着，直到惨痛地生下谷铁柱。来接生的贾桂仙，给谷铁柱洗净了身子，包裹在谷冬梅带来的小衣裳里，让谷狗剩抱了，她腾出手来，再给谷冬梅洗身子。

谷冬梅是心虚的。贾桂仙拧了一把热毛巾，刚刚擦在她半裸的身上她就感觉到了。谷冬梅的身子怯惧地颤抖着，传染给了贾桂仙，她给谷冬梅擦洗身子的手也颤抖起来。

谷冬梅的身子颤抖着，是怕这个早早出生的孩子不被谷狗剩接受，那她和孩子就惨了。贾桂仙的手颤抖着，是因为谷冬梅的坚强：生孩子不早去医院，独自在荒寂的渭河边上挣扎，出了麻烦可怎么办？在谷寡婆村走得比较近的两个女人，用她们颤抖的身子和手做着激烈的交流。贾桂仙把一块热毛巾擦凉了，又从谷狗剩烧好的热水里拧一把毛巾，再给谷冬梅接着擦，小心地、仔细地把谷冬梅生育谷铁柱的秽物擦净了，这才安慰着谷冬梅说了那样一段话。

贾桂仙说过了还不放心，就还给谷狗剩说：咱渭河滩上的习俗，生在谁的炕上就是谁的娃。谷狗剩哎，你说呢？

谷狗剩抱着谷铁柱，亲得已把眼睛眯成了一条缝，说：是哩，是这个理儿哩！

谷冬梅因此甜蜜地笑了。

贾桂仙却还来了劲，说：冬梅哎，我给你说哩，你也祭拜过老祖宗谷寡婆了，我看你……你干脆就是今日的谷寡婆哩！

贾桂仙对谷冬梅的这一句评语，传开来后，竟然得到谷寡婆村人的普遍认可。开始，谷冬梅自己还抵触着，后来也渐渐地认可了，觉得她大概就是转世而来的谷寡婆哩。

有了这样一种认可，谷冬梅在谷寡婆村过得如鱼得水，要风有风，要雨得雨，使她有了连自己都想象不到的进步和发展。

是啊，谷冬梅自己进步了，发展了，可是说出那句话的贾桂仙呢？虽然也有进步，也有发展，但那又能算什么进步和发展呀！不就是个村里的妇女主任吗？一直以来，为了村里的事，路没少跑，话没少说，然而贫困缠着她，使她从来都没有轻松舒坦过。年纪大了，先是老伴因工致伤瘫在炕上，日思夜想给大娃谷门坎娶媳妇，媳妇娶进门来了，三天不到，大娃又横死在小四轮拖拉机翻车事故中。你让可怜的贾桂仙可怎么办呀？气血攻心，把自己苦悲的命也搭进去了。

红漆枕匣，在谷冬梅的手里，她像贾桂仙的老伴谷敬勤一样，也用她的手怜惜地摩挲了一阵，然后从炕沿上下到脚地，站在惠杏爱的面前，郑重地交到了惠杏爱的手上。

不是很沉的红漆枕匣，落到了惠杏爱的手上，她觉得像有千斤重似的，鼓了很大的劲，才把红漆枕匣接稳了。

惠杏爱猜，红漆枕匣里装着的东西，也许是家里的全部家当了。直觉告诉她，她现在还不能接过红漆枕匣。公公谷敬勤瘫在炕上，行动不方便了，但他应该还是家长，装着全部家当的红漆枕匣，无论如何还得他老人家保管。

惠杏爱心里怎么想，嘴里就怎么说：红漆枕匣还是爹保管着好。

惠杏爱说：妈不在了，爹该保管妈留下的物件的。

惠杏爱说着，就把端在手里的红漆枕匣往炕上坐着的公公面前推。公公摇着手，坚决不接。

公公谷敬勤说：难为我娃了！

旁边站着的谷冬梅站出来，劝说惠杏爱了。

谷冬梅说：杏爱哟！不是我多嘴，你家公公确实不是个管家的人，这你日后会知道。听我的话，家里现在这个情况，还就只有你了。

惠杏爱难场得直摇头，她望着谷冬梅，眼里的泪水流得就更多了。

谷冬梅说：难也罢，易也好，摊到你面前了。

第十五章

三天时间，一眨眼的工夫就过去了。

再过一天，就是女婿谷门坎和婆婆贾桂仙入土的日子了。在农村，入土的事是因人而异的。入土的人如果是位古稀老人，在豁达的庄稼人看来，那就是头卸套的老驴，入土即是享福，是白喜事，操持经办的态度也就有了许多喜庆的成分。如果入土的是个正值盛年的人，这没什么好说的，真真正正就是一桩苦丧了。而谷门坎，是刚刚新婚几日的新女婿哩，他殁了，连带着又使他妈悲伤过头，一口气出不来，也殁了，这可就成了谷寡婆村人人动容、举村悲痛的大苦丧啊！

有村支书兼村长的谷大房出面操持，谷门坎和他妈的丧事有条不紊地按着乡间习俗办着。这是谷大房与惠杏爱商量的结果，不管家里多么艰难，该待的客一定要待，该请的乐人是一定要请的。好在，渭河滩上的丧事，待客是不吃荤的，省了割肉这一块，就到绛帐火车站多抬几坨豆腐回来，再添上白菜蒜苗红萝卜粉条等菜蔬，够锅上用就行了。当然，细白的长面是要多轧的，细白的馒头是要多蒸的。关中西府的庄稼人，有了长面馒头，差不多就很满足了。前院里的那棵大杏树下，谷门坎新娶惠杏爱时搭的帆布篷子刚拆下来，就又搭了起来。帆布篷里摆了三张大方桌，桌子周边用了三条长板凳，帮忙的人在院子里出出进进地忙碌着。最关键的是一老一少两个木匠，在上房的屋檐下，锯子锯着，刨子刨着，囫囫囵囵已经打好了两口白茬棺材，买了黑色的油漆，正在一刷子一刷子地往白茬棺材上涂着漆。家境如此，实在容不得大扑腾。

婆婆贾桂仙的红漆枕匣传到了惠杏爱的手上，这些事就只有她来拿主意了，而且都还刻不容缓。和村支书兼村长的谷大房商量吗？很有主见的谷大房也经验性地保留着自己的意见，而虚心地听惠杏爱怎么说，再顺着她的话来做事情。对此，惠杏爱是不怨谷大房的，因此，该她做主张时，还是想听兄弟和妹子的意见的。妹子谷门环是个不甚懂得人事的姑娘，嫂子提出什么就依从什么。二兄弟谷门墩空有一副粗壮悍实的身板，傻气呆滞，任你给他怎么说，他都那么呆愣愣的，眼光直勾勾瞅着你，毕了，语气含混地说：成么，嫂子看着办哩。小弟弟谷门栓……唉唉唉，这么说来，还就只有村支书兼村长的谷大房可商量了。

当然，还有谷冬梅婶子呢，她是婆婆最后时刻交代她可以依靠的人。

初春时节天气短，庄稼院里的人还没有喝罢晚汤，夜幕即已笼罩了整个村落。这时，该是各家各户到惠杏爱家商量事人最齐的时候了。然而没有，只有谷冬梅婶子提前来到惠杏爱的家里。她是不请自来的，来了把惠杏爱拉到院子一角，给她说了谷寡婆村的一些习俗。习俗中最关键的一条，就是要惠杏爱挨门挨户去磕头，磕头请来各家主事的人，商量安排明天谷门坎和他妈贾桂仙入土的事。今儿黑只有把各家的主事人请了来，由丧事执事人做一番分工安排，各负其责，各执其事，才能顺顺当当地把事安顿好，别事到临头出岔子，那可就不好了。这是谷寡婆村里的一个规矩，“谷”字不分家，谷寡婆村任何一家的丧事，都是全村人的事呢。

红肿着眼睛的惠杏爱，叫上妹子谷门环，由她领着，先到了谷大房的家，给谷大房磕了头。

谷大房是主事的人，请动了他，什么事就都好办了。

惠杏爱给谷大房磕了头后，给他说：我冬梅婶子让您到祠堂里去哩，说她在那儿等您。

惠杏爱在谷门环的引领下，给谷大房磕头下了话，没听见谷大房应承，却也没有多想，就又一户挨一户地去磕头了。进一家门，谷门环称呼这家人大伯大叔，惠杏爱就叫这家人大伯大叔，谷门环称呼这家人大妈大婶，惠杏爱就也跟上叫大妈大婶。嘴里叫着，自然要屈膝磕头，这让大家发慌，就要去扶她，不让她磕头，并都利索地答应她，让她快别磕头了，说放下碗就过去。惠杏爱在谷门环的带领下一户不落地磕了头，磕到后来，把她的膝盖磕得针刺似的疼。赶着往家走时，竟然疼得她一瘸一拐，走得踉踉跄跄、东倒西歪，谷门环去扶她，她还推开谷门环，硬撑着自己走。越是家庭不幸的时候，惠杏爱越是要鼓足力量，为这个家承担。

在夜色中刚刚强强地走着，惠杏爱没有防顾，从街巷一边的大门里走出了任喜过。她扑到惠杏爱身边，把一卷钱塞到惠杏爱的手里，说：都是自己姐妹，你可不要嫌少。

惠杏爱还没从任喜过的资助里回过神来，挨着任喜过家的大门里，又扑出了上官乐。她扑到惠杏爱的身边，和任喜过一样，把一卷钱塞到惠杏爱的手里，说：钱不多，救个急吧。

三个同时嫁到谷寡婆村里来的新娘子，站在暗夜里的街巷中，不约而同地伸着手，最后紧紧地拉在了一起。她们没有说话，神情凝重地相互看着。墨绿色的天空，无数的星星眨着眼睛，还有一轮半圆的月亮，悄悄地、清清明明地挂在天上。

任喜过说话了。她说：你这是啥命呀！啊，咋这么苦呢！

上官乐也说话了。她说：啥命不命的，咱不信命，咱要信自己哩。要我说，就没有过不了的火焰山！

惠杏爱感激她俩，说她还没时间和她俩说话，她在村里挨门齐户地把头磕遍了，她现在要去祠堂，等着大家来商量明天的事哩。

三个新娘子的手松开了。

因为惠杏爱磕了头，还因为大家也都操心着惠杏爱家的丧事，庄稼院里主事的人，在喝毕晚汤之后，便很快地汇集到祠堂里来了。

祠堂里的地方小，来的人多拥不下。谷冬梅早就预料到了，而且早早地托人从祠堂里扯出一根电线，扯到祠堂门口，用一根竿子挑着，悬在祠堂门上。高高亮着的一盏一百五十瓦灯泡，使得原本昏黑暗淡的祠堂门前明亮了许多。各个庄稼院子里的主事人，先来的摸一块烂砖，垫在屁股下坐着，后来的没东西可坐，干脆脊背靠着墙一蹭，蹲在了脚地上。祠堂门口戳着谷冬梅拿出来的火炉子，黑乎乎的茶罐儿咕嘟咕嘟地又响哨儿又冒气。谷门环穿梭在各家主事人的中间，给他们倒茶敬纸烟。惠杏爱端了一小簸箕的葵花子，端到各家主事人的面前，让大家随便抓。庄稼人沉默着，呼呼地喝着茶，吃着烟，或是嗑着葵花子，忍不住时，就交头接耳两三句，但却把声音压得低低的。当惠杏爱和谷门环来到他们面前给他们敬烟奉茶时，多数人不敢去看她们那悲痛忧伤的脸，差不多都是用一声长长的叹息，表达他们心中的哀悼和同情。

谷冬梅稳稳地坐在祠堂门口，不断地照看着火炉上响哨儿又冒气的茶罐儿，同时还用眼睛扫视着村里的来人。九先生谷正芳来得也早，他就坐在谷冬梅的身边，看着茶罐儿里的茶汤滚到了时候，就站起身，端着茶罐儿给近旁的乡亲们递。显然，大家都不说话，除了为惠杏爱一家人而痛苦难受，还因为一个人没到现场来。这个人不是别人，就是村支书兼村长的谷大房。

惠杏爱给他磕头最早，他应该是最早到祠堂门口来的呀！

这是不错，谷大房确实是最先到祠堂门口来的，先在那儿停了停脚，就又迅速地离开了。多多少少，谷大房心里犯了一点病。惠杏爱上门给他磕头，说是她冬梅婶子让他到祠堂门口来。论起村子的老传统，有什么重大事情，到祠堂议事天经地义，祖祖辈辈多少年，一直依循着这一旧例。谷冬梅带头把祠堂毁了，中断了几十年，她退休回村，也不和他商量，只和九先生谷正芳一叨咕，腾出她的门房，就把谷寡婆祠恢复起来了。凭良心说，谷大房也是赞成恢复谷寡婆祠的，可这样恢复得让他心里总觉得疙疙瘩瘩，不是个味道。在这件事上，他是被动的，太被动了。他一个谷寡婆村里的村支书兼村长，仿佛外姓旁人一样无足轻重，这是不可忍受的。谷大房怎么都不能使自己落得这样一个地位，他是要反击的，而且不能明火执仗地反击，而是有手段有策略地反击。所以，谷大房不动声色地披着他的那件九道弯的羊皮袄，最先到祠堂门口站了站，就直接去了惠杏爱的家——他要把祠堂门口的人先晾一会儿。谷大房想，在谷门坎出事之前，门坎的娘亲贾桂仙虽然当着村里的妇女主任，可他也是很少进这个狭窄的农家院落的。党支部或者村委会要开会了，需要贾桂仙参加，他会让会计在喇叭上喊两嗓子，把贾桂仙喊来就行了。谷门坎出了横祸，他的娘亲贾桂仙一口气上不来，跟着他走了。出了这样的大事，谷大房就不能不来了。虽说他在前天早上已安顿下了执事的人，可他还是得来，这是他确立自己在谷寡婆村地位的必要姿态。在这个黄昏，谷大房进门来，先去看望了瘫在炕上的谷敬勤，用一个领导者和好邻居的身份，又一次劝慰开导了谷敬勤一番后，退到院子来，把两副打制油漆好的棺材，用行家的眼光挑剔地看了看，琢磨了一会儿，点了头。接下来，他在院子里转着，又详详细细地查看了明天过事待客的准备情况，问了执事：面条轧得够不够？馒头蒸得怎么样？钱趁手不趁手？毕了，就坐在了帆布篷下的桌子边上。惠杏爱和谷门环都去了祠堂门口，家里能走能跑的还有一个谷门墩、一个谷门栓。谷门墩人大却傻，谷门栓人碎却灵光，小人儿看见谷大房来了，就自觉跟上去，两只眼睛滴溜溜在他身上瞄。看他把院子里的准备情况都问过了，坐在了帆布篷下，就把桌子上放的一盒烟拿起来，抽出一根给谷大房敬。谷大房没有接，这是他的习惯，嫌纸烟没劲，吃的是他自己准备的黑棒棒（工字牌雪茄）。他把黑色四棱棒从自己的衣服口袋摸出来，送到嘴边用舌头舔着，舔湿了一圈，这就噙在嘴上点着大口大口地吸了，浓得像雾一般的白烟，一团一团地缭绕在他沉重而痛楚的脸旁。

谷大房吃着他的黑棒棒，指拨着院子里的人，把一口黑漆棺材抬去祠堂，盛殓了谷门坎，同时又还指拨着另外一些人，把谷门坎的母亲贾桂仙盛殓进留在院子里的黑漆棺材里。此后，他不再指拨谁，也不再问谁话，苦着一张脸，继续吃他的黑棒棒。这时候，灵光的谷门栓稚声稚气地寻着他说话了。

谷门栓说：我嫂子我姐都到祠堂那里去了。

正是谷门栓的这一句话，让他觉得自己不能再在惠杏爱的家里多耽搁了。他想他该扎的势都扎了，该作的态也作了，现在该他出场演下一出戏了。如不然，耽搁得时间一长，让在祠堂里的谷冬梅和谷正芳出了头，他可就不只是被动了。谷大房这么想着，站起来，在谷门栓的头上轻轻地摸了摸，这便吃着他的黑棒棒，一路烟火地往祠堂门口去了。

盛殓了谷门坎的黑漆棺材，就架在祠堂门前搭着的帐篷下，而全村庄稼院里主事的人，来了后都散坐在黑漆棺材前边。谷大房远远地看着，清楚他晚来了一步。别人不知道，这正是谷大房的一种刻意，他要的就是这个效果。他一来，就从重重叠叠的人伙里走到放着火炉的祠堂门口，咳嗽了一声，像是问大家，实则是问谷冬梅和谷正芳。

谷大房说：人都来了？

大家应着的声音不是很整齐，稀稀拉拉的却也都应着：来咧。

谷大房对大家的回应不是很满意，把他吃着的黑棒棒从嘴里拔下来，用他惯常看大家的眼光扫着在场的人。这给大家提了个醒，知道刚才回应谷大房的声音不齐，就都精神一振，又应了一声：都来咧。

默坐着或是靠墙蹴着的人，相互看着，还怕应得不响亮。

这是谷大房所需要的，他担任村干部许多年，主持开会养成一个习惯：

问那么一声，大家应不应是无所谓的，他算是给大家打了招呼。问毕，就该他说话了。今儿晚上可不一样，他是一定要村里人响亮地应他一声的，这就是对谷冬梅、谷正芳的反击，而且还是对他们的示威。

大家回应他的声音整齐洪亮，谷大房高兴了，但他没在脸上表现出来，只是低头把坐在火炉旁的谷冬梅和谷正芳各看了一眼，就给坐在祠堂门口议事的村里人说开了。他说：都来了好。不是我说，这是事实，咱们都是谷寡婆的后人，在谷寡婆祠里祭拜过老人家了。今儿夜里要在祠堂前议事，我不多说，大家心里都有底。谷敬勤是咱连着血连着肉的本家人，他家里连遭不幸，要我说，那就是咱的谷姓全村的不幸。

谷大房说得缓慢而沉重，很是动情。一字一句，从他的嘴里吐出来，使来到谷寡婆祠堂门口的人都感到了，这不幸可不就也有他们各自的一份儿吗？他当众询问惠杏爱：这两天安排在你家的人可都尽了心？惠杏爱重重地点头了。他就还问惠杏爱，同时也是问聚在一起商量事的村里人：谷门坎和他老娘贾桂仙就要入土了，大家觉得还有没有欠缺啥？还有没有不妥的？村里人没说话，惠杏爱就又重重地摇头了。总之，谷大房问得很细致，连箍墓用了多少砖，明日下葬封门又留了多少砖，也一一地问到了。

是啊，谷大房是村支书，还兼着村长，这种难场事，他是一定要管得仔细具体的，他不能允许有一丝一毫的差池和不妥。

问过了那些七七八八的事后，谷大房就给大家发话了。他说：明天安埋谷门坎和他妈贾桂仙，在家的汉子都要来，抬丧、下葬，要用的人手多着哩。我强调一下，不管谁有什么样的理由，都听我说，做活的把活停下来，跑生意的把生意停下来。谁脚勤，能把天下的路都走完？谁手大，能把天下的钱都挣完？不能吧！那就都到谷敬勤家里来，把他家里的事给安顿了，有活做的做活，有生意跑的跑生意，耽搁不了你多少事。方圆多少村子的人看着咱们谷寡婆村子哩。咱们要把这事办好，咱不能让邻村的人指责咱，说咱没人管困难人家的事，笑话咱谷姓人家生分！再者呢，大家都看见了，他们一家连殁母子两人，家里更困难了。咱来帮忙的人，可不能像在别人家一样要求他们，能够省惜的就坚决省惜！虽说惠杏爱把明天的饭准备下了，这是她尽心哩，可咱不能来一个汉子带上一个婆娘和一群娃娃！那种吃大户的习气在这里行不通。我先表个态，明天一天我在这里帮忙看着哩，我要监督大家，大家也监督我，我就不准备在他们家灶上捞一根面、掰一块馍填我的嘴。

一直默默地站在人群里的惠杏爱听到谷大房这么说，忍不住叫了一声：大房叔！

热辣辣的一声叫，惠杏爱几天来刚刚干了一阵的眼睛，又一次湿了，鼻子酸酸的，泪花儿在眼眶里打着转儿。惠杏爱太感动了，感动中又加进了十分的感激。她感动谷大房办事的诚恳和果敢，她感激谷大房处事的细致和严谨，这些可都是一个好领导和长辈应有的品质啊！惠杏爱硬忍着，没有让盈满眼眶的泪水泻出来，她深情地看着谷大房，觉得他在她的眼前是多么高大啊，高大得她泪水婆娑的眼睛都装不下他了。想想看，如果没有谷大房的支持安排，能这么快拉回棺材板打制油漆好棺材吗？如果没有谷大房巧妙地运筹指派，能这么快打好墓安顿好那烦烦琐琐的一切吗？明天安葬女婿谷门坎和婆婆贾桂仙，他又考虑布置得多么细致啊！而且，为了不给她家里造成更大的困难，他竟准备不在席桌上坐，不吃一根面，不嚼一块馍！啊啊，遇上这样一位村支书长辈，热心的、负责的、体贴奉公的长辈村领导，这不是不幸之中的大幸吗？

惠杏爱伸着袖口，低头在泪眼上抹了一下，向她尊敬而感激的谷大房走近了一小步，双膝软软地就又跪下去了。

惠杏爱说：谢谢你哩，大房叔。

惠杏爱说：明儿个你一定要上桌子吃饭哩。不管家里怎么困难，你带头领导着大家来帮忙，没有好吃好喝，赖一点的席面你可是要吃的。你要不吃，大家就都不吃了，大家都不吃，我死去的女婿门坎和我婆婆他们也不得瞑目啊！

惠杏爱说：为了门坎和我婆婆，你和全村人都受累了，面我是轧下了，馍我是蒸下了，你就让我们尽一点点心吧。

谷大房弯腰去拉惠杏爱，伸着的手都快捉住她的胳膊了，又觉不妥，赶紧收了回来，拿话要求惠杏爱，说：你起来，起来了听我说。

惠杏爱仰脸看着威严真诚的谷大房，还有那么点谷大房不答应她就不起来的意思。但一身重孝随在她身边的妹子谷门环，使劲扯着她的胳膊，把她往起拉了。

谷门环说：嫂哎，你不能跪了，你把膝盖都跪肿咧。

围在祠堂门口的人，听了谷门环的话，就都一脸的悲戚。谷冬梅和谷正芳也是，他俩没有什么不好意思的，向前伸出手去，把惠杏爱扶起来，说：都是谷姓人，你跪过一次就够了，不敢再跪了。

惠杏爱却不以为然，她站着仍然目不转睛地看着谷大房，希望他能答应她的请求。谷大房很是艰难地说：我可不能顾了埋死人到头来把活人的嘴扎起来。

谷大房说着又从他九道弯的羊皮袄夹层口袋摸出一根黑色四棱棒，按着他的习惯剥去外边干裂的外壳，贴在嘴上，润了唾沫，点燃了，咬在嘴上吃着扫视围在他周边的人。他给大家说：我是我，大家不要学我，让惠杏爱他们心里不忍，难受。他给大家发了话后，又对着惠杏爱说了。他说：这没啥功劳摆的，全是应尽的责任呢！咱们谷寡婆村过去到现在，从来都是这么做的。不仅咱们村，过去哪个村不是这么做的？可是地分了，生产队散伙了，有些村就弄不到一搭了，一家有事，连个帮忙的人都寻不着。好了，寻着人了，就得花钱，就得大吃大喝。这成什么了？人和人，还讲不讲一点感情？还讲不讲一点道义？钱把人弄得没了人性，弄得没了人味。我就不，咱谷寡婆村就不，只要我还当着村支书，当着村长，就坚决不。咱们虽说随大流分了地，各人种各人的地，各家过各家的日子，但村集体的精神还是要哩。

说顺了嘴，谷大房就有些管不住自己，就又是一阵长篇大论。过去，村里常开大会，谷大房有他长篇大论的机会，说起来滔滔不绝，也不管别人爱听不爱听，他都要说，唾沫飞溅地说，把人说瞌睡了还要说。那时候，他的长篇大论大家真的不爱听，不想听。可是今夜，他的长篇大论没有把大家说烦，相反，还说起了大家的精神头，引起了大家的共鸣。他说的时候，有人还激动地站了起来，敲着烟袋锅鼓励他。然而，谷大房理解错了，他还以为大家嫌他话多，在敲烟锅哄他哩，便立刻住了嘴，咳嗽了两声，蹲在了谷冬梅和谷正芳坐着的火炉边。

谷大房心里想：说这些干什么呢？少说两句没人当咱是哑巴。他现在经常会这么想，这会儿又这么想了。刚一想，就发现谷冬梅和谷正芳都拿眼睛看他，那眼神他看懂了，他们没有嫌他说得多，而且还怕他说少了。哦，谷冬梅、谷正芳他们，不像自己心眼多，他们都还欣赏着他、支持着他哩！

好像不只谷冬梅、谷正芳欣赏支持谷大房，在谷寡婆祠门口聚集着的村里人，都欣赏支持着他。谷大房的心里别提有多开心了！他正开心着，那个站着敲烟锅的人说起来了。他说：村集体的精神是什么？就是咱们谷寡婆村传统的互助互爱精神。不要管别的村子怎么样，咱们村有谷寡婆哩！老祖宗是咱们村亘古不灭的精神！

敲烟锅人的话，像麻雀窝里戳了一棍子，几个言尖语快的人就接了话。

一个说：可不就是这个理儿吗？

一个说：对对对，咱们过去讲觉悟哩，讲精神哩，可咱就没把觉悟呀精神呀弄明白过。这么一说，我们倒是有点明白了。

一个说：这不就是社会吗？过去看报纸听广播，情况好了，就说社会形势一片大好；出了问题呢，不从自己身上找问题，一概说是社会问题。要我说，报纸广播胡咧咧呢，今日咧咧着一股风，明日咧咧着一股风，见风就是雨，那得是都是社会的风、社会的雨？

敲烟锅的人听得兴趣大增，就还截了众人的话头，说：以后啊，甭管是谁，没弄好或是弄错了，就是自己没弄好弄错了，就不要往社会的头上摊，社会怨哩！

退休回村的县粮食局原局长谷冬梅，听着大家由谷门坎和他妈贾桂仙入土所引发出来的议论，心里感到从没有过的震惊。原来总以为庄稼人只知道在庄稼地里受苦，思想简单，观念浅薄，其实才不是呢！他们从自己的现实生活出发，从自己的切身体会感受，思考和琢磨的可是不简单、不浅薄哩。她从自己的内心深处考量，几乎要赞成大家的议论了，但她又是冷静的，知道大家这么议论是危险的，起码是不应该的。因此，她有必要阻止大家再议论。

谷冬梅轻轻地清了清嗓子，叫着谷大房的名字，说：你个大支书、大村长，今儿晚上不说明天的事，带头议论啥呢？那是咱能议论的事吗？

脑子不笨的谷大房，前面以为大家烦他逮着机会就长篇大论，还羞惭了一会儿，吃着黑色四棱棒观察谷冬梅和谷正芳的眼色，接着又听大家这么议论，这才发现大家并没有烦他，甚至激烈地迎合着他的长篇大论，他就有些自得起来，还想再讲下去。谷冬梅对他大声地提醒，让他猛地醒过神来，赶紧又从蹲着的地上站起来，招呼大家甭乱议论了：咱到祠堂门口来，不是开会务虚乱议论的。咱们到祠堂来，当着谷寡婆的面，是商量着帮助惠杏爱他们家过事的。社会不社会的，与咱暂时没啥关系。

谷大房几句话把大家热烈的议论压制了下来，为了能够转移目标，他长长地叹了口气，冲着惠杏爱问话了。他说：杏爱哎，你还有啥说的没？

恭敬地站在一旁的惠杏爱，对谷大房刚才的一通长篇大论并没有品出多少味儿来。对于敲着烟锅的几个人的纷纷议论，同样模模糊糊听不出多少意思来。但她被大家感动了，是一种很深很深让人心尖尖颤抖的感动哩！啊啊啊，多么有情有爱的乡党啊！啊啊啊，多么诚挚善良的村支书、村长啊！惠杏爱完全沉浸在对大家的感动和感激之中，却突然地听到谷大房问她还有啥说的。是啊，她有啥说的呢？心在强烈地颤动着，惠杏爱抬起头来，她想把挤满了院子的人们都看一眼，然而却没有。她再次低下头来，给大家说，让大家再等一会儿，她还真的有一件事，要和大家说的。

惠杏爱说着，从大家或坐、或蹴、或站的缝隙里挤了过去，挤到安放着女婿谷门坎的棺材前，把她早早放在那里的红漆枕匣抱了过来。

多么漫长的夜啊！连着几个晚上，惠杏爱就在她的洞房里黑灯瞎火地睁着双眼，伴着这个红漆枕匣辗转难眠。尽管，她的眼睛酸涩难忍，可是她就是合不上眼，睡不着觉，一躺下去，一天的困倦疲乏一会儿就都不见了，一丝丝的睡意都没有，就那么大睁着眼睛干躺着。洞房的窗户是用白粉莲纸新糊的。几天前，窗户上还贴了许多鲜艳的窗花装饰，女婿谷门坎死了，又糊成了一片惨白。还好，中间的两个窗格上镶了两块不大也不规则的玻璃。惠杏爱从两块窗玻璃看出去，漆黑如墨的天空上，似没有星云，也没有一丝的亮光。深夜尖厉的西北风，在院子里那棵高高的杏树枝上，呜呜呜呜地呜响着，仿佛是谁压低了嗓子沉沉的哭泣声。窗子上糊着的白粉莲纸，也像受到西北风的鼓动，噗噗噗噗地战栗着，亦如有人在轻声地哽咽。

这该是惠杏爱自己的哭泣和自己的哽咽呢！

惠杏爱没心思去烧炕，便任凭炕冰凉着。谷门栓依然不离不弃地蜷缩在她的身边，伸手紧紧地搂着她，使她不敢轻易动弹。稍一动作，谷门栓就会惊醒过来，就会更紧地搂住她，嘴里哭着叫着：姐！姐……枕头，也是冰凉的，已被她的泪水浸透了。公公通过谷冬梅传递到她手上的红漆枕匣，就在她的枕头边放着，一会儿又被她推开来，推得远远的。她有点害怕看见那只红漆枕匣，看见了就会想一个问题：我应该怎么办呢？啊，我到底应该怎么办呀?

苦苦地思量着，惠杏爱思量不出个头绪来。她太年轻了，在人生的道路上才只走过二十二年，那是短暂的，只是漫长的人生道路的一个开头。以后的路程还很长，还很遥远，山一程，水一程，谁来陪她惠杏爱走过?

血淋淋的现实，逼迫着新婚几天的惠杏爱，要在短暂的时间里来抉择了。

抉择，啊啊，这是个怎样艰难困苦的抉择啊!

渭河滩上的风俗，新嫁到一户人家的媳妇儿，百日之内是要避丧的，哪怕是自己的亲娘亲老子，也都要一概回避。这个风俗，古老而悠远，那该是老祖宗的伟大智慧了，那是以风俗的理由，来对新娘子施以幸福吉祥的护佑。这没啥好争辩的，百日之内的新娘子，有了这样的权利：如果自己恩爱的新女婿横遭不幸，新娘子想留下来守节，这是欢迎的，给她们竖碑子、立牌坊也是没问题的；如果新娘子不想留，想要走，卷起被褥立即回娘家，那谁也不能拦，翻白了眼日娘叫老子、跳脚拍巴掌地骂，也是不能拦的。干干净净，一点牵挂都没有地走，走了永不回返。对这种看似薄情的举动，庄稼人自有风俗规范着，一般都是谅解的，不予干预的。没过百日，算不得真正的夫妻，守是守不住的，迟早要走，迟走还不如早走的好。往往有这种事，新女婿殁了多天，新媳妇还想在家里守些日子，而她娘家爹，已以令人咋舌的价码，把他的女儿“卖”给了另一家。

惠杏爱不是神仙，也不是圣女，谷门坎血头血脸地运送回家以后，她是起过卷起被褥回娘家的念头的。这一念头刚一涌上她的脑海时，是那么强烈，她扭回头看她的洞房，差一点一头冲进洞房里，去卷包拾掇她的东西了。然而，这个念头来得强烈，去得也迅速，在村里人依照风俗争论谷门坎能不能再进家门的那一刻，她就把回娘家的念头掐灭了。后来，村里人帮忙把谷门坎的尸体抬到谷寡婆祠里，安置在床板上后，她就坚决地压住了这个念头，死死地、强硬地压住了。

惠杏爱怎么能一扭头夹着包裹被褥就离开呢?

惠杏爱做不出这样的事。

惠杏爱在电灯泡照耀下的祠堂门口，听谷大房问她还有啥说的，她就想起了婆婆的红漆枕匣，转移到她手上的红漆枕匣。她把红漆枕匣打开看了，里边装着婆婆贾桂仙嫁来家里时和公公谷敬勤办的结婚证——结婚证上婆婆和公公的相片多么年轻啊！此外，还有谷门坎上小学和初中时的奖状和毕业证，其中还有谷门坎高分考中县城高中的入学通知书，平平展展地压在枕匣底。当然，还有不多的几张纸票子和几张粮票和布票。惠杏爱没怎么数，就已了然于胸。除了这些，拿出来的就是记满欠账的纸片了。惠杏爱把那些欠账累加了一下，她不由得抽了一口冷气，这个家庭可是太恓惶了，借成这个样子，不能说路断人稀，大概也使村里人要躲着走了。

还好，村里人没有躲着他们一家人走，还在一家人遭受更大困难时，都来自觉帮忙，甚至捐钱给他们。惠杏爱能怎么办呢？该怎么办呢？

惠杏爱在村支书兼村长谷大房和谷冬梅、谷正芳他们组织村里人来祠堂为他们家议事时，就想着把红漆枕匣抱来了。她把红漆枕匣先放在女婿谷门坎的棺材盖上，现在抱出来，是要和大家对账的。她把红漆枕匣抱出来交到妹子谷门环的手上，让她抱着，她则打开红漆枕匣的盖子，取出放在枕匣里的一把纸片儿，从她的左手倒到右手，又从右手倒到左手，似乎那是一叠燃烧的火苗儿，她不倒手就要烧伤了她的手心似的。

惠杏爱在手里倒着那些纸片儿说：别的我是啥啥都没说的了。我一家人一辈子感激大家哩！门坎有灵，也感激着大家哩。这阵儿，炕上的老爹把婆婆掌管的红漆枕匣给了我，我翻看了一下，都是家里借咱村上人的账。今天晚上，我把家里的借账和大家对一下，看把谁的账漏记了没有，记少了没有。

哎哟！哎哟！哎哟！

坐着的和蹴着的谷寡婆村各家的主事人，万万没有想到，在此一刻，惠杏爱会提出这样的事情来。人群中有了一阵轻微的骚动，大家眼睛一齐睁大了，盯在了新婚几天又成新寡的惠杏爱身上。

谷大房像大家一样，先也是一愣，接着劝阻说：这事……以后再说吧。

惠杏爱仰起脸来。她做新娘子时圆润饱满的脸，只几天的工夫便明显地消瘦了下去，在电灯光下是那么苍白，但又不失一种圣洁美丽的光亮。大家发现，正是这圣洁美丽的光亮，遮挡了她极度的悲伤和困倦，使她显得那么坚毅和严肃。

惠杏爱说：大房叔，我觉得把家里的欠账和大家对一下好。门坎不在了，婆婆跟着又去了，可他们欠下的账在，账不能跟着他们去。大家的日子都紧，当时能给我们家借，已经是承情不尽了，现在，就更不能糊里糊涂。

院子里一片寂静，刚才那种轻微的骚动，似乎被一阵风卷走了。

谷大房像下了多大决心似的说：也好，既然惠杏爱说要把欠账对一下，各家的主事人都在，就都耐心地对对，让双方都把心放下来。

惠杏爱把纸片儿举到面前，说：我就按字条上的数目念，对不对，大家提出来。借宽宽叔二十块，对着没?

有人应声了：对着哩。

惠杏爱倒过一张字条再念：借东头七爷二十块，对着没?

有人应声了：噢，是那么回事。

惠杏爱再倒过一张字条又念：借玉祈哥十二块，对着没?

有人应声了：就是的。

……

惠杏爱不断地倒着字条，一笔一笔地念着，念完了，就还问：谁家的账忘了没记上？得到的回答是都记上了。她这才长长地出了一口气，又从口袋里掏出一叠整齐的字条，一齐递到谷大房的手上。惠杏爱说：我把门坎和我婆婆的借款重新打了条子，从今往后，门坎和我婆婆的借债，就都是我惠杏爱的了，我给大家还。

谷大房从惠杏爱手里接过她重新写下的借条时，手软了一下。他可从来都是个刚强的人啊，借条捏在他的手里，他不仅觉得手软，刚邦硬正的身子竟也不由自主地颤了颤，把他披在肩上的九道弯羊皮袄差点颤落到地上。

惠杏爱说：我初来几天，人都没认全，麻烦大房叔给大家发一下。

谷大房还能再说啥呢？他只有给大家发借条了。他发得被动，接的人也很被动。接到借条看时，果然在借款人的签名处写了“惠杏爱”。

人群里，倏忽意外地传出了被感动的抽泣声。

谷大房感到他的眼睛也湿润了。这是因为惠杏爱把一纸更大的借据推到了他的手里，那是谷大房为谷门坎作保从信用社贷款的凭据。惠杏爱说：大房叔哎，我还要麻烦您哩，门坎在信用社的贷款是你做的保人，你再把门坎的名字换成我的，你还给我做保人，能行不？信用社还要啥手续，你尽管给我说。

谷大房应承着，说：你这娃娃，好，叔再跑一回。手续嘛，叔的人熟，啥话好说。

唏嘘复唏嘘，感叹复感叹，在谷寡婆祠门口议事的各家主事人，唏嘘感叹着走了，村支书兼村长的谷大房也走了，祠堂门口就只剩下惠杏爱和谷冬梅了。

婆婆生前的好朋友谷冬梅，在祠堂门口一直默默地注视着惠杏爱的一举一动，村里人被惠杏爱感动了，大感动呢！大家走了，她没有走，她靠近了惠杏爱，把她拥进了自己的怀里。

谷冬梅此刻想起惠杏爱的婆婆贾桂仙早年说她的那句话：“你可就是转世的谷寡婆哩。”今天晚上，谷冬梅在谷寡婆祠门口真想把这句话再说给惠杏爱，说她是转世的谷寡婆。

谷冬梅把这句话给惠杏爱刚一说，就听到一阵锣鼓唢呐的声音，是谷寡婆村锣鼓队的谷子乐呢！安埋谷门坎和他妈贾桂仙，惠杏爱家里穷，请不起乐人，但也不能这么悄无声息地把人送走啊！村里人有钱的出了钱，有力的出了力，谷子乐有敲锣打鼓、吹拉弹唱的本领，他便动员了锣鼓队的人，自觉来为谷门坎和他妈贾桂仙吹吹打打送行来了。

正是烧纸的时候，谷冬梅拥着惠杏爱，向她悲苦的家里走了去。

第十六章

有了谷子乐组织的自乐班子，谷寡婆村人在吃早饭的时候，也算隆重庄严地把遭难的谷门坎和他妈贾桂仙双双送进了渭河岸上的官坟里了。

本来是要请吹手乐人的，都安排人去了，是伤瘫在炕上的谷敬勤挡住的。谷敬勤也是被他的好儿媳惠杏爱感动了，他不想给娃娃再背包袱，就把惠杏爱叫到上房，让她把请吹手乐人的人喊回来。他说：咱不请了，又不是七老八十的白喜事，吹吹打打图个热闹，咱是个悲伤事呢，吹吹打打图个啥呀？不请了，咱不请了……谷敬勤可以坚持不请吹手乐人，谷子乐组织人来了，谷敬勤就没话说了。谷寡婆村人齐心协力，七手八脚，在谷子乐自乐班子的吹打下，镢头刨，铁锨铲，一阵忙乱的铁器撞击声响过，两座新坟就在官坟里高高堆起来了。参加安葬的庄稼人，看看没了要做的事，马上就要散去了，执事的人送上一瓶散白酒，每人对着瓶子嘴，有酒量的咕咚一口，没酒量的轻啜一下，再接过执事人送上来的纸烟，叼在嘴角吃着。惠杏爱拖着抬丧的大绳，领着妹子谷门环、大弟谷门墩和小弟谷门栓，齐刷刷跪在离坟堆很远的十字路口，按照渭河滩上流传久远的礼节，给帮忙送葬的人们送行。

这个十字路口，有刚才给谷门坎和贾桂仙送葬摔碎的孝盆子。惠杏爱率领弟妹跪在那里，在他们的面前，还燃起一堆麦草火。送葬回村的人过来了，就都跨过火堆走，有一个人从火堆上跨过，惠杏爱和她的弟妹就一齐磕头致谢。

人走尽了，惠杏爱嘱咐谷门墩，让他把门环和门栓两个弟妹带回去，她自己则还想再到坟堆旁去停上一停。谷门环高低不依惠杏爱的话，扯着她，一定要和嫂子一块儿回。但惠杏爱执意要“歇一歇”，谷门墩便摘开谷门环扯着嫂子的手，拉着她头里走了。谷门栓的态度最为坚决，说什么也不离开

"大姐"，躺在地上耍赖，要陪着"大姐"。惠杏爱对谷门栓一点办法都没有，便只好让他留下了。

从昨天开始，北边的黄土高原上刮来的风一直没停，强一阵，弱一阵，吹过枯瘦的渭河，在河滩上呜响。远处和近处的高压电杆上，下垂成一根根弓弦的高压线，因为受了西北风的侵袭，发出一种哭泣似的呜咽，传到官坟这边来，使难受不堪的人心头更添了一种难受。这是谷寡婆村的官坟，为了躲避水患，聪明的老祖先就选在一个不小的沙岗上，大大小小的坟头，一个挨着一个，铺展开去，仿佛是浑黄的河水里涌动的浪头，向着前后左右铺陈了过去。那些坟堆，有的无人经管，风吹雨淋，塌得几乎都要没有了；也有的是用砖砌的，虽经日月剥蚀，但依然整齐耸立；有的坟前不栽树，不立碑，毫无标记，主人家的散漫不经可想而知；也有的坟前植了柏，植了松，在松柏的树荫下，还要立一块碑。碑记是简单的，没有了古时的龙凤雕饰和严谨工整的碑文，却也不失主人家的良苦用心。坟地里到处长着草，初春之时还未染上绿色，一眼看去，就都是经历了寒冬的枯枝败叶，在冷风里抖颤着……个别坟头上，有人移栽了一簇簇的迎春花，迎着早春料峭的寒风，却也开得黄灿灿的，透出些许可心的春意。

神情木然的惠杏爱，拉着谷门栓跪坐在新堆起的坟头前。这座新坟是谷门坎的，往后斜出的还有婆婆贾桂仙的坟。谷门栓仰着他失去红润的小脸，目不转睛地盯着惠杏爱的脸，一声也不吭，尽显了他小小心灵的惊恐和悲切。惠杏爱则旁若无人地望着隆起的黄沙土丘。她呆呆地望了很久很久，直望得那堆新起的黄沙土丘一直地隆起着，都快隆成一座大山了，她才突然跃起，扑到黄沙土丘上，张开双臂，紧紧地搂在上面，撕心裂肺地号哭起来了。

啊……我的个你呀……啊啊啊……

我的个你呀……啊啊啊……我的个你呀……啊啊啊……

官坟里此时空无他人，惠杏爱尽情地号哭着。从交管同志雇车把谷门坎的尸体送回村里，惠杏爱就想号啕大哭了。可是她没有，一直压制着自己，没能放开性子痛痛快快地大哭一场，有的只是压抑的嘤嘤的低泣……她大声地号哭了，号哭中，安葬谷门坎和婆婆贾桂仙时飞走了的乌鸦，此时又都飞回来了，栖落在官坟里的松柏树枝上，呼应着惠杏爱的号哭，也在呱呱呱呱地惊叫着。忽而从这一棵柏树上扑棱棱飞起来，栖落在另一棵松树上，站不多久，又从这棵松树上扑棱棱飞起来，飞回原来的柏树上，栖落并呱呱呱呱地惊叫。

大姐，你甭哭嘛！

大姐，你甭哭嘛！

谷门栓害怕地趴在嫂子惠杏爱的脊背上，两只小手使劲把她往起拉。他拉不动惠杏爱，没奈何便也大声地号哭起来了。

谷门栓号哭着喊：妈呀！

谷门栓号哭着喊：哥呀！

正是谷门栓稚嫩的哭喊声，让惠杏爱渐渐地冷静下来，停止了自己的号哭。其实，她心里是明白着的，她的哭并不完全是为了黄土堆中的谷门坎，他们在法律意义上虽已成了夫妻，但并没有夫妻之实，她是为自己的命运而哭泣！便是黄土堆中的婆婆贾桂仙，对她是惜爱的、信任的，但也仅止于此，她和婆婆贾桂仙还远未建立起多么深厚的感情，她哭婆婆贾桂仙，说透了还是为自己的命运而哭泣哩。她从坟堆前爬起来，把门栓揽进怀里搂紧了，用手慢慢抹去那张小脸上的泪水。她摸着门栓的小脸，就像摸着她的心一样，她知道她还在号哭，是不出声地号哭呢！惠杏爱想，她虽与谷门坎没有做过夫妻该做的事，但无论怎么说，也算是夫妻一场了。还有可亲可敬的婆婆贾桂仙，他们母子突然入了土，把一切留下来，让谁承担呀？自然是她惠杏爱了。昨天晚上，她当着村里各家主事人的面，把谷门坎和婆婆借人钱的凭据，全都替换成了自己的名字，并当众声言，两年之内还清所有的债务，绝对不是她的一时心血来潮，而是她几日来于悲痛中做出的决定。她读了十多年的书，从小学到初中，从初中到高中，最后还复读了一年，说她没有思考过自己的命运那是假话，但她那时的思考太不真实了，虚无缥缈，漫无边际，但现在她心里像明镜儿一样了。这就是命运！她觉得，无论是生活实际，还是伦理道德、道义情感，都把她逼到一条“守”字的路上来了。

守！

守什么呢？守寡！守贞操！守道义！

惠杏爱把她满面泪珠的脑袋摇得像拨浪鼓一般。她竭力不去想那个让她心惊肉跳的“守”字，而且她也无力去想那个让她心惊肉跳的“守”字。

可她又不能不想。

惠杏爱擦净了谷门栓小脸上的泪，又把他的衣服抻平拽展，领着他到婆婆贾桂仙的坟堆前，叫他端正地跪下结结实实地磕了三个头。接着又领他到哥哥谷门坎的坟堆前，叫他端正地跪下，也给他的哥哥谷门坎磕了结结实实的三个头。

这六个结结实实的头，在惠杏爱的心里，她是叫门栓代替她来磕的。她要永不复生的谷门坎和婆婆贾桂仙在九泉之下放心，她惠杏爱会尽一切力量把这个家撑起来的，她要孝敬好伤瘫在炕上的公公谷敬勤，她要照顾好犯傻的大弟谷门墩，她更要抚养好妹子谷门环、小弟谷门栓。可能的时候，她会立即送聪明乖巧的谷门栓上学去，她相信谷门栓会是一个读书的好材料。

谷门栓代替惠杏爱磕头一毕，惠杏爱便拉着小家伙的手往回走了。那是一条仅能通过架子车的沙土路，弯弯曲曲，高高低低，但不算太远。然而，惠杏爱走得很吃力，她走走歇歇，走了一段路，却不知哪来的一股力量，回转身，疯了似的，又跑回到谷门坎的坟堆前，抓起坟前残剩的砖头瓦块，照着谷门坎的坟堆，就是一阵狂砸。谷门栓影子似的跟来了，小家伙没有拉他亲爱的大姐，他看大姐把哥哥谷门坎的新坟砸得痛快，就也跟上他的大姐，抓起残砖碎瓦，照着他哥的坟堆猛砸了。这是女婿谷门坎的新坟呀！惠杏爱自己砸是可以的，她不能让别人也来砸，便是谷门栓也不行。正砸着女婿谷门坎新坟的惠杏爱，转身把帮她砸坟的小弟谷门栓抱住，扯着他又往村里去了。

谷门栓不知大姐为啥要砸他哥谷门坎的新坟，走着还问：砸坟……咱还砸吗？

惠杏爱被谷门栓问得心里一抽一抽的，又想流泪了，但她忍着，她告诫自己，从此不能再流泪了，泪水帮助不了她。她默默地走着，好半晌才走到村口。安埋女婿谷门坎和婆婆贾桂仙，只有短短的几天，可她觉得浑身的力气在这几天里似乎都用尽了。她这时只想快些回到家里去，躺下来，不翻身、不做梦地睡，睡个不识天黑天明，不知天昏地暗。

然而，谁给她大睡不醒的时间呢？

刚刚走到村口，惠杏爱沉重得灌了铅似的脚步猛地收住了，一步都迈不动了。她那颗已被接二连三的伤痛刺激得百孔千疮的心，刚止住的横流的鲜血，一下子又奔涌起来，直往她惨白的脸上冲，使她消瘦下去的脸庞迅速变得焦黑。

啊啊啊……在她家门口又拥满了人，高喉咙大嗓门地嘶喊吵嚷，响成了一团。人们拥过来掀过去，似乎在争执揪扯着什么。

老天爷哩，又发生了什么事呀？

惠杏爱想破了头也没料想到，她娘家此刻来人了。

谷门坎惨遭横祸，怎么说惠杏爱都是该给娘家人通报的，关心她的婶子谷冬梅也提醒了惠杏爱，可是她坚持己见，执意没有让人去告诉她娘家人。她知道娘家那边都是怎样的人，她怕这头的事情还没有按住，那头又要起了麻达。她心里的打算是，待谷门坎和她婆婆贾桂仙入土为安之后，她再回娘家去，把这突然的变故告诉家里，当然还有她对未来的打算，也一并告诉他们。那时，不管娘家人是一个什么样的态度，反正，谷家的事她已伤心费力地安顿妥帖了。过去几天，惠杏爱一直按照自己的心意做着，她虽然悲痛至极，疲累至极，但她的心里是安然的，别的啥啥都不能冲击她巴心巴肺地安顿好婆家的悲惨事。在婶子谷冬梅和村支书兼村长的谷大房他们村里人的帮助下，惠杏爱眼看就要把婆家的事安顿得有个眉目，可是，好事不出门，瞎事传万里，天下就没有不透风的墙，谷门坎的死讯和婆婆的噩耗，还是不可避免地传到惠杏爱娘家人耳朵里去了。

娘家人气恼着惠杏爱，这么大的事竟然不给他们传话，他们便气势汹汹地撵来了。

娘家人来，心里有气，也并不是要在惠杏爱身上撒的。因为这不是气恨惠杏爱的时候，也不是气恨惠杏爱的地方。他们有个自私的想法，就是来解救惠杏爱。没人给他们传话报讯，肯定不是惠杏爱的主意，是谷寡婆村里人的主意。他们不相信刚出嫁的惠杏爱，突然死了女婿，又突然死了婆婆，孤苦伶仃的不想回娘家来给他们说事，要他们帮忙。他们想，一定是谷寡婆村人在使坏，限制了惠杏爱的自由，要他们的女儿给结亲几天的女婿谷门坎和婆婆贾桂仙送葬。

这可是太欺负人了，太不把他们惠姓人家当回事了。

要知道，渭河滩上千百年流传下来的规矩，百日不到的新媳妇是没有戴孝守丧那一说的。

气势汹汹的娘家爹，率领着惠杏爱的几个亲兄弟和几个本家兄弟，开着一辆手扶拖拉机，一路颠颠簸簸地到谷寡婆村来了。当他们来到谷寡婆村，把手扶拖拉机停在谷门坎家的门口时，全村的精壮劳力和谷门坎家除伤瘫在炕上的谷敬勤之外的所有人，都到官坟那儿安埋人去了。五十来岁但依然强壮精悍的惠杏爱爹，摇晃着高大魁梧的身躯，走进改贴了白纸丧联的院落，喊了声：有人没有？他听到上房炕上谷敬勤虚弱的回应，咔咔几步，掀开门帘就进了屋子。

亲家的不请自来，让谷敬勤先怯了几分，但他装出十分热情，说：亲家来了。

惠杏爱的娘家爹却不领谷敬勤的情，他生冷地说：谁是你的亲家，啊？我不是。

谷敬勤赔着小心，说：家门不幸，连折大娃和他妈，我们是伤心糊涂了，没给亲家通报，是怕咱新亲戚给亲家公染上晦气，所以想把事过了后，备上礼叫杏爱回门去给亲家再说。

惠杏爱的娘家爹显然无心听谷敬勤的唠叨，他嗓门很高地说：对咧，你的礼就免了。我给你说，我是来引女子的，我们收拾一下，一会儿就和女子走了。

给谷敬勤把招呼打了，惠杏爱的娘家爹背转身去，不再理会谷敬勤给他让烟让茶的待承，像他进屋来时一样，咔咔几步，就掀开门帘，到了桌凳杯盘狼藉的院子，手一指，教唆着跟他来的儿子和侄儿们，去抬惠杏爱新房里的箱箱柜柜、衣服被褥了。惠杏爱的娘家爹教唆他的儿子和侄儿说：是咱杏爱的东西都抬上，不是咱杏爱的东西一样都不要拿。彪悍的儿子和侄儿们，也许是被院子里残留着的悲伤气氛所震慑，都默着，一言不发，一趟趟地从惠杏爱的新房里搬家具。镶着穿衣镜的大衣柜抬出去了，描着金花的漆彩箱子抬出去了……还有大红的绸缎被褥、一包袱一包袱的衣服也搬出去了，甚至把脸盆架子、镜子、梳子和惠杏爱的婆婆贾桂仙传给惠杏爱的红漆枕匣都一个不剩地搬了出来，装在了他们开来的手扶拖拉机上。在这些物品里，最醒目的，应该还是陪嫁来的“三转一响”了。老虎牌的缝纫机、凤凰牌的自行车，可是当时最为抢眼惹人的物件呢！娶媳妇嫁女，是不敢少了这些物件的，少了就有失体面，就欠缺光彩。惠杏爱的娘家爹，那是怎样一个人呀，大路上抓一把干面面土，握在他手里也要握出二两油的。他要给惠杏爱陪嫁，自己是不会出水的，而且他也不会顾及别人的感受，难场不难场，可能不可能。名义上是娘家的陪嫁，花的钱可是都要谷门坎出的。他替女儿惠杏爱向谷寡婆村的谷门坎家讨要了缝纫机、自行车，还讨要了手表和收录机。惠杏爱这几天没黑没明地转，转得她头昏脑涨，没有心思戴她陪嫁来的蝴蝶牌手表，就在她炕上的绣花枕头下压着。娘家爹指挥他的一帮儿子侄儿搬运物件，发现了蝴蝶牌手表，毫不客气地抓到手里来，戴在了他的手腕上。至于那件双音箱的燕舞牌收录机，此刻则提在惠杏爱哥哥的手里。这些打开包装不久的工业化产品，或架在手扶拖拉机的拖斗上，或提在娘家人的手上，比惠杏爱嫁来谷寡婆村时拉在小四轮拖拉机上都要醒目哩！惠杏爱娘家爹心里说：这有什么好说道的？我家女子太可怜了，嫁过来才两天，你家娃儿谷门坎一命归西，那是你家娃儿没福，这能怪谁呢？还有跟着娃娃去了的贾桂仙，你不想活了，想去阴间陪你娃你去好了，我才不想我家女子留在这里挨恓惶哩。如今是新社会，改革开放了，没有啥贞节烈女一说了。我要把我家女子从这道门里引出来，回到娘家去，要不了十天半个月，就又能寻下新主儿，就又喇叭吹、锣鼓响地拜天地了。

有女不愁嫁，老惠家的女子再婚，还要嫁个初婚的人家哩。

惠杏爱的娘家爹指挥着他的儿子和侄子，把惠杏爱新房里倒腾出来的东西，往手扶拖拉机的拖斗上很有条理地装着，满满地装了一拖斗，高高的，像是一座平地上忽然耸起的小山包。他们准备等去官坟安埋谷门坎和她婆婆的惠杏爱一回来，拉着她，就和她一起上路。

恰在这个时候，到官坟那儿帮助惠杏爱安埋谷门坎和她婆婆贾桂仙的村里人，早了惠杏爱几步回到村上来了。啥话都不用说，也不用打问，只往装得满满当当的手扶拖拉机上望一眼，再打量惠杏爱娘家爹的那种神气，就一切都明白了。

明白了是一回事，气不平是另一回事。

可怜的谷门坎，可怜的门坎他妈贾桂仙。谷寡婆村的人不是不讲道理的，也不是不讲情面的，他们只是觉得气不平，觉得有什么东西严重刺伤了他们的心。是什么呢？是手扶拖拉机上扎绑着的老虎牌缝纫机和凤凰牌自行车吗？是戴在惠杏爱娘家爹腕子上的蝴蝶牌手表和提在惠杏爱她哥手上的燕舞牌收录机吗？是的，这时候怎么看都是那么刺眼。初春冰冷的阳光，照在这些物件上，闪射出的光芒，犹如一枚枚钢针，刺得谷寡婆村的人血脉贲张，集体在心里怒吼着：抢劫呢，啊？抢人呢，啊？意外的悲伤，本来就使他们心情沉重而懊恼，而眼下的情景更是火上浇油，一腔悲痛全化作了愤恨。他们的眼睛红了，牙齿咬得咯咯咯地响，攥紧的拳头上是一条一条凸暴的青筋，他们一步一步地拥围上来，很快就把手扶拖拉机和惠杏爱的娘家爹以及惠杏爱的兄弟们围困在一个圆圈中了，便是他们插上翅膀也难逃走了。

惠杏爱的娘家爹似乎并不惧怕拥围上来的谷寡婆村人。

惠杏爱的娘家爹是霸蛮的人，经见的事多了去了。天下的事，有些是要说的，一说了之；有些则是要打的，一打了之。今天的事，他不认为自己理亏，谁家的女儿初婚遇上女婿死，不是这样做的？要说，他有一河滩的理由，他不怕说。说不成了打呢？打就打么！惠杏爱的娘家爹最不怕动拳脚了，别看拥围上来的人里三层外三层，真正敢动拳脚的又有谁呢？上阵父子兵，打虎亲兄弟，拥围上来的人谁是谷门坎的亲兄弟？少得太可怜，太没有力量了。所以，惠杏爱的娘家爹一点都不怯火，他镇定地从他脖领上抽出一杆长长的旱烟锅，在烟锅里填满了烟叶，伸到他儿子面前，让他的儿子给他打火点烟。他把烟吃着了，冲着拥围上来的谷寡婆村人，东边吃一口，吐出一口烟，西边吃一口，然后又北边南边各吃一口，又各吐出一口烟……他在心里骂着女儿惠杏爱：瓜㞞闷种一个！出了这种事，还不赶紧往娘家倒腾拾掇东西，竟然还到坟上送葬呢！你是疯了吗？你是傻了吗？木头脑袋不开窍！还有什么好留恋的呢？一回娘家，这里的事不就全了了吗？永远再不到这里来了。你说你这贼女子，还瞒着你爹我，你是想弄啥哩？让谷寡婆村人围我吗？看我的稀奇景吗？

拥围上来的人群里有人喊话了：弄啥呀？白天大日头的，当土匪呀！

有人带了头，自然就有人跟：当我谷寡婆村没人吗？

一个跟了一个跟：胆子太大咧！要让他把手扶拖拉机从谷寡婆村开出去，我们就都不姓谷了！

更绝的一声喊在惠杏爱牵着谷门栓来到人圈外面时响起来了：老家伙拿吃烟挑衅咱们呢！把他的烟锅卸了，咱们再卸手扶拖拉机上面的物件。

自信自负的惠杏爱娘家爹，显然估计错了形势，在谷寡婆村人一阵杂乱的嚷叫呼喊声中，还真有人上来卸了他的长杆儿黄铜烟锅。接下来，又不管三七二十一地攀着他们已扎绑好了的手扶拖拉机拖斗，要往下卸物件了。跟着惠杏爱娘家爹来的儿子和侄子，也不肯示弱，背靠在手扶拖拉机上，与往上拥扑的谷寡婆村人推拉着，撕扯着，很快就有人的衣服被撕破了，有人的脸被抓伤了。

闹腾得几乎就要失控，而且还可能闹出更大乱子的时候，惠杏爱牵着小弟谷门栓的手从人群外挤了进来。

有人看见她了，说：杏爱来了。

这人说话声音一点都不大，完全比不上现场的大吵大闹，但却尖锐地灌进在场者的每一只耳朵里，使撕扯着争夺着吵骂着的人们一齐安静了下来。刚才还是那么剧烈可怕的场面，一下子变得鸦雀无声了。无论是谷寡婆村的人，还是惠杏爱娘家爹和他率领的儿子侄子，都住了手，住了口，一齐扭过头来，目光齐刷刷地集中在了惠杏爱的身上。

安静。沉默。可怕的安静和沉默。

惠杏爱静静地伫立着。一时之间，她觉得脑子里乱糟糟的，像被柴草一样的东西塞满了，甚或像有千军万马在奔腾冲撞，使她的脑子要炸裂开来！她只朦胧地预感到，她的娘家爹听到谷门坎惨遭横祸的消息后，会到谷寡婆村来，拽着她回娘家的。但她绝对没有想到，她的娘家爹会带着她的娘家兄弟和堂兄弟们，开着手扶拖拉机来，连自己的面都不见，不听她的想法，就很粗暴无理地抬出她新房里的东西，一股脑儿装到车上去了！这是弄的啥事嘛！这算干什么呢？她的胸膛里，有一股气流在滚动，在往上涌，使她想喊，想叫，想哭，想破口骂人！

羞辱和愤怒一下子控制了惠杏爱。

她把她的娘家爹横了一眼，紧接着又把她的娘家兄弟们各横了一眼，然后，越过了娘家爹和娘家兄弟们。惠杏爱在找一个人，她看见了，那是远远地站在人群后头的谷冬梅。留着剪发头、穿着干部服的谷冬梅，不动声色地观察着事态的发展。惠杏爱真希望她能突破拥围了一圈又一圈的人群，到自己身边来，像她悲惨伤痛地面对女婿谷门坎和婆婆贾桂仙的尸体而手足无措时，来到她的身边，把手搭上她的肩头一样。那个时候，谷冬梅把她的手往惠杏爱的肩头一搭，惠杏爱立即有了一股战胜一切困难的力量。这一次也一样，只要谷冬梅把手再次搭上她的肩头，她仍然会立即振作起精神来，处理好一切棘手的问题。哪怕这问题就出在血亲的娘家爹和血亲的娘家兄弟们身上，她也是不怕的，一点都不怕。

可是，谷冬梅没有往旋涡中心的惠杏爱靠近，她依然固执地冷冷地观察着事态的发展。

大房叔呢？谷寡婆村的村支书兼村长的谷大房到哪儿去了？惠杏爱悲怨地睃寻着谷大房。她发现他了，发现他像谷冬梅一样，也是远远地站在一圈又一圈的人群外边，披着他那件九道弯的羊皮袄，低着头，很有耐心地剥着他爱吃的黑色四棱棒上发脆的外皮，然后又低头一下一下地往黑色四棱棒上润着唾沫。

谷寡婆村最具权威的谷大房像与退休回村的县粮食局原局长谷冬梅商量好了一样，此刻也无意卷入事态的旋涡中心来。

惠杏爱哪里知道，这就是谷冬梅和谷大房的厉害了。他俩也许有矛盾，也许有冲突，甚至是很深的矛盾，很激烈的冲突，但他俩是能沉得住气的。所谓气定神闲，讲的就是他俩现时的状态，只要不出人命，完全可以任事态进一步发展，甚或是恶化。此刻，他俩心里想的，几乎没有什么不同。他俩都是谷寡婆村举足轻重的人物，惠杏爱的娘家爹趁着他们招呼村里人抬着谷门坎和他妈贾桂仙的棺材去官坟安埋的空当，开着手扶拖拉机来到谷寡婆村，青红不分、皂白不辨地就来拉运惠杏爱新房里的物件，这也太不把谷寡婆村人放在眼里了。如果再往明里说，就是干脆没把谷冬梅和谷大房往眼里搁。岂有此理！这可是深深地刺伤了他们的自尊心，损害了他们的权威性。谷大房是男人，谷寡婆村男人中的男人，谷冬梅虽然是个女儿身，却也不乏男人的冲动和气概以及男人的沉稳和睿智。就在刚才，谷大房也差一点要卷入撕扯中去呢，是谷冬梅的冷静帮了他的忙。他压制着自己的冲动，不动声色地站在旁边看着。谷大房不知道谷冬梅的心里是咋想的，总之，他是想如谷寡婆村的男人一样，抡起自己的拳头，把惠杏爱的娘家爹和娘家兄弟们都捶一顿，捶得他们头青面肿才好呢！谷大房在肚子里不无恶意地冷笑着，自言自语：开玩笑哩！就凭你们几个人，就是变成虎狼，也甭想在谷寡婆村撒野耍威风。告诉你们吧，要想把谷姓人家的物件轻轻松松地拉出村，不折几条胳膊，就甭想动一步！天底下没有这么轻松的便宜好占！嘿嘿，到头来，我要让你们吃饱了再兜上呢！

谷冬梅是在等惠杏爱。

受了谷冬梅的影响，谷大房也在等惠杏爱。

谷寡婆村两个最具权威的人，都在等待着从官坟回村的惠杏爱。

安埋谷门坎和他妈贾桂仙的日子里，不知别人想了没有，谷冬梅和谷大房就一直在想惠杏爱何去何从的问题。谷冬梅曾经的恩人、后来的好姐妹贾桂仙和她大娃谷门坎双双离世，她岂能不为这个贫困的、支离破碎的家庭生活考虑啊？谷敬勤伤瘫在炕，虽然一时半会儿入不了土，却也是个实际上的棺材瓤子了，对他是不能有啥指望的。谷门墩呢，正当年，干活不缺力气，但谁不知道他缺根筋，是个“八成”人？谷门环聪明能干，可是年纪小，又是个姑娘娃，能指靠她来挑起这个家庭的重担吗？更甭说谷门栓，完全就是个不省事的娃娃，哭鼻子、抹眼泪是可以的，除此而外，他还能弄个啥呢？思前想后，谷冬梅没辙可想，她就只有指望惠杏爱了，只有惠杏爱不走，不离开这个家庭，才能支撑得住。她耐心地观察着惠杏爱，发现她不浮躁，有良心，有担当，完全有留下来的可能。如果惠杏爱真的留下来，谷冬梅心想，她是不会袖手旁观的，她会尽一切可能帮助惠杏爱的，不仅在经济上，还有她的政治生活，谷冬梅也要全力给予帮助的。人才难得，仅安埋谷门坎和他妈贾桂仙的几天时间，退休回村的县粮食局原局长谷冬梅，已打心眼里喜欢并佩服惠杏爱了。

谷冬梅喜欢着惠杏爱，想要她留在谷寡婆村，自己来帮助她，培养她。可是转念一想，她心里却又酸酸的，涩涩的，不是滋味，觉得对不起惠杏爱。

谷大房和谷冬梅思谋的问题几无二致。他从这个困难家庭的实际出发，是太希望惠杏爱留下，挑起家庭的重担。可是可能吗？初婚即守寡，不论怎么说，都是一个悲剧。将心比心，如果惠杏爱是他的女儿，他会怎么办呢？唉唉，精明强悍的谷大房几次想着这个问题，最后都把自己想糊涂了。他认定惠杏爱是会走的，一个鲜活的正待开放的花朵啊！作为一个村子的支书和村长，谷大房想，他能做的，就是惠杏爱走的时候，设法让惠杏爱的娘家人退回谷门坎家为她出的所有彩礼钱。这个理儿说来不是很正，或者说几乎就是强词夺理，但他也可以拿出来放到任何场合去说：为门坎家以后的生活着想哩，咱不能让他们一家人把嘴扎起来吧？这是个理直气壮又冠冕堂皇的说法啊！如果这样，惠杏爱抬脚走人，这个困难的家庭起码可以追回来千儿八百元。有了这笔钱，给二娃谷门墩寻一个媳妇，让他成家过日子，倒不失是个解决他们家问题的办法哩。当然，惠杏爱留下来不走是最好的，那样的话，就啥话都好说了。谷大房可以做主，以后上面拨给村里的扶贫救济款什么的，多给她家一些不就对了？

总而言之一句话，用各种办法拴住惠杏爱是最理想的结果。

昨天晚上惠杏爱的表现让谷大房有种出乎意料的高兴。他认定了惠杏爱是能挑起他们家庭重担的那个人。谷大房感动了，并在心里千百次地感激着她。但他的内心深处，总还有一点不实在，有一种没有道理的不相信。这不是吗？她的娘家爹和娘家兄弟们寻上门来了，他还要再试一试惠杏爱，看她怎么办！反正，不论什么结果，谷家的东西是一件也拉不出谷寡婆村的。再者，没有千儿八百元的彩礼钱退回谷家来，你惠杏爱就甭想出这个家门，甭想回你娘家去再进另一家的门！

嘿嘿！嘿嘿！嘿嘿！

谷大房冷笑着，依然站在人圈外观察事态变化，谷冬梅却轻轻地抬起脚，稳稳地往人圈的中心走去了。

谷冬梅走一步，水泄不通的人圈就让开一步，让她很有气势地走进人圈中心，站在了惠杏爱的身边，如惠杏爱所期待的，抬起一只手来，搭在惠杏爱的肩头上。

谷冬梅不失礼数地说：杏爱，是你娘家爹和你娘家兄弟吧？

惠杏爱不知什么时候，干涩的眼睛里又涌满了泪水。她没应声，只轻轻地点了点头。谷冬梅就抬眼看着拥围得里三层外三层的村里人，大声地说：有理不欺门上客。散开，都散开。

谷冬梅说：让惠杏爱娘家人先进家里去，熬茶煮饭，吃了喝了咱再说话么。

拥围的人群听了谷冬梅的话，开始慢慢散去，但仍有一些人虎视眈眈地站着，不肯离开。其中就有谷大房，别人是盯着惠杏爱的娘家人看，他则是盯着谷冬梅看。此刻，他觉得站在惠杏爱身边说话的人该是他才对。

黑棉袄的前襟上被撕破了一绺、露出白花花一团棉花的惠杏爱娘家爹，像是红烧肘子一般油亮的脸上，被人唾了两口唾沫，很没出息地往下巴颏上流着。骄横自负的一个人，此时此刻，突然变得特别无辜和委屈。他没理步入人圈来招呼他的干部模样的谷冬梅，趁着人群渐散的空隙，往惠杏爱的身边靠了靠。

惠杏爱的娘家爹未说话先落泪，他说：杏爱哎！

强忍着心里的悲凄和怨愤，惠杏爱顺着谷冬梅的话劝说她的娘家爹了：爹呀，咱先进屋里去，有话在屋里说。

惠杏爱的娘家爹哪儿听得进去她的劝？说：还进去弄啥？走，你在身上拍两把，把身上的土拍干净了就跟爹回。

惠杏爱坚持劝说着她的娘家爹：锅都热着哩，炉子都旺着哩，爹不喝一口茶不吃一口饭就走，你让女儿怎么给人说呀？

惠杏爱的娘家爹说：你有给谁说的啥呢，啊？爹把你新房里的物件都拾掇净了，你跟上爹干干净净地走就是了。

惠杏爱还要劝说她娘家爹：爹……

惠杏爱的娘家爹果断地说：走！

惠杏爱哪儿能走啊？她依然要劝说她的娘家爹：爹……

惠杏爱的娘家爹失去了耐心，破口骂起来了：还说你妈的屄呢！你今天走也得走，不走也得走！

惠杏爱眼睛里的泪水顿时流出来，挂了一脸。她紧咬着嘴唇儿，那张俊俏惨白的脸，一下憋成了酱紫色。能有啥办法呢？她和霸蛮的娘家爹只能在这里说话了。

惠杏爱不容置疑地说：爹，还是让我的几个兄弟把手扶拖拉机上的物件卸下来吧。

惠杏爱的娘家爹有点不相信自己的耳朵，他说：你把你说的话再说一遍！

惠杏爱毫不含糊地说：那都是谷家门里的东西！

惠杏爱的娘家爹像被杀猪刀捅到身上似的惊叫起来：啊……

惠杏爱在她娘家爹的惊叫还没落音时就说：我是谷家门里的媳妇。

惠杏爱的娘家爹闻言，脖子涨得水桶一般吓人，一双圆鼓鼓的眼睛几乎要从眼眶中蹦出来了。他浑身哆嗦着，手指颤抖着直直地戳在惠杏爱的鼻尖上，说：好好！好好！你娃情愿当个死鬼媳妇……我……我……

惠杏爱看她娘家爹真是气坏了，就想安慰爹几句，就把刚才炮火筒子一般的语气放缓了，说：爹……

惠杏爱的娘家爹硬的不吃，软的不受，他吼叫着说：叫你妈的㞞！我不是你爹！

惠杏爱把语气改得更缓了，说：爹……

惠杏爱的娘家爹却更暴怒地吼叫着：甭叫我爹！我没你这个女儿！

惠杏爱的娘家爹吼叫过了，似还不能解除他心里的愤恨，抡圆了胳膊，在惠杏爱的脸上狠狠地抽了一巴掌，几乎把惠杏爱抽打得趴在地上。然后，他头也不回，大步地向谷寡婆村外走去了。

第十七章

娘家爹打在惠杏爱脸上的那记耳光，真是太响亮了，仿佛一声晴天霹雳，把谷寡婆村的人都打醒了。他们一拥而上，解了手扶拖拉机上扎绑着的绳索，小心地卸着手扶拖拉机上堆得满满当当的物件。

老虎牌缝纫机卸下来了，是两个小伙儿卸的，旁边的婆娘女子看得眼馋，忍不住伸了手去摸，摸着嘴里还啧啧地称赞：好牌子！好牌子！凤凰牌的自行车卸抬下来了，仍是两个小伙儿卸的。显然他们还没有学会骑自行车，卸下来后，一个就跨步骑上去，一个抓着后车架扶着，骑了不几下，便歪歪扭扭地倒在一边，他们面红耳赤，旁边人则嘻嘻哈哈嘲笑不止。大衣柜、高低柜、写字桌以及被子、褥子、包袱都被卸下来了，又都由谷寡婆村的人抬着，往惠杏爱的新房里送。可是时兴的蝴蝶牌手表是戴在惠杏爱娘家爹的腕子上的，娘家爹在抬手抽打惠杏爱时，很醒目地亮出了那块明晃晃具有防震、防摔、防水功能的手表。惠杏爱看见了，但她没好意思再说。村支书兼村长的谷大房也看见了，他皮笑肉不笑地嘿了一声，像是好不容易找到个让他大出风头的机会似的，挺身而出，堵住了惠杏爱的娘家爹。

谷大房把他的一根黑色四棱棒给惠杏爱的娘家爹让着：亲家公，且请息怒，吃根四棱棒棒么。

这是给他搭梯子呢，大失颜面的惠杏爱娘家爹可以借着这把梯子体面地走下来。惠杏爱的娘家爹看来并不笨，他去接谷大房递来的黑色四棱棒——他是用他戴着手表的手去接的。但是谷大房却把点烟的火弄灭了，并且惊诧地说起他腕子上的手表来了。

谷大房说：你腕子上的手表，前两天我见在惠杏爱手上戴着的呀！

惠杏爱的娘家爹赶忙垂下手来，想掩饰腕子上灿灿发亮的蝴蝶牌手表，可他眼望给他搭梯子递烟的谷大房，发现了他脸上的不屑和嘲笑，便悻悻地从手腕上捋下手表，摔在谷大房伸出来的手里，扭头走了。

惠杏爱的娘家爹扭头一走，那几个跟他来的惠杏爱娘家兄弟和堂兄弟，就都如泄了气的皮球，再也不跳腾不嘶喊了，等手扶拖拉机上的物件卸尽了，都爬上空空荡荡的拖斗，加大了手扶拖拉机发动机的油门，突突突突地一阵轰响，竖在半空的排气管喷出一股一股的黑烟，灰溜溜地心不甘、情不愿地往村外开去了。

望着狼狈出村的手扶拖拉机，谷寡婆村的庄稼人爆发出一阵杂乱的喊叫和哄笑。

哄笑声里，谷寡婆村的庄稼人像打了一场胜仗，继续帮着惠杏爱往她家里拾掇着那些散发着油漆味的箱箱柜柜和散发着布料棉花味的铺盖物件。

站在惠杏爱身边的谷冬梅劝说她：回去吧，杏爱。

惠杏爱像一尊雕塑似的，一动不动。

谷冬梅就牵了惠杏爱的手，继续劝她：回去好好歇一场。这些天没少熬煎，你看你，都瘦了一圈子。

惠杏爱的手被牵在谷冬梅的手里，谷冬梅牵着往前走一步，惠杏爱跟着往前走一步，谷冬梅不走，惠杏爱便僵僵的不动。谷冬梅心里为惠杏爱想着，她为了这个家，彻彻底底地把她的娘家人得罪下了。以后的日子，她有了苦，有了恓惶，想到娘家门上去走一走、站一站，怕是都不可能了。

唉唉唉，姑娘家不到万不得已，谁会挖断娘家的路啊！

谷大房也往惠杏爱身边来了。

谷大房的手里捏着他从惠杏爱娘家爹手腕子上巧夺回来的蝴蝶牌手表，他举在手里是要还给惠杏爱的。谷冬梅看见了，没让谷大房往惠杏爱的手里递，伸出手一把夺了过来。

谷冬梅气恨地说：村支书太有能耐了！

这是什么话呢？谷大房愣了愣，想要和谷冬梅强辩几句的，却突然琢磨出谷冬梅话中的意思了，于是他讪讪地笑了一下。谷冬梅却还不依不饶，要给谷大房上课了。

谷冬梅说：你该替惠杏爱想想的，那是惠杏爱的娘家爹，你咋都不想一想？那么绝情，你让杏爱怎么受得了？

本想显露一下手段的谷大房，从惠杏爱娘家爹手里巧夺回惠杏爱的蝴蝶牌手表，自己心里是得意着的，还想在村里人和惠杏爱的跟前显显他的能力、表表他的功劳呢。他实在不想把刚才对待惠杏爱娘家人的风头都让谷冬梅占了去，才最后出手，向惠杏爱的娘家爹巧夺蝴蝶牌手表。经谷冬梅这么一说，他自觉是欠考虑了，而且是唐突的。一村人阻拦惠杏爱的娘家爹他们拉走惠杏爱新房里的东西，其实只是一种表象而已，根本的问题，是想以此留下惠杏爱，缝纫机、自行车、收录机以及满手扶拖拉机的物件，因为惠杏爱的态度，全都利利索索地卸下来了，至于惠杏爱的娘家爹戴在手腕上的蝴蝶牌手表，就让他戴去好了，哪里需要做得如此绝情呢？

谷大房仔细一想，讪讪笑着的脸僵住了，大冷的天儿啊，他身上竟还沁出了一层凉津津的细汗。

谷冬梅看出了谷大房的难堪，便不再说啥了，就还牵着惠杏爱的手，拉着她往门里走。就在这时，一个陌生的声音响了起来。

陌生人叫着：杏爱，惠杏爱。

陌生人就是运送谷门坎尸体回村的交管同志所说的陈增强。他站在距离惠杏爱不远的地方，身材是高高大大的，也是壮壮实实的。他在谷寡婆村人与惠杏爱的娘家人撕扯争执的时候就来了。他来得可不是时候，谷寡婆村的人不认识他，争执撕扯的双方都不认识他，而他又不知道他们为什么争执，为什么撕扯。他糊里糊涂地卷了进来，被谷寡婆村的人以为是惠杏爱的娘家爹一伙，就有谷寡婆村的小伙儿给了他几下暗拳，又给了他几下暗脚。最为糟糕的是，不会下暗脚暗拳的谷寡婆村的女子，还用她们尖利的指甲，抓破了他的棉衣和脸。

陈增强叫惠杏爱的声音，于别人是陌生的，但对惠杏爱来说，却并不陌生。她的手被谷冬梅牵着，却把脸拧过来看了。如果不是被撕扯破了棉衣，被挖抓烂了脸面，惠杏爱是能一眼认出陈增强的。但是他棉衣破了，脸面烂了，惠杏爱就没能一眼认出他。

迟疑着的惠杏爱说话了：你……你是……

陈增强往惠杏爱的面前走了走，说：我是陈增强呀！你认不出来了？

所以迟疑，是因为惠杏爱听得清陈增强的声音而看不清他的脸。现在，他自报家门了，惠杏爱的记忆豁然开朗。她说：是你啊，你是陈增强哩。

陈增强因被惠杏爱认出来而勉强一笑，说：我就说么，你不会认不出我，几年的中学同学哩。

惠杏爱看着陈增强的模样，有点不解地问：你，你这是怎么了？

陈增强很无辜地摸了摸自己的脸，又把翻出棉衣外面的棉絮用手往撕破了的洞眼里塞了塞，说：谁知道咋了。我去北马坊煤矿拉煤，半道上发现翻到沟里的小四轮拖拉机，给附近的交管部门报了案。他们处理交通事故，救治事故司机，在他们的指导许可下，我把事故车辆从深沟里弄上来，草草地修理了一下，拖着来到你们村里，这就……唉，唉，挨了一顿黑打。

事情的真相在陈增强的解释下清楚了。

哎呀呀，这才是大水冲了龙王庙，大家把对惠杏爱家有恩的她的中学同学打了。刚才动手的几个谷寡婆村青年人，磨磨蹭蹭地踱到陈增强跟前，很不好意思地给他道歉，有的还把自己的脸伸到陈增强的手边，让陈增强还他几巴掌：只要能解气，挖抓出几道血口子也没啥。误会消除了，陈增强又怎么能给向他道歉的人甩巴掌呢？不能了，他就笑笑地把拥上来给他道歉的谷寡婆村人推开，端直地站在了惠杏爱的面前。不用多问，也不用再打探，陈增强凭他的眼睛，已经看出遭遇不幸的正是他的中学同学惠杏爱呢。

陈增强伤痛的心怦怦激跳着，不无悲伤地看着惠杏爱，说：我不知道，真的不知道……唉！

惠杏爱想给她中学同学陈增强挤出一点笑的，但却终究没挤出来，只是说：谢谢你了，陈增强。

惠杏爱感激着陈增强，从他的身侧看过去，看见了陈增强辛辛苦苦给她拖回来的那台“秦川”牌的漆了红色油漆的小四轮拖拉机。啊啊……这台谷门坎用贷款和借账买回家的小四轮啊！谷门坎生前对它可是寄予了极大希望呢，可它还没怎么给这个困难的家庭带来什么变化，却以它的一次事故，要了对它充满信心的谷门坎的命。惠杏爱的心一抖，眼前一阵发黑，几乎就瘫软在街巷上了，幸亏谷冬梅牵着她的手没松，才使她有了站住的依靠。可她猛地甩脱了谷冬梅的手，像个披头散发的凶魔，冲到残缺变形的小四轮拖拉机前，一阵没命地踢打。但钢铁家伙小四轮拖拉机，岂是拳脚可以踢打的？只几下就把惠杏爱的脚手踢打疼了，但她并不放弃捶打小四轮拖拉机的行为，就在街巷上寻找着砖头和石块。乡村里的任何一条街巷都不缺砖头石块。惠杏爱找到一截砖头，就拾起来，砸在小四轮拖拉机的机身上，砸出一声金属的干响；砸过了，她又找到一块石头，搬起来砸在小四轮拖拉机的机身上，砸出更大的金属的干响……咣！咣！咣！

没有人劝阻惠杏爱搬起砖头石块砸小四轮拖拉机的行动，谷冬梅没有，谷大房没有，陈增强也没有，大家都没有，都如一个个事不关己的旁观者，各自静静地站着，目光锁定在惠杏爱的身上，跟着她，看她搬起砖头石块，一次一次地砸着小四轮拖拉机。

惠杏爱砸得筋疲力尽，砸得她都要虚脱了。她又搬起一块石头，举起来，没有砸在小四轮拖拉机的机身上，而是轻轻地垂下手来，把那块石头丢在她的脚边，随后扑到红色的小四轮拖拉机的机身上，双手抱着因为翻车，还因为被她打砸而变得百孔千疮的机头，嘿嘿嘿，像是哭泣，又像是哀笑地呜咽着，用她的额头轻轻地触碰着钢铁制造的小四轮拖拉机。

嘿嘿……嘿嘿……嘿嘿嘿嘿，我的要命的小四轮拖拉机呀！

毕竟都是初嫁到谷寡婆村的新娘子，按理，上官乐和任喜过还不好太过出头露面，在谷门坎和他妈贾桂仙相继死亡的日子里，上官乐和任喜过出于年轻人的义愤与轻率，在事态发展过程中说了话，被自己的家里人叫回家里后，同是新娘子的她俩，心里一刻没停地想着惠杏爱，为惠杏爱焦急着，伤心着，但都没有太冒失，没有像谷门坎出事那天那么莽撞。她们各自守在自己的家里，大门不出，二门不迈，安安静静地待了几天。可是她们无时无刻不注意着街巷里的动静，把自己的耳朵耸得高高的，把自己的眼睛擦得亮亮的。她们掐指算着，知道这一天是谷门坎和他妈贾桂仙入土的日子，耐心地在家里守着，守到半上午，又听到惠杏爱的家门前爆发出的争执和撕扯，她们就都在自己的家里守不住了。坐是不能坐的，坐着就如坐在针毡上一般难受；走又是不能走的，走着走着，不小心在门上碰一下头，不小心在照壁上碰一下头。到最后，她俩横下心来，哪怕惹人戳脊梁骨，也要豪迈地走出家门。

隔墙的两个新娘子，真是巧得很，上官乐把头从她家门里探出来时，任喜过刚好也把头探出了她家的门。她俩相互看了看，都没有笑，也没有说话，只是迅速地走到一起，手牵了手，小心地向惠杏爱家门前走来了。

惠杏爱气走了她的娘家爹和兄弟们，惠杏爱搬起砖头石块砸小四轮拖拉机，惠杏爱扑到小四轮拖拉机上，用她的额头磕碰小四轮拖拉机……一切的一切，每一个细微的动作，全都不落地钻进了上官乐和任喜过的眼睛里了。她俩牵着的手越攥越紧，几乎要攥出汗来了。她俩设身处地地为惠杏爱想着：同为初婚的新娘子，她的命怎么那么苦呀？她招谁惹谁了？

这种悲苦的追问，像是阴毒的鬼魅，纠缠上了任喜过。她怀着满腹的苦涩和哀伤被女婿谷梦梦拉回到家里，天不黑就睡在了热被窝里，但她没法不想惠杏爱。糊里糊涂的，自己是怎么睡着的，她不知道。睡梦中，任喜过只是感到她的身上仿佛压着一座山，是那样巨大，那样沉重，她连身子都无法挪动了，是那种孙猴子被如来佛压在五行山下的感觉呢。啊啊……压着就压着吧，她的身子下面还像烧着一堆火，烤炙着、烧灼着她，几乎要把她的皮肉都烧烂了，有那么一种刺骨钻心般的疼痛。

任喜过想大声地喊，可怎么也呼喊不出声音来，是嗓子哑了吗？任喜过想痛痛快快地哭，让眼泪滂沱如雨地哭，但怎么都挤不出一滴泪水来，是泪囊已经干了吗？

啊呀！啊呀！

任喜过奋勇地挣扎着，翻腾着，浑身的劲都集中到了两条腿上，她再次大吼了一声。这一声，她终于喊出来了，并终于推开了压在身上的那座大山，翻身坐了起来。

任喜爱一身的冷汗，她惊魂未定地从睡梦里醒来，睁眼看时，这才发现压在她身上的不是什么大山，而是她的新女婿谷梦梦。他赤裸着肌肉疙瘩相连相叠的上身，用他粗壮有力的胳膊，死死地搂着她，呼噜连天地沉睡着。便是刚才，他被任喜过猛地推下身子，也没有醒过来，而是翻了一下身，拽了一下被子，就又鼾声如雷地睡过去了。他是什么时候爬上她的身子搂着她睡的，任喜过是不知道的。她只知道，睡觉的时候，她贵贱不让他钻进她的被窝里来，软缠硬磨不让，死乞白脸不让。最后，她甚至喝令他睡到炕的那头去了。

醒过来的任喜过，撇下呼噜打鼾的谷梦梦，把自己的枕头抱到了炕的另一头，拽过另一床被子，裹住自己的身体，才又躺了下来。

躺下去了，又不忍心地爬起来，给光裸着身子的谷梦梦盖好了被子。

好奇怪呀！刚才睡得多么死啊，想醒醒不来，想动不能动，可是这一醒来，却又大睁着眼睛，想睡睡不着，想不动又不能了。在热烫烫的土炕上，任喜过烙锅盔似的，一会儿翻身到这边，睡不了一会儿，就又翻身到了那边。

村西头做了两天新娘又迅速变为新寡的惠杏爱，总是挥之不去地在她眼前晃动。太惨情！太可怜！太令人无法接受了！窝在家里几天，没再到西头去，怕人说她好出头，好露面，说白了只是一个方面。另一个方面，她和上官乐交流过了，上官乐说害怕再见那样的场面。她自己呢，细想，可不也就是这个理儿吗？后来，惠杏爱在谷寡婆村各家各户主事人的面前，以她的名义揽下女婿谷门坎和婆婆贾桂仙生前借账的事，任喜过没在现场，但那事却像一股子旋风，迅速地灌进了她的耳朵。她不由自主地为惠杏爱操心着，不晓得她这是要怎么样。是要守寡守在谷寡婆村里吗？任喜过心里疑惑着，和上官乐一起来到惠杏爱的家门口，亲眼看见惠杏爱和她娘家爹撕破了父女的情分，专下心要留在谷寡婆村的事情。为此，好心肠的任喜过在心里拷问她自己了：我要是惠杏爱，我要是遇上她这号事，我能怎么做呢？会像惠杏爱一样吗？

惠杏爱的遭遇真是太辛酸了。

佯睡在土炕上的任喜过，觉得把炕烧得太热了，像是火一般烙得她心烦意乱，忍不住又翻了一个身，想着她能否比惠杏爱更坚强。

任喜过在被窝里摇头了。

就在任喜过摇头的时候，她不知道，隔壁的新娘子上官乐睡在被窝里也摇着头。

上官乐之所以摇头，与任喜过摇头的理由是一样的，都是为了初嫁到谷寡婆村来的惠杏爱。将心比心，上官乐把她与惠杏爱也做了一番比较，觉得这个看似柔弱的惠杏爱，内心的强大，可不是她能比的。

看见惠杏爱支走她的娘家爹和娘家兄弟们，又看见惠杏爱搬起砖头石块砸小四轮拖拉机，最后又还搂抱着小四轮拖拉机用她的额头一下一下地碰撞，上官乐的心都要碎了呢！

上官乐以为，惠杏爱搬着砖头石块砸小四轮拖拉机，她该是仇恨它的，是它翻到北马坊的沟里夺去了她女婿谷门坎的生命，同时又夺去了惠杏爱的新婚和幸福。最后，惠杏爱又搂抱住了小四轮拖拉机，她该是又爱着它的。

女婿谷门坎死了，它就成了谷门坎，她搂抱着被她砸得遍体鳞伤的小四轮拖拉机，就如抱着入了土的谷门坎一样。她要依靠这台谷门坎遗留给她的小四轮拖拉机，走谷门坎想走没能走好的路，圆谷门坎想圆没有圆了的梦。

为此，回到家里来的上官乐，情不能抑，捉了笔，写了一首名为《钢铁制造》的诗：

冰冷的铁，
冰冷的钢，
冰冷的钢铁啊！
制造出隆隆轰鸣的发动机。
制造出把握前程的方向盘。

火热的铁，
火热的钢，
火热的钢铁啊！
锻铸起柔性似水的眼泪。
锻铸起血肉不屈的肩膀。

上官乐把她创作的这首诗推敲了一阵儿，最后还在主题下拟写了一个副题：致惠杏爱。

为了表达她对惠杏爱的敬意，上官乐把这首诗写出来后，到天黑上炕时，胸中的块垒依然不能消融，她就又捉起笔来，写了一首题目为《女人的天空》的诗：

一开始没想写你
我想写梧桐树叶上歇着的露珠
熟睡的蜜蜂和彩蝶
后来你占据了我
看见你柔肩耸动
看见你泪眼鲜红

看见你搂住了一团钢铁的热度
看见你是个女人
女人的天有点低
女人的日子却很长，很长

写前头的那首诗，上官乐没有觉得惠杏爱虚弱，也没有觉得自己虚弱，她把自己写得心血涌动，一时竟觉得自己有了男儿一样的豪情。她把第二首诗写出来，给她亲爱的谷天明朗诵了。她轻轻地朗诵了一遍，问谷天明怎么样。谷天明没有表示什么，她便给谷天明又轻轻地朗诵了一遍。这一朗诵，她把自己朗诵哭了。她哭着扑到炕上去，扳倒了谷天明，像个疯子一样，把谷天明身上的衣服撕扯着一件件脱下来，抛到了脚地上，然后又把自己脱光了，钻进谷天明的怀抱里，咬着谷天明的耳朵，要他抱紧她，抱紧些，再抱紧些……她还要谷天明和她做爱，不管不顾，疯狂地做爱，一回是不行的，她要，她还要，二回三回地要，让谷天明手忙脚乱、丢盔弃甲地日弄她。

谷天明能怎么样呢？

面对他心爱的上官乐，就是她不提出要求，别说新婚云雨，初尝了做爱的甜蜜，他自己还嫌不解馋呢！不过，凡事不能过了头，过头就不好了。在上官乐的要求下，一次一次地做爱，谷天明还真是力不从心，但他努力着，一定要满足上官乐。嘿嘿……做爱，别说上官乐是要和他做爱，便是她再疯狂些，要他动了刀子杀人，他都会满足她呢。

情况看来不错，上官乐在谷天明的怀抱里，因为疯狂地做爱，累了，慢慢地沉睡了过去。

第十八章

快快，取笔去，在新娘子的肚子上画个娃娃！

对，画娃娃！

要我说，咱连新娘子的裤儿也给脱了！啊……脱了！

啊哈嘿！让咱看看，是黑毛哩还是黄毛？

多少个日子过去了，任喜过还是不能忘记新婚之夜所受的羞辱！

那天晚上，谷寡婆村没人来要任喜过的房，谷梦梦心慌着急，就跑到大街上去，招呼来了烂眼儿“骚怪”他们。他们到她的新房里来，二话不说，就在炕上掏出一副扑克牌赌起来了。任喜过看不下去那种场面，但她又不好往出躲，就只好坐在炕沿儿上，拧过身去，任凭他们在炕上胡吆喝着赌博。他们的吆喝，奇奇怪怪，什么“包二奶”，什么“处女红”，把任喜过听得心惊肉跳，面红耳赤。后来就还听他们吆喝“初夜血”！这一声吆喝过去不多会儿，只听纸牌被他们摔得噼啪乱响，响了一阵儿，突然就齐茬茬地停住了，不吆喝也不摔纸牌了。安静了有那么一刹那，爆发出来的是更为淫邪粗野的一声声狂叫——啊哈，有艳福咯，头一晚上的新娘子是咱的了！任喜过还没意识到怎么回事，自己的后腰已经被人猛地搂住了，并被一下子拖上炕去，抱在一个人的怀里。任喜过浑身的血一下子涌到了头顶：这到底算是做啥呢？她的眼睛惊恐地大睁着，碰上的正是那双烂得红刺刺淫邪的眼睛！这时的任喜过，还不知道这个烂眼睛是被村里人谑称为“骚怪”的谷中秋，她只看见他那咧得瓢儿似的大嘴巴边上，已经流出了恶心人的涎水。还没等任喜过挣扎反抗，“骚怪”那流着涎水、喷着大蒜臭气的阔嘴，已经啃到她的脸上了。同时，呼啦啦地，她绸子棉袄的扣子被扯开了，毛衣被拥了上去，一只熊爪似的冰冷的大手伸了进去，在她的鼓胀饱满还从未被人乱动的奶子上乱挖乱抓。任喜过尖锐地感觉到，她的两只奶子都要被那贪婪的熊爪子撕扯下来了！

啪！

是耳刮子抽在烂眼睛“骚怪”脸上的声音，响亮，有力。

挣扎着、踢腾着、大声哭骂着的任喜过，看见了不被女婿谷梦梦待见的云小兰，她不知何时又来到任喜过的新房，看不过烂眼睛“骚怪”的粗野，拔刀相助，抬手抽了“骚怪”一耳光。正是云小兰的这一耳光，惊醒了不知如何是好的谷梦梦，他飞身跃起，大吼了一声：日你妈哩！就像狮子扑食似的扑上来，朝着把手伸进任喜过毛衣下挖抓着任喜过奶子的“骚怪”，又准又狠地抡了一拳，把“骚怪”打得歪倒在炕上。

打趴了“骚怪”的谷梦梦，还另有所指地痛骂着：我日你妈！你狗日的太害人了！你还想把人害成啥呀？

肆意胡闹的“骚怪”被云小兰的一耳光和谷梦梦的一拳打得眼前金星乱飞，他怪叫一声，扔下任喜过，扑过去和谷梦梦撕扯到了一块儿。

怒骂、嘶喊、哭泣和桌子板凳的相互碰撞声搅和在一起，形成极不和谐的曲调。这哪里还是耍媳妇的新房呀！

同来的赌徒们，此刻也觉得“骚怪”是有些“耍”得过头了，他们纷纷挤过来，拉的拉，拖的拖，试图把恼羞成怒的“骚怪”拉出新房去。就这，“骚怪”却还不依不饶，边在赌友的拉扯中往外走，边跳着脚日娘叫老子地吆喝：谷梦梦有种，你等着！我要让你知道喇叭是铜锅是铁！我要让你知道马王爷是三只眼！我要让你知道狼是麻的！你好好等着，过了初一就是十五呢！

谷梦梦不甚待见的“神经病”云小兰，也许是出于本能，也许是打抱不平，她又一次出手了，鬼影一样蹿到跳脚吼骂的“骚怪”身边，飞起一脚，踢到了“骚怪”的肚子上，把他立刻踢得哑巴了。

正在这时，谷冬梅出现了，把“骚怪”等几个赌徒臭骂了一通，事情才算了结。

“神经病”云小兰如今成了任喜过的好朋友，不怎么待见她的谷梦梦也改变了态度，对云小兰友好起来了。

烂眼睛“骚怪”谷中秋，把“谷中秋”这个好名字糟蹋了。也不知是他太健忘，还是太没脸皮，过了些日子，居然没羞没臊地到任喜过的家里借钱了。他来的那天，任喜过家门口的大槐树，经不住几日的春风吹拂，树枝上卧了一个冬天的叶苗呼啦啦绽裂开来，绿出了一树的鲜嫩。当然了，不只她家门前的大槐树绿了，谷寡婆村的街巷里，所有的树木都枝摇叶颤，绿得让人心动。任喜过的大哥谷劳劳承包的养猪场在渭河南岸的一块飞地上，他忙不过来时，谷梦梦要去河南岸帮他大哥一把的。任喜过不是无心的人，她发现了大哥谷劳劳的沉默，也发现了大哥谷劳劳的沉着。大哥谷劳劳人手紧张的时候，她也是要渡过渭河去大哥谷劳劳的猪场里去帮忙的。在渭河水里来去，任喜过发现，曲曲弯弯的渭河，夹在两岸随风荡漾的柳树林里，是那么纤瘦黄浊，反衬得河两岸漫长的柳树林就肥硕多了，也丰腴多了。一眼望不到尽头的绿色啊，妖娆妩媚，风姿绰约。

是呀，春天来了。

田野里的麦子起身了，任喜过回了几次娘家，去看望她的娘家妈豆菊芳，去一次，就见田野里的麦子长高一些。开始的时候，她看得见麦地里奔跑的野兔子，现在呢，别说身体娇小的野兔子，就是专职撵兔的细狗，奔跑在麦田里，也都难见它们的身影了。油菜花夹杂在麦田里，不开花不怎么惹人眼目，开了花，就现出油菜的鲜艳与靓丽了，一绺一绺的，金黄灿亮，与绿油油的麦苗分享着春季阳光的爱抚。

任喜过看了几次娘，豆菊芳也是要来看她的。这是渭河滩上的习俗，不是亲戚无所谓，是亲戚了就要走，越走越亲。任喜过的娘家妈这天来看任喜过，穿的是她自己缝制的一身黑衣黑裤。

豆菊芳就是这样，哪怕是她自己缝制的粗布衣裳，也要染色鲜艳，浆洗齐整，然后才穿着出门。她到谷寡婆村来看女儿任喜过，自然比她平时的穿着还要讲究一些。此外，她还要把自己收拾得头光脸净才好哩。她走在如花似锦的田野里，走出了一路的风景和一路的浅唱。

豆菊芳浅唱的是秦腔《三娘教子》王春娥的一段戏词：

有为娘发下誓教儿成名。
送儿在南学读孔孟，
只望你读书识礼有前程。
谁知你贪玩耍不把功用，

有几辈古人讲儿听，
黄香檀枕把亲奉，
王祥求鱼卧寒冰。
商洛儿连把三元中，
甘罗十二为宰卿。
你奴才将近十岁整，
还只顾贪玩不用功。
讲着讲着气上涌，
阵阵恶火往上升。
手执家法往下打，
活活地打死你小畜生。

怎么说呢，豆菊芳在她女子任喜过的年纪时，太热心流行于乡间的秦腔戏了。她虽然没有进过戏班学戏，只凭着她的耳朵听，便记下了不少戏词儿。长时间戴着个富农婆子的大帽子，她是想唱秦腔戏解忧的，但却一次都不敢唱。她怕一张嘴，又给她戴上顶宣扬帝王将相、才子佳人的大帽子，那她可就更受罪了。

现在好了，脱掉了富农婆子的大帽子，她想唱秦腔就能唱了。可她人已老，又不敢大声地唱了，就在路上走着的时候，低吟浅唱几嗓子，想来是不会惹人笑话的。

豆菊芳没有一点思想准备，正低吟浅唱着，却听到一个人的喝彩：美！唱得真个儿是美！

是这一声喝彩，把豆菊芳的低吟浅唱生生地给切断了。

喝彩声是从豆菊芳的身后传来的，她悄悄地回了一下头，不由得脸色大赤。因为，她看见的不是别人，正是她女儿任喜过的公公谷正芳。

谷正芳横背着两块木头板子，正奋勇地向前走着。他听到了前头的低吟浅唱，鼓励着她让她再唱时，她却不唱了，话跟话地就又说：唱呀！人正听得过瘾着哩！

豆菊芳还能再唱吗？她肯定是不能唱了。

豆菊芳便招呼起背着木板头也抬不起来的九先生谷正芳了，说：亲家公，你甭糟践人了。

木板看来是不轻呢，九先生忽听唱着秦腔的人称他亲家公，拽着背板的绳头一松，把两块木板撇在地上，抬起头，见是任喜过的娘家妈，便自嘲地说他干脆是头负重的驴子，只听声音，没看见是亲家母来了。

把自己嘲笑了几句，九先生谷正芳说：你女儿任喜过可是盼你早来哩。

在女儿任喜过与女婿谷梦梦相亲的时候，豆菊芳和九先生两亲家也见过面，但像今天这么邂逅在春意盎然的田野上，却还是头一回。

为了不使彼此难堪，任喜过的娘家妈豆菊芳说：你背这么重的木板做啥用呀？

九先生谷正芳说：做楹联的。

豆菊芳说：什么做楹联？我不懂。

九先生谷正芳认真地说：谷寡婆你是知道的。咱们渭河滩上的人家都知道我们村的祖宗谷寡婆。那些年，把谷寡婆享用的祠堂拆了，如今刚整修起来，我看祠堂的大门边上空着，想拟写一副对联，刻在木板上挂起来，也是对老祖宗的一种贡献。

豆菊芳深表赞同地哦了一声，她说：你这想法好！

受了亲家母豆菊芳的鼓励，九先生谷正芳把他临时搜寻到的两块上好的桐木板子再横背起来。此时背着，也不知为什么，竟然不觉得有多么沉重。他大踏步地在前头走着，引领着干淑齐整的亲家母豆菊芳走回了谷寡婆村，走进了他家的门。

娘家妈的到来，让任喜过有点喜出望外。

九先生谷正芳不知道，豆菊芳更不知道，就在他们进门之前，任喜过不想看见的仇人烂眼儿“骚怪”，到他们家来了一回。

那个不要脸的东西，抖颤着身子来到任喜过的家里，用他的烂眼睛把院子粗粗地看过，就知道院子里除了任喜过再没有别的人。

大哥谷劳劳的养猪场要淘粪，谷梦梦清早起来就过河去了。公公谷正芳随后也出了门，他出门去做什么，任喜过是不知道的。她孤守家门，从箱底翻出一对鞋底，穿了针，引了线，搬了一个草墩子，就在院子里的阳光下，暖融融地纳着鞋底子。不要脸的“骚怪”谷中秋进院子来了，她看见了，却没有抬头理睬他。

任喜过懒得理睬“骚怪”，“骚怪”自己却搭讪起来，说：新娘子，你还欠着我一个晚上的觉哩！

“骚怪”不说还罢，一张嘴就把任喜过惹得怒从心头起，扬手把她纳着的鞋底往“骚怪”的脸上撇去。“骚怪”躲了一下，鞋底只刮了一下他的耳朵，仅此也使他的耳朵挂了红。

“骚怪”可真够无赖的，挨了打，他不气恼反而乐了，笑嘻嘻地说：打是亲，骂是爱，不打不骂不亲爱。

任喜过可是气得两眼冒火，但她奈何不了“骚怪”，怒目盯视着“骚怪”，正不知如何是好的时候，“神经病”云小兰从任喜过家的头门走了进来。她走路不偏不斜，直直地走到“骚怪”谷中秋的跟前，抬起她的巴掌，在“骚怪”的眼前晃着，晃了一下又一下。任喜过就奇怪了，那么不要脸的一个“骚怪”，在“神经病”云小兰的面前，为什么总是畏首畏尾？即便挨了她的耳光，他也不敢反抗。

云小兰的巴掌，逼退了“骚怪”谷中秋。

“骚怪”谷中秋很是狼狈地后退着，却还解释说他是来找九先生的。说他在绛帐火车站觅到了一宗好生意，手头紧，他来是要九先生帮他筹措几千块钱。把那宗生意做下来，他可就大发了。“骚怪”给云小兰解释着，却还不忘向她挤眉弄眼，像有什么不可告人的暗示似的。

云小兰不吃“骚怪”谷中秋的暗示，扬着她的巴掌，仍在“骚怪”的眼前晃着。

“骚怪”谷中秋被云小兰的巴掌逼出了头门，在头门口，他跳着脚，越过云小兰的头顶，还向院子里愤怒着的任喜过喊话。

“骚怪”谷中秋大声喊：我还会来的。你给你爹说，让他给我筹措三千块钱，我做生意有急用。

这是怎么了？谷寡婆村谁想用钱都到他们家里来借，他们家是银行吗？

任喜过近些日子想得最多的，就是这件事了。快有几个月了，一天，大哥谷劳劳安顿好他渭河南岸的养猪场，回到村里来，一家人一起喝了一顿晚汤，才把碗放下手，一个人来了。这人和村支书兼村长的谷大房为同胞兄弟，他叫谷大楼。谷大楼一来，就直直地去了公公谷正芳的上房，很是大气豪迈地脱了鞋，爬上炕去，拉过棉被，盖住他的腿脚，张口就说谷正芳：你给二娃大办喜事，咋把我忘了呢？给你说，你可是欠着我的喜烟吃、喜糖嚼哩！

怪了！任喜过过门的日子，她是准备让人来抽喜烟来吃喜糖来“耍”的，可是没人来！似乎要把他们这一家晾到干岸上，要让他们一家在该喜庆的日子受冷落，受寂苦，品尝没人理的寒冷滋味。可是，过了那个日子，家里没请谁，却不断地有人寻上门来，嚷叫着要补吃“耍房”时的烟、糖、花生等等。进门来的谷姓本村人，无论是老是少，无论是男是女，都是一个调调儿。他们哎呀呀地惊呼着，说：那天晚上忙着哩，没顾上来耍新人，可这耍房的烟咧、糖咧，你家可不能把咱越了过去。来来来，给咱一样一样都补上。公公谷正芳、女婿谷梦梦笑面相迎，只要人来，来了张嘴，父子俩自己脚勤着，还要让任喜过脚勤，让她出来，给来人打火点烟，让她把人都认下，谁是叔，谁是婶，谁是哥，谁是妹……竟然没完没了。便是这样了，获得补偿的村里人似乎并不买账，还要异口同声地弹嫌。他们弹嫌糖不是奶油软糖，弹嫌烟不是带把儿的高级烟，抿过一口酒了，又弹嫌酒不是瓶装的正经西凤酒。谷梦梦给他们散烟，稍不留神，一盒烟可能就被人劈手夺过去，整盒儿地装进自己的衣兜里。该吃的吃了，想拿的拿了，风一般地来，雨一般地走，走着还要撇几句冷腔的，说什么：钱那东西，可是长着舌头哩，就只会舔肥尻子咬瘦屎。甭心疼，当爹的有公家攒钱给呢！当儿的有养猪场的大肥猪呢！说你家是万元户，那是把你家冤屈咧！你们家三万五万怕是打不住！吃你几颗糖，吃你一盒烟，怕只是从牛身上拔了一根毛哩。你家里如今财大气粗，把这一点点东西就不往眼里磨了吧？有钱人就要有有钱人的气魄么！

谷大房的亲兄弟谷大楼，也到任喜过的家里来了。他来了，肯定没有其他人那么好打发。

谷大楼坐在九先生谷正芳的热炕上，谷梦梦把任喜过叫了来，让给谷大楼点了烟让他吃，剥了糖纸让他嚼，还端了花生瓜子让他嗑。他吃着烟，嚼着糖，嗑着瓜子，就还蛮有兴致地算起任喜过家的账来了。他先算了九先生谷正芳，说：你回谷寡婆村多少年了？二十年？十八年？哎呀，你回到村子来，做活不得窍，犁不能扶，耔不会撒，麦扬不了，你说你能弄啥呢？庄稼活一样做不到位，但你出工了，出工就给你记工分，就给你分粮食、分钱款，你在谷寡婆村可是没少分粮食钱款呢！当然，你是戴了帽子的，右派分子的帽子，突然给你脱下来了，公家又给补钱了！你原来的月工资是多少？不少吧，公家就按月累计着给你算，一把都补给了你。一个萝卜两头切，用到你这里，是一点都不怨你的。公家给你补了多少？啊，三万？五万？

谷大楼这么算计着，把他算计得头上冒烟，说：早知有这样的好事，当初我就把你的帽子抢过来戴了。

算计过了九先生谷正芳，谷大楼又来算计起谷劳劳了。

谷大楼说：你家大娃谷劳劳屁不放一个，眼睛倒是亮呢！生产队散伙，谁都看着渭河南的飞地和养猪场发愁，怕把自己应分应得的责任地划到河南边去。老辈人说得好，种近地，养肥牛。这是说啥呢？是说地种近了方便，牛养肥了深耕，都是种田人的经验之谈。你大娃倒好，分给他的近地不要，偏偏要了渭河南岸的飞地。飞地远呀！太远了，远地里有着生产队时的一个养猪场，可那能算个啥呢？生产队养了多年的猪，有哪头猪养肥了？差不多养一茬猪，到过年了，放了猪的血，不够村里人过年吃一顿饺子。大家没把生产队的养猪场当回事，你大娃主动要了飞地，村上连带着就把破破烂烂的养猪场折了几个小钱送了他。他把猪养起来了，听说头一年出槽了百十头大肥猪，以后每年递增。听说年前的时候，陈仓城里的猪肉紧缺，他们的屠宰场来了几辆大卡车，把你大娃养猪场的肥猪一头不剩地拉走了。你说，一辆大卡车能拉多少头大肥猪？一头大肥猪能值多少钱？

谷大楼把他冒烟的头拍了拍，说：现在，我拿我的近地把你大娃渭河南岸的飞地换过来怎么样？

谷大楼在算计谷劳劳的时候，谷劳劳就在现场。

谷大楼算计过了，像突然发现了谷劳劳似的，转脸对着他，说：我算得不错吧？

谷劳劳没有回答谷大楼的问题，但他已被谷大楼算计得一阵儿脸红一阵儿脸白。任喜过也在当面，她只是不知，公公谷正芳谷和大哥谷劳劳被谷大楼这一通算计，他们心里是怎么想的。总之，任喜过在一边听了，只觉得她的脊梁骨发麻，立在脚地，很有些站立不稳的感觉。

在此之前，任喜过一直苦恼着，他们一家人在村里怎么那样背呢？

这下有了答案了。是谷大楼口若悬河地一通算计，让任喜过明白过来的，他们家之所以背，所以被人妒忌，全在于他们家的情况出了村里人的意料，大家觉出了一种不公平。这可是太狭隘了，国家的政策，白纸黑字地写着，平反冤假错案在先，号召人们勤劳致富在后。她的公公谷正芳所得的补偿，是国家落实政策给的；她的大哥谷梦梦的收获，更是他辛勤养猪得来的。这可都是符合政策的收入哩！而且，任喜过认真地观察过了，家里的经济状况不错，家里的人却都十分低调，而且还都慈善仁德，绝无盛气凌人、张狂放荡的举动和言语。女婿谷梦梦不是，公公谷正芳和大哥谷劳劳也不是。他们都是勤谨的人，而且还都是有些胆小怕事的人。就说女婿谷梦梦吧，没事的时候，就钻在家里，到老爹九先生的上房屋里坐一阵子，退出来，回到新房里再坐一阵子。要做饭了，任喜过挽起袖子下厨房，他也挽起袖子跟进来，动不了案上的活，他就拉着风箱烧火。地里活一开，谷梦梦扛着锄头出门，锄一晌地回来，吃了饭又去……大哥谷劳劳在渭河南岸的活儿更多，成天闷着头，就只知道在养猪场里忙活。哥儿俩都是能做活的勤谨人，烟是不抽的，酒是不喝的。就说女婿谷梦梦吧，同床共枕的一对小夫妻，谷梦梦见了她，也只会龇着牙嘿嘿笑一下。如果没人逼他们，把他们逼得转不过身，他们是绝对不会惹是生非的。

任喜过甚至总结她的大哥谷劳劳和女婿谷梦梦，觉得他们太窝囊了，太没有男子汉大丈夫的阳刚之气了。

谷大楼把谷正芳和谷劳劳算计得唯唯诺诺，两人都不知怎么和他说话了。他倒是大方得很，像头贪婪的狮子张开了口，说：我今日来没有别的事，就是想给你爷父们下话哩。

话说到了正题上，公公谷正芳便活泛起来了。他满碟子满碗地应承着谷大楼，说：啥事？只要老哥我能办到的，你只管说。

谷大楼便笑嘻嘻地说了：也不是啥为难事。有人在南山里头给我联系了几车木头，价钱挺合适的，贩回来，一方能赚百十来元。可你爷父们知道，我哪里拿得出那么多的本钱呢？咱也想和你爷父们一样富裕哩，可就是缺少本钱。没办法，这就寻到你爷父们面前了。哈哈，谁让你爷父们是咱谷寡婆村带头富裕起来的人呢？

公公谷正芳的眼睛眨巴了好几下，问：你说，得多少？

谷大楼眼睛眨都不眨地说：也不算多。你爷父们大方了借我五千，小气了呢，借我三千也成。

公公谷正芳难为得半晌开不了口。大哥谷劳劳低头思量了一下，把一根烟又敬到谷大楼的嘴边上，笑着说：给你倒两个是能成的，但你知道，屋里才办了事，钱花了一河滩，一时拿不出那么多。真的，我不哄你。

大哥谷劳劳的话提醒了公公谷正芳，他也满脸的难为情，苦笑着说：劳劳给你说实话了。这一回过事扑腾得大，钱把人的手捆住了。嗯，你事急，我想办法给你倒上五百块怎么样？

公公谷正芳近乎谄媚的一番话，并没能暖热谷大楼的心。他听着脸色就先变了，一抬屁股下了炕，又一甩胳膊往外走，拉长了声调说：把我当叫花子打发呀？谷寡婆村带头致富的富裕户，向你借三千元就像要你的命哩！我算是看透了，钱是长着脚的，见了有钱人往头上爬哩，见了没钱的人抬起脚踢哩。我不借了，我不借了与人一般高哩！

跟到院子里的公公谷正芳和大哥谷劳劳，互相对望了一眼。谷劳劳只是个跺脚，而九先生谷正芳却气恼地一屁股蹲在地上，两只手抱住了头，摇一下，唉一声，摇一下，唉一声。

公公谷正芳叹着气说：我有钱怎么了，啊？我没偷没抢没打劫人，都是合理合法的收入。他借钱？鬼信哩！开口三千块，到时候看吧，能还咱三块钱就算烧了高香了。

大哥谷劳劳劝着老父亲谷正芳，他说：钱长着舌头哩，钱长着脚哩。我看他说得对，谁敬奉钱，谁务劳钱，真诚地敬奉，辛勤地务劳，钱就喜悦谁，就往谁的腰包里钻。他眼红了，咱不恨他眼红，政策在咱手里攥着哩。

任喜过听大哥谷劳劳说着，还真发现他的手里攥着一份中共中央最新发布的一号文件。连着几年了，党中央的一号文件，无一例外都是关于农村、农业、农民问题的。任喜过盯着大哥谷劳劳手里攥着的中央一号文件，突然在心里泛起一股对大哥谷劳劳的敬意来，感觉他说话做事心里是有谱的呢！

不过呢，任喜过还是不能理解：借钱的人为啥倒比出借人还要气长呢？好像他不是借钱来的，而是理直气壮讨账来的！这到底是怎么了？为什么呢？

富裕了，倒把人给得罪下了！任喜过实在想不通。

在还未过门前，任喜过在娘家耳闻过，也想象过。她耳闻她将嫁入的是一家富裕户，她想，富裕户在一个村子里会受到大家的羡慕和尊重的。劳动致富么，党中央一再号召么。谁不想富裕？谁不想一个晚上就富得流油呢？她还想，在一个劳动致富的家庭里，一定是欢乐的、幸福的，因为他们享受的是自己的劳动成果呀。

可是，现实偏偏不是这样，这让任喜过的心里充满了烦恼和痛苦。

烦恼着，痛苦着，任喜过却也理解着她将全身心融入的这个家庭。她发现了公公谷正芳的宽容大度与温和忍让，她发现了大哥谷劳劳的勤劳俭朴与有远见，自然她还发现了女婿谷梦梦的诚恳认真与善良谨细。

任喜过觉得她是爱上这个家了。

娘家妈豆菊芳来看她了，把她心里的不快和忧愁一扫而去，代之而来的是她发自内心的、自然而然地涌上脸面的喜悦和欢笑。

第十九章

天明，天明！

白栓娥又在院子里喊叫她的儿子了。

斜躺在炕上半侧着身子在摆弄收录机的谷天明，仰头答应了一声，可身子却并没有动弹。说老实话，他有些厌烦他妈老是喊叫他。只要他和心爱的媳妇上官乐在新房里共同待上一阵儿，他妈就要那么长声短气地喊叫他了。其实呢，他妈那么长声短气地喊叫他，倒并不是什么磨扇压住手的急事。虽然知道他妈没啥要紧事，谷天明是个乖娃孝子，他是必须答应着他妈从新房门里走出来，听他妈给他吩咐的。每一次的情况都一样，他妈吩咐的全都是鸡毛蒜皮不粘牙的细碎事情。谷天明这就有些不能理解他妈了：为啥老是把他从幸福的厮守中拽出来呢？

结婚了，和在学校时就倾心相爱的人终成眷属，谷天明尝到了人生最大的幸福。

过去呢，老是说斗争就是幸福，奋斗就是幸福，甚至还老是说见到一个什么人就是最大的幸福！对于那些个说法，谷天明也是相信的，热衷的。但现在，他把那些说教看透了，他觉得那些所谓的幸福都有点空，虚无缥缈，不着边际，离人们的现实生活太远了。和他爱的人上官乐结婚，对于谷天明来说是具体的，这样的幸福触手可及，有滋有味。想想吧，有什么能比和自己心爱的人厮守在一起，悄悄地说着缠绵而富于幻想的心里话还幸福呢？恼了，玩一点小气恼，闹了，耍一点小玩闹，然后又是巫山云雨，又是搂搂抱抱，又是嘻嘻哈哈，这是把一切都隔离得远远的、只有他们二人世界的神秘的幸福哩！到村西头去，为了谷门坎的丧事，上官乐给了他一个端不起，让他大丢了一回面子，使他尴尬。那样的不愉快，虽然爆发在稠人广众之中，让谷天明很丢面子，但也如同他俩的小恼和小闹一样，像是一股风，转眼间就都过去了，消失得无影无踪了。而幸福，则是巨大的、长久的……此刻，亲爱的上官乐趴在写字台上，拧亮了一盏戴着纱罩儿的台灯，埋着头，抄写着她的一篇什么稿子。谷天明没话找着话说。

谷天明说：写诗就写诗么，咋又弄起大块头文章来了？

上官乐没有抬头，说：摆弄你的收录机好了，甭干扰我。

找不到话说，谷天明一点都没有感到不开心。上官乐不让他干扰她，要他摆弄收录机。他摆弄了一会儿，摆弄得没有了耐心，就把收录机吱哇吱哇拧了几下，放到一边，拾起一本杂志读起来了。这是他和上官乐看了许多遍的《当代》杂志，深绿色杂着些白道道的封面，被他俩翻看得都卷了角。杂志里的头题小说就是作家吴小愚的《渭河五女》。阅读得遍数多了，其中一些精彩的段落，他都能一字不落地背下来。他俩说起自己的恋爱，说起自己的婚姻，都说要感谢作家吴小愚。没有他的《渭河五女》，他俩可是相见容易相爱难，怎么都无法牵起手来走进婚姻的殿堂呢！《渭河五女》就是他俩的大媒人啊。读着他几乎烂熟于心的《渭河五女》，谷天明心猿意马地回想着，忍不住还要抬起头来，去看奋笔在方格稿纸上的上官乐。他的眼是笑着的，脸上浮现着无比幸福的红光。谷天明在想，就这样，哪怕啥话都不说，只要安静地守着自己心爱的人，没人打扰，这幸福也是令人心旷神怡、令人痴迷醉心着哩！

偏偏，他妈又在叫他了。

他妈白栓娥叫他的声音是一声比一声长，一声比一声紧：天明，天明，天明！

谷天明应了声：啥事呀？

白栓娥很不乐意了，她啊呀呀地继续喊叫着，一边喊还一边双手拍打着自己的膝盖，说：我的碎爷爷哩！我一声声地喊你，你就不能出来吗？热炕把你娃尻子粘在上面了，还是啥东西把你缠住了撂不开？

没有别的办法，谷天明只有拖着鞋出门了。他一肚子的不高兴，但也不想和他娘顶嘴，就只嘟囔着问：啥事？你说。

白栓娥把谷天明从新房里喊出来，就觉得自己胜利了。对她的这个宝贝儿子，白栓娥打心里是永远不想惹他不高兴的，永远想要把他拴在自己的裤腰带上，让他亦步亦趋地跟着她，不让他受气，不让他遭难。她的眼前一会儿不见谷天明的影子，她就心空怀虚，她就没着没落，她就要长一声短一声地喊叫谷天明，把他喊叫到自己的眼前。看着他，她的心就不空了，她的怀就不虚了。

当然，白栓娥喊叫谷天明，一定要找出话来给他说的。

白栓娥哦了一声，说：没啥事就不能叫你咧？

白栓娥等了一等，她想等谷天明说话的。谷天明没有说，白栓娥就只有自己说了。

白栓娥说：你说你呀，成天钻在屋里弄啥哩，啊？是给脸上搽粉吗？是给脚上缠布吗？你就不会出去满村子转一转，碰上猪了你踢它一脚，碰上人了就说两句。那是交往人哩，你知道吗？就像你爹，县上、镇上，谁不熟？办起事来多顺手。谷门坎活着时贷款买拖拉机，你爹一句话，信用社就把款放下来了；谷门坎一死，他媳妇惠杏爱求你爹说话，你爹还是一句话，信用社延长了他们的货款时限，把谷门坎的名字换成了惠杏爱。你说你做得到吗？村里其他人做得到吗？我说你是为你哩，你要和你爹一样，别只钻在屋子里。你要出去跑哩，联系领导，联系群众，到你爹老了的时候，你也能顶得上去。

趴在写字台上一直抄写稿件的上官乐，虽然没太用心听院子里的话，可是婆婆白栓娥的一通长篇大论，还是一字不落地灌进了她的耳朵里。不是上官乐敏感，她听得出，婆婆白栓娥虽然数说的是她娃谷天明，其实拐弯抹角说的还是她。这么理解她的婆婆白栓娥，上官乐却没有一点不高兴。她淡淡地笑了笑，就还埋头抄写着她新写的一篇文章。上官乐呀，她本来就是一个心胸开阔的人，她之所以不把婆婆白栓娥的话往心里去，是因为她觉得，婆婆白栓娥在锅台边转了一辈子，不仅没经见过多少世面，而且也缺少文化修养。这样一个不懂得情感为何物的婆婆，你和她又计较什么呢？再者，她现在忙得顾不上，她要赶天黑前把稿子抄写出来寄出去哩。

上官乐写的是一篇关于惠杏爱的通讯。

惠杏爱实在是值得上官乐大写特写表扬一番呢，甚至可以说是当今社会最值得歌颂的典型人物了！

那天到村西头看了惠杏爱回来，又听说惠杏爱在祠堂当面锣对面鼓向村里人表示代夫还账，勇敢地挑起家庭的担子，下来又面对娘家爹和娘家兄弟们对她所进行的威逼勒苛。她太了不起了，那么坚强，毫不动摇；她不向困难低头，也不向威胁妥协。这一连串的事情，突然地降临到初嫁谷寡婆村几日的惠杏爱身上，这可使上官乐太感动了，太钦佩她了。作为一个女人，她身上的那种勇于面对残酷现实、不依附于他人的自立精神，是实实在在需要给予宣传和表彰的。上官乐感动着，钦佩着，感动钦佩了许多日子。上官乐抑制不住自己的冲动，熬了一晚上，在一种难以抑制的激情中，写了好几首诗。譬如《钢铁制造》，譬如《女人的天空》等。上官乐以为她的诗写得感人，然而她又觉得诗歌因抽象和虚幻，作用于生活是缓慢的，是间接的，是不能准确表达惠杏爱的精神气质的。敬爱的惠杏爱，是现实生活中涌现出的一个新人物，她的高尚品格，应该在广大群众中得到迅速宣传，使之成为人们学习的模范。于是，她灯不熄、笔不停地又写了一篇通讯。在通讯中，她如实反映了惠杏爱所遭受的痛苦打击，以及她面对痛苦打击时表现出来的思想感情和精神风貌。

通讯足足写了九页方格纸。

上官乐所有的激动和感情，化作了诗一样的语言，呈现在全篇通讯稿中，使得她的稿子充满斐然的文采。她写好后，自己先读了一遍，当下把她先感动得流了泪。

稿子写得感人，抄也要抄认真才是，一个字、一个标点符号，在上官乐的笔下都工整得像是印刷在纸上的一样。把自己感动得泪水长流的上官乐，决定把稿子抄好后，直接寄到省广播电台和市、县广播电台去。她是急性子，想到什么，就要立即付诸行动。于是，上官乐不管婆婆白栓娥在院子里怎么数落女婿谷天明，并捎话带信地给她亮耳朵。她都是无所谓的。她把稿子抄出来，又仔仔细细地订正了一遍，确信没有掉字漏句子，就小心地折叠起来，往她的衣服兜里一塞，出了房门，急急忙忙找到自行车，把自行车推到院子里来，准备上绛帐火车站去邮寄了。

自行车是飞鸽牌的。“三转”（自行车、缝纫机、手表）“一响”（收录机）是那时候流行的陪嫁物件。新嫁娘要是没有这些陪嫁，那是不可想象的，不可想象的丢脸，不可想象的掉价，因此也就不可容忍。上官乐是谁？县委宣传部大部长的妹子呀！她嫁的人家呢？谷寡婆村党支部书记兼村长的谷大房家。这样，陪嫁就肯定不能少，也少不了。

好多天没有外出，也没人骑她的陪嫁自行车，车子上落了一层土。

上官乐就是再匆忙，也不能骑着灰头土脸的自行车上路呀！这不符合上官乐的心情。她可是很爱干净的，何况又是个结婚时间不长的新娘子，那就更要注意自己的形象了。她用手在车座上拍打了两下，想要把车子上的灰尘震落下来，但是一看，效果不是特别好，她便把自行车往院子里一支，进到新房里，取出一块抹布，仔细地擦拭起车子来了。上官乐擦拭自行车的认真劲，像她写惠杏爱的通讯一样，一丝不苟，全心全意。直到把车子的每一个部位都擦拭得锃光发亮，她才满意地喘了口气。

自行车就该是锃光明亮的，那样骑着才有精神，才舒服哩。

上官乐为她的出行准备着时，婆婆白栓娥把她的女婿谷天明数说得不知去了哪里，随后婆婆自己也从院子里消失了。上官乐懂得，她要出门是该给婆婆打声招呼的，可她在上房、偏厦和院子里到处找，却都找不到婆婆的影子。上官乐找不见，就还“妈，妈”地叫了两声，也没有听到婆婆答应。上官乐心里便奇怪了，放下自行车的支架，推着自行车，铮铮铮铮欢快地往头门口走了。

自行车的前轮都已探出头门了，再往前走两步，上官乐就推着自行车到街巷里了，却没注意到，迎面走来了她的公公谷大房和婆婆白栓娥。

显然，婆婆白栓娥是不高兴了。

婆婆白栓娥惊诧地问：哟！你推自行车弄啥去呀？

上官乐看出了婆婆白栓娥的不高兴，但她装傻充愣，一脸没心没肺的笑，说：我在院子找你找不着，不知你到哪里去了。

婆婆白栓娥的脸展拓了一点，知道媳妇上官乐的心里还是把她这个婆婆当回事儿哩。但她的问话还有几分严厉：你只说你弄啥去呀！

上官乐把腰直了一下，说：我到绛帐火车站去一下。

婆婆白栓娥说：去那儿有事吗？

上官乐不笑了，说：有事。我刚写了一篇稿子，去绛帐火车站把它寄出去。

婆婆白栓娥拖长声哦了一声。她那颧骨突出的脸上，一道道皱纹瞬间像有一只无形的手抻着，一下子都平了，一双小而圆的眼睛不停地眨动着，淡得几乎看不见的眉毛扬了起来……她拉开了架势，是要说一说上官乐了。

婆婆白栓娥说：好我的儿媳妇哩，写了稿子发稿子去呀！我儿媳妇可是不简单呢！不过，你得听我说，你进了咱屋里，就是咱屋里的媳妇儿，我就是你妈，妈说你你可不要不爱听。你说是吗？

婆媳俩站在头门口对立着，公公谷大房是走也不好，不走也不好。他悄悄地站在白栓娥一边，一直没有张嘴。但他眼睛盯着上官乐扶在手上的自行车，听白栓娥数说上官乐。在谷大房的心里，他是乐意白栓娥数说上官乐的。那一天，在惠杏爱的家门口，嫁到谷寡婆村才几天，人还没认熟呢，上官乐就敢在千人百众面前充大拿，说大话，真是太把自己当人了。从那以后，谷大房面对儿媳上官乐就再不给她好模样，别说是笑了，就是淡淡的一个清水模样也没有，阴得总是特别重，像是阵雨天的云，一声雷吼，就会有瓢泼大雨砸下来。谷大房在观察他的儿媳上官乐，已经默默地进行了持久的观察了。

今天可好，是谷大房又一次观察上官乐的机会哩。

在他家的头门口，婆媳俩的对立，已经显出一点很不和谐的火花来。谷大房虽然有心观察上官乐，但却不能有失控制，这不是谷大房想看到的。此时此刻，谷大房看出了婆媳俩的对立，他怕村里人看见了笑话，觉得自己不张嘴是不行了。于是，他压低声音但却不失威严地说话了。

谷大房说：有话都回屋里说。

谷大房说话时还从白栓娥的身边往前跨了一步。他这一步是要拦住头门洞里的上官乐和自行车，让她怎么把自行车推出来的就还怎么推进院子里去。但谷大房没有料到，上官乐不仅没有往院子里退，还坚持着把自行车往外推着，擦着他的身子走出了头门，走到了街巷上。这可是太嚣张了！谷大房忍无可忍，但他不忍又能怎么样呢？和儿媳顶嘴吗？啊啊……这可是万万不行的。他是赢是输都是输，不仅在谷寡婆村，就是关中西府十几县里也都是这个理儿呀！公公怎么能和儿媳顶嘴呢？这是不能的，千万不能和儿媳顶嘴闹矛盾。

谷大房的脸黑红黑红的，臊得像是抹了热猪血。他从上官乐腾开的头门口悻悻地很没面子地走了进去。

谷大房走进了头门，继续朝里头悻悻地走着。走了几步，脑子一转，又悄悄地退到头门背后，站在那里，细心地倾听头门外老伴白栓娥和儿媳上官乐进一步的对立和争辩。

老伴白栓娥不负谷大房所望，继续着对儿媳上官乐的数说。

白栓娥说：你看你是咋对待你爹呢，嗯？你说。你爹可是谷寡婆村的支书、谷寡婆村的村长哩！你知道吗？我给你说，你做了我家的儿媳，就和你念书的时候不一样了。那阵儿你是姑娘娃么，现在成了庄稼院里的媳妇，可不敢由着你的性子疯了！再者，你该知道，结婚三天，你是新人，妈我宠着你，让着你，叫你把新人当体面了，当光彩了。咱村你们一天进来了三房新娘子，满村人谁不说你是最体面、最光彩的新娘子啊？可是三天一过，你就要操持屋里的活路哩。不瞒你说，放到我和你爹结婚的那年月，第二天就围着锅台转了，一天三顿饭要做好端到老人的手上哩。你看你，才来第三天，就跑到村西头，在全村人面前做报告了！现在三个月了，你说你眼里有活吗？手里有活吗？你还像个为人媳妇的样子吗？我说你呀，从今往后，就把那些书咧，本子咧，钢笔咧，都拾掇了去。庄稼院子里没有诗，没有文章。

上官乐啊上官乐，她听着婆婆白栓娥的数说，在心里一遍遍地提醒着自己。她知道，她要不提醒自己，她是会与婆婆吵起来的。婆婆的话太不中听了，许多反驳的语言都涌到喉咙口了，是她内心的提醒让她坚决地把反驳的语言又咽回了肚子里。她必须装得毫不在意，必须装得毫不在乎，脸上呢，还要装出笑来，装出一点内容都没有的单纯无邪的笑。

上官乐笑着说：好我的妈哩！你说的可是没错，都对着哩。可是，你那都是过时的认识了。现在是啥时代？改革开放的年代了嘛！你先甭急，等我去绛帐火车站把我的稿子寄了，回来给您老人家再好好讲一讲新的时代、新的观念、新的生活吧！

会写文章会写诗的上官乐，她的嘴显然要比婆婆白栓娥的嘴快得多。她说毕，也不给婆婆再说话的机会，更不看她脸上到底是个什么表情，只踩着自行车的脚踏板，向前蹬踏滑行了两步，腿一偏，骑上自行车，飞也似的骑着走了。

几天没到村外去，当上官乐骑着自行车在阳光照耀下一出村子，就立即感受到了田野上的变化，是那样迷人。

上官乐嫁来谷寡婆村时，当县委宣传部部长的哥哥是反对的。哥哥的意见很明确：你还不适宜结婚。要知道，结婚不是玩过家家，是一种庸常的烦琐的生活。你还需要再长几年，长成熟了你要嫁人，嫁给谁我都同意。我会把你体体面面、光光彩彩地嫁出去的。你现在的任务还是读书，一年考不上大学，你复习么，复习一年再考，我不相信我聪明的妹子坐不到大学的教室里去。爹娘去世早，把你托付给我了，我不能辜负了爹娘对我的信任。

哥哥的话言犹在耳，是语重心长的，是长兄比父一样的诚心诚意。但上官乐让他哥碰钉子了，她给他哥说：我要写诗。大学教室里有诗歌吗？雪莱和拜伦，还有郭沫若和艾青，他们的诗歌是在大学的教室里写成的吗？诗歌在生活中，我要到生活中去体验，去体会。我要写出我的诗歌来。我相信广阔无垠的田野上有我的诗歌，一行麦子，一行玉米，一行黄瓜，一行花生……可都是种在田野上的诗行啊！

上官乐可以让她哥哥碰钉子，但心里最爱的还是她哥哥。初婚来到谷寡婆村，她没有娘家爹娘家妈来看，但她也有熬娘家的权利，更有熬娘家的想法。于是，她就到县城看了哥哥，在哥哥那里住了几天。

头一次去看她哥哥时，上官乐像今天一样，骑着自行车在田野土路上颠簸。一路骑行，发现阳光是那么和煦明媚，金红色的光线照射在辽阔的渭河滩上，使大地显得温暖而充满生机。当时，她强烈地感觉到，寒冷的冬天结束，温暖的令人向往的春天到来了。一畦又一畦越冬的小麦地里，袅袅冉冉地向上蒸腾着淡淡的雾气。雾气笼罩下的麦子，虽则还贴着地皮，但似乎已开始泛绿，就像沉睡了一个冬天之后渐渐地苏醒了。大路上、小路边、渭河岸边的柳树，招招摇摇的，现出一派鹅黄色的新芽，整个儿柳树上，似乎罩上了一团淡绿色美丽的轻纱。

有从南方迁徙到北方来的小燕子，先是顺着地皮疾飞，叽叽喳喳地鸣叫着，是那么自由快乐。正翻飞鸣叫着，倏忽像是获得了什么信息，又齐刷刷向高空钻去。它们那美妙的鸣叫和灵动的飞翔，使得田野更加生动，更加清爽了！此时，勤苦的庄稼人，在家里是待不住了，他们有的拉着架子车往地里送粪，有的挥着锄头在地里锄草……

哦，春天……春天啊！

这可不就是上官乐所想要写的诗歌吗？

上官乐把她经历的生活，忠实地写进了她为自己准备的花红塑料皮笔记本里。她想，她积累的生活越多，写出的诗歌会越好。上官乐不急，她一点都不急，生活不是急出来的，诗歌更不是急出来的。怀揣着这个梦想的上官乐，带着十万分的感情，付出了十万分的激情，把写惠杏爱的通讯写出来，骑着自行车往绛帐火车站去。她看到的田野，和前次看到的又发生了非常大的变化：小麦起身长高了，油菜抽薹开花了，田野变得花团锦簇、生机勃勃，似乎更有不可捉摸的气象和诗意。

受了田园景色的影响，上官乐起先骑得不是很快，但很快就把自行车踏得如飞一般了。

这就是上官乐呢，感情丰富，很少忧愁，极容易被外界的环境所感染。便是飞一般踩踏着自行车，她还要左顾右盼，去看那泼了油似的麦田、涂了彩似的油菜地以及飞去的燕子和明媚的阳光。这使她的心里生起一股无可名状的骚动，感觉自己身上的毛孔，无一处不痒酥酥的，刺激着她血管里的血液，似乎也流动得快起来了。她觉得，她不能辜负了这美好的春光哩，她应该干些什么。像婆婆白栓娥数说她的那样，成为一个平庸的、可怜的农家媳妇吗？

笑话，那可不是她上官乐！她的人生不能太单调，不能太无味，不能太没色彩，那样的话，可是太对不起自己了。

前头就是横贯八百里秦川的渭河了。

上官乐骑车所到的地方，入冬前在河面上是架了一座小木桥的。这样的桥梁是简陋的，同时也是便于架设和拆卸的，都是村里的庄稼人联合起来架设的。冬前在河水里揳下两溜儿木桩，架起原木的长梁，于长梁上又铺上一排横木，然后抱来一捆一捆的玉米秆，垫在上面，拉来泥沙，把玉米秆均匀地压实，踩踏得硬硬的，就是一座南北通畅的木桥了。这桥是季节性的，入冬河水枯瘦时架起，越过一个冬天，开春后头一场春水下来前，村里人又要赶在这个点上拆下来，待到年尽冬至时再在河水里架起来。

这种季节性的小木桥，上官乐今日过了，明日想要再过不知道还有没有。因此，她把自行车骑到长长的沙堤上时，就从自行车上跳了下来，推着往前走。她以手遮眼，既好奇又怜惜地打量着还横在渭河上的小木桥，觉得那座简陋的、甚至寒碜的小木桥似乎也特别有诗意。

上官乐怜惜地观看着小木桥，发现桥面上正有一个人急急地推着自行车在走。瞧那匆忙的背影，上官乐便看出她是惠杏爱哩。

咦，惠杏爱也过河去呀！

上官乐可不想一个人上绛帐火车站，有个伴儿多好。于是她冲着惠杏爱的背影喊起来了：哎——杏爱！

上官乐看得不错，果然是惠杏爱哩。她一声喊，惠杏爱站住了，眯起眼睛往后瞧，瞧出喊她的是上官乐，便站在小木桥上等着上官乐。

从沙堤上下来，宽宽展展的河滩上就没有路了，到处都是大大小小的沙坑，到处都是大大小小的石头。上官乐推着自行车往前走，自行车轮胎弹弹跳跳，左拐右扭，简直难推极了。上官乐为了尽快与惠杏爱结伴，却又推得速度很快。惠杏爱看着不忍，就劝起上官乐了。

惠杏爱说：你慢点走，推慢了就好走了。

上官乐却不听劝，还是按着她的节奏往惠杏爱身边赶。一边赶一边说：我就不爱一个人上路，有个伴儿多好呀！这不，在渭河滩就遇上你了。你得是也到绛帐火车站去呀？

惠杏爱说：是哩，我是去绛帐火车站哩。

上官乐就很高兴了，说：刚好，咱俩是一路。

惠杏爱等着上官乐赶上来，才又转过身，与上官乐一块儿往前走。

惠杏爱老实地说：我想去给小四轮拖拉机配几个零件。

上官乐的眼睛睁大了：咋，你想修门坎留给你的拖拉机？

惠杏爱重重地嗯了一声。

上官乐不管惠杏爱怎么想的，她照着自己的想法说了：对着哩，总是一台拖拉机哩，修好了卖肯定比坏着卖划算些。

惠杏爱说：不，我不卖。

上官乐有些不相信自己的耳朵，说：不卖，不卖你开着跑呀？

惠杏爱说：我把驾驶小四轮的本本都已经拿回来了。

上官乐哦了一声，说：就说在村里见不着你，你原来是去县上考拖拉机驾驶证去了。

惠杏爱又嗯了一声。

上官乐对惠杏爱油然生出了更大的感动和敬佩。她觉出了自己的落伍，胸脯剧烈地起伏着，简直无法形容自己内心的惊异，双眼瞪着与她并肩而行的惠杏爱，头一次发现，惠杏爱可不像她想得那么简单呀。她的脸色是平静的，曾经的悲伤和忧戚都已消失不见了，完全恢复了她原来的神态。特别是她的那双眼睛，虽然有些凹陷，却依然又黑又亮，依然是那么执拗而倔强，透出她对生活的顽强和不屈。

上官乐深为感佩地说：我是服你了。

惠杏爱低着头往前走，平平静静地说：摊在我的头上了嘛，你说我能怎么办？把自己愁死吗？我想过了，愁死也是死，倒不如自己振作起来，干自己的，到时候说不定还把愁帽子摘下来扔了呢！

不是手里推着自行车，上官乐真想上去拥抱惠杏爱哩。

都是一块儿嫁到谷寡婆村来的新人，说起话来投机。说着，惠杏爱也关心地问起上官乐来了，问她满头大汗地骑着自行车，有啥急事。上官乐几乎要脱口而出，说她写了关于惠杏爱的一篇通讯稿，要去绛帐火车站给省、市、县电台发稿去哩。可是话到嘴边，她忍住了。

上官乐找着词儿回答惠杏爱：家里闷气，我去绛帐火车站逛一下。

惠杏爱说：看把你心闲的……哎，我听说你写诗哩，回来让我看一下好吗？

上官乐说：你也爱诗？

惠杏爱说：说不上多么爱，欣赏欣赏，该是能解闷的吧。

上官乐答应着惠杏爱，说回来让她看她写的诗，却又想着揣在她兜里的稿子——写惠杏爱的通讯是有必要改一改了。加上惠杏爱勇于承担责任、开拓新生活这一点，将会使通讯更完整，更有力度。她反省着自己，在此之前对惠杏爱的认识是不够的，肤浅的，现在，她的认识更深了一层。她到了绛帐火车站，有必要找个地方把稿子再写一遍。她相信再写过了，会把惠杏爱的形象塑造得更动人呢。

对，重写，一定要重写。

惠杏爱只见上官乐的嘴在动，却不见她出声，刚想问她时，身后不远处传来了一声呼唤：哎——杏爱！

两人一齐扭过头来，发现从身后赶来的竟是任喜过。她也推着一辆自行车，因为骑得急，自行车在凹凸不平的河滩地哐哐地乱响。直到跑到上官乐和惠杏爱的跟前，她才站住了脚步，却大口大口地喘气，半天没说出话来。

上官乐说：啥事嘛？看把你急成这样！

惠杏爱也说：你也去绛帐火车站呀？

任喜过丰满的胸脯还在起伏着，她说：我不去。

上官乐和惠杏爱就很不解地打量着她。

任喜过努力地使自己的喘气匀了下来。她说：我爹我哥他们让我找杏爱哩。他们说杏爱屋里现在有困难，让我拿了三百块钱，要你把屋里好好安排一下。我刚才到你屋里去寻你，门坏说你过河要到绛帐火车站购买小四轮的配件，还说你打算先到火车站你的一个同学那里借钱。我听了心里急哩，急忙跑回家，推了车子出来就追你。你骑得太快了，把我追得那个急，还以为追不上你了呢。

任喜过说着，从她的内衣口袋里掏出一沓钱来，就往惠杏爱的手里塞。

任喜过说：我心里寻思，半路上追不上你的话，我就到火车站寻你去。好了，我把你追上了，你去火车站买你的拖拉机配件去吧。

惠杏爱的心中一阵感动，半晌没有说出话来。是啊，任喜过说得对，她屋里困难，眼下又太需要钱，没有钱她购买不回小四轮拖拉机所需的配件，小四轮就跑不起来。小四轮跑不起来，她考的拖拉机驾驶证又有啥用？给谷寡婆村的乡亲们许下的承诺，又用什么去兑现？惠杏爱心里激动着，却没马上接任喜过给她的钱。任喜过就用眼看着她的眼，拿钱蹭她的手。她看出了任喜过的真诚，慢慢地张开手，接过任喜过手上的钱，然后又慢慢地塞进自己的内衣口袋里。她的眼睛变得潮湿起来了，停了一阵儿，才又感激不尽地给任喜过说了。

惠杏爱说：喜过，你撵这么远给我送钱，我就收下了。你知道吗？你这是雪中送炭哩！我还是那句话，两年内一定还给你。

任喜过说：我爹我哥说了，不急，你慢慢用。你若还有倒不过手的时候，我爹我哥说了，他们不会袖手旁观。

惠杏爱潮湿的眼睛差点流下眼泪来，她说：先替我谢谢你爹你哥，当然，还要谢谢你哩！

任喜过的脸红成了灯笼罐儿，她摇着两只手说：咱不说谢。咱是一块儿嫁来谷寡婆村的媳妇哩，日后谁还没个要人帮的事情？

上官乐一旁看着，想着她写出的通讯，也应加上任喜过他们家富了不忘穷乡亲、热心帮助渡难关的事迹哩。她正这么想着，听了任喜过的话，赶紧插进嘴来，表达了她的态度。

上官乐说：对对对，喜过说得对，咱们以后可是要互相帮助哩！

任喜过像是灯笼罐儿一样的脸灿烂地笑了，她不想耽搁她们的时间，就打发惠杏爱和上官乐上路了，说：你俩都要去绛帐火车站，你们就快走吧。我没事，我回呀！惠杏爱和上官乐想想也是，就一起给任喜过挥了一下手，推着自行车往河对面的绛帐火车站去了。任喜过则掉转车头，独自一人又往回村的路上而去。

小木桥在三个新娘子的脚下，微微地颤动着，桥下浑浊的渭河水，像欢畅的鸟儿般欢快地流淌着。

第二十章

院子里燃着一堆柴火，劈开的干柴噼噼啪啪欢快地爆裂着。火苗通红通红，火苗的边缘上又燃着一圈儿金黄色，因风的作用，抖动着往上蹿的火苗，又还发出呼呼呼呼的浅唱。在天气还带着些微寒的情况下，那火可是十分鲜艳诱人呢。在火堆的上边，支起了一个三角铁架子，三角铁架子上吊着一个豁了口的铁盒子，铁盒子里的水咕嘟咕嘟地响着，不断地翻着浪花儿。

孩子是最易受火光吸引的了。谷门栓紧紧地围在火堆的旁边，跑过来，跑过去，一会儿添上两块劈碎了的干柴棒子，一会儿又添上两根干透了的玉米芯子。玉米芯子受了火的鼓舞，还会发出嘭的一声炸响，谷门栓就会高兴起来，拍着小手，又是跳又是喊又是欢笑。

翻进北马坊沟里的小四轮拖拉机被大卸八块，拆得乱七八糟、又脏又黑的配件摊开在火堆一边，散散乱乱，没有一点头绪。惠杏爱的同学陈增强被她请来了，作为一个驾龄四年多的拖拉机驾驶员，陈增强的技术是可以信赖的，但是，惠杏爱还是不甚放心地问他。

惠杏爱说：这么多零件呀！你说，能给拾掇好吗？

陈增强信心十足地告诉她：没麻达，保证让它跑起来和新车一个样。

惠杏爱到绛帐火车站为小四轮购买配件，说是要找她的同学借钱，这个同学不是别人，就是帮助惠杏爱拖回小四轮拖拉机的陈增强。有任喜过半道赶来送的钱，她购买所需的零配件不成问题了，但要把小四轮拆开来再修理好，刚刚拿到驾驶证的惠杏爱显然还无法做到，她是必须求人的。她能求谁呢？陈增强是她的初中同学，她求他帮忙该是顺理成章的事了。

吊在火堆上的铁盒子里，煮着的就是惠杏爱从绛帐火车站买回来的零配件了。要把新配件安装到小四轮拖拉机上去，煮净新配件上的烤蜡是头一道工序。

惠杏爱听出了陈增强的信心，也看出了他的能力，就微笑着，带了点调皮的味道又问：你敢给我保证吗？

陈增强正用一把小锤子叮当叮当地砸一块铁页子。他抬头望了惠杏爱一眼，又低下头去，忙着他手里的活。他没有因为惠杏爱一再问而在心中产生丝毫的不快，他完全理解惠杏爱现在的心情。他深知，在这辆翻到北马坊沟里摔得几乎报废了的小四轮拖拉机上，寄托着惠杏爱对往后生活的希望啊！陈增强没有理由不为他的初中同学把小四轮拖拉机修理好。有了这样的决定，陈增强就以一种悠闲而轻松的口气安慰惠杏爱了。

陈增强说：不相信我是吧？

惠杏爱说：不相信你？不相信你我请你来做啥呀！

陈增强说：这不就对了。你要相信我哩，而我是能向你保证的。告诉你吧，经我手修好的拖拉机有多少我自己都不记得了。大大小小的拖拉机，排成队，怕在你们谷寡婆村能站一条街了。等着吧，天黑前，你的小四轮拖拉机就会吼叫起来了。

是的呀！陈增强可是一点牛都没吹。他初中毕业没有考上高中，托人情，送礼，这就进了绛帐火车站上的一家集体性质的建筑队。他先做了半年的小工，在工地上给人家拌灰浆、搬砖头、送瓦以及拉水管子、接电线……后来就开上了手扶拖拉机。他这人是一根竹筒，打通了关节，就什么都是通的了。心灵手巧，加上他对经手的活儿总是爱捣鼓，琢磨不透就不丢手，所以有了四年的锻炼，他便成了建筑队里公认的“技术人员”了。对付这种小四轮拖拉机，就是把他的眼睛找条布带子蒙住了，他也能拆拆卸卸、安安装装，小菜一碟儿，全不当回事儿哩。

惠杏爱有些不好意思了。倒不是她不相信陈增强的手艺，只是由于她自己从来没有弄过机械的东西，便总是担着心。现在，修好这台小四轮拖拉机，对于她和她的家庭来说太重要了啊！

在谷门坎的丧葬事务安顿完毕之后，面对今后一家人的生活，面对那些沉重的压在她肩上的债务，她顿时陷入了一筹莫展的境地。仅仅二十一岁的她，才刚刚离开学校不久，像她这样的岁数，一般人家的女孩儿，可能还在父母面前撒娇哩，在衣食住行各个方面，也都完全有充分的理由赖在父母的身边，依靠父母来抚养的。可是，可爱的惠杏爱，刚刚举行了她和谷门坎的婚礼，竟几天之内就成了寡妇！无情的生活，把她由幸福的峰巅，恶狠狠地摔到了痛苦的深渊。这一切，是怎样折磨着她姑娘家的心啊！现在，她已不仅仅是一个人了，她还要代替谷门坎，负起敬养老人、抚育弟妹的责任哩！

经历了几个昼夜的思量之后，那一天晚上，她按照自己的心思，在公公的上房把全家人都叫齐了。也算是家庭会议吧，怎么说公公谷敬勤也是一家之长的，可是她却成了会议的真正主持者。她把自己的想法全部摊出来，摆在了全家人的面前。她说：爹有伤哩，不要叫爹做啥，全家的事只要想到的，指挥着大家办就行了。爹有经验，几时该种麦子了，几时该收大秋了，几时收碾，怎么贮藏，咱都要听爹的话呢。不管是谁，是一定要尊着老人家哩。地里的庄稼活儿，除了收种大忙时节全家要一齐上，其他时候，我看就由门墩承担了。门墩兄弟今年二十岁咧，他完全能担起肩上的担子。他上学少，三年级以后回家，就一直在庄稼地里钻着哩，有他守在责任田里，相信咱屋的庄稼落不到别人家的后边去。妹子门环，主要在家里操持家务，除了做饭和照顾老人之外，家里要养一圈猪，再往后还要养上奶山羊。家里的钱就让门环管上，进进出出都要经过她。她聪明，脑子灵，认真谨细，家里家外的事都知道，保证出不了错。门栓也不小了，该上学去了。家里再困难，也要让他上学哩，不能因为眼下的困难，把门栓一辈子都害了。往后的社会，没有文化知识，是啥事也弄不成的。我自己呢，我想好了，门坎留下的小四轮拖拉机，哪怕花上一点钱哩，也要把它修好。我给咱出去跑车，能拉啥拉啥，最好和一些机关单位挂上钩，咱就有来钱的门路了。咱全家人要一条心哩，要拧成一股劲地干，欠的钱就会很快还给人家了。把欠债还了后，咱家说不定还能富裕起来哩！

公公谷敬勤赞赏地看着惠杏爱，他首先肯定了她的安排，说：甭说尊我的话，以后你们都要尊你嫂子的。你嫂子怎么指挥，你们就怎么转。

谷门墩咧着大嘴笑起来了。可能他觉得自己的笑不合时宜吧，刚笑开了嘴，就又迅速地闭上了，摇晃着拳头说：种庄稼我包了，谁不会种庄稼嘛！我哥在的那阵儿，种庄稼也靠我哩。嫂子啊，你放一百个心，那几亩责任田，我走着拿脚指头就做了，保证比别人家做得还好哩！

谷门环拧过身子来，紧紧地搂住了惠杏爱。过去，她哥谷门坎在的时候，家里的一切收入和开销都是她妈贾桂仙掌管着，谷门环不闻不问。现在，嫂子惠杏爱把这么重要的责任交给她，她掂得来其中的分量，但她有信心做好。特别是嫂子提出喂猪养羊的事，她打心眼里是赞成的——这才是正经过日子的路数哩。原来她就提出过喂猪养羊，只是她哥谷门坎不同意，不是没钱买，就是怕喂不好反而赔了本钱。庄稼院子里谁不喂猪养羊？锅上涮洗下来的泔水、放馊了的剩饭，不喂猪可是可惜了。

谷门环声音细细地说：我听嫂子的。我会把猪喂得肥肥的，我会把羊喂得胖胖的。

对谷门环避重就轻的回答，惠杏爱是听出来了。她把谷门环搂抱着她的手掰开来，让她站在她的面前，站端了。惠杏爱说：你的责任主要是管钱，给咱家当好小掌柜。

谷门环低头撕扯着的衣角，声音依然细细地说：我能成吗？

惠杏爱说：你能成，一定能成。

公公谷敬勤也帮着惠杏爱说他女子谷门环了：你嫂子相信你，你还有啥说的？给你嫂子说你能成。

谷门环的头抬起来，亮闪闪的眼睛看看惠杏爱的脸，再一次扑过去，搂抱住了惠杏爱，说：嫂子，我能成。

可是公公谷敬勤有一件事不放心，那就是惠杏爱要跑小四轮拖拉机搞运输的事呢。儿子谷门坎的死，把他的胆吓破了，他一想起来就心惊肉跳。可是如今，惠杏爱把门坎留下来的小四轮拖拉机当成了宝贝疙瘩，她要开上门坎的小四轮拖拉机继续跑。啊！啊！啊！谷敬勤在心里惊呼着，他想：多么孝顺能干的一个儿媳妇呀！在儿子谷门坎遭遇横祸后，她不但不走，反而成了家里的顶梁柱。她把全家人召集在一起，说出了她的心里话，这些心里话虽然称不上什么奇异的高招，可都是实实在在的，看得见，摸得着，让他们这困苦的、充满了灾难的家庭，像是在昏暗的旷野里看到了前进的灯火，大家一下子有了目标，知道该鼓上劲往哪儿奔了。这是多么让人兴奋而精神昂扬的事啊！最主要的，全家人在这一刻都感到他们有了主心骨，感到这个家不会散伙困死了。谷敬勤这么想着，既是因为感动，又是因为幻想。幻想他的儿子谷门坎要是还在，他老伴贾桂仙要是还在，他们家该是多么美满呀！他禁不住撩起衣襟擦他的眼窝子。他对惠杏爱的安排，样样都是赞成的、拥护的，他恨不得自己的腰身能好起来，为惠杏爱给他们家描绘的蓝图使出自己的全部力气，可他……他懊恼地举手捶着自己失去了知觉的腰和腿，高低死活不同意惠杏爱驾驶小四轮拖拉机跑运输。

谷敬勤说：我把你不当儿媳妇，当我亲亲的女子哩！我不能允许你开着拖拉机跑运输！

惠杏爱本就坐在炕沿上，她伸手拉住了公公谷敬勤捶打腰腿的手，很坚决地说：蛇就是蛇，绳就是绳。咱不能被蛇咬了一回，再见绳子也要躲开吧？

如果被公公谷敬勤几句话动摇了自己的决心，那她就不是惠杏爱了。

惠杏爱没有听从公公谷敬勤的建议，安慰他好好保养自己，把自己养精神了，是他们子女的福哩。说她跑小四轮不会出事的，绝对不会。惠杏爱说到做到，在那次家庭会议后第二天，她就买了去县城的公共汽车票，到县城的农业机械培训学校学习并考取了拖拉机驾驶证。揣着红色塑料皮儿的拖拉机驾驶证回来，惠杏爱马不停蹄地又去绛帐火车站，买回了修小四轮拖拉机必需的零配件，请来初中同学陈增强，帮助她修理趴了几个月窝的小四轮。

放心吧！天黑前小四轮就会活蹦乱跳哩！

初中同学陈增强说得多有信心呀！惠杏爱去了她的新房子里，在一只大茶缸里放上茶叶，然后又挖了两勺红绵糖，搅在茶叶里，冲上滚滚的开水，端出来，端到陈增强的面前，让陈增强喝。陈增强两手都是油，没法接糖茶，惠杏爱就端着去喂陈增强。陈增强臊得不好意思，低下头把脸别到一边去，说他不渴，一点都不渴。

惠杏爱是不依的，说：看把你封建的！

陈增强转过脸来，看了一眼真诚的惠杏爱，红着脸叼住大茶缸的杯口，牛饮似的连喝了几口，说：你放糖了？

惠杏爱轻轻地点了点头，说：你肯帮忙，真是要感谢你哩。

陈增强说：别老是感谢感谢，咱不客气了成吗？

惠杏爱果然就不客气了。她绕在陈增强的身边，搭不上手，只有在一边仔细地看，认真地学。嘴上呢，不停地求教着：这一个配件叫什么，它的作用又是啥？那一个零件是干什么的，装在哪里？陈增强耐心地听她问，又毫不保留地给她说。她则默默地，一点一点地记在心里。今后，自己要独立跑车了，要懂得车哩，要会修车哩，哪能大小毛病都去请人呀。有的时候，车坏在半道上，前不着村，后不着店，你就是想请教人，也没人好请教哩。机会来了，就要逮住机会多学呢。

陈增强把煮在铁盒里的活塞环取出来，用块相对白净的棉纱一个一个地擦着，再一个一个地套在活塞上。虽然春天已经来了，习习的暖风轻轻地吹着，但在院子里用手擦抓这些带着油渍的铁玩意儿，依然是很冷的。陈增强的手冻得像是红萝卜，但他只在火上烤一下，两手搓一搓，就又认真地、费力地干起来。惠杏爱几次让他把手洗了歇一会儿，暖一暖，可他嘴上答应着，手上却是不停，依然认真地、费劲地忙着整修小四轮拖拉机。

惠杏爱的心里又是感激又是抱歉，她盯空跑到灶房里去，告诉妹子谷门环，让她把午饭稍稍开早些。吃饭就能歇一会儿，吃饭也能暖和起来。

这时，挂在房檐口上的有线广播匣子，一阵咯啦啦咯啦啦的嘈杂声，接着就有播音员声音清亮地开始播音了。

十一点三十分，这是县广播站播报新闻的时间。播音员在广播完全县的简明新闻后，又开始播专题新闻了。

应该说，一男一女两个播音员，他们的普通话讲得并不十分纯正，但是播音的感情却是充沛的、真诚的。

他们播送的声音突然大了起来，不再像播送简明新闻时那样呆板和僵硬，而是有了生活的气息和感情：

现在是我县《新人新风貌》节目时间。在这个时间里，我们以极大的热情，给全县人民推荐一位在横祸面前不退缩，全心全意为家人生活着想，自强不息、勇于开创生活的妇女新人——惠杏爱。下面，我们将为您播送绛帐镇谷寨婆村上官乐同志写来的长篇感人报道。

刚刚走出灶房的惠杏爱，猛然听到广播匣子里播出自己的名字，心猛地一跳，不由得停住了脚步。她不知道这是怎么回事，心里充满了疑惑和惊讶。

陈增强也不由得停下了手里的活儿，凝神听着。

由于惠杏爱在家庭会议上宣布计划时，说要送谷门栓上学，因此他就更加喜欢他们这位到家里来的时间不长的大姐了。少年不知愁滋味，如今，他是这个庄稼院里最欢乐的人。此刻，他刚把几个玉米芯投进火里，那火苗蹿得更欢实更热烈了。听见广播匣匣里说出了他大姐的名字，开始，他还有些不信，歪着头去瞅那个方方正正的广播匣匣。确定里边说着的就是他的大姐，他便如欢实热烈的火苗一样，一蹿一个高，一蹿一个高，他欢呼起来了。

谷门栓欢呼：大姐呀！广播匣匣里叫你的名字哩！你听着了没有？快听，快听，又说你的名字了！

房檐口挂着的广播匣匣，对于年纪尚小的谷门栓既是熟悉的，又是陌生的。因为那个四方四正的黑匣匣，每天除了咿咿呀呀地唱戏和唱歌之外，就是那些他根本听不懂的话。现在，这黑匣匣里说的可是他爱到骨头里的大姐哩，说的都是他知道的事。这一下子，把他和那个小黑匣匣的距离拉近了。

嗨嗨！广播匣匣里说我大姐哩！噢噢，说我杏爱大姐哩！

谷门栓可是太兴奋了。他大喊大叫，生怕院子里没人听见似的。他先就近拉住大姐惠杏爱的手，问了他的大姐：你听见了吗？接着又跑到陈增强跟前，和他认识不久的增强大哥眼对了眼，问他：你听见了吗？然后，又一蹦一跳地拍着手跑进灶房，把两手沾满面粉的姐姐谷门环拉到院子来，让她听广播，问她：听见了吗？最后又噔噔噔跑进了上房里，把这消息告诉了在炕上躺着的他爹谷敬勤，问他：听见了吗？

噢……噢，广播匣匣里说我杏爱大姐哩！

谷门栓在院子里追着每个人，向他们兴奋地报告着这一消息。他不需要他们的回答，他报告了，让他们知道了并仔细地倾听广播匣匣里的声音就成了。小小的农家院子，显然还不能充分满足谷门栓大喊大叫的情绪，他后来像匹脱缰的小马驹，撒着欢儿跑出家门，跑进谷寡婆村的大街小巷，一路狂奔，一路大喊。因为他的狂奔，还因为他的大喊，有许多像他一样的碎娃娃加入了狂奔大喊的队伍，向全村人报告着这一新奇的消息。村子里是有几条狗的，狗儿们并不知道谷门栓他们一伙碎娃娃们狂奔大喊什么，但狗儿们是喜好热闹的，特别是谷门栓那样的碎娃娃们的热闹，狗儿们岂有不凑热闹的道理？它们汪汪汪汪地跟在狂奔大喊着的谷门栓他们身后，狂吠乱跳。

不是很大的谷寡婆村，一时之间都知道了广播匣匣里在说村西头的新媳妇惠杏爱哩。而且大家知道写了惠杏爱的通讯的作者是谷大房家二娃谷天明的新媳妇上官乐。

啊呀呀呀！谷寡婆村可是出名了！

出名是因为初婚来到他们谷寡婆村的新娘子惠杏爱和写了惠杏爱事迹的新媳妇上官乐。

在家里无所事事的谷冬梅，是有聆听广播新闻的习惯的。县粮食局退休回家的局长呢，几十年的官场经验，哪有不听新闻的道理。她既听县广播电台的新闻，也听省市广播电台的新闻。就在她坐在家听罢广播匣匣里播送惠杏爱的长篇通讯后，又拧开她须臾不离手的袖珍收音机，去听省市广播电台的新闻。结果让她非常振奋，在中午的新闻播报时间，县上的广播电台播送了上官乐采写的关于惠杏爱的长篇通讯，省、市的广播电台，也像商量好了似的，一前一后，都在新闻专题节目里，播送了由上官乐采写的关于惠杏爱的长篇通讯。

对谷寡婆村怀有特殊感情的谷冬梅，可是太高兴了。她想要与人讨论关于惠杏爱的报道，但家里只有她一个人，她能和谁交流呢？她找不到人，由此及彼，却又想起她的儿子谷铁柱。谷冬梅不知道他现在在哪儿，又弄些什么事。她在心里惦记着儿子谷铁柱，却心不由嘴地骂出了声。

谷冬梅骂：孽种呀！你是把你妈忘了吗？

谷冬梅骂着儿子，再环顾她孤身一人的家，空空荡荡的，就在家里待不住了。她从家里走出来，看见已改为谷寡婆祠的门房里，九先生谷正芳扛了两块木板在里边，与本村的一位木匠丈量着门两边的大柱子，欲把板子割得与大柱子一般宽、一般高，来刻他新撰的一副楹联。

谷冬梅一眼就看懂了九先生谷正芳的用意，但她还是问了九先生：正芳老哥，板子是你买的吗？

九先生谷正芳回答说：我看老祖宗的祠堂太单调了，找了两块木板，给老祖宗刻上一副楹联。

谷冬梅欣赏九先生谷正芳的这一做法，但此刻，她更感动广播上的报道，就又问九先生谷正芳：你刚听广播了没有？

九先生谷正芳轻轻地摇了摇头。显然，他刚才叫了木匠往谷寡婆祠搬送木板，没能及时听广播。但他听到谷门栓一伙碎娃的呐喊了，因此他说：得是说村西头的惠杏爱哩？

谷冬梅把她的袖珍收音机往九先生谷正芳的耳朵边举了举，说：你听呀，省、市电台可都播着哩。

九先生谷正芳招呼木匠停了手里的活，仔细地听起收音机来，才听了一段，就像谷冬梅一样兴奋起来了。他说：谁写的呀？写得好，太感人咧。

谷冬梅告诉他，说：大房家二娃谷天明的新媳妇上官乐写的。

九先生谷正芳吃惊地反问谷冬梅：你说的属实？

谷冬梅说：广播匣子上是这么说的，收音机里是这么说的，他们都这么说了，你说呢？

九先生谷正芳便由衷地赞叹起来：咱们谷寡婆村有人才咧！

同样，村支书兼村长的谷大房也听了广播里的通讯。报道惠杏爱的先进事迹他没怎么吃惊，几个月来，凭他对惠杏爱的观察和认识，他真切地认为，村西头已成寡妇的新娘子惠杏爱，的确有些与众不同。她对那个贫困家庭的责任心以及所表现出来的胆识，让他心与口都极大地服气着了。他用惠杏爱对照自己二娃的新媳妇上官乐，就觉得这个儿媳是不着调的，不是小不着调，而是大不着调。说话没轻没重，不分场合时间；做事没轻没重，不分曲直黑白。许多年了，一直为大娃谷天亮的媳妇云小兰头痛的谷大房，给二娃谷天明娶了媳妇，难道又要为二娃的媳妇头痛吗？

因此，谷大房不吃惊报道惠杏爱，但对写报道的二娃媳妇上官乐，他是大大地吃惊了。

正是准备中午饭的时候，老伴白栓娥早已入了灶房，而上官乐还在她的新房里没出来。

她在干什么呢？是靠在被垛上读书呢，还是趴在写字台上又写她那不着调的诗歌呢？

谷大房想象不出来，就喊他的二娃谷天明到上房来。老妈白栓娥喊谷天明，他是敢拧次的，他爹谷大房喊他，他是连毛都不敢奓的，应声就从新房里出来，到他爹的上房里去了。

谷天明进了上房，说：爹，你喊我？

谷大房说：广播匣子里说的啥你听见了？

谷天明老实地回答：我和乐乐在新房里正听收音机哩，是她写的通讯，分别寄给了省上、市上和县上的广播电台，想不到他们都采用了。咱家的广播匣子是县台的播报，收音机里还有省、市两级大电台的播报哩。爹你知道了吧，乐乐可是有才呢！

谷大房正吃着他的四棱棒卷烟，听了二娃谷天明的话，他不知道是该高兴呢还是该气愤，把吃了半截的黑色四棱棒，一下戳灭在炕沿上。

有才！庄户人家的媳妇，有才就好吗？

我的个瓜娃呀，别是自己那个“有才”的媳妇，等过些日子就不是你的了。“有才”的媳妇不好养，谷大房担心起他的二娃来了，怕他守不住上官乐，最后让她转投到别人的怀抱里。

正为二娃能不能守住媳妇上官乐伤着脑筋的谷大房，猛然听得院子咚咚咚咚石锤子砸墙似的一阵响动。他从窗子上留着的玻璃格子看出去，制造出那么大声势的人，不是别人，正是他持久伤着脑筋的大娃媳妇云小兰。

云小兰站定在院子里，像谷门栓在街巷上大喊大叫一样，声音很大地叫喊了起来。

云小兰说：广播匣匣说西头的惠杏爱哩！

云小兰说：是咱家上官乐写的惠杏爱哩！

这样两句话，云小兰车轱辘似的转腾着，连说了好几遍。直到上官乐从新房里跑出来，把云小兰拉进她的新房里，安顿她坐在沙发上，把收音机端到她面前，让她听收音机里的报道，才让情绪有些癫狂痴傻的云小兰渐渐地安静下来。

上官乐同情地看着她的大嫂云小兰，觉得她真是太可怜了。大哥谷天亮当年被招了副业工。那时候，就是这不怎么起眼的副业工，也有人打破头争哩。突然就有了这样一个机会，一九七九年，秦岭山里要修一条公路，是这么一个艰苦的出门做工的机会，因为做村支书的老爹走后门，大哥谷天亮很幸运地去了。当时，大哥谷天亮和大嫂云小兰刚结婚不到半年，招工的机会来了，条件之一就是只要未婚的农村青年。谷寡婆村符合这个条件的青年多了去了，谁都想被招了去，把手伸进国家的馍笼里吃商品粮。大哥谷天亮也想去，老爹上下其手，使了不少手段，这就成功地把大哥谷天亮送进了秦岭山。但没过几个月，噩耗传了来，炸山的一块石头片子，隔着半架山飞了下来，不偏不倚，正好砸在大哥谷天亮的眉心上。他连一声喊都没发出来，就悲惨地躺进秦岭山里的一座因工牺牲者的墓园里了，留下大嫂云小兰一个人孤孤单单地过日子。

大嫂云小兰是要改嫁的，自己为自己选择的人是隔壁的谷劳劳。

右派分子九先生的大娃谷劳劳，村支书兼村长的谷大房是不会考虑的。他断然拒绝了云小兰的改嫁要求。谷大房心里是这么想的：我是谁？谷寡婆村的支部书记呀！谷寡婆村的村长呀！他是谁？右派分子的娃！我怎么能把儿媳改嫁给他呢？不能，绝对不能。

“骚怪”谷中秋也看上了云小兰，他贫苦家庭出身，进了门，自己吃饱全家就都吃饱了。谷大房给云小兰选择了“骚怪”，根本的原因不是他出身苦寒、光棍儿一条，而是谷大房在谷寡婆村执政，“骚怪”谷中秋是他说一不二的棍子。有人敢奓毛惹事，敢向他叫板，他给“骚怪”丢一个眼色，“骚怪”就会没事找事把惹事叫板的人痛打一顿。挨打的人折了胳膊断了腿，谷大房拧着“骚怪”的耳朵，上门给折胳膊断腿的人赔礼道歉，他批评“骚怪”，安慰受害者。但是出了门，他会塞给“骚怪”一盒香烟，里面装着烟，也装着钱。“骚怪”拿了就到绛帐火车站上去，在那里大吃大喝一顿，回到谷寡婆村来，工分不少他的，照样记在他的名下。在村里当头儿，欲为人上之人，没有打人的棒子是弄不成事的。但是，云小兰看不上“骚怪”谷中秋，不仅看不上，还十分厌恶他。“骚怪”有谷大房撑腰，要给云小兰来个“霸王硬上弓”。心里起了这个念头，“骚怪”没敢立即实行，他还征求了谷大房的意见。谷大房当时没说什么，只拿眼睛把他仔细看了看，淡淡地笑了一下。“骚怪”是谁？谷大房的棍子呢！他懂了谷大房的意思，转身就去尾随云小兰。云小兰发现了“骚怪”的不轨，在“骚怪”寻找机会尾随她的日子里，她想着办法躲他，可是总也躲不过。“骚怪”就像一摊粘在手背上的鼻涕，时时处处寻找能上手的机会。这个机会让他找着了。有一日，在生产队的大田里忙活了一天的云小兰，天黑收工时，从渭河的季节性小木桥上往河南边去了。河南边的集体养猪场里，只有初中毕业回村的谷劳劳一个人。云小兰要去那里找谷劳劳吗？云小兰和谷劳劳读书的时候，在中学里同学了几年，其中的两年，还是形影相随的同桌哩。那时候，他俩互相没有表白过什么，但是谷劳劳的聪明上进、善良勤奋，很为云小兰所赏识。如果不是因为戴着右派帽子的老爹九先生，谷劳劳靠着自己的学习成绩，一定会从初中升到高中，从高中升到大学里去的——右派分子九先生影响了他的大娃谷劳劳。谷劳劳初中毕业后就回了村，成了一个“修理地球”的农民。云小兰学习成绩一般，没有考上高中，经媒人两头一说，嫁给了谷大房的大娃谷天亮。

云小兰嫁到谷寡婆村来，猛然见到谷劳劳，这才知道她的同桌谷劳劳，竟然是她的邻居呢。

女婿谷天亮死了，云小兰说死说活一句话：改嫁就嫁谷劳劳。

云小兰太同情谷劳劳了。她由同情继而生出爱，便不管公公谷大房的阻拦，过河去要给谷劳劳说。她爱谷劳劳，要谷劳劳一定娶了她。

尾随的“骚怪”谷中秋是必须阻挡云小兰接触谷劳劳的。他可不能让几乎到了嘴边的肉，让他人吃了去。尾随着云小兰，走过了渭河，走在河岸边的一片柳树林里，“骚怪”谷中秋紧跑几步，冲上去，把云小兰扑倒在河滩地上，三把两把，就把云小兰的上衣撕扯掉了。“骚怪”谷中秋接下来要脱云小兰的裤子了，但在云小兰的嘶喊声里，跑来了谷劳劳。他在“骚怪”谷中秋的屁股上猛踹一脚，把“骚怪”踹滚到一边的河滩地上，怒不可遏地指斥起“骚怪”来。

谷劳劳说：你就不怕坐牢吗？

谷劳劳说：你这是强奸你知道吗？

谷劳劳说：监狱的门就是给你开的，我现在就扭送你进去你信不信？

打断过村里人胳膊腿的“骚怪”谷中秋，在谷劳劳的严厉指斥下，软成了一堆泥。

云小兰改嫁的事就这么拖下来了，拖到现在，大嫂自己是有点“神经”了。那点“神经”是因为谷劳劳吗？写了惠杏爱典型事迹的上官乐，一点都不怀疑她的判断。有情人终成眷属，上官乐觉得她有责任，也有义务，帮助她的大嫂云小兰和谷劳劳走到一起，幸福地生活着。

上官乐倒了一杯开水，暖暖地塞进大嫂云小兰的手里……

第二十一章

准时准点，到陈增强承诺的天擦黑的时节，小四轮拖拉机装配起来了。加上了柴油，加上了水，陈增强手握摇把，一阵猛烈地摇转，惯性轮划出一个个无法计数的美丽圆圈，催生着排气管喷出一串串黑色的烟雾，突突突突，突突突突。发动机颤动着，发出了令人欢欣的启动声。

可以说，陈增强为惠杏爱修理好的小四轮拖拉机堪称完美。

在小四轮欢快的轰鸣声里，陈增强收拾好自己拿来的修车工具，扎绑在自行车后架上，要回绛帐火车站去了。他所在的建筑队，在那里承包了几幢大楼的建筑任务。陈增强推着自行车往头门外走着，他没有注意，老同学惠杏爱送着他，惠杏爱的弟弟妹妹跟着也在送他。

小四轮拖拉机启动的突突声真是太美妙了。

谷门环听着拖拉机的突突声时，她还没忘中午饭时广播匣匣里播送嫂子惠杏爱事迹的声音。她知道，傍黑的时候，广播匣匣还要重播关于嫂子惠杏爱的那篇通讯的。果然，她跟着嫂子送陈增强，还没有走两步，广播匣匣里又开始播送关于嫂子惠杏爱的报道。谷门环停下了脚步，她仰头去看挂在屋檐下的广播匣匣，听着便听得入了神。其实，上午她就听清楚了，是村长家和嫂子同一天嫁到谷寡婆村来的新娘子上官乐写的报道哩。她可真是漂亮呀，文章又写得这么好！她在心里感激起上官乐来了，觉得她是替自己说了心里话。像嫂子惠杏爱这样的人，就该表扬，就该叫人学习哩！

公公谷敬勤下不了炕，他坐在炕上，隔着窗户的小玻璃片目送陈增强。

他们走着，突然又驻足在院子里，是因为广播匣匣里又在播关于惠杏爱的报道呢。谷敬勤过去不咋关心广播匣匣里的声音。他一个字不识，又成天蜷在炕上，他听那没用的话做啥呀？这回说的是自家屋里的媳妇哩，他中午就听得非常认真，再听就更认真了，字字句句，像是铁打铜铸的铆钉一样，扎扎实实地铆在他的心里了。中午听，他就流了一回泪，再一次听，眼泪止不住又顺着脸颊流下来了。他心里思量，莫不是村里人现在议论咱家这媳妇又是个老祖宗谷寡婆转世来的？

噢，慈祥的、仁德的、大慈大爱的谷寡婆啊！

在送陈增强的队列里，没有谷门墩。这个傻里傻气的愣头小伙子，中午吃饭时才从地里回来。他也听到了广播匣匣里播送嫂子惠杏爱的报道，听着就嘿嘿嘿笑个不停，笑了好一阵子。他是笑着去看埋头忙活着的陈增强的。他看着陈增强，脸上的笑却莫名其妙地顿然消失殆尽。谷门墩不像他爹谷敬勤，也不像他妹谷门环、他弟谷门栓，都对陈增强抱着一种敬意，尊着他、爱着他。谷门墩不，尽管他是嫂子惠杏爱的同学，可他对嫂子请来的她的初中同学陈增强没有多少好感。早晨下地时，陈增强刚到，谷门墩没给他打招呼；中午回家吃饭，谷门墩跟他还是没有话。谷门墩黑沉着显得板滞的脸，丢下锄头，去灶房端了个大老碗，钻进他爹的上房里去，圪蹴在脚地，呼噜一口，呼噜一口，像是和饭生着气似的。惠杏爱看见了谷门墩的反常，她给陈增强解释了。如不解释，别说是陈增强，任谁都要多心呢。惠杏爱给陈增强说了，说她这个大兄弟缺着心眼儿哩。惠杏爱给陈增强解释着，就还招呼谷门墩要对来客热情的。可是缺心眼儿的谷门墩，像是听不见惠杏爱的话，依然不理陈增强，端着老碗记仇似的吞咽着。谷门墩吞咽着饭菜，却没忘侧耳聆听广播匣匣里的播报。

谷门墩在心里给自己说：对着哩，就是咱嫂子么！

谷门墩在心里说着竟说出了声：对着哩，一点没错，是咱嫂子呀！

谷门墩越是听着广播匣匣表扬他的嫂子惠杏爱，越是警惕院子里给他嫂子惠杏爱帮忙修理小四轮拖拉机的陈增强。

好不容易要走了，走了几步都到头门口了，又站下来弄啥哩？

噢，是广播匣匣里重播嫂子惠杏爱的事迹哩。谷门墩便侧着一只耳朵聆听广播匣匣里的报道，腾出一只耳朵，还听着院子里走走停停的陈增强。

陈增强不知道他是怎么了，心跳得特别慌。如果不是帮忙给惠杏爱拖回出事的小四轮拖拉机，他今生可能永远都见不着初中同学惠杏爱了。偶然的事故，让他和惠杏爱重逢了，这样的重逢，让他实在是心潮难平。他同情惠杏爱初婚所遭遇到的灾祸，他敬重惠杏爱面对灾祸时的所作所为。初中时，与惠杏爱没有多少特殊交往的陈增强，深深地被惠杏爱感动着，深深地敬佩着惠杏爱。正是基于这样的感动和敬佩，他才勇敢地请了假，来到惠杏爱的家里，帮助她修理小四轮拖拉机来了。广播匣匣播送美丽的、有担当的惠杏爱的事迹是突然的，陈增强中午听了一次，又在天黑时听着，他感到了另外一种滋味。

是个什么滋味呢?

陈增强一时还说不上来，他扭头去看送他的惠杏爱，惠杏爱却躲着似的低下了头。

陈增强的心乱了，从此是不会再平静下来了。他中午乍听广播里的报道，抬眼去寻报道的主人公惠杏爱，自己又不知所以地举着锤子，往他砸着的铁页子上砸，竟然一下砸到了自己的手背上。手背变紫了，渐渐地渗出血来，他一声不吭，闷着头继续他程序化很强的小四轮拖拉机的修理组装。

手背太疼了！真疼啊！

再听广播匣匣播送惠杏爱的事迹，陈增强觉得他的手背比刚砸到时还要疼痛呢。

送出了头门口，谷门环和谷门栓站住了脚，惠杏爱却还随在陈增强的自行车一边，继续送着他，把他一直送到了村口上。按照情理，按照惠杏爱的心意，她真该把陈增强送出村外，送到渭河边上，再送到他要去的小木桥那里。可是惠杏爱在村口站住了脚，一步都走不动了。她还摆脱不了那种很旧很旧的男女授受不亲的意识。

寡妇门前是非多……我，我惠杏爱现在可是个寡妇了！

陈增强似乎意识到了惠杏爱的意思。他说：甭送了，回去吧。

惠杏爱仿佛蚊子叫一样应着：嗯。

西坠的太阳，这时候枕在遥远的渭河上，因为它的炙热，使得曲曲弯弯的渭河水都变成滚烫的橘红色了。啼啭着的鸟儿们，在那美得迷人的霞彩中飞着，寻找着它们自己的归巢。便是脚边觅食的鸡儿们，也都收起了它们刨了一天虫子的脚爪，咕咕咕咕，互相关照着往自己的家门寻了去，寻进门去，跃上它们该有的棍架。

说不出为什么，此时此刻，惠杏爱和陈增强都感到一种压抑和沉闷。

好一会儿，陈增强说话了：等有机会，用漆把小四轮重喷一遍，就和新的一样了。

惠杏爱应着陈增强，说：新的，新的……

陈增强说：是的，是和新的一样了呢！

惠杏爱没再说话，她抬眼看着陈增强，亮晶晶的眼睛里，有晚霞扑进来的红光，正鲜鲜艳艳地燃烧着。

陈增强叮嘱惠杏爱：你把驾驶本本拿上了，但实际操作是另一回事。你要按我给你说的拖拉机操作方法再熟悉几天，先甭上路，在空旷的地方多转转，等你确实练熟了再跑车。老辈人怎么说来着？磨刀不误砍柴工，说的可就是这个理儿呢。这样保险，安全，还出活。

惠杏爱嗯嗯着说：我记着哩。

是该分手了。可是他俩隔着自行车站着，谁都没先迈开自己的脚步，先拧过身子走开。

突然，惠杏爱看定了陈增强的双眼，说：你把媳妇寻下了没？

惠杏爱把话问出来了，却觉出自己问得唐突，怪自己问了个不该问的问题。可是，她心里就是这么想的，同学了几年，再次相见，陈增强帮了她的大忙了，她怎么就不能关心他呢？问一问怕啥呢？但她的脸还是不由得微微泛起一抹红潮。

陈增强没敢看惠杏爱的脸，他轻轻地说：还没呢。

西沉的太阳，帮助惠杏爱掩饰着她脸上的红晕，她说：那……你可是要抓紧哩。

惠杏爱本来还想问一问陈增强原因：为什么到了现在还没把媳妇寻下？是你眼高吗？还是你就没认真寻？按照关中西府的风俗，到了陈增强这样的年纪，甭说是寻媳妇，就是娶媳妇也该娶回家里来了。这让惠杏爱疑惑了，但她没再往下问，她怕再问下去，惹出什么让她难堪的事情来。

陈增强也不想多说这个事情，他轻描淡写地应着惠杏爱：噢。

应了惠杏爱这一声后，陈增强迈动了脚步，推着他的自行车往前走去了。但他只走出几步，刚要跨上自行车时，却又紧急刹住车闸，扭回头来了。

陈增强也有问题要问惠杏爱的。他说：你要跑车，寻下活了没有？

这可是个问题呢！改革了，开放了，别说是私人买车跑运输，便是工厂，政府都大力倡导私人开办了。但是带来的问题却不少，市场在哪儿？没有市场，办了厂也是倒闭，买了运输工具不和办厂一样吗？没有活拉怎么办？

陈增强一问问出了惠杏爱眼前的大问题，她说：还没呢。

陈增强就告诉她：我们建筑队的沙石用量不小呢。你要愿意拉，我回去给你联系一下。这样，你跟上我跑一些日子，熟了，你再一个人去跑，你看咋样？

陈增强太熟悉运输这一行的情况了。你有车，但你没有门路，没有熟人，不行情，不送礼，你就很难找到运输的活路。出力挣钱，话是这么说的，但出力却不一定挣得到钱。对此，老辈人是怎么说来着？钱难挣，屎难吃。眼下，更是这种状况。

惠杏爱听得欢喜，往前追了几步，把陈增强的自行车后架抓在手里，激动得声音都有些发颤。

惠杏爱说：你给我把啥都想到咧！

老同学陈增强的帮助是竭尽全力的。谷寡婆村有的是沙子和石头，原来就有出卖沙石挣钱的传统，而且还是村里的一项主要收入来源。惠杏爱开着小四轮拖拉机下到渭河河滩，她打眼看去，满河滩可都是被河水冲刷了不知多少年的沙石啊！好像是，沙子石子伴随在渭河两岸，渭河有多长，河滩上的沙石就有多长。但是，真要让河滩里的原始沙石成为有用的商品沙石，却是要进行严格的筛选的。这难不倒惠杏爱，在陈增强的指导下，她买来了网眼适度的钢丝筛，把谷门墩叫到渭河滩上来，让他支起钢丝筛在渭河滩上分筛着建筑需要的沙子和石子。惠杏爱自己呢，则在陈增强的带动下，小心地、大胆地往绛帐火车站上的建筑工地里运输沙子和石子了。

惠杏爱运到工地里的沙子纯净，石子标准，很快就赢得了陈增强所在建筑队的信任，把他们工地上要用的沙石，一股脑儿全都交给她拉运了。

建筑队的头头儿是陈增强的本家哥，叫陈增让，年龄顶多四十岁，却已掉头发掉得头顶上需要“地方”支援“中央”了——把四周的头发薄薄地梳上来，盖住他大得有点惊人的秃头。一次，秃头陈增让见到卸沙子的惠杏爱，发现她还是个年轻女子，就走近了她，和她搭讪着说话了。

陈增让夸奖惠杏爱，说：你一个年轻女娃娃，倒吃得苦。

惠杏爱装着糊涂说：有我这么大的女娃娃吗？

陈增让捋着“地方”上的头发，往“中央”盖着，说：那就大姑娘吧。照你运来的沙石标准一直给我拉，我让你有做不完的活路呢！

惠杏爱满意地笑了。

这是惠杏爱自初婚到谷寡婆村，笑得最为开心、最为大方的一次。其实，陈增强就在惠杏爱的身边站着。惠杏爱开心地笑着时，他也开心地大方地笑了起来。但是他跟上惠杏爱一笑，惹得他的堂兄陈增让要笑他了。

陈增让眯着眼，看了一阵儿陈增强，说：我兄弟有福，能寻杏爱这样一个媳妇，可就是烧了高香了。

陈增强撵过去堵陈增让的嘴，说：你可不敢瞎说的，不敢瞎说的。

不知为什么，堂兄陈增让要笑陈增强，陈增强自己着急了，而惠杏爱依然是开心的。她依然开心地笑着，大方地笑着。

惠杏爱彻底走出了悲伤和忧愁的阴影，她可以开心、大方地笑了，任喜过与上官乐两位初婚的新娘子却都开心不起来，也大方不起来了。

任喜过之所以不开心，是她大哥谷劳劳的养猪场遭遇了断电的困难。上百头的猪，不要说防疾检疫、治安等方面的事，仅仅一个吃，就是非常大的一个问题。没断电时，粉碎喂猪的粗饲料、细饲料和青饲料，都是用电动粉碎机和切草机来完成的，断了电，就只有人工来做了。看看那一张张大得能够吃人的嘴巴，每张嘴哪天没有十来斤粗细饲料以及青饲料能打发得了？吃得饱，百余头猪可以吃了睡，睡了吃，不怎么扒墙撞门闹腾人。如果吃得欠了，是一定要跳着跳着扒墙头，轰轰烈烈地撞门栅的，扒着撞着，还要哼哼哼哇哇哇吼叫抗议的。一头猪抗议时无所谓，百余头猪一起哼哼哇哇地嘶吼，哐哐啷啷上墙乱撞，聚集起来形成的巨大声浪，把养猪场的顶棚盖都会掀翻的。

为了保证猪儿们不被饿着，大哥谷劳劳几天连家都没回。还有女婿谷梦梦、公公谷正芳也都到渭河南的养猪场里去了。他们和大哥谷劳劳一样，从天明忙到天黑，把人忙得散了骨头架子，都不能保证喂好猪。为此，任喜过心里便也不由自主地焦急起来了。娘家妈豆菊芳来看她，陪在任喜过身边。因为女婿娃谷梦梦在渭河南给他大哥帮着忙，几天了住在养猪场没有回家，让见不着女婿娃的豆菊芳还以为任喜过他们初婚的小两口闹了矛盾，小心地来问任喜过了。娘家妈一问，这才知道养猪场断了电。麦禾营村还在生产队的时期，富农婆子豆菊芳被安排在养猪场里干了几年，她知道断电对养猪场的影响，可是不敢小视呢。

娘家妈豆菊芳当机立断，给任喜过说：咱还守在家里做啥哩？走，过河看看去。

任喜过说：我爹说了，现在你一个人在家里窝着哩，你是孤单的。我爹说你来了我就陪着你说说话，要吃饭了，就做好的吃。

娘家妈豆菊芳说：把我当亲戚了！给你说哩，我咋都是你的妈。

任喜过说：谁说你不是我妈了？

娘家妈豆菊芳笑了，说：麻野雀，尾巴长，嫁了女婿忘了娘。不错哩，我女子还知道我是妈。那就好，给妈带路，咱到渭河南边养猪场去，搭一把手是一把手，总不至于多了一把手反而乱了吧？

任喜过服气娘家妈就在这里，想问题都是从别人的角度去想的。娘家妈说去，那就去么。任喜过当即陪着她娘家妈走出头门来，把两扇大门合起来，在门上挂了一把大锁，两手一捏，锁上锁扣，这就放心地到渭河南岸去。娘儿俩走出大门，把门锁都锁上了，娘家妈却如梦方醒般抬手拍了一下自己的额头，说她真是老了，想一个事就一个事，把旁的事怎么就给忘了呢。

娘家妈怨了自己几句，就给任喜过说了。

娘家妈豆菊芳说：三个大老爷们儿在河南边忙活着，咱就不能做点好吃的给他们送去？

任喜过听娘家妈豆菊芳这么一说，自己也懊悔起来了。她小声地附和着娘家妈：还是我妈想得周到。

娘家妈豆菊芳说：甭给我戴高帽！

任喜过说：我不敢，我只知道我娘昨天把黄豆都泡下了。

刚锁在头门上的大铁锁被取下来了。推开门，娘儿俩给河南边的三个大老爷们儿做好吃的了。娘家妈的豆腐做的可是一绝，豆腐脑儿豆浆什么的，更是绝上加绝。她这一绝是祖传下来的，传到豆菊芳这一辈，听说都有十几代了。任喜过的娘家在土改时之所以被列入了富农行列里，惹祸的可还就是他们家的豆腐手艺。庄稼人的灶房里，大鱼大肉吃不起，豆腐应该是吃得起的，而且也是可以经常吃的。因此，他们家靠豆腐发财置办下一份不薄的家业。解放初，家里管事的老年人以及任喜过的老父亲，受不得土改那样的惊吓，前前后后辞了世，留下个年轻的豆菊芳。她躲不过了，戴了富农分子的帽子。帽子压在头上，豆菊芳在生产队时期，队里的干部让她干啥，她就得干啥。她有做豆腐的绝技，因此就要经常为集体磨豆腐了。她为集体磨豆腐的好处显而易见：一来呢，能够满足村里人灶房的需求，为口寡舌头淡的庄稼人添加一份滋味；二来呢，磨豆腐过滤下来的豆渣，可是喂猪的好饲料。一样的猪食，添加上一勺豆渣，猪吃食的嘴就张得大，吃的响声也就大。豆菊芳是生产队的养猪员，她喜欢猪吃食的那个馋样儿，爱听猪吃食的那种响声。昨天傍黑，豆菊芳问了任喜过，问她家里可有黄豆，任喜过就知道娘家妈想在家里露一手了。不过今天，任喜过还要开一下娘家妈的玩笑的。

任喜过嘻嘻笑着说：手痒痒了？

娘家妈豆菊芳笑着嗔怪她：有这样笑话亲妈的吗？

任喜过似乎还不过瘾，依旧嘻嘻笑着说：放心我了，不怕我把妈的绝技偷学去咧？

娘家妈豆菊芳想要收住笑，一时却还收不住，说：有本事你就学么。

任喜过因此高兴起来了。在娘家时，任喜过就想学她妈豆菊芳做豆腐的绝技呢，可是娘家妈不让她学。娘家妈的观点很鲜明：谁会的手艺多，谁会的手艺绝，谁吃苦就多，谁受累就多。天下的能人，可不都是吃苦受累在自己的手艺上吗？咱们家老先人要不是传下做豆腐的绝技，咱们家也不至于排上富农，娘我也就不至于戴上富农分子的高帽儿。你娃应该看见了，一个富农婆子的大帽子，妈是戴怕了，妈是戴伤了，妈不想我女子成为有绝技的人。庸庸碌碌地过着，像牛一样吃，像猪一样睡，谁敢说那就不是幸福？娘家妈守着这一套理论吃苦受累地给大集体磨豆腐时，从来都是防着女儿任喜过的，不让她靠近她一步。娘家妈豆菊芳知道，他们家族的人，似乎血管里就有这种遗传基因，别人十遍百遍地看，看不清磨豆腐的绝技在哪儿，可是他们家族的人，跟着磨一次豆腐，就能心领神会地揣摩到磨豆腐的绝技并熟练地掌握。娘家妈豆菊芳要在家里磨豆腐，分明是要把她原来不愿意传给任喜过的绝技教给她了。这是一个多么大的转变呀！任喜过笑着娘家妈，心里却是幸福的、温暖的，但她依然还想和娘家妈开几句玩笑。

任喜过说：把妈的富农婆子帽子脱了，是不是妈还想脱了“豆腐西施”的帽子？

娘家妈豆菊芳知道女儿要笑她，话跟话地说：脱下来给谁呀？

任喜过说：当然是给我了。我要顶了娘的名，当个“豆腐西施”呢！

原来的“豆腐西施”……是的呢，在麦禾营村周边的一些村子，吃过任喜过娘家妈豆腐坊磨下的豆腐的人，都愿意喊她“豆腐西施”。特别是麦禾营村，大家普遍叫她“豆腐西施”。叫得久了，几乎把她豆菊芳的名字都忘了呢。老的“豆腐西施”豆菊芳带着想成为新“豆腐西施”的女儿任喜过，在灶房里磨起豆腐来了。

娘家妈豆菊芳在大磨子上磨得了豆腐，小磨子上也是磨得了豆腐的。

好像任喜过的娘家妈豆菊芳在小磨子上磨下的豆腐要比大磨子上磨的细腻、筋道、好吃，更有黄豆的豆香味。在女儿任喜过家的灶房里，娘家妈豆菊芳没有大磨可以磨豆腐，她就只有用小磨磨豆腐了。这个小磨子，是娘家妈豆菊芳从自家屋里拿来的，直径九寸五的样子，分上扇和下扇，都不是很厚，大约有三寸三。不用的时候，推到案板里边，要用时，拖出来，就能磨豆腐了。生产队时期，娘家妈豆菊芳给生产队喂猪，又给生产队磨豆腐，用的都是大磨子。大磨子有三尺多的直径，有五寸的厚度，所用的役力，不是骡子就是马，绕着磨道转圈子，转出呼呼呼的巨响。在巨响声里，磨得水水的黄豆浆汁，就从磨缝里流出来了。生产队散了伙，娘家妈不给集体喂猪了，也就不给生产队磨豆腐了。回到了自己的家里，娘家妈可不想淡了自己和女儿任喜过的口——她们母女俩把豆腐吃惯了，没了豆腐吃可不行，要不然，谁还叫娘家妈“豆腐西施”呢？不在大磨子上磨豆腐，娘家妈省心了，也省劲了。她从自家墙基下刨出这副小磨子，在灶上给她们娘儿俩磨小磨豆腐吃。

传说这副小石磨可是有些年头了。

原来小石磨在娘家屋的历史上，是给怀孕的自家女人磨豆腐吃的，当然还可以磨了豆浆喝，做了豆腐脑儿吃。这对孕妇是大有益处的，不仅能够增加孕妇的营养，而且可以保证胎儿的健康成长。女儿任喜过嫁到谷寡婆村里来了，保不住什么时候会怀上孩子的，娘家妈豆菊芳没有别的方法想，让女儿任喜过吃上家传的小磨豆腐总是不错的。于是，娘家妈豆菊芳就把她们家祖传的小石磨用包袱包了，背到女儿任喜过家的灶房里了。

泡了一夜的黄豆又肥又胖，娘家妈豆菊芳舀一勺泡黄豆，扣在小石磨上，用一只手摇着小石磨上扇顶上的一个拐把木手柄，轻轻地摇一圈子又一圈子。

泡黄豆从磨眼里往下漏，磨缝里便有乳白色的黄豆浆汁汩汩地涌流下来，收到一只葫芦切成两瓣的瓢里，倾入一只马尾绷的罗儿中。用一个木质的小圈坨，不断地挤压越滤越干的黄豆浆汁，直到最后，把一点杂质都没有的黄豆汁过滤进大铁锅里，这就要架火来烧了。

坐在灶窝里烧火的是任喜过。刚才，娘家妈操弄小磨豆腐的那一套程序，让她看得不转眼睛。她觉得娘家妈豆菊芳就应该被人称为“豆腐西施”。她老人家的一举一动，比起古时候潜伏在吴王夫差跟前的西施，还要让人心动哩。西施有的只是容貌，而自己的娘家妈，容貌是没得说的。人长在北方的关中西府，却生了一副南方水乡的脸面，细白纤巧，哪里像是个过了半百的女人？任喜过自知她没有娘家妈长得好，抓儿像姑姑，她是随着老爹他们任家人的样子长了，黑了一些，粗糙一些。为此她没少妒忌她的娘家妈，甚至还问过她的娘家妈：你咋不把我生得像你一样？娘家妈的指头戳在任喜过的额头上，数说她：这能由得了我么？这是成长的烦恼呢。人随着年纪的不断增长，长成了大人，就都觉得年轻真好。年轻的姑娘水灵鲜活，年轻的小伙帅气阳刚。其实，大家不要忘了，他们小眼睛里的老奶奶、老爷爷才是最慈祥、最温暖、最迷人的呢！老奶奶、老爷爷的美可不是水灵鲜活，可不是帅气阳刚所能比的。那是经历了风霜、经历了雨雪后的沉稳和老到，就像深秋里的枫叶，是天地间的大美哩。任喜过看她的娘家妈，就是这么看的，“豆腐西施”自有西施姑娘的容貌，更有西施姑娘所没有的持家绝技。

任喜过眼观心记，把娘家妈在小磨上磨豆腐的技巧，全都记在心里了。

不过任喜过懂得实践的重要。

以后再用小石磨磨豆腐，任喜过可是要自己上手了。做不好不要紧，娘家妈在她身边哩，随时都会教导她、纠正她的。熟能生巧，任喜过相信她会很快继承下她娘家妈的技艺的。眼下，任喜过的任务就是拉着风箱烧火，把大锅里的黄豆汁煮沸了，再由娘家妈点豆腐。

便是煮黄豆汁，也是一大技艺哩。

娘家妈指导着任喜过，先用大火攻，直到把大铁锅里的黄豆汁煮得翻起了浪，娘家妈又让任喜过抽出一些柴棒，只用小小的温火，慢慢煨铁锅里的黄豆汁。

生黄豆汁就在大火的攻烧和小火的煨煮下，蒸腾出一股一股扑鼻的豆香味儿来。先是生生的、硬硬的那种味儿，后来就是绵绵的、厚厚的那种味儿了。这时，娘家妈舀出一罐子的豆浆留着，这便要使出她的杀手锏了——在翻腾的豆浆锅里点豆腐。

一点点的石膏汤。

一点点的老油根。

娘家妈小心地勾兑着，往翻滚着的豆浆锅里搅着。娘家妈豆菊芳是拿锅上的那把柳木勺来搅的，一边搅，还一边把翻滚着的豆浆舀在柳木勺里，扬起很高，又往豆浆锅里倾，哗啦啦哗啦啦，眼睁眼望着稀汤寡水的热豆浆凝结着，形成一块一块像棉纱一般的块状物。这可是豆腐脑儿和豆腐的雏形。娘家妈手握柳木勺，稳准迅速地打捞着那些凝结起来的豆腐絮儿，把一些盛在一只小盆子里，让其自然地幻化成豆腐脑儿；把一些盛在一个方形的木模里，用一块新鲜的白布包了，不断地挤压，重压成一块完整的豆腐来。

热的豆浆有了，热的豆腐脑有了，热的豆腐也有了，豆菊芳就还用灶房里的油盐醋和辣椒面儿配制了吃这些豆制食品的料汁。准备好了这一切，娘家妈豆菊芳就和女儿任喜过端着捧着，再次走出家门，向渭河南岸的养猪场里去了。

第二十二章

养猪场原来是谷寡婆村的，谷劳劳受了生产队的指派，就在这里做饲养员。那时候，谷劳劳不能有自己的主张，生产队决定怎么养，他就不折不扣地怎么养。养猪场办了许多年，到头来还只是个单纯的养猪场。现在，大哥谷劳劳承包了这个养猪场，没有别人来对谷劳劳指手画脚，谷劳劳就能按照自己的思路来弄了。

从渭河季节性的小木桥上颤悠悠地走过河来，再爬一道堤坡，就能看见茂密的一片柳树林，大哥谷劳劳改造过的养猪场就在柳树林的一边。从柳树林里横穿过去，就是大哥的养猪场了。任喜过的眼亮，还没走过柳树林，就已看见刷在养猪场墙外一个木牌上的红漆大字，可是十分醒目哩：

良种猪饲养繁育基地。

好啊！任喜过头一次到大哥的养猪场里来，看见围墙外的大字，便不由得为大哥谷劳劳在心里叫好了。什么养猪场！嗨，那可是太落伍了，一切为了科学，一切都要科学，养猪业不能例外，是应该科学养猪了。大哥的良种猪饲养和繁育，不就是科学养猪的一种具体表现吗？

大锅饭，把人都吃瘦了。

大锅养猪呢？自然是没法科学的，自然是没法养出肉质鲜美的大肥猪来。今与昔，任喜过不能说知道得有多全面，但她还是耳闻目睹了一些。仅此，也够她对她的大哥谷劳劳感佩的了。

谷寡婆村处在渭河的一个大转弯上，每到丰水季节，发一次大洪水，河水直扑北岸的河堤，堤溃之时，便是渭河北移的时候。历史上渭河北堤发生了多少次溃堤事故？没人认真统计，但却因一次一次的溃堤北移，在渭河南岸留下一片不大不小的空地。那些淤积出来的田地，土质可是不错哩，只要上饱了粪土，倒真是个取之不尽的米面瓦缸。然而谷寡婆村人都住在北岸，要把村子里的粪土送到河的南岸，是件费力伤神也无法做到的事。渭河的水是肥是瘦，一点面子都不给，很是坚决地隔离了两岸土地的联系。一九六九年，全国农业学大寨，上边号召养猪，要求“一人一猪，一亩一猪”，“养好猪就是支援世界革命”。谷寡婆村召开动员大会，大家集思广益，想出了个一举两得的好办法，在渭河南边的飞地里盖起一个养猪场。一来响应了上边的号召，把猪养起来了；二来养猪积肥，正好就近施种飞地。养猪场初建起来时，选择的饲养员都是根正苗红的人，可人家既然根正苗红，又哪里受得了养猪场的辛苦与恶臭？没有多长时间，便换了五六茬人。走马灯似的换着人，却留不住人的心，换来的人，谁都没在猪身上操心。这可苦了圈里的猪，骨瘦毛长，养了一年长不出十来斤肉。出身右派家庭的谷劳劳被指派到渭河南岸的养猪场里来了，初中毕业的他，对命运的安排是逆来顺受的，他不敢反抗，也不能反抗。因此，便心无旁骛地服侍着养猪场的猪儿们。

长久地服侍着养猪场里的猪，倒让谷劳劳对那些吃了睡、睡了吃的猪儿们产生了兴趣和感情。他在阳光很好的时候，会蹲下身子，在猪的身上捉虱子、挠痒痒。他看到猪儿们舒服享受的样子，自己会开心地笑起来的。再是午饭后和晚饭后的空闲时间里，他就手捧上级配发给养猪场的普及性养猪读物。他读了一本又一本，读得没有可读的读物时，他的手还闲不下来，眼也闭不下来，就拜了绛帐公社畜牧服务站的兽医为老师，从他们那儿借来这样那样的畜牧饲养与繁殖等方面的书籍，来认真研读。他一边研读，一边实践，时间一长，他就真的成了一名既有理论知识又有实践经验的畜牧饲养和繁殖的土专家了。

土专家谷劳劳承包下渭河南岸的飞地及养猪场，便自作主张地把养猪场改造成现在的良种猪饲养和繁育场了。

任喜过和娘家妈豆菊芳端着捧着自制的豆制食品，来到渭河南岸所见的头一眼，就是这种情景。任喜过相信，“良种猪饲养繁育场”的红漆字牌，是大哥谷劳劳承包了养猪场后自己写的。除此之外，大哥大概是要把钱用在刀刃上吧，就对生产队时期的养猪场没做大的改造，土墙土舍，依然低矮简陋。便是土墙上白灰刷写的“抓纲治国，再学大寨”的大字标语，还依稀可辨。因为端着捧着豆制食品，任喜过和娘家妈豆菊芳走路就走得特别小心，娘儿俩小心地穿过护堤的柳树林，渐渐地走近谷劳劳承包的“良种猪饲养繁育场”，就很自然地听到猪儿们的一片哼哼声从隐隐约约而渐渐变得雄壮起来。再走近些，还从雄壮的猪的喧叫声里，听出了羊儿的咩咩叫声，纤细悠长，很是动听。任喜过心想：大哥莫不是扩大了良种猪饲养繁育场的经营项目？

还别说，任喜过想对了。

大哥谷劳劳的确是在良种猪的饲养和繁育的基础上，开始了良种羊的饲养和繁育。这几乎由不得大哥谷劳劳自己，是周边方圆十里的乡村百姓逼他来进行这一新项目的拓展的。守着一条渭河，河两岸的野草蓬蓬勃勃，是喂猪养羊用之不竭的饲料。庄户人家流传下来的习惯，喂猪成了一种必然，养羊也是一种必然。大哥谷劳劳苦心钻研良种猪的饲养和繁育，成功引进了德国的巴克夏种猪以及加拿大的白毛精肉猪。这些良种猪的引进，使大哥谷劳劳承包的养猪场里猪的种群发生了根本性改变。他这里的猪苗，无一例外都是良种猪，生长快，出栏率高。关键是，城里人食用猪肉的习惯在变化：过去是肥了好，而且越肥越好；现在是瘦了好，瘦到一层薄薄的猪皮下全都是筋筋道道的瘦肉更好。谷劳劳的良种猪，便都是这样的瘦猪肉，恰到好处地迎合了城里人的消费观念，生猪出栏的经济价值自然就高，获得的利润自然也就更为可观。

乡亲们冲着大哥谷劳劳的良种猪而来，掏了钱买他的猪苗子，拉了母猪来与他的良种猪交配。

大家来到大哥的良种猪饲养繁育场里来，七嘴八舌地议论着：咱渭河边咋就没人倒腾良种羊呢？渭河两岸有多少只奶羊和绵羊啊！可也需要良种羊来改造。

说者无心，听者有意。大哥谷劳劳想，他是有这个责任的，他应该满足乡亲们的需求。于是，就又引进了荷兰的莎能奶山羊和澳大利亚的长毛绵羊。

太突然，太没有思想准备了。

端着捧着豆制食品的任喜过和她娘家妈豆菊芳刚一踏进大哥谷劳劳的良种猪饲养繁育场的白茬子栅栏门，猛然撞进她眼帘的场面，就使她的俏脸儿腾地羞红了。但见养猪场迎门的一块不算很大的空地上，围着七八个庄稼人，他们黑袄黑裤子，黑压压聚拢在一起。任喜过不知道他们在做什么，她去瞄他们的脸，发现他们或是仰着头，或是弯着腰，脸上的情绪是紧张的，也是怪异的。任喜过从他们聚拢的缝隙里看进去，这就看到被他们围起来的圈子正中央，有一头凶悍的大角猪正和一头温顺的大草猪交配着。大草猪四蹄粗壮，稳稳地分撑开，显得特别期待。它轻轻地扇动着两只招风耳朵，回头来瞅努力与它交配的大角猪，它是享受的，更是快乐的。趴在草猪背上的大角猪，一定是受了草猪的鼓励，张着它长而大的嘴巴，与快乐享受的草猪呼应着。是因为嘴馋吧，角猪的嘴角流出又黏又稠的白沫儿，糊了草猪一脊梁，一直挂到脚地上，显得十分的强悍。它的两只后蹄分开向两侧撑着，油黑发亮的身躯，有节奏地向前晃动着，嘴巴里发出猪儿们听得懂的亲切的欢呼声。戴着眼镜的大哥谷劳劳，弓腰站在猪的旁边，看见机会到了，伸手在草猪的水门前，逮住角猪像是蚯蚓似的猪鞭，引导和辅助着两头猪交配。大哥谷劳劳的态度认真而严肃，仿佛是在进行一项极其重大的工程。

任喜过生长在农村，但这样的场合她是从来不去的，就是偶尔碰上了，便也要红了脸跑开的。今天也是一样，她和娘家妈豆菊芳一到大哥谷劳劳的良种猪繁育饲养场里来，迎门即遇上这个令人尴尬的场面。她是想躲开的，但却没能躲得开。她随在娘家妈的身侧，脸面霎时红成了灯笼罐儿，热辣辣的，急忙把头拧到一边，一眼也不敢往那地方看了。这时，她才又看见旁边拴着的种公羊，高大威猛，离着种公羊不远的地方，又还有附近庄稼人牵来的大奶羊，等待着与大哥谷劳劳饲养的良种羊交配呢。

喜过！喜过！

两声亲切的招呼，任喜过听出来是云小兰。她才转过脸，云小兰却已紧跑了两步，站在了她的面前。

“骚怪”谷中秋之所以惧怕云小兰，而谷劳劳之所以单身未娶，任喜过如今是心知肚明的了。她知道“骚怪”的单相思是可笑的，而大哥谷劳劳爱着云小兰，云小兰也爱着大哥谷劳劳，又是多么可贵而感人啊！眼前，他俩幸福地结合，可能还有一些困难，但什么困难能阻止他们相爱呢？任喜过坚定地认为，有情人终究会成为眷属的。大哥谷劳劳的良种猪繁育饲养场被停了电，女婿谷梦梦、公公谷正芳放下自己的事，过河来给大哥帮忙，那是天经地义的，自己和娘家妈不在家里享清福，来这里帮忙，那也是合情合理的。云小兰却也过河来给大哥谷劳劳帮忙，就不能说天经地义，也不能说合情合理，只能说是一种两情相悦的自觉自愿了。这就是任喜过见到云小兰时的感觉了，有一些意外，但又觉得十分正常。大哥谷劳劳遇到暂时的困难，人手拉不过来，爱着他的云小兰岂能袖手旁观而不来帮他一把呢？

站在任喜过面前的云小兰，正在帮助大哥谷劳劳给猪食槽里添食。她一手提着一桶猪食，另一只手里握着一把大木勺，挨着一个个猪圈往前走。云小兰个头儿不高，她提的猪食桶就显得既大又沉，所以她每挪动一步，都要稍稍地分开双腿，吃力地晃动胳膊，才能使猪食桶甩开来，向前移动一些。她纤巧的腰上，扎着一条白布围裙，因为她太喜欢干净，白布围裙上就看不见一点污渍。但是天气热了，她的负累又那么重，白皙的脸面上，很自然地沁出粒粒晶莹的汗珠，丰富着她饱满的额头和挺耸的鼻梁。不要说别的什么人看她，就是任喜过看了她，也怦然为她心动呢！她正忙着给猪圈里的猪喂食，猛然看见任喜过和她娘家妈豆菊芳来了，真就像见了自己的亲姐妹和亲妈一样，兴奋地呼叫着任喜过的名字，扑通把大木勺往猪食桶里一扔，再咚地把猪食桶蹾在地上，就向任喜过和她娘家妈豆菊芳快步走来了。

任喜过对走到她面前的云小兰说：你也来了？

云小兰没应任喜过的话，扭头看着任喜过的娘家妈豆菊芳，说：你是大姨吧？大姨好！

豆菊芳头一回见云小兰，对她是不熟悉的，却也被她的热情感动着，对她不停地点着头，同时又还偏过头来，去看女儿任喜过。而任喜过这时想的是：什么“神经病”！那不就是对云小兰的污蔑和歧视嘛！云小兰一点都不神经，她有她的追求！她有她的爱憎！一个人只有无法实现自己的理想，无法获得自己的爱，才可能犯别人所说的“神经病”。一旦她能依自己的心意，实现自己的理想，她才不会“神经病”呢！她该是勇敢的战士，她该是救赎自己的英雄。

任喜过热辣辣地叫了云小兰一声：嫂子！你也来了？

云小兰高兴地、大方地说：你哥这里缺人手，我能不来吗？我还说你要来了呢。结果，你真的来了哩。

任喜过手里捧着一大瓦罐豆腐脑，她捧得时间久了，捧得两手有点累。云小兰敏锐地发现了，她伸了手去接，差不多都要碰着盛装豆腐脑的瓦罐了，却又急忙缩回手。爱干净的云小兰，知道她刚才喂猪儿们时，手里是提着猪食桶和拿着大木勺的，她不洗手是不好去接任喜过手里捧着的豆腐脑瓦罐的。于是，她在前头带着路，领着手捧豆制食品的任喜过和她娘家妈豆菊芳，往养猪场中间的那座简易土坯房走了去。

云小兰的鼻子可是尖哩，她在前头走，还要回过头来和任喜过以及她娘家妈豆菊芳说话的。她说：是豆腐脑儿吧？

云小兰准确地报出豆腐脑的名字后，还没等任喜过和她娘家妈豆菊芳回答，她自己又跟着说了：还有北豆腐和豆浆吧？

她说得真是内行话哩！所谓北豆腐，是渭北高原上的一种豆腐，而这也正是任喜过娘家妈豆菊芳的拿手戏。她做的北豆腐，最为独特了，点卤用的是石膏粉，化在水里，配合着一点老油根来点。这样点的北豆腐，其特点是硬度大、韧性强，含水量较低，口感有点粗，味道微甜略苦，蛋白质很丰富。煎也行，炸也行，炒就更适宜了。任喜过的娘家妈豆菊芳在他们麦禾营村为集体磨豆腐时，村里来了几个知青，其中一个，还把她磨的北豆腐捎回城里的家。偏偏遇着个爱较真的家长，切了一点北豆腐到他工作的实验室做化验。让家长喜出望外的是，任喜过娘家妈豆菊芳磨的豆腐，镁和钙的含量似乎更高一些，这既能帮助降低血压和血管的紧张度，预防心血管疾病的发生，还有强健骨骼和牙齿的作用。消息传回到麦禾营村，大家不知道这些细微的化学分析，却也高兴任喜过娘家妈豆菊芳的北豆腐磨得好，就喜笑颜开，说他们可不管什么镁含量、钙含量，他们就觉得北豆腐爽滑有嚼头，他们爱吃。

任喜过的娘家妈磨得了北豆腐，自然也磨得了南豆腐，也就是通常说的嫩豆腐。豆菊芳点嫩豆腐所用的材料也是石膏粉，别人怎么点卤任喜过不知道，她是看着她妈把生石膏塞在火中焙烤了的。焙烤的火候，是她点南豆腐的关键。她没有仪器可以依赖，凭的就是她的眼力。她看着好了，从火里取出来，点南豆腐，是一点差池都没有的。所点的南豆腐质地细嫩，富有弹性，含水量很大，味道是香甜的，更是鲜美的。

尖鼻子的云小兰那么一夸，任喜过的娘家妈就很高兴了，说：一会儿有吃有喝，管叫你吃个够。

云小兰却还不好意思，说：我还就馋个豆腐、豆腐脑儿和豆浆哩。

说话间到了大哥谷劳劳养猪场的三间偏厦房前。这三间偏厦房是低矮简陋的，当年修建时，生产队就不曾当啥主要建筑来修，如今，一二十年过去了，风吹雨打，就更显得破败了。从屋脊上的盖瓦、山墙上的泥皮，一直到门窗上的油漆来看，大哥谷劳劳前不久是做了修补的，却也不能使偏厦房焕然一新。三间偏厦房，一字排开，一间堆放猪的饲料，一间做了灶房，剩下的一间则做了大哥谷劳劳守夜住宿的房子。

作为灶房的这一间偏厦房，屋子里锅是锅，案是案，水缸是水缸，碗碟是碗碟……一切都干净整洁，这让捧着豆制食品的任喜过不禁欢喜起来，觉得大哥谷劳劳真是不容易哩。他孤身在渭河南边的良种猪繁育饲养场里，又要照顾那百余头的良种猪，又要照顾他自己的一日三餐，也太难为他了。而他还把自己生活的场地收拾得如此干净，不是个热爱生活、懂得生活的男人，是万万做不到的。任喜过见识过一些单身男人的生活，不敢说懒散无趣、脏乱乏味得像是猪窝一样，却也差不多就是那个样儿呢。大哥谷劳劳却不是，这让任喜过既感动着，又同情着他，希望他能快快成个家，过上他该有的幸福生活。

任喜过这么想着时，偏脸把在灶房里端了盆水洗手的云小兰看了一眼。

爱干净的云小兰，虽然洗着手，却把任喜过投向她的眼光捕捉到了。她的脸红了，红得像是着了火。

云小兰说：你别那么看人好吗？

任喜过说：那我怎么看你好呢？

云小兰洗净了手，端着水盆出了灶房，把水倒在灶房门前的一棵大柳树下，没再进灶房来。她放下水盆，站在大柳树下，招手让任喜过出来。任喜过发现她神神秘秘的样子，心里好笑，就出了灶房门，走到云小兰的身边，看她有什么话说。可是，云小兰啥话都没说，等任喜过走近了她，拉起任喜过的手就进了大哥谷劳劳储放猪饲料的那间偏厦房里，给她说：百十来头的张口货，一天要吃掉多少饲料啊！储放猪饲料的偏厦房里啥时候都该满满当当的，你看现在剩下这一点了！再不来电，你大哥还不把猪的嘴扎起来，不给猪吃了？云小兰说这些话时，一脸的焦急和担心。任喜过安慰她了，说：车到山前必有路，从来就没有过不去的火焰山。只要咱们都来帮助大哥，就绝不会把猪嘴扎起来，不会不让猪吃食，不让猪哼哼。任喜过的话，对焦急担心的云小兰安慰不小，她竖起大拇指，把任喜过夸了夸，就又拉着任喜过的手，去了大哥谷劳劳守夜住宿的偏厦房里。

天壤之别！

任喜过站在大哥谷劳劳守夜住宿的偏厦房门口，大大地怀疑起自己的眼睛了。她不相信这会是大哥栖身的地方，与一墙之隔的灶房比起来，她脑子里跳出来的那个词儿就只能是“天壤之别”了。灶房的整洁是惊人的，守夜住宿的屋子却是脏乱惊人的。

任喜过睁大了眼睛，她有一个强烈的感觉——没有女人的家，就不能称为家。

不是很大的偏厦房里，人就找不到插脚的地方，屋顶是用报纸糊的，黑麻麻的，悬吊着一串串的尘网。土炕上，被子褥子胡乱地卷着，堆在一边，而在另一边，又摞着高高低低的一堆简装或精装的书籍。任喜过一眼瞥过，全是《畜牧学》《猪禽研究》《奶羊的繁育和饲养》之类，几乎占去了小半截炕。炕前边的桌子上，推开的书、本子、报纸、肥皂，吃毕了没洗的碗，一根筷子撂在碗沿上，另一根则掉在脚地上。洗脸盆放在了桌前的板凳上，毛巾还泡在洗脸水里。桌子的顶头靠着窗子的是一个自制的木架子，堆着盆盆、包包、罐罐等，看样子都是医治猪、羊疾病的药品了，塞得都快往下掉了。布鞋、胶鞋、塑料鞋，东一只，西一只，散乱地扔着，不能成双，不能成对。换下来的衣服，随意地丢在一个老式银柜的盖子上，和不知装过什么的布口袋以及破麻袋混杂在一起。本来应该放在柜盖上的暖水瓶，却蹾放在了地上，没有加盖子，半壶的水都冰冰凉了。脚地上，似乎从来没见用笤帚扫过，废纸、烟把、泥星……乱七八糟，要多乱有多乱，要多脏有多脏。

这是咋过的嘛！任喜过的心里不由得生出一股难以言表的酸楚来。

云小兰捕捉着任喜过的心理变化。她看出了任喜过心里的酸楚，便在她的面前莞尔一笑，她问任喜过，说：灶房还整洁吧？

任喜过点头了。

云小兰说：那是我刚收拾过的。

任喜过拿眼去看云小兰。

云小兰脸上的红色褪下去了。她说：我还说腾出手来再收拾你大哥的住房哩。

任喜过听云小兰说话，虽然还有着两家人的那么一种生分，但仔细揣摩其中的余韵，又不难听出，云小兰已把她完全当成自家人来对待了。这叫任喜过喜不自胜了！她进而深想，说云小兰是“神经病”的人，他们才是真正的“神经病”呢。云小兰有情有义，她爱大哥谷劳劳，爱得踏实大方，爱得甘愿受人辱骂，这样的女人，可是女人中的女人。她的人是大美的，她的心是有大爱的。

任喜过心里感动着，一声热辣辣的称呼，从她的嘴里也喷涌而出：嫂子，好嫂子哩！

好嫂子云小兰就轻轻地应了任喜过：哎！

那轻轻的一声“哎”还没落音，云小兰就又麻利地收拾起大哥住房里的脏和乱了。任喜过自然不能旁观，她给云小兰搭着手，两个人两双手，收拾起一间不大的房子，就快多了。不一会儿，原来让人落不下脚的房子里，一下子就有眉有眼了。一切东西，都归放到应该归置的地方，屋顶上烟熏火燎的黑，虽不能改变颜色，但悬吊的尘网都扫掉了，也便显出了房顶的高度。脚地上的纸团、烟把和泥星打扫出了房子，地面也就如房顶一样，显得宽敞明亮了。云小兰去拾掇土炕上的被褥和书籍，任喜过就把乱堆的脏衣服泡进了洗脸盆里，然后又去收拾踢腾得没法配对的布鞋、胶鞋和塑料鞋。鞋面上沾了泥土的，就把泥土刷干净，让他们一双一双地又都配成了对儿。大哥谷劳劳什么时候站在偏厦房门口的，任喜过不知道，云小兰也没注意。她俩收拾着大哥的住房，收拾得太认真、太仔细了，到她俩睁着眼睛，巡视干净整洁起来房子，觉得里边再没可收拾的地方和东西时，她俩相视会心地笑了，这才轻轻地舒了一口气，同时觉得肚子也饿了。

拧过身来，任喜过和云小兰往房门外走，便看见了站在门口的谷劳劳，他的眼睛里有种水水的东西在涌动。任喜过看见了，把云小兰往前推了一步。

任喜过语气热喷喷地说：大哥……

可是大哥谷劳劳截住了她的话头说：喜过，你也来了！

任喜过不受大哥谷劳劳干扰，更进一步地推着云小兰，把她推得差点撞上了大哥。任喜过说：都是嫂子给你收拾的哩。

在灶房动着烟火的豆菊芳，把豆浆和豆腐脑又热了一遍，还把北豆腐煎的煎炸的炸，弄了好几样菜。灶房门口，有用渭河石支起的一块水泥预制板，任喜过和云小兰来了，帮着把预制板擦洗干净，然后进出着厨房，一样一样地端出任喜过娘家妈做出来的豆腐菜，并且招呼忙了半天的公公谷正芳和女婿谷梦梦回到灶房门口洗手入座，来分享豆菊芳拿手的豆腐菜了。

大哥谷劳劳和云小兰，因为任喜过的有意撮合一时都有些不好意思。云小兰配合任喜过安排好水泥预制板上的豆腐菜，却不好意思地退在一边，脸红红的僵着，拿眼去看谷劳劳。任喜过发现了，就又过去推着云小兰，从大哥的身边推过来，推到灶房门口的水泥预制板前，把云小兰按坐在一个光溜溜的石头上，接着喊叫起她的大哥谷劳劳了。

任喜过说：大哥，你洗洗手过来，我妈做的豆腐菜可是一绝哩！这几天停电，把大家都累着了，多吃些豆腐菜，可是提精神呢！

大家齐齐地围坐在了水泥预制板周围，任喜过的娘家妈豆菊芳还要在灶上热蒸馍，任喜过就抓了一把筷子，分给坐在一起的公公谷正芳、大哥谷劳劳、女婿谷梦梦和她已经亲亲热热叫了嫂子的云小兰。任喜过发现公公谷正芳和女婿谷梦梦洗了的手依然绿得像染了彩似的，就笑着问了。

任喜过是问女婿谷梦梦的，她说：梦梦，你把手洗干净了吗？咋还这么绿？

谷梦梦看看他的手，说：整天剁猪草，别说把手染绿了，就是脸，怕是也绿了呢。

话从染绿了的手说起，很快就说到谷大楼和“骚怪”谷中秋身上了。公公谷正芳唉声叹气，说：这人是怎么了？笑人家穷，又恨人家富。改革开放了，咱家过了几天舒心日子，就被人盯上了。那时候我戴着“帽子”，是批判的对象，咱谷寡婆村人批斗我，也都是掌握着分寸的，迫于形势，他们组织会议批判我，批判得清汤寡水，可是给我把面子给大了。我把“帽子”脱了，公家给我补发了一些钱，劳劳承包下养猪场，又挣下了些钱，咱们家倒遭上罪了，好像咱家亏着谁似的。就说谷大楼，他哥谷大房当着村里的支书和村长，把掌管电闸的钥匙给了他，他是该给村里人服务的，可他把这当成了害人的手段，动不动就拉人家的电闸，给人家脸色看。他还给他哥谷大房面子吗？

公公谷正芳说着叹了一口气，说：都是来咱家借钱咱没借给人家惹的祸么。

任喜过听了气不顺，说：那咱不会给他哥谷大房说去？

公公谷正芳说：说？说了也只怕是白说呢。他们是兄弟呀，说不定拉咱电闸还是谷大房拿的主意哩!

香香地吃着豆腐菜、喝着热豆浆的云小兰停下了嘴里的咀嚼，她抬眼望着渭河北岸的谷寡婆村，眼里像有燃烧一切的火在喷射!

第二十三章

设宴容易请客难。九先生经过半天紧张的筹备，一桌丰盛的宴席便弄了出来。肉是去绛帐火车站割回来的五花肉，一半燷（lán）了肉臊子，一半上笼做了蒸碗子；酒是西府凤翔的红西凤和商洛丹凤的白葡萄，全是整瓶精装的；任喜过的娘家妈豆菊芳做的北豆腐好，红是红，白是白，青是青，黄是黄，七碟八碗的，可是热闹呢！但到酒瓶上的盖子拧开，把酒满满地斟到桌上的细瓷酒杯里，却突然传话来：九先生谷正芳要请的客人谷大房来不了了。

传话给九先生谷正芳的是他的二娃谷梦梦。

谷梦梦是九先生谷正芳派去隔壁请谷大房的。昨日，九先生谷正芳专意请了村支书兼村长的谷大房，说他有瓶好酒，自己喝糟蹋了，要谷大房来，他们哥儿俩一块儿喝，才有滋味哩。九先生谷正芳没给谷大房说喝酒的用意，他知道说明了就是拒绝人家入席哩。因此，就把目的压着没说，想着等谷大房来喝酒，几杯热烫烫的烧酒下了肚子，再说出来是不迟的，解决起问题来也方便一些。谷大房很痛快地答应了，也没问九先生谷正芳请他喝酒的用意。但是，今天九先生谷正芳设好了宴去他家请他时，他竟然不在。问他家里的人，也说不清他到哪儿去了。

说不清谷大房到哪儿去了的人，是他老伴白栓娥。

白栓娥对来请谷大房的谷梦梦带搭不理的，并且捎话带信说：天下没有好吃的宴席，你家没事，能请我家喝酒吗？我家人的嘴贱，可是吃不起你家的酒哩。停电？电工拉了你家猪场的电闸，你家找电工喝酒去。我给你家的人说，你家的人还不要不高兴，现在的事不好办咯！这阵儿的村支书和村长就是个名儿而已，都是光架架，和生产队那时比不成了。一不能像派活一样随便取消了谁家的承包，二又没有工分给谁分，我家谷大房的手心里，现在只捏着自己的手指头，有什么办法呢？我可不想让谁把我家谷大房手指头掰了去，手指连着心哩。我家谷大房肉疼，我是心里疼呢。去吧，找电工去，电工的事如今都由镇上统管着哩。谷大楼把他当哥时，他谷大房说话谷大楼听着哩，不把他当大哥了，他说的话就像放屁一样。这号事，谁弄的事找谁最有用，我家谷大房反而不好出面。他给谷大楼说了，谷大楼一口咬定是技术问题，谁能把他咋？可别把没有的事，倒弄得粪堆上狗拉屎，成了个事（屎）上摞事（屎），那就太不划算了。忍忍吧，多找找大楼，两句好话当钱使哩。

一大堆的话，全都装在谷梦梦的肚子里，他不能给老爹九先生都说出来，就只说了句：我看，咱把酒菜都摆上了，没人来吃，咱自己享受算了。

九先生谷正芳两眼瞪着谷梦梦，说：小心酒菜烧了你娃的肠子。

老爹九先生的语气不好，二娃谷梦梦却还要说他：咱要请人，人家躲了么。

九先生谷正芳自知这事不能怪他二娃谷梦梦，但他心里不好受，丧气着，又着急渭河南岸大娃养猪场里的停电问题，一时不能解忧，便闷着头，取下他的二胡，很是沉闷地拉扯着，拉得一点调调都没有，扯得一点样样都不见。正没心没绪地拉扯着，头门口进来了“骚怪”谷中秋。他踩着谷正芳的二胡曲调，像是一只躲着猫的老鼠，顺着墙根子往谷正芳的跟前溜。

九先生谷正芳还沉浸在痛苦中，没注意溜进门的“骚怪”谷中秋。但他溜到谷正芳跟前了，也不管谷正芳正愁苦地拉扯着二胡，站了一小会儿，就揶揄起谷正芳了，说：兴致不错啊！

听到“骚怪”谷中秋的揶揄，谷正芳抬起头来，茫然地看着他，竟然有种不知今夕是何年的感觉。

“骚怪”谷中秋看出了谷正芳的神情，像刚才揶揄谷正芳时的说话口气一样，接着说：好酒好菜的，没人来吃吧？好了，我们来了，我们吃。

“骚怪”谷中秋怪声怪气说着时，还不忘回头往后看，招呼着门外的一个人，说：往进走哇。人家好心好意地设宴摆席，还不是因为你？

被“骚怪”谷中秋招呼的人进门来了。嗨，正是拉了养猪场电闸的电工谷大楼。谷梦梦看见了，一脸的鄙视与不屑。可是他老爹九先生，却像溺水的人抓住了一撮衰草，把他刚才跟二娃谷梦梦置气的黑脸藏起来，热情地招呼起“骚怪”谷中秋和谷大楼了。

九先生谷正芳急煎煎地朝“骚怪”谷中秋和谷大楼跑了过去，拉着他俩的胳膊就往上房摆开的席桌上走，嘴里一个劲地说：正说要找你们兄弟俩哩。好，好，都来了好。

九先生谷正芳对这两个绝非善茬的东西挤出一脸的笑，招呼他俩好吃好喝，原因只有一个，就是操心大娃谷劳劳在渭河南岸养的百十来头良种猪。断电好些天了，他们全家人齐上阵，加上任喜过的娘家妈和隔壁的云小兰，怎么在养猪场里忙也不能满足那百十头张口货的胃口。他没与大娃谷劳劳商量，就让谷梦梦去绛帐火车站割肉买酒，就是看着养猪场的良种猪就要断顿了，自己决定去请村支书兼村长的谷大房。他想用好酒好菜，香了谷大房，求他给他弟谷大楼发话，给养猪场供上电，使养猪场的草料粉碎机转起来，张口货良种猪就不愁没吃没喝了。

电，看不见、不敢摸的一个电，把无辜的九先生谷正芳实实在在地伤着了。

又不是公家的电网上没有电！如今，公家还怕哪里没通上电，正想着办法，要“村村通电，户户通电”哩。而且，现在各家种各家的地，各家过各家的日子，席包里装满了麦子和玉米，张开口袋，装多装少无所谓，随便拉着走，拉到哪家的电磨坊里，磨了面给人吃，剩下的麸皮喂猪喂羊，一点麻达都没有。但到了九先生谷正芳这里，却成了一道越不过去的坎。他知道病害在哪里，打发谷梦梦去请谷大房的时候，怀里是揣了三千块钱的。谷大房要再提说钱的话，他会立即拿出来借给他的。可是谷梦梦没见着谷大房，却只见他婆娘像是一只把门的母老虎，一只手拿着鞋底子，一只手拽着线绳儿，靠在她家门框上，说她当家的不在，还把谷梦梦数落了一顿。

谷大楼能当上电工，还不是借的他哥谷大房的势？

谷大房的婆娘白栓娥数说谷梦梦时还说了一句话，她说：谷大楼是电工哩，你家名义上请的我家谷大房，其实是请电工谷大楼呢。这我知道，不知哪儿的酒腥味，把他早就牵着去了。应该承认，谷大房的婆娘白栓娥说的话有一定的根据，堂堂正正的电工，承揽了偌大一个村子所有用电的事，谁家又能离开他？因而，请吃请喝的事，对他来说，就是普通而常见的。谷梦梦请不动谷大房，九先生谷正芳训斥他，想着还要谷梦梦去请谷大楼的。如果谷梦梦不去，他都想好了，拉下老脸自己去请。现在，谷大房没有来，谷大房的弟弟谷大楼却未请自己来了，这让刚才还很憋气的九先生谷正芳既感到莫名其妙又觉得喜出望外。

坐，坐坐。

让九先生谷正芳莫名其妙又喜出望外的谜底，在他把“骚怪”谷中秋和谷大楼安顿在酒桌上，让着他俩喝了三杯酒后，由“骚怪”谷中秋自己说出来了。

“骚怪”谷中秋说：听说你亲家母豆菊芳的北豆腐做得可是一绝！

九先生谷正芳说：刚磨了，是小磨磨的呢！一会儿煎、炸、炒，有你们享的口福哩。

“骚怪”谷中秋说：可不是么，我就把大楼兄弟硬拽来了。

九先生谷正芳好酒好菜讨好着谷大楼和“骚怪”谷中秋的时候，却不知道，大娃谷劳劳养猪场因为停电造成的困难，已经得到了初步解决。养猪场持续多日停电，谷寡婆村的人差不多都知道了。肯定有人知道了会幸灾乐祸的，这从那些人的问候里是听得出来的。他们说了，常常是当着九先生谷正芳的家里人说的，谷正芳自己就也碰上了好几次。问的人说：停电？为什么停电？不需九先生谷正芳自己回答，旁边有人一定会抢着回答的，说：哪有那么多为什么？停电就停电了！歇一歇，权当给忙人放假哩。这种双簧式的问与答，不是幸灾乐祸是什么？九先生谷正芳和他的家里人遇到这样的人，听到这些话，心里就只会酸苦咸辣，牙根儿打战战，腿肚子摇晃晃，却还不能怎么样，连看人家两眼半都不能，只有咬碎了牙往腔子里咽。村西头的惠杏爱也听说了，她与他人的感受是不一样的，她是为谷劳劳的良种猪繁育饲养场的停电操心焦急了。

为陈增强所在的建筑队拉运沙石，惠杏爱可是最上心了。她让大兄弟谷门墩在渭河滩筛选沙石，建筑工地要什么规格的，她就毫不马虎地让谷门墩筛选什么规格的，然后她开着小四轮拖拉机，一趟趟地拉到建筑工地上去。

惠杏爱守信誉，重质量，从陈增强所在的建筑工程队做起，活路迅速扩大到相邻的几个工地上。她和她的小四轮拖拉机仿佛一个令人信赖的品牌，大家口口相传，使她迅速成为沙石市场的一个标志性人物而受人尊重。

惠杏爱太忙了，忙得恨不能把一天分作三日过。可她听说了任喜过大哥养猪场的事，便把她做得风生水起的沙石生意停了下来，开着小四轮拖拉机去了渭河南，以小四轮拖拉机上的柴油发动机为动力，驱动了养猪场的饲料粉碎机，为百十来头几乎断顿的良种猪粉碎着糠粉和食料。

当时，任喜过就在大哥谷劳劳的养猪场里，她因惠杏爱开着小四轮拖拉机来帮忙感到特别的激动，说：我可是要替我大哥感谢你哩！

惠杏爱说：感谢的话咱不说了。谁都有个要人帮的事，你家里帮我的时候，我感谢了吗？

任喜过说：你感谢了。

惠杏爱用话堵着任喜过的嘴，说：好了好了。你谢我、我谢你的话就不说了。咱们抓紧时间，给张口货们多粉碎一些糠和料，大嘴猪是最不抗饿的，肚子稍空一点，畜生就哼哼哼哼抗议哩。

惠杏爱说得不错，偌大的一个养猪场，正有饿着肚子的猪儿们一阵紧一阵地哼哼乱叫呢！但是，带动粉碎机粉碎糠料的小四轮拖拉机的吼叫声，比猪儿们的哼哼声要大得多，完全把猪儿们的哼哼声掩盖起来了。

在家里设宴摆酒讨好谷大楼和“骚怪”谷中秋的九先生谷正芳，却不知道为了养猪场停电的事，村支书兼村长的谷大房家里，几天了，竟像失急着慌的养猪场一样，一点都不太平。

挑起事端的，是寡居在家的大娃媳妇云小兰。

很爱干净的云小兰，前天从渭河南边谷劳劳的养猪场回到家里，虽然不像以往那么干净，身上甚至还沾了些猪食和泥点儿，但却少有地与公公和婆婆拉起了家常。云小兰是找到公公谷大房和婆婆白栓娥的上房里和二位老人说话的。她先说：隔壁任喜过的娘家妈豆菊芳，人家磨的北豆腐可是一绝哩！太好吃了，煎着好吃，炸着好吃，炒着也好吃。还有豆腐脑儿和豆浆，也都特别对胃口，嫩嫩的，香香的。你们信吗？不信你们闻呀。云小兰也不避儿媳与公公婆婆的忌讳，说着就把她的嘴大张开来，往公公谷大房和婆婆白栓娥的鼻子底下凑，要他们现场即闻，吓得公公婆婆直往一边躲。

婆婆白栓娥躲着问：一天不见你的影子，你到哪里去了，啊？得是到河南边的养猪场去咧？

云小兰是不避讳的，说：他那里缺人手。

婆婆白栓娥气愤起来了，说：他是谁？

云小兰没有示弱，说：你问咱家人么。把人家的电闸拉下来，你让人家猪场还怎么弄？还喂不喂猪了？

婆婆白栓娥依然气愤地说：你给谁说话呢，啊？我看你越来越不像话了，你那么顾人家，你咋不住到他家里去！

瞌睡遇到了枕头，云小兰笑了，说：婆婆哎，这可是你说的话哩，我还真就要住到河南边去哩。

婆婆白栓娥自知失言，气得脸色白了，不再和云小兰吵嘴，偷眼去看谷大房，却见他黑沉着一张脸，并不参与她们婆媳的争论。这正是谷大房与众不同的地方，他太能沉得住气了，别说是婆媳俩的吵闹，就是再加进来几个人，一起闹，一起吵，他身在现场，也能保持不闻不问的态度，放开了让他们吵闹。他相信再激烈的吵闹，都不会把天吵闹得塌下来。他会在别人的吵闹声里，冷静地想他的心事。谷大房不接老伴白栓娥投来的求援目光，他在想，谷寡婆村再不是过去的谷寡婆村了。改革开放以前，他就是村里的天，他的一抬手、一举步，可就是全村人的行动了。这一改革开放，谁还听他的话？谁还看他的眼色？他把村里人挨个儿往过数，好像只有他的亲兄弟谷大楼以及唯他马首是瞻的“骚怪”谷中秋，还像过去一样，甘愿当他手里的“棍子”。谷大房示意谷大楼向九先生谷正芳借钱，并不是谷大楼缺钱，他如果真的缺钱，他是大哥，他会给谷大楼钱使的。他让谷大楼向谷正芳借钱，就是想撇他的火：他不是有钱吗？咱就制造他个爱钱不要脸，再加上他个为富不仁的名声，让他们还像戴着右派帽子时那么臭。九先生上当了，没给谷大楼借钱，他就继续指使谷大楼，让他到处传扬九先生谷正芳的恶名，并借机拉了谷劳劳养猪场的电闸，让他的养猪场难办下去。应该说，谷大房的谋划产生了很不错的效果。他满意着自己的谋划，因此，还进一步地谋划着。这进一步的谋划，是他多年前就确定的目标——他要“骚怪”谷中秋娶了守寡在家的大娃媳妇云小兰。这个策划，多么有创意呀，硬是让这个“骚怪”弄砸了。“骚怪”谷中秋霸王硬上弓，没有把云小兰拿下，还把一个孤苦的人吓成了“神经病”。几年的照料养息，犯了“神经”的云小兰在逐渐好转。他以为时机差不多成熟了，就又唆使“骚怪”谷中秋向守寡在家的儿媳云小兰再次出手，采取什么办法他不管，只要他能顺顺当当地把云小兰改嫁到他“骚怪”谷中秋的炕上去。

“骚怪”谷中秋是不安分的，他在绛帐火车站混着，寻情钻眼，化肥紧缺了倒腾化肥，木材紧缺了倒腾木材……也不知他倒腾得可有眉目，谷大房去绛帐火车站寻他，是在一个小饭馆寻见的。当时，几个像他一样的人，围着个脏兮兮的小饭桌，桌子上是塑料桶装着的散啤酒和几个粗瓷盘子盛着的小菜。谁的啤酒碗里喝空了，就自己提起塑料桶，给自己的酒碗里倒上啤酒，和同桌人碰了喝。在他们的桌上，每人面前都撂了一双竹筷，却都不用，喝了啤酒后，就伸手在小菜盘子里捏了来吃。油炸花生、腌酸萝卜什么的，捏起来放进嘴里，咔吧咔吧嚼得倒很带劲，仿佛他们吃着高档的山珍海味。

谷大房偷偷地笑了一下，走进小饭馆，从一边的饭桌上摸了一只碗，咣地蹾在“骚怪”谷中秋他们吃喝的饭桌上，也给自己倒啤酒了。“骚怪”谷中秋惊异谷大房的到来，忽地站起来，按住谷大房正在倾倒啤酒的塑料桶，因为失急慌乱，一时竟把他的脸憋得通红。

“骚怪”谷中秋说：我的神呀！您可不能喝这烂烂酒。

谷大房没被“骚怪”谷中秋拦挡住，还是给自己倒了半碗啤酒，并且端起来，一口喝干，说：味道不错嘛！

“骚怪”谷中秋是鲁莽的，更是流里流气的，可他摸得清谷大房的心思，知道他是有事要自己出面了，便不再贪恋本不美好的酒桌，谦卑而落魄地推着谷大房往小饭馆门外走。坐在酒桌上的人不知来者是谁，眼睁睁看着他们快要走出小饭馆了，其中一个干瘪的家伙嚷嚷起来，说：你“骚怪”又玩什么“怪招”？你是请我们来喝酒的，你要走，就留下酒钱走。“骚怪”谷中秋回头去看嚷嚷的瘦家伙，并没有往出掏酒钱的意思。谷大房就很大气地从自己身上摸出两张新发行的五十元人民币，往小饭馆门口的收款台上一拍，说：不够了，你几位补上，要是多了，就自己拿着去。“骚怪”谷中秋眼疾手快，把两张绿色的五十元人民币抢来一张，重新塞到谷大房的口袋里，说：五十元都多了呢。

从小饭馆门里一出来，“骚怪”就殷勤地问谷大房：啥事嘛，还用您支书来绛帐火车站？

谷发房说：好事。

“骚怪”谷中秋说：啥好事？

谷大房就小声唆使“骚怪”谷中秋，说：你龟孙子倒真装得住！我给你说了多年咧，让你把我家大娃那口子给你娶到炕上去，你看你的本事么！头一回把人吓得“神经”了，我再给你一次机会。我家大娃那口子的“神经”快好了，你抓紧机会，别让自己嘴边的肉叫别人吃了去。听我说，生米做成了熟饭，就啥麻达都没有了。

“骚怪”谷中秋嘴上的涎水在谷大房的唆使下都流出口唇了。他伸出舌头，在口唇上刮了一圈子，说：总算支书还记着我。

多么精密细致的谋划呀！从绛帐回到谷寡婆村的“骚怪”谷中秋，却又一次把事情办砸了。他踩着渭河南边谷劳劳养猪场停电的点，闻听云小兰每天都去那边养猪场给谷劳劳帮忙，心里想着，这可是个好机会哩。因此，他就把“生米做成熟饭”的地方，又一次选在了渭河南边的柳树林里。守株待兔的“骚怪”谷中秋，鬼鬼祟祟地藏在柳树林里，守了两天，他发现云小兰清早走过柳树林到渭河南边的养猪场，傍黑又走过柳树林回到村里。来来去去，云小兰一直没有独自一人过，总是和九先生谷正芳他们家里人同来同往。“骚怪”谷中秋等得都快没有耐心了，却让他十分难得地撞到一个机会。那是云小兰吃过任喜过娘家妈豆菊芳做的豆腐菜后，两眼喷着火，独自提前回村找他公公谷大房理论的那个下午，“骚怪”谷中秋很是得意地把云小兰截在柳树林里了。

曾经的失败，像是一团湿重的阴云，压迫着“骚怪”谷中秋，让气势汹汹的他见到云小兰后，心慌得像个小毛贼一样，没敢如谷大房教唆他的“霸王硬上弓”，强硬地与云小兰“把生米做成熟饭”，而是可怜巴巴地截住云小兰，给云小兰可怜巴巴地说他在这里等候她多日了。

云小兰真是“神经病”吗？她面对着“骚怪”谷中秋，似乎一点都不胆怯。她歪头看着他，还有心情捉住垂在她眼前的一根柳枝，折下来，拧了拧，抽出柳枝的薄皮儿，做了一支柳哨，噙在嘴唇上，悠扬婉转地吹了起来。

云小兰的柳哨吹得真好听呀！她吹的是关中西府流行的一段秦腔小戏《柜中缘》：

许翠莲来好羞惭，
悔不该门外做针线。
相公进门有人见，

难免背后说闲言。
说奴长来道奴短，
谁人与我辨屈怨。
这才是手不逗红红自染，
蚕儿作茧自己拴。
……

剧中人物许翠莲的唱词，被云小兰用柳哨吹出来，真是别有韵致。她吹着还朝“骚怪”谷中秋一步一步地逼上来。云小兰表面的镇定，糊弄了“骚怪”谷中秋，他不知道，云小兰的心里其实是吃惊的，也是恐惧的。

然而奇怪的是，头一次被“骚怪”谷中秋拦截在柳树林里，云小兰吓得精神有些错乱，成了被人数说的“神经病”。而这一次被“骚怪”拦截在柳树林里，受了惊吓的云小兰，像万千神针扎在身上一样，把她错乱了的精神刺激得又都恢复了正常。

云小兰没有失慌得惊叫，也没有惊惧得乱跑，她眉目镇定地吹着她的柳哨，反把“骚怪”谷中秋吹得心里发毛。云小兰敏锐地发现了“骚怪”谷中秋的心里发毛，就把柳哨吹得更是抑扬顿挫，有腔有调，那张美丽的脸庞，亦笑得像朵花儿一样。

正是云小兰花儿一般灿烂的相貌，把“骚怪”谷中秋吓得不轻。云小兰向前逼近一步，他就往后退却一步，退着退着，不知什么原因，他像是受了天大的惊吓，竟然掉转身子，像小偷没偷着东西被发现了似的，一溜烟跑出柳树林，跑得没有了影儿。

云小兰望着一溜烟跑得没有了踪影的“骚怪”谷中秋笑了，是多年来从没有过的大笑呢。她哈哈哈呵呵呵，直把柳树林里的每一棵柳树都笑得哗啦哗啦、哗啦哗啦地疯摇起来。

云小兰精神饱满地回到家里，这就和公公婆婆有了那一场拉家常似的争吵。

争吵中公公谷大房不接云小兰的话茬，也不接老伴白栓娥的话茬，他静静地想着心事：“神经病”云小兰，似乎不怎么“神经”了。这让谷大房既惊讶又难受，预感他是不能再怎么控制这个寡居在家的大娃媳妇了。

谷大房既然控制不了大娃媳妇云小兰，自然就更控制不了二娃媳妇上官乐。

天下的事就是这么怪，你越是忌惮谁，谁偏在你忌惮的时候，冷不丁地出现在你的面前，让你大有措手不及的感觉。谷大房没有理老伴白栓娥和大娃媳妇云小兰之间的婆媳争吵，独自安静地想着心事，从上衣兜里掏出他吃惯了的黑色四棱棒，又习惯地剥着黑色四棱棒上那层外皮，准备点着来吃的时候，没防顾上官乐什么时候也站在了他的面前。

村支书兼村长的谷大房，可以不忌惮二娃媳妇上官乐，但她哥毕竟是县委常委、县委宣传部部长呢！路子顺了，再走一步，可不就是县长、书记了吗？何况，二娃媳妇上官乐，是一点都不敢小看的，这东西性子愣，才华更是掩饰不住，她采写的通讯，写得真是好啊！在省、市、县三级广播电台播出后，她娘家哥肯定听到了。他不为别人想，也会为他妹子想，他能不做进一步的打算？很有些政治头脑的谷大房，不能不想到这一层。而且他隐隐约约听到一些消息，县上和镇上组织人员要到谷寡婆村里来，对惠杏爱的事迹做进一步挖掘，切实把惠杏爱作为一个改革开放的新农村青年典型树立起来。这是时代的需要，也是县委工作的需要。

唉，我该怎么弄呢？想着心事的谷大房，剥除了黑色四棱棒的外皮，送进嘴里咬着，擦了一根火柴把四棱棒点着，猛地吃上一口，徐徐吐着烟气时，他看见站在他面前的上官乐，正硬邦邦地对着他，似乎有话要说。

云小兰和婆婆白栓娥戗了茬，拧转身要从公公婆婆的上房往出走，上官乐把她拉住了。

上官乐说：把话说开了好。嫂子，你先甭走，我还有话要和二老说哩。

驴槽里伸出个马嘴来了！婆婆白栓娥没有太难堪的举动，公公谷大房吃着黑色的四棱棒，却牙痛似的咧了咧嘴，心里嘀咕着说：狗嘴里是吐不出象牙的。

果如公公谷大房所料，上官乐开口就说：咱家咋能这么对待我嫂子呢？婚姻是个人的自由，她守寡多少年了？她该做自己的主，想嫁给谁就嫁给谁！咱家应该高高兴兴送我嫂子改嫁的，你们说是不是？

被上官乐拉在手里的云小兰，听上官乐把话说完，竟不由自主地伏在她的肩头上，嘤嘤地啜泣起来。

啜泣着的云小兰，仍不忘为谷劳劳的养猪场说话：咱不能停了养猪场的电！

上官乐也为云小兰帮着腔：村民信任咱们，让咱家里人当干部，咱就要一碗水端平。咱可不敢站在村民的对立面，成了改革开放的绊脚石。

反了！反了！

公公谷大房和婆婆白栓娥心里咆哮着这两个字，但是面子上，公公谷大房倒还忍得住，婆婆白栓娥就忍不住了。她心里咆哮着，嘴里当下喝令她的两个儿媳妇：出去，你两个……你两个都出去！

上官乐拉着云小兰没有出去，倒是公公谷大房把咬在牙齿上的黑色四棱棒吃得火星四溅。他狠劲地吃着，也许是心里有火不好受，便从炕头上下来，趿着鞋，扑踏扑踏走出上房门，走到谷寡婆村的街巷里去了。

谷大房不想把云小兰改嫁给谷劳劳，绝对不想。他过去不想，原因是说得清的：九先生谷正芳的头上戴着“帽子”，他是右派，他不想云小兰到谷正芳家里去受罪。现在不想，他却是糊涂的，是因为谷正芳家里有钱吗？钱多不烧手……唉唉，谷大房摇头了，他想：莫不是觉得自己有些失势？

谷大房想到这里，把自己吓了一跳。他不想了，不敢往下想了。

谷大房和他家的乱象，九先生谷正芳一点都不知道，他大娃谷劳劳的养猪场没了电，把他们一家忙得晕了头，他一心想的就是能请谷大房吃一顿酒，让谷大房出面说说，赶快给养猪场通上电。九先生谷正芳想的就是这么简单，可他没能请来谷大房，却迎来了谷大楼和“骚怪”谷中秋。这两根谷大房的“棍子”，不就是拉闸停电的当事人吗？把他俩灌饱酒，吃饱菜，说不定也能解决养猪场的用电问题哩。

什么技术上的故障？九先生谷正芳不信，他只相信这就是谷大房和他这两根“棍子”思想上的故障呢！

谷大楼和“骚怪”谷中秋，酒喝得可是尽兴哩，吱溜一口又一口，喝着喝着就把他俩的舌头喝大了。大了舌头的他俩，就还一口一口吱溜着，大夸灶上豆腐菜煎得油香，炸得焦香，炒得嫩香，不是一般意义的香，是太香了，特殊的香啊！肉算什么？肉不如这一道一道的豆腐菜哩！

任喜过就在这时从渭河南边的养猪场里回来了。

在院子里，任喜过看见娘家妈豆菊芳端着她烧的豆浆蛋花从灶房里出来，这便迎上去，从她娘家妈的手里接过来，往公公谷正芳上房里送了。中午宴请谷大房，任喜过是知道的。村子里谁家有事，请支书村长一顿酒，任喜过没有什么不习惯的。可她端着娘家妈豆菊芳烧的这最后一道汤菜，掀开门帘走进去，发现坐在公公谷正芳炕上享受宴请的不是支书兼村长谷大房，而是谷大房的两根“棍子”谷大楼和“骚怪”谷中秋，她的心咯噔了一下，就觉得不是味道了。

偏偏是，酒喝了、菜吃了的谷大楼和“骚怪”谷中秋还不觉得不好意思。满嘴是油、打着饱嗝的他俩，舌头大着，脑袋大着，正晕晕乎乎不知他俩是谁的时候，迷迷瞪瞪看见端汤进来的任喜过，就都冲着她咧嘴笑了起来。

谷大楼说：喜过呀，你娘家妈的手艺啊！啊，啊，啊，啊……

啊了半天，啊不出个准确表述词儿的谷大楼，把“骚怪”谷中秋啊啊得发急，说：天下一绝！

谷大楼呼应着：对对对对，是天下一绝！

谷大楼夸着任喜过娘家妈豆菊芳，夸过了，又啊啊啊啊了几声，依然没有啊出句什么像样的话来，就伸了手去捉斟了酒的酒杯。但“骚怪”谷中秋不同，任喜过的洞房花烛夜，他赌博赢下了她的处女身子，他没能得手，但他忘不了，一直想着。这会儿，酒壮屄人胆，他眼珠子转也不转地盯着任喜过看，他看她的头发油黑发亮，他看她的脸蛋儿红润娇嫩，他看她的腰肢柔软纤巧，他看她的小手白净纤长……看着看着就把他的眼睛看得发直，看得要冒火星星。他这些不守规矩、纷纷乱乱、闪闪灼灼的火苗儿，最后都烧到了任喜过饱满酥软的胸脯上了。任喜过厌恶着“骚怪”谷中秋的眼神，但她还忍着，端着满溢着豆浆蛋花的碗盘，小心地往谷大楼和“骚怪”谷中秋吃酒的炕桌上放，刚放好，手还没来得及从盘沿上抽回来，“骚怪”谷中秋已往前扑了去，一只手压在任喜过的手上，另一只手捏着一根烟，就往任喜过的嘴里送。任喜过能怎么办呢？她只有躲着他了。

满嘴酒气的“骚怪”谷中秋，真是太过分了，竟然说：来，来么……不要躲，给……给我把烟点着。

如果只是点烟，心里有气的任喜过还忍得下。可是“骚怪”谷中秋说起洞房花烛夜里的事了，任喜过便无论如何都不能忍了。

“骚怪”谷中秋说：你……你还……还欠了我一个……一个初夜哩！

啪！任喜过抬手打掉了“骚怪”谷中秋欲往她嘴里塞的那根烟。

羞愤！无比的羞愤让任喜过的脸涨得通红，她是气极了，忍无可忍了。她不能想象，世上竟有如此无耻和丑恶的人！她高高挑挑的身体在发抖，猛劲地从“骚怪”谷中秋的手里抽出她的另一只手，圆睁着眼睛，像是战争中的火焰喷射器，不断地喷射出愤怒的火花……太欺负人了！太霸道了！太卑鄙了！你是谷大房的“棍子”又怎么样？你抡过头了，如今不兴你抡了！还有谷大楼，好，你是谷大房的亲兄弟，你掌握着那点用电的权力，你随便拉人电闸。你想一手遮天，我倒要看你的手有多大。十多天停电给任喜过带来的委屈、痛苦、愤怒，这一刻和她遭遇的屈辱搅起来，一齐在她的胸腔里翻腾。人善被人欺，马善被人骑，这话可是老辈子的人说的哩。你越是怕事，越是怕得罪人，你就越难活！阎王爷怕的是难缠的鬼，咱今儿个就豁出去了，扳倒葫芦洒了油，我倒要看看你们有多大的道行！

任喜过在心里鼓励着自己：我就不相信，这世道真就是恶人的了！

任喜过大喝着：走！不要脸的你跟我走！

嘴硬屁子松，“骚怪”谷中秋被任喜过这么一吼，竟像遭了棒打的死狗一样，扑踏坐回到了炕面上，红烂的眼睛惊恐地瞪着任喜过，耷拉着脑袋不知所措了。

谷正芳也愣住了。他愣怔得不知是该夸他的儿媳妇任喜过，还是该责备儿媳妇任喜过。谷正芳实在不想让大娃谷劳劳的养猪场再停电了。

同时愣怔住的还有谷大楼。他觉得“骚怪”谷中秋玩过火了。

任喜过却还不依不饶，拧身指着门外，朝着“骚怪”谷中秋吼喊：下来呀！本事大的，咱一块儿走，我不把你那东西割了喂狗我就不是我。

谷正芳清楚是怎么回事了。他在心里叫起了苦，啊呀呀，啊呀呀，这下把锅砸得碎碎的了。咱请人家喝酒，是为了平事，这下把事平不了，大概还会惹得立起来呢！坐在炕上的他，连鞋都没顾上穿，赤脚下了地，把任喜过往屋外推着，用几乎哀求的口气说：好媳妇哩，你快甭说了。

压在心里的怒火，遇着合适的机会冲出来了，这就像决堤的水，收是收不住了。任喜过天不顾地不顾，她一伸胳膊，把公公谷正芳拨到一边，继续冲着“骚怪”谷中秋大叫大嚷：你没尿泡尿把你照一照，你是啥东西？你还有脸到我家吃喝？你只是别人的一根“棍子”你知道吗？往好里说你，你就是条狗，吃别人舍饭养的一条没人气的狗！你觉得别人都怕你，都不敢惹你，都得把你当爷敬着？你想错了！姑奶奶今日给你说，你毒你有种，你干扰改革开放，让我家的日子过不顺当！好么，我到镇上告去呀。镇上告不了，我到县上去；县上告不了，我就上省上、上北京！只你勒索群众、聚众赌博这两条，我就要让你吃不了兜着走！再给你说，你甭欺人太甚，兔子急了也咬人哩。

娘家妈豆菊芳不知啥时候站在任喜过身边的，她两手抱着浑身颤抖的女儿。如果没有她用力地抱着，向前扑着的女儿任喜过，真要扑上去和烂了眼睛的“骚怪”谷中秋拼命了。

谷大楼扫兴地下炕了。他听得出来，捎话带信的，任喜过也是骂着他的。但他吃了人家，而且还又拿了人家，他就不好发作了。他灰溜溜地往出走着，走了没两步，却把怀里揣着的一个红包，不小心跌落在地上。他看见了，想要弯腰捡的，不承想任喜过也看见了，她厌恶地哼了一声，谷大楼便讪讪地、甚是无趣地独自往出走了。

红包是九先生谷正芳在喝酒前塞给谷大楼的，不薄不厚。谷大楼当时还想，向你借钱你不给，这时候送给我了！为此，他可是在心里得意着哩。

“骚怪”谷中秋是和谷大楼一起来的，九先生谷正芳给谷大楼塞了，自然也少不得给他塞。“骚怪”谷中秋被任喜过一通怒斥，酒醒了大半。他见谷大楼灰溜溜地走了，从炕上下来，跟着也往出溜着。出了上房的门，走了两步，耳朵里却还是任喜过对他毫不留情的声讨。

任喜过冷冷地说：把你不该拿的东西给我放下来。

“骚怪”谷中秋没敢迟疑，从他的口袋里掏出红包，掂了掂，很不情愿地塞回到跟在他身边的九先生谷正芳的怀里。

撵走了谷大楼和“骚怪”谷中秋，任喜过拧身抱住娘家妈豆菊芳，哇的一声大哭起来。她哭着问她的娘家妈：我这是怎么了？怎么会变成这样呢？这不成了农村人嘴里说的泼妇了吗？

娘家妈爱怜地拥着女儿任喜过，把她拥进了她的房子里，和她说着悄悄话。院子里，公公谷正芳不知什么时候又一次取出他的二胡，坐在上房门口，有一下没一下地拉扯着，拉扯得二胡上的两根丝弦，悠悠地颤抖着，发出如泣如诉的声音。然而，到了天黑时节，谷劳劳渭河南岸的良种猪繁育饲养场的电灯亮起来了。

站在谷寡婆村里，九先生谷正芳、任喜过娘家妈和任喜过，猛然看见养猪场那边的电灯光，把蒙在脸上的忧愁和苦闷顿时撕了下来，换上了他们该有的欢颜。

峰回路转，九先生谷正芳一时心情大变，他想，他的肉菜可能没有打动谷大楼和“骚怪”谷中秋，可是儿媳妇任喜过的一通火气，把那两个惹是生非的家伙制服了。九先生谷正芳感激她的好儿媳，把他下午拉扯得难受的二胡再一次取出来，操在怀里，开心地拉扯起来了。

九先生谷正芳拉扯的是一曲秦腔曲牌。他开心地拉扯出一个过门，陪在任喜过身边的亲家母豆菊芳，突然也来了情绪，跟着九先生谷正芳的丝弦声，拿腔拿调地唱起一折《小姑贤》的戏来：

我嫂嫂受冤屈泪流两行，
我只得请哥哥另想良方。
在内边他装个厉害模样，
却怎么一出门下马投降。
劝哥哥和嫂嫂互爱互让，
他二人真个是并头鸳鸯。
最可叹我的娘不加体谅，
常打骂失和气所为哪桩？

第二十四章

杏爱！杏爱！

驾驶着小四轮拖拉机的惠杏爱，在绛帐火车站卸了沙子，沿着回谷寡婆村的那条沙石路，蹦蹦跳跳地奔驰着，猛然听见背后有人追喊她，她放慢了车速，扭头来看，这就看见村支书兼村长的谷大房，骑着自行车从后面赶上来了。

惠杏爱停住了小四轮，但她没有熄火，还让柴油发动机运行着，使得停了下来的小四轮仍然颤颤悠悠地跳跃着。掐指算来，惠杏爱跟着陈增强给建筑工地上拉运沙石已有一百多天了。现在的她，已不是初嫁到谷寡婆村的那个新娘子的形象了，一身鲜艳的衣服早已脱掉，换上她读中学时的蓝布衣裳，并且因为头发长的缘故，又戴了一顶蓝色的劳动布帽子，囫囵地塞严了她的头发，让人乍看上去，倒以为她是个黑黑的俊俏的年轻小伙儿呢。

陈增强在建筑队，因为他的工作，还因为他堂哥陈增让的关系，今天被提拔了，成了他们建筑队有职有权的项目经理了。陈增强高兴，惠杏爱也高兴，两人便相约着下了一回馆子。菜是陈增强点的，酒是惠杏爱要的。惠杏爱从来没有喝过酒，她之所以要了酒，是想以此感谢陈增强的。他热心热肠地帮助她，谢他两杯酒是应该的。而且人家又升了职，项目经理呢，以后帮助她就更有能力了，她祝贺他不是顺理成章的吗？没喝过酒的惠杏爱，满满地斟了两杯酒。她端起一杯酒，和陈增强碰了一下，也不管陈增强喝了没有，先仰起脖子，把满满的一杯酒慢慢地滑入喉咙，再慢慢地滑入胃肠……那纯净的酒液，仿佛液体的火焰，惠杏爱觉得她的身体被点着了似的，热辣辣地燃烧着了。燃烧着的她，也不知怎么就咳嗽了起来，剧烈的、无法忍受的咳嗽呢！陈增强用筷子搛起一块猪头肉，放到惠杏爱面前的碟子上，给她说：

吃口菜压一压。惠杏爱听话地把那块猪头肉吃了，效果真是不错，她被酒激发起来的咳嗽，当下便压了下来。

但她的身上还是热，大火烧烤着似的热！

然而不论怎样，有了头一口酒垫底，下来再喝就不怎么困难了。一来二去，瓶装的一斤西凤酒，竟然下去了半斤多。惠杏爱一再地感谢陈增强，说：老同学义气，不是帮助了我，而是救下我的命了。不瞒你说，我家欠下村里人的账，我不知天高地厚，在谷门坎遭遇不幸时，满碟子满碗背到了自己身上。我原来不知道怎么还，现在好了，有你老同学帮助，我都已还了十来家了。不瞒你说，照此下去，小四轮拖拉机嘟嘟嘟跑着，不停地跑，再跑两年我能把欠账都还了呢！惠杏爱感谢着陈增强，陈增强却不答应，不让惠杏爱感谢他，说：咱俩打个颠倒，我是你，你是我，我遇到了你那样的事，你也会全力帮助我的。陈增强这么说了后，进一步给惠杏爱出主意：你一个人开着小四轮拖拉机跑，那可是太累人了。你听我说，咱可以成立一个联合车队，谁愿意加盟都行，有钱的出钱，有力的出力。在你们谷寡婆村的渭河滩上，租一片河床地，再建一个有规模的沙石场，咱们一条线作业。你当联合车队和沙石场的总经理，我在绛帐火车站找市场。你不知道，现在的建筑市场不断扩大，可是太活跃了！我相信，今后的建筑市场还会更活跃。改革开放了，哪里都在大建设、大发展，联合车队和沙石场就不只是绛帐火车站这一个市场了，向北有咱们岐阳县的县城建设，向西有咱们宝鸡市的城市建设，向南有新开辟的杨凌农业示范区的新区建设。此外，你听说了吗？有一种叫高速公路的新东西，横贯秦川八百里，说是马上就要开建了。咱们的联合车队和沙石场，到时不吃不喝不打瞌睡，怕都满足不了工程建设十之一二的需求哩！

陈增强说得很激动，说到最后给惠杏爱说：你要做好准备呢，准备当咱的总经理。

啊！总经理……这是一个多么大的谋划呀！

惠杏爱三杯酒喝得她头昏脑涨，她看见陈增强意气风发的一张脸上，写满了自信和决心，她被震撼了，更被感动了。

菜吃罢了，酒喝毕了，陈增强和惠杏爱从馆子里走出来。走到门口时，两人的手无意识地碰触了一下，却都像触电似的愣住了。惠杏爱抬眼去看陈增强，而陈增强也正向惠杏爱看过来。两人的目光碰在了一起，有种电光火石般的炫目与热烈。陈增强躲了一下，像是突然记起来什么似的，从他衣服口袋里掏出一卷钱来，往惠杏爱的手里递着说：这十天的沙石账给你结了，你数一数，看合适不。

能有什么不合适的呢？陈增强总是十天帮她结一次账，她相信只会给她结多，不会给她结少。她怀里揣着陈增强结给她的沙石款，驾驶着小四轮拖拉机一路往回颠，总能体会到陈增强碰触她的那一下给她身上留下的体温。

太阳迅速地向远处的渭河沉落着，溅起的太阳余晖，把西边的天空染得一片金红，像是天公用他舒广的袖袍蘸了五色的油彩，横着涂抹上去的一样。天空太绚丽壮观了，紫莹莹的薄云，一团团刚刚隐去，一团团又跟上来。谷大房满脸油汗地骑着自行车，叫喊着，赶到金色彩霞笼罩下的惠杏爱的身边。

谷大房气喘吁吁地说：杏爱呀，你让你叔撵得好苦啊！

惠杏爱从小四轮拖拉机的驾驶座上下来，很是不解地面对着谷大房，说：支书叔，你早叫我呀！看把你……

谷大房宽怀地一笑，说：把我苦不下，我撵你有话给你说哩。

惠杏爱对这位当着村支书又兼着村长的老叔是有许多好感的，特别在安葬门坎和婆婆贾桂仙的事情上，他是出了大力了。他在大路上骑着自行车撵她，还说有话要说。他有啥话说呢？

惠杏爱小心地问了：啥话呀，支书叔？你说么。

谷大房就说开了。他说：镇政府的领导找我有事，我骑车到镇上去了。你猜猜看，镇领导找我说啥事呢？惠杏爱没有猜，镇政府领导给谷大房说的事，惠杏爱觉得她是不该猜的，自然也难猜出来。惠杏爱就善解人意地摇了摇头，给了谷大房一个笑脸，等着他往出说。这个关子卖的！谷大房还了惠杏爱一个笑脸。他笑着给惠杏爱说了，说镇政府领导给他说的事可是不小哩。说他当时一听，感到事大，没敢耽搁，从镇政府出来就找惠杏爱了。又说：我在绛帐街上倒是看见你的小四轮了，却不见你的人。我没敢往远处走，就在附近等着你，不巧碰上一个熟人，转身和熟人说了两句，再转回身来，看见你发动了小四轮，开着就往前颠。你的小四轮颠得可是快哩，我骑着自行车撵，干急撵不上。谷大房一大堆的话序子说完了，又停顿了片刻，习惯地在他中山装的大口袋里掏着，掏出他爱吃的黑色四棱棒，才又给惠杏爱说：你先甭急，让叔把烟吃上一口再给你细说。惠杏爱敬重谷大房，他要吃烟，她想帮他的，伸了手去却不知怎么帮，就看着他仔细地剥去黑色四棱棒的干皮，咬在唇齿间，咔咔地打着火，点着了黑色四棱棒，美美地过了一口瘾，这才又往下说了。谷大房可是真高兴哩，他说：你还不知道吧？杏爱呀，你的事迹影响大了！咱县广播电台和省广播电台、市广播电台把你的事迹报道了后，县上领导可重视了。叔是惭愧呢，觉悟低，当时听了没怎么上心，上级领导一重视，我就想，可不是嘛！谁能像你一样，有了困难不怕困难，面对困难解决困难？你可真是给咱谷寡婆村争气了！长脸了！叔实话实说，上个县广播电台倒没啥，叔当年也上过，但上了省广播电台、市广播电台可就不一样哩！叔工作了一辈辈，也可以说为党的事业鞍前马后跑了一辈辈，你说我为了个啥？不就是一个名吗？好了，杏爱呀，你给咱把名挣回来咧！叔为你高兴哩……叔……叔也为自己高兴哩。镇上领导叫我去，通知的就是这事，说是县上领导对你的评价很高，指示要抓好你这个典型哩。

黑色四棱棒容易熄火，谷大房说话时忘了吃烟，黑色四棱棒的烟头就灭了。谷大房举起来再吃，没吃出烟，就又咬在唇齿间，打火点着了，吃一口烟，让烟在他嘴里盘旋了好一阵儿，才让烟从他的嘴角徐徐地泄出来。他这时两眼看定惠杏爱，像是两个知心人说悄悄话一样，给惠杏爱轻轻地、一字一句地又说了。

谷大房说：明天，就是明天呢，县上领导要亲自来咱谷寡婆村看望你哩！

惠杏爱的心猛跳起来了，咚咚咚咚，咚咚咚咚……像是擂鼓一样，她觉得突然有股巨大的惶恐感控制了她。她红着脸，满眼都是哀求人的神色。她对谷大房说：支书叔，千万不敢哩！

谷大房却浅浅地笑着说：这有啥不敢呢？上边的领导要来，那是你的事迹感人，吸引了领导，这是你的光荣呢。

惠杏爱依然惶恐着，说：不敢，真的不敢。支书叔哩，我求你了，你给上边的领导说说，千万不敢这么弄。

惠杏爱惶恐着说了那一堆话，似还不放心，又还说：我是真心话，让甭来了，甭来了。

谷大房原想，他给惠杏爱把这些话一说，她不知要多高兴哩！没承想，她听了不仅不高兴，还慌得跟什么似的。为了做好明日的接待工作，谷大房觉得他有必要开导开导惠杏爱了，让她思想上高度重视起来，以一个正确的态度对待这件事。之前，谷大房的一只手还扶着自行车，一只脚还踩在自行车脚踏板上，为了开导惠杏爱，他把脚从自行车脚踏板上落到地上，并把自行车支好，腾出扶着自行车的那只手，向惠杏爱走近了些，说：不是叔要批评你，你的这个态度可不好！你想嘛，县委领导定了的事，我能挡得住吗？我只是村上的一个小支书，我的原则是，上级领导怎么安排，我就怎么落实。我不落实是我的问题，落实不好更是我的问题。你说呢？你可不能只站在你的立场想问题，你要站在叔的立场想问题，更要站在上级领导的立场上想问题。县上领导要来看你，说明领导有眼光。不是我瞎猜，我以我的党龄和基层工作的经验理解，上级领导来看你，是从精神文明建设的高度出发的。现在的年轻媳妇，有几个像你一样，苦难面前不弯腰，有责任，有担当，尊敬老的，爱护小的？大家睁着眼睛看着哩。谷大房自觉他说得很有水平，也很有道理，就还说：你是高中生哩，你不会看不见，与你形成鲜明对照的，有那么一些年轻媳妇，就只看自己好，把自己当成了电影电视里的明星了，好吃懒做，一味地追求小资产阶级的生活方式，这不仅害己，而且害人。县上领导来看你，意义就在这里。

许多大道理，从谷大房的嘴里一疙瘩一疙瘩地砸出来，把惶恐着的惠杏爱砸得愣了起来。她觉得谷大房说得真是有水平、有道理，可她觉得还是有些欠妥当。她就酝酿着准备再说两句话，谷大房却赶在她的话前又说了。

谷大房说：你听懂我的话了吗？你不能把县上领导看你当成你一个人的事，要看成一项重要的政治任务哩。

惠杏爱心跳慢下来了，头脑却涨了起来，像有无数乱飞的蜜蜂，在脑子里嗡嗡地响。惠杏爱镇定着自己，努力地镇定着，说：大房叔，我不是那样想的。

谷大房似乎看得透惠杏爱的心理，知道她下来还会说什么。因此，他逮住她的话头，进一步严肃地开导她了。他说：这就好了，我想你也不会不懂县上领导的苦心。这我就算通知你咧，明天你就不要再去跑车了，在家里准备着，把屋里的卫生拾掇一下。我明天要陪领导的，你有啥事，一眼就看得见我，先给叔说，叔给你定下调调了，你再说话。啊，这你可一定要记牢，别不知轻重，说错一句话，那就把领导惹下了。把领导惹下的后果你知道吗？我给你说哩，你就有小鞋穿，有罪受了。

一字一句，谷大房把话说得既严肃又认真。他说完了，还把他吃得剩一截的黑色四棱棒叼在嘴上，双手扶着自行车，一脚踏上脚踏板，往前滑了两步，跷起另一条腿，都快骑上自行车了，又停下来，拧回头来看着依然愣在原地的惠杏爱，很是关切地问她了。

谷大房问：惠杏爱，你是团员吧？

惠杏爱点了点头。

谷大房说：好，好，那你听叔说，你写个入党申请书给叔拿过来，叔要介绍你入党哩。

惠杏爱没有点头，也没有摇头，她依然呆愣愣的，不知如何是好。

谷大房就更加温暖更加关切地说：你仔细想想吧，我就头里走咧。

通知惠杏爱准备明天迎接县委领导的事，在半路上就很好地落实了，谷大房是高兴的，也是满意的。土地承包到户后，谷大房很少有这样的机会，通知一个人，做他的工作，给他讲政策，讲思想，讲意义。他知道他有这方面的才能。过去，他经常给人通知事情，给人讲这些“动听”的大道理。对此，他骄傲着，欣赏着自己，也享受着。长时间没机会说了，他真怕自己忘了那些他喜爱的词句，结果不错，他说起来还是那么溜，一套一套的。这可是比他大块吃肉、大口喝酒还要过瘾呢！心里滋润着，谷大房跨上自行车，骑行起来就很自在，而且也很快了，风在他的耳畔嗖嗖响着，也像好听的音乐一样，一会儿就把惠杏爱落在了后边。谷大房飞快地蹬着自行车，心里还在考虑明天的事情：他不知道县上会来哪些领导，领头的又是谁？想来想去，怎么都想不出来，他也就不想了。他告诫自己，不管来的是谁，做好接待是必须的。在哪儿接待呢？在惠杏爱的家里吗？是的，县上领导来看惠杏爱，自然是要去她家的。她家的环境和条件，因为她的到来，比以前是大改善了，但很难说有多么好的改善。因此他想，他该像个电影导演一样，来主导明天的接待。他引着县上领导，去惠杏爱的家里走一走，给惠杏爱说一些鼓舞的话，看望一下瘫痪在炕上的谷敬勤，大概就可以了。可不能在他们家多停，多停会给他们家造成负担。他不能因为县上领导前来看望惠杏爱，而给他们家添负担。人同此心，心同此理，县上领导应该也是这么想的吧。那么，让县上领导休息、抽烟、喝茶，甚至招待一顿饭，就得放在自己家里了。自己的家，干部们是常来常往的，譬如镇上的干部，熟门熟路的，一来村上吃喝都在他家。可这一回，来的是县上领导呢！人多人少无所谓，他们怎么说都比镇上的干部高一级吧，咱可不敢怠慢了人家。谷大房把在自己家招待上级领导看成了一种荣誉，而且还看成一种权力的象征。他懂得，这在谷寡婆村的庄稼人眼中，就是他谷某人地位的巩固和不容侵犯！现在的人，势利着哩，最会察言观色看风头了！所以，他觉得县上领导来看惠杏爱、到她家去，稍微重视一下就够了，而对在他家里招待领导，是要非常精心和认真呢！骑在自行车上，谷大房的心里盘算着：村里的钱买下的金丝猴带把儿的烟就在自己家里放着，是现成的，缺少的是几斤肉。明天早上，让儿子谷天明早早地起来，让他骑上自行车，早早地到绛帐火车站割一吊子新鲜猪肉，割一吊子新鲜羊肉，然后趁新鲜，再买几样蔬菜，差不多就行了。

好吃好喝有了，还要好待承。谷大房相信他的笑脸，更相信他的嘴巴，是一定能把县上领导待承好的。

噢，对了，隔壁任喜过的娘家妈豆菊芳，听说回她们麦禾营村没几天，昨天又来了。她这一次来，几乎把麦禾营村的家都搬来咧。任喜过的娘家妈豆菊芳可是不简单呢，她在谷劳劳渭河南岸上的良种猪繁育饲养场帮了几天忙，这就看出商机来了。在她的建议下，谷劳劳在他的养猪场里又增设了一个经营项目——磨豆腐。任喜过的娘家妈豆菊芳是此道中的高手，在她的指导下，谷劳劳的豆腐坊一开张，就赢得一片赞誉声。

磨下豆腐了，销路是一个问题。但这难不住豆菊芳，有她的名字做招牌。谷梦梦和他哥谷劳劳以及九先生谷正芳，打着豆菊芳的旗号，到绛帐火车站去走了一圈子，也没怎么给人说话，就把销路找下了。谷劳劳有他良种猪繁育饲养场的活绊着腿，九先生谷正芳年事高了，都不是跑腿运销豆腐的人。那么该谁来跑腿呢？自然是谷梦梦了。他把丈母娘豆菊芳连夜磨出的北豆腐、南豆腐用木质的模装载着，一层摞一层，天明时用自行车驮了，驮到绛帐火车站去，不用在菜市场上摆摊子，径直到几家生意好的酒楼饭店的门首去，这家一坨，那家一坨，一手交豆腐，一手拿钱，不受多大麻烦，就把豆腐脱手了。

任喜过的娘家妈豆菊芳建议在良种猪繁育饲养场里开办豆腐坊，往绛帐火车站销售豆腐是一桩生意。但这还不是最关键的，最关键的是，她建议养猪的饲料里必不可少的黄豆可以利用起来，一举两得：磨了豆腐是一份收入；

磨豆腐余下的豆渣，可就是饲养猪的好饲料了。过去，谷劳劳把黄豆磨碎了，直接添加进猪饲料里喂猪吃。那样的干饲料，猪儿们好像还不爱吃。现在好了，磨豆腐余下的水水的黄豆渣，拌在猪食槽里，猪儿们吃得似乎更馋一些，长膘也快一些。

九先生谷正芳家里的人是人精，猪是猪精！谷大房想着明天如何接待县委领导，想到了任喜过的娘家妈，他不由得要在心里把九先生谷正芳暗骂一句了。他暗骂九先生谷正芳：结了一门亲，有了一个亲家母，你光杆杆还能把人家“豆腐西施”弄到你炕上去不成？

哼……豆腐西施啊！

谷大房的眉头皱了皱，不过他想：明日待承县上来的领导，豆腐西施的豆腐也是应该弄一坨的。

……

不知是身上的劲泄了，还是小四轮拖拉机的动力出了问题，惠杏爱坐到驾驶座上，挂了挡，踩了油门，四个轮子的拖拉机突突突突地跑着，却就是跑不过谷大房的两轮自行车，渐渐地越落越远，都看不到前头骑着自行车的谷大房了。这可是太奇怪了，啥时候自行车倒比小四轮拖拉机还要跑得快？惠杏爱痛苦地想着这个问题，想也想不明白，干脆不想了。她又想起谷大房给她通知的事情来了，这个事情让她切切实实有了负担。她糊涂着，谷大房给她通知的事情，按着常理来说，该是一件高兴的事呢。而且，她在内心一直感激着支书谷大房。谷大房给她通知这件事情时是高兴的。他高兴的事情，她也应该高兴起来的，像谷大房吩咐的那样，切实地做好县上领导看望她的准备。然而，她却高兴不起来，不仅高兴不起来，还像她从谷大房嘴里刚听到那事时一样，感到一种恐慌甚至害怕。惠杏爱弄不懂自己了，她想：咱做的事是实的，上官乐的报道也是实的，对实事又为什么要恐慌呢？又为什么要害怕呢？小心把握着方向盘的惠杏爱想不明白，更想不具体。陈增强来家里帮助她修理小四轮拖拉机那天，县上的广播电台报道她的事迹，她在心里就埋怨上官乐了，埋怨她不该把这件事捅到县广播电台去；紧跟着，省、市广播电台也相继播报了她的事迹，她就更埋怨上官乐了。她心慌和害怕，差不多从那时起就有了，在她的心里头一点一点地浮现，一点一点地突出着。这一回竟把县上的领导都惹得要来看她了。是的，支书谷大房高兴县上领导到谷寡婆村来，还有很多很多的人，也都乐意县上的领导到谷寡婆村来，还有很多很多人，也都乐意县上领导来了能看望他。惠杏爱却不，她不喜欢县上领导来看望她。她知道，她是有私心的，与女婿谷门坎拜了一回天地，入了一回洞房，睡了一个晚上，但她还是她，还是原来做姑娘时的她。可是不论怎样，有了一次做新娘的经历，被村里人夹枪带棒、荤荤素素地一场耍闹，是把她的身体耍闹醒了。她能像传统社会里的节妇烈女一样，死守在谷寡婆村的家里，为那一家人牺牲自己吗？

惶恐！害怕！

惠杏爱静下心来细想，之所以产生这样的情绪，其原因大概就在此了。

贞节烈女，别人想做做去好了，惠杏爱不要做贞节烈女！颠颠闪闪的小四轮拖拉机，把驾驶着的惠杏爱颠闪得腰像柳枝一样，扭过来，扭过去。她想着立了贞节牌坊的贞节烈女，苦守上一辈子，冷炕孤灯，到头来连个名字都落不下。譬如谷寡婆村的老祖宗，她享有自己的祠堂，生生不息地有了一个谷姓村子，后辈儿孙们敬奉她，怀念她，可谁知道老祖宗的名字呢？不知道吧！一个偷吃了禁果、孤身逃到渭河边上、苦守了一辈子的孤寡人，大家都只叫她谷寡婆。这么想着，惠杏爱不禁为谷寡婆难过起来了。她不要做谷寡婆，更不要做贞节烈女。

惠杏爱有她自己的爱，是渐渐地从她心里滋生出来的对陈增强的爱啊！陈增强对她的无私帮助以及对她表现出来的那一份情意，惠杏爱不是傻子，她敏感地觉出来了。惠杏爱想，她是需要陈增强的帮助的，而且更需要陈增强对她的那份情和意。

我的老同学啊……惠杏爱在心里叫了一声，重又启动了她的小四轮拖拉机，向着渭河边上的谷寡婆村去了。

谷寡婆村此刻笼罩在一片朦朦胧胧的暮色之中。

第二十五章

惠杏爱把小四轮拖拉机开回家的时候，天已完全黑了下来。整整一个晚上，她闭着眼睛，却怎么也睡不着，老同学陈增强的身影，变幻着姿态，直往她的脑际涌。

小弟谷门栓仍然跟着惠杏爱睡觉。小家伙可是精着哩，他偎在惠杏爱的一边，小眼儿好像是闭着的，呼呼已是睡着的样子，惠杏爱稍一动弹，他的眼睛就会睁开来。他是人小鬼大呀，从他偎在惠杏爱的身边时，就已看出了惠杏爱的心事。他当时没有问她，是不好意思开口，装着睡觉，眼睛一旦睁开，他就要问亲爱的大姐了。

谷门栓小心地说：大姐呀，你想啥呢？

惠杏爱以为谷门栓睡着了，没防顾他醒着，还问了她，她就偏过脸，在小家伙的脑门上亲了一口，说：睡你的觉。

谷门栓却还不依，继续问：大姐就是想事哩嘛！

惠杏爱便背过身去，佯装她累了，要睡了，这才堵住小家伙的嘴，没让他往下问。

第二天，惠杏爱难得天明后赖在炕上多睡了一会儿，头一次没有出车。惠杏爱不起床，不出车，家里是没有人催促她的。可她心里有事，赖又能赖出什么呢？一点用处都没有。因此，她赖了一会儿炕就爬起来了。她整理着炕上的被褥，心里还在想着：把县上领导来看她的事，给瘫在炕上的公公说不说呢？惠杏爱犹豫着，犹豫了很久，左考虑，右思量，还是在太阳升起在渭河上时，去了上房，告诉了公公。

公公谷敬勤一辈子不理事，刚一听说，以为自己听错了，就问了惠杏爱一句：你说县上……县上领导要来咱们家看你？

惠杏爱肯定地说：大房叔昨下午通知我的。

啊！好几年瘫痪在炕上的谷敬勤，得到儿媳妇惠杏爱肯定的回答后，简直惊呆了，而且也要欢喜糊涂了。他从炕上挣扎着挪到炕边，伸出一只手，原本是要拉扯惠杏爱的，但又觉得不妥，就又把手缩了回去。他仰头看着站在炕边的惠杏爱，花白了头发的脑袋颤抖起来，满脸的核桃纹都在他喜悦的颤抖中一齐舒展开来。他高声地吆喝着，把谷门墩、谷门环、谷门栓全都叫到他的身边来。好像是，县上的领导要来，就是一针威力巨大的强心剂，让往日萎靡的他，陡然精神起来，说话的声音也变得响亮而清晰了。过去，家里的安排都听惠杏爱的，他从来都不插手，但今天，他和惠杏爱连商量都不商量，就果断地决定：门墩就不到河滩筛沙石去了。还有门环、门栓，都听你嫂子的，动手把屋里屋外一起拾掇一遍，该擦的擦净，该洗的洗净，该扫的扫净。清扫罢了，都把干净衣裳换上。门栓自然也是高兴的，他一高兴，就又跳了起来。吩咐事情的谷敬勤就又见缝插针地指斥他，要他懂得礼貌，甭胡跑乱喊叫。把谷门栓教训得安静下来了，谷敬勤又指派门环：把开水烧上，茶壶、茶碗都用开水烫一烫，再用碱水泡一泡。寻出咱家的茶叶来，放在手边，到时候取用方便……噢，对了，带把儿的金丝猴烟家里还有没有？没有就快去买，这么大的事，咱省惜一百天，省惜一千天都对着哩，今天就不能省惜了。

一件件事情的安排，一桩桩事的叮嘱，谷敬勤不歇气地说了出来。他松了一口气，就又看着儿媳妇惠杏爱，对她十分抱歉、十分伤心地又说了一句话。

谷敬勤说：我娃进门来，新衣服连三天都没穿够，就脱下来换成了旧衣服，我心里有愧呢！都是狗日的门坎没福，他把我娃独独撇在世上受苦哩。

惠杏爱不想听公公说这话，她扶住公公的身子，让他躺平了，说：爹，咱不说那话。

谷敬勤应着惠杏爱，说：爹整日这么瘫在炕上，心里想的就是这话。你不让说我就不说了，但县上领导要登门看望你，这是天大的荣耀，天大的恩德！老天爷睁开了眼咧，看见咱家的好儿媳了。

还有什么比县上领导上门的事大？没有了。这成了谷敬勤心中最为神圣的一件事。从他落生在这个庄稼院里，快六十年过去了，哪一个大领导来过呢？庄稼人嘛，谷敬勤别说瘫在了炕上，就是活蹦乱跳着时，也没有这样想过。可是，突然地领导要来了，要来看望儿媳妇惠杏爱，他嘴里指派这，指派那，心里还一个劲地惊讶着，啊！啊！啊！他的心怦怦怦地跳着，满脸就又是雨幕一样的眼泪了。

谷敬勤流着泪，轻声地给惠杏爱说：把我的新衣服也找出来，就是你进门时我穿的那件。我要把我穿得精精神神的。

惠杏爱听着公公的话，给他去找衣服。她本来想给公公说没必要这么忙活，可她面对公公的那一脸兴奋，她说不出来了，她就像泪眼婆娑的公公谷敬勤一样，也快满眼窝的泪水了。

是吃早饭的时节了，一家人按照谷敬勤的要求，总算把院子和门上全都拾掇出来了。下来该吃早饭了，而准备好的早饭，有黏糊糊的玉米糁子，有暄腾腾的热蒸馍，还有一碟儿咸萝卜丝和一碟儿油泼辣子。惠杏爱端着往上房走，头门口走来了任喜过。

任喜过进门就喊惠杏爱：杏爱，杏爱，我还说帮你一把哩，你自己倒把院里院外都拾掇整齐了。

惠杏爱闻声转回头来，说：耽搁了我跑一天车。

任喜过不同意惠杏爱的观点，说：你这说的啥话嘛！你不知道，我隔墙的大支书，清早派他二娃来我家要豆腐，北豆腐要了小半坨，南豆腐要了小半坨，说是县上领导要来看望你，我听了不知有多高兴呢！我等我娘家妈的豆腐一出锅，先给你割了一坨子。你要小心哩，小心没大差，到时候县上的领导留下来吃饭，咱也不至于慌了手脚。

尽管惠杏爱把该想的都想了，公公谷敬勤也尽着他的经验帮她详细地做了安排补充，却还是把县上领导吃饭的事情没有考虑进去。任喜过赶了过来，把这个事提起来，惠杏爱甭提有多感激了。

感激着的惠杏爱把她端在手里的早饭盘子送进上房里，出来后牵起任喜过的一只手，说：谢谢你哩。

任喜过的手里是提着豆腐的，被惠杏爱牵起了一只手，另一只手提着就不得劲，说：小心把豆腐弄碎了。

惠杏爱笑了，这才从任喜过的手里接过豆腐，说：这么多呀！

任喜过却不接惠杏爱的话茬，问她：你刚才说啥哩，啊？谢谢我？亏你说得出这句话，咱们俩谁和谁呀！我大哥的养猪场停电，不是你开着小四轮来帮忙，还不知道把我们家难场成啥样子哩。

惠杏爱截住了任喜过的话，说：客气了不是，咱俩都别客气了好吗？

上房炕上的谷敬勤听出了任喜过的声音，老人就也隔着窗子表示了感谢。大家相互都客气着，却突然被一阵空油桶子滚动的巨大声响所打断。那轰隆隆轰隆隆的声响，从谷寡婆村的街巷里滚过来，一直滚到惠杏爱的家门口。短暂停了一下，就见“骚怪”谷中秋翻着个大柴油桶，跟头趔趄地掀进院子里来了。

这是弄啥呢？

院子里的惠杏爱、任喜过和上房里的谷敬勤，还有谷门墩、谷门栓和谷门环，都从自己所处的位置，盯着“骚怪”谷中秋，不知他又要演一出什么样的戏。

“骚怪”谷中秋在谷门坎和他妈贾桂仙下葬的那天，来滚柴油桶以物顶账，被村支书谷大房威逼着没能滚走，过了两天，他还是硬给滚走了。今天，没人招呼他往回滚柴油桶，他自己滚回来了。看来他的记性不错，还记得他当初滚走柴油桶的地方，他没问惠杏爱，也没问惠杏爱家里的其他人，直接把大大的柴油桶滚到原来栽着的地方，掀着立起来，这才回头给惠杏爱说了。

“骚怪”谷中秋说：我把柴油桶给你还回来了。

惠杏爱盯着“骚怪”谷中秋，没有话好说，只是觉得非常好笑。她这么想着，还就没忍住，很是无心地笑了起来。

“骚怪”谷中秋不知惠杏爱是嘲讽他还是对他的认同，脸上带着些无可奈何，说：大油桶原来就在这地方栽着吧？我记得的，没有错。

“骚怪”谷中秋讪讪地说过那句话，就还说：今天大清早，支书还说要我过来给你屋里帮忙哩。支书说了，我有眼色，知道怎么接待上级领导。看来我来迟了，你把院子都拾掇整齐了。

“骚怪”谷中秋不这么说话倒还好，他这么一说，惠杏爱就十分厌恶他了，说：我可劳驾不起你。欠账是要还的。我家原来欠着你，我当着村里人的面都公布了，我的这个大柴油桶，顶你的账绰绰有余。你要拿油桶顶账，你顶去好了，我有了装油的新桶子了。听我说，你把你的柴油桶咋滚来的，还给我咋滚回去。

"骚怪"谷中秋的脸皮子厚呢。惠杏爱数说着他，他却毫不在意，看见任喜过站在惠杏爱身边，就又不知羞耻地和任喜过搭讪了。

"骚怪"谷中秋说：哟！喜过也在这儿哩！你还别说，你娘家妈的豆腐菜，我吃了一回，没出息的嘴巴，就还时常想二回呢。

谷门墩从上房屋里冲出来，跟在他身后的还有谷门环、谷门栓，他们冲到院子里来，把"骚怪"谷中秋立起的大柴油桶又扳倒了，轰隆隆，轰隆隆……不由分说地又往头门外边滚，慌得"骚怪"谷中秋扑过去挡。他说：有错咱就改么，坚决地改。我又不是不懂道理的人，支书把我批评拾掇了几场，是他要我把大柴油桶还回来的。你们说，我能不尊重支书的指示吗？谷门墩头脑简单，四肢却特别发达，他在自己的家里，有时连他爹谷敬勤的话都不听，但他死心塌地地向着嫂子惠杏爱，她说一句话，比皇上下圣旨还要起作用，谷门墩要一丝一毫不走样地执行哩。他听见惠杏爱让"骚怪"谷中秋把柴油桶滚回去，"骚怪"自己不滚，他冲出上房替他滚了。"骚怪"谷中秋说软话了，他依然不为所动，依然强硬地把柴油桶往头门外滚。"骚怪"的力气小，他挡不住谷门墩，就又转回身来，跑到惠杏爱的身边，只管望着她求援似的说了。

"骚怪"谷中秋说：杏爱啊，这事怪我，我错了。我原来只当门坎殁了，这柴油桶你屋里也就用不上了，用它把账一顶，咱就两清了。我想不到你是个能行人哩，你也能开小四轮。为了不影响你跑车，我是该把柴油桶还给你呢。

惠杏爱已经懒得和"骚怪"谷中秋说话了，她顺手拉了一把任喜过，去了她的房子，留下谷门墩、谷门环和谷门栓像撵一只狗似的，把"骚怪"谷中秋撵出了头门。撵跑了"骚怪"谷中秋，谷门墩、谷门环和谷门栓像打了一场胜仗凯旋的英雄，先都跑到惠杏爱的房子里，给惠杏爱高高兴兴地汇报了一下，然后又跑到上房他爹谷敬勤的炕上，去端来惠杏爱的糁子碗。谷门栓先端着的，端着走了两步，被谷门环抢着端到了手上。谷门环端着刚走了两步，就又被谷门墩抢到了手上，端着到惠杏爱的房子里来了。一进惠杏爱的房子，谷门墩就嘿嘿傻笑着说上了。

谷门墩说：嫂子，还是你治得了人，他"骚怪"都不敢惹你哩。

对于这样的变化，谷门墩他们兄妹高兴着。惠杏爱自然也是高兴的，不过她没有谷门墩兄妹那么喜形于色，淡淡地朝他们笑了一下，让他们再端一碗糁子来。

惠杏爱说：没看见你喜过嫂子来了？去，再端一碗糁子来，我俩一块儿吃。

任喜过是要推辞的，她来送点豆腐，就吃人家一顿饭，理上不通呀。任喜过推辞着往门外走，迎面碰上了支书兼村长的谷大房。他在家里吃过早饭了，在县上领导没来之前，他想他是应该先来一步的。他不想惠杏爱的准备有什么瑕疵，而给县上领导留下不好的印象，到时吃亏的只能是他，不会是别人。因此，他趔了一下身子，把莽莽撞撞退走的任喜过让过去，就像为上级领导下基层打前站的干部一样，睁大了眼睛，在惠杏爱家前院后院、屋里屋外地转着看了。刚开始，谷大房的脸色还是平静的，甚至还有一些喜色呢。之所以心喜，是惠杏爱听了他的话，今日没有出车，领着家里的兄弟妹子，把家里的卫生搞得不错，包括瘫在炕上的谷敬勤，一家大小都穿得很显眼，有模有样的。这很好啊，咱要叫县上领导一来，头一眼先要有个好印象哩。

谷大房十分高兴地看着，给跟着他转的惠杏爱还叮咛着要注意的事项，却突然发现了一个问题。这个问题说大不大，说小不小，偏偏出在了惠杏爱的身上。谷大房的眉头皱了一下，毫不客气地指出来了。

谷大房说：杏爱，叔说你不要见怪，你今日可不能穿得这么鲜艳。

惠杏爱不解谷大房的意思，愣愣地看着他。

谷大房就很认真地给她说道起来了。他说：大庆的王铁人你知道吧？大寨的陈永贵你知道吧？咱不管现在提倡不提倡，是如何提倡的，但你一定要知道，他们一个是工业战线上的典型，一个是农业战线上的典型。我想你该见过宣传他们的图片吧：王铁人是钻井工人，他穿的就是工人阶级的服装，头上戴安全帽，手里握铁榔头；陈永贵是“修理地球”的农民，他穿的就是农民的服装，头上扎的羊肚子毛巾，手里握着的是镰刀。我敢保证，县上的领导来，是一定有记者陪同的。你也要成典型了，你开的是小四轮拖拉机，那就是你今日表演的道具呢。我看你昨天穿的那身蓝布衣服和劳动布帽子，就与小四轮拖拉机很般配。记者跟着县上领导来了，要给你照相，你说你该咋办？你就站在小四轮拖拉机跟前让他们照，照出来在报纸上一登，你就有个典型的模样了不是。

惠杏爱被谷大房说得不好意思了。她轻声地为自己辩解：是我公公要我们换的。

谷大房说：你公公说得对，他们都要穿新鲜，但你不能，你不能和他们一样，你该有你的形象。你穿上昨天的那一身行头，旧是旧了点，还有这里一点、那里一点的油渍，这是不要紧的，正是因为旧，因为有点油渍，才能在一家人的新鲜衣服里把你突显出来哩。

谷大房说到这里，冲惠杏爱极为关切地浅笑了一下，就说：我到村外看着去，小心县上领导的车队来了，咱把领导没接上。他说完拧过身子，就从惠杏爱家走出去了。

惠杏爱目送着谷大房走出头门，她对这个村支书兼村长的人，不由得又敬佩了一成，觉得他这人是太有经验了。心里感激着谷大房，惠杏爱便回到她的房子里，把公公谷敬勤让她换上的新衣服脱下来，又把她穿惯了的蓝布衣服穿上身。也不知为什么，这身沾染了点点油渍的衣服，刚一穿上身，她便没来由地想起了陈增强。这使她本来就不平静的心，一下子又烦躁起来了。昨天，她和陈增强就相约过了，今日要给他的工地上送沙子，但却去不成了，而且又没法捎话给他，不知道会不会耽误人家建筑队施工。

对陈增强，惠杏爱在心里愧疚着了。

碎兄弟谷门栓哪里知道他大姐的心事，欢天喜地地穿着娶惠杏爱进门那天穿的新衣服，跑出跑进，一刻都歇不下来，好像比娶惠杏爱进门那天还高兴。小小年纪的他，虽然不能完全理解这种事，可他知道这是表扬他的大姐哩！谷门栓现在只认这一条理，谁夸他的大姐，说他的大姐好，他就高兴，就喜欢夸赞表扬他大姐的人。村支书谷大房的二媳妇上官乐，是把他大姐惠杏爱写进稿子报道出去的人，他就特别喜欢上官乐，偶然碰上了，他必须要跑到她的跟前去，很深很深地给上官乐鞠一躬！

上官乐这时在家里，对公公谷大房昨天晚上回家来以及今天早上出门去的种种表现，感到了一丝疑惑。她心里疑惑着，就很注意公公的一举一动，还有他的面部变化。公公谷大房去惠杏爱的家里了，上官乐便敏感地意识到，她给惠杏爱所写的通讯起作用了。

是上级领导要来考察吗？

上官乐在县城中学读书时，长期住在身为县委宣传部部长的大哥家里，她看惯了宣传部长大哥的工作方法，差不多总是跟着新闻宣传走。广播听完了读报纸，报纸看完了听广播，仔细地分辨广播里的新闻信息，认真地琢磨报纸上的新闻内容，然后决定他的工作重点及工作方向。

省、市、县三级广播电台播报了上官乐采写的关于惠杏爱事迹的通讯，作为县委宣传部部长的大哥会听不到？上官乐才不相信呢！她几乎可以断定，公公谷大房的反常表现，就是因为这件事。她甚至猜测到，她的宣传部长大哥要到谷寡婆村里来了。

做事风风火火的上官乐，想到这里，在家里边一刻也待不住了。她撵着公公谷大房的脚后跟，也往惠杏爱的家里来了。上官乐为自己的通讯稿顺利播出而开心着，同时还为她报道的惠杏爱高兴着。她开心高兴着，却也有点遗憾，几级广播电台在播放她的通讯稿时，都把她写在稿件里的关于谷寡婆祠的那一段删去了。

蹦蹦跳跳的谷门栓，眼睛是尖的，他看见了上官乐。嫁到谷寡婆村里来的三个新娘子，在谷门栓的眼里是不同的。他把惠杏爱亲热地叫了大姐，尾巴一样缠着她，就没把她当作新娘子看。九先生谷正芳的二娃媳妇任喜过，她的质朴和厚道以及她的穿着打扮，总是那么传统，谷门栓把她也几乎不当新娘子看。倒是一个上官乐，结婚那天便穿得新颖鲜亮，之后的日子，也穿得十分靓丽别致。譬如今天，从她家头门里走出来的她，穿的就是农村人很少穿的一袭粉红色的连衣裙。谷门栓是乐见上官乐穿漂亮、穿新鲜的。蹦蹦跳跳高兴着的他，突然看见街巷远处的上官乐，便按捺不住喜悦的心情，撒开脚丫子就往上官乐的跟前跑去了。

谷门栓跑得可是太急了，就在他兔子一样又跳又蹿快要跑到上官乐跟前时，没小心踩在一堆牛粪上，滑得趴在了地上。上官乐急忙上前，把跌倒在地的小家伙扶起来，一迭声地问他跌疼了没有。上官乐万万没有料到，龇牙咧嘴的谷门栓，在她把他扶起来后，摇摇晃晃后退了一步，又向她深深地鞠了一躬。

上官乐以为谷门栓给她鞠了躬后，又会迅速地跑掉，便猛地上前一步，抓住了谷门栓的一条胳膊，问他：村里那么多人，谁让你给我鞠躬的？

谷门栓没有挣扎没有跑，他答非所问地说：你看你穿得多漂亮，你才像新娘子哩！

上官乐被谷门栓的话逗乐了，她知道小家伙把惠杏爱是叫大姐的，就说：那你大姐呢？她就不像新娘子了？

谷门栓斩钉截铁地说：她是我大姐哩，大姐不做新娘子。

上官乐和谷门栓正在街巷上斗着嘴的时候，村外的沙石路上传来了几声汽车好听的鸣笛声。谷门栓闻声一个高蹦，嘴里快活地大喊起来。

谷门栓喊：来了，来了，县上领导看我大姐来了！

谷门栓喊着就要从上官乐的身边跑开，但他的一条胳膊还在上官乐的手里抓着，想跑没跑掉，就挣扎起来了。上官乐任凭谷门栓挣扎，不仅不松手，还把抓着小家伙胳膊的手又用了些劲。

上官乐说：你给我说，你刚才喊叫啥哩？

谷门栓说：我喊叫县上领导看我大姐来了。

上官乐说：县上领导来看你大姐？

谷门栓说：你家公公给我大姐通知的，他现在正在村口迎接县上领导呢。

上官乐把谷门栓的胳膊放开了。

解除了束缚的谷门栓，立即像是一颗射出枪膛的子弹，飞也似的向汽车鸣笛的地方跑了过去。他跑出去都有三五丈远了，却还拧回头来对上官乐说：没你的报道，县上领导不会来看我大姐呢！

汽车的鸣笛声，不仅吸引着谷门栓撒丫子往那里跑着，谷寡婆村一街两行的头门，关着的或是没关的，这个时候都有人往出走，向着汽车鸣笛的方向去了。上官乐受着大势的影响，也向那个方向走了几步。本来还要继续走的，却心想：县上领导前来看望惠杏爱，怎么说都是她起的头，她是应该到现场去的。可她仅仅走了那么几步，就迟疑着不走了：公公谷大房怎么不给我说呢？他给惠杏爱通知了，要她做准备，这是应该的，但也不能不给我说呀。给我说了，我还能帮助惠杏爱呢，而且从街巷上村里人的举动来看，公公谷大房应该是通知了大家的。上官乐想得明白，大家之所以撵着汽车的鸣笛声去，应该是去集体欢迎县上领导的，如不然，大家的脚步不会如此匆忙，神色不会这么兴奋。想到这里，上官乐听到她内心有一声尖锐的叫喊，这一声叫喊，把她自己吃惊得站定了脚步，没再往前走一步。

公公谷大房没给上官乐通知这件事。

公公谷大房给村里人都通知了这件事，怎么就不给上官乐通知这件事呢？

而且，县上领导能来谷寡婆村看望惠杏爱，还是她上官乐的功劳呢！没她撰写的那篇报道，惠杏爱再怎么突出，再怎么与众不同，县上领导哪里知道呀！县上的领导……上官乐苦恼地想，不论是哪里的领导，端的都是新闻碗，吃的都是新闻饭，没有了报纸广播，他们会像聋子、瞎子一样，是找不着北的。上官乐的大哥是这样的，别的领导干部也是这样的。上官乐亲眼看见，他哥回到家里要吃饭了，手里还拿着报纸读，开着收音机听。为此，她嫂子还说她大哥呢：报纸抵得了吃？收音机抵得了喝？要能抵得了吃喝，我以后就不做饭了，让你吃报纸喝收音机去。嫂子这么说，大哥还脾气很好地笑着说：你说得不错，我不读报，我不听收音机，我到哪里给咱家弄吃喝呀？上官乐想着她的大哥，僵僵地站在街巷里，身旁不断有人走过，有人走过时和她打招呼了，有人则没和她打招呼。打了招呼的人问她：站在街巷中做啥？走呀，一块儿走，咱们一起欢迎县上的领导去。上官乐回答着大家，她说走么走么，但却一步都没动，依然僵僵地站着。

上官乐还在想她大哥，她娘家哥是县委宣传部部长，县上来的领导说不定就是她的娘家哥呢。

上官乐想到这里，不仅没往大家奔去的地方走一步，还转过她僵硬的身子，回头往她家的头门走去了。

上官乐的猜想没有错，县上来的领导真就是她哥哩。黑色的、红色的、银白色的三辆“屎巴牛”小卧车以及两辆带帆布篷子的北京吉普，鱼贯而行，从通向谷寡婆村的沙石路上风尘仆仆地开来了。路西边的白杨树，经不起车队驶过时刮起的风浪，扭动起它们婀娜的腰肢，鼓动着它们繁茂的叶子，发出一阵紧似一阵的轰响，持续地传递着，传到了谷寡婆村的村口上，很自然地就传递给了一街两行的庄稼人。他们在村支书兼村长谷大房的带领下，脸上兴奋着，欢快地为县上来的领导鼓着掌。走在车队前头的那辆带帆布篷子的吉普车开过了谷大房，让跟着的那辆黑色“屎巴牛”小卧车，恰到好处地在谷大房平肩齐身的地方停了下来。驶过谷大房的那辆带帆布篷子的吉普车上，坐的是镇上的领导。镇领导眼尖手快，他迅速地推开吉普车的车门，跳下车来，小跑着跑到黑色“屎巴牛”小车一侧，拉开车门，把他的大手护在车门上沿，满脸媚笑地请出了车里的县领导，招呼谷大房来和县上领导握手了。

谷大房不认识下车来的县领导，但镇上的领导他是熟悉的，就是昨天通知他到镇上去给他亲自布置任务的镇委书记王大才。王大才不给谷大房介绍，谷大房也从他轻快的那一跑以及他轻轻拉开小卧车车门用手护着车门沿的那一串举动猜出，下车的人该是来谷寡婆村看望惠杏爱的县上领导了。

察言观色是谷大房的强项呢。他急趋两步，上前握住了县上领导的手，说：欢迎欢迎，欢迎领导来谷寡婆村指导工作。

谷大房问候得非常得体，非常诚恳。一般情况下，下级去握上级领导的手，不能握着不放，要轻轻地握一下，然后很礼貌地迅速地抽手。谷大房本来是要这么做的，但下车来的县上领导握住他的手，却握了很长时间都没放，而且也没有开口说话，只是握着停一阵子，把谷大房的手摇一下，然后再过一阵子，再摇一下。

是领导的热情吗？谷大房一时琢磨不透，镇委书记王大才也琢磨不透。谷大房琢磨不透可以不说话，但王大才却不能不说话，他紧随在县上领导的一旁，给握着手的县上领导介绍起谷大房了。王大才介绍谷大房是谷寡婆村的村支书，同时还兼着村长，是村里真正的一把手。介绍过了谷大房，王大才又开始介绍县上领导了。他给谷大房说：这是县委的上官副书记，是刚被组织提起来的呢！他当书记后头一次下乡，就选择了你们谷寡婆村，选择了你们村的典型惠杏爱。你呀，你可是太有幸了。

王大才后面还有介绍，但是是怎么介绍的，谷大房听不进去了。他只听到“上官副书记”几个字，便使他急速运转的脑神经，像被斧子砍了一下，当即短了路。他迟疑地问起站在他面前的县委上官副书记了。

谷大房说：您是……

上官副书记笑了，说：猜我了吗？甭猜了，我给你说，上官乐是我妹子。

谷大房手足无措起来，他把他的手从上官副书记的手里抽出来，惊诧地说：啊呀！是亲家哥呢！

上官副书记说：可不是嘛！

谷大房就说：快快，咱们屋里去。

上官副书记说：我不是来走亲戚的，走吧，咱们先看惠杏爱去。

惠杏爱这时就在欢迎上官副书记的人群里，离他只有几步远。惠杏爱原想，写了她报道的上官乐是该知道这件事的，她知道了是会积极地撵来的，她一定会陪着她迎接县上的领导。可她等着，一直没有等来上官乐，这让她心里有点慌，还有点虚。没奈何，惠杏爱就只有拽着任喜过的手，站在谷大房的身后，迎接从县上来看望她的领导。在谷寡婆村里，惠杏爱觉得，初婚来到这里的她们仨，天然地有着一种联系，情感的联系呢！谁都不能否认，大事当前，只要她们仨在一起，她就不会觉得孤单，她就能够勇敢地面对。拽着任喜过的手，惠杏爱听到来的县上领导是上官副书记，她就把上官副书记在心里认真地记下了。她想她该主动问候上官副书记的，她还没出声，上官副书记却先讲到了她。在这种情况下，惠杏爱没有低头，也没有退步，她很大方地向上官副书记走去了。她走着，把任喜过也拽着走了过去。

昨天还羞怯着不愿见县上领导，过了一夜，当县上领导来到惠杏爱的面前，她嗵嗵嗵嗵虚跳的心，突然踏实了。这是因为她在县上领导和村支书谷大房的礼节性对话中听出来，看她的县上领导是提拔成副书记的上官乐的大哥。惠杏爱想，一定是的，这就给她多添了一分胆量。

惠杏爱拽着任喜过，走到上官副书记面前，向他鞠了一躬，说：谢谢书记百忙中来看我。

任喜过被惠杏爱拽得趔趔趄趄，惠杏爱鞠躬她也跟上鞠躬，惠杏爱说话她也跟上说话，说的呢，还是同一句话：谢谢书记百忙中来看我。

上官副书记搞不清楚她俩谁是惠杏爱，就疑惑地看着她俩，问：你们……你们谁是惠杏爱呀？

任喜过被上官副书记问得醒过神来，把惠杏爱往前推了推，说：她就是。

任喜过把惠杏爱明白无误地推给上官副书记后，还说了上官乐。她说：上官乐是你妹子呀！嗨，我们仨年关时一天进的谷寡婆村。你妹子有文采，惠杏爱最实干……任喜过说着话，在人群里寻找着上官乐。在这一刻，不仅是任喜过，还有谷大房，还有上官副书记等，都像任喜过一样，在人群里寻找着上官乐，但遗憾的是，大家没找见上官乐。

别人找不见上官乐，虽然遗憾，倒也不怎么慌张，谷大房就不同了。多年的村支书兼村长，培养了他遇事不慌的基本素质，表面上没有什么别的表现，依然热情周到地迎接着上官副书记一行，心里却慌得不行，乱得不行。他后悔自己没有通知写了惠杏爱新闻通讯的二娃媳妇上官乐。昨晚，一家人喝汤的时候，谷大房起先还准备给上官乐说的，可他一手拿着个软蒸馍，掰下一块，在油泼辣子的小碟里蘸了蘸，送到嘴里嚼着，刚要把这件事说出来时，上官乐却抢了先，她说出了另一件事。

上官乐当时也拿着一个软蒸馍，也掰了一块吃着。她吃着说：爹，大嫂的事没给您提前说，主要是怕您生气，怕您不高兴。

啥事呢？谷大房吃馍的嘴停了下来，专注于他的听力，来听上官乐说了。在一个锅里搅了几个月的勺把子，谷大房已经摸透了上官乐的思维方法。她的所思所想，和谷大房的想法太不一样了，总是背道而驰，让他很伤脑筋。为了教导上官乐，更为了能使上官乐跟上他的步调，谷大房在上官乐发表意见时，就不能不认真听。谷大房告诫自己：不能急，只有掌握足够的材料，到他觉得时机成熟时，一股脑儿端出来，让她娃娃去吃，吃不了就端上走。

谷大房自信他是个很好的庄稼把式。庄稼把式调教牛犊子，可不就是这个方子？打娃娃不如惯娃娃，先把初婚来的上官乐惯一段时间再说。

上官乐哪里知道公公谷大房的心思？她没那么复杂，一切都照自己的想法说了。她说大嫂什么事呢？上官乐说得如此客气，如此平静，倒让谷大房有点心慌，不知上官乐还会说出什么吓人的话。

然而，上官乐像和谁商量好了似的，却没有顺着谷大房的思路往下说。

是的呢，上官乐是和别人商量过了。和她商量的人不是别人，正是让谷大房头痛的云小兰。早年的时候，“骚怪”谷中秋惊吓过云小兰一次，那次的惊吓，刺激得云小兰的精神的确有些错乱。这一次，“骚怪”谷中秋又把云小兰惊吓着了，可这一次惊吓，使云小兰有些错乱的精神倒有了根本性的恢复。她在柳树林里，就想大骂“骚怪”谷中秋的，骂他就不是个人，也想回家来闹腾一下的，可她往回走着，渐渐地冷静了下来。她不想大骂“骚怪”谷中秋，也不想回家来闹腾了。这就是云小兰清醒过来的智慧了，她有过教训。这一次，她不想嫁谷劳劳的事还没个准儿，就让公公谷大房和婆婆白栓娥知道，那会把一切都弄砸的。云小兰瞅着空儿，去找了任喜过，对这个初婚到谷寡婆村的新娘子，云小兰是喜欢的，她有什么不好给人说的话，就想着能给她说。云小兰主意已定，腿脚一迈，就去了任喜过的房子，开门见山地给任喜过说，她一定要嫁给谷劳劳。任喜过早已知道了云小兰和大哥谷劳劳的事，云小兰这么一说，她当下就很高兴地鼓励她，说自己还就稀罕她这个大嫂子哩。自然，云小兰也喜欢听任喜过的话，听了就很高兴。因此，她还连带着请求任喜过，要任喜过给谷劳劳带话。任喜过答应着云小兰，很豪迈地给她打包票说：你主意定下了，我大哥那儿我保证。和任喜过定下来的事，回过头来，云小兰在家里又瞅着空儿把她的心里话给上官乐说了。云小兰心里非常明白，家里能帮她、敢帮她的人是弟媳妇上官乐，这是个天不怕、地不怕的主儿哩。云小兰欣赏上官乐，把她的心思给上官乐说了个开头，就获得了上官乐的夸赞，说她早该走这一步了。

上官乐当时说：好我的大嫂子哩，脚在你的身上长着呢，你走你的，他谁还能拴住你的脚不成？

上官乐真是为孤苦伶仃的大嫂子云小兰高兴呢。她鼓动着女婿谷天明，趁着公公谷大房不在家，偷出公公放在家里的村委会公章，为大嫂云小兰和谷劳劳开了一份结婚介绍信，于昨天上午，让大嫂云小兰揣在怀里，约着谷劳劳，到镇上的民政所领了结婚证。

公公谷大房和婆婆白栓娥的眼光在上官乐的脸上烧灼着，烧得上官乐的脸几乎要皮开肉绽。她差不多要扛不住了，就岔开话题，让他们问他二娃谷天明。公公谷大房和婆婆白栓娥的眼光就又烧灼在谷天明的脸上了。

很听话的谷天明，这一次的表现是不错的，他先低着头，十分难堪的样子。到爹妈的眼光烧到他脸上了，他才抬起头来，和爹妈对视着说：咱不能再干涉大嫂的婚姻了。我给开的证明，大嫂和隔壁的谷劳劳领了结婚证，他们很快就要结婚了。

软蒸馍抓在谷大房的手里，他没有心情再吃了。旁边的白栓娥，紧张地看着谷大房。他不再咀嚼软蒸馍，她也就跟着不再咀嚼；他把软蒸馍放回到面前的雕漆盘子里，她也就把软蒸馍放回到面前的雕漆盘子里……一顿本该吃得有滋有味的晚汤，就这么压抑沉闷地结束了。

结果呢，谷大房就没有把县上领导下村来看望惠杏爱的事给上官乐说。

不说也就不说吧，能有多大事呢？嫁进家里来的上官乐，也太自以为是了，也太不把他这个当着村支书又兼着村长的公公当回事了。谷大房心想，三番五次地，上官乐给他难堪，让他下不了台，他是必须给她些颜色看了，不然她不知道马王爷有三只眼！为此，他还进一步想，上官乐这个二娃媳妇，是不是适合他们的家？是不是适合他的二娃？这个问题在他的头脑里盘旋着，让他有些头痛呢！然而在他还没有想出头绪时，她的娘家哥来了，原来的县委宣传部部长，下到谷寡婆村里来，却已摇身一变，升到县委副书记的职位上。按他的年龄和资历来看，他是一定能够升到县委书记的，甚至能升到比县委书记更高的职位上去。

谷大房在人群里急急地寻找不到上官乐。他没有找到她的影子，但他发现了二娃谷天明，就远远地给了他一个眼色。谷天明接住了老爹的眼色，对此他心领神会，立即转过身去，回家去叫上官乐了。

县委上官副书记到谷寡婆村来看望的是惠杏爱，她自然就成了此刻的主角，而谷大房在上官副书记面前，就很自然地被晾到了一边。谷大房有这个自觉，他自觉地落后几步，跟着上官副书记和惠杏爱，往惠杏爱清早起来拾掇得眉眼清爽的院子走去。

这是一支看似没有秩序其实秩序井然的队伍哩。谷大房落后了上官副书记和惠杏爱几步，但在他的后面，还跟着镇上的领导以及从另外几辆小卧车和吉普车上下来的县上领导，他们走在一街两行欢迎的人群里，走得非常小心。原因非常简单，他们锃亮的皮鞋，可不能踩上稀泥和牛粪呀。左左右右地躲着稀泥牛粪，让看望惠杏爱的领导队伍走得就很别扭，逶逶迤迤，像是一条大花蛇。他们有到谷寡婆村来过的，也有没到谷寡婆村来过的，但是他们无一例外地被好奇热情的谷寡婆村人指指点点地认出来了。

看么，看么，都是县上的大领导哩！

那个小伙儿，对对，就是脸色很白净又戴了副近视眼镜的那位，不要看人家年轻，人家可是县里的团委书记呢！还有那个女的，很富态很会笑的，知道吗？原来就在咱们的镇上工作过，那年去县里做了妇联主任……陪同上官副书记来的干部，被欢迎的人群一一指认着，他们都很清晰地听见了，指认议论到谁，谁都不奇怪，还都开开心心、高高兴兴地举了手，和指认议论他们的人群打着招呼。

脱离群众，是领导干部最怕的批评。

已经下到基层来，走在群众中间了，和大家亲密互动，是必要的事。英俊年轻的团县委书记和貌美大方的县妇联主任在向欢迎的群众招手致意的时候，上官副书记也频频地举手和大家打招呼呢！而且他举手和大家打招呼时更热情，更要亲切一些。这是因为，欢迎他们一行的谷寡婆村人，指认议论他的声音要更响亮一些，并且更多一些，甚至还带着惊慌和兴奋。啊啊啊，就是前头那个高个子哩，人家是上官乐的娘家哥，县委副书记哩！

跟人们热情地打着招呼，上官副书记还不忘和陪在他一边的惠杏爱说话。他和惠杏爱说话，全都是那种一问一答的方式，都是他问什么，惠杏爱回答什么。他除了没问惠杏爱的年龄，别的什么都问到了。这种说话方式，他总在一种主动的位置上。而惠杏爱又总是在一种被动的位置上。但惠杏爱却不觉得有压力，只是打心眼里感激这位和蔼可亲的县委副书记。因为，上官副书记不问她话，她还不知道怎么和这位大领导说话哩。

上官副书记问：你是高中毕业吧？

惠杏爱回答：绛帐高中是我的母校。

上官副书记问：娘家在哪儿？

惠杏爱回答：不远，就在渭河边上。

上官副书记问：你的小四轮拖拉机是啥牌子的？

惠杏爱回答：秦川牌的。

上官副书记问：功能怎么样？还好使吧？

惠杏爱回答：还可以吧。

这么有一搭没一搭地说着话，惠杏爱抓住一个空子，就还主动问了上官副书记。她问：你真是上官乐的娘家哥？上官副书记就微微地笑着说：给人做哥，可是不好假冒的。上官副书记这么半开玩笑地一说，把惠杏爱也说得微微地笑了起来。原因是，惠杏爱那么问上官副书记，一点都不怀疑他是上官乐的娘家哥，而是眼红上官乐有这么一位待人亲切的领导哥哥。

惠杏爱说了：我要妒忌上官乐了呢！

上官副书记听惠杏爱这么一说，心里是受用的，嘴上却又岔开话题，站在主动的位置又来问惠杏爱了。他说：你的事迹太感人了。我这次来，想知道你有什么困难，我又能怎么帮助你。

惠杏爱顺着上官副书记的话想了想，觉得她是有困难的，而且困难还不少，可她却一时想不出困难具体是什么，就很干脆地说：我没有困难。

上官副书记赞许地看着惠杏爱，说：那么，你说说你还有一些啥想法。

惠杏爱想起陈增强和她讨论的成立一家沙石采运公司的设想，便迎着上官副书记赞许的目光，有点不好意思，甚至有点畏怯地说：我想在渭河滩上建立一家沙石采运公司。

上官副书记一听就说：好啊，我支持你。

惠杏爱兴奋起来了，说：那我先谢谢书记。

上官副书记说：先别忙着谢，到你成立公司挂牌时，我来给你剪彩揭牌怎么样？

话跟话地说着，都特别亲切。不论上官副书记，还是跟随他来的人，前前后后，很好地保持着原有的队形和秩序。他们始终如一地热情着，兴奋着。可那位漂亮的妇联主任呢，跳舞似的躲着稀泥牛粪走，却还是没躲过去，有一只脚踩着牛粪了，把她的皮鞋一下子糊得不成样子，这就惹得逶迤行进的队伍里，忍无可忍地爆发出一阵哄笑。还有一街两行的谷寡婆村民，也笑得东倒西歪，前仰后合。大家都笑着，上官副书记没有笑，一个人有没有修养，这时是最能体现的。他心无旁骛地和惠杏爱说着话，继续往前走着。闹了个大红脸的妇联主任，给旁边哄笑的人们使着眼色，让大家停止了笑，跟着上官副书记走，这就走进了惠杏爱的家。

谷门墩、谷门环和谷门栓全都一身新衣服，畏怯但又高兴地守在他家院子里，每人手上都捧着一杯冒着热气的茶水。见上官副书记他们从头门走进来，就急忙迎上去，把手里的茶水往上官副书记他们的手里送，嘴上还像小学生背诵课文似的直说：领导辛苦了，喝口茶，解解渴。

跟来采访的记者，端着照相机，像下雷阵雨似的，光闪闪地拍着照。院子的一角，停放着惠杏爱的秦川牌小四轮拖拉机。上官副书记走过去了，他像抚摸一件珍宝似的，在小四轮拖拉机的方向盘上摸了摸。他的每一个动作，都躲不过新闻记者的照相机，都被光闪闪地拍了下来。热情亲切的上官副书记，还招手让惠杏爱也站到小四轮拖拉机的跟前来，和他一起，让记者拍了照。

瘫卧在上房炕上的谷敬勤，挣扎着侧起身来，透过窗子上那方小小的玻璃，看着院子里的上官副书记他们，他本已干涸的眼睛，情不自禁地，蒙上了一层水雾。上官副书记就是这个时候，随着惠杏爱走到上房来看他的。

领导忙哩！

领导好！谢谢领导！

谷敬勤一声连着一声高声朗气地感激着上官副书记，把他迎进上房。上官副书记捉住了他白得几乎无血色的手，一手捉着，一手还在上面轻轻地拍着。上官副书记微笑着，那样的微笑，像是一缕春风，像是一束暖阳。他温和地询问着谷敬勤的病情，又夸着他的儿媳妇惠杏爱：你是有福哩，娶了那么好的儿媳妇。咱们党，咱们国家，从来都鼓励大家尊老爱幼，要家庭和睦，要邻里和睦。如今改革了，开放了，又鼓励大家勤劳致富。惠杏爱不怕困难，不畏悲伤，勇做勤劳致富的带头人，我来看她，就是要进一步挖掘她的先进事迹，表彰奖励她，让全县人民向她学习。谷敬勤听着上官副书记极富情感的慰问和对惠杏爱极具高度的赞扬，他就只有不断点头了。他没有别的话说，就还一遍遍重复着他迎接上官副书记进屋来的那几句话。

领导忙哩！

领导好！谢谢领导！

上官副书记就在谷敬勤重复的致谢声里，结束了他对这个家庭的慰问。最后从他的衣兜里掏出一个鼓鼓的牛皮纸信封，送到谷敬勤的手里，给他说：钱不多，是县委、县政府对你们家的关心。手里拿着牛皮纸信封的谷敬勤，觉得喉咙像被塞了一团什么，他还想再说一遍他重复说了好多遍的那几句感激的话，可他说不出来了，眼睛盯着上官副书记，一眨不眨地盯着他们从上房门里走出去，走过他窄小的院子，走到了头门口。纯朴善良的谷敬勤，觉得他的心这时候满满的，装着的都是感激。

谷大房跟在上官副书记的身边，但他是心不在焉的，他操心着二娃谷天明：去叫上官乐怎么还没来？上官乐不能及时来，这使他心神不宁地总要回头四处寻找。他找不着上官乐，连谷天明也找不到了。这个不中用的东西！谷大房在心里骂着二娃谷天明，就想，他该邀请上官副书记去他家里坐了。

上官副书记是上官乐的娘家哥哩，作为上官乐的公公，她的娘家哥到了家门口，他不邀请人家去家里坐，那就是他的失礼。

从惠杏爱家的头门里走出来，谷大房觉得时机已到，就很大方地给上官副书记说：咱到家里去吧，你妹子在家等着你哩。

上官副书记却不急，说：我还有两个人要看的。

谷大房不知道上官副书记在谷寡婆村还要看谁，他疑惑地看着上官副书记，说：家里都准备好了。

上官副书记哦了一声，却并没有随谷大房走。

第二十六章

为了接待好县上入村调研的领导，谷大房是找了谷冬梅的。谷大房想，在县城当了多年粮食局局长的谷冬梅，对此是有心得的，他想让她给他参谋参谋，把接待办好办漂亮，让他在县领导面前讨一个喜。谷大房这么想着，就找了谷冬梅，谷冬梅还让他叫来了九先生谷正芳，三个人就在谷寡婆祠里，喝着茶说事了。他们把接待县领导的事三言两语就议定了下来。谷冬梅和九先生答应谷大房，一定配合谷大房的工作，让接待工作圆满顺利。定下这件事后，谷大房一身轻松地就要走，谷冬梅和九先生却把谷大房叫住了，说既然来祠堂议事，他们还有些事情需要议一议。谷大房就停了下来，听谷冬梅说了“骚怪”谷中秋在绛帐镇胡作非为，在村里也不学好，有必要给他在谷寡婆祠开个场合，让他给老祖宗认个错。

九先生谷正芳跟着也插了话，说：过去，咱谷姓一门，有谁不遵祖法，胡乱骚怪，可都要在祠堂议处的呢。

谷大房一听是谷中秋的事，心里老大不乐意。他为谷中秋辩护了，说：中秋把杏爱家的油桶子还给他们家咧。

谷冬梅和九先生谷正芳还想再说话的，谷大房又横插进来，说：过去是过去，现在是现在，还兴在祠堂议事？再说了，县上领导要来，我先得把这件事安顿妥当吧？

谷大房说完最后一句话，也不管谷冬梅和九先生什么态度，他自个儿站起身来，风一般走出了谷寡婆祠。

想说的事与谷大房没有说成，谷冬梅心里是不舒服的。她次日早晨起来，没有管谷大房接待县上领导的事，独自一人去看她的丈夫谷狗剩去了。一路上，谷冬梅看见顶在草尖上的露珠，像是一粒一粒液态的钻石，晶莹着，透亮着。她抬起脚，每挪一步，都要踏碎一片染着朝霞的露珠，从而浸湿她黑色的鞋面和裤脚。

谷冬梅在心里说：我把你亏欠下了。

谷冬梅把谁亏欠下了呢？她不说，别人是不知道的，自然是死了好多年的丈夫谷狗剩了。过去，谷冬梅在村里当干部，她是太忙了，带领谷寡婆村的群众，兴修大寨田，兴修防洪堤，忙得真是昏天黑地，不到清明和十月一这些上坟的日子，她是不会到坟地里来看谷狗剩的，有时即便到了清明和十月一，因为她的疏忽，或者是忙得抽不开身，还会忽略了坟地里的谷狗剩，不给他烧纸化钱，不给他添衣换季。十八年前，谷冬梅因为思想进步，工作积极，被县上破格提拔为当时称为绛帐人民公社的党委书记。此后几番调动，直到当上县粮食局局长，她把全部的时间和精力都扑到了工作上，不是夜深人静，她自己失眠睡不着的时候，就几乎想不起长眠在渭河堤畔上的谷狗剩。即使孤寂难耐，忽然地想起他了，她也只是披衣起床，在住处的房门口，给撞入她思绪的丈夫谷狗剩点一根香烟。

共产党员谷冬梅，是不信神不信鬼的，因此也不相信地狱和天堂。她不认为烧纸就是给亡人烧钱，也不认为烧纸衣就是给亡人换季。可是她退休了，回到了谷寡婆村，才又突然觉得她把丈夫谷狗剩亏欠下了。

有了这个认识，并不逢节，也不逢时，只要她晚上睡得不好，天明起来，她就要跑一趟官坟，坐在谷狗剩的坟头上，给他烧几张纸，然后再给他点几根烟。背河汉子谷狗剩，生前最惬意的事就是，忙累过了，指头缝里夹根香烟，很过瘾地吃几口。

谷冬梅是想要谷狗剩在那边过得好一些的，她不知道自己这么做是否可以达到这个目的。

昨天晚上，谷冬梅就睡得不是很好，所以天刚扑明，她就收拾起一卷烧纸，揣上一盒香烟，踏着晨露到渭河边的官坟里来了。

乡下人起得可是早哩。谷冬梅走在街巷上时，就有打扫门口、牵牲口拾粪的人不断地问候她。

冬梅婶，又到坟上去呀？

哎呀，大书记，你是有心人呢，忘不了我二叔。

好我的大局长，你那口子活值了！

二娘啊，早晨露水大哩！

问候谷冬梅的人，亲切地把她叫冬梅婶，叫大书记，叫大局长，叫二娘，这是各自根据自己的辈分和情感来称呼的。叫她冬梅婶或者二娘，那是因为她活到了这个辈分上。以前在村里，她最多的称呼是谷冬梅和二嫂，自然也有叫她支书的，那是因为她在村里当了好长时间的支书。后来提干当了比村支书还大的官儿，村里一些叫她谷冬梅和二嫂的人，就高兴地叫她大书记、大局长。这些称呼响在村里人的嘴里，叫习惯了，她退休回到村里来，他们依然叫着没有改口。不过，有一个人从来没有叫过她大书记、大局长。这个人不是别人，就是现在的村支书谷大房。他之所以坚持称呼谷冬梅为冬梅嫂，可能他觉得这么叫更家常、更亲切一些吧。

谷冬梅自己就觉得谷大房叫她冬梅嫂要轻松自在一些。

在人们的声声问候里，谷冬梅走出村子，在村口就还碰到了谷大房。不论什么时候，谷大房碰到了谷冬梅，都会满面春风地撵到她面前，不叫冬梅嫂子不说话。过去是这样，谷冬梅退休了回到村里，谷大房还是这样。但是，谷冬梅隐隐感觉到，谷大房现在的亲热有些变味，假情假意，似乎只是做给她看的。可不是嘛，谷大房看见手拿一卷烧纸和一包香烟的谷冬梅，甚至有种要躲的意思，左右看看，实在没有好躲的去处，他才迎着谷冬梅走来，亲热地招呼她了。

谷大房说：看我狗剩老哥去呀？

好啊，把叫冬梅嫂子的话都免了！谷大房心里有点小快活，他看谷冬梅，想从她的脸上看出些什么来，却什么都没看出来。于是他想，谷冬梅是谁呀！她当了那么多年干部，心里想的面子上是不会流露的。谷大房这么想就对了，谷冬梅心里对他的确是有看法了，只是因为谷冬梅的涵养，她觉得不能让谷大房难堪，就朝他淡淡地笑了笑。

谷冬梅笑了笑，说：雨季就要到了，我还想看看河堤哩。

谷大房便有点惊讶，说：看河堤？啊呀，维护渭河大堤是咱们村里人的大职责呢，是该看看的。噢，保护咱们谷寡婆村的大堤，当年还是您带着村里人修筑起来的呢！

对谷冬梅表现得假情假意的谷大房，他的这句恭维话，说的可是一个谁都不能否认的大实话哩。发源于甘肃鸟鼠山的渭河，滔滔千里，从两山夹峙的宝鸡峡倾泻而出，流经陈仓、虢县、眉坞等几大西府古镇，到了他们谷寡婆村这里，因为地势的变化，形成了一道大弯，每遇洪水来袭，北岸的河堤一片片地坍塌，几乎都要坍塌到村口上来了。长此以往，造成的结果是，谷寡婆村这个有着千年历史的村庄，需要不断搬迁。谷寡婆祠有个不薄的黄册，就记录了几次村庄搬迁的经历，从那简略的模糊的字画上，看得出来，每一次搬迁，都是一次苦难。谷寡婆村的人，祖祖辈辈与渭河纠缠，谁都不想受村庄搬迁那样的苦难，然而人们的期望，泡在渭河水里，像是一捧河沙那么脆弱松散，总是经不起洪水侵袭，总是在一次一次地搬迁村庄。谷冬梅来了，她落户在了谷寡婆村，嫁给了谷狗剩。谷冬梅生下儿子谷铁柱后的第三年，一场渭河流域百年不遇的大洪水，再次威胁到了谷寡婆村的安全。谷冬梅忘不了，持续不断的大雨下了三天三夜，谷寡婆村平地起水尺半高，她家的房子，还有其他村民家的房子，在洪水的浸泡下，一间一间地塌下来。可是，从渭河上游滚滚而来的洪涛，不仅迅速超过了警戒水位，而且还在不断攀升。谷寡婆村的壮劳力，全都上了河堤。白天的时候，眼睛亮，巡逻起来方便一些，到了晚上，就只有挑着马灯巡逻。影影绰绰，长长的渭河堤上，就是一条灯光串连起来的游龙。谷冬梅的怀里有个小小的谷铁柱缠着，只有白天能到河堤上走一走，看一看，顺便帮一帮巡逻人的忙，给他们系一系肩膀上的蓑衣带子，给他们送一送盛装着沙子的草袋。除此，她就像村里的其他女人一样，到谷寡婆祠里去烧香，烧香叩头，叩头烧香……洪水泛滥的日子，是谷寡婆享受香火最盛的时候，村子里的婆娘女子，争先恐后地朝谷寡婆祠里去，给老祖宗的灯碗里添油，给老祖宗的香炉里点香。谷寡婆村人相信，老祖宗镇得住狂放不羁的洪水。天黑了，男人还留在河堤上巡逻，女人们就都回到家里，照顾家里的老小。谷冬梅没有老人，但她有借住别人家里的谷铁柱，她就从洪涛冲天的渭河大堤上撤下来，回家搂着她的谷铁柱睡觉了。

预感像是一头吃人的怪兽，蓦然撞进了谷冬梅的梦境，她感觉她的心像被洪水拍击的河堤，剧烈地震颤了一下，使她从睡梦里醒了过来。她把谷铁柱轻轻地推到炕里边，起身披了一块油布，冲进塌天似的大雨里，一步一滑，在黑沉沉的夜雨中，奋勇地向渭河堤上跑去。

谷冬梅梦境里预感到，她纯朴厚道的丈夫谷狗剩，落入洪水被冲走了。

不知跌了多少跤，滑了多少次，谷冬梅跑上了瓢泼大雨中灯影幢幢的河堤。她不想她的预感成为现实，然而既定的一个事实，已经残酷地摆在了她的面前。

谷狗剩英勇地牺牲了。

背河汉子谷狗剩，该是谷寡婆村最识水性的那个人。他在渭河大堤上挑灯巡逻，仔细地观察着汹涌的河水。猛然间，他发现河堤内的洪水在堤脚处形成了一个不大的漩涡。如果是个不识水性的人，不会知道这个小小的漩涡将造成怎样的危害。谷狗剩是知道的，他知道千里之堤毁于蚁穴的道理。因此，他挑着马灯，向那个卷裹了树枝柴草的漩涡照着，仔细地观察了一阵儿，他坚定地认为，这个不大的漩涡极有可能是毁掉河堤的一处管涌！

啊！要命的管涌啊！

谷狗剩敲响了他提在手上的那面铜锣，把附近巡逻的人迅速召集到他发现管涌的地方，对这一隐患进行着紧急处理。一袋一袋装满沙石的草袋，投进打着旋儿的洪水里，一根一根的木桩，向打着旋儿的洪水里打着，可是那个不大的漩涡没有变小，而是越变越大。谷狗剩在那一刻，挑着灯笼，向沙堤不远处的谷寡婆村照了照。他知道，这里的河堤一旦决口，他们的谷寡婆村就会变成一片泽国，后果不堪设想。谷狗剩鼓足了力气，奋勇一跳，跳进了洪水里。正是他的带头一跳，引起了河堤上人们的一片惊呼。大家惊呼过后，一个一个，有十多条汉子，像谷狗剩一样跃入了漩涡中。汉子们用他们的血肉之躯，抵挡着肆虐的洪水，为河堤上抢险的人们争取到了十分可贵的时间和机会。大家更密集地向管涌处打着木桩，更迅捷地向木桩处投放着沙袋。

管涌被成功地堵住了！跃入洪水中的汉子，一个一个爬上了河堤，可是却不见了最先跳下去的谷狗剩。大家在河堤上狂呼着谷狗剩的名字，希望能听到他的一声应答。可是没有，大家的狂呼和高喊，唤来的只是洪水滔滔不绝的轰响，很快就把大家的呼唤吸收了去。但大家还在狂呼高喊，狂呼着谷狗剩的名字，高喊着谷狗剩的名字。

谷冬梅就在这个时候一身泥水地跑上了河堤。她没有像河堤上的人那么呼喊，她只是站在河堤上，泪水和着雨水，默默地站了一阵儿，弯下腰，搬起一个沙袋，奋勇地投进了已不见了漩涡的洪水中。

洪水退去后，谷寡婆村的人在发生管涌的河堤下，挖出了谷狗剩的遗体。

这时，谷寡婆村的人才知道，是谷狗剩用他的身体堵塞住了管涌！谷狗剩是谷寡婆村的英雄，是谷寡婆村的恩人。安葬英雄恩人谷狗剩，谷寡婆村满是泪水，满是哭声，大家把他光光鲜鲜地埋在了距离河堤不远的官坟里。

谷寡婆村的人记着谷狗剩的好，给他垒起来的坟堆是最大的，给他竖立的碑石也是最高的。

谷冬梅在村口遇到谷大房，和他站着有盐没醋地说了几句话，就甩开他，朝着安葬谷狗剩的官坟方向来了。清晨，种着玉米、黄豆、花生和红薯的田野，绿油油的一片，因为露水的滋润，那绿色像泼过了油似的深沉鲜亮，青翠欲滴。几只渭河流域特有的红嘴黑羽毛的鸟儿，擦着浓绿的庄稼地飞过，啾啾啾啾地啼啭着，钻上高远的天空。而那清脆的鸣叫，还在谷冬梅的身边缭绕着，使她觉得越是接近官坟，环境越是显得寂静与空旷。空气清新得像被过滤了似的，带着一种凉飕飕的酸苦味。一辈子都受共产党的教育，半辈子做着党的基层领导干部，谷冬梅虽不能像从前那么大步轻捷快速地走了，可她依然走得很有气势。没用太长的时间，就已沿着田间小路，穿过一片茂密的柳树林，来到距离渭河大堤不远处的官坟里，蹲在丈夫谷狗剩的坟前，给他烧纸点烟了。

谷大房说得没错，保护谷寡婆村的这段河堤，真还就是谷冬梅的功劳呢！不过，谷冬梅心里明白，她的这一功劳，有一多半该记在丈夫谷狗剩的身上。

长眠在官坟里的谷狗剩啊！没有他那壮烈的一死，谷冬梅纵然有三头六臂，也是无法完成那一堪称奇迹的渭河大堤的加固工程的。谷狗剩死了，是为了保护渭河大堤死的，他的死就有了分量，一种超凡脱俗的分量呢！这成了谷冬梅成就事业的一份政治资本。她带着这份政治资本，就像带着一颗神性强大的发光体，使她通体透亮发光，走到哪里，都会给哪里带来火一样的热情，让大家真诚地敬佩她，无私地支持她。

在那个时候，做成一件事情，政治资本是最关键的一个因素。

谷冬梅决心继承丈夫谷狗剩的遗志。为谷寡婆村世代平安，不再受渭河水患，她出面动员村里人，村里人就没有不响应的了。然而，人力上的充裕，不能解决物资的问题，村里人太穷了，勒紧了裤带，也只能勒出几个响屁来，却勒不出几个钱来。谷冬梅没有气馁，她抱着谷铁柱出门了，去了公社，去了县委，去了市委和省委。如果再不行，谷冬梅是会抱着谷铁柱扒火车去北京找国务院呢！情况真是不错，谷冬梅没到北京去，没找国务院，只在公社、县委、市委和省委跑了一圈，见了人就说谷狗剩的事迹，就把谷铁柱抱到大家的面前，给大家说：这是谷狗剩的遗孤哩！他爹拼死保卫渭河大堤，保卫谷寡婆村。他爹死了，儿子还小，我要顶上来，加固修复谷寡婆村一带的渭河大堤，保证谷寡婆村不再受洪水的袭扰祸害。谷冬梅用自己的真诚和自己的毅力，说服并打动了她见到的各级领导。公社给一点，县上给一点，市上给一点，省上再给一点，这就不是一点了，而是许许多多呢，汇聚起来，就有了购买坚固的钢丝网，购买紧缺的水泥、柴油和租用拖拉机、推土机的资金了。人与机器一起上，在谷寡婆村那段渭河大弯上，扯旗放炮地拉开了加固修筑河堤的宏伟工程。

燃烧的纸灰，从谷狗剩的坟头上腾空而起，像是一只只凌空飞舞的鸟儿。谷冬梅没有抬头，她给躺在官坟里的谷狗剩点着烟，一根，两根……丈夫谷狗剩活着的时候，唯一过瘾的事，就是抽烟了。可他能抽什么好烟呢？无非是自己卷的喇叭筒。谷冬梅给他点在坟头上的烟，算不上是最好的，可也是谷狗剩生前想抽没钱抽的金丝猴哩。

谷冬梅把烟盒撕开，抽出一根烟，叼在嘴上吸着了，插在谷狗剩的坟头上，然后再抽出一根烟，叼在嘴上吸着了，挨着前一根香烟再插上。燃烧着的香烟，全都冒着淡淡的烟气，一点点地上升着，纠结在一起，便现出一团浓浓的像是白纱一样的烟雾。谷冬梅是不抽烟的，她被自己点燃的烟雾呛得咳嗽起来。喀喀喀，喀喀喀，她剧烈地咳嗽着，透过飘荡在她眼前的烟雾，似乎还能看得见当年加固修筑河堤的盛大场面——那可真是人山人海，红旗招展，锣鼓喧天啊！其中的一个场景，算不得筑堤工程的主场景，但其独特的视觉效果，让谷冬梅想起来，依然触目惊心呢！

玉米秆扎起来的厕所，遮得住他人的眼睛，却遮不住如厕者的目光。男女老少都在渭河边上，人配合着机械，机械又配合着人，谷寡婆村的人从秋天干到冬天，又从冬天干到春天。身为男人，麻烦似乎要小一些；身为女人，麻烦自然要多一些。最突出也最麻烦的是女人一月一次的月经。谁又能避免得了？集体化的生活和劳动，让谷寡婆村的女人，一个人来了月经，不出一天，就都先先后后地来了月经。谷冬梅来了月经是不下河堤的，其他的女人来了月经也坚持着不下河堤。千百名谷寡婆村女人，那时候还没有条件使用卫生巾、卫生纸，大家沿袭着老辈人的做法，把渭河滩上白朗朗的沙子晒干了，装在一个特制的布包里，垫在身子下，接收着汩汩溢流的经血。干沙被血水湿透了，她们到厕所里去，从身子下取出沙包，把染血的沙子倒出来，又换上一个干爽的沙包。玉米秆围起来的厕所里，在女人们例假的日子，一堆一堆，都是她们换下来倒掉的血沙，若不小心踩上去，蓄积在沙子里的经血泛上来，是要弄湿脚上的鞋呢。

加宽加高了的渭河大堤，在谷冬梅不知往河滩上的女厕所倒了多少血沙后，顺利地竣工了。她因此入了党，并被选举担任了村党支部书记。直到后来她被破格提拔为脱产的国家干部，她何曾忘记过那些个让她心潮澎湃的日子啊！

所以退休回到谷寡婆村，儿子谷铁柱的不争气是一回事，谷冬梅怀念自己曾经的艰苦岁月是另一回事。

到官坟里丈夫谷狗剩坟头上来，谷冬梅给他燃纸点烟，却是不张嘴说话的，但她在心里是和睡在地下的谷狗剩进行着语言交流的。前几次来，谷冬梅痛苦悔愧地向谷狗剩告赔不是，默默地说她太粗心了，吃上商品粮，当了那么大点小官，就把睡在地下的谷狗剩亏欠下了。她不会忘了他，她是真的忙，现在退下来了，牵挂的还就是一个他。你可要原谅我呢，我给你把娃没有带出来，说严重点，就是给你没有带好，他蔫种野马长缰绳，好好的书念不进去，好好的工作干不下去。唉唉唉，你说我该咋办呢？我现在日夜想的就是你娃，不知他能混个啥样子出来。

一次次到谷狗剩的坟头上来，谷冬梅给埋在地下的谷狗剩说的就全是儿子谷铁柱。她打心眼里放心不下她的这个独苗儿子。

这一次到谷狗剩的坟头上，谷冬梅要给他说些啥话呢？说说初婚到村里来的惠杏爱吗？噢噢噢，这个初婚的新娘子呀，村里人说她是老祖宗谷寡婆转世的，可谷冬梅以为，干脆就是她谷冬梅自己的继续。可怜的惠杏爱啊，谷冬梅的心里复杂着、矛盾着，她有点拿不定主意，是该在村里支持帮助她呢，还是为她的以后另做打算？谷冬梅之所以这么矛盾，她知道自己近来不断地到谷狗剩的坟头上来，给他烧纸点烟，是还有话要和睡在地下的他说的。

谷冬梅不仅要给谷狗剩说惠杏爱，还要给谷狗剩说说九先生谷正芳的。

在谷寡婆村，谷冬梅现在感到能说在一起，支持她、关心她的人似乎只有一个九先生谷正芳。在村里担任支书的日子，对戴着右派帽子的谷正芳，谷冬梅组织社员群众没少开他的批斗会。可如今，他摘了帽子忘了疼，全不记当年受的难了。她退休回到村里来，顿悟般要把她带头拆掉的谷寡婆祠重新建立起来，对她支持最有力的人是谷正芳。谷正芳不仅献出了他偷偷藏匿的明代谷寡婆画像，还出资买了上好的木板，为谷寡婆祠雕刻了他亲自撰书的楹联。近来甚至告诉她，要把他多年所获的国家赔偿以及大娃谷劳劳在养猪场里的部分收益捐出来，按照谷寡婆祠旧有的建筑形式将其复建起来。谷正芳根据自己的记忆，已把旧有的谷寡婆祠图样都描画出来了。

谷冬梅感动着，她对谷正芳说：你是帮我赎罪呢！

谷正芳在给谷冬梅讲说他的想法时，就在谷冬梅前院的石桌前。其时，谷冬梅随便种在墙脚的指甲花、打碗碗花开得正红正艳。谷正芳没有立即接谷冬梅的话茬，他偏着脸，认真地看着那一片一片烂漫的花儿，说：花无百日红哩，你说是不是？

谷冬梅听得懂谷正芳的话，说：你是安慰我吗？

谷正芳说：安慰说不上，但我们总不能沉浸在过去的日子里不能自拔吧？我们要向前看哩，花红的日子长了会败，花败了还会再开，前头的日子还长着哩。

谷冬梅笑了，说：可我心里还是觉得有愧。

谷正芳说：愧什么愧！那是那个时候的形势么，咱们小腿拧不过大腿，在运动中，我是“运动员”，你也是“运动员”，半斤八两，都一个样样。

话说得投机，谷冬梅起身沏了茶，和谷正芳就复建谷寡婆祠的事详细地策划了一番，直把两人策划得眉开眼笑，喜不自禁。到了最后，谷正芳说了一句话，把谷冬梅服气得目瞪口呆，心头上的血涌流着，直往她的头顶冲，使她多年不曾红过的脸，竟像小姑娘一样热烫烫地红了。

谷正芳说：你说谷寡婆祠是什么？

谷冬梅想了想，没话可说，就眼望着谷正芳听他怎么解释。

谷正芳也不客气，说：就是咱谷寡婆村人心里的故乡，是咱谷寡婆村人精神的皈依地。

臭知识分子！听着谷正芳的解释，谷冬梅的脑际突然蹦出这一个词儿来。

“我是个大老粗”，多少年了，谷冬梅在稠人广众前讲话时，最自豪的就是这句话了。与此相对应的，带着几分嘲弄、带着几分挑刺意味的话，就是社会上人人在说的“臭知识分子”。哎呀，知识分子真的就臭吗？在此时，在此刻，谷冬梅不觉得知识分子臭了。不仅不臭，还带着一股新鲜的香气。她把她沏的茶，陶醉地啜了一口，对着谷正芳，带着些自嘲，更带着些钦佩，把这句在社会上渐渐淡去的话，冲着谷正芳又说了一遍。

谷冬梅说：臭……知识分子。

谷正芳乐了起来，说：我臭吗？

谷冬梅说：你不臭，你香着哩。

谷正芳因此得意了起来，就有点卖弄似的说了一大堆话。他说：我们中华民族之所以生生不息，之所以源远流长，很关键的一个因素，就是我们中国人都能找到自己的根，这个根就是我们自己的祠堂。我们老说社稷呀，社会呀，你说什么是社稷？什么是社会？社稷就是国，社会就是家。国在庙堂之上，家在祠堂之内。我们现在把什么事没弄好，就说是社会问题。我就想问，我们把祠堂都扒平以后我们现在还有社会吗？国有国法，家有家规，这是我们人民生活安定的两个重要保障，缺一就有问题。这就像个人一样，缺条胳膊缺条腿，那能行吗？那不行呀，拿不了东西走不了路。所以说，我们要把祠堂恢复起来，建设好，这是咱谷姓人家的根脉，是咱谷姓人家的荣耀。咱在村里住着，不要犯法，犯了法国家管着哩；不要犯浑，犯了浑就要由咱祠堂来管了。我是这么想哩，咱这么做，不也是为国分忧吗？不要把啥事都往上推，你推我推大家推，小问题就推成大问题了不是？

谷冬梅听着谷正芳的话，不由得对他产生了更深刻的敬重。她呼应着他，说：你说得对。

受到谷冬梅的肯定，谷正芳就敞开胸怀还要说。他接下来说的就是谷寡婆村里很具体的一些事情了。他说了“骚怪”谷中秋，还说了村长谷大房的胞弟谷大楼以及村里的另外一些人。他说“骚怪”的行为方式有必要在祠堂里给他一些教育，让他要有一些警醒，不敢做得过了，再过一点，怕就触犯法律，要由法律去办了！我们都是谷姓本家，我们不能看着本家人去犯法吧！还有谷大楼，仗着手里那点权力，想拉谁的电闸就拉谁的电闸！啊，我就不避嫌了，我大娃谷劳劳的良种猪养殖场，就被他无端地拉了电闸！那是什么？

就是不正之风，就是歪风邪气。谷寡婆祠就要出手管这些事，让祸害村邻利益的人和事，得到应有的惩戒。还有，村里人现在传是非，说是咱们村里的个别女人不知羞耻，晚上把自己好一番拾掇，悄悄地到绛帐火车站去做丢人的事！唉唉唉，这可怎么得了！

谷冬梅对谷正芳说的事，不是看不见，不是不知道，但被他这么一说，还是感到很震惊。她听着谷正芳说，一会儿点头，一会儿摇头，觉得她和谷正芳把谷寡婆祠恢复起来是太必要了，怎么说都是对社会管理的一种补充。

他们交流得投机，交流得愉快，这种交流不啻疗治人心灵苦闷的一剂良药。谷冬梅把她的县粮食局原局长的架子彻底放了下来，她觉得她就是九先生谷正芳的一个小学生，或者是他的一个小妹子。她无须提防，更无须禁忌，她要给谷正芳敞开心扉，说一说她的苦乐、幻想与未来。谷冬梅把九先生谷正芳叫大哥了，她口无遮拦地说呀说，把她说得一会儿笑，一会儿又哭，说到最后，就说起了她不争气的儿子谷铁柱。

谷冬梅说：我那铁柱儿呀！

谷正芳说：铁柱儿咋了？

谷冬梅便把谷铁柱拿起书头痛、工作了身懒的事细说了一遍，还说：他自己大言不惭，口口声声说要自己做生意闯市场，我看他不把自己饿着了就好。谷冬梅说得忧心忡忡，说得好不伤感。谷正芳听了却不以为然，还说她咸吃萝卜淡操心。做父母的，自有父母自己的福，做儿女的，也自有儿女的福，谁都代替不了谁。你大概还蒙在鼓里不知道，你家谷铁柱在绛帐火车站真把自己的生意做起来了。九先生谷正芳把他知道的谷铁柱给谷冬梅一说，让谷冬梅大睁着眼睛说不出话来。九先生谷正芳看出了谷冬梅的疑惑，就继续给她说：我二娃梦梦，见天到绛帐火车站去卖豆腐。他在火车站碰见谷铁柱了，他们碎兄弟一起吃了饭，还一起喝了酒。你知道你娃谷铁柱做啥生意吗？轻工产品出口。他原来工作的毛巾厂生产的毛巾都被谷铁柱包销了，有多少要多少，打成包，既往日本出口，又往苏联出口，把娃忙得，腾不出时间咯。你就消消停停地等着好了，到你娃谷铁柱回来看你的时候，他怕要开着自己的小卧车哩。

谷冬梅有点相信九先生谷正芳的话了，喜得她往前一倾身子，伸出手来，一把捉住九先生谷正芳的手，说：开不开自己的小卧车不当紧，当紧的是你让你家二娃梦梦捎话，让我娃铁柱回来看看我么。

谷正芳没从谷冬梅手上抽回他的手，说：我二娃梦梦说了，你娃铁柱怕他回来又遭你一顿臭骂。

谷冬梅说：骂他？我还要打他狗日的呢！

谷正芳知道谷冬梅说的是反话，就不接她的话茬儿，轻轻地抽了抽被谷冬梅紧紧攥着的手，说：骂不骂都是你娃，打不打还是你娃。你……你把我的手先松开来。

……

整整一盒金丝猴烟，谷冬梅都给谷狗剩点着插在坟头上了。而且，把她和九先生谷正芳拉手的事，也坦白地给谷狗剩在心里默说了一遍。谷冬梅坦白地说了，不知地下的谷狗剩能不能听得见，但她看见点燃的香烟，明明灭灭的，升腾着一股一股的烟，纠结在一起。

要烧的纸烧过了，要点的烟点过了，要说的话也说过了。谷冬梅在谷狗剩的坟头前又坐了好一阵子，坐到太阳升起老高、她的肚子都有些饿了时，才扶着身边的那棵柳树站起来。这棵柳树可是真大呀！蓬蓬勃勃的树冠，把谷狗剩的坟堆全都罩住了。站起来的谷冬梅，扶着柳树粗壮的树干又站了一会儿，并且向长满了野草的坟堆深深地鞠了一躬，这才转过身子，向村里走去。

谷冬梅脚下走着，离着她把门房改为谷寡婆祠的家门口还有一截路，猛一打眼，这就看见了儿子谷铁柱，同时还看见了和他儿子并肩站在门房前的上官副书记以及谷大房和九先生谷正芳。

九先生谷正芳刚为谷寡婆祠完工了一副木刻楹联，他指挥着他的二娃谷梦梦，在谷寡婆祠的大门两侧，爬上梯子，把黑得放光的木刻楹联，对称地悬挂着。唉唉唉，谷冬梅抬手在自己的脑门上拍了一巴掌。几天前，九先生谷正芳给她就说过了，要在这天上午给谷寡婆祠挂楹联的，她为此还买了炮仗和红绸布，计划在挂楹联时，给捐献了楹联的九先生谷正芳披红，并燃放炮仗。可是……可是她把这么重要的一件事，竟然忘得干干净净！

没能赶上给九先生谷正芳披红，也没有赶上他为谷寡婆祠悬挂楹联燃放炮仗，谷冬梅遗憾地拍了自己的脑门。正是那用力的一拍，让儿子谷铁柱感觉到了她，转过身噔噔地跑着，向她跟前跑来了。之前九先生谷正芳正指挥他的二娃谷梦梦给谷寡婆祠挂楹联，谷铁柱的目光是朝着楹联看的，上官副书记的目光也是朝着楹联看的，谷铁柱转脸一跑，惊动了上官副书记，他也把关注的目光改变了方向，投到谷冬梅的身上了。

儿子谷铁柱因为还怕着谷冬梅吧，噔噔地跑了几步，跑到娘亲谷冬梅的跟前了，没敢挨上她，站在离她还有几步的地方，轻轻地叫了一声：娘！

上官副书记没有噔噔跑，一个县委副书记可是不好那样跑的，他必须走，走得像个县委副书记。怎样才算县委副书记的走法？宪法上没有规定，党章上没有规定，就全在自己的悟性了。上官副书记悟到的是，哪怕头上下刀子，哪怕脚下烧大火，或者是屎憋到了屁眼上，就要拉在裤裆里了，也不能急，不能跑，要一步一步，一步一步，稳稳当当地往前走。谷冬梅是他此行要看的一个人哩，他就按他觉悟到也习惯了步子，朝谷冬梅走来了。走到她的跟前，主动地握住她的手，亲切地问候她了。

上官副书记说：谷大姐，您回来住得还习惯？

谷冬梅说：没地方去了，我不回来怎么办？

上官副书记说：好我的老领导哩，您到哪儿哪儿不是您的地方？

谷冬梅笑了，她知道这位在她身边工作了些年头的县委副书记是很能说话的，便不再和他闲扯。她问他了：最近提的？好，你是该提了。这次你来……

上官副书记截住谷冬梅的话头，说：我是来看惠杏爱的。您老人家和我的中学老师谷正芳都在村里，我不能到门口了只看惠杏爱不看你们吧！

谷冬梅说：老了，没啥好看的了。

上官副书记说：我看您我是有话要和您说哩。您知道涌现一个有代表性的典型不容易，惠杏爱还太年轻，我可不想她一露头就消失了。您老领导刚好在村里，您是有经验的，拜托您今后还要多多关心惠杏爱。她也说了，您对她的帮助和支持是很大的，她感激着您呢！

谷冬梅说：就你会说话，说得人爱听，像戴了二尺五的高帽子一样舒服。

谷冬梅说的是实话，也是心里话。

有着大学学历的上官副书记曾在她的手下做过干事。没有多少文化的谷冬梅，当时是很器重上官副书记的。他来谷寡婆村看惠杏爱，顺便来看她，她是高兴的，但她没有想到他还提到了九先生谷正芳。谷正芳是他的中学老师，对此，谷冬梅一点都不怀疑，可她奇怪自己不知怎么就还问了一句。

谷冬梅问：谷正芳……你说九先生谷正芳是你的中学老师？

上官副书记肯定地说：谷老师把苦受了。什么右派，他就是太出众，教学能力太强，同学们爱戴他，就被有些心术不正的人恨上了。

悬挂好楹联的九先生谷正芳，拍着手走了过来。他听上官副书记给谷冬梅说他，就插话进来，说：过去的日子都是好日子。那些，那些个陈芝麻烂谷子的事，都过去了，咱不说了。

在县委工作的上官副书记，赶上了拨乱反正，赶上了改革开放的大环境，找他诉苦的人很多，找他给自己要岗位，给儿子、孙子要岗位的人多，还有这困难、那困难，一大堆的困难要他解决，把他逼得恨不得找个地缝躲起来。老师谷正芳倒好，上官副书记做了充分的准备，来看他，是要听他诉苦摆困难的，他却没有诉苦，没有摆困难，还说什么过去的日子都是好日子！啊啊，啊啊……我的好老师啊！

上官副书记的眼眶湿润了。

上官副书记拉住九先生谷正芳的手，十分动情地说：你要给我讲一个困难，让学生也好报答你呀！

九先生谷正芳苦笑了一下，说：我没啥困难，真的没有……不过，乡村文化的重树和建设，是我们不能忽视的，在这方面你能支持我们一下就太好了。

上官副书记明白了九先生谷正芳的意思，他依旧握着老师的手，眼光却盯在了老师刚刚挂在谷寡婆祠门旁的楹联上。他想向老师点头的，也想要开口给老师说话的，但他却没能点头，也没能说出话来。复修谷寡婆祠，他这个县委副书记心里是赞成的，但他吃不准对此的政策精神，因而就还不能表态。刚好，谷冬梅的儿子谷铁柱就在自己的身边站着，他把谷铁柱的胳膊捞在手里，往前拉了拉，拉到老领导谷冬梅的面前，自然地转换了话题。

上官副书记说：老领导啊，我不怕给你提意见，你对铁柱太严厉了。我今天路过绛帐，不拉他回家看你，他就不敢回来。你要听我说哩，谷铁柱是咱县上不可多得的人才呢！你老领导还不要不信，要不了多少日子，咱谷铁柱就是县上数一数二的大企业家，数一数二的大老板了呢！

谷冬梅听上官副书记这么一说，再看她的儿子谷铁柱，脸上就有了一层暖色。毕竟是自己的儿子呢，天下的娘亲，谁不盼望自己的儿子好？

娘亲脸上的暖色鼓励着谷铁柱，他又叫娘了，叫的声音比之前大了许多：娘！

第二十七章

从老爹眼里捕获到指令的谷天明，一刻不停地跑回家来，告诉上官乐：你知道县上领导是谁吗？是谁来看惠杏爱吗？是咱大哥哩！大哥他被提拔为县委副书记了，你知道吗？跟咱大哥来的，是县上的团委书记和妇联主任。大哥坐的是小卧车，他们坐的是吉普车，一长串子，把村口的路都堵实了。快快，你快起来，咱去看咱大哥去。

上官乐躺在炕上，身上裹了一床大红绸的被子，把她的头埋在被子里，任凭谷天明说破了嘴，既不应他，也不往起爬。

也是谷天明性急了，他叫不应上官乐，就伸了手去扯她裹在身上的被子。但凭他怎么扯，连一个被角都扯不出来，相反，还扯得被子里的上官乐压抑而伤心地哭了起来。

谷天明本来就不是个胆大的人，最怕的又是上官乐的哭，她一流泪，他便手足无措，恭呆呆的什么也做不成了。不会安慰上官乐，不会劝说上官乐，就只会任由上官乐自己哭了。爱写诗的女孩子，是不是眼泪都多？谷天明不知道，但上官乐确实是太能哭了。尤其是近些日子，与他一言不合，就要眼泪汪汪地哭一鼻子。她呀，可真让谷天明不知怎么对付了。要说呢，她原来哭鼻子，瞎好都有她哭的理由，这一次又是什么理由呢？到村里来的上官副书记是她亲哥哥啊，她是娘家大哥大嫂照看大的，娘家大哥来村里看惠杏爱，娘家大哥被提拔成了县委副书记，这可都是大喜事、大好事哩，作为妹子，她怎么就不高兴呢？怎么就还哭了呢？谷天明就想，上官乐铁了心要嫁他时，她娘家大哥是不大同意的，便是他们成亲的日子，娘家大哥也只让大嫂陪着上官乐来，他连谷寡婆村他们家的门都没进。上官乐之所以哭，该不是还记恨着她娘家大哥的这点仇？

想到这里，谷天明释然了。他说：还是你的办法大，写了关于惠杏爱的一篇通讯，这就把当县委副书记的你娘家大哥招来了。

谷天明不说这句话，上官乐还压抑伤心地哭着，说了这句话，上官乐就几乎是号啕着哭起来了。她把自己在被窝里哭得像个患了寒热病的病人一样，剧烈地打着冷战。

打断骨头连着筋，说的是什么呀？是骨肉亲情。上官乐对她娘家哥有怨不假，但那又算个啥呢？她早就不怨了，更别说仇不仇的。谷天明叫不起来上官乐，还把原因猜到她娘家大哥的身上，这是上官乐更为伤心的根本原因。上官乐近些天时常反思，她自己为自己做主，为自己选择婚姻，是不是一个错误呢？这么想，是把她吓了一跳的，她就告诫自己不要想。但不想又不能，因此就还要想，想的结果都是一个答案：她错了，完全错误地选择了自己的婚姻。

啊？错了吗？

上官乐想否认她所得出的这个答案，但是身处的这个家庭，公公谷大房、婆婆白栓娥、女婿谷天明，他们是如何对待她的？什么事都瞒着她，什么事都不想让她知道。即便是昨晚说的大嫂云小兰改嫁谷劳劳的事，虽然没起多大冲突，但那不欢而散的晚饭和公公婆婆火光乱溅的眼神，使上官乐敏感地意识到，这个家似乎难以容忍她了！

其实呢，上官乐检讨自己，觉得自己似乎也不适合这个家庭。

人心隔肚皮……初婚半年多的时间，一对幸福的新人，已经很难进行心灵上的沟通，因此，也就没法知道对方的心思了。谷天明把上官乐从被窝里叫不起来，他急得在炕脚团团乱转。有几次，他烦乱地转到炕跟前，把他的巴掌都举起来了，试探着要往下砸，砸在上官乐身上，把她砸起来，拉着她去迎接她的娘家哥。可他试了几试，终究没敢往下砸，他知道砸的结果，只能更糟。没有办法，谷天明只有软言轻语地哄劝了。

谷天明隔着被子小声地叫：我叫你姐哩！

谷天明假装甜甜的，还叫：乐乐姐呀，就算你帮我的忙哩，我求你了。

过去的日子，这是谷天明哄劝上官乐最有效的办法，不管他俩遇到多么不愉快的事情，谷天明软下口来，叫上上官乐一声“乐乐姐”，一切的不愉快就都不是问题了。恼着的上官乐，就不恼了，哭着的上官乐也会破涕为笑，可能的情景是，上官乐还会扑在谷天明的怀里，捶打着他的胸脯，给他的脸上糊一个湿热鲜红的唇印呢！

与谷天明同年同月生的上官乐，确实生日比谷天明早了一天。

谷天明的杀手锏没起作用，上官乐还把她裹在被子里哭得一起一伏。这一办法的失效，让比热锅上的蚂蚁还急的谷天明就再没有办法了。高中毕业没有考上大学的谷天明，回到谷寡婆村的家里，他爹谷大房就总不怎么待见他，嘴上虽然没怎么说他，行动上对他还是有要求的。谷天明想要写小说，苦思冥想了一个写作提纲，摊开纸笔，刚要往出写，他爹就吼叫他下地，说他：成什么精？念书写字的时候，你怎么弄都是道理，把书熬熟了吃了也行，把墨水煮开喝了也行。你回家来了，回家来就只有春种秋收一条路，把庄稼侍弄好了，仓里有了粮食，才算你娃有本事。谷天明咋办呀？他能咋办，他是个农民了，他爹说得对，他必须收心下到地里去，侍弄他们家责任田里的玉米、黄豆、花生……他没有时间在稿纸上的格子里爬了。

手上渐渐鼓起的老茧，为谷天明做着证明，他差不多该是个称职的庄稼汉了。

上官乐不讲条件地嫁到谷寡婆村来，给谷天明做了新娘子。上溯八辈，谷寡婆村没有这么结婚的，自由恋爱，自由结合。老爹谷大房做了许多年的村支书和村长，对此他是接受的，而且也是赞赏的，甚至还有那么一些自豪：他的二娃本事不小呢，能给自己张罗媳妇儿。特别是结婚的那天，上官乐先是一身新潮婚纱打扮，来到谷寡婆村的街巷上，就让村里人艳羡得眼里滴得出血，后来又是一身红绸的绣花旗袍，更让村里人恨不得找个地缝躲起来。谷天明充分享受着上官乐嫁到他家的荣耀，他爹谷大房也不例外。那些天，他爹脸上像是喝了酒似的，红堂堂、亮光光的，对谷天明说话，也比以前客气了许多。谷天明真想永远保持这样的美好局面，可是，这样美好的局面，却似草尖上的露珠，晶莹着，纯洁着，但也脆弱，经不起风吹日晒，迅速破碎得难以寻觅。

叫不动媳妇上官乐，谷天明想象得到他爹谷大房的不安，他跺脚转圈地还想再哄劝上官乐几句的，院子里他妈白栓娥就先尖着嗓子嚷嚷开了。

老爹谷大房一大早迎接县上领导去了，老妈白栓娥守在家里，按照家里迎接上级领导的老例儿，紧张地准备着酒菜。上官乐没进家门前，都是白栓娥一个人弄，上官乐进了门，她一个人弄就怎么弄怎么心烦，怎么不是滋味。上官乐进了她家的门，就是她家的媳妇儿，她就该有媳妇儿的样子，做好媳妇儿的事情，可她……她是不着调的，也是不像话的。高兴了，偎在白栓娥的身边，婆婆做什么，她伸手帮着做什么；如果不高兴，就甩脸子，就言语上顶撞人。今天倒好，谁惹她了，她竟埋头蒙被子地往炕上一睡，儿子谷天明叫她，还把她叫不起来。她，她这是把自己当爷看了吗？

捎话带信的，白栓娥喊叫着她儿子：天明，你出来。

硬着头皮，谷天明又把上官乐叫了两声“乐乐姐”，然后应着他妈白栓娥，揭开门帘，愁眉苦脸地走出房门。

白栓娥不想看谷天明那样的脸面。她说：本事大得很么。把你大嫂推到人家屋里去，你来给我帮忙呀！县上领导来，又不是我引来的，我不稀罕他们来，酒呀菜呀，不到锅里走一走，能吃能喝吗？

谷天明把上官乐叫不起来，他的精神几乎崩溃了。到院子里来，他妈白栓娥再这么指鸡骂狗地一说，他是真的要崩溃了，也不管他这么做对不对，伸出手来，很干脆地捂住了他妈白栓娥的嘴。

谷天明说：妈呀！少说些话，没人把咱当哑巴。

可能是谷天明把他妈白栓娥的嘴捂得紧了，让他妈后退了几步，翻着白眼，嘴里咕咕哝哝地抱怨二娃谷天明：你……你这娃……这娃是要你妈的命呀！

谷天明说：县上领导……妈，你知道县上来的领导是谁吗？他是乐乐的大哥哩！

很能喊叫的白栓娥，被二娃谷天明的话噎得噤了声，一把拨开谷天明捂在她嘴上的手，浑身一个激灵，朝上官乐横躺的屋子撇了撇嘴，心不甘情不愿的，转身慢腾腾地去了厨房。一边走，一边咕哝着：我就说么，势大的呀！有个当县上领导的娘家大哥呢！唉唉，唉唉，往后这日子呀，往后这日子呀，我看可咋过呀！

谷天明跟在她妈白栓娥的身后，小声地一再劝她妈：甭说咧，甭说咧。

谷天明把他妈的抱怨劝进了她的肚子里了。但他轻松不起来，他自知把上官乐叫不起来了，就想他爹谷大房这会儿不知是怎么个样子。肯定很难受、很不自在吧。应该说，谷天明在家里把他爹此刻的不安是猜对了。谷大房跟随在上官副书记、也就是他的亲家哥身边，他很难有插话的机会，因此，他把他的心就都操在谷天明回家叫上官乐的事上了。左等不来，右等不来，谷大房觉得他的心急得都要从嘴里跳出来了。焦急着的谷大房，感觉他的嘴唇上一时三刻便爆出了几个大大的燎泡。不过还好，先有惠杏爱陪着上官副书记他们，他们问什么，惠杏爱回答他们什么。后来，年轻的团委书记也插话问惠杏爱了。

团委书记问：你是共青团员吧？

惠杏爱点头了，说：是，我在高中就入团了，现在，我该是个老团员呢！

上官副书记在一边听得开心，就也顺嘴说了。

上官副书记说：你要再进步的。乡村有一个问题，很突出了呢。年轻人都不积极要求进步，总想着往出跑。你是一个特例，一个典型，我们会帮助你，让你迅速成长起来的。

谷大房虽然操心着上官乐还不来，耳朵却还逮住了上官副书记的话。他不是个甘心被人边缘化的人，因此，他赶紧插话了。

谷大房说：我给惠杏爱说过了，让她写个申请上来，我们支部马上研究。

很是随意地说着话，这就从惠杏爱身上转移到了谷冬梅和九先生谷正芳身上了。上官副书记不急着接受谷大房的盛情邀请先去他的家里，而要先去看望他们两个人，对此，谷大房一点心理准备都没有。当然，谷冬梅该是一个例外，她退休回村前，是县里的粮食局局长，而且早先还当过上官副书记的领导，他到村里来了，顺道看看她是应该的。但另一个人，九先生谷正芳，他凭什么招引上官副书记先看他呢？就因为他给上官副书记教过几天书吗？唉唉唉，谷大房在心里哀叹着，心不甘情不愿地随在上官副书记的身边，跟着他随意地甚至堪称散漫地走着，走到改建的谷寡婆祠前，碰到扛着一对木刻楹联过来的谷正芳。上官副书记突然收起他随意散漫的姿态，迎着谷正芳快走了几步，帮他卸下肩上的木刻楹联，又向后退了两步，很是恭敬地对着谷正芳鞠了一个躬。

上官副书记深情地叫着：老师，谷老师。

上官副书记这么深情地一叫，不仅九先生谷正芳愣住了，陪着上官副书记下来看惠杏爱的团县委书记、县妇联主任以及镇上的领导和谷大房他们，还有站得一街两行的谷寡婆村人，在这一刻都惊愣了，圆睁着眼睛，看着上官副书记和被他深情叫着老师的谷正芳。

木刻的楹联可是好木材呢！谷正芳精心地制作了出来，他扛了一块，二娃谷梦梦扛了一块。被上官副书记突然帮着卸下来，九先生谷正芳还有些不太适应，失重似的摇晃了几下，才站稳身子，看看给他鞠躬、叫他老师的上官副书记，竟有些不知所措地恭立在一边，不知道他是谁，他为什么叫他老师，因此便慌得连连摇着头。

上官副书记发现了九先生谷正芳的窘态，鞠了躬，叫了老师，就往谷正芳跟前走近了些，说：您大概不认识我了。您听我说，我是您教初中时的学生上官呀。

九先生谷正芳喃喃地说：上官……上官……哎呀，你可是痴迷音乐、痴迷秦腔的那个上官吗？

上官副书记说：老师的记性真不错。

九先生谷正芳说：老了老了，啥都记不住了。但你，我是记下了。

上官副书记不知是啥原因，竟然哽咽了起来，说：师母要是不走，能活到今天就好了。

他这一说，把九先生谷正芳也说得眼睛一片模糊，他抬手抹了一把，说：过去了，不说了。你是个有心的人呢，老师我……哦哦……还有你长眠地下的师母，感谢你哩。

谷大房的反应总比别人快一步，他虽然紧紧张张地等待二娃谷天明叫上他媳妇上官乐来，但在要他出面说话的时候，他是一点都不耽误事的。他看见现在的脱帽老右派，也就是县城中学的老教师谷正芳，和他当年的学生上官副书记回忆往事，都很感伤的样子，便插话进来缓释他们的情绪了。谷大房向九先生谷正芳先介绍上官副书记：你的学生大出息了，是咱县上的副书记哩。当然，我不能瞒你，上官副书记还是我家二娃媳妇上官乐的娘家大哥哩。上官乐的娘家大哥这次来咱们村里，是看惠杏爱的……介绍罢上官副书记，谷大房下来又介绍了谷正芳：我要给上官副书记说哩，九先生谷正芳在我们村里，我是要把他叫九哥的。他可是个富贵人哩！亲家哥你该知道，大难不死的人必然会有大福，在你老师九先生谷正芳的身上又应验了一回。现如今，他可是我们谷寡婆村最富有的一家子呢！啥啥万元户，对他家可是不适用了，要翻了倍地来说，才顶得上他家的富有哩。

谷大房热气腾腾的一番介绍，在上官副书记和谷正芳身上，产生了明显的效果，师生俩初次见面的悲伤情绪，迅速地退下来了。上官副书记上前一步，很是关切地扶住谷正芳的一条胳膊，他们不约而同地笑了。

上官副书记注意到了谷正芳刚才扛着的楹联，他笑着问：老师，你这是……谷正芳没等上官副书记说出来，就已接着告诉了他，说这是他给谷寡婆祠捐的楹联。谷正芳说着话，还让二娃谷梦梦把一对楹联竖起来，让上官副书记来欣赏。

联曰：

横渠早归，总是福人居福地

绛帐缦悬，后来谷氏扶谷黄

身为县委副书记，上官不好对老师谷正芳他们重修谷寡婆祠过多地表态，但他认真地读过谷正芳亲拟亲撰并几乎是亲自雕刻在两块木板上的这副楹联，他还是非常欣赏的。他读得懂，上联是为下联而铺垫的。何谓“横渠”？就是北宋时的理学大家张载先生，他所创立的“气学”直追先贤孔子，对后来的儒学发展起到了非常大的作用。张载的故居，就在距离谷寡婆村不远的横渠村，因此，当地人又常借“横渠”之名，认为他们有幸成为张载先生的邻居，就是他们的大福气了。下联“绛帐”二字，典出世代居住在此的谷姓家族，于明末清初之际，出了另一位理学大家，人称“二曲”。他开坛讲学，习惯在一高台之上，竖起两根立木，悬挂起一面纱帐。入夜，帐后灯光灼灼，照得纱帐一片红亮，而他端坐绛帐之前，抑扬顿挫，向自愿而来的徒子们讲授学问。现在的绛帐火车站，也就是绛帐镇的所在地，便是二曲先生悬帐点灯授业之地。谷正芳搬出“横渠”“绛帐”两个本地最为脍炙人口的典故，到头来只是为了颂扬他们村的老祖宗谷寡婆。“后来谷氏扶谷黄”该是这副楹联的核心部分。谷正芳如此写来，其用意不言而喻，是要谷寡婆村的人，都感念老祖宗谷寡婆的恩德，树立正气，相互扶助，共创幸福美满新生活。

在官坟看望丈夫谷狗剩花费了太多的时间，谷冬梅见到上官副书记晚了一些，前面的经过她不知道，只见上官副书记正在端详九先生谷正芳为谷寡婆祠悬挂楹联，便偏脸看着上官副书记，想从他的脸上看出他对此的态度来，但她什么也没看出来。于是，她也来看九先生谷正芳为谷寡婆祠特制的楹联了。她只一眼看过，就觉九先生谷正芳雕刻的楹联很好看，但她的文化知识有限，还不能懂得楹联的意思，就来讨教上官副书记了。

本来讨教九先生谷正芳更方便一些，但谷冬梅的心理上有了些敏感的变化，因此，她就把讨教楹联大意的对象选定了上官副书记。

上官副书记回避对修复谷寡婆祠表态，但他读过老师谷正芳拟写的这副楹联，还是颇多感慨，觉得他是有话要说的，便在谷寡婆村人的簇拥下，字斟句酌地把楹联解释了一番。最后，还又不失时机地号召谷寡婆村的人，都能如九先生谷正芳在楹联里所倡导的，互助友爱，创造未来。

自发而起的掌声，把上官副书记下面还要说的话淹没了。

人群中，把巴掌拍得最响的是谷冬梅的儿子谷铁柱。他热烈地鼓着掌，似乎还不能表达他的心情，间或还把食指屈着，塞进他的嘴里，吹出一声尖厉的呼哨。

太阳忽忽悠悠的，觍着它的红通通的脸盘，不偏不斜，挂在谷寡婆祠门前的那棵大皂角树上。谷大房等不来二娃媳妇上官乐，但他又不想把他村支部书记兼村长的风头都让退休回来的谷冬梅和脱帽右派谷正芳占了去，便不顾他们原来的上下级和师生关系，插进话来，再次邀请上官副书记去他家里了。

谷大房说的是他前头说过的话：亲家哥呀，走到门口了，咱走，你妹子在家等着你哩。

谷冬梅是上官副书记原来的领导，谷正芳是上官副书记原来的恩师，但是这些关系，比起上官副书记和他妹子上官乐的兄妹关系来，总归有那么点差距。此刻，谷冬梅和九先生谷正芳都有邀请上官副书记去家里坐坐，喝杯茶、吃顿饭的想法，听了谷大房的邀请，他俩相视而笑，就都不好意思再张口了。而且呢，还都帮着谷大房说话了。

谷冬梅说：下次你要看我，就抽个专门的时间，我还真的有话和你说哩。

九先生谷正芳说：你家妹子的文采不输你呢。好了，快去看你妹子去。

上官副书记把谷冬梅和谷正芳刚才那相视一笑尽收眼底。同时，回想他俩刚才和他说话时的神情和神态，突然感觉出一个问题来：两位老人，一个长期寡居，一个长期鳏住，他们俩……啊啊！啊啊！上官副书记在心里叹息了两声，脸上即刻浮出一抹暖暖的色彩。他凑近了老领导谷冬梅的耳朵，给她悄悄地说：我的中学老师有才吧？谷冬梅愣愣地还在琢磨上官副书记的那句话，他又把他的嘴巴凑近了九先生谷正芳，给他悄悄地也说了一句话：我的老领导怎么样？有情有义的一个人哩！

上官副书记分别给谷冬梅和谷正芳说了一句话后，也不等他们明白过来，就向两位告别，转身跟谷大房向他家里走去了，去看他的妹子上官乐了。

上官乐依然裹着被子蒙头盖脸地躺在炕上。

上官乐起先这么躺着，只是觉得心里有气，只是觉得不舒坦，躺着躺着，竟躺出一种绝望来。绝望，为什么绝望？上官乐的脑子里盘旋着这两个字，就还坚持躺着，躺到后来，居然躺得她头昏脑涨、胸闷气短，似乎真就躺出病来了。

在新房走出走进、团团乱转的谷天明，没能叫起上官乐，却又看见从头门口走进来的妻哥上官副书记。谷天明大大地犯头痛了，他不知道是先迎上去，迎住妻哥上官副书记，还是反身蹿回他们的新房里，给上官乐通报她娘家哥来了：快起来呀！真的来了！

就在谷天明迟疑的时候，从头门走进来的上官副书记，已气宇轩昂地走到他的跟前，问他话了。

上官副书记头一回见谷天明，他把亲妹子上官乐自由恋爱、自由结婚的女婿仔细看了看，说：我没猜错的话，你就是谷天明了。

谷天明个头儿并不比上官副书记低，可他此刻感觉自己向下矮着，不断地矮着。他说：大哥来了。我和乐乐还说去看大哥的。

上官副书记点了点头，说：乐乐呢？她还好吧？

谷天明偏过头来，看看挂了大花门帘的新房，想说什么，却一时语塞，说不出来。随在上官副书记身边的谷大房，只一眼，就已看出问题来了。他指派二娃谷天明回家来叫上官乐，二娃不仅没有叫动上官乐，还很可能叫出了麻烦，闹出了矛盾。上官副书记作为上官乐的娘家哥，头一次上他的家门，他可不想闹出不愉快，给这位有权有势的亲家哥留下不好的，甚至是坏的印象来，那他可就是背着儿媳妇朝华山——后伤屁股前伤脸。谷大房必须争取时间，来为可能出现的险情打圆场了。

谷大房向前跨了一步，引导着上官副书记，说：乐乐他哥，咱上房请。

西府的礼数就是这样的呢，来了亲戚，怎么着都要先进一家之长的屋子的，这是对这个家庭的尊重，也是对上门亲戚的尊重。上官副书记不进谷大房的头门，他是县委堂堂的副书记，进了谷大房家的头门，他就是这个家里的亲戚了。谷大房热情引导他，他就不能不顺从谷大房的引导，跟着谷大房去了上房。

谷天明殷勤地跑了两步，便站住不动了，目送着他爹谷大房和妻哥上官副书记进了上房，他迅速转过身，就又钻进他和上官乐的新房，来劝上官乐了。

谷天明隔着被子说：你听见了吧，啊？你听见你哥来了吧？

上官乐也许是哭得累了，这时静静地躺在被子里，一动不动，仿佛没了呼吸。

谷天明说：起来吧，我求你了。

上官乐还是一动不动，一言不发。

谷天明劝说的声音就很可怜了，甚至扯起了伤心的泪声。他说：我可不敢让你哥起疑心，好像我怎么欺负你了。你要知道，我头一回见你哥，我可不想他心里不开心，那样我……你知道的，我会更伤心的。

上官乐是吃了秤砣铁了心的，任凭谷天明怎么劝说，她就是一动不动，一言不发，无动于衷。谷天明没法子了，他怕老爹谷大房和妻哥上官副书记等在上房等久了还不见上官乐，他的罪就大了。于是，他斗胆又一次伸手了，伸手去扯上官乐裹在身上的被子，可他刚把被子一角拽在手里，裹在被子里的上官乐，便又一次不管不顾地哭出了声，吓得谷天明把他拽着被角的手，麻利地缩了回来。

在上房里，谷大房招呼上官乐的娘家哥往炕上坐，被上官乐的娘家哥婉言拒绝了。他说他们来了一队人哩，不能他一个人做了亲戚，往炕上一坐，把大家都撂在日头下。谷大房就不好再请上官乐的娘家哥上炕了。他顺嘴说：我去把陪你一起来的人都请进来。我是准备了的，大家在我这里吃饭，也算我把你这个贵客待了呢！上官乐的娘家哥又拒绝了，说：我们那么大一队人，还不把你吃穷了？听我说，我可不想我的妹子因此吃稀饭喝稀汤。谷大房笑了，他笑着回上官乐娘家哥的话：哪能呀！哪能呀！谷大房虽然诚恳地回应着，却也没有坚持出门去请同上官乐娘家哥一起来的人。谷大房心里有数，他原来是想留上官乐娘家哥吃一顿饭的，喝喝酒，吃吃菜，也好把他们的亲戚关系调和一下。但他已经清楚地感到，二娃媳妇上官乐存了心是不打算给他这个公公和这个家面子了，既如此，再留上官乐的娘家哥吃饭，便是自讨没趣，倒不如说说话，他作势要走，就让人家大书记走好了，甚至可以说，走快倒比走慢好。

谷大房想到这一层，就不把上官乐的娘家哥往炕上请了。屋脚地有两把做工粗糙但却敦实的木椅，谷大房就做着手势，让上官乐的娘家哥坐，给他一边递烟沏茶，一边说他在谷寡婆村当支部书记兼村长的难场。

谷大房说了，说他在村里当支部书记有些年了，后来又兼了村委会的村长。他说他不说牢骚话，但村里的干部就不是人干的，左手要提一个泔水桶，右手要提一桶花生油。处理村民之间的那点事，该喝泔水了，就把泔水桶举起来自己喝，该给人平事了，就把花生油端着让别人喝。唉，我是干够了，干烦了，干得没劲了。过去，我还想像谷冬梅一样在村里好好干，喝泔水咱喝，送人花生油咱送，盼望着有朝一日，也能招了干，吃上商品粮，穿上四个兜，不说光宗耀祖，自己脸上也有光呀！现在我看要黄了，政策都变了嘛！改革开放，啥啥政策都在变，变得我的眼前像有无数蛾子在飞，我不知道跟着哪只蛾子走才是对的。那些蛾子呀，全都花枝招展，全都随风起舞，我是实实地看不清了，弄不懂了，我怕要成为一个瞎子呢！

谷大房压抑在心里的苦闷，遇着了上官副书记，像遇着了知音似的，喉咙口的闸一开，积累了满肚子的问题，便像渭河发了洪水，猛然间倾泻而出。他一口气说了那么多，似乎还不满足，就还说：国家干部是干部，农村干部就不是干部了？农村干部比国家干部不少费唾沫，不少伤脑筋，而跑的腿、流的汗还要比国家干部多。可国家干部是啥待遇？农村干部是啥待遇？一碗水怎么就端不平呢？

不论是作为县委副书记，还是作为谷大房儿媳妇的娘家哥，上官把谷大房的话都听进耳朵里了。他不认为他说的不是事实，但说给他有什么用呢？还不如石灰窑里放个屁，还能够冲起一点白雾。因此，他并不爱听妹子上官乐的公公谷大房的话。他之所以进了他家的头门，就是来看他妹子的。妹子上官乐却躲着不见他，他还有心思坐在上房的椅子上喝茶听她公公谷大房倒委屈吗?

上官副书记没对谷大房的冤屈表示态度，他喝干了一杯茶水，站起来说：我看看乐乐去。

谷大房拦挡着上官副书记说：你踏实坐着，乐乐一会儿就来了。

上官副书记说：她结婚，我没来，给我记上仇了。

谷大房听上官副书记这么一说，就不拦挡他了。他找到了一种解脱。要是上官副书记不这么想事，他真的不知怎么收场了。有理不亏上门客，谷大房无可奈何地苦笑了一下，放开他的胳膊，让上官副书记走出上房门，朝挂着花红门帘的儿媳妇上官乐的屋子去了。

上官副书记叫着妹子的名字：乐乐，乐乐，你给哥把仇记到啥时候呀，啊？哥看你来了，你坐起来，让哥看看我妹子胖了瘦了。

上官乐可真是沉得住气！先前，女婿谷天明叫不起来她，娘家哥现在站在她的炕跟前叫她她还是不起来！县委副书记啊！她的娘家哥没有猴可要了，他的脸在一点一点地变红，最后给裹在被子里的上官乐说：都是我把你惯的。

上官副书记在妹子的炕跟前又站了一会儿，发现妹子上官乐实在没有起来的意思，这才往出退了。他退着说：好了，我走了，过两天让你嫂子来看你。

红着脸的上官副书记退出妹子上官乐的新房，走到头门口了，忽然听见忙碌着的厨房里正滋啦滋啦炒着菜，那种有着野味的菜香气，忽忽悠悠地飘荡出来，钻进了他的鼻孔。他顿了顿脚，给送他出来的谷大房和谷天明不无遗憾地说了。

上官副书记说：我闻到菜香味儿了。以后呢，我挑时间一个人来，尝尝亲家屋里菜的味道。

第二十八章

天扑黑的时候，陈增强开着工地上的小四轮拖拉机来了。

与惠杏爱约好了的，今天她拉一车沙子来，要去另一家工地上签订供沙合同的。可是惠杏爱没有来，这让陈增强一整天心神不宁，猜想：惠杏爱是怎么了？她从来都没有爽约过。陈增强太想往好处猜想了，可他想不出别的理由来，便很心慌地猜想：惠杏爱是病了吗？或者是小四轮拖拉机出了毛病？他百般猜想，甚至猜想惠杏爱出了车祸，把自己伤着了！这么痛苦地猜想着，他便在收工后，驾驶着工地上的小四轮飞也似的到谷寡婆村来了。

陈增强没有下河滩，他驾驶着小四轮拖拉机直接去了惠杏爱的家。

一切都很正常，一切又都似乎很不正常。

很正常，是说并不像陈增强瞎猜想的那样，惠杏爱好好的，她自己没有生病，她心爱的秦川牌小四轮拖拉机也没有毛病，没有出事故，惠杏爱也没有伤着。说很不正常，那就是陈增强发现，这个典型的农家小院，特别整洁有序，就是一把锄头一张锨，都放得井然有序，院子光光亮亮，想找一根鸡毛杂草什么的，都找不着了。小四轮拖拉机擦得油光水滑，纤尘不染。便是家里的老小，都像过年一样，新衣新鞋。陈增强把他的小四轮拖拉机停在头门外，三步并作两步，闯进惠杏爱的家，看到的就是这样的情景。

惠杏爱迎着陈增强，她想要掩饰什么，却又无法掩饰地冲着陈增强笑着说：县委上官副书记今天看我来了。

陈增强把心放下来了。

陈增强听惠杏爱这么一说，他的脸上也便有了亮光，说：怪不得你失约了。

惠杏爱依然明亮灿烂地笑着，说：对不起。

陈增强说：这是好事哩。

惠杏爱说：你说这是好事？

陈增强说：难道说还是坏事？县委上官副书记能来看你，那是你的大荣耀呢，同时也是对你的大支持啊！

惠杏爱就把上官副书记赞同他俩合作开办沙石场的事给陈增强说了。她还说，上官副书记还建议他们可以想得再大一些，干得再大一些，利用渭河河道用不完的沙石以及渭河闲置的荒滩，办一个混凝土构件厂，向沙石的深加工发展，浇筑楼房预制板、水泥电杆和水泥桥梁什么的，经济价值要高得多，利润空间也要大得多。惠杏爱说到高兴处，竟还有点忘乎所以，拉住了陈增强的手，很是恳切地问他了。

惠杏爱说：我就等你一句话哩，你说，上官副书记的说法弄得成弄不成？

陈增强坚定地说：上官副书记支持弄，就没啥弄不成的。

惠杏爱把陈增强的手拉得更紧了，说：技术上呢？技术上怎么样？

陈增强说：技术上我想办法。

陈增强说着话，一下一下挣着，从惠杏爱的手里抽着他的手。惠杏爱不知是无意的还是有意的，头一下，陈增强没能抽出来，最后一下抽得用了力，才从惠杏爱的手里抽出了自己的手。抽出手的陈增强说：我开着小四轮拖拉机来了，总不能空着开回去吧。咱到河滩上去，我装一车沙子拉回绛帐火车站，也是你一车的收益哩。惠杏爱响应着陈增强，但又操心陈增强来得匆忙，没有吃上晚饭，使他饿了肚子，就拦着他说：咱先不急，喝汤吃饭，吃饱了肚子咱俩再去。

在工地上忙了一天的陈增强，不是惠杏爱这么说，他没感觉肚子饿，惠杏爱这么一说，他还真的感到肚子饿了。嗐，都是惠杏爱的失约闹的。午饭时，热锅上蚂蚁似的陈增强，端着碗就没能好好吃，而晚饭时，他急着走，干脆连碗都没端。也不知是惠杏爱的话刺激了陈增强，还是他的肚子太饿，恰在这时，肚子自然地、不失时机地咕咕叫了起来。

惠杏爱听见了，有点得意地笑了起来。

陈增强就手捂着肚子说：我要说我肚子不饿，我的肚子可都不答应呢！

都是为县委上官副书记他们准备的饭，有任喜过送来的豆腐，还有家里准备的鸡蛋和菜蔬，惠杏爱做起来，就很现成。在妹子谷门环的帮助下，她很快炒出了四个菜，并且下了一锅长面条。惠杏爱把菜端进了公公谷敬勤的上房，就搁在公公的炕沿上，把公公扶起来坐好，又邀请着陈增强，让他也上了炕，和公公坐在一起，她则坐在炕沿边，招呼着公公和陈增强吃菜。这四样菜，有一盘是炒鸡蛋，黄黄的，嫩嫩的，有一盘是烧豆腐，白白的，鲜鲜的，另两盘，荤的是葱爆腊肉，素的是油煎茄子，都是红红绿绿的，很是夺人眼目，还没吃进嘴里，舌头上就已馋得水淋淋的了。公公谷敬勤以主人的口气，招呼陈增强用饭了。陈增强的客人身份是明显的，他是要推让的。推让中，公公谷敬勤和陈增强就都动起了筷子，而在这时，惠杏爱才猛然想起，她把酒忘了。惠杏爱让公公谷敬勤和陈增强先慢用着，她则从上房门里出去，到了厨房，取来她结婚和安埋婆婆贾桂仙、女婿谷门坎时余下来的酒，拿到上房屋里来，给公公谷敬勤和陈增强都满满地斟了一杯酒。本来，她是不想给自己斟酒的，但她把给公公谷敬勤斟的酒端给他，回头给陈增强端酒时，她看见了陈增强冒着火花的眼睛，就也心慌意乱地给自己斟了一杯酒。

惠杏爱端起酒杯，她没看公公谷敬勤，也没看眼里冒火的陈增强，只是说了一个字：喝。

惠杏爱的“喝”字刚吐出口，便仰脖子把一杯酒灌进了喉咙里。公公谷敬勤和陈增强看着惠杏爱，看她喝酒那么大胆，就都有点愣，端着酒杯，没人往嘴里倒。

说来奇怪，惠杏爱是不会喝酒的，原来沾一沾嘴唇她都会咳嗽，把自己呛得脸红脖子粗，可今天傍黑，她把满满一杯酒喝了，却什么事儿都没有，而且还觉得，那烧烧辣辣的酒浆，从她的喉咙里往下滑，让她有一种说不出来的快意。她是想笑了呢，同时又还想哭。她回味着烈性白酒对她肠胃的刺激，就又给自己斟了一杯酒，端起来招呼公公谷敬勤和陈增强，劝说他们再喝，这才发现他俩没有喝酒，且都目不转睛地看着她，有点惊讶，还有点茫然。特别是公公谷敬勤，他目不转睛地看着惠杏爱，却又突然地瞥一眼陈增强，然后又目不转睛地看着她。

惠杏爱不想理会公公谷敬勤和陈增强注视她的目光，她把斟给自己的第二杯酒端着，声音坚定地问他俩：喝呀！怎么不喝呢？

惠杏爱问过了，也不管公公谷敬勤和陈增强喝不喝，她自己又仰着脖子，把第二杯酒灌进了喉咙里。

进出端菜端饭的谷门环，这时端着捞在碗里的面条进来了。她是一手端着一个面碗的，先给炕上的老爹谷敬勤面前放了一碗，再给炕上的陈增强放了一碗，腾出手来，去接嫂子惠杏爱手里的酒盅子。惠杏爱挥了挥手，谷门环没能把她手里的酒盅子接过去。而惠杏爱自己，又抓起酒壶，给自己再次斟了一杯酒。

这一杯酒，惠杏爱斟得快，喝得也快。她没再招呼还端着头一杯酒没喝的公公谷敬勤和陈增强，动作迅捷连贯地就把第三杯酒灌下了她的喉咙。

谷门环惊呼起来：嫂子！嫂子！

谷门栓在姐姐谷门环的惊呼声里，像头小狮子一样，冲进上房屋里来，抱住了惠杏爱拿着酒盅子的胳膊和手，也像他姐谷门环一样惊呼起来了：大姐！大姐！

憨憨的谷门墩，把他显得有点大的脑袋，从上房的门口伸进来了。他先伸了一下头，缩回去，又很快地伸进来，然后又缩回去……坐在炕上的陈增强，僵僵地端着酒杯，但他听得见没进上房门的谷门墩在用他的拳头砸着土打的院墙，咚——咚——咚——他每砸一拳，都有院墙上被砸落的土屑，唰——唰——唰——声声沉郁地落下地来。

陈增强想说什么的，思量了一阵子，却没能说出一句话来。倒是瘫痪在炕上的惠杏爱的公公谷敬勤，似乎洞悉了惠杏爱的全部心事，他又一次把注视着惠杏爱的目光，在陈增强的脸上扫了一下。

谷敬勤说：杏爱，你心里不快活？

惠杏爱没接公公谷敬勤的话。

谷敬勤又说了：县委上官副书记来看你，支持你，你不高兴？

惠杏爱依然沉默着，没接公公谷敬勤的话。

公公谷敬勤以为他说到惠杏爱的心里了，于是，他就还十分饶舌地劝说惠杏爱：这有啥不高兴呢？都是你任劳任怨为咱家干出来的，县委上官副书记来看你，那是你的荣誉，也是他的荣誉。当官的嘛，不能只是自己本事大，能说会道，他还要有别的人帮衬他哩！退休回到村子里的你冬梅婶，上官副书记看望她，给她也说了，要她支持你，培养你。再是你大房叔，向上官副书记做了保证，要坚决听从县委的安排，把你的形象树立起来！你要听我的话哩，咱村人都说你是老祖宗谷寡婆转世的，要我说，你冬梅婶才是你的榜样呢！你现在像她当年一样了，有县委上官副书记的关照，他说要支持你，培养你，你就等着么，你有你的好前程哩。

公公谷敬勤的一大堆话，虽然饶舌，却是不无道理的。惠杏爱一句不落地全都听进了耳朵。她惊讶平时闷葫芦般的公公谷敬勤，其实还是很能说话的，她几乎都要被公公谷敬勤说得放松心情快乐起来时，她的目光又接上了陈增强的目光——那束冒着火花的目光呀！惠杏爱苦恼的心，让她恨不得把她抱在谷门栓手里的手抽出来，再次斟满一杯酒，然后仰着脖子灌下去。

谷门栓把惠杏爱的手抱得太紧了，惠杏爱抽不出来，就对给她说了一堆话的公公谷敬勤说：爹的话我懂。

公公谷敬勤便如释重负似的在他端着的酒盅子里小小地啜了一口，说：这就对了。杏爱呀，你可是要快活哩，高兴哩。

陈增强在谷敬勤劝说惠杏爱时，低头也把他端在手里的酒啜吸进了肚子里。

然而，惠杏爱并没有因为公公谷敬勤的劝说快活起来，高兴起来。当然，她也没有再喝酒，强装欢颜，招呼着公公谷敬勤和陈增强吃了菜，吃了面，就和陈增强一起，驾驶着陈增强开来的小四轮拖拉机，到渭河滩上装沙子去了。

在这个应该快活高兴的日子，像惠杏爱一样没能快活高兴起来的人，还有村支书兼村长的谷大房。县上领导要来谷寡婆村看望惠杏爱，接到通知的谷大房是高兴的，他的准备工作做得也可说天衣无缝。尤其是惠杏爱，作为本次活动的主角，配合得也算周到。一切都朝着谷大房期待的方向发展，其中让人惊喜的是，前来看望惠杏爱的县委上官副书记，竟然就是二娃媳妇上官乐的娘家哥！啊，这可是太好了呢。在最基层的村级组织中，当个支书、村长什么的，官儿不大，但是上边没人也是不好当的。乡下人说得好，“朝里有人好做官，灶火有人吃干饭”，说的可不就是这个理儿吗？谷大房在谷寡婆村当着支部书记，又兼着村长，这在过去，可都是仰仗着谷冬梅的势哩。他是谷冬梅在村里发现提拔起来的。谷冬梅有幸走出谷寡婆村，成了脱产的国家干部。人民公社时，她是绛帐人民公社的党委书记；撤销了人民公社，恢复了乡镇体制，谷冬梅又做了绛帐镇党委书记；再往后，她就被提拔到县里当了粮食局局长。人不在绛帐镇工作，威势还在绛帐镇扎着，谷大房就把谷寡婆村的权力抓得紧紧的，任谁想要和他较劲，最后的结果只能是两个字——失败。谷冬梅退休回了村子，一开始，谷大房敬着她，尊着她，还想披着她的老虎皮在谷寡婆村吓人。可是渐渐地，谷大房发现，他这么想是错的，大错而特错了呢。好像是，退休回村的谷冬梅，再不是他可以依靠的靠山谷冬梅，而是专挑他的刺、和他作对的谷冬梅了。这让谷大房苦恼极了，正日思夜想要为自己寻找一个可与谷冬梅相抗衡的靠山时，县委上官副书记到村里看望惠杏爱来了。上官副书记是二娃媳妇上官乐的娘家哥，是他二娃谷天明的亲亲的真米实曲的大舅子。他攀上这么一个亲戚，就是他的靠山了，在谷寡婆村，谷大房就还是谷大房，谷冬梅或是别的什么人，又能奈他何？

可是，事情是不以人的意志为转移的，二娃媳妇上官乐的不留情面，把谷大房匆匆想象出来的美丽图景，几乎要撕扯粉碎了。

上官副书记见不上他妹子的面，悻悻地且又不好意思地走了后，谷大房阴沉着个脸，在院子里走进走出，就一直坐不下来。以往的日子，谷大房在家里是很坐得住的。他有一把折叠式的躺椅，秋末收起来，春尽取出来，就放在上房的沿台上，他没事了，或是想事时，都要习惯性地躺在躺椅上，手一伸，老伴儿白栓娥就会把一个宜兴茶壶，泡了上好的陕青叶子，热乎乎地送到他的手上。他啜饮那么几口，手再一伸，老伴白栓娥就又会适时接了去。然后，他就舒舒服服地靠在折叠躺椅上，舒舒服服地吃他咋吃都吃不厌的黑色四棱棒，一口烟吐出来，在他的脸面前不紧不慢地散着……可是，他今天坐不下来，一把他时常用的大蒲扇，占了他的位置，静静地卧在折叠式躺椅上。

家里静极了，没有狗出入，没有鸡飞腾，上官乐依然蒙头盖被地睡在炕上，女婿谷天明赔着小心坐在炕沿上，不时在蒙头睡在被子里的上官乐身上拍一巴掌。只有谷大房，脚不停，腿不停，在院子里没头苍蝇似的兜着圈子。他的老伴白栓娥，则万般无奈地坐在上房炕上，透过窗子上那块不大的玻璃，看一眼院子里的谷大房，然后低下头来，没低多久，就又抬起头来，透过窗玻璃去看谷大房。云小兰不在家，天未大亮的时候，她就悄没声息地出了院子，到渭河南岸谷劳劳的良种猪培育饲养场里去了。

生在谷寡婆村、在谷寡婆村长大的谷铁柱，难得地回谷寡婆村来了。他今天回村来，看他妈谷冬梅是一回事，看上官乐是又一回事。

被娘亲谷冬梅瞧不起且又伤透了心的谷铁柱，并不是娘亲谷冬梅想象的那样。他读书读不进去，在工厂干活又干不下去，但他下海做生意却做得风生水起，做得很是顺利。县毛巾厂生产的毛巾，库存积压了许多，有一些花色过时的，堆在库房里，差不多就只有等着霉烂了。谷铁柱西去陈仓，东到西安，他瞎跑瞎撞，把他跑得可谓口干舌燥，把他撞得可谓头破血流，几乎无路可走了，却突然地，在西安街头遇着了一件事。有几个贼眉鼠眼的家伙，跟踪着一位西装革履的人，这个人的胳肢窝里夹着个黑色的皮包。他在西安街头旁若无人地走着，他过马路，贼眉鼠眼的家伙们也过马路，他顺着长街端直地走，贼眉鼠眼的家伙们也顺着长街端直地走。也是谷铁柱太无聊，他发现了街头上的这一幕，就很有兴趣地也跟着他们在西安的街头走。走到一个窄巷口上，贼眉鼠眼的跟踪者中，有个很瘦很瘦的家伙，小跑着上去，只把西装革履的人撞了一下，夹在他胳肢窝里的黑色皮包就到了瘦家伙的怀里。瘦子紧紧抱着，头也不回地拐进了窄巷子。谷铁柱想，西装革履者应该知道他的黑色皮包被偷了，但却没有，被撞后，他依然向前走着。谷铁柱急了，抢跑几步，一边朝西装革履者大喊大叫：你的黑皮包被人偷了！一边撒开脚丫子，朝窄巷里的瘦子追了去。四肢发达的谷铁柱，追个瘦子是太容易了。他在学校读书的时候，文化知识学得不怎么样，但体育成绩却很突出，特别是长跑短跑，拿了不少奖牌。现在，他追一个瘦猴小偷，还没真正跑起来，就把瘦子扑到地上，从他的手里夺过了黑色皮包。西装革履者听到了谷铁柱的大喊，回头又看见去追瘦子的谷铁柱，这才明白发生了什么事，就也不管他的仪表了，跟着谷铁柱向偷了他黑色皮包的瘦子追了去。就在他边追边喊叫时，他发现了瘦子的同伙，有四五个人，向谷铁柱围拢了去，其中一个人手里还拿着一把弹簧刀。他围到谷铁柱的身边，举刀就往谷铁柱的身上捅。从瘦子手里夺过黑色皮包的谷铁柱，被捅一刀后，回了一下头，发出一声惨痛的呐喊，眼睁睁看着瘦子的同伙架起瘦子落荒而逃。

谷铁柱就这么认识了这位西装革履的人。

谷铁柱躺在西安的医院里，西装革履的人天天来看他。他说谷铁柱见义勇为，是个时代英雄哩！他还给谷铁柱介绍，说他是省里一家外贸公司的业务员，在被瘦子偷抢的黑色皮包里，都是与外国公司签订的贸易合同。一来二去，谷铁柱向西装革履者说了他的情况，并且说了他工作过的毛巾厂。正是他这一说，西装革履者从他的黑色皮包里拽出一份合同。他让谷铁柱看合同，问他：看清楚了没有？毛巾外贸合同呢！县毛巾厂有多大的生产能力，积压了多少过时毛巾，可都不是问题了，我全要了，打包发到国外去，有的钱赚哩！

西装革履者感激谷铁柱，让他在当地成立一家公司，先把县毛巾厂的积压品全签下来，再把生产中的毛巾照着外商的要求印染出来。他说：我打预付款，你把货往省城送，一条龙作业，不出一年半载，你谷铁柱就是大老板了。

西装革履者信守诺言，和谷铁柱认真地做着毛巾外贸生意，一年半载，谷铁柱果然就成了绛帐火车站上的大老板了。

上官乐是偶然认识谷铁柱的。那天，谷铁柱信心满满地陪客人喝了一场大酒，人有点飘地走在街道上，他不断地给过往的人打招呼，而过往的人也不断地给他打招呼。谷铁柱不再是原来读不了书、做不了工的他了，他幸运地成了大老板了，他有资格和条件，与他认识的人在大街上信心满满地打招呼了。他把这看成他获得成功的一个表现。

给惠杏爱写下通讯稿的上官乐，到了绛帐火车站后，想着要对其中的一些情节做些修改，一时却找不着合适的地方。她俯身在邮电所的高柜台上，很是别扭地改着通讯稿。“骚怪”谷中秋晃荡在绛帐街上，不经意地看见了。谷中秋再怎么“骚怪”，只敢在任喜过或别的人跟前发发骚，耍耍怪，在上官乐跟前，他是一点都不敢的，借他两个胆都不敢。上官乐是支书兼村长的谷大房的二娃媳妇呀，他是谷大房脚前的一只狗，怎么说，上官乐也算他的主子呢。“骚怪”谷中秋岂敢在主子跟前发骚耍怪？但主人有了困难，可就是狗奴才大显身手的机会呀。“骚怪”谷中秋碰上这样的机会了，他没有绕着走，而是贼娃一样出溜到上官乐的身后，探着头看了一眼，他就看出了上官乐的困难，也就指胸跺脚地给上官乐说了。

“骚怪”谷中秋说：唉唉唉，你这是弄啥哩？看把你难场的，不就是需要一张桌子一个凳子嘛！咱村谷铁柱把事弄大了，在绛帐街头开了公司，他那里的桌子大，凳子软，都是很美的，你去了，正好给他开光哩。

“骚怪”谷中秋说得天花乱坠，上官乐听得疑疑惑惑，但她还是在“骚怪”的引领下，去了谷铁柱的公司，在那里修改了她的通讯稿。

当时，上官乐还带了她写的几首组诗，准备在投寄惠杏爱的通讯稿时，也把她的组诗装了信封寄出去。上官乐在修改通讯稿时，有人端了热茶，放到她的面前，看见她撂在一边的诗稿，就没有立即走开，俯下身来，细细地读了起来。

写了诗歌，就是让人读的。上官乐发现给她端来茶水的人，很是在意她的诗歌，就把她的诗歌拿起来，递给那个人，说：想读就大方地读，猫着个腰，多累呀！

上官乐不知猫腰读她诗歌的人就是开公司的谷铁柱。她把诗歌递给他后，就又埋头在通讯稿里，认真地修改着。她没有想到，开公司的谷铁柱，并不像他妈谷冬梅说的，拿起书就瞌睡。他学习偏科，数学和理化方面的书他看不进去，一看就犯困，可是对于文学类的书籍，比如小说、散文、诗歌，就不同了，他会看得如饥似渴，看得忘了自己呢！特别是对诗歌，他似乎更喜欢一些，看时往往还会朗诵出声哩。

可不是嘛！谷铁柱就站在上官乐的身边，举着她写的诗歌，声音很有那么点磁性地朗读起来。

他先朗读的是上官乐写的一首《坐在月光下的乡村》：

坐在月光下的乡村
和月亮般明净的乡村旧事对语
蜗牛，青蛙，蚂蚱，知了
牵牛花，喇叭花，野菊花，打碗碗花
还有那颗草尖上的露珠
轻轻一碰
便凉津津碎在掌心

谷铁柱的朗读是深情的，他不仅打动了自己，还把写了诗歌的上官乐打动了。上官乐停下通讯稿的修改，抬起她的脑袋，偏过脸注视着朗读她诗歌的谷铁柱。

也是谷铁柱的朗读太投入了，他没有理会上官乐的神情，把《坐在月光下的乡村》朗读完了后，没有停顿，就又朗读起上官乐另一首诗歌《秋天来了》：

秋天来了
日子变得五彩缤纷
嫩黄嫩黄的是剥下的玉米
嫣红嫣红的是日晒的高粱
还有杂色的豆子以及
白色的云朵
蓝色的天空和
清脆的鸟鸣
浪漫的炊烟
我要说
我是你的爱人

朗读到这里，谷铁柱不再往下朗读了，他轻轻地合上上官乐写的诗页，郑重地放在原来的地方，一句话都没说，转身从上官乐的身边走了。

他是谁呢？上官乐望着他匆匆离去的背影，已经猜到他可能就是生意上发达起来的谷铁柱了。一个读起书瞌睡的人，能把生意做大没有什么奇怪，可也能那么热爱诗歌，而且还朗诵得那么动情，就不能不让上官乐惊奇了。

桌子上的茶水还热着，上官乐顺手端起来轻啜了一口，再次埋下头来，修改她快要修改出来的通讯稿。或许是她兴奋着，一些她用过没用过的词，都像一朵朵美丽的花儿一样，纷纷涌到了她的笔下，使她把关于惠杏爱的通讯修改得文采斐然。

上官乐得意着自己的文笔。她修改完通讯稿的最后一个字，折叠着稿纸，正要到绛帐街上的邮政所去，谷铁柱一手端着一盘点心，一手端着一盘水果，很是风雅地走来了。

谷铁柱把两个盘子放在桌子上，说：刚才没打扰你吧？

上官乐莞尔一笑，说：我想我就不用猜了。

谷铁柱说：你说得对，我们虽然没见过面，但我知道你，你是上官乐，你也知道我，我是谷铁柱。

上官乐本就是个大方的女子，她见谷铁柱是坦率的，自己也就一点拘束都没有了，说：你妈在村里说你呢。

谷铁柱说：我妈说我拿起书就睡觉吧？我妈说我把铁饭碗拿脚踹是吧？我妈说我……

上官乐等不及谷铁柱再说他妈说他了，她哈哈地乐了两声，截住谷铁柱的话头，说：你别说你妈怎么说你，你听听我说你好吗？

谷铁柱说：你说我？

上官乐说：我说你有情调，会逗人乐！我说你做得了大生意，是下海经商的弄潮儿！我说你……

谷铁柱被上官乐的几句话说得不好意思起来了。他像上官乐刚才截断他的话头一样，横插上来，说：你把我的脸说红了。

两个深具浪漫情怀，又都不守传统礼法，敢冲敢闯敢冒险的年轻人，就这么偶然地认识了。此后，上官乐写了诗歌，她不征求女婿谷天明的意见了，觉得和他谈话差不多就是对牛弹琴。曾经那么热爱文学的人，回到谷寡婆村来，被他的父母几乎彻底改造成一个标准的农民了。谷铁柱则不同，他做着他的外贸生意，却还矢志不渝地热爱着文学。虽然他写小说不成，写散文不成，写诗歌也不成，但他对上官乐的诗歌，却理解得又深又远，朗读起来，又是那么声情并茂。这就是上官乐了，她后来写下诗歌，自己觉得满意，就拿着到绛帐火车站谷铁柱的公司里，让他朗读，听他发表感言。最近的一次，谷铁柱朗读上官乐写的一首诗，把他自己都朗读得眼睛里闪着泪花儿。

上官乐去谷铁柱的公司许多回了，谷铁柱却没回谷寡婆村找过上官乐。

谷铁柱给上官乐说过，他怕他妈谷冬梅，他不干出个样儿来，就绝对不回谷寡婆村。现在，他干出样儿来了，回到谷寡婆村来了，和他妈谷冬梅拌了几句嘴，又和和睦睦地唠了许多家常。他把他妈谷冬梅说得一惊一乍，他妈谷冬梅不甚相信，说他拿好听的话哄她。谷铁柱为了说服他妈，没奈何抬出了上官乐。

谷铁柱说：妈呀，你要不信可以问上官乐呀。她没少去我的贸易公司，她知道我公司的情况。

谷铁柱有了这个借口，就从他妈谷冬梅身边离开，到上官乐的家里来找她了。

蒙头盖被睡在炕上的上官乐，女婿谷天明叫她她不起来，娘家哥看她她还不起来，可是谷铁柱从她家头门里进来，只在院子里把谷大房热情地问候了一声，她就把缠在身上的被子掀开去，一骨碌爬起来，跳到炕脚地，蹿到梳妆台前，取了梳子，匆忙地梳妆起来了。

和沮丧着的谷大房寒暄了几句，谷铁柱便直截了当地说他是来找上官乐的。

上官乐听到了谷铁柱的话，她已匆匆忙忙地把头上的乱发梳顺溜了，并且拧了一把湿毛巾，把她的脸擦干净，便随着谷铁柱的说话声，一挑门帘走到院子来。

蒙在被子里使气的上官乐，站在谷铁柱的面前时，就又是那个爽朗大方的她了。她笑盈盈地对谷铁柱说：你终于回谷寡婆村了！终于回来看你妈了！

谷铁柱说：只兴我回村看我妈，就不兴看别人了？

上官乐不解谷铁柱的话，说：你看别人？看谁？

谷铁柱说：是啊，我回村来还要看我大房叔哩。

脸上青红难分的谷大房，被谷铁柱的话说得绽开一道缝隙，像云缝中的阳光一样，露出一缕喜色来。他说：难得铁柱有心。

谷铁柱说：大房叔先甭夸我，我来看您，是有事和您商量哩。

谷大房说：啥事？柱儿你说。

谷铁柱说：我公司需要一个做文案的，我考察过了，上官乐最胜任这个工作呢。

欺侮人吗？谷大房脸上绽开的那点喜色，被谷铁柱的一句话全都逼了回去。他不拿眼看谷铁柱了，而是越过他，去看从房子里出来的上官乐和他的二娃谷天明。谷大房心里发着恨想，他的二娃应该拿起院子里顺墙立着的铁锨或是锄头，照直了朝谷铁柱的头上砸。

难堪，太难堪了！

村支书兼村长的谷大房，和他老伴白栓娥以及二娃谷天明在他们的院子里难堪着。他们不知道，渭河滩上往小四轮拖拉机上装着沙子的惠杏爱和陈增强，也都心里难堪着。

一小四轮拖拉机的沙子，要不了多少时间就能装满，可是惠杏爱和陈增强却有一锨没一锨地装了很长时间，差不多才装得冒了尖。沙子装满了，本可以发动起小四轮拖拉机，开上渭河大堤，沿着那条沙石路，把惠杏爱捎回到谷寡婆村，放下惠杏爱，陈增强再开着小四轮拖拉机去绛帐火车站的工地上去。然而，惠杏爱和陈增强似乎一点都不急，他们下到渭河滩上时，天色已经很暗了，他们一锨一锨地往拖车里装着沙子，夜色也一点一点地更深了。黄乎乎的渭河水，在夜色中变着，不像白天时那么浑浊，而是变得清亮起来，蓝瓦瓦的像是流着一河的碎银子，并且发出银块互相撞击的那种清脆明亮的响声。

陈增强把他拿在手里的铁锨插进拖拉机拖斗里的沙子里，走向惠杏爱，把她手里的铁锨接过来，也插进拖斗里的沙子里。陈增强在做这些事情时，听到惠杏爱像是蜂鸣一样的言语。

惠杏爱说：增强，我怕。

陈增强不知道惠杏爱怕什么，他循声看去，发现惠杏爱正看着他。暗夜中，惠杏爱的眼睛是那么亮，像是闪烁在渭河水里的碎银光点。陈增强的目光和惠杏爱的目光碰在了一起，就也好似碎银相撞一样，发出了一片细碎的清脆的声音。

陈增强说：不怕，有我在哩。

惠杏爱却还说：我是真的……真的怕哩。

陈增强说：你怕啥呀？

惠杏爱说：我不知道，我就是怕。

陈增强不是木头人，他听懂了惠杏爱“怕”的内容，一点点地向她靠近，站在她的背后，伸出他的手臂，把惠杏爱的腰身环起来，轻轻地抱在了他的怀里。

惠杏爱呻吟了一下，说：抱紧我。

陈增强便听话地使了使劲。正是他的胳膊上用了些力气，把惠杏爱抱得感到了疼痛，她就不由自主地又呻吟起来了。

惠杏爱要求着陈增强，说：再抱紧点。

他们搂抱着，惠杏爱扭过头来，用她热烫烫的嘴唇，在陈增强的脸庞上轻轻地吻着，吻着……陈增强被惠杏爱吻得心里痒痒的，身上火烧火燎，他情不自禁地低吼了一声，腾出一只手来，从惠杏爱的衣襟下伸了进去，颤抖着捉住了惠杏爱的一只乳房。陈增强叫了一声杏爱，惠杏爱也叫了一声增强，接着两人身子一软，便翻倒在绵软的河滩上，你缠着我，我缠着你，紧紧地，紧紧地相互搂抱着滚在了一起。

啊！啊！啊！

河岸上的柳树林里，雷吼似的爆出三声惊天的呐喊。那是谷门墩的呐喊呢！他破命似的吼喊着，却没往滚翻在河滩上的惠杏爱和陈增强撵来，而是朝着相反的方向，朝谷寡婆村的方向，脚步声又急又响地跑了去。

第二十九章

头痛，发热，嗓子干……九先生谷正芳过去就时常会有这样的感觉，他知道这是感冒了，没什么大不了的，熬一碗姜汤喝了，捂上被子，出一身大汗可能就好了呢。亲家母豆菊芳却不答应，非得让他到绛帐火车站的医院去瞧瞧。豆菊芳说得十分诚恳：你老大不小了，还把你当小伙看待吗？小伙时，头疼脑热没啥害怕，你都是赶六十的年纪了，有病就不能不当病，就不能扛着不治。谷正芳听得懂豆菊芳对他的关心，他感激着她的关心，但却还是扛着不去绛帐火车站的医院，这就惹得豆菊芳急了。她的办法是，指使她的女儿任喜过找了惠杏爱，开着小四轮拖拉机来到家门口，抱了一抱麦秸秆，铺在拖斗里，然后又抱来一床棉被，铺在麦秸秆上，硬生生连拉带拽，把谷正芳弄上拖斗，开着往绛帐火车站去了。

豆菊芳怕谷正芳半道儿跳车，她也就陪在拖斗里，和谷正芳一起往绛帐火车站去。

惠杏爱驾驶着小四轮拖拉机，因为拉的不是沙子，是人，她就驾驶得格外小心格外慢。从九先生谷正芳的家门口起步，往村外走，过去眨眼的工夫，她这一回走了有小半天。像是大过年时要社火，小四轮拖拉机是载人的社火床子，而坐在小四轮拖斗里的谷正芳和豆菊芳，就是扮社火的人了。他们慢悠悠地在街上走，街巷里三三两两的谷寡婆村人，就都嘻嘻哈哈地看热闹。在村里人的眼睛里，九先生谷正芳也许是感冒了，也许并不是头痛发烧害着病，而是有意装出来给亲家母豆菊芳撒娇来着，为了博得豆菊芳的同情，让她关心他，关照他，甚至是关“爱”他呢！

怎么了？九先生呀，你是头痛了吗？

什么什么？你头痛，还发烧？

哎哎，这就不对了，你不头痛，你不发烧，难道还让别人头痛发烧不成？

街巷里的人七嘴八舌的，因为九先生谷正芳被亲家母豆菊芳陪着坐在小四轮拖拉机的拖斗里出村去瞧病，激发出许多热闹来。西府农村的习惯，作为两亲家，有了困难，私底下是可以互相帮衬和照顾的，怎么帮衬，怎么照顾，都不为过。但像九先生谷正芳的亲家母豆菊芳，如此在光天化日下明目张胆地照顾，的确是少见的，太少见了。所以，看见他们双双坐在小四轮拖拉机的拖斗里，颤颤闪闪地，要社火一样地从街巷里过，大家能不起哄吗？

乡村中可以热闹的机会实在不多。

九先生谷正芳和豆菊芳让大家热闹了，作为亲家母的豆菊芳倒没什么，配合着街巷上起哄的乡亲们，有笑了也笑，有乐了也乐，不时地还要关照头痛发热的九先生，问他感觉怎么样，是不是头更痛了，是不是更发烧了。豆菊芳之所以这么询问九先生，那是因为被村里人哄笑着，九先生谷正芳的脸上挂不住，他的眉头皱起来了，脸色也像染了彩，黑红黑红，像关公一样。真是少见多怪，脸上挂不住的九先生谷正芳让亲家母豆菊芳生出了一些怨气。她想：我们一个脱帽富农婆子，一个脱帽右派，过去还少游街批斗了？啥场面没经过？到这时候了，还脸上染彩挂不住。豆菊芳心里埋怨着九先生谷正芳，忍不住就还小声地说了出来。

豆菊芳说：甭脸红，咱不被游街批斗才几天？这比游街批斗还难堪吗？

九先生谷正芳被豆菊芳这么一说，就释然了，脸上的潮红也一点点退却着。他睁着发烧的眼睛，怔怔地看着亲家母豆菊芳，一波一波的眼光，热辣辣的，就都是感激和感动了。

豆菊芳手里拿着条白色的湿毛巾，她关切着九先生谷正芳，抱怨着九先生谷正芳。九先生谷正芳不回答她，她就把湿毛巾往九先生谷正芳的手里递。九先生谷正芳欲接不接的，豆菊芳就不坚持给他递了，而是直接往他脸上擦了。九先生谷正芳害了急，想躲豆菊芳躲不过，伸了手去挡，就把豆菊芳拿着湿毛巾的手捉住了。

豆菊芳和九先生谷正芳的这一举动，恰恰被站在谷寡婆祠门前的谷冬梅看见了。

谷冬梅不能像街巷里的其他人嘻嘻哈哈地哄笑，她惊奇地在心里问了一声：这是弄啥哩？

谷冬梅在心里问过后，忽然想到九先生谷正芳可能病了。就在昨天，谷正芳到谷寡婆祠来，找谷冬梅商量大娃谷劳劳和云小兰的婚事。如今的谷正芳，把他很大的一份心思都操在谷寡婆祠上了，他说要振兴谷寡婆村的精神，要团结谷寡婆村人的力量，要让谷寡婆村人知廉耻，修道德，尊老爱幼，少生是非，要宣扬老祖宗的恩德，尊重老祖宗的操行，不如此就不是谷寡婆的后辈儿孙。谷正芳真诚地宣扬老祖宗谷寡婆，谷冬梅听来又顺耳又顺心，在这件事上，他俩是两只巴掌拍在了一起，成了一个响儿。九先生谷正芳来谷寡婆祠找谷冬梅商量大娃谷劳劳的婚事，前头就有了一个铺垫，他们又都真诚地颂扬了一阵儿谷寡婆的德行。谷正芳说了，说他和大娃谷劳劳、二娃谷梦梦都商量过了，把家里的收入拿出一大笔来，给老祖宗修上一座像模像样的祠堂。谷冬梅听了说：是啊，咱们用住家小户的房子改建的老祖宗祠堂，确实少了些气派，太低矮、太狭促了，是该亮亮堂堂建个谷寡婆祠了。说到这里，谷冬梅又把自己悔了一程，说：都是我的错。当年带人破“四旧”，咋就敢把谷寡婆祠给拆了？现在好了，你正芳大哥拿钱要重修老祖宗的祠堂，这是替我赎罪哩！我可不能袖手旁观，我那不成器的铁柱儿，听说也发了，我给他传话，他也是要拿钱的。都是掏心掏肺的话，说到后来，谷正芳就说了大娃谷劳劳和云小兰的婚事，说他和娃们家都商量好了，过些天就给他们合房。

谷冬梅赞成谷劳劳和云小兰结婚合房。她说：多么好的两个人，扛到现在，是该苦尽甜来了呢。

谷正芳心里还有事儿放不下说：你说得对。但就是……

谷冬梅知道问题在哪里，说：谷大房吗？你不用理他。

谷正芳说：不是我理不理他，是怕他不理这事。

谷冬梅说：他不理不是更简单了吗？

谷正芳说：我想在两个娃合房的日子，请他来吃席。毕竟，他是云小兰多年的公公，又是咱村的支书和村长，他不到场，事不周全。

谷冬梅说：我听懂你的话了，你想让我去给谷大房说。好么，我答应你，给你去跑这个腿。

说过的话还在耳边响着，谷冬梅还没抽身去找谷大房，九先生谷正芳自己却病下了。看着豆菊芳陪着九先生谷正芳要社火一样从谷寡婆祠前走过，她说不清为什么，心头紧了一下，竟还有些疼，两只脚不由自主地交替着，还朝走过来的小四轮拖拉机撵了几步。

谷冬梅撵了几步，本还想问谷正芳几句的，却不由自己地停住脚，心口依然疼着站在谷寡婆祠前，看着豆菊芳和谷正芳耍社火一样，坐着小四轮拖拉机，蹦蹦颠颠出了村子。

到了绛帐火车站的医院，医生给九先生谷正芳初步诊断了一下，就开了住院证，把谷正芳送进了病房，拿来了生理盐水，配上青链霉素，当下给他打起了点滴。医生说了，谷正芳扁桃体肿胀，肺部严重感染，眼下要做的就是全力以赴把他身上的炎症先消除掉，然后再做进一步检查，再做进一步处理。

谷正芳的大娃谷劳劳太苦了，他妈在谷正芳戴上右派分子帽子后，并没有跟着他爸回谷寡婆村。他妈是县剧团的演员，非常热爱她的演艺事业。可这件事对她的打击还是很大的，她不回谷寡婆村，也不让谷劳劳和谷梦梦回村里来，孤身带着两个儿子，在县剧团的院子里艰苦地熬着。她想熬到谷正芳摘了帽子，他们一家人还在县城和和气气地过日子。可是却不能够，九先生谷正芳的帽子哪是那么容易摘掉的？而她又不能不跟剧团外出演出。一次，县东的菊村镇过大会，剧团扎在镇上演了三天三夜，她不好带着两个娃儿去菊村镇，就让大娃谷劳劳带着年幼的谷梦梦留在剧团院子。第二天晚上，她演罢戏，卸了装，睡在临时搭的麦草铺里。刚闭上眼，却见大娃谷劳劳血头血脑地喊她：“妈妈，我怕！”她睁开眼，眼前没有大娃谷劳劳，心想，自己做梦了。明知是梦，她也睡不着了，走了三十里夜路，赶回到县城的剧团院子，推开她的宿舍门，看见的情景和她梦里几乎一样。大娃谷劳劳的头上脸上有几道伤，他坐在床上，眼睛睁得大大的，腿上睡着弟弟谷梦梦。她扑上床去，把谷劳劳拥进怀里，脸偎着谷劳劳的脸，问他是怎么了。谷劳劳不说话也不流泪。谷梦梦醒来了，揉着他的小眼睛，对黑夜回来的妈妈说了。他问妈妈：我爸爸是右派，大右派，那我哥也是右派了？小右派？

妈妈摇着头说：不是的，不是的。

谷梦梦说：院子里的大娃娃小娃娃开我哥的批斗会，让我陪站着，说“龙生龙，凤生凤，老鼠生儿会打洞”，我爸是大右派，大右派的儿子是小右派。

做妈妈的明白了，大娃谷劳劳头上脸上的伤是院子里朝夕相处的孩子们暴打的结果。为了孩子的安全，妈妈决定辞去剧团演员的职业，回谷寡婆村与丈夫相依为命了。可她提出来不久，没能等到批复，却在接下来的下乡演出中因放心不下撂在剧团院子的谷劳劳和谷梦梦，赶夜路回县上，半道过一条大沟，从沟坡上滑下沟底，摔在一块石头上，当即要了她的命。

受苦的孩子早当家，若是心灵上的苦，一定会早懂事、早当家的。谷劳劳和谷梦梦回到谷寡婆村来了，和老爸谷正芳生活在一起。淘米做饭、洗衣服晒被子的事，谷劳劳首先自觉地承担了下来。同时，他还极具长兄的风范，什么时候，什么情况下，都让着弟弟谷梦梦。大麦不黄小麦黄，谷梦梦迎娶任喜过时，谷正芳还担心谷劳劳的心理感受，可是他一点都不在意，一心一意地给谷梦梦操心着结婚的事情。

现在好了，就要给大娃谷劳劳成婚了，谷正芳心里高兴着，但他却在这关键的时候生病住在医院里，这是怎么也住不安然的。好在有豆菊芳陪着他，给他端吃端喝，说话聊天，让他还是很受用的，因此还想起他受苦受累、孤身一人拉扯谷劳劳和谷梦梦时得的一次重感冒。当时发烧超过了四十度，把他都烧昏迷了，只有两个娃娃陪着他，让他真是吃罪不小。也是因为人在病中，当时他想，有个伴儿多好！可他那时候，也就是想一想，是不能成真的，他的身份和拖累明晃晃地摆在那里，没谁敢冒那个风险做他的伴儿。

豆菊芳陪着九先生谷正芳在病房里，谷正芳的大娃谷劳劳和云小兰来了，要换豆菊芳，豆菊芳拒绝了，说：你俩安心准备结婚的事，这里有我哩，我不会让你爸受罪的。二娃谷梦梦和任喜过也到医院来了，也要换下豆菊芳，被豆菊芳用同样的理由拒绝了。她说：你哥你嫂要结婚，正是需要你俩出力的时候。回去吧，回去帮你哥你嫂把他们的婚事办好了，就是孝敬你爸。

理由太充分了。谷正芳住院三天，就都是亲家母豆菊芳照顾他，这使他很有些过意不去，没话找话地要和豆菊芳拉话。

清晨起来，豆菊芳端来热水给九先生谷正芳洗了手和脸，正洗着，谷正芳说：你叫豆菊芳，我叫谷正芳，咱们两个老人的名字里都有个“芳”字，你说这是不是缘分？要我说，大缘分哩，好像……好像……

谷正芳“好像”了几下，都没说出“好像”后边的话，豆菊芳就替他说了：好像自家兄妹，你说是吧？

豆菊芳的坦率，把九先生谷正芳的心烧得热喷喷的，他跟着就还重复了一遍，说：你说得对，咱可不就是自家兄妹嘛！

两亲家热热乎乎说着话，病房门口的光影暗了一下，走进了谷冬梅和她做出口生意的儿子谷铁柱。在病房门口，谷冬梅的耳朵一字不落地听到了九先生谷正芳和他亲家母豆菊芳的话。她对那样的话是敏感的，敏感地意识到，原来的右派分子谷正芳和原来的富农分子豆菊芳，因为儿女的婚事，他俩走近了，走出感情来了，再往下发展，很可能发展成一对幸福的黄昏恋人哩！这么想着，谷冬梅就感到她的心尖尖在颤抖，甚至隐隐地有些作痛。她在心里问自己：这是为什么呢？难道……难道她几乎干枯的感情神经，回到谷寡婆村来，在与老右派谷正芳的接触中，又生发出勃勃的新芽来了？

心里酸苦着的谷冬梅，走进病房来，脸上却笑得暖暖的。不过，因为她心里的酸苦，使得她走进病房的脚步不是很实，虚飘飘的，像是踩在了棉花垛上，让跟在她身后的谷铁柱，不得不伸出手来扶住他的娘亲谷冬梅。

谷铁柱说：妈，你怎么了？

对儿子的关心，谷冬梅一点情都不领，她甩开谷铁柱的搀扶，说：我能怎么了？我好着哩，我还不老，我不要你扶。

谷铁柱就很小心地放开他妈，脸上挂着理解的微笑。

豆菊芳的脸红着，九先生谷正芳的脸也红了。他俩心里镜子似的，知道他俩刚才说的话，被这位刚强霸气的谷冬梅听去了。那样的话，两亲家之间说说是可以的，可以增进他们的感情，增加他们的了解，仅此而已，绝对不可以让他俩之外的第三者听见。第三者听见了，会怎么想他们呢？会怎么说他们呢？他们可是儿女亲家呀，传出去成何体统，又怎么做人？

掩饰，只能掩饰了。

九先生谷正芳和豆菊芳需要掩饰，同样，谷冬梅也是需要掩饰的。

谷冬梅往九先生谷正芳病床前又走了两步，望着脸色红亮的谷正芳，像她原来做县粮食局局长时一般，很有势派地问上了：怎么样，还发烧吗？

九先生谷正芳说：不发烧了。

谷冬梅说：不发烧咋还那么脸红？

九先生谷正芳说：我脸红吗？

谷冬梅说：你自己摸一摸。

九先生谷正芳伸手摸了。他摸出自己的脸皮是烫着的，但他知道，那不是肺部发炎引起的高烧，而是因为他和亲家母过于亲昵的说话。九先生谷正芳不得不承认，他的这位人称“豆腐西施”的亲家母，的确是太能干了，更重要的是，她还那么善解人意。她把女儿任喜过嫁过来，嫁给他的二娃谷梦梦做媳妇，从此，也像把她也嫁过来了一样，一门心思都只为了这个家，几乎把她麦禾营的家都忘了。这样一个亲家母，打着灯笼满世界找，找得出第二个吗？恐怕找不到了。九先生谷正芳心里暖暖地想着，忽然意识到他是不能多想的，眼下最要紧的，是先把看他来的谷冬梅应付好。

九先生谷正芳避开了谷冬梅提起来的话题，望着站在谷冬梅背后的谷铁柱，说：铁柱呀，你总算不让你妈操心了。

谷冬梅显然上了九先生谷正芳的当，说：他不让我操心？哎哎，我给你说，他要不让我操心，除非我像他老子被土埋了。

九先生谷正芳挡着谷冬梅的话说：这就是你的问题了。孩子的翅膀硬了，你就该少操心，让孩子自己闯去。铁柱现在不是闯得很好嘛，都闯出国去了。

谷冬梅却另有话说：你就夸他么。现在都夸他哩，你知道吗？他闯他的，我不拦他了。可他倒好，我退休了，回到谷寡婆村里了，他不回来看我，让我老婆子一个人为他日夜操心。好了，我把娃操心回来了，原来一年半载的不见他的人影儿，现在天天往咱谷寡婆村回。他回来看我是个借口，看人家谷大房的二娃媳妇上官乐是真。看了人家，还给人家说，要人家跟他走，给他去当女秘书。

谷铁柱听他妈谷冬梅把话说多了，就插进话来说：我的妈呀！你把话说清楚好吗？上官乐的文笔好，我的公司规模大了，文案上干着急没人顶，我是聘任她做我的文案助理呢！

谷冬梅说：助理就助理吧。人家答应了吗？

谷铁柱说：没说答应，也没说不答应。刘备三顾茅庐请诸葛亮，我才两请人家上官乐。相信我，只要心诚，三请也是请得来上官乐的。

谷冬梅斩钉截铁地说：你娃休想。我是眼前的一座山，你搬不开我，就休想请上官乐给你做什么助理！

病房需要的是安静。谷冬梅和儿子谷铁柱来看生病的谷正芳，却在谷正芳的病房里吵了起来，这是让医生护士不能容忍的，当即来了几个人，全都白衣白帽白口罩，像赶鸭子一样，来赶谷冬梅和她儿子谷铁柱了。医生护士说了，这里是病房，不是吵闹的地方，要吵了都出去，到大街上去吵，那里人多，吵起来有人看。

做过县粮食局局长的谷冬梅，感到了自己的失态，她不和儿子谷铁柱吵了，当然也没有被医生护士撵出去。她还有要紧的话给谷正芳说，便敷衍着医生护士，说她和儿子没有吵架，只是说话声音大了。然后指示她的儿子谷铁柱先从病房出去，并要求儿子以后要抽时间来看谷正芳，说谷正芳是谷寡婆村最有文化的人，要在以前，谷正芳要被人尊为地方绅士哩！

谷冬梅不愧做了一些年的干部，三言两语就把眼前的一场尴尬平息了下去。这时，她才对谷正芳说：你要我给谷大房说的话，我给他都说了。

尽管身上有病，九先生谷正芳听谷冬梅说起大娃谷劳劳的婚事，他的精神一下子就上来了，说：他是啥态度？

谷冬梅说：他答应了是他，不答应还是他。谷劳劳、云小兰两个有情人互相答应了才是重要的呢！

九先生谷正芳说：对对对，有你这话，我把心放下了。

虽然谷劳劳和云小兰扯了结婚证，一家人也紧锣密鼓地为他俩筹备着婚事，可是谷正芳担心，到了日子，谷大房要是不支持，站出来生事，谷劳劳和云小兰的一场喜事可能会办得很不开心，甚至十分窝心。此前，二娃谷梦梦和任喜过的婚事，没能办得开心热闹，九先生谷正芳实在是怕了。

谷寡婆村，能拿得住谷大房的，唯有谷冬梅。九先生谷正芳求了谷冬梅，谷冬梅按谷正芳说的上门给谷大房说了，九先生谷正芳就再没什么顾虑了。一旦心里没了顾虑，九先生谷正芳还没完全好的肺炎，一下子像都痊愈了。他从坐着的病床上下来站到地上，嚷嚷着马上出院，他要回到村里去，给他大娃谷劳劳和云小兰操办结婚的事。

九先生谷正芳的决心既下，别说是豆菊芳和谷冬梅，连医生和护士都奈何不了他。他态度坚决地办了出院手续，回到谷寡婆村来，大张旗鼓地操办起谷劳劳和云小兰的婚事了。

家里的房子是现成的，找来裱糊匠，用心地裱糊了一遍。九先生谷正芳要求，大娃谷劳劳新房的顶棚，要用蓝色的花纸裱糊，四角还要粘上云子图形，让人抬头看时，有一种生活在蓝天白云下的幸福和温暖。墙围子尽量弄得素净一点，可以是白底粉色碎花的纸张。裱糊匠心领神会，很是认真地给谷劳劳和云小兰把新房裱糊了出来。

但是，谷劳劳和云小兰结婚后，是不会常住在家里的，他们还得住在渭河南岸的良种猪饲养繁育场里。想到这一层，谷正芳就还带着裱糊匠去了渭河南，把大娃谷劳劳常住的那间房子腾出来，也让裱糊匠照着家中新房的样子，细致地裱糊了出来。

谷正芳忙着为大娃谷劳劳和云小兰裱糊新房时，豆菊芳也没有闲着，好像她比亲家公谷正芳还要忙，拉着女儿任喜过到绛帐火车站去了两次，买了白布、网套和绸子被面子，红黄蓝绿地给合房的谷劳劳和云小兰缝了八床全新的被子和褥子。此外，还给谷劳劳和云小兰各缝了两身棉衣和两身罩衣。无微不至的豆菊芳，在亲家公谷正芳的家里，俨然是一位极负责任的女掌柜。在她眼里，任喜过是她的亲生女儿，谷梦梦是她的亲女婿，因此，谷劳劳和云小兰也就成了她要操心费神的亲儿亲女了。

喜日定下来了，就在八月十五中秋节。天上的月圆了，地上的新人呢，也要团圆了。

赶着这个日子，九先生谷正芳把谷寡婆村的人都请了。他请大家到渭河南的良种猪饲养繁育场里来，参加他大娃谷劳劳和云小兰的婚礼。

把大娃谷劳劳和云小兰的婚礼办在他们专心操持的良种猪饲养繁育场，是谷劳劳自己的主意。九先生谷正芳对大娃谷劳劳的这个提议，起先是反对的，添丁进口娶媳妇，家里有的是地方，为什么要在猪场里办呢？不行，绝对不行。九先生谷正芳坚持着自己的意见，但他抗不过大娃谷劳劳，更抗不过云小兰，他们像是商量过了，异口同声要在养猪场里办婚礼，还说：在这里办婚礼别出心裁，与众不同，太有新意了！咱们有这个条件，放在别人身上，想要这么办还没这个机会哩！胡说的什么话？九先生谷正芳说不过谷劳劳和云小兰，想拉二娃谷梦梦帮他腔，结果，谷梦梦干脆不接他的话茬。最后谷正芳又去拉拢亲家母豆菊芳和二娃媳妇任喜过，那娘儿俩笑笑的不答腔。谷正芳不依不饶，追着豆菊芳和任喜过，要她俩劝说谷劳劳和云小兰，他是真的不想把一场喜事办在养猪场里，但他太急切了，没把大娃谷劳劳和云小兰说服，倒把豆菊芳和二娃媳妇任喜过逼急了。任喜过在公公谷正芳劝说她和娘家妈时，被逼无奈，就在她妈喜眯眯的脸上瞥了一眼，很是委婉地反劝公公谷正芳了。

任喜过说：我妈把豆子都泡在缸里了，就在养猪场做豆腐杀猪，待承参加我哥我嫂婚礼的人。

不情愿也没办法。谷正芳便在心里暗想，幸亏他在家里和养猪场给儿子都裱糊了新房。

时间跟着人的屁股跑，再过一夜孤寂的寡妇日子，云小兰就要嫁给谷劳劳，开始一场新的生活了。早些天，豆菊芳和女儿任喜过，怀里各抱着一个方格土布的大包袱，代表谷劳劳，从一墙之隔的家里出来，进了谷大房的家里，给云小兰下了货。所谓“下货”，就是送为云小兰准备的结婚衣裳。那些新嫁衣，一套一套的，都是“豆腐西施”任喜过娘家妈巧手缝制出来的。下货过来，云小兰当着任喜过和她娘家妈豆菊芳的面，一一试了一遍。这可把云小兰试得喜笑颜开，红的绿的衣裳，穿在云小兰的身上，掐尺等寸，多一分就肥了，少一分就瘦了，太合身不过了。

就在云小兰听到头门外的炮仗声大作，她自己一身红衫衫、红裙裙就要出门改嫁谷劳劳时，上官乐到她寡居了许多年的空房里来了。上官乐拿来了她结婚时穿过的白色婚纱和红色旗袍，鼓动着云小兰，要她试穿。

对这位初婚来的弟媳妇上官乐，云小兰的心里除了感激就还是感激呢。

上官乐的大胆泼辣，上官乐的敢作敢为，鼓舞着云小兰，使她终于能和心上人谷劳劳结婚了，她没有什么可遗憾的了。她忘不了上官乐初婚到家里时的光彩和美丽，不仅村里的人惊羡她，作为本家嫂子的云小兰，也一样惊羡。上官乐结婚的那一天，云小兰忍不住一次一次地往上官乐的身边凑，上官乐穿的是雪白的婚纱，她惊羡地伸手去摸婚纱，上官乐换上旗袍了，她又惊羡地去摸旗袍。那种滑滑的、柔柔的感觉，存留在云小兰的手上，她是永远都不会忘记了。当时的天气还是太冷，她摸着上官乐穿在身上的婚纱和旗袍，只担心冻着她，便不由自己地问了上官乐几声：你冷不，啊？可别受冻感冒了。云小兰可能是忘记了，也可能是没有感觉到过，新嫁娘的身体就是一盆火，穿什么都是不会觉得冷的。这么漂亮的婚纱，这么艳丽的旗袍，上官乐新婚穿过了，她是该压在箱底变成她存留在梦里的一个永远美丽的记忆的，可她却在云小兰改嫁时，翻出来要她来穿，云小兰能拒绝吗？

云小兰愣愣地看着上官乐，愣愣地看着上官乐翻出来拿到她面前的婚纱和旗袍，很是听话地在上官乐的帮助下，往自己身上穿了。

云小兰穿了上官乐的婚纱，在镜子前仔细地照了照，脱下来又换上了旗袍，又在镜子前仔细地照了照。啊啊，云小兰听到了她心里的叫喊。她没想到，已经不再青春的她，因为穿上了婚纱，因为穿上了旗袍，便仿佛减去了十岁，又回到青春时期的她了。

换穿着婚纱和旗袍的云小兰，和上官乐在她孤苦煎熬了许多年的房子里偷偷地笑了两声，立即又都警觉地透过挂在房门上的门帘，去看公公谷大房和婆婆白栓娥住着的上房屋。几天了，也就是自打商定了云小兰改嫁的日期后，上房屋便静悄悄的，好像里边没有人似的。其实她们知道，作为村支书兼村长的公公谷大房和爱计较的婆婆白栓娥，都在上房屋里待着，不是因为尿急，不是因为屎急，两位老人就不从上房屋里出来。这使谷寡婆村原来最为讲究热闹的农家院落，显得从来没有过的压抑和清寂。毕竟，在一口锅里吃饭，又都吃了那么多日子，要改嫁的云小兰不敢太喜悦。上官乐呢，配合着云小兰，表现得也极是收敛。她俩有一个共同的目的，就是不想惹得俩老人太生气。

穿着婚纱的云小兰说了：我可把这么薄、这么露的衣服穿不出门。

穿着旗袍的云小兰说了：我可把这么红、这么艳的衣裳穿不出门。

上官乐看着云小兰，说：我能穿，你就能穿。怕什么呢？你就不想把你该有的青春找补回来？

云小兰说：咱不说过去的话了。我今天只想问你，你得是在我改嫁出去后，也要离开家，到绛帐火车站给谷铁柱当助理去？

上官乐想不到云小兰在这个节骨眼上会问她这个问题。她说：你说呢？

云小兰说：你可不能答应谷铁柱。

上官乐收起她刚才还挂在脸上的喜气，说：我的事，你就甭操心了。眼下最要紧的，是把你的事先办好。

云小兰说：你就听不进去我的话！

第三十章

豆腐坊是在谷劳劳的良种猪饲养繁育场新搭起来的。虽说只是一间小小的作坊，在豆菊芳的指导监督下，还是盖成了砖木结构的式样。红砖红瓦，码放整齐，房顶上加盖了一个小亭子似的天窗，并且蒙着优质的窗纱，严防麻雀什么的飞禽进入，让人看去，倒像机关单位的住房呢。作坊的脚地，都用水泥打了，湿漉漉干净清洁。一台磨豆腐的电磨子，靠墙安在一边，是小巧的，好操作的；煮豆浆的锅灶，就盘在南窗下面，锅台和围墙都贴了白瓷砖，既明亮又好看；紧挨锅灶的，是一个高高吊起的铁梁，为的是好吊豆腐包子；在墙根，一溜放着三口大缸；紧挨着大缸又是摆放得整整齐齐的豆腐模箍……所有这一切，在这间不是很大的作坊里，都显得井井有条，洁净齐整。别人要问，这是谁操持的呢？得到的回答只有一个：是任喜过的娘家妈豆菊芳操持的哩。

很好地操持和经营着豆腐作坊的豆菊芳，在中秋节这天，挨着煮豆浆的大锅，一连串又盘起几口小锅。谷劳劳迎娶云小兰，把话下到村里每一家每一户，大家都答应要来的。豆菊芳担负着婚宴的一应事务，大家高高兴兴地来，吃好吃不好，可就全在她了，她得负起她的责任。因此她忙碌在豆腐坊里，连喘一口大气的工夫都没有。

女儿任喜过和女婿谷梦梦是豆菊芳的帮手。她指拨着他们小两口，让小两口忙碌得像她一样，也连喘口大气的工夫都没有。早晨的太阳，黄蜡蜡的，刚从渭河东流的泥汤水上爬出来，还没攀升到一竿子高，谷寡婆村的人就三三两两地走到渭河岸边，上到河水里的一艘木船上，渡到河南来，往猪哼哼、羊咩咩的良种猪饲养繁育场里来了。季节到了深秋，渭河的水大起来了，没有了冬季水枯时的便桥，村民要到河南来，唯一的渡河工具，就是那一艘木船了。当然，渡口上还有一艘木船，这艘木船被谷劳劳用心地装饰成了花船。今日，这艘装饰成花船的木船，只有一个功用，那就是专门来接云小兰过河。因此，余下的那艘木船，用来摆渡谷寡婆村参加谷劳劳和云小兰婚礼的人，就显得非常吃紧，来来回回的，直到日近中午，还有一大群人聚在河北岸，等着木船接他们过河。正等着，云小兰在谷劳劳和上官乐等人的陪同下，红红亮亮地到了渭河北岸，在大家的起哄声里，娉娉婷婷地上了花船。云小兰的前脚刚踏上木船，就有船上的执事点燃了炮仗，使得满船爆竹齐鸣，悠悠荡荡地向着河南渡去。也是大家的心太热，等在河北岸的村里人就有些等不及了，他们中水性好一些的小伙儿，只怕错过了谷劳劳和云小兰拜天地的大热闹，就在渭河北岸脱了衣裤，举在头上，跑进河水，泅水过河了。有一人带头下水，跟着就有十人八人下了水，一时之间，水波荡漾的渭河水面上，扯开一溜长长的泅水过河的人。他们一边奋力地打着水，一边还啊啊哦哦地大叫着，炸响在花船上的爆竹声和飞荡在河水里过河者的叫喊声交织在一起，把渭河都快抬起来了。

满脸堆笑的九先生谷正芳，清早起来就守在渭河南岸，手里拿着一盒又一盒带把儿的金丝猴烟，嘴不停、手不停地招待着过河来的村里人。

九先生谷正芳是真高兴哩！谷冬梅来了，她的儿子谷铁柱也来了！谷大房来了，谷大房的老伴白栓娥也来了！谷寡婆村不落一户地都来了人！谷正芳感激着村里的人，但他没忘二娃谷梦梦结婚时的冷清。那一天是太冷清太叫人难堪了！这才过去了多长时间，大娃谷劳劳结婚了，事情就翻了个过儿，突然又变得如此热闹如此让人感慨！九先生谷正芳真是不敢想，一想便忍不住眼睛发热，就感觉到水汪汪的眼睛里似有泪花儿涌动。

嘿，九先生谷正芳是个眼软的人！他不知道，在今日，眼软落泪的还不止他一个人，带着巨大伤感的谷大房，也少有地眼软了，眼软得几乎要落泪呢。他们都是当事人，除了他们之外，过河来吃谷劳劳和云小兰喜宴的村里人，有许多都像他们一样，眼软得落泪了。

大家湿润着眼睛，在渭河南岸的养猪场见证了这一对苦命人的婚礼后，在回村的路上，又看见了另一个让他们眼软落泪的情景。

初婚来到谷寡婆村的上官乐、惠杏爱和任喜过，不知什么时候走到了一起，站在渭河北岸的沙堤上，手牵着手，在说她们自己的话。顺着河道疾速旋进的一股秋风，蓦然卷起她们三人的头发，黑黑的头发，像是在空中燃烧的三股黑色的火焰。距离她们不远的地方，停着一辆月白色的进口拉达小轿车，谷冬梅做着外贸生意的儿子谷铁柱，打开小轿车的一扇门，手扶着像是小轿车翅膀的那扇门，很有那么点春风得意的派头，双目炯炯有神，极为温暖地看着村里三个初婚的新娘子。

是的，上官乐要走了，惠杏爱和任喜过来给她送行了。

送行的任喜过似乎还有所怀疑，她说：你真要舍下谷天明去给谷铁柱当助理吗？

任喜过怀疑着，惠杏爱却一点都不怀疑，她说：我们在一个村子里，才刚热乎着，你却要走了。

上官乐听得出任喜过的怀疑和惠杏爱的伤感，她把被风吹乱的头发理了理，大有些诗人气地说：也无风雨也无晴，要知道，我的心凉了。

惠杏爱和任喜过吃惊地看着上官乐，异口同声地说：心凉了？

很是坚定地说了这句话后，三个嫁到谷寡婆村的十分要好的新娘子，都不说话了，牵在一起的手，也渐渐地松开来。上官乐往谷铁柱的拉达小轿车走了去，惠杏爱和任喜过跟了两步，最后站在渭河大堤上，目送着上官乐。见她在谷铁柱的照顾下，都已坐进小轿车里了，却又把头伸出来，和惠杏爱、任喜过说话了。

上官乐说：你两个来，咱坐车一起回村上去，我还要跟谷寡婆告个别呢！

惠杏爱和任喜过听上官乐这么一说，以为她和谷天明的婚姻还有救，就双双小跑几步，坐上谷铁柱的小汽车，回了村里。站在谷寡婆祠前，该往祠堂里走了，上官乐却收住脚，左手拉住惠杏爱，右手拉住任喜过，把她俩各深情地看了一眼，她说：你俩想了没有？咱们憧憬的爱情是多么脆弱呀！婚嫁婚嫁，咱们把身体嫁给一个人真是太容易了，衣服一脱，眼睛一闭，往被窝里一钻就嫁出去了，但咱要把自己的心、自己的情嫁出去，那可是太难了。有时候，咱以为把什么都嫁出去了，其实不然，转过身来想，可能一辈子都把自己的心和情嫁不出去呢！

听着上官乐的话，惠杏爱的表现倒还平静，任喜过却感到特别慌乱和不安，她只觉得自己的腹腔里，正有一股她无法抑制的潮涌，翻江倒海地冲击着，直抵她的咽喉，她哇一声呕吐起来了。吐了几下，没有吐出食物，只是吐出几口苦苦的黄汤。

惠杏爱警觉地问起任喜过了：喜过，喜过，你怎么了？你没事吧？

任喜过手捂在胸口上，难受地摇着头，说：没什么，没什么。

上官乐却似神仙一样，对着干呕的任喜过笑了一下，走到任喜过跟前，把她看了几眼，说：我想我是该恭喜你哩！

恭喜？恭喜什么呀？上官乐把惠杏爱说糊涂了，她说：乐呀，你没看喜过都难受成啥了，你还笑话她。

上官乐盯了惠杏爱一眼，依旧满脸狡黠地说：杏爱你装糊涂吗？

惠杏爱说：我装什么糊涂？

上官乐说：你看喜过吐哩，她为啥吐呀？你不知道？我告诉你，喜过有了！

惠杏爱说：有了？

上官乐说：有了！

这句“有了”，惠杏爱听得明白，她不知为什么，本来也想如上官乐一样恭贺任喜过的，却不由自主地心酸起来。她想起了她自己，同一天做的新娘，任喜过都已幸福地“有了”，可她……什么时候能“有”呢？惠杏爱心酸地望着任喜过，一时不知说什么好了。

任喜过吐不出什么结果，挺直了身子不吐了。她捉住脸上茫然着的惠杏爱，说起上官乐来，她说：就你眼尖就你能！

得到了任喜过的证实，上官乐不要眼尖不要能了。不过她并没有立即走，而是又盯着惠杏爱，给她说：咱们村领导班子要改选了，你是村长候选人，你可是要留心呢。上官乐在说了这些话后，才又加进一句话——我走了。这才再次走到谷铁柱的小轿车前，坐进副驾驶座上，把头缩进车门，顺势关严，任由谷铁柱脚踩油门，轰轰隆隆地绝尘而去。

谷大房看到了河堤上的这一幕，他的二娃谷天明也看到了河堤上的这一幕，谷寡婆村来吃谷劳劳和云小兰喜宴的人差不多都看到了河堤上的这一幕。大家看到河堤上这一幕时，心里都有一种说不明的苦痛，只有谷天明的老爸、村支书兼村长的谷大房，脸上却展露出一丝让人惊诧的笑意来。云小兰决意改嫁后，直到今日真正改嫁到谷劳劳的良种猪饲养繁育场来，好多天了，谷大房的脸色持续地阴着，从来没有放晴，但在目睹上官乐坐上谷铁柱的拉达小轿车绝尘而去后，他阴沉的脸色突然晴朗，其中的原因，大概只有他说给二娃谷天明的那句话能说明问题。

此时，谷天明刚好随在老爸谷大房的身边。

谷大房扭头对二娃谷天明说：老祖宗是咋说来？

谷天明不知道老爸谷大房在这个让他难受的时刻想说啥话，他疑惑地看着老爹谷大房，摇了摇头。

谷大房说：走一个穿绿的，来一个穿红的。

谷大房说了这句意味深长的话，他的二娃谷天明没能怎么开心，倒是他忍不住地嘿嘿嘿乐了好几声，然后不管二娃谷天明怎么想，他自己则大步流星地走在回村的人流里。他不断地和身边就要走过的人打着招呼，问候大家，说什么：天高着哩，塌不下来。日子长着哩，啥时候不都得一天一天过？

谷大房走过去了，听到他问候的人，都会小心地议论。

有人说了：看人家，不愧当着村支书村长呀！

有人就还说了：是啊，人家可是没有白当家！

熬在家里守寡的大娃媳妇云小兰，自作主张改嫁给了他不希望她改嫁的谷劳劳，这原本是件让谷大房很不开心的事，却在云小兰改嫁的日子，使他莫名其妙地有了点好心情。这是奇怪的，而且各种迹象都在证明，二娃谷天明娶回家的媳妇上官乐，也有了与二娃过不下去的危险。谷大房的眼睛不瞎，耳朵不背，他心知肚明，他是不该高兴的，可他在渭河南岸参加谷劳劳婚礼的时候，听到了一件事，这就让他不由自主地高兴起来了。

谷大房为什么就不能高兴一下呢？人不能躺在忧愁的棺材里、钻进坟墓里去躲着，而是要积极地发现可乐的事，让自己在不如意，甚至是苦恼时，高兴起来。何况这的确是个值得谷大房好笑的事呢。

卫生革命！几个初嫁到谷寡婆村里的碎媳妇要在村里干这件事。哈！她们弄得成吗？

谷大房是要等着看惠杏爱她们在村里搞什么“卫生革命”了。他认为这是好笑的。暗笑着的谷大房已经得知，村级干部改选，镇上把惠杏爱列为了村长候选人。这对还想把持谷寡婆村权力的谷大房来说，可不是个好消息。但他像得知惠杏爱们要在村里进行“卫生革命”一样，在得知这一消息后，依然显得很兴奋。这是因为，谷大房永远都是个敢于迎接挑战的人。这两件事情，突然摆在谷大房的面前，他还能窝在家里吗？自然是不能了，他是要积极应对呢！为此，他在心里为自己鼓着劲，并在心里灭着惠杏爱们的威风。哼呀，不就是被提名吗？要站出来和咱竞选村长？这就沉不住气了，要用行动博取村里人的信任，运用自己家的小四轮拖拉机，从渭河滩上拉来沙石，铺垫谷寡婆村的街道！好么，你舍得出柴油钱，你就往出舍么。但你知道我怎么接招吗？我只需扛一把锨，在村街上撒你拉的沙子，啥话都不说，就把你的功劳都夺到我身上了。

谷大房得意着他的想法，因此就还想，这件事表面上看是惠杏爱承的头，背地里出主意的，应该又是二娃媳妇上官乐。

透过现象看本质，谷大房自信他的猜测不会错。

就在惠杏爱烧腾着要在村子进行卫生革命之前，二娃媳妇上官乐就在家里大造舆论了。她哥上官副书记来村里检查工作，上官乐没给她这个村支书兼村长的公公面子，同时也没给升任县委副书记的她哥面子。事过之后，她竟像没事儿一样，蒙头盖被睡了一场，呜呜哇哇哭了一场，再从她房子里的炕上爬起来，就说：村子太脏了，又脏又乱，这不是社会主义新农村应该有的样子。改革开放，不仅是土地承包、经济发展这一个方面，还应该在人的思想上和精神面貌上有所提高，这才是改革开放要达到的目的哩。

上官乐在村支书兼村长的公公面前碰了几个软钉子，她在家里制造舆论时，没有直接对公公谷大房说，捎话带信地都说给了女婿谷天明。那不是她们小夫妻的悄悄话，说起来声音就特别大，无拘无束，无遮无拦，她想怎么说就怎么说。院子里有白栓娥养的几只鸡，靠墙根刨食虫子，把院子刨烂了不说，小屁股一摆，就是一摊鸡屎，上官乐就给女婿谷天明说了。

上官乐说：我听说县上来咱村的妇联主任，在村里的街道上踩了一脚牛粪，你看见了没？

女婿谷天明是糊涂的，不知上官乐是套他的话，跟着上官乐说：我倒没有看见——都怪你，钻在被窝里使性子。

上官乐引导着谷天明说：谁家女人不使性子？要我说，女人家还该蛮不讲理呢，十天半个月一次，才更像女人，你说是不是？蛮不讲理——天赋女人的权利，你还不能不让我蛮不讲理使性子。不过，我今日心情好，不和你讨论这个问题，你只说你见没见县上妇联主任踩了牛粪。

女婿谷天明老实地说：听说了。我听说妇联主任的皮鞋明光锃亮，踩上牛粪后就没一点光气了。

上官乐就高兴起来了，说：看呀！咱还能让人家县上的妇联主任再来咱谷寡婆村踩一脚牛粪吗？

女婿谷天明认真想着上官乐提出的问题，觉得是不应该再让人家妇联主任踩一脚牛粪的，就随口说：当然不能了。

上官乐说：上次我哥他们来咱们村里我事先不知道，这一次我哥他们还要来，来给惠杏爱的沙石运销公司揭牌。你说咱村该不该进行一次卫生革命？

女婿谷天明从上官乐的嘴里听出一些别样的味道来了，他转脸寻找掌握着村子大权的老爹谷大房。他寻找到了，村支书兼村长的老爹就在上房屋里，谷天明没有看见他老爹的身影，但他感受到了他老爹的气息，穿透了上房厚厚的墙壁，正强劲地向他传递过来，他感到老爹谷大房一字不落地听到了媳妇上官乐的话。“卫生革命”，老爹一定不会喜欢这个词儿，而且也不会支持这一行动的。察觉到老爹谷大房的心思后，谷天明给上官乐打起马虎眼了。

谷天明说：卫生革命？这话听起来太暴烈了。

上官乐说：不暴烈就不能解决问题。

谷天明说：你说咱谷寡婆村脏，不卫生，你到别的村里去过没有？基本一个样。农村嘛，就要是农村的样子，养牛养马，喂猪喂鸡。你说咱们养了牛和马，喂了猪和鸡，你还能把牛马猪鸡的屁眼都拿针缝了不成？

院墙根上刨虫子吃的一只老母鸡，在谷天明把话说到这里时，像是要证明谷天明说得不谬，小屁股甩了甩，就又拉下一摊鸡屎。上官乐看在眼里，也是因为听不惯谷天明的腔调，气得她脱下鞋子，朝着拉下鸡屎的老母鸡扔了过去。没打着老母鸡，倒让她的鞋子沾上了还冒着热气的鸡屎，并把老母鸡惊得飞了起来，没能飞上墙头，转向朝上官乐飞腾而来，和上官乐撞了个满怀，又弄了她一身鸡屎味儿。

悻悻地，上官乐慌慌乱乱地后退了几步，拿眼去盯女婿谷天明，却发现他幸灾乐祸着，心一下凉得像跌进冰窖里，就没好气地瞪了谷天明一眼，捡起她打鸡扔出去的鞋子，穿在脚上，噔噔噔噔从大门里走出去了。

在谷寡婆村实行卫生革命的序幕，就在上官乐走出家门的时候正式拉开了。

自然，上官乐要找几个意气相投的人。她首先想到了惠杏爱，找到她的跟前，把她的想法给她说了一遍。自然，惠杏爱接受了上官乐的想法，承头来做这“卫生革命”的事了。可惜惠杏爱还只是个被提名的村长候选人，如果她已是谷寡婆村的村长，她要承头进行“卫生革命”，结果就会不一样，她能凭借手里的职权，动员谷寡婆村的人，大家一起来进行。可她现在还不是村长，她就没有那个职权，她就没法动员村里人来跟她进行“卫生革命”。

不过，惠杏爱还是识相的，在进行“卫生革命”前，她找了村支书兼村长谷大房，她想求得谷大房的支持。这一点，倒让谷大房没有想到。

季节从冬天走到了春天，从春天又进入到夏天，现在呢，又入了秋……季节的变化，也体现在谷大房的穿衣上。冬天的时候，谷大房有九道弯的羊羔皮袄可披，秋天了，谷大房披什么呢？他披起了四个兜的中山装。这可是一个村级干部的基本形象，什么时候都不能不在身上披件衣裳，而藏蓝色的、深灰色的中山装披在身上，是谷大房与普通村民区别开来的最基本的特征。惠杏爱接受了上官乐的建议，就想着到谷大房家里去找他，和他面对面商量，这么做会使谷大房觉得他有面子。再者呢，惠杏爱从上官乐和她拉话说事的只言片语里听得出来，这个和她一起嫁到谷寡婆村来的新媳妇，和她的女婿谷天明以及公公谷大房、婆婆白栓娥一家人过活得并不和谐。她这么说，不是说重了，而是说轻了，上官乐和家里人的矛盾与冲突，似乎已经到了不能调和的地步了。善良的惠杏爱，不能看着与她一同嫁到谷寡婆村的上官乐走上一条与她自己的初衷不一致的道路。她和任喜过，跟上官乐一点都不敢比，可是……惠杏爱不敢想那个可是，也不愿多想那个可是，她此番登门请教谷大房，在谷寡婆村进行“卫生革命”是一回事，有机会的话，她还想和她打心眼里尊敬爱戴着的村支书兼村长的谷大房说说上官乐的。她要告诉谷大房，上官乐真诚热情，大方泼辣，才华出众，是当代农村少有的知识女性。怎么看待她？可是不能用旧眼光、旧风俗来要求她的。惠杏爱一路想着，没注意对面走来的谷大房，到她几乎要撞在谷大房身上时，猛地抬起头来，这才发现披着中山装的谷大房。

惠杏爱的脸上堆满了笑，她说：支书叔，我还说到家里找您去哩。

谷大房用肩膀挑了挑有些下滑的中山装，说：找我？找我又是还钱吗？是啊，信用社的贷款该到期了。

惠杏爱说：支书叔的记性不错啊！我给叔说哩，信用社的贷款还望叔多担待，等我把村里人的欠款都还清了，一准还掉信用社的贷款。

谷大房提起惠杏爱托他担保在信用社贷的款，完全是灵机一动，他想以此给惠杏爱点颜色看，让她不要在村长选举前太出风头。谷大房不知他的这个目的能不能达到，说出这个话题后，就眯缝起眼睛打量惠杏爱。他没有看出他想要的效果，就再次用肩膀头挑了挑披着的中山装，打算绕过惠杏爱往旁边的谷寡婆祠里去。

不是谷大房绕着她，惠杏爱还没意识到她和谷大房说话的地方刚好在大皂角树下，大皂角树的一边，不就是谷寡婆祠嘛！

初婚到谷寡婆村来，惠杏爱、上官乐和任喜过三个新娘子是恢复了谷寡婆祠后头一批进入祠堂里按照旧有的礼俗祭拜了老祖宗谷寡婆的。可以说，惠杏爱对这位仁慈的谷寡婆多有不解，但却从心底对她产生了无限的崇敬之情。惠杏爱听人说了，而且不止一次地听人说，她就是谷寡婆转世来的。对此，她不敢相信，也不愿意相信，她不要做转世的谷寡婆，她就做她惠杏爱好了。

恍恍惚惚，这些日子以来，惠杏爱感觉她一旦想起那位远去的老祖先谷寡婆，她的神情就莫名地恍惚。为此她想，这是不是与谷寡婆村人传说她是转世的谷寡婆有关？

惠杏爱想不明白其中的奥妙，她不想了，看着绕开她向谷寡婆祠里走去的谷大房，发现他的背影可是真宽呀。她近乎痴迷地看着他，这就听到了祠堂里拉响的二胡声。是谁在谷寡婆祠里拉二胡呢？不用猜就知道，一定是九先生谷正芳了。有时候，他在自己家里拉，有时候他到谷寡婆祠里拉。总之，九先生谷正芳是热爱着二胡喜欢着二胡的，他高兴了要拉，不高兴了要拉，不高兴不忧伤时更要拉。他拉的二胡可真是好听啊！

九先生谷正芳现在拉的就是一折很好听的秦腔。生于斯地、长于斯地的谷大房知道这是哪一折秦腔，惠杏爱亦不例外，她也知道这是哪一折秦腔呢。而且，在谷寡婆祠里，九先生谷正芳自拉自唱，还把那折《三上轿》里李老汉、李老婆两人的对唱男一腔、女一调地哼唱了出来。

谷正芳哼唱得极其婉转与惆怅：

李老汉：眼巴巴难相留天昏地愁，
李老婆：闷悠悠抱娇儿心中凄楚。
李老汉：渺茫茫思前程怎度春秋，
李老婆：痛熬熬亲骨肉就要分手。
李老汉：颤巍巍扶灵柩伤心流泪，
李老婆：呜咽咽柔肠断泪滴衣透。
李老汉：气恨恨怎洗雪血海冤仇，
……

就在九先生谷正芳拉着二胡哼唱到了高潮时，谷大房在前，惠杏爱在后，脚跟脚地进了谷寡婆祠的门。祠堂里，有拉二胡哼唱秦腔的九先生谷正芳，还有手拿笤帚拂扫着尘土的谷冬梅。他们俩如今把经营谷寡婆祠当成了他们日常必做的一项功课，有事没事，都要来祠堂里转一转。打扫卫生是一回事，说说话是又一回事。他俩在谷寡婆祠里，什么话都能说，什么事都能议。他俩愿意使谷寡婆祠成为村里的一个议事中心，使村里勤劳有道、品行端正的人，在这里得到一个颂扬，让大家学有榜样。与此相对应的，还要在这里对村上不守规矩，甚至是胡作非为的人，进行不留情面的批评。不如此，不能端正村里的风气，不能教化村里的风俗。“文化大革命”把谷寡婆村旧有的道德风俗几乎涤荡得不见踪影，改革开放，只注重土地承包、发展经济，却忽视了人们在精神道德上的教养，致使村里一些人意志薄弱，个别恶习不改者，无法无天，胆大妄为，实在需要给他们一个当头棒喝，让他们醒悟过来，重新做人，做好人。就在谷大房和惠杏爱在大皂角树下碰面，为进行村里的“卫生革命”讨论时，九先生谷正芳和退休回村的县粮食局原局长谷冬梅，对树立谷寡婆村正气的事，也做了一番讨论。他们耳闻，村里的锣鼓队出门给人过事，狮子大张口，向人家勒索财物，影响很是不好。仅此也还罢了，在分配财物时，既不透明，也不公道。为了得便宜、得好处，其中有人连脸都不要了，不是夫妻，抛一个眼风就跟人走，脱了裤子就上炕。唉唉，长此以往，这还得了！更有甚者，“骚怪”谷中秋，撂下家里的八十岁老娘亲不管，一个人在外边乱窜，不给家里弄吃弄喝，把他年迈的老娘亲逼得到街上来，见人就说她饿，就说她渴，枯草似的白发，就那么飘在谷寡婆村的街道上，谁见了能不可怜她？谁见了又能不叹息一声？最近的一个消息是从绛帐火车站传来的：“骚怪”谷中秋不知在哪儿弄了两个钱，他不拿回来孝敬他的老娘亲，在绛帐火车站去寻暗门子，找了个“破鞋”去搞，被派出所抓住了。罚钱他掏不出多少，就被关进了“四堵墙”里，等着判刑呢！

九先生谷正芳和谷冬梅，把自己说得胸闷心疼，说得都不愿意说了。于是，九先生摸过他带来的二胡，给谷冬梅说：我拉段曲子你听听。谷冬梅是爱听九先生谷正芳拉二胡的，他拉的曲子，让谷冬梅怎么说呢？有时就如一条条柔长的丝线，在她的心上织着一个让她心软的丝网；有时呢，又如一根根银针，往她柔软的心上戳，戳得她的心疼哩！

九先生谷正芳要给谷冬梅拉二胡，这一次，谷冬梅想得多了一点。她想到了九先生早死的演员婆娘。她叫个什么名字呢？唉唉唉，多么可怜的一个人啊，这些年过去，把人家的名字都忘了。谷冬梅一路想着，就还想起陪着九先生在医院看病的豆菊芳。谷冬梅想起这两个人，就不由自主地摇起了头。

谷冬梅为那个县剧团的演员嫂子摇头，是对她的遗憾和同情，而为九先生谷正芳的亲家母豆菊芳摇头，却有种没来由的妒忌和伤感。噢！妒忌？伤感？谷冬梅妒忌豆菊芳吗？是的呢！谷冬梅承认她是妒忌豆菊芳了。那么伤感呢？谷冬梅伤感什么？是为自己吗？对了，她是为自己伤感呢。想到这里，谷冬梅不由自主地又摇了摇头。

九先生谷正芳看见谷冬梅摇头了，看见她摇了一下，又摇了一下，他就随口问起了谷冬梅。

九先生谷正芳问：你摇头弄啥哩？

九先生谷正芳不问，谷冬梅还不知道自己摇头了，被他这么一问，谷冬梅才突然反应过来。但她没有承认自己摇头，跟着九先生谷正芳的问话说：我摇头了吗？

九先生谷正芳坚定地说：你摇头了。

谷冬梅被九先生谷正芳坚定的语气说得有点头晕，同时还感到脸上发红发烫。她躲着九先生谷正芳的眼睛，顺手拿起一把笤帚，清扫着谷寡婆祠被她日日打扫、打扫得不见纤尘的地面……她打扫着，没头没脑地说出了这样一句话。

谷冬梅说：把你可怜的，受了那么多年的孤单，现在好了，你给你的两个娃娃安下家后，也该考虑自己的事了。我想你还有几十年的好活头哩！

九先生谷正芳听得懂谷冬梅的话，知道她的话中是还有话的，但他没有接她的话，借势操起二胡的弓弦，一板一眼地拉起二胡来了。谷正芳从二胡的两根丝弦上揉扯出来的音律，是沉郁感伤的，也是轻快欢乐的，那种沉郁搅和着轻快、轻快又搅和着沉郁的乐曲，顷刻间充塞了谷寡婆祠，缠绕着祠堂里的梁栋，直抵人的心窝。村支书兼村长的谷大房和惠杏爱，便踩着九先生谷正芳绝妙的二胡乐曲，走进了谷寡婆祠。

他俩来得可不是时候。他们前脚踏进谷寡婆祠的门坎，后脚还没跟进来，就把九先生谷正芳的二胡曲子踏断了音，同时，谷冬梅也撂下了打扫谷寡婆祠的笤帚。

大不咧咧的谷大房，是不顾九先生谷正芳和谷冬梅的情绪的。他一跨进谷寡婆祠的门，就高喉咙大嗓门地说话了。

谷大房说：二位是咱谷寡婆村的贤达，惠杏爱要在咱谷寡婆村进行一次“卫生革命”，嘿嘿，我说不好，想听二位贤达的意见。二位说说，看这“卫生革命”搞得搞不得！

“卫生革命”四个字，谷大房说的时候，是做了些特殊处理的，语气上把“卫生”两个字轻轻带过，在“革命”两字上又加重了许多，说得既响亮又激烈。正是他在语气上的这一着重处理，把被他称为谷寡婆村贤达的九先生谷正芳和谷冬梅说得愣了好一阵儿。显然，两位贤达对“革命”两个字有些敏感，他俩张口结舌，一前一后地问了。

九先生谷正芳问：什么“卫生”？什么“革命”？

谷冬梅问：啥的个“卫生”？啥的个“革命”？

惠杏爱不是傻子，她听懂了谷大房在九先生谷正芳和谷冬梅跟前说“卫生革命”，其用意是不友好的，往重了说，简直就是一种险恶用心。这让她对她尊敬着的村支书兼村长谷大房突然有些失望。她在心里惊叹起来了：啊呀呀！村委会改选，我惠杏爱被提名，不就是要和你谷大房竞争一下么！唉唉唉，你呀你，我的大房叔哩，我才到谷寡婆村来了几天，我吃的啥饭端的啥碗，我是知道的，你至于吗？惠杏爱在心里迅速地把发生在眼前的事想了想，便耐着性子，没和谷大房硬顶，而是顺着他的话，把她进行村庄“卫生革命”的设想，像给谷大房汇报时一样，给九先生谷正芳和谷冬梅说了一遍。

惠杏爱说到最后，她强调了一句，说：上官乐和任喜过，还有云小兰等村里的人，都高兴和支持在咱谷寡婆村进行一次卫生革命。

这个问题的提出，对九先生谷正芳和谷冬梅来说，是突然的，没有预感的。九先生谷正芳把他拉扯着的二胡停下来，但并没有离手，还像他刚才拉扯时一样，拥在他的怀里，像是一尊惊异的雕像，看了一眼惠杏爱。谷冬梅亦如九先生谷正芳一样，停下了手里的笤帚，站直了身子，拿眼去看惠杏爱，看一眼，又去用眼捕捉谷正芳。这时的她，太像挂在墙上的谷寡婆画像了，一个雕塑，一幅布画，在谷寡婆祠里，用他俩的眼睛紧张地交换着意见，那投射过来、又投射过去的眼神，是无声的，但却让惠杏爱感到一种针刺般的不舒服。惠杏爱的眼前，出现了上官乐、任喜过、云小兰等支持她在谷寡婆村进行“卫生革命”的人的影子，同时，又出现了县妇联漂亮的女主任在谷寡婆村街巷里脚踩牛粪的那个尴尬形象，她给九先生谷正芳和谷冬梅又宣传上了。

惠杏爱说：脏乱差不是农村的“特权”，我们农民也该享受清新干净的新生活。

九先生谷正芳和谷冬梅，对惠杏爱有着十分的好感，他俩从任何一个角度出发，都愿意支持和帮助她。过去他俩就是这么做的，但在今日今时，他俩听出了惠杏爱说话的挑战意味，不仅是针对村支书兼村长的谷大房，而且也是针对他俩的，这就使他俩的心里有了一些不快，甚至对立。他俩没有说话，依然用目光交流着……谷大房猴精猴精的，惠杏爱也许读不懂九先生谷正芳和谷冬梅的沉默，但谷大房是全都看懂看明白了。看懂看明白了的谷大房，觉得这是一个机会，一个让惠杏爱丢脸失分、让自己焕发精神的机会呢！他觉得他该向两位被他称为谷寡婆村贤达的人表达他的意见了。

谷大房说了，他是说给谷冬梅听的：我的老支书哩，当年您领着我们在咱村里也搞过卫生运动的！农村嘛，养牛养马，养猪养羊，你说咱能把牛马猪羊的屁眼拿针缝起来吗？

谷大房把谷冬梅叫了个老支书，这比谷大房称呼她老书记、老局长什么的还要让她高兴。回到谷寡婆村里来，她是希望村里人称呼她老支书的，她认为这是对她在村里地位的一种肯定。听了谷大房的话，谷冬梅的脸上现出一种喜色来，并且对着谷大房轻轻地、不易觉察地点了点头。

谷大房看出了谷冬梅对他的肯定和承认，他就又说上了。这几句话，他转移了目标，是说给九先生谷正芳听的：那些年，真是难为您，让您在村里吃苦了，天天在村里义务收拾卫生。唉，我是不敢想，一想都觉着是我的罪过，我今日说出来，就算是给老哥您赔罪道歉了。

谷大房说的是句大实话，那些年，九先生谷大房戴着右派帽子，在谷寡婆村接受改造，起得的确比鸡还早，睡得的确比狗还晚。他被严格规定着，在谷寡婆村人睡在炕头上做梦的时候，他是必须早起把全村的街巷卫生搞一遍的，哪怕冬天寒风呼号，夏天大雨倾盆……回想着从前，九先生谷正芳像谷冬梅一样，对谷大房点头了。

两个点头的、被谷大房称为谷寡婆村贤达的人，相互用眼光交流时，忽然又都不约而同地用眼光来看谷大房了。他俩在把眼光落在谷大房身上，还都不约而同地开口说了话。

他俩说的话，像是商量过了似的：大房兄弟啊，你在村里当家，你说呢?

谷大房受宠若惊地接过了九先生谷正芳和谷冬梅的话，他带着商量的口气说：惠杏爱年轻，她要弄让她弄去。那次，上官副书记来咱们村，妇联主任亮光亮光的皮鞋踩在牛粪上，的确有点不太雅观。

这样的结果，惠杏爱是没有想到的，但是总体说来，还算不错。此前，她满以为九先生谷正芳和谷冬梅是会全力支持她搞“卫生革命”的，但是，他们的态度却是那么暧昧。然而，她原来不怎么抱希望的谷大房，却支持了她，这让她感到一种丈二和尚摸不着头脑般的迷茫。可是不管怎样，她既然提出“卫生革命”这一想法，她就不能不搞。所以，她在上官乐、任喜过还有云小兰等热心村庄“卫生革命”者的无私相助下，还是带头把“卫生革命”在谷寡婆村很受大家瞩目地开展起来了。

太惹人注目了。惠杏爱、任喜过、云小兰她们手拿铁锹、扫帚，把街巷里的牛马粪便、猪羊屎尿和碎柴烂草铲干扫净，又从河滩用小四轮拖拉机拉来白朗朗的沙子，铺垫在谷寡婆村的街巷里，使往日又脏又乱的街巷，的确有了种改头换面的清爽。然而她们几个人干得满头大汗、满身灰尘时，谷寡婆村的人，却只是不咸不淡地旁观，没有人响应她们，没有人帮助她们。谷冬梅没有，九先生没有，有的只是一些人的冷眼旁观以及一些人的嘻嘻哈哈，甚至讽刺嘲笑。

不过，谷大房还是扛着一把铁锨出来，帮助他们在村街上撒了沙子。

惠杏爱她们开展的“卫生革命”成果，在谷寡婆村只保持了一天不到的时间，在她们铺垫的干净河沙上面，就又是一堆堆的牛马粪便、一堆堆的猪羊屎尿和碎柴烂草了。谷大房肩挑着他标准样式的灰色中山装，从谷寡婆村的街巷上走过，一眼一眼地盯视着那一堆堆的牛马粪便、猪羊屎尿和碎柴烂草，像盯视着村里人给他的选票一样，让他开心惬意。他几乎要伸出手来，拥抱那散落在街巷上的牛马粪便、猪羊屎尿和碎柴烂草了。

谷大房在心里给自己说：谷寡婆村当家的人，除了我还是我。

第三十一章

云小兰改嫁谷劳劳，在渭河南岸的养猪场办了喜宴后，到了晚上，很自然地又在谷寡婆祠堂举行了认祖仪式。是夜，谷大房、谷冬梅和九先生谷正芳，在祠堂里自然地又都见了面。关于“骚怪”谷中秋的事，那一次他们三人没有说到一起，逮住这个机会，谷冬梅和谷正芳与谷大房又一次说了起来，但像那次一样，他们还是说不到一起。一只老鼠在村里，会扰乱村里的风气的。这是谷冬梅和谷正芳的观点，然而谷大房却不这么看。他说：没有那么严重吧。

谷大房依然为谷中秋做着辩护，这让谷冬梅和谷正芳一点办法都没有。云小兰与谷劳劳的认祖仪式结束后，他们都回了自己的家。半夜时分，谷冬梅睡梦中被院子里的一声闷响惊醒，她披上衣服出来，看见月光下的院墙脚，有一条被人扔进墙来的死狗。与谷冬梅家的情况一样，九先生谷正芳的家里，半夜时分也出现了一声闷响，谷正芳披衣出来看，在月光下看到的是一只死猫。谁干的龌龊事呢？不用太费神，谷冬梅想到了“骚怪”谷中秋，九先生谷正芳也想到了“骚怪”谷中秋。他俩那个时候，各自站在自家的院子里，仰望着月光如水的天空，一时都有点无措与茫然。他俩觉得，天明后与村长谷大房就谷中秋的事还得继续说。

谷冬梅和谷正芳在这个晚上是睡不好了。他俩没有睡好，谷大房像他俩一样，也没有睡好。在谷寡婆村没有白当家的谷大房，在人前是一个样子，在家里是另一个样子。毕竟家里一下子走了云小兰和上官乐，怎么说，都要显得非常空了呢！正是这种空，让谷大房吃饭不香，睡觉不香，突然他就接到镇上的通知，说过两天在谷寡婆村举行新一轮的村委会选举。

这不是冲着我来的吗？对此很有胜算的谷大房，初接通知，心里还是产生了那么一点不快。谷大房不怕挑战，但他想，有些事可不是光靠挑战就能解决的。他突然有了一种预感，觉得在谷寡婆村，他一身兼着村支书和村长的职务已经很长时间了，这样的状况，不是他想改变不想改变的事，而是上头要不要改变的事。

谷大房顺着这个思路往下一想，他听到风声后决心要和惠杏爱挑战一番的那样一种开心，就像是被一股大风吹着，当下吹得没了踪影。

有此预感的谷大房，是不甘心的，而且还不知这是一种趋势，还想实现他的一肩挑。噢，一肩挑，在谷大房是习惯了，他不想别人分他的权，便幻想凭借他在谷寡婆村多年的经营，还能够赢得村里的大选。当然，要说他没有一点困惑是不可能的。他自信着，又困惑着，却也配合着镇上下到谷寡婆村指导选举的干部，发扬民主，开会推选村长了。

按照推选的程序，先要选出候选人。让谷大房颇为安慰的是，他依然获得村民的推举，成为两名村长候选人中的一位。而另一位，不出意外地落在了惠杏爱的头上。

啊哈，初婚守寡的惠杏爱，能和我谷大房竞选一村之长吗？笑话！就是大家选举她，她自己担当得起吗？谷大房把心放下了，彻底地放下了。

而且，换届选举这么大的事，惠杏爱似乎并不怎么当回事。她依然天不明就发动那台小四轮拖拉机，到渭河滩上装河沙，突突突突驾驶着到绛帐火车站去。上午跑一趟，下午跑一趟，挣下钱了，拿回来，清还他们家所欠村里人的钱。谷大房已有耳闻，惠杏爱差不多把欠村里人的钱都还上了。

就在谷大房把村里的选举大事放下心来的一天傍晚，惠杏爱到他家找他来了。惠杏爱找他是给他还钱的。谷大房乐意惠杏爱把欠着他的钱还给他，毕竟，他的钱不是偷来的，庄稼人，一分一厘，基本都是牙缝里省、指头缝里抠攒下来的。但是谷大房必须客气一番的，他担任着谷寡婆村的支部书记，同时又兼任着村长，他爱钱，却也不能把钱看得太重，特别是面对惠杏爱这样的人——她太有志气了。谷大房客气着，却经不起惠杏爱的真诚，他就把惠杏爱还他的钱接到手里来了。把钱接到了手里，谷大房轻轻掂着，就还客气地说，他不急用的，让惠杏爱再用的时候，就来他这里拿。

谷大房想，惠杏爱给他还了钱后，是该走的，但她却没急着走，就和他对面站着，一副欲言又止的模样。这让谷大房无法躲避地把惠杏爱多看了几眼。谷大房看着惠杏爱，想起来的却是上官乐，这叫他的意识不能自主地发生了一些错乱。他进一步想，如果惠杏爱是二娃谷天明娶回来的媳妇该多好啊！贤淑懂事的惠杏爱，才是他二娃谷天明要娶的那种媳妇呢。命运捉弄人啊！谷大房这么错乱地想着，心里就有了些疼痛的感觉，对还了他钱、还站在他面前的惠杏爱便多了一分疼爱。谷大房声音颤抖地问起惠杏爱话来了。

谷大房说：杏爱，你还有啥事吗？

惠杏爱说：我想要支书叔帮我忙哩。

谷大房说：啥事你说。

惠杏爱说：我都筹备好了，就在咱们的渭河滩上，成立一家沙石运销公司。那是咱村的一大经济资源，公司成立起来，先运销一阵儿沙石，等积累下一些资金了，还可以开办一家水泥预制件厂，咱们浇筑水泥楼板，浇筑工程梁柱……支书叔，我调查过了，这方面的市场大着哩，而且会越来越大。

惠杏爱说到最后，还说县委上官副书记非常关心她创办沙石运销公司的事。那次来，他说要给公司成立揭牌，最近又捎话来，问公司的筹备情况。

不提上官副书记，谷大房的心会一直平静下去的，这一提起，他放下的心又提了起来。几乎同时，他还想起上官副书记关心惠杏爱政治进步的事，顺嘴就给惠杏爱说：你交上来的入党申请书，村支部研究了，就由我来做你的入党介绍人。

谷大房再次提起的心，就像架在树梢上的鸟巢，乱糟糟的，想要落下来就难了。但他扛不住水一样流动的日子，呼啦啦就到了确定好的选举时间。这在谷寡婆村的村史上，将是一个不平凡的日子。镇上下村指导选举的干部，向谷大房传达镇上的意见，谷寡婆村的村委会选举，将和团县委授予惠杏爱“新长征突击手”和县妇联授予惠杏爱“三八红旗手”称号的仪式一并举行。会后，县委上官副书记将出席惠杏爱的沙石运销公司成立挂牌仪式，并亲自为公司揭牌。

陈增强从建筑工地拉来了一大堆架管、扣件和钢质架板，指挥着几个从工地借来的工人，在谷寡婆村最具代表性的谷寡婆祠前，专心精意地搭建一个大台子。县委上官副书记要来给惠杏爱的沙石运销公司揭牌，团县委和县妇联还要给惠杏爱授予荣誉称号，惠杏爱又要与谷大房竞选下一届村委会领导，没有一个像样的台子怎么行呢？陈增强得知消息后，也不管惠杏爱乐意不乐意，更不管掌握着谷寡婆村大权的谷大房高兴不高兴，他自作主张，就用了他在建筑工地上的便利，组织几台加盟惠杏爱沙石运销公司的拖拉机，满载着架管、扣件和架板来了。那笔直挺拔的钢质架管、坚固牢靠的钢质扣件、规整平顺的钢质架板，哗哗啦啦卸在谷寡婆祠前时，正为重建谷寡婆祠而紧张筹措的谷冬梅和九先生谷正芳先围了上来，他们以为热心的陈增强是来帮他们的忙哩。围上来一问，原来是为第二天的活动搭台子。他们不但没有失望，反而有了更大的热情，抽出手来，帮陈增强的忙了。他俩一上手，带动了村里的许多人，都来搭手帮忙了。惠杏爱哪里又能旁观，她虽不愿把事弄得太张扬，但是陈增强执意要弄，她只好随了他，也来搭手帮忙了。

都是标准规格的钢质材料，台子搭得就很好看。搭起来后，陈增强还变戏法一般，从他驾驶来的拖拉机座位下，抽出一卷他准备好的红布对联在台子的两边悬挂起来。那黄漆喷涂上去的字，又鲜又亮，即使天色暗了下来，也能看得清晰：

九韶新奏振兴乐

五彩精描改革春

陈增强领着人搭台子，谷大房看见了，他甚至还从搭台子的现场走了一个来回，但他没搭手，他有他要做的事。他思谋了几天，觉得他不能总是被动，该出手的时候他是必须出手的。他把他出手的目标选在了惠杏爱的公公谷敬勤身上。这是个可怜人，更是个苦命人，他要和谷敬勤说说惠杏爱的事，这么好的儿媳妇，对他们家是太重要了。让他清楚，他们家是不能失去惠杏爱的，失去惠杏爱，他们家不是塌了半边天，而是要塌了整个儿天呢！

谷大房从陈增强他们搭台子的现场往过走的时候，他和现场忙碌着的谷冬梅和谷正芳他们还不情不愿地打了招呼，然后径直去了谷敬勤的家。进了谷敬勤瘫卧的上房门，坐在了炕边上，他抽着鼻子，像一条好奇的狗一般，把房子里的气味嗅了又嗅。他没有嗅出别的异味，这就跟谷敬勤说话了。

谷大房说：不错哩，真是不错哩。

谷敬勤说：家里有他嫂子惠杏爱，就没我操心的了。她把啥啥都照顾到了，我瘫在炕上，她一回家就往我跟前来，接屎倒尿，端汤端药，你说我哪一世修下的福分，遇上这么个懂事的儿媳妇？就是亲女子，又能怎么样？

谷大房说：可不是么。你听说了没有，咱村上人咋说惠杏爱的？

谷敬勤说：我听说了，村上人说她就是咱老祖宗谷寡婆转世来的。

谷大房说：对呀对呀，村上人就是这么说的哩。她就这么得村上人敬爱，你说你该咋办呢？该不是不想让她留在咱家里？

谷敬勤说：这是哪里的话呢？我咋会那么想呀！

谷大房说：这你可就要想办法了。

谷敬勤说：想办法？这用想啥办法？

谷大房把身子往谷敬勤跟前靠了过去，嘴巴对着谷敬勤的耳朵，给他耳语起来。他说：那个陈增强你见过吧，啊？你见过的。你家惠杏爱可不敢被人家拐带走了。我想提醒你，你家里又不是没人，门坎死了，还有你二娃门墩哩。谷门墩憨厚老实，勤快听话，他哥殁了后，都是门墩跟着惠杏爱忙。他是地里的活要忙，河滩上筛沙子筛石头的活又要忙。不是我多嘴多舌，他跟了惠杏爱那么些日子，怕也跟出感情来了。

听着谷大房的耳语，谷敬勤的眼睛亮了。他说：这是你的意思？

谷大房说：别说我的意思。你怎么想的你拿主意。

谷敬勤叫喊起二娃谷门墩来了。他喊谷门墩给他大房叔泡茶点烟。谷大房制止住了谷敬勤，说他眼下一河滩的事哩，县上的领导要来，给惠杏爱授什么“新长征突击手”“三八红旗手”等荣誉称号，而且还要选举新村长，给惠杏爱的沙石运销公司揭牌。我忙着哩。谷大房说着，就从炕边上溜下地，再不回头看瘫在炕上的谷敬勤，径直出了上房门。

在门外，谷大房碰见了谷门墩，还有谷门环和谷门栓，他抬起手，在他们的头上一一慈爱地摸了过去。谷大房意识到，他刚才给他们老爹说的话，他们三个都听见了。过去，谷大房是摸过他们的脑袋的，过去摸，他摸得是潦草的，摸得没有感情，他们不是躲开就是缩脖子。可是今天，他们都配合着谷大房，很是受活地接受着他的抚摸。

这一切，惠杏爱是不知道的，她在谷寡婆祠前，和九先生谷正芳、谷冬梅他们帮着陈增强搭好了第二天要用的台子，趁着天黑回到家里来。看到家里的谷门墩、谷门环和谷门栓几个弟弟妹妹，觉出了他们与往常的不一样，但她却没有多想。她一进家门，即在谷门环的帮助下，做好了晚汤，服侍公公谷敬勤吃了后，就洗了手，看着公公在上房炕上睡好，便回到她的屋子里，拉开被子睡了。

惠杏爱在服侍公公谷敬勤睡觉时，发现公公的眼睛从来没有过的亮。她顺嘴还问了一声：爹，你的眼睛好亮啊！

公公谷敬勤是慌乱的，他说：亮吗？嘿嘿，还能亮个啥嘛！

惠杏爱还注意到了大弟谷门墩，发现他的眼睛像公公的眼睛一样，也是从来没有过的亮。也许是惠杏爱太累了，也许她就是个心里亮堂不装事的人，就很放松地躺在自己的屋子里，拉灭了灯，没过多长时间，就呼呼地睡了过去。她睡得可是太沉了，竟不知道谷门墩是什么时候摸进她的屋子，上了她的炕，把他自己脱得一丝不挂，光溜溜爬上了惠杏爱的身子……这时的惠杏爱，正好做着一个梦，她梦见了陈增强。老同学陈增强凭什么那么热心、那么热情、那么不计利害地帮助她呢？惠杏爱知道，没有别的，只有一个原因，那就是爱。陈增强爱她，那么她自己呢？她想过了，认真地想过了，她也是爱陈增强的。在渭河滩上的那一夜，如果不是谷门墩躲在堤岸上的柳树林里狼一样的那几声号叫，惠杏爱都要把她交给陈增强了呢！

上官乐说得对，结婚嫁汉，把自己的身体嫁出去是太容易了。新婚的晚上，把衣服脱了，钻进被窝里就行了。而要把自己的心、自己的情感嫁出去，似乎就不那么容易了，往往是，等一辈子，到死了，都还不一定嫁得出去。惠杏爱不敢想上官乐说的这段话，她一想就想流泪。她像上官乐和任喜过一样，光明正大地结了婚，入了洞房，可她悲哀得连自己的身体都没嫁出去，更别说自己的人和自己的感情了。幸好有老同学陈增强，他俩是相爱的，虽然她还没能把自己的身体嫁给陈增强，但她明白，像落在渭河水里的月亮一般明白，她把她的心，还有她的全部感情，都毫无保留地嫁给陈增强了。

疼！

很疼很疼呢！疼在惠杏爱的下身。在梦里，她觉得她的下身在撕裂，她已经不能忍受了，但她咬牙忍着，喉咙里痛苦又幸福地低声吼喊着：增强！啊！增强！

蓦地，惠杏爱醒过来了，她看见了一双亮得喷火的眼睛，但那不是陈增强的眼睛，而是睡前从公公谷敬勤脸上以及二弟谷门墩脸上看见的眼睛。对，是谷门墩，他的眼睛亮瓦瓦的，嘴角上还吊着一线哈喇子，光裸着铁板一样的身子，跪伏在她的身上，快乐地向她的身体挺进着。她痛苦悲哀地哭喊起来了。

猪！你个臭死猪！

惠杏爱没有抬手打谷门墩，只是两声伤痛的哭喊，便使快活着的谷门墩翻下身来，跌趴在炕脚地，向惠杏爱跪求起来了。

谷门墩的声音是颤抖的：嫂子！嫂子！

就在谷门墩跪求惠杏爱的那一瞬间，门外又进来了谷门环和谷门栓。他俩一进惠杏爱的屋子，就也挨着谷门墩跪了下来，向躺在炕上的惠杏爱哀哀地求告着了。

谷门环说：嫂子！嫂子！

谷门栓说：大姐！大姐！

窸窸窣窣地，惠杏爱还听到窗外瘫痪了的公公谷敬勤，压抑着像是老牛一样的哀哀的饮泣声。怎么办？怎么办？漆黑的夜啊，在惠杏爱的炕脚地，还有她的窗户外，都是一片哀哀的求告声，她不知道她该怎么办了。一时之间，她只觉得整个人像跌入了万丈深渊，迅速地下跌着，没有一个着落，她的心里，想着的只有陈增强。她把自己失去了，她怎么给陈增强说呀？

胡思乱想着的惠杏爱，还蓦然想起天明后的活动，台子已经搭起来了，所有的活动，可都是为她准备的，她该怎么办？她能怎么办？

……

痛苦着的惠杏爱不知道，她被谷门墩从睡梦中弄醒的同时，在九先生谷正芳的家里，任喜过也从睡梦中惊醒过来了。任喜过是被一阵一阵往喉咙口冲击的呕吐物弄醒的。她捂着嘴，想要爬到炕边上呕吐，但却没有做到，哇的一声，全都呕吐在躺在她身边睡着的女婿谷梦梦脸上了。谷梦梦遭此袭击，一下子惊醒过来，用手抹着脸上的呕吐物，很是迷糊地问着任喜过。

谷梦梦问：喜过，你怎么了？

任喜过说：你傻呀！我能怎么了！

谷梦梦依然不解，还问：那你吐我一脸！

任喜过说：吐你脸上是你活该！

……

惠杏爱不会想到，导演了这一幕的人，是她一直心存感激的老村长谷大房。她从她睡着的土炕上慢慢地爬起来，穿好衣服，也不管跪在脚地的谷门墩、谷门栓和谷门环，一步一步，摇摇晃晃地走出她的房门，然后又走出家门，走到了黑洞洞的村街里，依然不停步地往前走。在她的身后，跟着谷门墩、谷门栓、谷门环。走到谷寡婆祠门前了，惠杏爱看见黑影里有一个人，这人手里拿着一个玻璃瓶子，正往谷寡婆祠的门上泼着什么。尽管惠杏爱此刻心里特别乱，但她还是看得出来，那个玻璃瓶子是村长谷大房拿给她，从她那里灌了一瓶柴油，然后拿回家的，现在怎么又到了“骚怪”谷中秋的手里？到了他的手里也罢，他为什么要把柴油往谷寡婆祠的门上泼呢？

惠杏爱还正痛苦地想着，却见“骚怪”谷中秋点燃打火机，往泼了柴油的谷寡婆祠门上一扔。腾地一下，大门上就都是一片火光，并迅速地蔓延着，向房檐上烧了去……

2012 年 10 月 18 日草于西安曲江

2013 年 7 月 5 日再改于扶风野河

2014 年 11 月 5 日再改于西安曲江

我想回家（代后记）

家在哪儿呢？我找不到家，找不到回家的路。这不是哪一个人的问题，而是横亘在我们每个人面前的大问题。当然，我在这里所说的家，不是我们今天因计划生育而普遍存在的三口之家，或大一点的四口之家。我说的是我们精神上的并且有着明确姓氏标识的家。

我说的这个家，或者称为宗祠，或者称为祠堂，或者称为家祠。

近日去江西的婺源采风，连着走了李坑、汪口、江湾、严田几个被誉为最美乡村的地方，很是幸运地看了几座祠堂，其中有传承数百年而未毁的，譬如汪口的俞氏祠堂，同样还有毁了而新建的，譬如江湾的萧江祠堂。汪口的俞氏祠堂之所以未毁，盖因后来作为村里的学校而很好地保留了下来。

其实，我的出生地陕西省扶风县的闫村，也有一座我们吴氏祠堂。

那时我虽幼小，却也对村中的吴氏祠堂有着较为深刻的记忆。记得祠堂的门是村里最大的门，门槛也是村里最高的门槛，便是两厢对立的两个门墩石，也比我们小孩高出一头多。不是石狮子，也不是别的什么瑞兽，而是抱鼓石那种样式。我听村里人说，祠堂门口的抱鼓石，不仅具有装饰、支撑门柱的作用，而且还有辟邪镇宅的大用。此外，也有一种“遮羞”的巧用。识礼重乐的村里人，非常讲究辈分，辈分小的人，遇到辈分长的人要致礼问候，特别在祠堂前、祠堂里，礼节就更加庄严。然而辈分，不能说谁的年龄大，谁的辈分就长，往往是，一把白胡子的老人，辈分反要低于几岁的黄口小儿。见了面怎么办呢？抹不开面子时，白胡子的老人就需要躲在抱鼓石的背后避一避，大家心照不宣，让双方都恰到好处地遮住相对难堪的羞脸。

好像抱鼓石与门头上的门簪，在乡村还有一个“门当户对”的说法，而抱鼓石就是门当了。形似圆鼓的两块石刻构件，高高地承托在同为一块石头的门墩上，最能显示祠堂的尊严与威仪了。

从抱鼓石夹峙的高门槛上跨进祠堂，雕梁画栋的头一座房子，是称为前堂的，再往里走，同样雕梁画栋的房子称为飨堂。从飨堂的壁龛侧后转进去，还有一座雕梁画栋的房子，又称为寝堂了。所谓寝堂，张目看去，后墙面以及两侧墙面，错落有致地排列着数也数不清的小小壁龛，摆放着书写了姓名的过世先祖的牌位。而飨堂，在高大的壁龛上，则悬挂着一幅据传为吴氏始祖的画像，而与始祖同享祭拜的，又是几位历史上有卓越成就的吴氏祖宗。如果在这里一回头，还能看见前堂的两根明柱上高挂的木刻对联。

我记得很清楚，其中的一副对联是这样的：

堂号申明于此众议公断，
室雅清寂借它鉴古观今。

是的呢，前堂的横梁上，就有一面“申明堂”的大匾，而飨堂的横梁上则有一面“乡贤堂”的大匾，寝堂横梁上有一面“思亲堂”的大匾。每一进堂室的明柱上，都有木刻的对联，“乡贤堂”“思亲堂”的木刻对联写的什么内容，我全忘了，唯独没有忘记“申明堂”明柱上的这一副木刻对联。这是因为，“申明堂”里发生的故事我听人说过，还都历历如在眼前。村里吴姓人家，有谁作奸犯科，触碰了国法，即由国法来办，而触碰了族规，就自然要用族规来办了。怎么办呢？吴姓一族的长者，聚在“申明堂”里，“众议公断”，依凭的就是张贴在“申明堂”墙壁上的“族规”和“祠规”了。

我便保存了我们吴氏祠堂里的一份简刻油印的“族规”和“祠规”。

族规是：

一、笃忠贞：民生于三，而君成之，士既邀思遴先，当思循良报效，即身为庶民，亦宜早完国课，踊跃赴公，毋干法纪。

二、孝父母：生我幼劳，昊天罔权，人子朝夕奉养无违，犹难酬于万一，况不孝不敬，罔识身从何来乎？族中倘有无知不顾天伦者，各房内必先严惩，如始终不悛，公同禀究。

三、睦兄弟：同胞之爱如手如足，倘因一时嫌隙，遽尔骨肉参商，甚至争讼不休，仇雠相视，是以小忿而废懿亲，匪为士林所不齿，亦宗族合羞也。凡我族人，期敦式好之欢，无忘葛之庇。

四、敦唱随：闺门和顺，致祥之由，否则唯家之索，型于化之，篇什昭垂。倘妇不顾翁姑，不和姑嫂，本夫急宜严惩，或斥归母家，伺其悔悟。如母家不明大义，反纵与本夫为难者，族长公惩悍妇，抑或有本夫纵容者，族长公罚本夫。

五、全恩爱：无父何怙，无母何恃，故续娶后妻多为抚育前妻子女计也。近有悝女刻苦前妻子女，致伤天性之恩。族内有续弦者，本夫宜委屈开导，使母尽母道，恩斯勤斯，子亦尽子道，起敬起孝，庶慈母顺子，一门衍庆义也，而恩全矣。

六、修坟墓：神在室堂，形归宅穸，故祖宗坟墓无论远近，每岁清明挂扫，必须剪除荆棘，或有陷塌之处，急宜培补，若使枯骨暴露，惨目伤心。至七月中元焚包荐薪，又一报本追远之遗意耳。古人称挂山记处，烧包记名，良有益也。

七、勤生理：居家之法，耕种为先，其次工商末艺，亦足起家，必远虑深谋，庶可以仰事俯畜。倘不务生理，闲游赌博，势必流为无赖，乃至一败涂地，岁月蹉跎，悔无及矣。故凡有父兄之责者，切不可任子弟日荒于嬉，毫无职业。

八、崇礼义：书曰“既富方谷”，又曰“资富能留”，盖以养与教两相宜也。族内有俊秀子弟资，固宜乐栽培，即资禀推鲁者，亦必从师教训，令其识字明理，彬彬有儒雅风。古人称，读而不耕，则衣食不足；耕而不读，则理义莫兴。倘徒务封殖，不事读书，是深为识者所鄙也。

九、恤贫困：鳏寡孤独，四者至穷，情殊可悯。如族内贫困不给者，须分多润寒，以救其生，事变亦粹乘，又须竭力扶持，以解其厄。倘徒坐拥盈余，秦越相视，比之朋友通财之谊，且不如矣。合族其共知，相维相系，庶太和之气可坐续也。

十、安己分：富贵贫贱数定于天，倘不安分守己，借端滋事以及酗酒逞凶、恃强凌弱、肆行无忌者，族众先以家法治之，俾知改过自新。如重蹈故辙，公同禀究，决莫构和，致滋后累。

十一、彰公道：于中之事责归户首，遇有事投称，不论贫富，不论亲疏，不可挟嫌而藉以报复，不可图利而颠倒是非，务宜查实再三，平情劝谕，自然解散。一有偏袒，自然不服，闹到公庭，浪费家资，两败俱伤，是彼此皆为我所害矣。倘二比一，日后和睦，必以今日之是非尽归我一人之播弄，其怨我何极，有不谙事故报复于我者乎？故彰公道不独有玉于族人，并可免害于自己。

十二、敦俭朴：冠婚丧祭，称家有无，故田费必须酌量，若务以奢华，以壮观瞻，恐相沿为习，必不惜物力维艰。盖俭入奢易，由奢入俭难，惟量入以为出焉，则财恒足矣。

十三、崇节孝：忠臣不事两主，烈女不更二夫。故族内有女能守节，冰清自持，兼以上事翁姑，下抚孙子，以继丈夫志，以为祖宗光，房族必须票清旌坊，以彰节孝。家计贫寒，合族亦宜捐金帮助，庶潜德无不发之光矣。

拉拉杂杂，计一十三条的族规，对本家族人的行为，做了极尽可能的规范。其中一些条规，确有浓重的封建色彩，而绝大部分，应该还是很积极很有用处的，对规范教化族人崇仁守德、尊礼乐俭，不无益处。然而，我们吴氏祠堂，如全国各地各个不同姓氏家族的祠堂一样，在大家都知道的一个历史时期，差不多都被毁弃了，同时还毁弃了祠堂的祠规和族规。

对此，我不想也不敢深究，传了几千年的祠堂文明，怎么就突然不能容于我们的社会了？其中的原因，已故著名作家巴金的一部长篇小说《家》，是脱不了干系的。他写作《家》的时候还很年轻，很有点叛逆精神，整部作品把家写得不仅是一条束缚生命的绳子、一个囚禁精神的囚笼，甚至还是一口毁灭前途的棺材。我读《家》的时候，也非常年轻，我亦有《家》所传达的那种感觉。现在我有了一把年纪，想象巴老在他也一把年纪的时候，回头是怎么看待他的《家》的。总之，我很有些脸红，而且还有点心跳，觉出我们年轻时的孟浪，怎么可以那么看待我们的家？

象征家的祠堂，就这么稀里糊涂地成了专政的对象，被砸烂拆毁了。

大势所趋，我们村的吴氏祠堂，没能幸免，被我们吴氏后人溜了房上的瓦，拆了墙上的砖。从此半个多世纪，我们吴姓一脉，还都在村里住着，但我们没有了祖先，我们没有了“家”。我们都如孤魂野鬼一般，各过各的日子。直到今天，好像我们把那个大家的“家”是忘记了，其实不然，那个大家的“家”依然顽强地根植在我们的记忆里，是我们无法忘却的精神家园。这是因为有几个词仿佛铜铸的钟鸣，从没间断地轰鸣在我的耳际，那就是每个中华儿女心中的家国情怀、家国精神，如果有谁胆敢侵犯我们的家园，我们会毫不犹豫地奋起，以我们的血肉之躯，保家卫国。

家在我们的心里，大于一切，神圣不可侵犯。

可是我们在某个时期，对家的热爱和重视，薄弱了许多，唱的一首歌也是“大河没水小河干”。这太违背自然规律了，大河的水，是不会倒灌进小河里的，从来都是，小河里的涓涓细流，朝着大河里汇聚。譬如我们比作母亲的黄河、长江，都是因为有成千上万条的支流，流进他们的怀抱，才使他们成为浩浩荡荡的大河。家就是那生生不息的小河，国就是那汇聚了无数小河的巨流，小河与巨流的关系，天然的就是这个样子。

不爱家的人，大言不惭地说他爱国，也许有他自己的道理，但我是不能认同的。我的意识指导着我，我爱我的家，因此我也爱我的国。

问题就这么突兀地摆在了我们的面前，我们想回我们大家的家，但我们大家的家在哪里呢?

这就是我写《初婚》过程中的一点认识。

2014 年 11 月 16 日于西安曲江